Stephen King

Friedhof der Kuscheltiere
Pet Sematary

Roman

Aus dem Amerikanischen
von Christel Wiemken

Hoffmann und Campe

Die Originalausgabe erschien 1983 unter dem Titel »Pet Sematary«
bei Doubleday & Company, Garden City, New York.

Besonderen Dank schuldet der Autor Russ Dorr und Steve Wentworth aus Bridgton, Maine. Russ stellte ihm medizinische Informationen zur Verfügung; Steve informierte ihn über amerikanische Beerdigungsgebräuche und vermittelte ihm Einsichten in das Wesen der Trauer.
Stephen King

CIP-Kurztitelaufnahme der Deutschen Bibliothek

King, Stephen:
Friedhof der Kuscheltiere : Roman – Pet Sematary /
Stephen King. Dt. von Christel Wiemken.
– 2. Aufl. 21.–30. Tsd. –
Hamburg : Hoffmann und Campe, 1985.
Einheitssacht.: Pet Sematary <dt.>
ISBN 3-455-03736-4

Copyright © 1983 by Stephen King
Copyright © 1985 by Hoffmann und Campe Verlag, Hamburg
Umschlag- und Einbandgestaltung: Hannes Jähn
Gesetzt aus der Korpus Palatino Antiqua
Satz: Bercker Graphische Betriebe, Kevelaer
Druck- und Bindearbeiten: May & Co, Darmstadt
Printed in Germany

Für Kirby McCauley

Hier die Namen einiger Leute, die Bücher schrieben, in denen sie erzählten, was sie taten und warum sie es taten: John Dean. Henry Kissinger. Adolf Hitler. Caryl Chessman. Jeb Magruder. Napoleon. Talleyrand. Disraeli. Robert Zimmerman, auch unter dem Namen Bob Dylan bekannt. Locke. Charlton Heston. Errol Flynn. Der Ayatollah Khomeini. Gandhi. Charles Olson. Charles Colson. Ein viktorianischer Gentleman. Dr. X.

Die meisten Menschen glauben auch, daß Gott ein Buch oder Bücher geschrieben habe, in denen er erzählt, was er tat und – zumindest bis zu einem gewissen Grade – warum er es tat, und da die meisten dieser Leute außerdem glauben, daß die Menschen nach dem Bilde Gottes geschaffen wurden, könnte man auch ihn als Person betrachten.

Hier die Namen einiger Leute, die keine Bücher schrieben, in denen sie erzählen, was sie taten – und was sie sahen: Der Mann, der Hitler begrub. Der Mann, der die Autopsie an John Wilkes Booth vornahm. Der Mann, der Elvis Presley einbalsamierte. Der Mann, der Papst Johannes XXIII. einbalsamierte – und zwar schlecht, nach Ansicht der meisten Bestattungsunternehmer. Die drei Dutzend Leichenbestatter, die in Jonestown aufräumten, Säcke schleppend, Papierbecher mit Nagelstöcken aufspießend, wie sie die Parkwächter benutzen, die Fliegen verscheuchend. Der Mann, der William Holden einäscherte. Der Mann, der den Leichnam Alexanders des Großen mit Gold umhüllte, um ihn vor der Verwesung zu bewahren. Die Männer, die die Pharaonen mumifizierten.

Der Tod ist unerklärlich und das Begraben ein Geheimnis.

Erster Teil

Der Tierfriedhof

Jesus sprach zu ihnen: »Lazarus, unser Freund, schläft; aber ich gehe hin, daß ich ihn aufwecke.«
Da schauten die Jünger einander an, und einige lächelten, weil sie nicht wußten, daß Jesus eine bildliche Redewendung gebraucht hatte. »Herr, schläft er, so wird's besser mit ihm.«
Da sagte Jesus ihnen frei heraus: »Lazarus ist gestorben . . . aber lasset uns zu ihm ziehen.«

JOHANNES-EVANGELIUM (PARAPHRASE)

1

Louis Creed, der als Dreijähriger seinen Vater verloren und seinen Großvater nie gekannt hatte, wäre niemals auf den Gedanken gekommen, in seinen mittleren Jahren einen Vater zu finden; aber genau das geschah – auch wenn er diesen Mann seinen Freund nannte, was ein Erwachsener im allgemeinen tun muß, wenn er den Mann, der eigentlich sein Vater sein sollte, relativ spät im Leben findet. Er begegnete diesem Mann an dem Abend, an dem er, seine Frau und seine beiden Kinder in das große, weiße, holzverschalte Haus in Ludlow einzogen. Mit ihnen zog Winston Churchill ein. Church war der Kater seiner Tochter Eileen.

Die Personalkommission an der Universität hatte sich Zeit gelassen, die Suche nach einem Haus in nicht allzu großer Entfernung von der Universität war eine Plage gewesen, und als sie sich endlich dem Ort näherten, an dem er das Haus vermutete – *alle Landmarken stimmten, wie die Himmelszeichen in der Nacht, bevor Caesar ermordet wurde,* dachte Louis morbide –, waren sie alle müde, nervös und gereizt. Gage zahnte und gab kaum einen Augenblick Ruhe. Er wollte nicht schlafen, so viel Rachel ihm auch vorsingen mochte. Sie gab ihm die Brust, außerhalb seiner gewohnten Essenszeiten. Gage kannte seine Essenszeiten ebenso gut wie sie – vielleicht sogar besser – und biß sie prompt mit seinen neuen Zähnen. Rachel, die immer noch nicht recht wußte, was sie von diesem Umzug von Chicago, wo sie ihr ganzes bisheriges Leben verbracht hatte, nach Maine halten sollte, brach in Tränen aus. Eileen folgte unverzüglich ihrem Beispiel. Im hinteren Teil des Kombi wanderte Church immer noch so rastlos hin und her wie die ganzen drei Tage auf der Fahrt von Chicago bis hierher. Sein Geheul aus dem Katzenkorb war schon schlimm gewesen, aber sein rastloses Hin und Her, nachdem sie endlich kapituliert und ihn im Wagen freigelassen hatten, hatte sie fast um den Verstand gebracht.

Louis war selbst ein bißchen nach Weinen zumute. Plötzlich kam ihm ein Gedanke, der verrückt, aber nicht ohne Reiz war. Er würde vorschlagen, daß sie nach Bangor zurückkehrten, um etwas zu essen und auf den Möbelwagen zu warten; und wenn seine drei Glücksunterpfänder ausgestiegen waren, würde er Gas geben und davonfahren, ohne einen Blick zurückzuwerfen, den Fuß auf der Matte, während der mächtige Vierfachvergaser teures Benzin in sich hineinfraß. Er würde nach Süden fahren, bis nach Orlando, Florida, wo er unter neuem Namen in Disney World einen Job als Arzt erhalten würde. Und noch bevor er die Schnellstraße, die gute alte Route 95 Richtung Süden, erreichte, würde er am Straßenrand halten und das verdammte Katzenvieh gleichfalls hinaussetzen.

Dann bogen sie um die letzte Kurve, und da stand das Haus, das bisher nur er gesehen hatte. Er war herübergeflogen und hatte sich die sieben Häuser angesehen, die sie anhand von Photos in die engere Wahl gezogen hatten, nachdem ihm der Posten an der Universität von Maine sicher war; und dies war das Haus, für das er sich entschieden hatte. Ein großes Gebäude im Neuengland-Kolonialstil (aber neu verkleidet und wärmegedämmt; die Heizkosten waren zwar grausam, aber der Verbrauch hielt sich doch im Rahmen des Üblichen), drei große Zimmer unten, vier weitere oben, ein langer Schuppen, in den man später vielleicht weitere Zimmer einbauen konnte – und alles umgeben von einer ausgedehnten Rasenfläche, die selbst in dieser Augusthitze noch üppig grün war.

Hinter dem Haus lag ein großes Feld, auf dem die Kinder spielen konnten, und hinter dem Feld streckten sich Wälder, die fast bis in die Ewigkeit reichten. Das Grundstück grenzte an Staatsbesitz, hatte der Makler erklärt; in absehbarer Zukunft sei nicht mit irgendwelchen Bauvorhaben zu rechnen. Die Überlebenden vom Indianerstamm der Micmac hatten auf fast achttausend Morgen Land in Ludlow und den östlich von Ludlow gelegenen Städten Anspruch erhoben, und der komplizierte juristische Prozeß, an dem sowohl die Bundes- als auch die Staatsregierung beteiligt war, konnte sich gut bis ins nächste Jahrhundert hinziehen.

Rachel hörte plötzlich auf zu weinen. Sie richtete sich auf. »Ist es das?«

»Das ist es«, sagte Louis. Er verspürte Unbehagen – nein, er hatte Angst. In Wirklichkeit verspürte er sogar *Entsetzen*. Dafür hatte er zwölf Jahre ihres Lebens mit einer Hypothek belastet; es würde nicht abbezahlt sein, bevor Eileen siebzehn war.

Er schluckte.

»Was hältst du davon?«

»Ich finde es *wunderschön*«, sagte Rachel, und ihm fiel ein Zentnergewicht von der Brust – und von der Seele. Es war ihr ernst damit – das sah er an der Art, wie sie es betrachtete, als sie in die asphaltierte Auffahrt einbogen, die um den Schuppen im Hintergrund herumführte, wie ihre Augen über die kahlen Fenster glitten und sie in Gedanken schon mit Gardinen beschäftigt war, mit Wachspapier für die Schränke und mit Gott weiß was sonst.

»Daddy?« sagte Ellie vom Rücksitz. Sie hatte gleichfalls aufgehört zu weinen. Sogar Gage hatte aufgehört zu zappeln. Louis genoß die Stille.

»Ja, Liebling?«

Auch ihre Augen, im Rückspiegel braun unter dem dunkelblonden Haar, glitten über das Haus, den Rasen, über das Dach eines anderen Hauses ein Stück entfernt zur Linken und das große Feld, das bis an die Wälder heranreichte.

»Ist das unser neues Zuhause?«

»Das soll es werden, Kleines«, sagte er.

»*Hurra!*« schrie sie, daß ihm fast das Trommelfell platzte. Und Louis, dem Ellie gelegentlich gewaltig auf die Nerven ging, stellte fest, daß es ihm völlig gleichgültig war, ob er je einen Blick auf Disney World in Orlando warf oder nicht.

Er hielt vor dem Schuppen und stellte den Motor ab.

Der Motor tickte. In der Stille, die riesig schien nach Chicago und dem Verkehrsgewimmel in der State Street und der Loop, sang ein Vogel süß in den Spätnachmittag hinein.

»Zu Hause«, sagte Rachel leise, den Blick immer noch auf das Haus gerichtet.

»Hause«, sagte Gage zufrieden auf ihrem Schoß.

Louis und Rachel sahen einander an. Im Rückspiegel weiteten sich Ellies Augen.

»Hast du ...«

»Hat er ...«

»War das ...«

Sie redeten alle gleichzeitig, dann lachten sie alle gleichzeitig. Nur Gage kümmerte sich nicht darum, sondern lutschte weiter am Daumen. Er sagte jetzt seit fast einem Monat »Ma« und hatte auch ein- oder zweimal etwas versucht, das vielleicht »Pa« heißen mochte, vielleicht aber auch nur in Louis' Wunschdenken existierte.

Aber dies war, entweder zufällig oder nachgeplappert, ein richtiges Wort gewesen. *Hause.*

Louis hob Gage vom Schoß seiner Frau und drückte ihn an sich. So kamen sie nach Ludlow.

2

In Louis Creeds Erinnerung haftete diesem Augenblick immer etwas Magisches an, vielleicht, weil es wirklich ein magischer Augenblick gewesen war, aber vor allem deshalb, weil der Rest des Tages so chaotisch verlief. In den nächsten drei Stunden gab es weder Frieden noch Magie.

Louis hatte die Hausschlüssel ordentlich verstaut (er war ein ordentlicher und methodischer Mann, dieser Louis Creed), und zwar in einem Briefumschlag mit der Aufschrift »Haus in Ludlow, Schlüssel erhalten am 29. Juni«. Er hatte die Schlüssel ins Handschuhfach des Fairlane gelegt. Dessen war er sich vollkommen sicher. Und nun waren sie nicht mehr da.

Während er nach ihnen suchte und immer nervöser wurde, hievte Rachel Gage auf ihre Hüfte und folgte Eileen zu einem Baum, der auf dem Feld stand. Er suchte gerade zum drittenmal unter den Sitzen, als seine Tochter aufschrie und dann zu weinen begann.

»Louis!« rief Rachel. »Sie hat sich geschnitten!«

Eileen war von der Reifenschaukel gefallen und mit dem Knie auf einen Stein aufgeschlagen. Es war nur eine flache Schnittwunde, aber sie schrie wie jemand, der gerade ein Bein verloren hat, dachte Louis (ein bißchen unfreundlich). Er warf einen Blick auf das Haus jenseits der Straße.

»Gib's auf, Ellie«, sagte er. »Es reicht. Die Leute da drüben denken sonst, hier würde jemand ermordet.«

»Aber es tut wehhh!«

Louis versuchte, sich zu beherrschen, und kehrte schweigend zum Kombi zurück. Die Schlüssel waren verschwunden, aber der Erste-Hilfe-Kasten war nach wie vor im Handschuhfach. Er nahm ihn und kehrte zurück. Als Ellie ihn sah, schrie sie noch lauter als zuvor.

»Nein! Nicht das Zeug! Das brennt! Ich will das Zeug nicht, Daddy! Nein!«

»Eileen, es ist doch nur Mercurochrom, das brennt nicht...«

»Sei ein großes Mädchen«, sagte Rachel. »Es ist doch nur...«

»Nein-nein-nein-nein...«

»Wenn du nicht aufhörst, brennt gleich dein Hintern«, sagte Louis.

»Sie ist müde, Lou«, sagte Rachel leise.

»Ja, das Gefühl kenne ich. Halt ihr Bein fest.«

Rachel setzte Gage ab und hielt Eileens Bein fest. Louis bestrich es mit Mercurochrom, ohne sich um ihr immer hysterischeres Geschrei zu kümmern.

»Bei dem Haus drüben auf der anderen Straßenseite ist gerade jemand auf die Veranda gekommen«, sagte Rachel. Sie nahm Gage auf den Arm. Er war im Begriff gewesen, im Gras davonzukrabbeln.
»Wunderbar«, murmelte Louis.
»Lou, sie ist...«
»Müde, ich weiß.« Er schraubte das Mercurochrom zu und sah seine Tochter grimmig an. »So. Und es hat kein bißchen wehgetan. Gib's auf, Ellie.«
»*Es tut weh! Es tut doch weh! Es tut...*«
Seine Hand juckte es, sie zu schlagen, aber er bezwang sich.
»Hast du die Schlüssel gefunden?« fragte Rachel.
»Noch nicht«, sagte Louis, drückte den Erste-Hilfe-Kasten zu und stand auf. »Ich will...«
Gage begann zu brüllen. Er zappelte nicht oder weinte, sondern schrie aus Leibeskräften und wand sich in Rachels Armen.
»Was ist passiert?« rief Rachel und schob ihn fast blindlings Louis zu. Das war, dachte er, einer der Vorteile, mit einem Arzt verheiratet zu sein – man konnte das Kind immer dem Mann zuschieben, wenn es aussah, als läge das Kind im Sterben. »Louis! Was ist...«
Der Kleine griff wild nach seinem Hals und schrie wie am Spieß. Louis drehte ihn um und sah seitlich an seinem Hals eine böse weiße Geschwulst. Und auf seinem Pullover war auch etwas – etwas Pelziges, das sich schwach krümmte.
Eileen, die sich beruhigt hatte, begann wieder zu schreien. »*Eine Biene! Eine Biene! Eine Biene!*« Sie tat einen Satz zurück, stolperte über den gleichen Stein, an dem sie sich schon eine Schramme geholt hatte, landete auf ihrem Hinterteil und begann vor Schmerz, Überraschung und Angst zugleich erneut zu weinen.
Ich glaube, ich werde verrückt, dachte Louis fassungslos.
»So tu doch etwas, Louis! Kannst du denn nicht etwas tun?«
»Der Stachel muß raus«, sagte eine Stimme hinter ihnen. »Das ist die Hauptsache. Den Stachel herausholen, und dann ein bißchen doppeltkohlensaures Natron drauf, damit die Schwellung zurückgeht.« Die Stimme sprach mit einem so dicken Ostküstenakzent, daß sich Louis' erschöpfter, verwirrter Verstand einen Augenblick lang weigerte, den Dialekt in eine verständliche Sprache zu übertragen.
Er drehte sich um und sah einen alten Mann von vielleicht siebzig Jahren – einen rüstigen, gesunden Siebziger – auf dem Rasen stehen. Er trug eine Latzhose über einem karierten, blaugrundigen Baumwollhemd, das seinen faltigen, runzligen Hals freiließ. Sein Gesicht war sonnenverbrannt, und er rauchte eine filterlose Ziga-

rette. Als Louis ihn ansah, drückte der alte Mann seine Zigarette zwischen Daumen und Zeigefinger aus und steckte sie in die Tasche. Er streckte die Hand aus und lächelte ein wenig schief – ein Lächeln, das Louis auf Anhieb gefiel, obwohl er nicht der Mann war, der sich leicht zu jemandem hingezogen fühlte.
»Aber ich will Ihnen nicht in Ihr Fach hineinreden, Doktor«, sagte er. Und so lernte Louis Judson Crandall kennen, den Mann, der sein Vater hätte sein können.

3

Er hatte von der anderen Straßenseite aus ihre Ankunft beobachtet und war herübergekommen, um zu sehen, ob er ihnen helfen könnte; es schien, als »steckten sie ein bißchen in der Klemme«, wie er es ausdrückte.

Während Louis den Kleinen an die Schulter drückte, trat Crandall heran, betrachtete die Schwellung am Hals des Kindes und streckte eine massige, verarbeitete Hand aus. Rachel öffnete den Mund, um zu protestieren – die Hand sah entsetzlich ungeschickt aus und war fast so groß wie Gages Kopf –, aber noch bevor sie ein Wort sagen konnte, hatten die Finger des alten Mannes eine einzige, sichere Bewegung ausgeführt, so flink und geschickt wie die Finger eines Mannes, der ein Kartenkunststück vorführt oder mit einem Zaubertrick Münzen verschwinden läßt. Und der Stachel lag in seiner Hand.

»Ein Prachtexemplar«, stellte er fest. »Kein Medaillengewinner, aber für eine Schleife dürfte es reichen.« Louis fing an zu lachen.

Crandall musterte ihn mit seinem schiefen Lächeln und sagte: »Ist schon ein Ding, oder?«

»Was hat er gesagt, Mommy?« fragte Eileen, und dann fing auch Rachel an zu lachen. Natürlich war das furchtbar unhöflich, aber irgendwie war es trotzdem in Ordnung. Crandall zog eine Schachtel Chesterfield Kings hervor, steckte eine in den zerfurchten Mundwinkel, nickte ihnen freundlich zu, während sie lachten – sogar Gage gluckerte jetzt, trotz des Bienenstichs –, und riß ein Zündholz am Daumennagel an. *Die Alten haben ihre Tricks,* dachte Louis. *Kleine Tricks, aber manche von ihnen sind gut.*

Er hörte auf zu lachen und streckte die Hand aus, die nicht das Hinterteil von Gage stützte – ein ausgesprochen feuchtes Hinterteil. »Ich freue mich, Sie kennenzulernen, Mr ...«

»Jud Crandall«, sagte der Mann und ergriff die Hand. »Und Sie sind wohl der Doktor.«

»Ja. Louis Creed. Das ist meine Frau Rachel, meine Tochter Ellie, und der Junge mit dem Bienenstich ist Gage.«
»Nett, Sie alle kennenzulernen.«
»Ich wollte nicht lachen ... das heißt, *wir alle* wollten nicht lachen – aber wir ... wir sind alle ein bißchen müde.« Diese Worte – die Untertreibung, die in ihnen lag – ließen ihn wieder kichern. Er fühlte sich völlig erschöpft.
Crandall nickte. »Kann ich verstehen.« Er wandte sich an Rachel. »Warum kommen Sie nicht mit Ihrer Tochter und dem Kleinen eine Minute zu uns herüber, Missus Creed? Wir können etwas Natron auf einen Waschlappen tun und das da kühlen. Meine Frau würde Ihnen auch gern guten Tag sagen. Sie kommt nicht mehr viel heraus. In den letzten zwei oder drei Jahren macht ihr ihre Arthritis zu schaffen.«
Rachel warf einen Blick auf Louis, und der nickte.
»Das wäre sehr freundlich von Ihnen, Mr. Crandall.«
»Jud tut's auch«, sagte er.
Plötzlich hörten sie lautes Hupen, ein Motor wurde heruntergeschaltet, und dann bog der blaue Möbelwagen in die Auffahrt.
»Herr im Himmel, und ich weiß nicht, wo die Schlüssel sind«, sagte Louis.
»Kein Problem«, sagte Crandall. »Ich habe alle Schlüssel zum Haus. Mr. und Mrs. Cleveland – die Leute, die vor Ihnen hier wohnten – gaben sie mir vor – ja, das muß jetzt vierzehn, fünfzehn Jahre her sein. Sie wohnten lange hier. Joan Cleveland war die beste Freundin meiner Frau. Sie ist vor zwei Jahren gestorben. Bill ist in ein Altersheim drüben in Orrington gezogen. Ich bringe sie gleich. Sie gehören jetzt sowieso Ihnen.«
»Sie sind sehr freundlich, Mr. Crandall«, sagte Rachel.
»Keine Ursache«, sagte er. »Wir freuen uns darauf, wieder junges Volk in der Nähe zu haben. Aber Sie müssen aufpassen, daß sie von der Straße wegbleiben, Missus Creed. Da fahren pausenlos schwere Laster.«
Jetzt hörte man das Zuschlagen von Türen – die Möbelpacker waren aus der Kabine gesprungen und kamen auf sie zu.
Ellie war ein paar Schritte weitergewandert, und nun fragte sie: »Daddy, was ist das?«
Louis, der im Begriff war, den Möbelpackern entgegenzugehen, sah sich um. Am Rande des Grundstücks, wo der Rasen in hohes Sommergras überging, war ein gut meterbreiter Pfad gemäht worden, kurz und sauber. Er zog sich die Anhöhe hinauf, wand sich durch eine Gruppe niedriger Sträucher und ein Birkendickicht und geriet dann außer Sichtweite.
»Scheint ein Weg zu sein«, sagte Louis.

»Richtig«, sagte Crandall lächelnd. »Eines Tages erzähle ich dir mehr davon, Kleine. Kommst du jetzt mit, damit wir uns um dein Brüderchen kümmern können?«
»Natürlich«, sagte Ellie, und dann setzte sie fast hoffnungsvoll hinzu: »Brennt Natron?«

4

Crandall brachte die Schlüssel, aber inzwischen hatte Louis seine eigenen gefunden. An der Oberseite des Handschuhfachs war ein Hohlraum, und der kleine Umschlag hatte sich in der Verdrahtung verfangen. Louis fischte ihn heraus und ließ die Möbelpacker ins Haus. Crandall gab ihm die anderen Schlüssel. Sie hingen an einer alten, angelaufenen Uhrkette. Louis dankte ihm, ließ die Schlüssel geistesabwesend in die Tasche gleiten und sah zu, wie die Möbelpacker Kisten, Schränke, Kommoden und all die anderen Dinge ins Haus trugen, die sich in den zwölf Jahren ihrer Ehe angesammelt hatten. Sie so zu sehen, von ihren angestammten Plätzen entfernt, beraubte sie ihres Wertes. *Was für ein Haufen Gerümpel*, dachte er und empfand plötzlich Trauer und Niedergeschlagenheit – wahrscheinlich das, was die Leute Heimweh nannten.

»Entwurzelt und verpflanzt«, sagte Crandall, der plötzlich neben ihm stand, und Louis fuhr ein wenig zusammen.

»Das klingt, als kennten Sie das Gefühl«, sagte er.

»Nein, eigentlich nicht.« Crandall zündete sich eine Zigarette an – das Streichholz flammte hell in der ersten Abenddämmerung. »Das Haus da drüben hat mein Vater gebaut. Er brachte seine Frau hierher, und sie bekamen dort ein Kind. Das Kind war ich, geboren genau im Jahre 1900.«

»Demnach sind Sie...«

»Dreiundachtzig«, sagte Crandall, und Louis war ein wenig erleichtert, daß er nicht hinzusetzte *Jahre jung*, eine Redensart, die er gründlich verabscheute.

»Sie sehen aber viel jünger aus.«

Crandall zuckte die Achseln. »Jedenfalls habe ich immer hier gelebt. Ich ging zur Armee, als wir in den Großen Krieg eintraten, aber der Weg nach Europa endete in Bayonne, New Jersey. Widerliches Nest. Sogar 1917 war es ein widerliches Nest. Ich war froh, wieder hierher zurückzukommen. Ich heiratete meine Norma, leistete meine Zeit bei der Eisenbahn ab, und wir sind noch immer hier. Aber hier in Ludlow habe ich eine Menge vom Leben gesehen, wahrhaftig.«

Die Möbelpacker machten am Schuppeneingang halt, beladen mit der Sprungfedermatratze für das große Doppelbett, das er mit Rachel teilte. »Wo soll das hin, Mr. Creed?«

»Nach oben ... Augenblick, ich zeige es Ihnen.« Er ging auf sie zu, hielt dann einen Augenblick inne und blickte zurück zu Crandall.

»Gehen Sie nur«, sagte Crandall lächelnd. »Ich sehe inzwischen nach, wie es Ihren Leuten geht. Ich schicke sie dann zurück und gehe Ihnen aus dem Wege. Aber Umziehen ist eine Arbeit, die durstig macht. Gewöhnlich sitze ich gegen neun auf der Veranda und trinke ein Bier. Wenn das Wetter schön ist, sehe ich gern, wie die Nacht hereinbricht. Manchmal leistet Norma mir Gesellschaft. Kommen Sie herüber, wenn Sie Lust haben.«

»Vielleicht tu ich's«, sagte Louis, der keineswegs die Absicht hatte. Das nächste wäre dann eine inoffizielle (und kostenlose) Diagnose: Normas Arthritis. Er mochte Crandall, mochte sein schiefes Lächeln, seine zwanglose Art zu reden, seinen Ostküstenakzent, der nichts Hartes an sich hatte, sondern eher weich und schleppend war. Ein guter Mann, dachte Louis; aber Ärzte sind schnell mißtrauisch. Es war ein Jammer – früher oder später verlangten selbst die besten Freunde nach ärztlichem Rat. Und bei alten Leuten gab es da kein Aufhören. »Aber Sie sollten nicht fest damit rechnen oder meinetwegen aufbleiben – wir hatten einen höllischen Tag.«

»Hauptsache, Sie wissen, daß Sie keine gedruckte Einladung brauchen«, sagte Crandall – und in seinem schiefen Lächeln war etwas, das Louis das Gefühl vermittelte, Crandall wisse genau, was er dachte.

Er beobachtete den Alten noch einen Augenblick, bevor er sich den Möbelpackern anschloß. Crandall ging aufrecht und mühelos, wie ein Mann von Sechzig, nicht wie einer, der über Achtzig war. Louis fühlte sich zum ersten Mal zu ihm hingezogen.

5

Um neun waren die Möbelpacker fort. Ellie und Gage, beide erschöpft, schliefen in ihren neuen Zimmern, Gage in seinem Kinderbett, Ellie auf einer Matratze auf dem Fußboden, umgeben von einem kleinen Gebirge aus Schachteln – ihren Millionen von Wachsstiften, heil, durchgebrochen und stumpf; ihren *Sesamstraße*-Postern; ihren Bilderbüchern; ihren Kleidern und weiß der Himmel, was sonst noch. Und natürlich war Church bei ihr, gleichfalls schlafend, mit einem rostigen Grollen in der Kehle. Anscheinend war dieses rostige Grollen die einzige Art des Schnurrens, zu der der große Kater imstande war.

Rachel war mit Gage auf dem Arm ruhelos durchs Haus gewandert, nur in den seltensten Fällen einverstanden mit den Orten, an denen Louis die Sachen von den Möbelpackern hatte abstellen lassen, und Anweisungen gebend, wie sie anders postiert oder aufgestapelt werden sollten. Louis hatte ihren Scheck schon ausgestellt; er steckte in seiner Jackentasche, zusammen mit den fünf Zehndollarnoten, die er als Trinkgeld beiseitegelegt hatte. Als der Möbelwagen endlich leer war, gab er ihnen den Scheck und das Trinkgeld, quittierte ihren Dank mit einem Nicken, unterschrieb die Empfangsbestätigung. Dann stand er auf der Veranda und sah zu, wie sie in ihren großen Möbelwagen zurückkehrten. Er vermutete, daß sie in Bangor eine Pause einlegen und den Staub mit ein paar Bier hinunterspülen würden. Bier wäre jetzt genau das Richtige. Und das brachte ihn wieder auf Jud Crandall.

Er und Rachel saßen am Küchentisch, und er sah die Ringe unter ihren Augen. »Du«, sagte er, »gehst jetzt ins Bett.«

»Auf ärztlichen Rat?« sagte sie, leicht lächelnd.

»Jawohl.«

»Okay«, sagte sie und stand auf. »Ich bin erledigt. Und wahrscheinlich wird sich Gage heute nacht melden. Kommst du mit?«

Er zögerte. »Ich glaube nicht, jedenfalls jetzt noch nicht. Der alte Mann drüben auf der anderen Straßenseite – er hat mich auf ein Bier eingeladen. Ich glaube, ich mache von der Einladung Gebrauch. Ich bin zwar auch müde, aber noch zu aufgekratzt, um schlafen zu können.«

Rachel lächelte. »Es wird darauf hinauslaufen, daß du dir von Mrs. Crandall erzählen läßt, wo es wehtut und auf was für einer Matratze sie schläft.«

Louis lachte. Es war merkwürdig – beängstigend –, wie Frauen imstande waren, die Gedanken ihrer Männer zu lesen.

»Er war da, als wir ihn brauchten«, sagte er. »Ich denke, da kann ich ihm auch einen Gefallen tun.«

»Also ein Tauschhandel?«

Er zuckte die Achseln, weil er nicht wußte, ob und wie er ihr sagen sollte, daß er auf Anhieb eine Zuneigung für Jud Crandall verspürt hatte. »Wie ist seine Frau?«

»Ganz reizend«, sagte Rachel. »Gage saß auf ihrem Schoß. Ich war überrascht. Er hatte einen schweren Tag hinter sich, und du weißt ja, daß er selbst unter den günstigsten Umständen mit Fremden nicht auf Anhieb Freundschaft schließt. Und sie hatte ein Püppchen, mit dem sie Ellie spielen ließ.«

»Was meinst du – wie schlimm ist ihre Arthritis?«
»Ziemlich schlimm.«
»Rollstuhl?«
»Nein – aber sie geht sehr langsam, und ihre Finger ...« Rachel hob ihre eigenen schlanken Finger und krümmte sie zu Klauen. Louis nickte. »Aber bleib nicht zu lange fort, Lou. Mir ist unbehaglich zumute in fremden Häusern.«
»Es wird nicht lange fremd bleiben«, sagte Louis und küßte sie.

6

Als Louis zurückkam, fühlte er sich sehr klein. Niemand hatte ihn gebeten, Norma Crandall zu untersuchen; als er die Straße überquert hatte, war sie bereits zu Bett gegangen. Jud war eine undeutliche Silhouette hinter der Gaze, die die Veranda umschloß. Er hörte das anheimelnde Quietschen eines Schaukelstuhls auf altem Linoleum. Louis klopfte an die Gazetür, die einladend in ihrem Rahmen schepperte. Crandalls Zigarette glühte in der Dunkelheit des Sommerabends wie ein großes, friedliches Glühwürmchen. Aus dem Radio kam leise die Übertragung eines Baseballspiels; alles zusammen vermittelte Louis auf höchst merkwürdige Art das Gefühl, nach Hause gekommen zu sein.
»Doktor«, sagte Crandall. »Ich dachte mir, daß Sie es sind.«
»Ich hoffe, Sie meinten es ernst mit dem Bier«, sagte Louis und trat ein.
»Oh, was Bier betrifft, lüge ich nie«, sagte Crandall. »Ein Mann, der wegen Bier lügt, macht sich Feinde. Setzen Sie sich, Doktor. Ich habe für alle Fälle ein paar Dosen auf Eis gelegt.«
Die Veranda war lang und schmal und mit Rattanstühlen und -sofas möbliert. Louis ließ sich in einen der Stühle sinken und war überrascht, wie bequem er war. Zu seiner Linken stand ein Zinkeimer mit Eiswürfeln und ein paar Dosen Black Label. Er nahm sich eine davon.
»Danke«, sagte er und öffnete sie. Die ersten beiden Schlucke waren eine Wohltat für seine Kehle.
»Mehr als gern geschehen«, sagte Crandall. »Ich hoffe, Sie verbringen hier eine glückliche Zeit, Doktor.«
»Amen«, sagte Louis.
»Sagen Sie – wenn Sie Appetit auf ein paar Cracker oder so etwas haben – ich könnte welche holen. Außerdem habe ich ein Stück Rattenkäse, das gerade reif ist.«
»Ein Stück *was*?«

»Cheddar.« Crandalls Stimme klang leicht amüsiert.
»Danke, aber das Bier reicht.«
»Na schön, gießen wir's in uns hinein.« Crandall rülpste zufrieden.
»Ihre Frau ist zu Bett gegangen?« fragte Louis und wunderte sich, daß er selbst darauf zu sprechen kam.
»Ja. Manchmal bleibt sie auf, manchmal nicht.«
»Ihre Arthritis ist ziemlich schmerzhaft, nicht wahr?«
»Ist Ihnen je ein Fall begegnet, bei dem das nicht so war?« fragte Crandall.
Louis schüttelte den Kopf.
»Ich nehme an, es ist zu ertragen«, sagte Crandall. »Sie klagt nicht viel. Sie ist ein gutes, altes Mädchen, meine Norma.« In seiner Stimme klang eine starke und simple Zuneigung. Draußen auf der Route 15 dröhnte ein Tankwagen vorbei, so groß und so lang, daß Louis einen Augenblick sein Haus jenseits der Straße nicht sehen konnte. An der Seitenfläche des Lasters, im letzten Tageslicht gerade noch erkennbar, stand das Wort ORINCO.
»Verdammt großer Kasten«, bemerkte Louis.
»Orinco liegt in der Nähe von Orrington«, sagte Crandall. »Eine Kunstdüngerfabrik. Sie fahren hin und her, ununterbrochen. Außerdem die Tankwagen mit Heizöl, die Kipplaster und die Leute, die morgens nach Bangor oder Brewer zur Arbeit und abends wieder nach Hause fahren.« Er schüttelte den Kopf. »Das ist das einzige, was mir an Ludlow nicht mehr gefällt. Diese verdammte Straße. Keine Ruhe mehr, weder Tag noch Nacht. Manchmal wacht Norma davon auf. Manchmal wache ich sogar davon auf, und ich schlafe gewöhnlich wie ein Holzklotz.«
Louis, dem diese merkwürdige Landschaft von Maine nach dem ständigen Verkehrslärm von Chicago fast gespenstisch still vorkam, nickte nur.
»Eines schönen Tages werden die Araber den Stöpsel zumachen, und dann können sie da drüben Usambaraveilchen züchten«, sagte Crandall.
»Schon möglich.« Louis setzte seine Dose an und war überrascht, daß sie schon leer war.
Crandall lachte. »Bedienen Sie sich selbst, Doktor.«
Louis zögerte, dann sagte er: »Also gut, aber nur noch eine. Ich muß sehen, daß ich wieder hinüberkomme.«
»Kann ich verstehen. Ist Umziehen nicht eine Pest?«
»Das kann man wohl sagen«, pflichtete ihm Louis bei, und dann schwiegen sie eine Zeitlang. Es war ein behagliches Schweigen, als kennten sie einander schon seit langer Zeit. Es war ein Gefühl, von dem Louis zwar in Büchern gelesen, das er selbst aber bisher

noch nie verspürt hatte. Er schämte sich der Gedanken über die kostenlose ärztliche Beratung, die ihm früher durch den Kopf gegangen waren.

Auf der Straße dröhnte ein Sattelschlepper vorüber; seine Positionsscheinwerfer funkelten wie irdische Sterne.

»Eine ganz gemeine Straße, wahrhaftig«, wiederholte Crandall nachdenklich, fast ausdruckslos, dann wandte er sich Louis zu. Um seinen runzligen Mund spielte ein Lächeln. Er steckte eine Chesterfield in eine Ecke des Lächelns und riß am Daumennagel ein Streichholz an. »Sie erinnern sich doch an den Pfad, der Ihrer kleinen Tochter auffiel?«

Einen Augenblick lang erinnerte Louis sich nicht; Ellie war eine endlose Liste von Dingen aufgefallen, bevor sie endlich ins Bett sank. Doch dann fiel es ihm wieder ein. Der breite, gemähte Pfad, der sich durch ein Dickicht und den Hügel hinaufwand.

»Doch, ich erinnere mich. Sie haben versprochen, ihr eines Tages davon zu erzählen.«

»Ja, das habe ich, und ich werde es auch tun«, sagte Crandall. »Der Pfad führt ungefähr anderthalb Meilen tief in den Wald. Die Kinder, die in der Umgebung der Route 15 und des Middle Drive wohnen, halten ihn in Ordnung, weil sie ihn brauchen. Kinder kommen und gehen – heute ziehen die Leute viel öfter um als früher, zu der Zeit, in der ich ein Junge war; damals suchte man sich ein Zuhause und blieb da. Aber offenbar erzählt es einer dem anderen, und in jedem Frühjahr mähen ein paar von ihnen den Pfad. Sie halten ihn den ganzen Sommer über in Ordnung. Nicht alle Erwachsenen im Ort wissen, daß es ihn gibt – viele kennen ihn natürlich, aber bei weitem nicht alle –, aber die Kinder wissen Bescheid, darauf gehe ich jede Wette ein.«

»Wissen Sie, wohin er führt?«

»Zum Tierfriedhof«, sagte Crandall.

»Tierfriedhof?« wiederholte Louis verwundert.

»Das ist weniger seltsam, als es vielleicht klingen mag«, sagte Crandall, rauchend und schaukelnd. »Es liegt an der Straße. Sie macht einer Menge Tiere den Garaus, diese Straße. In erster Linie Hunden und Katzen, aber nicht nur. Einer dieser großen Orinco-Laster hat den Waschbären überfahren, den die Ryder-Kinder als Haustier hielten. Das war – ja, das muß 1973 gewesen sein, vielleicht noch früher. Jedenfalls bevor das Gesetz herauskam, das das Halten eines Waschbären oder sogar eines drüsenlosen Stinktiers verbietet.«

»Warum denn das?«

»Tollwut«, sagte Crandall. »In Maine gibt es jetzt eine Menge Tollwut. Vor ein paar Jahren wurde ein großer Bernhardiner tollwütig und brachte vier Menschen um. War eine schlimme Geschichte. Der Hund war nicht geimpft worden. Wenn die dämlichen Leute dafür gesorgt hätten, daß der Hund geimpft wurde, wäre es nie dazu gekommen. Aber einen Waschbären oder ein Stinktier kann man jedes Jahr zweimal impfen, und trotzdem sind sie nicht immer immun. Der Waschbär, der den Ryder-Jungen gehörte, war das, was man früher einen ›lieben Waschbären‹ nannte. Er kam auf einen zugewatschelt – war ein fetter Brocken – und leckte einem das Gesicht wie ein Hund. Ihr Vater bezahlte sogar einen Tierarzt dafür, daß er ihn kastrierte und die Krallen entfernte. Das muß ihn ein kleines Vermögen gekostet haben. Ryder arbeitete damals in Bangor bei IBM. Vor fünf Jahren – vielleicht auch schon vor sechs – gingen sie nach Colorado. Merkwürdig, wenn man bedenkt, daß die beiden Jungen jetzt schon fast alt genug sind, um Auto zu fahren. Ob sie verzweifelt waren, als ihr Waschbär überfahren wurde? Ich glaube schon. Matty Ryder weinte so lange, daß seine Mutter Angst bekam und mit ihm zum Arzt gehen wollte. Ich nehme an, er ist darüber hinweggekommen, aber vergessen wird er es nie. Wenn ein geliebtes Tier überfahren wird, kann ein Kind das nie vergessen.«

Louis' Gedanken kehrten zu Ellie zurück, wie er sie heute abend zuletzt gesehen hatte, tief schlafend, während Church am Fußende der Matratze rostig schnurrte.

»Meine Tochter hat einen Kater«, sagte er. »Winston Churchill, kurz Church genannt.«

»Schaukeln sie, wenn er läuft?«

»Wie bitte?« Louis hatte keine Ahnung, wovon die Rede war.

»Hat er seine Hoden noch, oder ist er kastriert?«

»Nein«, sagte Louis. »Nein, er ist nicht kastriert.«

Über dieses Thema hatte es schon in Chicago Diskussionen gegeben. Rachel wollte Church kastrieren lassen und hatte sogar schon einen Termin beim Tierarzt. Louis machte die Verabredung rückgängig – warum, wußte er damals selbst noch nicht. Es hatte nichts damit zu tun, daß er auf irgendeine simple oder verrückte Art seine Männlichkeit mit der des Katers seiner Tochter gleichsetzte, es war nicht einmal Erbitterung bei dem Gedanken, Church müsse kastriert werden, damit sich die fette Hausfrau von nebenan nicht die Mühe machen mußte, die Deckel ihrer Kunststoff-Mülltonnen fest zu schließen – diese Dinge hatten mit hineingespielt, ausschlaggebend jedoch war ein unbestimmtes, aber dennoch starkes Gefühl gewesen, daß dabei etwas in Church zerstört würde, was er selbst schätzte – daß der Geh-zum-Teufel-Ausdruck aus den grünen Augen des Katers verschwände. Schließlich hatte er Rachel darauf hingewiesen, daß sie aufs Land zögen und daß es dort keine Rolle spielte. Und nun saß Judson Crandall hier, wies ihn darauf hin, daß zum Landleben in Ludlow auch die Route 15 gehörte, und fragte ihn, ob der Kater kastriert wäre. Versuchen Sie es mit ein bißchen Ironie, Dr. Creed – das ist gut für Ihren Blutdruck.

»Ich würde ihn kastrieren lassen«, sagte Crandall und drückte seine Zigarette zwischen Daumen und Zeigefinger aus. »Ein kastrierter Kater stromert nicht so weit herum. Aber wenn er ständig über die Straße läuft, hat er eines Tages Pech und endet dort oben bei dem Waschbären der Ryder-Kinder, Timmy Desslers Cockerspaniel und Missus Bradleighs Wellensittich. Nicht, daß der Wellensittich überfahren worden wäre – er streckte nur eines Tages die Füße in die Luft.«

»Ich lasse mir's durch den Kopf gehen«, sagte Louis.

»Tun Sie das«, sagte Crandall und stand auf. »Wie steht's mit Ihrem Bier? Ich glaube, ich hole mir doch noch ein Stück vom alten Mr. Ratte.«

»Das Bier ist alle«, sagte Louis und erhob sich gleichfalls. »Außerdem muß ich jetzt gehen. Habe morgen einen anstrengenden Tag vor mir.«

»Sie fangen in der Universität an?«

Louis nickte. »Die Studenten kommen zwar erst in vierzehn Tagen, aber bis dahin sollte ich mich auskennen, meinen Sie nicht?«

»Ja, wenn Sie nicht wissen, wo die Pillen sind, gibt's vielleicht Probleme.« Crandall streckte ihm die Hand hin, und Louis ergriff sie – nicht ohne daran zu denken, daß alte Knochen leicht brechen. »Kommen Sie abends herüber, wann immer Sie Lust haben«, sagte Crandall. »Ich möchte, daß Sie meine Norma kennenlernen. Ich glaube, sie würde sich auch freuen.«

»Das tue ich«, sagte Louis. »War schön, Ihre Bekanntschaft zu machen.«

»Ganz meinerseits. Sie werden sich bald eingewöhnen. Vielleicht bleiben Sie eine Weile hier.«

»Ich hoffe es.«

Louis ging den mit Bruchsteinen gepflasterten Weg hinunter zum Bankett der Straße und mußte dann warten, bis wieder ein großer Lastzug, gefolgt von fünf Personenwagen, in Richtung Bucksport vorüber war. Dann hob er die Hand zu einem kurzen Gruß, überquerte die Straße und schloß die Tür zu seinem neuen Haus auf.

Drinnen herrschte die Stille des Schlafs. Ellie schien sich überhaupt nicht bewegt zu haben, und Gage lag in seinem Bettchen, auf typische Gage-Art schlafend, auf dem Rücken, alle Viere von sich gestreckt, eine Flasche in Reichweite. Als Louis da stand und seinen Sohn betrachtete, füllte sich sein Herz plötzlich mit einer Liebe, die so stark war, daß es fast bedrohlich schien. Wahrscheinlich war ein Teil davon einfach Heimweh nach all den vertrauten Orten und Gesichtern Chicagos, die jetzt weit weg waren, von den vielen Meilen so gründlich ausgelöscht, als hätte es sie nie gegeben. *Die Leute ziehen heute viel öfter um als früher – damals suchte man sich ein Zuhause und blieb da.* Daran war etwas Wahres.

Er trat zu seinem Sohn, und weil niemand da war, der es sehen konnte – nicht einmal Rachel –, küßte er seine Finger und drückte sie dann leicht und kurz durch die Stäbe des Bettchens hindurch auf Gages Wange.

Gage gluckste und drehte sich auf die Seite.

»Schlaf gut, Baby«, sagte Louis.

Er zog sich leise aus und glitt in seine Hälfte des Doppelbettes, das im Augenblick nur aus einer Matratze auf dem Fußboden bestand. Er spürte, wie die Anspannung des Tages nachließ. Rachel rührte sich nicht. Unausgepackte Kisten ragten gespenstisch in den Raum.

Kurz vor dem Einschlafen blickte Louis, auf einen Ellenbogen gestützt, noch einmal aus dem Fenster. Ihr Zimmer lag an der Vorderfront des Hauses, und er konnte über die Straße zum Haus der Crandalls hinübersehen. Es war zu dunkel, als daß er Formen hätte ausmachen können – in einer mondhellen Nacht wäre es möglich gewesen –, aber er sah die Glut der Zigarette dort drüben. *Immer noch auf,* dachte er. *Alte Leute schlafen schlecht. Vielleicht bewachen sie etwas.*

Vor wem?

Louis dachte noch darüber nach, als er in Schlaf fiel. Er träumte, er wäre in Disney World und führe einen großen, weißen Kastenwagen mit dem roten Kreuz an den Seiten. Gage saß neben ihm, und im Traum war Gage mindestens zehn Jahre alt. Church saß auf dem Armaturenbrett des weißen Kastenwagens und sah Louis mit seinen leuchtenden grünen Augen an. Draußen auf der Main Street, vor dem Bahnhof von 1890, schüttelte Micky Maus die Hände der drängelnden Kinder, und die großen, weißen Papphandschuhe verschluckten die vertrauensvollen kleinen Hände.

7

In den nächsten beiden Wochen war die Familie vollauf beschäftigt. Stück für Stück begann Louis' Arbeit Form anzunehmen (doch wie es sein würde, wenn zehntausend Studenten, viele von ihnen drogensüchtig und dem Alkohol verfallen, einige mit Geschlechtskrankheiten, andere nervös wegen ihrer Noten oder deprimiert, weil zum ersten Mal von Zuhause fort, ein Dutzend, Mädchen vor allem, appetitlos – wie es sein würde, wenn sie sich alle gleichzeitig auf dem Campus drängten, das stand auf einem anderen Blatt). Und während Louis seine Arbeit als Leiter der Krankenstation der Universität in den Griff bekam, begann Rachel das Haus in den Griff zu bekommen.

Gage war damit beschäftigt, sich die Beulen und Splitter zu holen, die mit der Eingewöhnung in eine neue Umgebung verbunden sind, und eine Zeitlang war sein nächtlicher Fahrplan völlig durcheinander; erst in der Mitte ihrer zweiten Woche in Ludlow begann er wieder durchzuschlafen. Nur Ellie, der der Eintritt in die Vorschule an einem fremden Ort bevorstand, schien ständig reizbar und empfindlich. Ein Wort genügte, sie in einen anhaltenden Kicheranfall ausbrechen zu lassen oder in Zeiten fast klimakterischer Depression und Launenhaftigkeit. Rachel meinte, sie würde darüber hinwegkommen, wenn sie merkte, daß die Schule nicht der große, rote Teufel war, als der er sich in ihren Gedanken darstellte; Louis zweifelte nicht, daß Rachel recht hatte. Die meiste Zeit war Ellie das, was sie immer gewesen war – ein liebes Kind.

Die ein oder zwei abendlichen Dosen Bier bei Jud Crandall wurden zu einer Art Gewohnheit. Um die Zeit, als Gage wieder durchzuschlafen begann, nahm Louis jeden zweiten oder dritten Abend eine Sechserpackung mit hinüber. Er lernte Norma Crandall kennen, eine reizende Frau mit rheumatoider Arthritis – jener üblen Polyarthritis, die so vieles von dem zunichte macht, was im Alter sonst gesunder Frauen und Männer schön sein konnte; aber sie hielt sich tapfer. Sie ergab sich den Schmerzen nicht, hißte keine weißen Fahnen. Sollte die Krankheit doch sehen, wo sie blieb. Louis gab ihr noch weitere fünf bis sieben produktive, wenn auch nicht sonderlich angenehme Jahre.

Ganz im Gegensatz zu seinen beruflichen Prinzipien untersuchte er sie aus eigenem Antrieb, überprüfte die Medikamente, die ihr Arzt ihr verschrieben hatte, und fand sie völlig in Ordnung. Er verspürte eine bohrende Enttäuschung, daß er nichts für sie tun konnte, aber Dr. Weybridge hatte alles so weit unter Kontrolle, wie es für Norma Crandall möglich war – einen plötzlichen Schub ausgenommen, der eintreten konnte, mit dem man jedoch nicht zu rechnen brauchte. Entweder man lernte die Krankheit zu akzeptieren – oder man endete in einer kleinen Kammer und schrieb mit Filzstiften Briefe nach Hause. Rachel mochte sie, und sie hatten ihre Freundschaft mit dem Austausch von Rezepten besiegelt – auf die gleiche Weise, wie kleine Jungen Bilder von Baseball-Stars tauschen –, angefangen mit Norma Crandalls Apfelpastete gegen Rachels Filetspitzen Stroganoff. Norma hatte die beiden Creed-Kinder liebgewonnen – vor allem Ellie, von der sie sagte, sie würde einmal eine »Schönheit wie in der guten alten Zeit« werden. Nur gut, sagte Louis an diesem Abend im Bett zu Rachel, daß sie nicht gesagt hatte, aus Ellie würde einmal ein ganz lieber Waschbär. Rachel mußte so heftig lachen, daß sie einen Wind fahren ließ, und dann lachten sie beide so lange und so laut, daß Gage im Nebenzimmer aufwachte.

Der erste Vorschultag rückte näher. Louis, der sich inzwischen in der Krankenstation und dem dort vorhandenen medizinischen Instrumentarium auskannte, nahm den Tag frei. (Übrigens war die Krankenstation im Augenblick völlig leer; die letzte Patientin, ein Mädchen, das an einem Sommerkurs teilgenommen und sich auf den Stufen der Student Union ein Bein gebrochen hatte, war eine Woche zuvor entlassen worden.) Er stand mit Gage auf dem Arm neben Rachel auf dem Rasen, als der große, gelbe Bus aus dem Middle Drive einbog und vor ihrem Haus zum Stehen kam. Die vorderen Falttüren öffneten sich, und das Plappern und Kreischen vieler Kinder füllte die milde Septemberluft.

Ellie warf einen seltsamen, verschüchterten Blick über die Schulter zurück, als wollte sie fragen, ob sich dieser unausweichliche Gang der Dinge nicht vielleicht doch noch aufschieben ließ; doch was sie auf den Gesichtern ihrer Eltern sah, überzeugte sie wohl, daß die Zeit vergangen und alles, was diesem ersten Tag folgte, einfach unvermeidlich war – wie das Fortschreiten von Norma Crandalls Arthritis. Sie wandte sich von ihnen ab und stieg in den Bus. Die Türen schlossen sich hinter ihr mit einem Geräusch wie das Atmen eines Drachens. Der Bus fuhr an. Rachel brach in Tränen aus.

»Nicht weinen«, sagte Louis. Er weinte nicht; er war nur nahe daran. »Es ist doch nur ein halber Tag.«

»Ein halber Tag ist schlimm genug«, erwiderte Rachel mit vorwurfsvoller Miene und weinte noch heftiger. Louis umschlang sie, und Gage legte seine Arme vergnügt um den Hals von Vater und Mutter. Wenn Rachel weinte, weinte Gage normalerweise auch. Aber jetzt tat er es nicht. *Er hat uns für sich allein,* dachte Louis, *und das weiß er ganz genau.*

Sie warteten mit einiger Besorgnis auf Ellies Rückkehr, tranken zuviel Kaffee, überlegten, wie es ihr wohl ergehen mochte. Louis ging in den Raum an der Rückseite des Hauses, der sein Arbeitszimmer werden sollte, räumte ein bißchen herum, bewegte Papiere von einem Platz auf einen anderen, tat aber sonst kaum etwas. Rachel begann viel zu früh mit den Lunch-Vorbereitungen.

Als viertel nach zehn das Telefon läutete, rannte Rachel hin und gab ein atemloses »Hallo?« von sich, bevor es ein zweites Mal läuten konnte. Louis stand auf der Schwelle zwischen seinem Arbeitszimmer und der Küche. Gewiß war es Ellies Lehrerin, die mitteilen wollte, daß Ellie es nicht durchgestanden hatte; daß der Magen der allgemeinen Schulbildung sie für unverdaulich befunden und wieder ausgespuckt hatte. Aber es war nur Norma Crandall, die anrief, um ihnen zu sagen, daß Jud den letzten Mais geerntet hatte und daß sie ein Dutzend Kolben haben könnten, wenn sie wollten. Louis ging mit einer Einkaufstasche hinüber und machte Jud Vorwürfe, weil er ihn nicht hatte helfen lassen.

»Das meiste davon ist ohnehin einen Scheißdreck wert«, sagte Jud.

»Sei so freundlich, dir solche Ausdrücke zu verkneifen, wenn ich in der Nähe bin«, sagte Norma. Sie kam mit Eistee auf einem alten Coca-Cola-Tablett auf die Veranda.

»Tut mir leid, meine Liebe.«

»Es tut ihm keine Spur leid«, sagte Norma zu Louis und setzte sich stöhnend hin.

»Ich sah Ellie in den Bus steigen«, sagte Jud und zündete sich eine Chesterfield an.

»Sie wird sich wohlfühlen«, sagte Norma. »Das tun sie fast immer.«

Fast immer, dachte Louis.

Aber Ellie hatte sich wohlgefühlt. Am Mittag kam sie, lächelnd und strahlend; ihr neues blaues Schulkleid bauschte sich anmutig um ihre verschorften Schienbeine (mit einer neuen Schramme am Knie), in einer Hand ein Bild, das zwei Kinder darstellen mochte oder auch zwei spazierengehende Kranbrücken, mit einem offenen Schuh und nur noch einer Schleife im Haar, und sie rief: »Wir haben ›Old MacDonald‹ gesungen! Mommy! Daddy! Wir haben ›Old MacDonald‹ gesungen! Genau wie in der Schule in der Carstairs Street!«

Rachel warf Louis, der mit Gage auf dem Schoß am Fenster saß, einen Blick zu. Der Kleine schlief fast. Es lag etwas Trauriges in Rachels Blick, und obwohl sie sich schnell wieder abwandte, verspürte Louis einen Augenblick lang eine entsetzliche Panik. *Wir werden tatsächlich alt*, dachte er. *Kein Zweifel möglich. Sie hat sich auf den Weg gemacht – und wir auch.*

Ellie kam zu ihm und versuchte, ihm ihr Bild und ihre neue Schramme zu zeigen und ihm von ›Old MacDonald‹ und von Mrs. Berryman zu erzählen – alles gleichzeitig. Church wanderte laut schnurrend zwischen ihren Beinen umher, und erstaunlicherweise gelang es Ellie, nicht über ihn zu stolpern.

»Pst«, sagte Louis und küßte sie. Gage war eingeschlafen, unberührt von der ganzen Aufregung. »Laß mich den Kleinen ins Bett bringen, dann höre ich mir alles an.«

Er trug Gage durch die warme, schräg einfallende Septembersonne die Treppe hinauf, und als er den Treppenabsatz erreicht hatte, befiel ihn ein solches Vorgefühl des Grauens und der Dunkelheit, daß er stehenblieb – wie angewurzelt stehenblieb –, sich überrascht umsah und sich fragte, was ihn da überkommen haben mochte. Er faßte den Jungen fester, preßte ihn an sich, und Gage regte sich unbehaglich. Louis spürte eine Gänsehaut an Armen und Rücken.

Was ist passiert? fragte er sich verwirrt und bestürzt. Sein Herz raste; seine Kopfhaut fühlte sich kühl an und schien plötzlich zu eng für seinen Schädel; er spürte das Anbranden von Adrenalin hinter seinen Augen. Die Augen von Menschen quollen bei extremer Angst tatsächlich vor, das wußte er; sie weiteten sich nicht nur, sondern *quollen heraus,* wenn der Blutdruck stieg und der hydrostatische Druck der Hirnflüssigkeit zunahm. *Was zum Teufel ist das? Gespenster? Herrgott, es fühlt sich tatsächlich an, als hätte mich auf dieser Treppe hier eben etwas gestreift, etwas, das ich fast sehen konnte.*

Unten schlug die Gazetür gegen den Rahmen.

Louis Creed fuhr zusammen, hätte fast aufgeschrien; dann lachte er. Es war nur eines jener psychischen Kältelöcher, durch die Leute manchmal hindurchmüssen – nicht mehr, nicht weniger. Eine vorübergehende Absenz. Das kam vor; damit hatte es sich. Was hatte Scrooge zum Geist von Jakob Marley gesagt? *»Ihr könnt ein Stückchen schlechter Kartoffel sein. Ihr habt mehr vom Unterleib als von der Unterwelt an Euch.«* Und das war – physisch wie psychisch – zutreffender, als Dickens gewußt haben mochte. Es gab keine Geister, zumindest nicht im Bereich seiner Erfahrungen. Im Laufe seines Berufslebens hatte er zwei Dutzend Menschen für tot erklärt und bei keinem von ihnen das Entweichen einer Seele gespürt.

Er brachte Gage in sein Zimmer und legte ihn in sein Bettchen. Doch als er seinen Sohn zudeckte, lief ihm ein Schaudern über den Rücken, und er mußte plötzlich an den »Ausstellungsraum« seines Onkels Carl denken. Einen Ausstellungsraum ohne neue Autos, ohne Fernsehgeräte mit allen technischen Raffinessen, ohne Geschirrspüler mit gläsernen Frontscheiben, hinter denen man die magischen Spülvorgänge beobachten konnte. Nur Kästen mit aufgestellten Deckeln, und über jedem ein sorgfältig verborgener Punktstrahler. Der Bruder seines Vaters war Bestattungsunternehmer. *Gott im Himmel, woher kam dieses Schaudern? Schluß damit! Weg damit!* Er küßte seinen Sohn und ging hinunter, um sich Ellies Bericht über ihren ersten Tag in der Schule anzuhören.

8

An diesem Samstag, nachdem Ellie ihre erste Schulwoche hinter sich hatte und bevor die Studenten auf den Campus zurückkehrten, überquerte Jud Crandall die Straße und ging auf die Creeds zu, die auf dem Rasen saßen. Ellie war von ihrem Fahrrad abgestiegen und trank ein Glas Eistee. Gage kroch im Gras herum, untersuchte Käfer und verspeiste vielleicht sogar ein paar; er war nicht wählerisch – ihm war es gleich, wo sein Eiweiß herkam.

»Jud«, sagte Louis und stand auf. »Ich hole Ihnen einen Stuhl.«

»Nicht nötig.« Jud trug Jeans, ein offenes Arbeitshemd und ein Paar grüne Stiefel. Er sah Ellie an. »Willst du immer noch wissen, wohin der Pfad führt, Ellie?«

»Ja«! sagte Ellie und sprang auf. Ihre Augen funkelten. »George Buck in der Schule hat mir erzählt, daß da der Tierfriedhof ist, und ich habe es Mommy erzählt, aber sie hat gesagt, wir sollten auf Sie warten, weil Sie wissen, wo er liegt.«

»Ja, das weiß ich«, sagte Jud. »Und wenn es deinen Eltern recht ist, machen wir einen Spaziergang dort hinauf. Aber du mußt auch Stiefel anziehen. An manchen Stellen ist der Boden ein bißchen schlammig.«

Ellie stürmte ins Haus.

Jud blickte ihr mit amüsierter Zuneigung nach. »Wollen Sie auch mitkommen, Louis?«

»Ja, gern.« Er sah Rachel an. »Und du, Liebes?«

»Was ist mit Gage? Soweit ich weiß, ist es ein gutes Stück zu laufen.«

»Ich stecke ihn in den Gerrypack.«

Rachel lachte. »Okay – aber es ist dein Rücken, Mister.«

Zehn Minuten später brachen sie auf, alle außer Gage in Stiefeln. Gage saß im Gerrypack und blickte mit großen Augen über Louis'

Schulter hinweg. Ellie lief ständig voraus, machte Jagd auf Schmetterlinge und pflückte Blumen.

Das Gras am Ende des Feldes war fast hüfthoch, und die Goldrute blühte, diese spätsommerliche Schwatztante, die sich alljährlich des langen und breiten über den Herbst ausläßt. Aber heute lag kein Herbst in der Luft; die Sonne gehörte noch zum August, obwohl der August dem Kalender nach schon seit zwei Wochen vergangen war. Als sie, im Gänsemarsch den gemähten Pfad entlangwandernd, den Gipfel des ersten Hügels erreicht hatten, zeichneten sich unter Louis' Armen große Schweißflecke ab.

Jud blieb stehen. Zuerst dachte Louis, der alte Mann wäre vielleicht außer Atem – dann sah er die Aussicht, die sich hinter ihnen aufgetan hatte.

»Hübsch hier oben«, sagte Jud und steckte sich einen Halm Wiesenlieschgras zwischen die Zähne. Für Louis' Gefühl war es die Untertreibung des Jahrhunderts.

»*Es ist grandios!*« stieß Rachel hervor und wandte sich fast anklagend an Louis. »Warum hast du mir nichts davon erzählt?«

»Weil ich es nicht wußte«, sagte Louis ein bißchen beschämt. Sie standen noch immer auf ihrem eigenen Grundstück; er hatte nur bis heute noch nicht die Zeit gefunden, den Hügel hinter dem Haus hinaufzusteigen.

Ellie war schon ein gutes Stück vorausgelaufen. Jetzt kam sie zurück und sah sich gleichfalls mit unverhohlenem Erstaunen um. Church strich ihr um die Beine.

Der Hügel war nicht hoch, aber das brauchte er auch nicht zu sein. Im Osten versperrten dichte Wälder die Aussicht, aber wenn man nach Westen blickte, senkte sich das Land in einem goldenen, schläfrigen Spätsommertraum. Alles war still, dunstig, lautlos. Es war nicht einmal ein Orinco-Laster auf der Fernstraße, der den Frieden hätte stören können.

Es war natürlich das Flußtal, in das sie hinabblickten, das Tal des Penobscot, auf dem die Holzfäller einst ihre Stämme aus dem Nordosten nach Bangor und Derry gebracht hatten. Aber sie standen hier südlich von Bangor und etwas nördlich von Derry. Der Fluß strömte breit und friedlich dahin, wie in seinen eigenen Traum versunken. Am jenseitigen Ufer konnte Louis Hampden und Winterport ausmachen, und am diesseitigen glaubte er allen Windungen der schwarzen, parallel zum Fluß verlaufenden Route 15 fast bis nach Bucksport folgen zu können. Sie blickten über den Fluß, die üppigen Bäume, die ihn säumten, die Straßen, die Felder. Der Turm der Baptistenkirche von North Ludlow ragte aus einer Gruppe alter Ulmen heraus, und rechts davon sahen sie den stabilen Backsteinkasten von Ellies Schule.

Über ihnen wanderten weiße Wolken langsam auf einen Horizont von der Farbe verblichener Jeans zu. Und überall lagen die spätsommerlichen Felder, abgeerntet am Ende der Wachstumsperiode, ruhend, aber nicht tot, in unbeschreibbaren Gelbbrauntönen.

»Grandios ist das richtige Wort«, sagte Louis endlich.

»Früher nannte man das hier Prospect Hill«, sagte Jud. Er steckte eine Zigarette in den Mundwinkel, zündete sie aber nicht an. »Ein paar Leute tun es heute noch. Aber seit so viel junges Volk in die Stadt gekommen ist, gerät der Name fast in Vergessenheit. Ich glaube nicht, daß schon viele Leute hier heraufgekommen sind. Man erwartet nicht, viel zu sehen, weil der Hügel nicht sehr hoch ist. Trotzdem kann man...« Er wies mit der Hand in die Landschaft und verstummte.

»Man kann alles sehen«, sagte Rachel mit leiser, ehrfürchtiger Stimme. »Und das *gehört* uns?«

Noch bevor Louis antworten konnte, sagte Jud: »Ja, es ist ein Teil des Grundstücks.«

Und das, dachte Louis, war nicht ganz dasselbe.

Im Wald war es kühler, vielleicht um vier oder fünf Grad. Der Pfad, immer noch breit und gelegentlich mit Blumen in Töpfen oder Kaffeedosen markiert (die meisten verwelkt), war jetzt mit trockenen Kiefernnadeln übersät. Sie hatten ungefähr vierhundert Meter, jetzt bergab, zurückgelegt, als Jud Ellie zurückrief.

»Das ist ein hübscher Spaziergang für ein kleines Mädchen«, sagte Jud freundlich, »aber ich möchte, daß du deinen Eltern versprichst, immer auf dem Pfad zu bleiben, wenn du hier heraufkommst.«

»Das verspreche ich«, sagte Ellie prompt. »Warum?«

Er warf einen Blick auf Louis, der stehengeblieben war, um sich auszuruhen. Gage auf dem Rücken zu tragen war Schwerarbeit, sogar im Schatten dieser alten Kiefern und Fichten. »Wissen Sie, wo wir sind?«

Louis überlegte und verwarf Antworten: Ludlow, North Ludlow, hinter meinem Haus, zwischen Route 15 und dem Middle Drive. Er schüttelte den Kopf.

Jud deutete mit dem Daumen über die Schulter zurück. »Da hinten gibt es alles mögliche«, sagte er. »Da liegen Städte. Vor uns gibt es nur Wälder, über fünfzig Meilen oder mehr. Man nennt es hier den Wald von North Ludlow, aber er reicht bis Orrington und zieht sich dann nach Rockford hinüber. Es ist ein Teil des Landes, das dem Staat gehört und das die Indianer zurückhaben wollen, wie ich Ihnen erzählte. Ich weiß, es klingt merkwürdig, wenn ich behaupte, daß Ihr hübsches Haus da unten an der Hauptstraße mit Telefon, elektrischem Licht, Kabelfernsehen und dergleichen mehr am Rande einer unberührten Wildnis steht, aber es ist so.« Er wandte sich wieder an Ellie. »Ich will damit nur sagen, daß du nicht in diesen Wäldern herumstromern sollst, Ellie. Du könntest dich verlaufen, und Gott weiß, wo du dann landen würdest.«

»Das tue ich bestimmt nicht, Mr. Crandall.« Ellie war gebührend beeindruckt, sogar voller Ehrfurcht, aber, wie Louis bemerkte, nicht verängstigt. Rachel dagegen warf Jud einen besorgten Blick zu, und auch Louis fühlte sich nicht recht behaglich. Es war wohl, so vermutete er, die instinktive Scheu des Großstadtmenschen vor den Wäldern. Louis hatte keinen Kompaß mehr in der Hand gehabt, seit er vor rund zwanzig Jahren zu den Boy Scouts gehört hatte, und seine Erinnerungen daran, wie man sich zurechtfindet, indem man nach dem Polarstern Ausschau hält oder darauf achtet, an welcher Seite der Bäume Moos wächst, waren ebenso verschwommen wie die Erinnerungen daran, wie man einen Schafschenkel oder einen Halbstich knotet.

Jud musterte sie und lächelte dann ein wenig. »Immerhin hat sich seit 1934 niemand in diesen Wäldern verirrt«, sagte er. »Jedenfalls kein Einheimischer. Der letzte war Will Jeppson – kein großer Verlust. Außer vielleicht für Stanny Bouchard. Will war der größte Trunkenbold nördlich von Bucksport.«

»Sie sagten, kein Einheimischer«, bemerkte Rachel mit einer Stimme, die nicht ganz beiläufig klang, und Louis konnte fast ihre Gedanken lesen: *Wir sind keine Einheimischen. Jedenfalls noch nicht.*

Jud schwieg einen Augenblick, dann nickte er. »Alle zwei oder drei Jahre verirrt sich einer von den Touristen, weil sie glauben, so nahe der Hauptstraße könnte ihnen nichts passieren. Aber bis jetzt haben wir noch jeden wiedergefunden, Missus. Sie brauchen sich also keine Sorgen zu machen.«

»Gibt es hier Elche?« fragte Rachel ängstlich, und Louis lächelte. Wenn Rachel sich Sorgen machen wollte, dann tat sie es gründlich.

»Kann sein, daß Sie einen Elch sehen«, sagte Jud, »aber der tut Ihnen nichts, Rachel. In der Brunft sind sie ein bißchen reizbar, aber sonst betrachten sie einen nur. Die einzigen Leute, die sie außerhalb der Brunft angreifen, sind Leute aus Massachusetts. Ich weiß nicht, warum das so ist, aber es ist so.« Louis glaubte, der alte Mann scherzte, aber er war nicht ganz sicher; Jud machte einen völlig ernsten Eindruck. »Ich habe es oft genug erlebt. Irgendein Bursche aus Saugus oder Milton oder Weston, der auf einem Baum saß und etwas von einer Herde Elche schrie, jeder einzelne so groß wie ein Wohnwagen. Scheint, als könnten die Elche Massachusetts bei einem Mann oder einer Frau am Geruch erkennen. Vielleicht riechen sie auch die neuen Klamotten von L. L. Bean – ich weiß es nicht. Ich wünschte, einer der Landwirtschaftsstudenten vom College schriebe mal einen Aufsatz darüber. Aber da werde ich wohl lange warten müssen.«

»Was ist Brunft?« fragte Ellie.

»Lassen wir das«, sagte Rachel. »Ich möchte jedenfalls nicht, Ellie, daß du hier heraufkommst, wenn kein Erwachsener dabei ist.« Rachel trat einen Schritt näher an Louis heran.

Jud sah betreten aus. »Ich wollte Sie nicht ängstigen, Rachel – weder Sie noch Ihre Tochter. In diesen Wäldern braucht niemand Angst zu haben. Dies ist ein guter Pfad; im Frühjahr ist er ein bißchen morastig, und feuchte Stellen gibt es das ganze Jahr hindurch – außer '55, als wir den trockensten Sommer hatten, an den ich mich erinnern kann. Aber hier gibt es nicht einmal Giftsumach wie auf dem Schulhof, und um den solltest du einen großen Bogen machen, Ellie, wenn du nicht drei Wochen deines Lebens damit verbringen willst, in Stärke zu baden.«

Ellie hielt die Hand vor den Mund und kicherte.

»Es ist ein *sicherer* Pfad«, sagte Jud eindringlich zu Rachel, die immer noch nicht überzeugt schien. »Ich wette, sogar Gage könnte ihm folgen. Die Kinder aus der Stadt kommen oft hier herauf, das habe ich Ihnen bereits erzählt. Sie halten ihn in Ordnung. Niemand gibt ihnen den Auftrag – sie tun es einfach. Ich möchte Ellie den Spaß nicht verderben.« Er beugte sich über sie und zwinkerte. »Es ist wie mit vielen Dingen im Leben, Ellie. Wenn du auf dem Weg bleibst, ist alles in bester Ordnung. Aber wenn du ihn verläßt, kannst du Pech haben und dich im Handumdrehen verirren. Und dann muß jemand einen Suchtrupp losschicken.«

Sie gingen weiter. In Louis' Rücken breitete sich unter dem Tragegestell ein dumpfer Schmerz aus. Hin und wieder griff Gage mit beiden Händen in sein Haar und zog begeistert daran oder versetzte ihm einen fröhlichen Tritt in die Nieren. Späte Moskitos umschwirrten sein Gesicht und seinen Hals mit ihrem aufreizenden Surren.

Der Weg führte abwärts, wand sich zwischen sehr alten Tannen und durchschnitt dann ein mit dornigem, verworrenem Buschwerk bewachsenes Gelände. Hier war der Boden in der Tat morastig; Louis' Stiefel patschten in Schlamm und stehendem Wasser. Eine regelrecht sumpfige Stelle überquerten sie, indem sie ein paar große Grasbüschel als Tritte benutzten. Dann hatten sie das Schlimmste hinter sich. Sie begannen erneut zu steigen; auch die

Bäume hatten wieder Fuß gefaßt. Gage schien durch irgendeinen Zauber zehn Pfund zugenommen zu haben, und ein ähnlicher Zauber hatte auch die Temperatur um zehn Grad steigen lassen. Louis' Gesicht war schweißgebadet.

»Kommst du zurecht?« fragte Rachel. »Oder soll ich ihn eine Weile tragen?«

»Nein, mir geht's gut«, sagte er, und das stimmte sogar, obwohl sein Herz mit beachtlicher Geschwindigkeit in seinem Brustkorb hämmerte. Er hatte mehr Übung darin, körperliche Betätigung zu verordnen, als sie selbst zu praktizieren.

Jud ging mit Ellie voraus; ihre zitronengelbe Hose und ihre rote Bluse waren bunte Farbtupfen im schattigen, braungrünen Dämmerlicht.

»Lou, was meinst du – weiß er wirklich, wo dieser Weg hinführt?« fragte Rachel mit leiser, etwas verängstigter Stimme.

»Ganz bestimmt«, sagte Louis.

Jud rief vergnügt über die Schulter zurück: »Wir sind bald da – schaffen Sie es, Louis?«

Großer Gott, dachte Louis, *der Mann ist über die Achtzig, aber er scheint nicht einmal zu schwitzen.*

»Natürlich«, rief er ein wenig gereizt zurück. Sein Stolz hätte ihm vermutlich die gleiche Antwort eingegeben, wenn er sich einem Herzinfarkt nahegefühlt hätte. Er grinste, lüpfte die Tragriemen des Gerrypack ein wenig und marschierte weiter.

Sie erreichten den Gipfel des zweiten Hügels; dann führte der Pfad abwärts durch ein mit mannshohem Gestrüpp bestandenes Gelände. Er verengte sich, und dann sah Louis, wie Jud und Ellie unter einem Bogen aus altem, verwittertem Holz durchgingen. Darauf stand in verblichener schwarzer Farbe, kaum noch lesbar, das Wort T<small>IERFRIEDHOF</small>.

Rachel und er tauschten einen belustigten Blick und traten unter den Bogen; jeder von ihnen streckte instinktiv eine Hand aus und ergriff die des anderen, als wären sie hierhergekommen, um zu heiraten.

Zum zweiten Mal an diesem Morgen wurde Louis von Erstaunen gepackt.

Hier war der Boden nicht mit Nadeln übersät. Vor ihnen lag ein nahezu runder, gemähter Kreis von vielleicht zwölf Metern Durchmesser. An drei Seiten wurde er von dichtem, ineinander verwachsenem Gestrüpp begrenzt, an der vierten von einem alten Windbruch, umgestürzten Bäumen, die wie Mikadostäbchen übereinanderlagen, einem Gewirr, das unheildrohend und gefährlich aussah. *Ein Mann, der versucht, sich seinen Weg dadurch zu bahnen oder darüber hinwegzuklettern, täte gut daran, ein stählernes Suspensorium zu tragen,* dachte Louis. Die Lichtung war mit Gedenktafeln übersät, offensichtlich von Kindern aus Material angefertigt, das sie sich gerade beschaffen oder erbetteln konnten – Kistenlatten, Abfallholz, flachgeklopftem Dosenblech. Und dennoch – vor dem Hintergrund aus niedrigem Gebüsch und kümmerlichen Bäumen, die hier um Lebensraum und Sonnenlicht kämpften, schien schon die Tatsache ihrer unbeholfenen Anfertigung und der Umstand, daß Menschen verantwortlich waren für das, was hier zu sehen war, eine gewisse Symmetrie zu betonen. Der Baumbestand ringsum verlieh dem Ort eine ganz merkwürdige Abgründigkeit, einen Zauber, der nicht christlich war, sondern heidnisch.

»Hübsch«, sagte Rachel, aber es klang nicht, als meinte sie es ehrlich.

Louis setzte Gage ab und hob ihn auf dem Tragegestell heraus, damit er herumkrabbeln konnte. Sein Rücken seufzte vor Erleichterung.

Ellie lief von einer Gedenktafel zur anderen und äußerte sich lautstark. Louis folgte ihr, während Rachel Gage im Auge behielt. Jud setzte sich mit untergeschlagenen Beinen hin, den Rücken an einen großen Stein gelehnt, und rauchte.

Louis bemerkte, daß der Platz nicht nur ein *Gefühl* von Ordnung vermittelte – die Gedenktafeln waren in grob konzentrischen Kreisen angeordnet.

KATER SMUCKY stand auf einem Kistenbrett. Die Handschrift war kindlich, aber ordentlich. ER WAR GEHORSAM. Und darunter: 1971–1974. Ein Stück weiter im äußeren Kreis stieß er auf ein Stück Schiefer, auf das mit verblichener Farbe, aber noch deutlich lesbar ein Name geschrieben stand: BIFFER. Und darunter eine Art Vers: BIFFER ERSCHNUPPERTE ALLES GLEICH, UND BIS ER STARB, WAREN WIR REICH.

»Biffer war der Cockerspaniel der Desslers«, sagte Jud. Er hatte mit dem Schuhabsatz eine Vertiefung in den Boden gescharrt, in die er jetzt sorgfältig seine Asche fallen ließ. »Wurde im letzten Jahr von einem Kipplaster überfahren. Ist das nicht ein schönes Gedicht?«

»Das ist es«, pflichtete Louis bei.

Auf einigen Gräbern lagen Blumen, manche frisch, die meisten verwelkt, nicht wenige völlig verrottet. Mehr als die Hälfte der gemalten oder geschriebenen Inschriften, die Louis zu entziffern versuchte, waren bis zur Unleserlichkeit verblichen. Auf anderen war überhaupt nichts mehr zu erkennen; Louis vermutete, daß sie vielleicht Kreide- oder Bleistiftaufschriften getragen hatten.

»Mom!« rief Ellie. »Hier ist ein Goldfisch! Komm und sieh dir das an!«

»Nein, danke«, sagte Rachel, und Louis sah zu ihr hinüber. Sie stand ganz allein außerhalb des äußersten Kreises und schien sich unbehaglicher zu fühlen als je zuvor. *Sogar das hier regt sie auf,* dachte Louis. Sie hatte die Begleitumstände des Todes nie gelassen hingenommen (aber wer tat das schon?) – wahrscheinlich ihrer Schwester wegen. Rachels Schwester war sehr jung gestorben. Ihr Tod hatte eine Narbe hinterlassen, die man, wie Louis schon zu Beginn ihrer Ehe erfahren hatte, nicht berühren durfte. Sie hatte Zelda geheißen und war an spinaler Meningitis gestorben. Die tödliche Krankheit war vermutlich lang, schmerzhaft und widerwärtig gewesen, und Rachel mochte in einem leicht beeindruckbaren Alter gewesen sein. Das Beste war sicher, dachte Louis, wenn sie versuchte, es zu vergessen.

Louis zwinkerte ihr zu, und Rachel lächelte dankbar.

Louis blickte auf. Sie befanden sich in einer natürlichen Lichtung. Das war wohl der Grund dafür, daß das Gras so gut gedieh – die Sonne konnte einfallen. Trotzdem mußte es gegossen und sorgsam gepflegt werden. Das bedeutete, daß Wasser auf schmalen Rücken hier heraufgeschleppt worden war, in Kannen oder anderen Gefäßen, die noch schwerer waren als Gage in seinem Gerrypack. Wieder fiel ihm auf, wie merkwürdig es war, daß Kinder so lange an einer Sache festhielten. Seine eigenen Erinnerungen an kindliche Begeisterung, durch den Umgang mit Ellie wieder wachgerufen, besagten eher, daß sie brannten wie Zeitungspapier – auflodernd, heiß – und schnell wieder erloschen.

Zur Mitte hin wurden die Gräber älter; immer weniger Inschriften waren lesbar, aber diejenigen, die er entziffern konnte, führten wie ein Ariadnefaden in die Vergangenheit. Hier lag TRIXIE, AM 15. SEPTEMBER 1968 ÜBERFAHREN. Im gleichen Kreis fand sich ein großes, flaches, tief in die Erde eingelassenes Brett. Frost und Tauwetter hatten es gekrümmt und zur Seite kippen lassen, aber Louis konnte immer noch lesen: ZUR ERINNERUNG AN MARTHA UNSER KANINCHEN, GESTORBEN 1. MÄRZ 1965. Eine Reihe weiter fand er GEN. PATTON (UNSER! GUTER! HUND!, wie die Inschrift erläuterte), der 1958 gestorben war; und POLYNESIA (das mußte ein Papagei gewesen sein, wenn Louis seinen Doktor Doolittle richtig im Kopf hatte), die ihr letztes »Polly will einen Keks« im Sommer 1953 gekrächzt hatte. In den nächsten beiden Kreisen war nichts zu lesen, und dann, immer noch weit vom Zentrum entfernt, fand er in ein Stück Sandstein eingemeißelt, HANNAH DIE BESTE HÜNDIN DIE ES JE GAB 1929–1939. Obwohl Sandstein relativ weich war – und die Inschrift deshalb gerade noch zu ahnen –, konnte Louis sich nur mit Mühe vorstellen, daß ein Kind ungezählte Stunden damit verbracht hatte, diese acht Worte in den Stein zu meißeln. Diese völlige Hingabe an Liebe und Trauer hatte etwas Erschütterndes: es war etwas, das Eltern nicht einmal für ihre eigenen Eltern taten oder für ihre Kinder, wenn sie jung starben.

»Das geht ganz schön weit zurück«, sagte er zu Jud, der zu ihm herübergeschlendert war.

Jud nickte. »Kommen Sie, Louis. Ich will Ihnen etwas zeigen.« Sie gingen zur drittinnersten Reihe. Hier war die kreisförmige Anordnung, die in den äußeren Reihen eher zufällig wirkte, nicht zu übersehen. Jud blieb vor einem Stückchen Schiefer stehen, das umgefallen war. Er kniete nieder und richtete es wieder auf.

»Früher standen hier ein paar Worte«, sagte er. »Ich habe sie selbst eingemeißelt, aber sie sind verwittert. Hier habe ich meinen ersten Hund begraben. Spot. Er starb 1914, in dem Jahr, als der Erste Weltkrieg begann, an Altersschwäche.«

Wie betäubt von dem Gedanken, hier auf einem Friedhof zu stehen, der weiter zurückreichte als viele Friedhöfe für Menschen, wanderte Louis dem Zentrum entgegen und betrachtete mehrere der Gedenktafeln. Keine von ihnen war lesbar, und die meisten waren fast wieder zu einem Teil des Waldbodens geworden. Eine war fast vollständig vom Gras überwuchert, und als er sie wieder aufrichtete, gab die Erde einen kleinen, gequälten Protestlaut von sich. Augenlose Käfer krabbelten über die Stelle, die er freigelegt hatte. Er fühlte einen leichten Schauder und dachte *Boot Hill für Tiere. Wie der alte Friedhof in Dodge City, wo die Desperados in ihren Stiefeln starben. Ich weiß nicht recht, ob mir das wirklich gefällt.*

»Wie weit gehen diese Gräber zurück?«

»Ja, das weiß ich auch nicht genau«, sagte Jud und schob die Hände tief in die Taschen. »Es gab diesen Platz natürlich schon, als Spot starb. Ich hatte damals eine ganze Horde von Freunden. Sie halfen mir, die Grube für Spot zu graben. Das ist hier nicht gerade leicht – der Boden ist mächtig steinig und schwer zu lockern. Und manchmal habe ich auch den anderen geholfen.« Er zeigte mit einem schwieligen Finger hierhin und dorthin. »Da liegt Pete LaVasseurs Hund, wenn ich mich recht erinnere, und da sind in einer Reihe drei von Albion Groatleys Stallkatzen begraben. Der alte Fritchie hielt Brieftauben. Ich und Al Groatley und Carl Hannah haben eine von ihnen begraben, die ein Hund erwischt hatte. Dort liegt sie.« Er hielt nachdenklich inne. »Ich bin der letzte von ihnen, der noch übrig ist. Alle anderen von der Horde sind gestorben. Alle weg.«

Louis sagte nichts. Er stand nur da, die Hände in den Taschen, und betrachtete die Tiergräber.

»Steiniger Boden«, wiederholte Jud. »Hier kann man wohl ohnehin nichts pflanzen als Leichen.«

Am Rande der Lichtung begann Gage leise zu weinen, und Rachel kam mit dem Jungen auf der Hüfte herüber. »Er hat Hunger«, sagte sie. »Ich glaube, Lou, wir sollten uns auf den Heimweg machen.« *Ja, bitte,* flehten ihre Augen.

»Gut«, sagte er, schulterte den Gerrypack und drehte sich um, damit Rachel Gage hineinsetzen konnte. »Ellie! He, Ellie, wo steckst du?«

»Da drüben«, sagte Rachel und deutete zum Windbruch hinüber. Ellie turnte darauf herum, als wäre er eine ausgefallene Variante des Klettergerüsts in der Schule.

»Ellie, komm sofort da herunter!« rief Jud bestürzt. »Du brauchst nur einen Fuß ins falsche Loch zu stecken, und wenn einer dieser alten Bäume verrutscht, hast du einen gebrochenen Knöchel.«

Ellie sprang herab. »Au!« schrie sie und rieb sich die Hüfte, als sie auf sie zukam. Die Haut war nicht verletzt, aber ein steifer, toter Ast hatte ihr die Hose zerrissen.

»Da siehst du, was ich meine«, sagte er und fuhr ihr durchs Haar. »Selbst jemand, der sich in den Wäldern auskennt, würde nicht versuchen, über einen solchen alten Windbruch hinwegzuklettern, wenn ein Weg darum herumführt. Bäume, die so auf einen Haufen zusammenstürzen, werden gemein. Sie beißen dich, wenn sie können.«

»Wirklich?« fragte Ellie.

»Wirklich. Sie liegen übereinander wie Strohhalme. Und wenn du zufällig auf den richtigen trittst, prasseln sie womöglich herunter wie eine Lawine.«

Ellie sah zu Louis hin. »Stimmt das, Daddy?«

»Ich denke schon.«

»Igitt!« Sie warf einen Blick zurück auf den Windbruch und rief: »Ihr habt meine Hose zerrissen, ihr bösen Bäume!«

Die drei Erwachsenen lachten. Der Windbruch lachte nicht. Er lag nur verblichen in der Sonne, wie er das seit Jahrzehnten getan hatte. Für Louis sah er aus wie das Skelett eines vor langer Zeit gestorbenen Ungeheuers, eines Geschöpfes, das vielleicht einstmals von einem edlen und tapferen Ritter erschlagen worden war. Die Gebeine eines Drachen, zu einem riesigen Grabhügel aufgeschichtet.

Schon in diesem Moment kam ihm der Gedanke, daß etwas allzu Zweckdienliches an diesem Totholz war und an seiner Lage zwischen dem Tierfriedhof und den Wäldern dahinter, den Wäldern, die Jud später dann und wann beiläufig »die Indianerwälder« nannte. Gerade seine Zufälligkeit schien zu künstlich, zu vollkommen für ein Werk der Natur. Er ...

Da packte Gage eines seiner Ohren und verdrehte es, fröhlich krähend, und Louis vergaß den Windbruch und den Wald hinter dem Tierfriedhof. Es war Zeit, sich auf den Heimweg zu machen.

9

Am nächsten Tag kam Ellie zu ihm, offensichtlich beunruhigt. Louis war in seinem winzigen Arbeitszimmer mit einem Modell beschäftigt. Diesmal war es ein Rolls Royce Silver Ghost von 1917 – 680 Teile, mehr als fünfzig davon beweglich. Es war nahezu fertig, und er konnte sich fast den livrierten Chauffeur vorstellen, einen direkten Nachkommen der englischen Kutscher des achtzehnten Jahrhunderts, souverän hinter dem Steuer sitzend.

Der Modellbau faszinierte ihn seit seinem zehnten Lebensjahr. Angefangen hatte er mit einer Spad aus dem Ersten Weltkrieg, die ihm sein Onkel Carl schenkte; dann hatte er sich durch den größten Teil der Revell-Flugzeuge hindurchgearbeitet und war im Lauf der nächsten beiden Jahrzehnte zu größeren und besseren Dingen übergegangen. Es hatte eine Phase mit Schiffen in Flaschen gegeben, eine Phase mit Geschützen und sogar eine Phase, in der er Handfeuerwaffen nachbaute, so realistisch, daß man sich kaum vorstellen konnte, sie gingen nicht los, wenn man den Abzug durchzog – Colts und Winchesters und Lugers, sogar einen Buntline Special. In den letzten fünf Jahren endlich waren es die großen Passagierschiffe gewesen. Die Modelle der *Lusitania* und der *Titanic* standen auf einem Regal in seinem Büro in der Universität; die *Andrea Doria,* kurz vor der Abreise aus Chicago fertig geworden, kreuzte gegenwärtig auf dem Kaminsims im Wohnzimmer. Jetzt war er zu den klassischen Autos übergegangen, und wenn sich das bisherige Schema fortsetzte, würde es wieder vier oder fünf Jahre dauern, bis ihn das Verlangen nach etwas Neuem überkam. Rachel betrachtete dieses einzige Hobby von ihm mit einer Nachsicht, in der, wie er vermutete, eine Spur Geringschätzung mitschwang; selbst nach zehn Ehejahren glaubte sie wohl, er würde eines Tages darüber hinausgewachsen sein. Zum Teil mochte sie diese Einstellung von ihrem Vater übernommen haben, der heute ebenso wie zu der Zeit, als Louis und Rachel heirateten, fest davon überzeugt war, eine Niete zum Schwiegersohn bekommen zu haben.

Vielleicht, dachte er, *hat Rachel recht. Vielleicht wache ich im Alter von siebenunddreißig Jahren eines Morgens auf, bringe die ganzen Modelle auf den Dachboden und versuche mich als Drachenflieger.*

Ellie wirkte beunruhigt.

Von ferne drang durch die klare Luft der sonntagmorgendliche Klang der Kirchenglocken, die die Gläubigen herbeiriefen.

»Hi, Dad.«

»Hallo, Kleines. Was gibt's?«

»Ach, eigentlich nichts«, sagte sie, aber ihr Gesicht widersprach ihr; ihr Gesicht sagte, daß es etliches gäbe, aber nichts davon war sonderlich wichtig, besten Dank. Ihr Haar war frisch gewaschen und fiel ihr locker auf die Schultern. In diesem Licht war es immer noch eher blond als von dem Braun, das es einmal annehmen mußte. Sie trug ein Kleid; Louis fiel auf, daß seine Tochter sonntags fast immer ein Kleid anzog, obwohl sie nicht zur Kirche gingen. »Was baust du da?«

Er leimte behutsam einen Kotflügel an, dann sagte er: »Sieh mal«, und reichte ihr vorsichtig eine Radkappe. »Siehst du die beiden ineinandergeschlungenen R? Ein hübsches Detail, nicht? Wenn wir zu Thanksgiving nach Chicago zurückfliegen und in eine L-1011 von Lockheed einsteigen, mußt du dir die Triebwerke ansehen – sie tragen dieselben beiden R.«

»Eine Radkappe. Tolles Ding.« Sie gab sie ihm zurück.

»Wenn man einen Rolls-Royce hat, nennt man das eine Radabdeckung. Wer so reich ist, daß er sich einen Rolls leisten kann, darf auch ein bißchen angeben. Ich kaufe mir einen, wenn ich meine zweite Million beisammenhabe. Einen Rolls-Royce Corniche. Wenn Gage dann unterwegs schlecht wird, kann er auf echtes Leder spucken.« *Und ganz nebenbei gefragt, Ellie, was hast du auf dem Herzen?* Aber so ging das bei Ellie nicht. Man fragte sie nicht rundheraus. Sie vermied es gern, zuviel von sich zu verraten – ein Charakterzug, den Louis bewunderte.

»Sind wir reich, Daddy?«

»Nein«, sagte er, »aber wir brauchen auch nicht zu verhungern.«

»Michael Burns in der Schule sagt, alle Ärzte sind reich.«

»Dann sag deinem Michael Burns in der Schule, daß es eine Menge Ärzte gibt, die reich *werden*, aber das dauert zwanzig Jahre. Und daß man nicht reich wird, wenn man die Krankenstation einer Universität leitet. Reich wird man nur, wenn man Spezialist ist. Ein Gynäkologe oder ein Orthopäde oder ein Neurologe. Die werden schneller reich. Bei einem Feld-, Wald- und Wiesendoktor wie mir dauert es länger.«

»Warum bist du dann kein Spezialist, Daddy?«

Louis dachte wieder an seine Modelle und daran, daß er eines Tages einfach keine Lust mehr gehabt hatte, noch weitere Kriegsflugzeuge zu bauen, daß er der Tiger-Tanks und Geschützstellungen ebenso überdrüssig geworden war, wie er (fast über Nacht,

wie es in der Rückschau schien) eingesehen hatte, daß das Bauen von Schiffen in Flaschen ziemlich öde war; und dann dachte er daran, was es hieß, wenn man sein ganzes Leben damit zubrachte, Kinderfüße auf Hammerzehen zu untersuchen oder dünne Latexhandschuhe überzustreifen, um die Vagina einer Frau mit erfahrenem Finger auf Schwellungen und krankhafte Veränderungen abzutasten.
»Es würde mir keinen Spaß machen«, sagte er.
Church kam ins Zimmer, blieb stehen und prüfte mit seinen leuchtendgrünen Augen die Lage. Er sprang lautlos auf die Fensterbank und schien schlafen zu wollen.
Ellie sah ihn an und runzelte die Stirn, was Louis äußerst seltsam vorkam. Normalerweise lag auf ihrem Gesicht, wenn sie Church betrachtete, ein Ausdruck so hingebungsvoller Liebe, daß es fast wehtat. Sie begann in seinem Arbeitszimmer umherzuwandern, sah sich verschiedene Modelle an und sagte dann fast beiläufig: »Das waren eine ganz schöne Menge Gräber da oben auf dem Tierfriedhof, meinst du nicht?«
Aha, das also war's, dachte Louis, drehte sich jedoch nicht um; er blätterte in seiner Arbeitsanleitung und begann dann, die Scheinwerfer am Rolls anzubringen.
»Ja, das stimmt«, sagte er. »Über hundert, würde ich sagen.«
»Daddy, warum leben Haustiere nicht so lange wie Menschen?«
»Manche Tiere leben ungefähr ebenso lange«, sagte er, »und einige noch viel länger. Elefanten leben sehr lange, und manche Meeresschildkröten sind so alt, daß die Leute nicht einmal wissen, *wie* alt sie sind – vielleicht wissen sie es auch und wollen es nur nicht glauben.«
Ellie schob seine Worte beiseite. »Elefanten und Meeresschildkröten sind keine Haustiere. Haustiere leben gar nicht lange. Michael Burns hat gesagt, jedes Jahr, das ein Hund erlebt, ist genau so viel wie neun Jahre bei uns.«
»Sieben«, korrigierte Louis automatisch. »Aber ich verstehe, worauf du hinauswillst, Kleines, und da ist etwas Wahres dran. Ein Hund, der zwölf Jahre alt geworden ist, ist ein alter Hund. Siehst du, es gibt etwas, das man *Stoffwechsel* nennt, und allem Anschein nach ist er es, der die Uhr stellt. Er hat auch noch andere Funktionen – bei manchen Leuten bewirkt er, daß sie viel essen können und trotzdem schlank bleiben, wie deine Mutter. Andere Leute – zum Beispiel ich – essen ebenso viel und werden dick. Aber in erster Linie scheint der Stoffwechsel bei allen Lebewesen eine Art innere Uhr zu sein. Hunde haben einen ziemlich schnellen Stoffwechsel. Bei Menschen läuft der Stoffwechsel viel langsamer. Die meisten Menschen werden ungefähr zweiundsiebzig

Jahre alt. Und glaube mir, zweiundsiebzig Jahre sind eine sehr lange Zeit.«
Ellie sah so beunruhigt aus, daß er hoffte, seine Worte klängen ehrlicher, als sie ihm selbst vorkamen. Er war fünfunddreißig, und ihm kam es vor, als wären die Jahre so schnell und flüchtig vergangen wie ein Schwall Zugluft unter einer Tür. »Und Meeresschildkröten haben sogar einen noch langsameren Stoff...«
»Und was ist mit Katern?« fragte Ellie und blickte zu Church.
»Kater leben ungefähr ebenso lange wie Hunde«, sagte er. »Jedenfalls in den meisten Fällen.« Das war eine Lüge, und er wußte es. Kater lebten gefährlich und starben oft eines blutigen Todes, fast immer knapp außerhalb der Sichtweite der Menschen. Hier lag Church, der in der Sonne döste (oder zumindest so tat), Church, der jede Nacht friedlich im Bett seiner Tochter schlief, Church, der so niedlich gewesen war, als er noch klein war, völlig in ein Knäuel Bindfaden verheddert. Aber Louis hatte ihn beobachtet, wie er sich an einen Vogel mit gebrochenem Flügel heranschlich und seine grünen Augen vor Neugier und – ja, darauf hätte Louis schwören mögen – vor eiskaltem Entzücken funkelten. Er tötete nur selten, was er belauerte, aber es hatte eine bemerkenswerte Ausnahme gegeben – eine große Ratte, die offenbar in der Gasse zwischen ihrem Mietshaus und dem Nachbarhaus gefangensaß. Diesem Biest hatte Church den Garaus gemacht. Es war so zerfetzt und blutbesudelt, daß Rachel, damals im sechsten Monat mit Gage schwanger, ins Badezimmer laufen und sich übergeben mußte. Gewaltsames Leben, gewaltsamer Tod. Ein Hund erwischte sie und schlug seine Zähne in sie, anstatt nur hinter ihnen herzujagen wie die unbeholfenen, leicht zu übertölpenden Hunde der Zeichentrickfilme im Fernsehen. Oder sie fielen einem anderen Kater zum Opfer, einem vergifteten Köder, einem vorüberfahrenden Auto. Die Kater waren die Gangster der Tierwelt, sie lebten außerhalb des Gesetzes und starben oft auch dort. Es gab nur sehr wenige, die am warmen Ofen alt wurden.
Aber das waren vielleicht nicht die Sachen, die man seiner fünfjährigen Tochter erzählt, wenn sie sich zum ersten Mal mit den Tatsachen des Todes beschäftigt.
»Immerhin«, sagte er, »ist Church erst drei, und du bist fünf. Er kann noch am Leben sein, wenn du fünfzehn bist und schon zur High School gehst. Und bis dahin ist es noch eine lange Zeit.«
»Mir kommt sie nicht lang vor«, sagte Ellie, und jetzt bebte ihre Stimme. »*Gar nicht* lang.«
Louis hörte auf, so zu tun, als wäre er mit seinem Modell beschäftigt, und winkte sie zu sich. Sie setzte sich auf seinen Schoß, und wieder beeindruckte ihn ihre Schönheit, die jetzt durch ihre

innere Erregung noch unterstrichen wurde. Sie hatte eine dunkle, fast levantinische Haut. Tony Benton, einer der Ärzte, mit denen er in Chicago zusammengearbeitet hatte, hatte sie die indische Prinzessin genannt.

»Wenn es nach mir ginge, Kleines«, sagte er, »ließe ich Church leben, bis er hundert ist. Aber ich treffe die Entscheidung nicht.«

»Wer denn?« fragte sie, und dann, mit grenzenloser Bitterkeit: »Wahrscheinlich Gott.«

Louis unterdrückte den Drang zu lachen. Das war zu ernst.

»Gott oder sonst jemand«, sagte er. »Die Uhr läuft ab – mehr kann ich dazu nicht sagen. Es gibt keine Garantien, Baby.«

»Ich will nicht, daß Church so ist wie all die anderen toten Tiere«, rief sie, plötzlich den Tränen nahe und wütend. »Ich will nicht, daß Church einmal tot ist! Er ist mein Kater! Er ist nicht Gottes Kater! Gott kann seinen eigenen Kater haben! Gott kann alle verdammten alten Kater haben, die er will, und sie alle sterben lassen! Aber Church *gehört mir!*«

Schritte tappten durch die Küche, und Rachel schaute bestürzt herein. Ellie weinte jetzt, den Kopf an Louis' Brust. Das Entsetzen war in Worte gefaßt; es war heraus; es hatte sein Gesicht gezeigt und konnte betrachtet werden. Jetzt konnte man es, wenn schon nicht ändern, so wenigstens beweinen.

»Ellie«, sagte er und wiegte sie. »Ellie. Ellie, Church ist doch nicht tot; er liegt dort drüben und schläft.«

»Aber er könnte tot sein«, schluchzte sie. »Er *könnte* sterben, jederzeit.«

Er hielt sie in den Armen und wiegte sie, zu Recht oder zu Unrecht überzeugt, daß Ellie weinte, weil der Tod unbeeinflußbar war und über Argumente ebenso erhaben wie über die Tränen eines kleinen Mädchens; daß sie weinte, weil er so grausam unberechenbar war; und daß sie die wunderbare, eiskalte Fähigkeit der Menschen beweinte, Symbole in Schlußfolgerungen umzuwandeln, die entweder schön und gut waren oder finsteres Entsetzen hervorriefen. Wenn all diese Tiere tot und begraben waren, dann konnte Church *(jederzeit)* sterben und begraben werden; und wenn das Church passieren konnte, dann konnte es auch ihrer Mutter passieren, ihrem Vater, ihrem kleinen Bruder. Ihr selbst. Der Tod war eine verschwommene Idee; der Tierfriedhof war Realität. Auf seinen unbeholfenen Gedenktafeln standen Wahrheiten, die sogar Kinderhände greifen konnten.

Es wäre einfach gewesen, an diesem Punkt zu lügen, wie er kurz zuvor gelogen hatte, als es um die Lebenserwartung von Katern ging. Aber eine Lüge würde sich ins Gedächtnis einprägen und vielleicht sogar auf dem Zeugnis erscheinen, daß alle Kinder ihren Eltern ausstellen. Seine eigene Mutter hatte ihm eine derartige Lüge erzählt, die harmlose Lüge, daß Frauen ihre Babies im taunassen Gras fänden, wenn sie sie wirklich haben wollten; und so harmlos die Lüge auch gewesen war, konnte Louis seiner Mutter doch nie verzeihen, daß sie sie erzählte – und sich selbst nicht, daß er sie geglaubt hatte.

»Kleines«, sagte er, »es passiert nun einmal. Es ist ein Teil des Lebens.«

»Ein *schlechter* Teil«, weinte sie. »Ein ganz *schlechter* Teil!«

Darauf gab es keine Antwort. Sie weinte. Irgendwann würden ihre Tränen versiegen. Es war ein notwendiger erster Schritt auf dem Weg zu einem unsicheren Frieden mit einer Wahrheit, die nie verblassen würde.

Er hielt seine Tochter im Arm und hörte den Klang der Kirchenglocken am Sonntagmorgen, der über die Septemberfelder drang; und erst einige Zeit, nachdem sie aufgehört hatte zu weinen, bemerkte er, daß sie eingeschlafen war wie Church.

Er brachte sie ins Bett und ging dann hinunter in die Küche, wo Rachel allzu heftig einen Kuchenteig rührte. Er äußerte Überraschung darüber, daß Ellie am hellichten Vormittag eingeschlafen war; das sah ihr gar nicht ähnlich.

»Nein«, sagte Rachel und knallte die Schüssel auf den Tisch. »Nein, es sieht ihr nicht ähnlich, aber ich glaube, sie hat letzte Nacht kaum geschlafen. Ich hörte, wie sie sich herumwarf, und gegen drei wollte Church hinausgelassen werden. Das will er nur, wenn sie unruhig ist.«

»Warum sollte sie . . .«

»Das weißt du ganz genau«, erklärte Rachel zornig. »Dieser verdammte Tierfriedhof! Er hat sie außer Fassung gebracht, Lou. Es war der erste Friedhof, den sie *je* gesehen hat, und er brachte sie einfach außer Fassung. Ich glaube nicht, daß ich deinem Freund Jud Crandall für diesen kleinen Ausflug einen Dankbrief schreiben werde.«

Auf einmal ist er mein *Freund,* dachte Louis, belustigt und bestürzt zugleich.

»Rachel . . .«

»Und ich will nicht, daß sie noch einmal dort hinaufgeht.«

»Rachel, was Jud über den Pfad sagte, stimmt.«

»Du weißt ganz genau, daß es nicht der *Pfad* ist«, sagte Rachel. Sie nahm die Schüssel wieder zur Hand und begann, den Teig noch schneller als zuvor zu rühren. »Es ist dieser verdammte *Ort*. Das ist ungesund. Kinder gehen hinauf und kümmern sich um die Gräber, mähen den Pfad – *morbide* ist das und sonst nichts. Einerlei, was für krankhafte Neigungen die Kinder hier in der Stadt haben – ich will nicht, daß sie Ellie damit anstecken.«

Louis starrte sie verblüfft an. Er war sich ziemlich sicher: eines der Dinge, die ihre Ehe zusammenhielten, während es so aussah, als gingen alljährlich die Ehen von zwei oder drei Freunden in die Brüche, war ihre Achtung vor dem Geheimnis – dem halbbewußten, aber nie ausgesprochenen Gedanken, daß es, wenn man der Sache auf den Grund ging, so etwas wie eine Ehe, wie Gemeinsamkeit überhaupt nicht gab, und daß jede Seele für sich allein stand und rationalen Beweggründen nicht zugänglich war. Das war das Geheimnis. Und so gut man seinen Partner auch zu kennen glaubte – von Zeit zu Zeit rannte man gegen eine Wand oder fiel in eine Grube. Und gelegentlich (gottlob selten) geriet man in ein ausgewachsenes Loch aus völlig unvertrauter Absonderlichkeit, den Turbulenzen in der Luft vergleichbar, die ein Flugzeug ohne jede Vorwarnung durchsacken lassen: eine Einstellung oder eine Überzeugung, die so absonderlich war (oder zumindest dem Partner so vorkam), daß sie fast einer Psychose glich. Und man sah sich vor, wenn einem seine Ehe oder sein Seelenfrieden etwas bedeutete; man versuchte, daran zu denken, daß Empörung über eine solche Entdeckung jenen Narren vorbehalten bleiben sollte, die tatsächlich glaubten, es sei einer Menschenseele möglich, eine andere zu kennen.

»Liebling, es ist doch nur ein Tierfriedhof«, sagte er.

»Denk nur daran, wie sie eben da drin geweint hat«, sagte Rachel und deutete mit dem teigüberzogenen Rührlöffel auf die Tür seines Arbeitszimmers. »Glaubst du dann immer noch, es wäre auch für *sie* nur ein Tierfriedhof? Das hinterläßt eine Narbe bei ihr, Lou. Sie geht nie mehr dort hinauf. Es ist nicht der Pfad, es ist der *Ort*. Schon jetzt denkt sie daran, daß Church sterben wird.«

Einen Augenblick lang hatte Louis den wahnwitzigen Eindruck, sich noch immer mit Ellie zu unterhalten; sie hatte sich einfach Stelzen untergeschnallt, eines von Rachels Kleidern angezogen und eine sehr überzeugende, sehr realistische Rachel-Maske aufgesetzt. Selbst der Gesichtsausdruck war derselbe – nach außen hin entschlossen und eine Spur verdrossen, darunter zutiefst verletzt.

Er suchte nach Worten, weil ihm das Thema plötzlich wichtig vorkam, nicht von der Art, die man aus Achtung vor jenem Geheimnis – vor jenem Alleinsein – einfach überging. Er suchte nach Worten, weil er das Gefühl hatte, daß sie etwas außer acht ließ, das so groß war, daß es fast die ganze Landschaft erfüllte – und das konnte man nur tun, wenn man bewußt die Augen davor verschloß.

»Rachel«, sagte er. »Church *wird* sterben.«
Sie starrte ihn wütend an. »Darum geht es nicht«, sagte sie, jedes Wort sorgsam artikulierend, auf eine Art, in der man sich vielleicht mit einem geistig zurückgebliebenen Kind unterhält. »Church stirbt weder heute noch morgen...«
»Das habe ich ihr zu erklären versucht...«
»Noch übermorgen und wahrscheinlich nicht in den nächsten *Jahren*...«
»Liebling, dessen können wir nicht sicher sein...«
»Natürlich können wir das!« schrie sie. »Wir sorgen gut für ihn, er wird nicht *sterben,* niemand von uns wird *sterben* – warum legst du es dann darauf an, ein kleines Mädchen mit Dingen zu quälen, die es erst verstehen kann, wenn es viel älter ist?«
»Rachel, hör mich an.«
Aber Rachel dachte nicht daran, ihn anzuhören. Sie war außer sich. »Es ist ohnehin schon schwer genug, mit dem Tod fertig zu werden – eines Haustiers oder eines Freundes oder eines Verwandten –, wenn es dazu kommt, auch ohne daß man daraus... eine gottverdammte Touristenattraktion macht... einen Waldfriedhof für Tiere...« Tränen rannen ihr die Wangen herab.
»Rachel«, sagte er und versuchte, ihr die Hände auf die Schultern zu legen. Sie schüttelte sie mit einer schnellen, harten Bewegung ab.
»Laß das«, sagte sie. »Du hast nicht die geringste Ahnung, wovon ich rede.«
Er seufzte. »Mir ist, als wäre ich durch eine verborgene Falltür in einen riesigen Mixer gefallen«, sagte er in der Hoffnung auf ein Lächeln. Es kam keins; nur ihre Augen, unverwandt auf ihn gerichtet, funkelten schwarz. Die helle Wut hatte sie gepackt, erkannte er; sie war nicht ärgerlich, sondern wütend. »Rachel«, sagte er, ohne recht zu wissen, was er sagen würde, bevor er es ausgesprochen hatte, »wie hast *du* in der letzten Nacht geschlafen?«
»Oh, Himmel«, sagte sie verächtlich und wandte sich ab – aber nicht, bevor er ein verletztes Aufflackern in ihren Augen gesehen hatte. »Das ist wirklich intelligent. Wirklich und wahrhaftig intelligent. Du änderst dich nie, Louis. Wenn etwas schiefgeht, gibst du einfach Rachel die Schuld, nicht? Rachel hat eben ihre verrückten fünf Minuten.«
»Das ist nicht fair.«
»Nein?« Sie trug die Schüssel mit Kuchenteig zur Arbeitsfläche neben dem Herd und hieb sie abermals hörbar darauf. Mit fest zusammengepreßten Lippen begann sie eine Kuchenform einzufetten.
Geduldig sagte er: »Es schadet nichts, wenn ein Kind etwas

über den Tod herausfindet, Rachel. Im Gegenteil, ich halte es sogar für notwendig. Ellies Reaktion – ihr Weinen – kam mir ganz natürlich vor. Es...«
»So, *natürlich* kam es dir vor«, fuhr ihn Rachel abermals an. »*Sehr* natürlich, wenn man hört, wie sich ein Kind die Seele aus dem Leib weint wegen eines Katers, dem nicht das geringste fehlt...«
»Hör auf«, sagte er. »Du redest Unsinn.«
»Ich möchte nicht mehr darüber sprechen.«
»Aber ich«, sagte er, jetzt auch zornig. »Du hast dein Teil gesagt – wie wäre es, wenn ich jetzt das meine sagte?«
»Sie geht nie mehr dort hinauf. Und soweit es mich betrifft, ist das Thema erledigt.«
»Ellie weiß seit einem Jahr, wo die Babies herkommen«, sagte Louis entschlossen. »Wir haben ihr das Buch von Myers gekauft und mit ihr darüber geredet, erinnerst du dich? Wir waren uns darüber einig, daß Kinder wissen müssen, wo sie herkommen.«
»Das hat nichts zu tun mit...«
»Doch, das hat es«, sagte er grob. »Als ich mich in meinem Arbeitszimmer mit ihr über Church unterhielt, fiel mir meine Mutter ein, die mir die alte Klapperstorchgeschichte auftischte, als ich sie fragte, woher die Frauen ihre Babies bekämen. Ich habe diese Lüge nie vergessen. Und ich glaube nicht, daß Kinder die Lügen, die ihre Eltern ihnen erzählen, jemals vergessen.«
»Wo Babies herkommen, hat nicht das mindeste mit dem gottverdammten Tierfriedhof zu tun!« schrie Rachel ihn an, und in ihren Augen stand zu lesen: *Von mir aus kannst du Tag und Nacht über die Parallelen reden, Louis; rede, bis du schwarz wirst, aber ich nehme es dir nicht ab.*
Er versuchte es trotzdem.
»Sie weiß über Babies Bescheid; der Platz da oben im Wald hat nur dazu geführt, daß sie auch etwas über das andere Ende der Dinge wissen möchte. Das ist ganz natürlich. Meiner Meinung nach ist es sogar die natürlichste...«
»*Sag das nicht!*« kreischte sie plötzlich – sie kreischte tatsächlich –, und Louis fuhr erschrocken zurück. Sein Ellenbogen stieß an die offene Mehltüte auf dem Tisch. Sie kippte über die Kante, fiel herunter und riß auf. Eine weiße Mehlwolke stäubte heraus.
»Scheiße«, sagte er niedergeschlagen.
Oben begann Gage zu weinen.
»Wunderbar«, sagte sie, jetzt gleichfalls weinend. »Jetzt hast du auch noch den Jungen aufgeweckt. Vielen Dank für einen netten, ruhigen, friedlichen Sonntagmorgen.«
Sie wollte an ihm vorübergehen, und Louis legte eine Hand auf

ihren Arm. »Eine Frage noch«, sagte er, »weil ich weiß, daß mit Lebewesen alles – buchstäblich *alles* – passieren kann. Als Arzt weiß ich das. Willst du es sein, die ihr erklärt, was geschehen ist, wenn Church Katzenschnupfen oder Leukämie bekommt – Katzen sind sehr anfällig für Leukämie, mußt du wissen – oder auf der Straße dort drüben überfahren wird? Willst du es sein, Rachel?«
»Laß mich los«, fauchte sie. Der Zorn in ihrer Stimme war jedoch weniger stark als der Schmerz und das verworrene Entsetzen in ihren Augen. *Ich will nicht darüber reden, Louis, und du kannst mich nicht dazu bringen,* sagte dieser Blick. »Laß mich los. Ich will Gage holen, bevor er aus dem Bett fällt...«
»Weil es nämlich nur recht und billig wäre, wenn du es bist«, sagte er. »Du kannst ihr erzählen, wir redeten nicht darüber. Anständige Leute reden nicht darüber, sie begraben nur – aber sag ja nicht ›begraben‹, davon könnte sie einen Komplex kriegen.«
»*Ich hasse dich!*« schrie Rachel und riß sich von ihm los.
Jetzt tat es ihm natürlich leid, und jetzt war es natürlich zu spät.
»Rachel...«
Sie schob ihn beiseite, noch heftiger weinend. »Laß mich in Ruhe! Du hast genug angerichtet.« Sie blieb an der Küchentür stehen, drehte sich zu ihm um, und die Tränen rannen ihr übers Gesicht. »Ich will nicht, daß dies noch einmal vor Ellie zur Sprache kommt, Lou. Es ist mir ernst damit. Der Tod hat nichts Natürliches an sich. *Nicht das mindeste.* Als Arzt solltest du das wissen.«
Sie machte kehrt und war fort; Louis stand in der leeren Küche, in der noch ihre Stimmen widerhallten. Schließlich ging er zum Schrank und holte den Besen heraus. Während er das Mehl zusammenfegte, dachte er über das nach, was sie zuletzt gesagt hatte, und über die gewaltige Kluft zwischen ihren Ansichten, die so lange unentdeckt geblieben war. Gerade als Arzt wußte er, daß der Tod, die Geburt vielleicht ausgenommen, die natürlichste Sache von der Welt war. Steuern waren nicht so verläßlich; Konflikte zwischen Menschen waren es nicht; Konflikte der Gesellschaft waren es nicht; das wirtschaftliche Auf und Ab war es nicht. Letzten Endes gab es nur noch die Uhr und die Gedenktafeln, die im Laufe der Zeit verblaßten und namenlos wurden. Auch für Meeresschildkröten und Sequoien kam einmal der Tag.
»Zelda«, sagte er laut. »Du lieber Himmel, das muß schlimm gewesen sein für sie.«
Sollte er den Dingen ihren Lauf lassen, oder sollte er versuchen, etwas dagegen zu tun? Das war die Frage.
Er kippte das Kehrblech über dem Mülleimer, und das Mehl glitt fast lautlos herunter und überpuderte die weggeworfenen Packungen und leeren Dosen.

10

»Ich hoffe, es hat Ellie nicht zu hart getroffen«, sagte Jud Crandall. Nicht zum ersten Mal dachte Louis, daß dieser Mann über die merkwürdige – und nicht sonderlich angenehme – Gabe verfügte, den Finger sanft auf jeden wunden Punkt zu legen.
Er und Jud und Norma Crandall saßen auf der Veranda der Crandalls und tranken Eistee anstelle von Bier. Auf der Route 15 herrschte reger Rückreiseverkehr nach dem Wochenende – wahrscheinlich war den Leuten klar, dachte Louis, daß jedes schöne Spätsommer-Wochenende jetzt das letzte sein konnte. Morgen begann seine Arbeit an der Krankenstation der Universität von Maine. Gestern und heute waren den ganzen Tag Studenten eingetroffen, hatten Wohnungen in Orono und Zimmer auf dem Campus gefüllt, Betten bezogen, Bekanntschaften aufgefrischt und zweifellos ihrem Unmut über ein weiteres Jahr mit Acht-Uhr-Vorlesungen und Essen aus Gemeinschaftsküchen Luft gemacht. Rachel war den ganzen Tag ihm gegenüber kühl gewesen – eisig, konnte man sogar sagen –, und er wußte, wenn er heute abend über die Straße zurückkehrte, würde sie bereits im Bett liegen, höchstwahrscheinlich mit Gage neben sich, und der Bettkante an ihrer Seite so nahe, daß Gage Gefahr lief, hinauszufallen. Seine Hälfte des Bettes würde auf drei Viertel angewachsen sein und sich anfühlen wie eine weite, unfruchtbare Wüste.
»Ich sagte, ich hoffe...«
»Entschuldigung«, sagte Louis. »Ich war mit meinen Gedanken woanders. Ja, sie war ein bißchen durcheinander. Wie kommen Sie darauf?«
»Ich sagte es schon – ich habe sie kommen und gehen sehen.« Er ergriff sanft die Hand seiner Frau und lächelte sie an. »Ist es nicht so, meine Liebe?«
»Ganze Horden von ihnen«, sagte Norma Crandall. »Wir haben Kinder gern.«
»Manche von ihnen stehen auf dem Tierfriedhof dem Tod zum ersten Mal Auge in Auge gegenüber«, sagte Jud. »Sie sehen Leute im Fernsehen sterben, aber sie wissen, daß das nur gespielt ist, wie in den alten Westernfilmen, die es früher am Samstagnachmittag im Kino gab. Im Fernsehen und im Western fassen sie sich einfach an die Brust oder an den Bauch und kippen vornüber. Ich glaube, der Platz da oben auf dem Hügel kommt den meisten von ihnen viel wirklicher vor als all diese Fernsehspiele und Filme zusammengenommen.«
Louis nickte und dachte: *Das sollten Sie meiner Frau erzählen.*
»Manchen Kindern macht es überhaupt nichts aus. Zumindest

lassen sie es sich nicht anmerken, obwohl ich annehme, daß die meisten von ihnen es sozusagen ... sozusagen in ihren Taschen mit nach Hause nehmen, um sich später damit zu beschäftigen, wie mit all dem anderen Kram, den sie auflesen. Die meisten kommen schnell darüber hinweg. Aber einige – erinnerst du dich an den kleinen Holloway, Norma?«

Sie nickte. Eis klapperte leise in dem Glas in ihrer Hand. Die Brille hing ihr auf der Brust, und die Scheinwerfer eines vorüberfahrenden Wagens ließen die Kette kurz aufblitzen. »Er hatte fürchterliche Alpträume«, sagte sie. »Träumte von Leichen, die aus der Erde kamen, und was nicht noch. Und dann starb sein Hund – fraß einen vergifteten Köder, jedenfalls war das die allgemeine Meinung in der Stadt, stimmt's, Jud?«

»Ein vergifteter Köder«, sagte Jud und nickte. »Ja, das glaubten die meisten Leute. 1925 war das. Billy Holloway war damals ungefähr zehn. Wurde Senator von Maine; später kandidierte er für das Repräsentantenhaus, fiel aber durch. Das war kurz vor dem Koreakrieg.«

»Er und seine Freunde wollten ein richtiges Begräbnis veranstalten«, erinnerte sich Norma. »Er war nur ein Mischling, aber Billy hatte sehr an ihm gehangen. Ich weiß noch, seine Eltern waren nicht recht glücklich über das Begräbnis – wegen seiner schlechten Träume und alledem, aber alles ging gut. Zwei der größeren Jungen bauten einen Sarg, stimmt's, Jud?«

Jud nickte und trank seinen Eistee. »Dean und Dana Hall«, sagte er. »Sie und der andere Junge, der viel mit Billy zusammen war – ich kann mich nicht an seinen Vornamen erinnern, aber ich bin sicher, es war einer von den Bowie-Jungen. Du erinnerst dich doch an die Bowies, Norma, die in dem alten Brochette-Haus am Middle Drive wohnten?«

»Ja!« sagte Norma, so aufgeregt, als wäre es erst gestern geschehen (und in ihren Gedanken war es das vielleicht auch). »Es war ein Bowie! Alan oder Burt ...«

»Vielleicht war es auch Kendall«, pflichtete Jud ihr bei. »Aber einerlei – ich weiß noch gut, daß sie sich darüber in die Haare gerieten, wer die Sargträger sein sollten. Der Hund war nicht sehr groß, und deshalb war nur Platz für zwei. Die Hall-Jungen sagten, sie müßten es sein, weil sie den Sarg gemacht hätten und außerdem Zwillinge wären – ein regelrechtes Paar also. Billy meinte, sie hätten Bowser – so hieß der Hund – nicht gut genug gekannt, um Sargträger zu sein. ›Mein Dad hat gesagt, nur die engsten Freunde dürfen Sargträger sein‹, argumentierte er, ›aber nicht irgendwelche *Zimmerleute*.‹« Darüber mußten Jud und Norma lachen, und Louis lächelte.

»Sie waren gerade soweit, sich deswegen in die Haare zu kriegen, als Mandy Holloway, Billys Schwester, den vierten Band der Encyclopedia Britannica holte«, sagte Jud. »Ihr Vater, Stephen Holloway, war damals der einzige Arzt zwischen Bangor und Bucksport, Louis, und sie waren die einzige Familie in Ludlow, die sich ein großes Lexikon leisten konnte.«

»Sie waren auch die ersten, die elektrisches Licht hatten«, warf Norma ein.

»Jedenfalls«, fuhr Jud fort, »kam Mandy hoch erhobenen Hauptes hereingestürmt, daß die Zöpfe und die Unterröcke flogen, ganze acht Jahre alt, das große Buch unter dem Arm. Billy und der Bowie-Junge – ich glaube, es war Kendall, der dann in Pensacola abstürzte und verbrannte, als er Anfang 1942 dort Piloten ausbildete –, sie wollten sich gerade mit den Hall-Zwillingen um das Vorrecht prügeln, den armen, alten, vergifteten Köter zum Friedhof hinaufzutragen.«

Louis begann zu kichern. Kurz darauf lachte er laut heraus. Er spürte, wie der zwei Tage alte Rest von Anspannung, der von dem heftigen Streit mit Rachel in ihm zurückgeblieben war, sich zu lösen begann.

»Und sie sagt: ›Halt! Halt! Seht euch das hier an!‹ Und alle hören auf und sehen in das Buch. Und verdammt noch mal, da hatte sie...«

»Jud«, sagte Norma drohend.

»Entschuldige, meine Liebe. Ich lasse mich hinreißen, wenn ich am Erzählen bin, das weißt du doch.«

»Ja, das weiß ich«, sagte sie.

»Und verflixt noch eins, da hatte sie doch das Buch bei BEGRÄBNISSE aufgeschlagen, und da war ein Bild von der Beerdigung der Königin Viktoria, und da standen Dutzende von Leuten zu beiden Seiten des Sarges, einige schwitzten und versuchten, das Monstrum anzuheben, und andere standen nur in ihren Bratenröcken und steifen Kragen herum, als warteten sie darauf, daß auf der Rennbahn jemand die Quoten bekanntgibt. Und Mandy sagte: ›Bei einem Staatsbegräbnis können es so viele sein, wie man will! Das steht in dem Buch!‹«

»Und das löste das Problem?« fragte Louis.

»Das tat es.« Schließlich kamen ungefähr zwanzig Kinder zusammen, und verdammt noch eins, sie sahen tatsächlich aus wie auf dem Bild, das Mandy gefunden hatte, von den steifen Kragen und den Zylinderhüten vielleicht abgesehen. Und Mandy nahm die Sache in die Hand. Sie ließ sie antreten und gab jedem von ihnen eine Blume – einen Löwenzahn oder einen Frauenschuh oder ein Gänseblümchen –, und dann zogen sie los. Weiß der Himmel, ich hatte immer das Gefühl, dem Staat ist etwas verlorengegangen, als Mandy nicht in den Kongreß gewählt wurde.« Er lachte und schüttelte den Kopf. »Aber wie dem auch sei, Billy war seine schlechten Träume über den Tierfriedhof los. Er betrauerte seinen Hund, und dann hörte er auf zu trauern und machte weiter. Und genau das tun wir wohl alle.«

Louis dachte wieder an Rachels hysterischen Ausbruch.

»Ihre Ellie kommt darüber hinweg«, sagte Norma und rückte sich im Sessel zurecht. »Sie müssen den Eindruck haben, wir redeten hier nur über den Tod, Louis. Jud und ich, wir sind zwar in die Jahre gekommen, aber ich hoffe, noch ist keiner von uns im Tattergreis-Stadium...«

»Natürlich nicht«, sagte Louis.

»Trotzdem ist es gut, wenn man eine Art lockere Bekanntschaft mit ihm unterhält. Heutzutage... ich weiß nicht recht – niemand will darüber sprechen oder darüber nachdenken, scheint mir. Sie haben es aus dem Fernsehprogramm gestrichen, weil sie glauben, es könnte den Kindern irgendwie wehtun... sie seelisch verletzen... und die Leute wollen geschlossene Särge, damit sie die sterblichen Überreste nicht betrachten oder ihnen Lebewohl sagen müssen... es scheint fast so, als wollten die Leute es vergessen.«

»Und auf der anderen Seite zeigen sie im Kabelfernsehen all diese Filme, in denen Leute« – Jud warf einen Blick auf Norma und räusperte sich –, »in denen Leute das tun, was sie normalerweise bei geschlossenen Vorhängen tun«, beendete er seinen Satz. »Merkwürdig, wie sich die Dinge von einer Generation zur anderen ändern, nicht?«

»Ja«, sagte Louis. »Das ist es wohl.«

»Wir gehören wohl einer anderen Zeit an«, sagte Jud, und es klang fast entschuldigend. »Uns stand der Tod näher. Wir haben die Grippe-Epidemie nach dem Ersten Weltkrieg miterlebt und Mütter, die in der Schwangerschaft starben, und Kinder, die an Fieber und Infektionen starben, die heute schon zu verschwinden scheinen, wenn ein Doktor nur seinen Zauberstab schwenkt. Als ich und Norma jung waren – wenn man da Krebs bekam, da war es einfach ein Todesurteil. Bestrahlungen gab es noch nicht in den Zwanziger Jahren. Zwei Kriege, Morde, Selbstmorde...«

Er verstummte für einen Augenblick.

»Wir kannten ihn als Freund und als Feind«, sagte er schließlich. »Mein Bruder Pete starb an einem geplatzten Blinddarm, 1912, als Taft Präsident war. Pete war gerade vierzehn, und er konnte einen Baseball weiter schlagen als jeder andere Junge in der Stadt. Damals brauchte man noch keine Vorlesungen im College zu belegen, um den Tod kennenzulernen, den Sensenmann oder wie immer man ihn nennen will. Der kam einem damals ins Haus und sagte hallo, und manchmal aß er mit einem zu Abend, und manchmal konnte man spüren, wie er einen in den Arsch biß.«

»Diesmal protestierte Norma nicht; sie nickte nur stumm. Louis stand auf und streckte sich. »Ich muß gehen«, sagte er. »Morgen ist ein großer Tag.«

»Ach ja, morgen beginnt sich für Sie das Karussell zu drehen«, sagte Jud und stand gleichfalls auf. Jud sah, daß Norma hochzukommen versuchte, und streckte ihr die Hand hin. Sie erhob sich mit schmerzverzerrtem Gesicht.

»Schlimm heute abend?« fragte Louis.

»Es geht«, sagte sie.

»Legen Sie etwas Warmes auf, wenn Sie zu Bett gehen.«

»Das tue ich«, sagte Norma. »Das tue ich immer. Und, Louis ... machen Sie sich wegen Ellie keine Sorgen. Sie ist viel zu sehr damit beschäftigt, all ihre neuen Freunde kennenzulernen, um sich wegen dem alten Ort da oben den Kopf zu zerbrechen. Vielleicht gehen sie eines Tages alle zusammen hinauf, malen ein paar Tafeln nach, jäten Unkraut oder pflanzen Blumen. Das tun sie manchmal, wenn es ihnen gerade in den Kopf kommt. Und es wird ihr gut tun. Es wird dazu führen, daß sich diese lockere Bekanntschaft entwickelt.«

Nicht, wenn es nach meiner Frau geht.

»Wenn Sie morgen abend Zeit haben, kommen Sie herüber und erzählen Sie mir, wie es Ihnen in der Universität ergangen ist«, sagte Jud. »Wir spielen Cribbage, und ich knöpfe Ihnen Ihr Geld ab.«

»Nun, vielleicht mache ich Sie erst betrunken«, sagte Louis, »und lege Sie dann aufs Kreuz.«

»Doktor«, erklärte Jud nachdrücklich, »der Tag, an dem ich mich beim Cribbage aufs Kreuz legen lasse, ist der Tag, an dem ich mich von einem Quacksalber wie Ihnen behandeln lasse.«

Er ging, während sie noch lachten, und überquerte in der spätsommerlichen Dunkelheit die Straße.

Rachel schlief mit Gage, auf ihrer Seite des Bettes zusammengerollt. Wahrscheinlich würde sie darüber hinwegkommen; es hatte in ihrer Ehe schon früher Streit und frostige Zeiten gegeben, aber nie so schlimm wie diesmal. Er war traurig, wütend und unglücklich zugleich, wollte es wieder gutmachen, wußte aber nicht wie, war nicht einmal sicher, ob er es war, der den ersten Schritt tun mußte. Es war alles so sinnlos – eine Mütze voll Wind, die durch irgendwelche Gedankenverbindungen die Ausmaße eines Hurrikans angenommen hatte. Andere Diskussionen und Auseinandersetzungen, gewiß, natürlich, aber nur wenige so heftig wie diese über Ellies Tränen und Fragen. Vermutlich brauchte es nicht viele solcher heftigen Schläge, um einer Ehe bleibenden Schaden zuzufügen – und eines Tages war es dann so weit, daß man davon nicht in einem Brief von einem Freund (»Ich sollte es Ihnen sagen, bevor Sie es von sonstwem hören: Maggie und ich gehen auseinander...«) oder aus der Zeitung davon erfuhr, sondern selbst betroffen war.

Er zog sich leise bis auf die Shorts aus und stellte den Wecker auf sechs Uhr. Dann duschte er, wusch sich die Haare, rasierte sich und zerkaute ein Rolaid, bevor er sich die Zähne putzte – Normas Eistee ließ ihn sauer aufstoßen. Vielleicht war es auch die Tatsache, daß er nach Hause kam und Rachel auf ihrer Seite des Bettes fand. Ausschlaggebend ist immer der Territorialbesitz – hatte er das nicht in einer Geschichtsvorlesung gehört?

Alles war erledigt, der Abend säuberlich beiseitegeräumt, und er ging zu Bett – aber schlafen konnte er nicht. Da war noch etwas, das ihm keine Ruhe ließ. Seine Gedanken kreisten immer wieder um die letzten beiden Tage, während er zuhörte, wie Rachel und Gage neben ihm im Gleichtakt atmeten. GEN. PATTON... HANNAH DIE BESTE HÜNDIN DIE ES JE GAB... Ellie, außer sich: *Ich will nicht, daß Church einmal tot ist! Er ist nicht Gottes Kater! Gott kann seinen eigenen Kater haben!* Rachel, ebenso außer sich: *Als Arzt solltest du das wissen...* Norma Crandall, die sagte: *Es scheint fast so, als wollten die Leute es vergessen...* Und Jud, eine entsetzlich sichere, entsetzlich gewisse Stimme, eine Stimme aus einer anderen Zeit: *Manchmal aß er mit einem zu Abend, und manchmal konnte man spüren, wie er einen in den Arsch biß.*

Und in diese Stimme blendete die seiner Mutter ein, die Louis Creed mit vier über Sex angelogen hatte, ihm aber mit zwölf die Wahrheit über den Tod gesagt hatte, als seine Cousine Ruthie bei einem blödsinnigen Autounfall ums Leben kam. Sie war im Wagen ihres Vaters von einem Jungen zerquetscht worden, der einen Laster der Stadtverwaltung gefunden hatte, in dem der Schlüssel steckte, der die Gelegenheit zu einer Spazierfahrt nutzte und dann nicht wußte, wie er den Wagen wieder zum Stehen bringen sollte. Der Junge trug nur leichte Schnittwunden und Prellungen davon; Onkel Carls Fairlane war Schrott. *Sie kann nicht tot sein* – das war seine Reaktion auf die nüchterne Feststellung seiner Mutter gewesen. Er hatte die Worte gehört, aber es gelang ihm nicht, sich etwas darunter vorzustellen. *Was meinst du damit, sie ist tot? Wovon redest du überhaupt?* Und dann drängte ein Gedanke nach: *Wer soll sie denn begraben?* Onkel Carl war zwar Bestattungsunternehmer, aber

er konnte sich nicht vorstellen, daß Ruthies Vater das fertigbrächte. In seiner Verwirrung und wachsenden Angst schien ihm diese Frage die wichtigste zu sein. Es war eine regelrechte Vexierfrage, genau wie die, wer dem Friseur die Haare schneidet.
Ich denke, Donny Donohue wird das tun, erwiderte seine Mutter. Ihre Augen waren rotgerändert, aber vor allem wirkte sie müde. Sie hatte ausgesehen, als wäre sie krank vor Müdigkeit. *Er ist der beste Freund deines Onkels in diesem Geschäft. Oh, Louis . . . die süße kleine Ruthie . . . ich kann den Gedanken nicht ertragen, daß sie leiden mußte . . . bete mit mir, bitte, bete mit mir für Ruthie. Ich brauche deine Hilfe.*

Sie waren in der Küche niedergekniet, er und seine Mutter, und sie beteten, und es war ihr Gebet, das ihn schließlich begreifen ließ: wenn seine Mutter für Ruthie Creeds *Seele* betete, dann bedeutete das, daß ihr *Leib* nicht mehr existierte. Vor seinen geschlossenen Augen erschien ein entsetzliches Bild: Ruthie, die zur Feier seines dreizehnten Geburtstags erschien, mit verrotteten Augäpfeln, die ihr auf den Wangen hingen, und blauem Schimmel im roten Haar, und dieses Bild löste nicht nur übelkeiterregendes Grauen aus, sondern beschwor auch eine für immer verlorene Liebe.

In der größten Qual seines Lebens schrie er: »*Sie kann nicht tot sein!* MAMA, SIE KANN NICHT TOT SEIN – ICH LIEBE SIE DOCH!«

Und die Antwort seiner Mutter, mit einer Stimme, die tonlos war und dennoch voller Bilder: kahle Felder unter einem Novemberhimmel, abgefallene Rosenblätter, braun und an den Rändern hochgebogen, leere, von Algen überzogene Teiche, Fäulnis, Zerfall, Staub:

Sie ist tot, mein Junge. Es tut mir leid, aber sie ist tot. Ruthie ist von uns gegangen.

Louis schauderte und dachte: *Tot ist tot – mehr gibt es dazu nicht zu sagen.*

Plötzlich fiel Louis ein, was er vergessen hatte, und weshalb er in dieser Nacht vor dem ersten Tag in seinem neuen Job immer noch wachlag und alten Kummer aufwärmte.

Er stand auf und ging zur Treppe; dann besann er sich und ging den Korridor entlang zu Ellies Zimmer. Sie schlief friedlich mit offenem Mund in ihrem blauen Baby-Doll-Pyjama, aus dem sie schon herausgewachsen war. *Mein Gott, Ellie,* dachte er, *du schießt ins Kraut.* Church lag zwischen ihren Knöcheln, gleichfalls tot für die Welt. *Verzeih mir das Wortspiel.*

Unten hing neben dem Telefon eine Tafel, an der verschiedene Nachrichten, Merkzettel und Rechnungen angeheftet waren. Am oberen Rand stand in Rachels sauberer Schrift DINGE, DIE SO LANGE

WIE MÖGLICH AUFGESCHOBEN WERDEN SOLLTEN. Louis nahm das Telefonbuch, schlug nach und notierte auf einem leeren Merkzettel eine Nummer. Darunter schrieb er: *Quentin L. Jolander, Dr. med. vet.* – *Termin absprechen wegen Church – wenn Jolander keine Tiere sterilisiert, benennt er Kollegen.*

Er betrachtete die Notiz, fragte sich, ob es Zeit dafür war, und wußte, es war Zeit. Irgend etwas Konkretes war aus all den bitteren Gefühlen hervorgegangen; irgendwann zwischen heute morgen und heute abend war er – ohne es überhaupt zu wissen – zu dem Entschluß gelangt, daß Church die Straße nicht mehr überqueren sollte, wenn er etwas dagegen tun konnte.

Die alten Gefühle stiegen wieder auf, der Gedanke, daß die Kastration dem Tier etwas nehmen würde, daß sie ihn vorzeitig in einen fetten, alten Kater verwandeln würde, dem es genügte, auf der Heizung zu schlafen, bis jemand seinen Napf füllte. Er wollte nicht, daß Church so wurde. Er liebte ihn, wie er war, mager und draufgängerisch.

Draußen im Dunklen dröhnte auf der Route 15 ein großer Sattelschlepper vorüber. Das gab den Ausschlag. Er heftete den Zettel an und ging zu Bett.

11

Am nächsten Morgen beim Frühstück sah Ellie den neuen Zettel an der Tafel und fragte ihn, was er zu bedeuten hätte.

»Das bedeutet, daß Church eine kleine Operation über sich ergehen lassen muß«, sagte Louis. »Danach wird er wahrscheinlich die Nacht über beim Tierarzt bleiben. Und wenn er dann wiederkommt, wird er beim Haus bleiben und nicht mehr so viel herumstromern.«

»Und auch nicht mehr über die Straße gehen?« fragte Ellie.

Sie ist zwar erst fünf, dachte Louis, *aber sie ist nicht auf den Kopf gefallen.* »Und auch nicht mehr über die Straße gehen«, pflichtete er ihr bei.

»Gut«, sagte Ellie, und damit war das Thema erledigt.

Louis, der darauf vorbereitet gewesen war, daß sie auf den Gedanken, Church auch nur eine Nacht außer Haus zu wissen, mit Tränen und sogar Hysterie reagieren würde, war leicht verblüfft über ihre sofortige Zustimmung. Dann begriff er, wieviel Sorgen sie sich gemacht hatte. Vielleicht hatte Rachel den Eindruck, den der Tierfriedhof auf sie gemacht hatte, doch nicht ganz falsch beurteilt.

Rachel selbst, die Gage sein Frühstücksei fütterte, warf ihm einen dankbar anerkennenden Blick zu, und Louis spürte, wie sich in seiner Brust etwas entkrampfte. Der Blick sagte ihm, daß die frostige Zeit vorüber war; diese besondere Kriegsaxt war begraben. Für immer, hoffte er.

Später, nachdem der große, gelbe Schulbus Ellie für den Vormittag verschlungen hatte, trat Rachel zu ihm, legte ihm die Arme um den Hals und küßte ihn sanft auf den Mund. »Das war wirklich lieb von dir«, sagte sie, »und es tut mir leid, daß ich so ein Biest war.«

Louis erwiderte ihren Kuß; trotzdem war ihm nicht recht wohl zumute. Ihm kam der Gedanke, daß *Tut mir leid, daß ich so ein Biest war* zwar nicht gerade eine Standardformel war, aber doch keineswegs etwas, das er noch nie gehört hatte. Gewöhnlich kam es, nachdem Rachel ihren Willen durchgesetzt hatte.

Inzwischen war Gage unsicher zur Vordertür getappt und blickte durch die unterste Glasscheibe auf die leere Straße. »Bus«, sagte er und zog dabei vergnügt sein rutschendes Windelhöschen hoch. »Ellie-Bus.«

»Er wächst schnell«, sagte Louis.

Rachel nickte. »Fast schneller, als mir lieb ist.«

»Warte, bis er aus den Windeln heraus ist«, sagte Louis. »Dann kann er aufhören zu wachsen.«

Sie lachte, und zwischen ihnen war alles wieder in Ordnung – völlig in Ordnung. Sie trat zurück, rückte seine Krawatte zurecht und musterte ihn kritisch von oben bis unten.

»Zufrieden, Sergeant?«

»Du siehst gut aus.«

»Das weiß ich. Aber sehe ich aus wie ein Herzchirurg? Wie ein Zweihunderttausend-Dollar-im-Jahr-Mann?«

»Nein, nur wie der alte Louis Creed«, sagte sie und kicherte. »Das Rock-and-Roll-Tier.«

Louis warf einen Blick auf die Uhr. »Das Rock-and-Roll-Tier muß jetzt seine Boogie-Woogie-Schuhe anziehen und sich auf den Weg machen«, sagte er.

»Bist du nervös?«

»Ein bißchen.«

»Das brauchst du nicht«, sagte sie. »Du bekommst siebenundsechzigtausend Dollar im Jahr dafür, daß du Elastikbinden anlegst, Mittel gegen Grippe und Kater empfiehlst und den Mädchen die Pille verschreibst...«

»Nicht zu vergessen die Lotionen gegen Krätze und Läuse«, sagte Louis lächelnd. Eines der Dinge, die ihm bei seinem ersten Rundgang durch die Krankenstation aufgefallen waren, waren die

Vorräte an solchen Mitteln, die ihm gewaltig vorkamen – einem Militärlazarett angemessener als der Krankenstation einer mittelgroßen Universität.

Joan Charlton, die Oberschwester, hatte zynisch gelächelt. »Die Unterkünfte außerhalb des Campus sind zum Teil ziemlich verwahrlost. Sie werden es erleben.«

Das würde er wohl.

»Ich wünsche dir einen guten Tag«, sagte sie und küßte ihn hinhaltend. Doch als sie sich von ihm löste, sagte sie mit gespieltem Ernst: »Und denk um Gottes willen daran, daß du *Abteilungsleiter* bist und nicht Assistent oder Famulus im zweiten Studienjahr.«

»Jawohl, Doktor«, sagte Louis demütig, und wieder lachten sie beide. Einen Augenblick lang dachte er daran, sie zu fragen: *War es Zelda, Baby? War es das, was dir unter die Haut ging? Ist das die Tiefdruckzone? Zelda und die Art, wie sie starb?* Aber er würde sie nicht danach fragen. Als Arzt wußte er eine Menge Dinge. Die Tatsache, daß der Tod ebenso natürlich war wie die Geburt, war vielleicht das wichtigste; aber daß man sich nicht an einer Wunde zu schaffen macht, die endlich zu heilen begonnen hat, war bei weitem nicht das unwichtigste.

Deshalb stellte er keine Fragen, küßte sie noch einmal und ging.

Es war ein guter Start, ein guter Tag. Maine prunkte spätsommerlich, der Himmel war blau und wolkenlos, das Thermometer zeigte die ideale Temperatur von einundzwanzig Grad. Als er sich am Ende der Auffahrt davon überzeugte, daß er freie Fahrt hatte, dachte Louis daran, daß er bisher noch keine Spur von dem Herbstlaub gesehen hatte, das so prachtvoll sein sollte. Aber er konnte warten.

Er lenkte den Honda Civic, den sie als Zweitwagen gekauft hatten, auf die Straße zur Universität und gab Gas. Rachel würde heute vormittag den Tierarzt anrufen, sie würden Church kastrieren lassen, und das würde den ganzen Unsinn über Tierfriedhöfe und Todesängste weit in den Hintergrund rücken. An einem herrlichen Septembermorgen wie diesem gab es keine Veranlassung, an den Tod zu denken.

Louis stellte das Radio an und drehte, bis er die Ramones »Rockaway Beach« singen hörte. Er stellte das Radio lauter und sang mit – nicht gut, aber vergnügt und gutgelaunt.

12

Das erste, was ihm auf dem Universitätsgelände auffiel, war das plötzliche, spektakuläre Anwachsen des Verkehrs – Autos, Fahrräder und Jogger zu Dutzenden. Einen Zusammenstoß mit zwei Joggern, die aus Richtung der Dunn Hall kamen, konnte er in letzter Minute vermeiden. Er trat so hart auf die Bremse, daß sein Sicherheitsgurt spannte, und hupte. Immer wieder empörte ihn die Art der Jogger (die Radfahrer hatten die gleiche nervtötende Angewohnheit), offenbar automatisch davon auszugehen, daß ihre Verantwortung in dem Augenblick endete, in dem sie zu laufen begannen. Sie *trainierten* ja schließlich. Einer von ihnen zeigte Louis den Vogel, ohne sich auch nur umzusehen. Louis seufzte und fuhr weiter.

Der zweite Umstand, der ihm ein unbehagliches Gefühl einflößte, war, daß die Ambulanz aus ihrer Ecke auf dem kleinen Parkplatz der Krankenstation verschwunden war. Die Krankenstation war so eingerichtet, daß man für kurze Zeit fast jede Krankheit und jeden Unfall behandeln konnte; an den großen Warteraum grenzten drei gut ausgestattete Untersuchungs- und Behandlungsräume, und dahinter lagen zwei Stationen mit je fünfzehn Betten. Aber es gab keinen Operationssaal und auch nichts, das ihn hätte ersetzen können. Für schwere Fälle war der Krankenwagen da, der einen Verletzten oder Schwerkranken auf dem schnellsten Weg ins Eastern Maine Medical Center brachte. Steve Masterton, der Arzthelfer, der Louis auf seinem ersten Rundgang durch die Station begleitet hatte, hatte ihm mit berechtigtem Stolz das Tagebuch für die letzten beiden akademischen Jahre gezeigt; in diesem Zeitraum war der Wagen nur achtunddreißigmal gebraucht worden – nicht schlecht, wenn man bedachte, daß die Studentenzahl über zehntausend lag und insgesamt fast siebzehntausend Menschen zur Universität gehörten.

Und nun stand er da, an seinem ersten regelrechten Arbeitstag, und die Ambulanz war fort.

Er parkte in dem Streifen, an dessen Ende ein frisch gemaltes Schild mit der Aufschrift Reserviert für Dr. Creed stand, und eilte hinein.

Er fand Miss Charlton, eine ergrauende, tatkräftige Frau um die Fünfzig, im ersten Untersuchungszimmer, wo sie einem Mädchen in Jeans und schulterfreiem Top die Temperatur maß. Louis stellte fest, daß sich das Mädchen erst kürzlich einen starken Sonnenbrand geholt hatte; die Haut schälte sich schon ab.

»Guten Morgen, Joan«, sagte er. »Wo ist die Ambulanz?«

»Oh, das war eine regelrechte Tragödie«, sagte Miss Charlton, zog das Thermometer aus dem Mund der Studentin und las es ab. »Steve Masterton kam heute morgen um sieben und entdeckte unter dem Motor und den Vorderrädern eine große Pfütze. Der Kühler leckte. Sie mußte abgeschleppt werden.«

»Großartig«, sagte Louis, aber er war trotzdem erleichtert. Zumindest war niemand damit fortgeschafft worden, wie er zuerst befürchtet hatte. »Wann bekommen wir sie zurück?«

Joan Charlton lachte. »Wie ich die Universitäts-Werkstatt kenne«, sagte sie, »wird sie uns Mitte Dezember in Weihnachtspapier verpackt zurückgebracht.« Sie warf einen Blick auf die Studentin. »Sie haben ein halbes Grad Fieber«, sagte sie. »Nehmen Sie zwei Aspirin und gehen Sie nicht in Bars und dunkle Gassen.«

Das Mädchen stieg vom Untersuchungstisch, warf Louis einen flüchtigen, abschätzenden Blick zu und verschwand.

»Unsere erste Kundin im neuen Semester«, sagte Joan Charlton verdrossen und begann, das Thermometer mit heftigen Bewegungen herunterzuschlagen.

»Sie scheinen darüber nicht sehr glücklich zu sein.«

»Ich kenne den Typ«, sagte sie. »Aber den anderen Typ haben wir auch – Sportler, die mit angeknacksten Knochen und Tendonitis und was sonst noch weiterspielen, weil sie nicht aussetzen wollen – sie müssen den starken Mann spielen, der die Mannschaft nicht im Stich läßt, selbst wenn sie damit ihre spätere Profi-Karriere aufs Spiel setzen. Und dann haben wir die kleine Miss Halbgrad-Fieber« – sie deutete mit dem Kopf zum Fenster, wo Louis das Mädchen mit dem Sonnenbrand zum Gannett-Cumberland-Androscoggin-Wohnkomplex hinüberwandern sah. Im Untersuchungsraum hatte sie den Eindruck erweckt, als fühlte sie sich gar nicht wohl, versuchte aber, sich nicht gehenzulassen. Jetzt ging sie flott und hüftenschwenkend dahin, sah und wurde gesehen.

»Der Prototyp unserer Hypochonder.« Miss Charlton legte das Thermometer in den Sterilisierapparat. »Wir sehen sie ungefähr zwei Dutzend Mal im Jahr. Vor jeder Reihe von Zwischenprüfungen werden ihre Besuche häufiger. Ungefähr eine Woche vor den Abschlußprüfungen ist sie überzeugt, daß sie entweder eine Virus-Angina oder eine Lungenentzündung hat. Bronchitis ist die Rückzugsposition. Sie versäumt vier oder fünf Prüfungen – diejenigen, bei denen die Lehrer stur sind, um ihr eigenes Wort zu gebrauchen – und holt sie dann unter erleichterten Bedingungen nach. Sie werden immer kränker, wenn sie wissen, daß eine Zwischenprüfung oder ein Abschlußexamen keine reine Formsache, sondern ein wirklicher Test ist.«

»Mein Gott, was sind Sie heute morgen zynisch«, sagte Louis. Er war ein wenig verblüfft.

Sie zwinkerte ihm zu, daß er lächeln mußte. »Ich nehme mir das nicht zu Herzen, Doktor. Und Sie sollten es auch nicht tun.«
»Wo ist Steve jetzt?«
»In Ihrem Büro. Er beantwortet Briefe und versucht, mit der letzten Tonne bürokratischem Bockmist von Blue Cross & Blue Shield fertig zu werden«, sagte sie.
Louis ging hinein. Trotz Joan Charltons Zynismus tat es gut, wieder eingespannt zu sein.

In der Rückschau erschien es Louis – sofern er es überhaupt ertragen konnte, Rückschau zu halten –, daß der ganze Alptraum im Grunde begann, als gegen zehn an diesem Vormittag der sterbende Junge, Victor Pascow, in die Krankenstation gebracht wurde.
Bis dahin war alles ruhig gewesen. Um neun, eine halbe Stunde nach Louis, waren die beiden Hilfsschwestern für die Schicht von neun bis drei gekommen. Louis spendierte ihnen einen Krapfen und eine Tasse Kaffee und unterhielt sich ungefähr fünfzehn Minuten mit ihnen; er erklärte ihnen, was sie zu tun hatten und (was vielleicht wichtiger war) was außerhalb ihres Tätigkeitsbereichs lag. Dann wurden sie von Miss Charlton übernommen. Als sie mit ihnen Louis' Büro verließ, hörte er sie fragen: »Ist eine von euch allergisch gegen Scheiße oder Kotze? Von beidem kriegt ihr hier genug zu sehen.«
»Oh, Gott«, murmelte Louis und schlug die Hand vor die Augen. Trotzdem lächelte er. Ein zäher, alter Brocken wie Joan Charlton hatte auch seine guten Seiten.
Louis machte sich daran, die langen Formulare von Blue Cross & Blue Shield auszufüllen, die ein vollständiges Inventar der Medikamentenvorräte und der medizinischen Ausrüstung verlangten. »Jahr für Jahr«, hatte Steve Masterton erbittert gesagt. »Jedes gottverdammte Jahr das gleiche. Warum schreiben Sie nicht *Komplette Einrichtung für Herztransplantationen, Schätzwert acht Millionen Dollar,* Louis? Die würden sich schön wundern!« Und er war völlig in seine Arbeit versunken und dachte nebenbei daran, daß ihm eine Tasse Kaffee gut tun würde, als er Masterton aus dem Wartezimmer schreien hörte: »*Louis! Louis, kommen Sie schnell! Kommen Sie, verdammt nochmal!*«
Die Panik in Mastertons Stimme traf Louis wie ein Schlag. Er fuhr von seinem Stuhl hoch, als hätte er in seinem Unterbewußtsein mit so etwas gerechnet. Ein Schrei, dünn und scharf wie eine Glasscherbe, kam aus der gleichen Richtung wie Mastertons Ruf. Ihm folgte ein klatschendes Geräusch, und Joan Charlton sagte: »Hör auf oder scher dich raus! Hör *sofort* auf!«
Louis stürzte ins Wartezimmer und sah zuerst nur das Blut – ei-

ne Menge Blut. Eine der Hilfsschwestern schluchzte. Die andere, käsebleich, preßte die Fäuste in die Mundwinkel und verzerrte ihre Lippen zu einem heftigen, angeekelten Grinsen. Masterton war niedergekniet und versuchte, den Kopf des auf dem Boden ausgestreckten Jungen zu halten.

Steve blickte mit weit aufgerissenen, wilden und entsetzten Augen zu Louis auf. Er versuchte zu sprechen. Es kam kein Ton. Vor den großen Glastüren der Krankenstation drängten sich Leute. Sie sahen herein, schirmten die Augen mit den Händen gegen das Sonnenlicht ab. Louis' Erinnerung beschwor ein Bild herauf, das diesem auf irrsinnige Weise glich: er saß als Kind von nicht mehr als sechs Jahren mit seiner Mutter am Morgen, bevor sie zur Arbeit ging, im Wohnzimmer vor dem Fernsehapparat. Er sah die alte Show »Today« mit Dave Garroway. Leute standen draußen und gafften herein – zu Dave und Frank Blair und dem guten alten J. Fred Muggs. Er sah sich um und entdeckte weitere Leute an den Fenstern. Was die Türen betraf, konnte er nichts tun, aber...

»Vorhänge zu!« fuhr er die Hilfsschwester an, die geschrien hatte.

Als sie sich nicht sofort bewegte, gab Miss Charlton ihr eine Ohrfeige. »Los, Mädchen.«

Die Hilfsschwester reagierte. Einen Augenblick später glitten grüne Vorhänge vor die Fenster. Die Oberschwester und Steve Masterton stellten sich instinktiv zwischen den Jungen und die Tür und versperrten damit die Aussicht so weit wie möglich.

»Harte Trage, Doktor?« fragte Joan Charlton.

»Ja, wenn wir sie brauchen«, sagte Louis und kniete neben Masterton nieder. »Bis jetzt konnte ich noch nicht einmal einen Blick auf ihn werfen.«

»Los«, sagte die Oberschwester zu dem Mädchen, das die Vorhänge zugezogen hatte und jetzt die Mundwinkel wieder mit den Fäusten zu diesem freudlosen, entsetzten Grinsen auseinanderzerrte. Sie sah Joan Charlton an und stöhnte: »Oh, ah.«

»Ja, *oh, ah* stimmt. Komm mit.« Sie versetzte dem Mädchen einen kräftigen Stoß, und es setzte sich in Bewegung; der rotweißgestreifte Rock rauschte ihr um die Beine.

Louis beugte sich über seinen ersten Patienten an der Universität von Maine in Orono.

Es war ein junger Mann von vielleicht zwanzig Jahren, und Louis brauchte keine drei Sekunden, um zur einzigen Diagnose zu gelangen, die von Bedeutung war. Der junge Mann lag im Sterben. Sein Kopf war zur Hälfte zerschmettert. Sein Genick war gebrochen. Aus der geschwollenen, verzerrten rechten Schulter ragte ein Schlüsselbein heraus. Aus seinem Kopf sickerten Blut und eine gelbe, eitrige Flüssigkeit träge in den Teppich. Durch ein Loch im Schädel konnte Louis das Gehirn sehen, weißlichgrau und pulsierend. Es war, als blickte man durch ein zerbrochenes Fenster. Das Loch war ungefähr fünf Zentimeter breit; wenn er ein Kind im Schädel gehabt hätte, hätte er es fast zur Welt bringen können – wie Zeus Athene seinem Haupt entspringen ließ. Daß er überhaupt noch lebte, war kaum glaublich. In Gedanken hörte er plötzlich Jud Crandall sagen: *Manchmal konnte man spüren, wie er einen in den Arsch biß.* Und seine Mutter: *Tot ist tot.* Er verspürte einen irren Drang zu lachen. Tot war tot, so war es. Daran war nicht zu rütteln, alter Freund.

»Die Ambulanz!« fuhr er Masterton an. »Wir . . .«

»Louis, die Ambulanz ist doch . . .«

»*Himmel!*« sagte Louis und schlug sich gegen die Stirn. Sein Blick wanderte zur Oberschwester. »Joan, was tun wir in einem solchen Fall? Die Campus-Polizei anrufen oder das EMMC?«

Joan machte einen verwirrten und erregten Eindruck – was bei ihr wohl nur selten vorkam, dachte Louis. Aber ihre Stimme klang gefaßt genug, als sie antwortete: »Ich weiß es nicht, Doktor. So einen Fall hatten wir nicht, seit ich hier arbeite.«

Louis überlegte, so schnell er konnte. »Rufen Sie die Campus-Polizei an. Wir können nicht warten, bis das EMMC seine Ambulanz schickt. Wenn es sein muß, kann er in einem Feuerwehrwagen nach Bangor gebracht werden. Die haben wenigstens Martinshorn und Blaulicht. Los, Joan.«

Sie ging, aber erst nachdem Louis ihren mitfühlenden Blick erhascht und gedeutet hatte. Dieser junge Mann, sonnengebräunt und mit kräftigen Muskeln – vielleicht weil er während des Sommers in einer Straßenbaukolonne gearbeitet, Häuser gestrichen oder Tennisstunden gegeben hatte –, dieser junge Mann, der jetzt nur eine rote Turnhose mit weißen Paspeln trug, würde sterben, einerlei, was sie unternahmen. Er würde selbst dann sterben, wenn die Ambulanz mit laufendem Motor vor dem Haus gewartet hätte, als der Patient hereingebracht wurde.

Es war kaum zu glauben – der Sterbende bewegte sich. Seine Augen flatterten und öffneten sich. Blaue Augen mit blutgeränderter Iris. Sie starrten ins Leere und sahen nichts. Er versuchte, den Kopf zu bewegen, und Louis versuchte, es zu verhindern, weil das Genick gebrochen war. Die entsetzliche Schädelverletzung schloß mögliche Schmerzen nicht aus.

Das Loch in seinem Kopf, oh Gott, das Loch in seinem Kopf.

»Was ist eigentlich passiert?« fragte er Steve – eine törichte und sinnlose Frage unter den gegebenen Verhältnissen. Die Frage ei-

nes Zuschauers. Aber das Loch im Kopf des Mannes bestätigte ihm diese Rolle – er war nichts als ein Zuschauer. »Hat ihn die Polizei gebracht?«
»Ein paar Studenten trugen ihn in einer Decke herein. Wie es passiert ist, weiß ich nicht.«
Das war das nächste, was er beachten mußte. Auch das gehörte zu seiner Verantwortung. »Schaffen Sie sie her«, sagte Louis. »Bringen Sie sie durch die andere Tür herein. Ich möchte, daß sie zur Stelle sind, aber sie brauchen hiervon nicht mehr zu sehen, als sie schon gesehen haben.«
Masterton, offensichtlich erleichtert, sich vom Schauplatz des Geschehens entfernen zu können, ging zur Tür und öffnete sie; aufgeregtes, neugieriges Stimmengewirr drang herein, überlagert vom Heulen eines Martinshorns. Die Campus-Polizei war also da. Louis empfand eine Art erbärmlicher Erleichterung.

Aus der Kehle des Sterbenden drang ein gurgelndes Geräusch. Er versuchte zu sprechen. Louis hörte Silben – Laute zumindest –, aber die Worte selbst blieben verschliffen und undeutlich.

Louis beugte sich über ihn und sagte: »Sie kommen schon wieder in Ordnung, mein Junge.« Er dachte an Rachel und Ellie, als er das sagte, und spürte ein heftiges, unangenehmes Schlingern im Magen. Er preßte die Hand vor den Mund und unterdrückte ein Aufstoßen.

»*Caaa*«, sagte der junge Mann. »*Caaaaa ...*«
Louis sah sich um – im Augenblick war er mit dem sterbenden Jungen allein. Undeutlich hörte er, wie Joan Charlton den Hilfsschwestern zurief, die harte Trage stünde im Schrank hinter Zimmer zwei. Louis bezweifelte, ob sie Zimmer Zwei von den Keimdrüsen eines Frosches unterscheiden konnten; schließlich war es ihr erster Arbeitstag. Sie hatten eine höllische Einführung in die Welt der Medizin erhalten. Auf dem grünen Spannteppich breitete sich jetzt um den zerschmetterten Kopf des Mannes ein größer werdender Kreis aus trübem Purpur; Hirnflüssigkeit trat gnädigerweise nicht mehr aus.

»Auf dem Tierfriedhof«, krächzte der junge Mann – und begann zu grinsen. Sein Grinsen hatte eine auffallende Ähnlichkeit mit dem hysterischen Grinsen der Hilfsschwester, die die Vorhänge zugezogen hatte.

Louis starrte auf ihn herunter und weigerte sich zuerst zu glauben, was er gehört hatte. Dann kam ihm der Gedanke an eine akustische Halluzination. *Er gab noch ein paar Laute von sich, und mein Unterbewußtsein verwandelte sie in etwas Zusammenhängendes, fütterte die Laute in meinen Erfahrungsbereich ein.* Aber das war es nicht, was geschehen war, und einen Augenblick später war er gezwungen,

sich das einzugestehen. Ein irrsinniges Entsetzen packte ihn, ließ ihn taumeln, und ihn überkam ein so heftiger Schauder, daß sich die Muskeln seiner Arme und auf seinem Bauch verkrampften; doch selbst jetzt weigerte er sich noch, es zu glauben. Gut, die Silben waren ebenso auf den blutigen Lippen des Mannes auf dem Teppich gewesen wie in seinen Ohren, doch das bedeutete nur, daß es sich nicht nur um eine akustische, sondern gleichzeitig um eine visuelle Halluzination gehandelt hatte.
»Was haben Sie gesagt?« flüsterte er.

Und diesmal kamen die Worte klar und so deutlich wie die eines sprechenden Papageis oder einer Krähe, der man die Zunge gespalten hat: »Es ist nicht der richtige Friedhof.«

Die Augen waren leer, blicklos, blutunterlaufen, der grinsende Mund wie der eines toten Karpfens.

Entsetzen durchwogte Louis, packte sein warmes Herz mit kalten Händen, preßte es zusammen. Es verringerte ihn, machte ihn zu immer weniger, bis er glaubte, aufspringen und vor diesem blutigen, zerschmetterten, sprechenden Kopf auf dem Boden des Warteraums die Flucht ergreifen zu müssen. Er war ein Mann ohne tiefere religiöse Bindungen, ohne jede Neigung zum Aberglauben oder zum Okkulten. Auf dies, was immer es sein mochte, war er schlecht vorbereitet.

Er bekämpfte den Drang zur Flucht mit aller Kraft und zwang sich, noch näherzukommen. »Was haben Sie gesagt?« fragte er zum zweiten Mal.

Das Grinsen. Das war schlimm.

»Der Acker im Herzen eines Mannes ist steiniger, Louis«, flüsterte der Sterbende. »Ein Mann bestellt ihn ... und läßt darauf wachsen, was er kann.«

Louis, dachte er, und sein Bewußtsein vernahm nichts außer seinem Namen. *Mein Gott, er hat mich beim Namen genannt.*

»Wer bist du?« fragte er mit zitternder, papierener Stimme.
»Wer bist du?«
»Indianer bringen meinen Fisch.«
»Woher weißt du meinen ...«
»Bleib weg von uns. Wer weiß ...«
»Du ...«

»*Caaa*«, sagte der junge Mann, und jetzt spürte Louis den Tod in seinem Atem, innere Verletzungen, aussetzenden Herzschlag, Versagen, Zerfall.

»Was?« Ihn überkam der verrückte Drang, ihn zu schütteln.
»*Caaaaa* ...«

Der junge Mann in der roten Turnhose begann am ganzen Körper zu zittern. Plötzlich schien er zu erstarren, alle Muskeln gespannt. Für einen Augenblick verloren seine Augen den leeren Ausdruck, sie schienen Louis' Blick zu finden. Louis glaubte, er würde, er müsse noch einmal sprechen. Dann nahmen die Augen wieder ihren leeren Ausdruck an – und begannen zu brechen. Der Junge war tot.

Louis setzte sich; er spürte verschwommen, daß ihm die Kleider am Leibe klebten. Er war schweißgebadet. Dunkelheit breitete sich aus, legte einen weichen Schleier über seine Augen, und die Welt begann, auf übelkeiterregende Weise zu schwingen. Als er begriff, was geschah, wandte er sich von dem Toten ab, beugte den Kopf zwischen die Knie und drückte die Nägel von Daumen und Zeigefinger der linken Hand so heftig ins Zahnfleisch, daß es blutete.

Einen Augenblick später wurde die Welt wieder klar.

13

Dann füllte sich der Raum mit Menschen, als wären sie alle nur Schauspieler, die auf ihr Stichwort gewartet hatten – ein Umstand, der Louis das Gefühl der Wirklichkeitsferne und Desorientiertheit nur umso stärker empfinden ließ. Die Intensität dieses Gefühls, mit dem er sich zwar in Psychologievorlesungen beschäftigt, das er aber nie selbst erfahren hatte, ängstigte ihn zutiefst. So, vermutete er, war einem Menschen zumute, nachdem ihm jemand eine große Dosis LSD in den Drink geschüttet hatte.

Wie ein Theaterstück, das nur für mich aufgeführt wird, dachte Louis. *Alle verlassen die Bühne, damit die sterbende Sibylle mir noch ein paar dunkle Prophezeiungen zuraunen kann; und sobald sie tot ist, kehren alle zurück.*

Die Hilfsschwestern kamen hereingestolpert, zwischen sich die harte Trage, die bei Leuten mit Rückgrat- oder Genickverletzungen verwendet wurde. Joan Charlton folgte ihnen und sagte, die Campus-Polizei wäre unterwegs. Der junge Mann war beim Lauftraining von einem Auto angefahren worden. Louis dachte an die Jogger, die ihm am Morgen fast ins Auto gelaufen wären, und seine Eingeweide gerieten ins Schlingern.

Nach Joan Charlton kam Steve Masterton mit zwei Campus-Polizisten. »Louis, die Leute, die Pascow gebracht haben, sind...« Er brach ab und fragte bestürzt: »Louis, fehlt Ihnen etwas?«

»Nein, alles in Ordnung«, sagte er und stand auf. Eine Woge von Benommenheit spülte über ihn hinweg und ebbte dann ab. Er versuchte, in die Wirklichkeit zurückzufinden. »Pascow heißt er?«

Einer der Polizisten sagte: »Victor Pascow, nach Aussage des Mädchens, mit dem er trainierte.«

Louis sah auf seine Uhr und zog zwei Minuten ab. Aus dem Raum, in den Masterton die Leute geführt hatte, die Pascow hereingebracht hatten, hörte er ein Mädchen heftig schluchzen. Willkommen an der Universität, junge Dame, dachte er. Alles Gute fürs neue Semester. »Mr. Pascow ist um 10.09 Uhr gestorben«, sagte er.

Einer der Polizisten wischte sich mit dem Handrücken über den Mund.

Masterton fragte abermals: »Louis, fehlt Ihnen wirklich nichts? Sie sehen *entsetzlich* aus.«

Louis öffnete den Mund, um zu antworten, und eine der Hilfsschwestern ließ unvermittelt ihr Ende der harten Trage fallen, rannte hinaus und erbrach sich auf ihre Schürze. Ein Telefon begann zu läuten. Das Mädchen, das geschluchzt hatte, begann jetzt, den Namen des Toten – »Vic! Vic! Vic!« – immer und immer wieder zu kreischen. Ein Tollhaus. Totales Chaos. Einer der Polizisten fragte Joan Charlton, ob sie ein Laken haben könnten, um ihn zuzudecken; Joan sagte, sie wüßte nicht, ob sie berechtigt wäre, eines herauszugeben, und Louis drängte sich eine Zeile von Maurice Sendak auf: »Jetzt geht der wilde Trubel los.«

Das widerliche Kichern stieg wieder in seiner Kehle auf; irgendwie gelang es ihm, es zu unterdrücken. Hatte dieser Pascow wirklich das Wort »Tierfriedhof« ausgesprochen? Hatte dieser Pascow wirklich seinen Namen genannt? Das waren die Dinge, die ihn außer Fassung brachten, die Dinge, die ihn aus der Bahn warfen. Doch schon jetzt schien es, als hüllte sein Verstand diese wenigen Augenblicke in einen schützenden Film – umbildend, verändernd, loslösend. Sicher hatte er etwas anderes gesagt (wenn er überhaupt etwas gesagt hatte), und im Schock des Augenblicks hatte Louis ihn falsch verstanden. Aller Wahrscheinlichkeit und seiner eigenen ersten Vermutung nach hatte Pascow nur irgendwelche Laute von sich gegeben.

Louis versuchte, zu sich selbst zurückzufinden, zu jenem Teil seines Selbst, der die Universitätsverwaltung bewogen hatte, ihn den dreiundfünfzig anderen Bewerbern um diese Stellung vorzuziehen. Hier war niemand, der Anweisungen gab, der handelte; das Zimmer war voll von Leuten, die nicht wußten, was zu tun war.

»Steve, geben Sie dem Mädchen ein Sedativ«, sagte er, und schon beim bloßen Aussprechen der Worte fühlte er sich besser. Es war, als befände er sich in einem Raumschiff, das jetzt wieder unter Antrieb stand und einen winzigen Mond hinter sich zurückließ. Der winzige Mond – das war jener irrationale Augenblick, in dem Pascow gesprochen hatte. Louis war angestellt worden, um Verantwortung zu übernehmen – und das würde er tun.

»Joan, geben Sie dem Polizisten ein Laken.«
»Doktor, in unserem Inventar ...«
»Geben Sie ihm trotzdem eins. Und dann kümmern Sie sich um die Hilfsschwester.« Er warf einen Blick auf das andere Mädchen, das noch immer das Ende der harten Trage hielt. Es starrte mit einer Art hypnotischer Faszination auf Pascows sterbliche Überreste. »Hilfsschwester!« sagte Louis grob, und ihre Augen rissen sich von dem Leichnam los.

»W-w-w- ...«
»Wie heißt das andere Mädchen?«
»W-w-welches?«
»Das, das gekotzt hat«, sagte er mit bewußter Grobheit.
»Ju-ju-judy. Judy DeLessio.«
»Und Sie heißen?«
»Carla.« Die Stimme des Mädchens klang schon ein wenig sicherer.
»Carla, Sie kümmern sich um Judy. Und holen das Laken. Sie finden einen Stapel in dem kleinen Schrank hinter Untersuchungsraum eins. Und nun bewegt euch, alle miteinander. Tun wir wenigstens so, als verstünden wir unser Handwerk.«

Sie setzten sich in Bewegung. Gleich darauf verstummte das Kreischen im Nebenraum. Das Telefon, das aufgehört hatte zu läuten, fing wieder an. Louis drückte die Wartetaste, ohne den Hörer abzunehmen.

Der ältere der beiden Polizisten machte einen gefaßteren Eindruck, und Louis wandte sich an ihn. »Wen müssen wir benachrichtigen? Können Sie mir eine Aufstellung geben?«

Der Polizist nickte und sagte: »Das ist seit sechs Jahren nicht mehr vorgekommen. Ein schlimmer Anfang für ein Semester.«

»Das kann man wohl sagen«, sagte Louis. Er nahm den Hörer ab und löste die Wartetaste.

»Hallo? Wer ist ...« setzte eine aufgeregte Stimme an, und Louis unterbrach die Verbindung. Dann begann er zu telefonieren.

14

Erst am Nachmittag gegen vier Uhr flaute der Trubel etwas ab, nachdem Louis und Richard Irving, der Chef der Campus-Polizei, eine Presseerklärung abgegeben hatten. Der junge Mann, Victor

Pascow, hatte mit einem Freund und seiner Verlobten gejoggt. Ein Wagen, gefahren von Tremont Withers, dreiundzwanzig, aus Haven in Maine, war mit hoher Geschwindigkeit die Straße vom Lengyll Women's Gymnasium zum Zentrum des Campus heraufgekommen. Withers' Wagen hatte Pascow erfaßt und mit dem Kopf voran gegen einen Baum geschleudert. Seine Begleiter und zwei Passanten hatten ihn in einer Decke in die Krankenstation gebracht, wo er ein paar Minuten später gestorben war. Withers war festgenommen worden und hatte eine Anklage wegen rücksichtslosen Fahrens, Trunkenheit am Steuer und fahrlässiger Tötung zu erwarten.

Der Redakteur der Campus-Zeitung fragte, ob er schreiben könne, Pascow sei an Kopfverletzungen gestorben. Louis, der an das zerbrochene Fenster dachte, durch das das Gehirn zu sehen gewesen war, sagte, es wäre ihm lieber, wenn die Todesursache vom Coroner von Penobscot County bekanntgegeben würde. Dann fragte der Redakteur, ob die vier jungen Leute, die Pascow in der Decke in die Krankenstation getragen hatten, unwissentlich seinen Tod verschuldet haben könnten.

»Nein«, erwiderte Louis. Er war froh darüber, die vier jungen Leute, die so schnell gehandelt hatten, entlasten zu können. »Keinesfalls. Meiner Ansicht nach waren die Verletzungen tödlich, die Mr. Pascow erlitt, als er angefahren wurde.«

Es gab noch weitere Fragen – einige wenige, aber mit dieser Antwort war die Pressekonferenz im Grunde beendet gewesen. Jetzt saß Louis in seinem Büro (Steve Masterton war eine Stunde zuvor unmittelbar nach der Pressekonferenz, gegangen, um sich selbst in den Abendnachrichten nicht zu verpassen, wie Louis argwöhnte) und versuchte, die Scherben des Tages aufzusammeln; vielleicht versuchte er auch nur, das, was geschehen war, mit einer dünnen Schicht Routine zu übertünchen. Er und Joan sahen die Karteikarten der »Problemfälle« durch – jener Studenten, die sich ungeachtet einer Behinderung durch die Collegejahre mühten. Es gab dreiundzwanzig Diabetiker unter den Problemfällen, fünfzehn Epileptiker, vierzehn Querschnittsgelähmte und noch etliche andere: Studenten mit Leukämie, Studenten mit zerebraler Lähmung und Muskelschwund, blinde Studenten, zwei stumme Studenten und einen Fall von Sichelzell-Anämie, die Louis noch nicht begegnet war.

Seinen vielleicht tiefsten Punkt hatte der Nachmittag kurz nach Steves Weggehen erreicht. Joan Charlton war hereingekommen und hatte einen rosa Merkzettel auf Louis' Schreibtisch gelegt. *Die Leute von Bangor Teppiche kommen morgen früh um neun,* stand darauf.

»Teppiche?« hatte er gefragt.

»Wir brauchen einen neuen, Doktor«, erklärte sie. »Der Fleck läßt sich nicht entfernen.«
Natürlich nicht. Daraufhin war Louis in die Apotheke gegangen und hatte ein Tuinal genommen – ein Mittel von der Art, die sein Zimmerkollege im ersten Semester »Tooners« genannt hatte. »Spring auf den Toonerville-Bus, Louis«, pflegte er zu sagen, »und ich lege ein paar Creedence-Platten auf.« Meist hatte Louis es abgelehnt, mit dem sagenhaften Toonerville-Bus zu fahren, und das war vielleicht gut so; sein Zimmerkollege hatte im dritten Semester aufgegeben und war auf dem Toonerville-Bus geblieben, der ihn schließlich als Sanitäter nach Vietnam gebracht hatte. Louis dachte manchmal an ihn und stellte sich vor, wie er dort saß, völlig hinüber, und sich eine Creedence-Aufnahme von »Run Through the Jungle« anhörte.
Aber er brauchte etwas. Wenn er schon, so oft er von den vor ihm ausgebreiteten Problemfällen aufblickte, den rosa Zettel an seinem Merkbrett sehen mußte, dann brauchte er etwas.
Er war wieder halbwegs bei der Sache, als Mrs. Baillings, die Nachtschwester, den Kopf hereinsteckte und sagte: »Ihre Frau, Dr. Creed. Leitung eins.«
Louis sah auf die Uhr; es war fast halb sechs. Er hätte schon vor anderthalb Stunden Feierabend gehabt.
»Danke, Nancy.«
Er hob den Hörer ab und schaltete auf Leitung eins. »Hi, Liebling. Ich wollte gerade...«
»Louis, wie geht es dir?«
»Gut.«
»Ich habe in den Nachrichten davon gehört, Lou. Es tut mir ja so leid.« Sie hielt einen Augenblick inne. »Es kam im Radio. Du mußtest gerade ein paar Fragen beantworten. Du hast einen guten Eindruck gemacht.«
»Wirklich? Das ist schön.«
»Bist du ganz sicher, daß es dir wieder gut geht?«
»Ja, Rachel. Alles in Ordnung.«
»Dann komm nach Hause«, sagte sie.
»Ja«, sagte er. Nach Hause; das hörte sich gut an.

15

Sie empfing ihn an der Tür, und sein Kiefer fiel herunter. Sie trug den Netz-BH, der ihm gefiel, einen halb durchsichtigen Slip und sonst nichts.

»Du siehst hinreißend aus«, sagte er. »Wo sind die Kinder?«
»Bei Missy Dandridge. Bis halb neun sind wir unter uns – immerhin zweieinhalb Stunden. Nützen wir die Zeit.«
Sie drückte sich an ihn. Er nahm einen schwachen, lieblichen Duft wahr – war es Rosenöl? Seine Arme schlossen sich um sie, zuerst um ihre Taille, dann tiefer; ihre Zunge tanzte leicht über seine Lippen und dann vorschnellend in seinen Mund.
Endlich lösten sie sich voneinander, und er fragte ein wenig heiser: »Bist du für Abendessen?«
»Für Nachtisch«, sagte sie und begann, ihren Unterleib langsam und sinnlich an seinen Lenden und seinem Bauch kreisen zu lassen. »Aber ich verspreche dir – du brauchst nicht zu essen, worauf du keinen Appetit hast.«
Er griff nach ihr, aber sie glitt aus seinen Armen und nahm ihn bei der Hand. »Zuerst nach oben«, sagte sie.

Sie ließ ihm ein ganz heißes Bad ein, zog ihn dann langsam aus und scheuchte ihn ins Wasser. Dann zog sie einen rauhen Luffahandschuh an, der gewöhnlich unbenutzt an der Brause hing, seifte seinen Körper sanft ein und spülte ihn ab. Er spürte, wie dieser Tag – dieser grauenhafte erste Tag – allmählich von ihm abglitt. Sie war ziemlich naß geworden, und ihr Slip klebte an ihr wie eine zweite Haut.
Louis wollte aus der Wanne steigen, aber sie schob ihn sanft zurück.
»Was ...«
Jetzt griff der Luffahandschuh sanft zu – sanft, aber fast unerträglich reibend, und bewegte sich langsam auf und ab.
»Rachel ...« Schweiß drang ihm aus allen Poren, nicht nur von der Wärme des Bades.
»Still.«
Es schien weiterzugehen, fast endlos – er näherte sich der Klimax, und die Hand im Luffahandschuh wurde langsamer und hielt fast inne. Doch dann hielt sie nicht inne, sondern drückte zu, ließ locker, drückte wieder zu, bis er so stark kam, daß er das Gefühl hatte, er müßte platzen.
»Mein Gott«, sagte er zittrig, als er wieder sprechen konnte. »Wo hast du *das* gelernt?«
»Bei den Pfadfinderinnen«, sagte sie.

Sie hatte Filetspitzen Stroganoff gemacht, die während der Badewannen-Episode geschmort hatten, und Louis, der noch um vier Uhr geschworen hätte, die nächste Mahlzeit erst um Allerheiligen zu sich zu nehmen, aß zwei Portionen.

Dann führte sie ihn wieder nach oben.
»Und nun«, sagte sie, »wollen wir sehen, was du für *mich* tun kannst.«
In Anbetracht aller Umstände, dachte Louis, machte er seine Sache recht gut.
Hinterher schlüpfte Rachel in ihren alten blauen Pyjama. Louis zog ein Flanellhemd und eine fast formlose Cordhose an – das, was Rachel seine Hausklamotten nannte – und machte sich auf den Weg, um die Kinder abzuholen.
Missy Dandridge wollte wissen, wie sich der Unfall ereignet hatte, und Louis gab ihr eine kurze Schilderung, längst nicht so ausführlich wie das, was sie am folgenden Tag in den *Bangor Daily News* lesen würde. Er tat es nicht gern – er kam sich dabei vor wie die widerlichste Klatschbase –, aber Missy nahm kein Geld fürs Kinderhüten, und er war ihr dankbar für den Abend, den Rachel und er für sich gehabt hatten.
Gage schlief tief und fest, bevor Louis die Meile zwischen Missys Haus und ihrem eigenen zurückgelegt hatte; sogar Ellie gähnte und hatte glasige Augen. Er legte Gage eine frische Windel um, zog ihm den Schlafanzug über und legte ihn in sein Bettchen. Dann las er Ellie vor. Wie üblich, verlangte sie nach *Wo die wilden Kerle wohnen* – schließlich war sie selbst ein wilder Kerl. Louis brachte sie dazu, sich mit der *Katze im Hut* einverstanden zu erklären. Fünf Minuten, nachdem er sie hinaufgetragen hatte, schlief sie schon, und Rachel deckte sie zu.
Als er wieder herunterkam, saß Rachel mit einem Glas Milch im Wohnzimmer. Ein Roman von Dorothy Sayers lag aufgeschlagen auf einem ihrer langen Schenkel.
»Louis, bist du sicher, daß es dir wieder gut geht?«
»Mir geht es bestens, Liebling«, sagte er. »Und ich danke dir. Für alles.«
»Man tut, was man kann«, sagte sie mit einem breiten, ein wenig anzüglichen Lächeln. »Gehst du noch auf ein Bier zu Jud?«
Er schüttelte den Kopf. »Heute nicht. Ich bin total erledigt.«
»Ich hoffe, daran bin ich nicht ganz unschuldig.«
»Das möchte ich annehmen.«
»Dann hol dir ein Glas Milch, Doktor, und laß uns schlafen gehen.«

Er dachte, er würde vielleicht nicht schlafen können, wie es ihm so oft während seiner Assistentenzeit ergangen war, wenn besonders haarige Tage immer und immer wieder in seinen Gedanken abrollten. Aber er glitt dem Schlaf sanft entgegen wie auf einem leicht

geneigten, reibungslos glatten Brett. Irgendwo hatte er gelesen, daß der Mensch im Durchschnitt genau sieben Minuten braucht, um abzuschalten und sich vom Tag zu lösen. Sieben Minuten für das Bewußtsein und das Unterbewußtsein, sich zu drehen wie die Trickwand einer Geisterbahn in einem Vergnügungspark. Eine irgendwie unheimliche Vorstellung.
Fast war es so weit, als er Rachel wie aus weiter Ferne sagen hörte: »... übermorgen.«
»Hmmm?«
»Jolander. Der Tierarzt. Übermorgen können wir Church hinbringen.«
»Oh.« Church. *Paß auf deine cojónes auf, solange du sie noch hast, Church, alter Junge.* Dann glitt er von allem fort in ein tiefes Loch, in festen, traumlosen Schlaf.

16

Viel später weckte ihn etwas auf, ein Schlag, so laut, daß er im Bett auffuhr und sich fragte, ob Ellie vielleicht auf den Boden gefallen oder Gages Bettchen zusammengebrochen war. Dann kam der Mond hinter einer Wolke hervor und überflutete das Zimmer mit kaltem, weißem Licht, und er sah Victor Pascow auf der Schwelle stehen. Der Schlag kam von der Tür, die Pascow aufgestoßen hatte.

Er stand da mit seinem hinter der linken Schläfe zerschmetterten Schädel. Das Blut auf seinem Gesicht war in rotbraunen Streifen getrocknet, wie die Kriegsbemalung eines Indianers. Sein Schlüsselbein ragte weiß heraus. Er grinste.

»Kommen Sie, Doktor. Wir machen einen Spaziergang«, sagte Pascow.

Louis schaute sich um. Seine Frau schlief fest, ein undefinierbarer Hügel unter der gelben Steppdecke. Sein Blick kehrte zu Pascow zurück, der tot war und irgendwie doch nicht tot. Dennoch verspürte Louis keine Furcht. Er erkannte fast sofort, warum das so war.

Es ist ein Traum, dachte er, und erst in der Erleichterung begriff er das Ausmaß seines Erschreckens. *Die Toten kehren nicht zurück; es ist physiologisch unmöglich. Dieser junge Mann liegt in einem Autopsie-Schubfach in Bangor und trägt das Markenzeichen des Pathologen, – den flüchtig wieder zugenähten Y-förmigen Einschnitt. Wahrscheinlich hat der Pathologe sein Gehirn, nachdem er eine Gewebeprobe genommen hat, in die Brusthöhle gestopft und die Schädelhöhle mit Packpapier gefüllt, damit* nichts heraussickert – das ist einfacher als der Versuch, das Gehirn wieder in den Schädel einzupassen wie ein Teilchen in ein Puzzle. Onkel Carl, der Vater der armen Ruthie, hatte ihm erzählt, daß Pathologen so arbeiteten, und noch eine Menge ähnlicher Dinge, die Rachel mit ihrer Todesphobie vermutlich in helles Entsetzen versetzt hätten.

Aber Pascow war nicht hier – das war völlig ausgeschlossen. Er lag in einem Kühlfach mit einem Etikett am großen Zeh. *Und dort trägt er ganz bestimmt nicht diese rote Turnhose.*

Dennoch war der Drang aufzustehen stark. Pascows Blick ruhte auf ihm.

Er schlug die Decke zurück und setzte die Füße auf den Boden. Der gehäkelte Teppich – ein Hochzeitsgeschenk von Rachels Großmutter – preßte kalte Knoten in seine Fußballen. Der Traum war erstaunlich real. Er war so real, daß er nicht daran dachte, Pascow zu folgen, bis Pascow schließlich kehrtmachte und die Treppe hinabging. Der Drang, ihm zu folgen, war stark, aber er wollte sich nicht von einem lebenden Leichnam anrühren lassen. Nicht einmal im Traum.

Aber er folgte ihm. Pascows Turnhose schimmerte.

Sie durchquerten Wohnzimmer, Eßzimmer, Küche. Louis erwartete, daß Pascow den Schließknopf drehen und dann den Riegel an der Tür zwischen der Küche und dem Schuppen anheben würde, der als Garage für den Kombi und den Civic diente; aber Pascow tat nichts dergleichen. Anstatt die Tür zu öffnen, ging er einfach hindurch. Und Louis, der ihm zusah, dachte leicht erstaunt: *Also so wird das gemacht! Beachtlich! Das müßte jeder können!*

Er versuchte es selbst – und war leicht belustigt, als er nur auf unnachgiebiges Holz stieß. Offenbar war er ein nüchterner Realist, selbst im Traum. Er drehte den Knopf des Yale-Schlosses, hob den Riegel und trat in den Garagenschuppen. Pascow war nicht da. Louis überlegte kurz, ob Pascow vielleicht aufgehört hatte zu existieren. Das kam bei Traumgestalten oft vor; ebenso bei Örtlichkeiten – zuerst stand man nackt am Schwimmbecken und diskutierte etwa einen Frauentausch mit David und Missy Dandridge; und im nächsten Augenblick erstieg man die Flanke eines Vulkans auf Hawaii. Vielleicht hatte er Pascow verloren, weil jetzt der zweite Akt begann.

Doch als Louis aus der Garage trat, sah er ihn wieder; er stand im schwachen Mondlicht am Ende des Rasens – am Anfang des Pfades.

Jetzt kam die Furcht, drang leise ein, sickerte in die Hohlräume seines Körpers und erfüllte sie mit schmutzigem Qualm. Er wollte nicht dort hinauf. Er blieb stehen.

Pascow blickte über die Schulter zurück, und im Mondlicht glitzerten seine Augen silbern. Louis spürte, wie ein hoffnungsloses Entsetzen durch seine Eingeweide kroch. Dieser herausstehende Knochen, das getrocknete Blut. Aber es war unmöglich, diesen Augen zu widerstehen. Dies war offensichtlich ein Traum über das Hypnotisiertwerden, über das Beherrschtwerden – vielleicht auch über die Unmöglichkeit, etwas am Lauf der Dinge zu ändern – so, wie es ihm unmöglich gewesen war, an der Tatsache von Pascows Tod etwas zu ändern. Man konnte zwanzig Jahre studieren und war trotzdem ratlos, wenn jemand hereingebracht wurde, der so heftig gegen einen Baum geprallt war, daß in seinem Schädel ein Fenster offenstand. Man hätte ebensogut einen Klempner holen können, einen Regenmacher oder den Mann vom Mond.

Und noch während ihm diese Gedanken durch den Kopf gingen, wurde er auf dem Pfad vorangezogen. Er folgte der Turnhose, die in diesem Licht das gleiche Rotbraun zeigte wie das getrocknete Blut auf Pascows Gesicht.

Der Traum gefiel ihm nicht. Bei Gott, er gefiel ihm ganz und gar nicht. Er war zu real. Die kalten Knoten im Teppich, die Tatsache, daß er nicht imstande gewesen war, durch die Schuppentür zu gehen, obwohl man doch in jedem halbwegs vernünftigen Traum durch Türen und Wände hindurchgehen konnte (oder sollte) – und jetzt die kalte Feuchtigkeit des Taus an seinen nackten Füßen und der Nachtwind, ein bloßer Hauch, den er auf seinem Körper spürte, der nackt war bis auf seine Pyjamashorts. Als sie unter den Bäumen waren, klebten Kiefernnadeln an seinen Fußsohlen – ein weiteres kleines Detail, das eine Spur wirklicher war als erforderlich.

Hat nichts zu sagen. Hat nichts zu sagen. Ich bin zu Hause in meinem Bett. Es ist nur ein Traum, so deutlich er auch sein mag, und wie alle anderen Träume wird er am Morgen lächerlich erscheinen. Wenn ich wach bin, wird mein Verstand seine Widersprüchlichkeiten entdecken.

Ein Zweig von einem toten Baum bohrte sich in seinen Bizeps, und er fuhr zusammen. Auf der Anhöhe vor ihm war Pascow nur ein beweglicher Schatten, und jetzt schien sich in Louis' Hirn aus dem Entsetzen ein leuchtendes Bild herauszukristallisieren: *Ich folge einem toten Mann in den Wald, ich folge einem toten Mann zum Tierfriedhof hinauf, und das ist kein Traum. So wahr mir Gott helfe,* das ist kein Traum. *Das geschieht* wirklich.

Sie gingen an der anderen Seite des baumbestandenen Hügels hinunter. Der Pfad wand sich in trägen Kurven zwischen den Bäumen hindurch und führte dann ins Unterholz. Jetzt trug er keine Stiefel. Der Boden unter seinen Füßen zerfloß in kaltem Schlamm, der packte, hielt und nur widerstrebend losließ. Er hörte häßliche

Sauggeräusche. Er spürte, wie der Schlamm zwischen seine Zehen quoll und versuchte, sie voneinander zu trennen. Er bemühte sich verzweifelt, an der Traumvorstellung festzuhalten. Es gelang ihm nicht.

Sie erreichten die Lichtung, und der Mond segelte wieder hinter seinem Wolkenreff hervor und tauchte den Friedhof in gespenstisches Licht. Die schiefen Gedenktafeln – Kistenbretter und Dosen, mit Vaters Blechschere geschnitten und dann zu ungefähren Rechtecken flachgehämmert, angeschlagene Schieferplatten – ragten mit dreidimensionaler Deutlichkeit auf und warfen scharf begrenzte, schwarze Schatten.

Pascow blieb neben KATER SMUCKY – ER WAR GEHORSAM stehen und wandte sich zu Louis um. Das Grauen, das Entsetzen – ihm war, als wüchsen sie in ihm, bis sein Körper ihren weichen und dennoch unerbittlichen Druck nicht mehr aushielt. Pascow grinste. Seine blutigen Lippen hatten sich von den Zähnen zurückgezogen, und das harte Mondlicht überdeckte die gesunde Straßenbaubräune mit der fahlen Blässe eines Toten, der in sein Leichentuch gehüllt werden soll.

Er hob seinen Arm und deutete auf etwas. Louis blickte hin und stöhnte. Seine Augen öffneten sich weit, und er preßte die Fingerknöchel gegen den Mund. Er spürte Kälte auf den Wangen und begriff, daß er im Übermaß des Entsetzens zu weinen begann.

Das Totholz, von dem Jud Crandall Ellie bestürzt zurückgerufen hatte, war zu einem Knochenhaufen geworden. Die Knochen bewegten sich. Sie wanden sich und klickten aneinander, Kiefer, Oberschenkel, Ellen, Backenzähne, Schneidezähne; er sah die grinsenden Schädel von Menschen und Tieren. Fingerknochen klapperten. Der Überrest eines Fußes bewegte seine bleichen Gelenke.

Alles bewegte sich; es *kroch* ...

Pascow trat jetzt auf ihn zu, das blutige Gesicht entschlossen, und der Rest von Louis' Vernunft floß im Mondschein zu einem einzigen verzweifelten Gedanken zusammen: *Du mußt schreien, damit du aufwachst, ganz gleich, ob du Rachel Ellie Gage erschreckst und das ganze Haus aufwacht die ganze Nachbarschaft du mußt schreien damit du aufwachst schreienschreienschreiendichwachwachwachschreien* ...

Aber es kam nichts als ein schwaches, keuchendes Wispern. Das Geräusch, das ein kleines Kind macht, wenn es auf einer Türstufe sitzt und versucht, sich das Pfeifen beizubringen.

Pascow kam näher, und dann sprach er.

»Man darf die Tür nicht öffnen«, sagte Pascow. Er blickte auf

Louis herab, der vor ihm kniete. Auf seinem Gesicht lag ein Ausdruck, den Louis zuerst fälschlich für Mitleid hielt. Aber es war im Grunde kein Mitleid; es war nur eine fürchterliche Art von Geduld. Er deutete noch immer auf den Haufen knisternder Knochen. »Steigen Sie nicht darüber hinweg, Doktor, so sehr sie auch glauben, es tun zu müssen. Die Schranke wurde nicht errichtet, damit man sie durchbricht. Denken Sie daran: hier gibt es eine Macht, die stärker ist, als Sie ahnen. Eine alte, niemals ruhende Macht. Denken Sie daran.«
Louis versuchte abermals zu schreien. Er konnte es nicht.
»Ich komme als Freund«, sagte Pascow. Hatte er tatsächlich das Wort *Freund* gebraucht? Louis glaubte es nicht. Es war, als spräche Pascow in einer fremden Sprache, die Louis mit Hilfe irgendeiner Traummagie verstand – und »Freund« kam dem Wort, das Pascow gebraucht hatte, so nahe, wie es Louis' verzweifelt ringendem Verstand möglich war. »Ihre Vernichtung und die Vernichtung all derer, die Sie lieben, ist sehr nahe, Doktor.« Er war jetzt so dicht herangekommen, daß Louis den Tod an ihm roch.
Pascow, der nach ihm griff.
Das leise, wahnsinnig machende Klicken der Knochen.
In seinem Versuch, der Hand zu entkommen, verlor Louis das Gleichgewicht. Seine Hand traf auf eine Gedenktafel und drückte sie in die Erde. Pascows Gesicht beugte sich über ihn und verdeckte den Himmel.
»Doktor – *denken Sie daran!*«
Louis versuchte zu schreien, und die Welt wirbelte davon – doch nach wie vor hörte er das Klappern der Knochen, die sich in der mondhellen Krypta der Nacht bewegten.

17

Der Durchschnittsmensch braucht sieben Minuten, um einzuschlafen; aber nach Hands *Physiologie des Menschen* braucht der gleiche Durchschnittsmensch zwanzig Minuten, um aufzuwachen. Es ist, als wäre der Schlaf ein Teich, aus dem aufzutauchen schwieriger ist, als hineinzuspringen. Ein Schlafender erwacht in mehreren Phasen, vom tiefen über leichteren Schlaf zu dem, was man manchmal »Halbschlaf« nennt – ein Zustand, in dem der Schlafende Geräusche wahrnimmt und sogar auf Fragen antwortet, ohne sich dessen später zu erinnern – es sei denn als Bruchstücke eines Traums.
Louis hörte das Klicken und Klappern der Knochen, aber all-

mählich wurde das Geräusch härter, metallischer. Dann folgte ein Schlag. Ein Schrei. Und wieder metallische Geräusche – rollte da etwas? *Natürlich,* stimmten seine schweifenden Gedanken zu. *Laß die Knöchel rollen.*
Er hörte seine Tochter rufen: »Hol dir's, Gage! Hol dir's!«
Ein Entzückensschrei von Gage; und bei diesem Geräusch schlug Louis die Augen auf und sah die Decke seines eigenen Schlafzimmers.
Er blieb unbeweglich liegen und wartete darauf, daß die Wirklichkeit, die gute Wirklichkeit, die *gesegnete* Wirklichkeit, wieder voll und ganz zurückkehrte.
Es war nur ein Traum gewesen. Allem Entsetzen, aller Wirklichkeit zum Trotz war es nur ein Traum gewesen. Nur ein Fossil in der Zone unterhalb seines Bewußtseins.
Und wieder das metallische Geräusch. Es war eins von Gages Spielzeugautos, das den oberen Flur entlangrollte.
»Hol dir's, Gage!«
»Hol dir's!« kreischte Gage. »Hol dir's – hol dir's – hol dir's!«
Tap-tap-tap-tap. Gages nackte, kleine Füße trommelten über den Korridorläufer. Er und Ellie kicherten.
Louis blickte nach rechts. Rachels Bettseite war leer, die Decken zurückgeschlagen. Die Sonne stand schon recht hoch. Er sah auf die Uhr; es war fast acht. Rachel hatte ihn verschlafen lassen – wahrscheinlich mit Absicht.
Normalerweise hätte er sich darüber aufgeregt, aber an diesem Morgen tat er es nicht. Er atmete tief ein und wieder aus; für den Augenblick genügte es ihm, dazuliegen, einen Sonnenstrahl schräg durchs Fenster einfallen zu sehen, die eindeutigen Strukturen der wirklichen Welt zu fühlen. Stäubchen tanzten im Sonnenlicht.
Rachel rief herauf: »Komm jetzt herunter, El, und pack dein Pausenbrot ein. Der Bus kommt gleich!«
»Okay!« Das lautere Klapp-klapp ihrer Füße. »Hier ist dein Auto, Gage. Ich muß jetzt in die Schule.«
Gage begann empört zu brüllen. Obwohl aus seinem Kauderwelsch nur ein paar Worte herauszuhören waren – Gage, Auto, hol dir's und Ellie-Bus –, war klar, was er sagen wollte: Ellie sollte bleiben. Zum Henker mit der allgemeinen Schulpflicht.
Wieder Rachels Stimme: »Weck deinen Daddy, bevor du herunterkommst, El.«
Ellie kam ins Zimmer; sie trug ihr rotes Kleid, das Haar war zu einem Pferdeschwanz gebunden.
»Ich bin schon wach, Baby«, sagte er. »Lauf, sonst versäumst du deinen Bus.«

»Okay, Daddy.« Sie küßte ihn auf die leicht stoppelige Wange und schoß dann zur Treppe.
Der Traum begann zu verblassen, seinen logischen Zusammenhang zu verlieren. Und das war verdammt gut so.
»Gage!« rief er. »Komm und gib deinem Daddy einen Kuß!« Gage dachte nicht daran. Er folgte Ellie die Treppe hinunter, so schnell er konnte, und schrie mit aller Lungenkraft: »Hol dir's! Hol dir's – hol dir's – HOL DIR'S!« Louis erhaschte nur noch einen Blick auf den stämmigen, kleinen Körper seines Sohnes, der nur mit einer Windel und einer Gummihose bekleidet war.
Rachel rief wieder herauf: »Louis, warst du das? Bist du wach?«
»Ja«, sagte er und setzte sich auf.
»Hab ich doch gesagt!« rief Ellie. »Ich gehe jetzt. Wiedersehn.« Das Zuschlagen der Vordertür und Gages empörtes Gebrüll bestätigten ihre Worte.
»Ein Ei oder zwei?« rief Rachel.
Louis schlug die Decken zurück und schwang die Füße auf die Knoten des Häkelteppichs, im Begriff, ihr zu sagen, er verzichtete auf die Eier, nur eine Schüssel Cornflakes, dann müßte er los ... aber die Worte blieben ihm in der Kehle stecken.
An seinen Füßen klebten Schlamm und Kiefernnadeln.
Das Herz schnellte ihm in die Kehle wie ein Springteufel aus der Schachtel. Mit raschen Bewegungen, vorstehenden Augen, in eine unempfindliche Zunge geschlagenen Zähnen strampelte er die Decken beiseite. Das Fußende des Bettes war mit Nadeln übersät, die Laken waren verschmutzt.
»Louis?«
Er entdeckte ein paar Kiefernnadeln, die sich auf sein Knie verirrt hatten, und dann warf er einen Blick auf seinen rechten Arm. Da war ein Kratzer auf dem Bizeps, ein frischer Kratzer, genau dort, wo ihn der tote Ast getroffen hatte – im Traum.
Gleich schreie ich. Ich spüre es.
Und er spürte es wahrhaftig; es stieg dröhnend in ihm auf, nichts Geringeres als eine große, kalte Kugel aus Angst. Die Wirklichkeit schimmerte durch. Die Wirklichkeit – die wirkliche *Wirklichkeit* –, das waren die Nadeln, der Schmutz auf den Laken, der blutige Kratzer an seinem Arm.
Gleich schreie ich, und dann werde ich wahnsinnig und brauche mir darüber keine Gedanken mehr zu machen.
»Louis?« Rachel kam die Treppe herauf. »Louis, bist du wieder eingeschlafen?«
Louis rang um Fassung in diesen zwei oder drei Sekunden; er versuchte ebenso gewaltsam, sich selbst wiederzufinden, wie in dem chaotischen Augenblick, als man den sterbenden Pascow in

einer Decke in die Krankenstation gebracht hatte. Er schaffte es. Der Gedanke, der den Ausschlag gab, war der, daß sie ihn nicht so sehen durfte, den Schmutz und die Nadeln an seinen Füßen, die fortgestrampelten Decken, das schlammbeschmierte Laken.

»Ich bin wach«, rief er unbeschwert. Seine Zunge blutete vom plötzlichen, unwillkürlichen Zusammenbeißen seiner Zähne. Seine Gedanken wirbelten im Kreis herum, und irgendwo tief in seinem Innern, weit entfernt von bewußtem Handeln, fragte er sich, ob er schon immer in der Reichweite derart irrsinniger Unvernunft gelebt hatte; und ob das für alle Menschen galt.

»Ein Ei oder zwei?« Sie war auf der zweiten oder dritten Stufe stehengeblieben. Gott sei Dank.

»Zwei«, sagte er, fast ohne sich dessen bewußt zu sein. »Als Rührei.«

»Gut für dich«, sagte sie und ging wieder hinunter.

Erleichtert schloß er für einen Moment die Augen, aber in der Dunkelheit sah er Pascows silberne Augen. Er riß die Augen wieder auf und begann sich hastig zu bewegen; für alle weiteren Gedanken war später noch Zeit. Er riß das Bettzeug herunter. Die Decken waren in Ordnung. Er zog die beiden Laken heraus, knüllte sie zusammen, trug sie auf den Flur und warf sie in den Wäscheschacht.

Fast rennend stürmte er ins Badezimmer, riß den Brausehebel herum, trat, ohne es wahrzunehmen, unter fast kochendheißes Wasser und wusch sich den Schmutz von Beinen und Füßen.

Er begann sich besser zu fühlen, seiner selbst sicherer. Als er sich abtrocknete, kam ihm der Gedanke, daß so einem Mörder zumute war, nachdem er sich aller Beweisstücke entledigt hatte. Er begann zu lachen. Er trocknete sich weiter ab, aber er lachte auch weiter. Es war, als wäre er nicht imstande, damit aufzuhören.

»He, du da oben«, rief Rachel. »Was ist denn so komisch?«

»Nur ein Witz«, rief er zurück, immer noch lachend. Er hatte Angst, aber die Angst stoppte das Lachen nicht. Das Lachen stieg aus seinem Magen auf, der so hart war wie Steine in einer Mauer. Dann fiel ihm ein, daß er nichts Besseres hätte tun können, als die Laken in den Wäscheschacht zu werfen. Missy Dandridge kam fünf Tage die Woche, um zu putzen, Staub zu saugen – und die Wäsche zu waschen. Rachel würde die Laken überhaupt nicht zu Gesicht bekommen, bis sie sie wieder aufs Bett legte – sauber. Es konnte zwar sein, daß Missy es Rachel gegenüber erwähnte, aber er glaubte es nicht. Wahrscheinlich würde sie ihrem Mann zuflüstern, die Creeds trieben im Bett merkwürdige Spiele, bei denen sie anstelle von Körperfarbe Schlamm und Kiefernnadeln benutzten.

Dieser Gedanke brachte Louis noch heftiger zum Lachen. Das letzte Kichern und Gluckern trocknete aus, als er sich anzog; danach fühlte er sich ein wenig besser. Wie das möglich war, wußte er nicht, aber es war so. Von dem abgezogenen Bett abgesehen, sah das Zimmer wieder normal aus. Er war das Gift losgeworden. Vielleicht war »Beweise« das Wort, nach dem er in Wirklichkeit suchte, aber in seinem Denken war es Gift.
Vielleicht ist es genau das, was Menschen mit dem Unerklärlichen tun, dachte er. *Genau das tun sie mit dem Irrationalen, das sich nicht in das normale Verhältnis von Ursache und Wirkung aufspalten läßt, das die westliche Welt regiert.* Vielleicht wurde der Verstand auf diese Weise auch mit der fliegenden Untertasse fertig, die man eines Morgens stumm über der Wiese hinter dem Haus schweben sah; mit dem Froschregen; mit der Hand, die mitten in der Nacht unter dem Bett hervorkam und nach dem nackten Fuß griff. Man hatte einen Lach- oder Weinkrampf – und da es sich um Dinge handelte, die unzerstörbar waren und sich aufspalten ließen, schied man das Entsetzen aus wie einen Nierenstein.

Gage saß auf seinem Stuhl, aß Cocoa Bears und dekorierte den Tisch damit. Er dekorierte die Plastikmatte unter seinem hohen Kinderstuhl mit ihnen und benutzte sie offensichtlich auch zum Haarewaschen.

Rachel kam mit seinen Eiern und einer Tasse Kaffee aus der Küche. »Was war das für ein toller Witz, Lou? Du hast da oben gelacht wie ein Verrückter. Ich hätte es fast mit der Angst zu tun bekommen.«

Louis öffnete den Mund, ohne zu wissen, was er sagen sollte, und heraus kam ein Witz, den er eine Woche zuvor in einem Laden ein Stück die Straße hinunter gehört hatte – etwas über einen jüdischen Schneider, der einen Papagei gekauft hatte, der nur sagen konnte: »Ariel Sharon onaniert.«

Als er mit seiner Geschichte fertig war, lachte Rachel – und Gage lachte auch.

Wunderbar. Unser Held hat das Beweismaterial – die schmutzigen Laken und das irre Gelächter im Badezimmer – aus der Welt geschafft. Unser Held wird jetzt die Zeitung lesen – oder zumindest hineinschauen –, und der Morgen erhält das Siegel der Normalität.

Mit diesen Gedanken schlug Louis die Zeitung auf.

Das ist es also, was man tut, dachte er mit grenzenloser Erleichterung. *Man scheidet es aus wie einen Nierenstein, und damit hat es sich – es sei denn, man sitzt eines Nachts mit Freunden am Lagerfeuer, wenn der Wind heult und das Gespräch sich dem Unerklärlichen zuwendet. Denn in Nächten am Lagerfeuer gerät man ins Schwatzen, wenn der Wind heult.*

Er aß seine Eier. Er küßte Rachel und Gage. Auf den viereckigen, weißgestrichenen Wäschebehälter am Fuß des Schachtes warf er beim Hinausgehen einen flüchtigen Blick. Alles war in bester Ordnung. Es war wieder ein herrlicher Morgen. Der Spätsommer tat, als ginge er nie zu Ende, und alles war in bester Ordnung. Als er mit dem Wagen rückwärts aus der Garage setzte, schaute er noch kurz zum Pfad hinüber, aber auch der war in Ordnung. Mit keiner Wimper gezuckt. Man schied es aus wie einen Nierenstein. Alles war in bester Ordnung, bis er zehn Meilen hinter sich gebracht hatte. Dann überfiel ihn ein so heftiges Zittern, daß er von der Route 2 auf den jetzt am Morgen leeren Parkplatz von Sing's abbiegen mußte, dem chinesischen Restaurant nicht weit vom Eastern Maine Medical Center, wo man Pascows Leichnam hingebracht hatte. Zum EMMC natürlich, nicht zu Sing's. Vic Pascow würde nie wieder eine Portion Moo-moo-gai-pan essen, ha-ha-ha.

Das Zittern verzerrte seinen Körper, riß an ihm, tat mit ihm, was es wollte. Louis verspürte Hilflosigkeit und Entsetzen – nicht vor etwas Übernatürlichem, nicht in diesem hellen Sonnenschein, sondern einfach angesichts der Möglichkeit, daß er den Verstand verlieren könnte. Ihm war, als wirbelte ein langer, unsichtbarer Draht in seinem Kopf herum.

»Aufhören«, sagte Louis. »Bitte aufhören.«

Er tastete nach dem Radio und erwischte Joan Baez, die von Diamanten und Rost sang. Ihre süße, kühle Stimme beruhigte ihn, und als sie aufhörte, spürte Louis, daß er weiterfahren konnte.

Als er in der Krankenstation eintraf, nickte er Joan Charlton kurz zu und verschwand dann im Badezimmer. Er hatte das Gefühl, erbärmlich auszusehen. Aber das war nicht der Fall. Leicht dunkle Ringe unter den Augen, die nicht einmal Rachel aufgefallen waren. Er spritzte sich etwas kaltes Wasser ins Gesicht, kämmte sich und ging dann in sein Büro.

Steve Masterton und Surrendra Hardu, der indische Arzt, waren da, tranken Kaffee und beschäftigten sich noch immer mit den Karteikarten der Problemfälle.

»Morgen, Lou«, sagte Steve.

»Guten Morgen.«

»Hoffentlich kein Morgen wie gestern«, sagte Hardu.

»Ach ja – Sie haben die Aufregung ja nicht mitbekommen.«

»Surrendra hatte letzte Nacht selbst genug Aufregung«, sagte Masterton und grinste. »Erzählen Sie es ihm, Surrendra.«

Hardu putzte lächelnd seine Brille. »Gegen ein Uhr bringen zwei Jungen ihre Freundin herein«, sagte er. »Sie ist selig betrunken, hatte die Rückkehr zur Universität gefeiert, Sie verstehen. Sie hatte eine tiefe Schnittwunde im Schenkel, und ich sage ihr, ich

müßte mindestens vier Stiche machen, aber es bliebe keine Narbe. Stechen Sie nur zu, sagte sie, und das tue ich. Ich beuge mich über ihren Schenkel...«
Hardu beugte sich über einen unsichtbaren Schenkel. Louis ahnte, was kommen würde, und grinste.
»Und während ich nähe, erbricht sie sich auf meinen Kopf.« Masterton brach in Gelächter aus und Louis gleichfalls. Hardu lächelte gelassen, als wäre ihm das in Tausenden von Leben schon zu Tausenden von Malen passiert.
»Surrendra, wie lange sind Sie schon im Dienst?« fragte Louis, als das Lachen abgeklungen war.
»Seit Mitternacht«, sagte Hardu. »Ich gehe gleich. Bin nur geblieben, weil ich noch hallo sagen wollte.«
»Dann also hallo«, sagte Louis und ergriff seine kleine, braune Hand. »Und jetzt gehen Sie nach Hause und schlafen.«
»Mit den Problemfällen sind wir fast durch«, sagte Masterton. »Sagen Sie Hallelujah, Surrendra.«
»Abgelehnt«, sagte Surrendra lächelnd. »Ich bin kein Christ.«
»Dann singen Sie eben ›Hare Krishna‹ oder etwas Ähnliches.«
»Möge Ihnen beiden ein langes Leben beschieden sein«, sagte Hardu immer noch lächelnd und glitt aus dem Zimmer.

Louis und Steve Masterton blickten ihm einen Augenblick lang nach; dann sahen sie einander an und brachen wieder in Gelächter aus. Noch nie war Louis ein Lachen so normal vorgekommen.

»Es ist nur gut, daß wir mit den Problemfällen fertig sind«, sagte Steve. »Heute rollen wir den roten Teppich für die Dealer aus.«

Louis nickte. Die ersten Pharma-Vertreter würden gegen zehn eintreffen. Wie Steve gern witzelte, konnte man den Mittwoch als Spaghetti-Tag bezeichnen, aber an der Universität von Maine war jeder Dienstag D-Tag, wobei D für Darvon stand, das sich seit jeher größter Beliebtheit erfreute.

»Eine kleine Warnung, großer Boss«, sagte Steve. »Ich weiß nicht, wie diese Burschen in Chicago arbeiten, aber hier ist ihnen jedes Mittel recht – von Jagdausflügen an den Allagash-See im November, für die Sie keinen Pfennig bezahlen müssen, bis zu kostenlosem Bowling im Vergnügungsviertel von Bangor. Einer von diesen Leuten hat mal versucht, mir eine von diesen aufblasbaren Puppen zu schenken. Mir! Und dabei bin ich bloß Arzthelfer! Wenn sie einem keinen Stoff verkaufen können, bringen sie einen dazu, selbst süchtig zu werden.«

»Sie hätten die Puppe nehmen sollen.«
»Sie war rothaarig. Nicht mein Typ.«
»Jedenfalls bin ich der gleichen Meinung wie Surrendra«, sagte Louis. »Hauptsache, es ist nicht so wie gestern.«

18

Als der Vertreter von Upjohn nicht pünktlich um zehn erschien, gab Louis auf und rief die Registratur an. Er sprach mit einer Mrs. Stapleton, die versprach, ihm sofort eine Kopie von Victor Pascows Papieren zu schicken. Als Louis den Hörer auflegte, war der Mann von Upjohn da. Er versuchte nicht, Louis irgendetwas zu schenken, sondern fragte nur, ob er an einer verbilligten Jahreskarte für die Spiele der New England Patriots interessiert wäre.

»Kein Interesse«, sagte Louis.

»Das dachte ich mir fast«, sagte der Mann verdrossen und ging.

Gegen Mittag ging Louis zum Bear's Den und holte sich ein Thunfisch-Sandwich und eine Cola. Er nahm sie mit in sein Büro und aß und trank, während er Pascows Akte durchsah. Er suchte nach irgendeiner Verbindung zu sich oder zu North Ludlow, wo der Tierfriedhof war – in der vagen Hoffnung, daß es selbst für einen derart unheimlichen Vorfall eine rationale Erklärung geben müsse. Vielleicht war der Bursche in Ludlow aufgewachsen – hatte vielleicht sogar eine Katze oder einen Hund dort oben begraben.

Er fand die Verbindung nicht, die er suchte. Pascow stammte aus Bergenfield, New Jersey, und war an die Universität von Maine gekommen, um Elektrotechnik zu studieren. Auf den wenigen maschinegeschriebenen Blättern fand sich nicht das geringste Bindeglied zwischen ihm und dem jungen Mann, der im Wartezimmer gestorben war – abgesehen von seinem Tod natürlich.

Er sog den Rest Cola aus seinem Becher, hörte die Luft im Strohhalm gurgeln und warf die Abfälle in den Papierkorb. Es war ein leichter Lunch gewesen, aber er hatte mit gutem Appetit gegessen. An seinem Befinden gab es wirklich kaum etwas auszusetzen. Jedenfalls jetzt nicht. Das Zittern war nicht wieder aufgetreten, und selbst das Grauen des Morgens kam ihm jetzt vor wie eine häßliche, sinnlose Überraschung, einem Traum ähnlich und völlig bedeutungslos.

Er trommelte mit den Fingern auf seine Schreibtischunterlage, zuckte die Achseln und griff wieder zum Telefon. Er wählte die Nummer des Eastern Maine Medical Center und verlangte die Pathologie.

Nachdem er mit der Sekretärin verbunden worden war, erklärte er, wer er war, und sagte dann: »Sie haben einen unserer Studenten dort, einen Victor Pascow...«

»Nicht mehr«, sagte die Stimme am anderen Ende. »Er ist weg.«

Louis' Kehle schnürte sich zusammen. Schließlich stieß er heraus: »Was?«

»Die Leiche wurde letzte Nacht an seine Eltern abgeschickt. Ein Mann vom Begräbnisinstitut Brookings-Smith erschien und veranlaßte alles Erforderliche. Er reiste mit Delta« – Papiere raschelten –, »Delta Flug 109. Was dachten Sie denn, wohin er gegangen ist? Zu einem Tanzturnier etwa?«
»Nein«, sagte Louis. »Natürlich nicht. Es ist nur...« Es ist nur was? Weshalb zum Teufel fragte er überhaupt? Es gab keine vernünftige Art, damit fertig zu werden. Man mußte es einfach dabei belassen, es abhaken und vergessen. Alles andere brachte nur einen Haufen sinnlosen Ärger. »Es ist nur – es scheint sehr schnell gegangen zu sein«, beendete er lahm den Satz.
»Nun, die Autopsie wurde gestern nachmittag« – wieder das leise Papierrascheln – »gegen drei Uhr zwanzig von Dr. Rynzwyck vorgenommen. Inzwischen hatte sein Vater schon alles in die Wege geleitet. Ich nehme an, daß der Leichnam heute morgen gegen zwei Uhr in Newark eingetroffen ist.«
»Ach, so. Nun, wenn das so ist....«
»Es sei denn, bei der Spedition hat jemand Mist gebaut und ihn irgendwo anders hin verfrachtet«, sagte die Pathologiesekretärin munter. »Das ist schon vorgekommen, müssen Sie wissen, allerdings noch nie bei Delta. Die Leute von Delta sind in Ordnung. Aber wir hatten einen Burschen, der auf einer Angeltour oben in Aroostook County starb, in einem von diesen kleinen Nestern, die kaum auf der Landkarte zu finden sind. Der blöde Kerl erstickte am Verschluß einer Bierdose. Seine Kumpel brauchten zwei Tage, um ihn aus der Wildnis herauszuschleppen, und Sie wissen ja, daß man dann nie sicher sein kann, ob das Konservierungsmittel vorhält. Aber sie spritzten es ihm ein, hofften das Beste und schickten ihn im Frachtraum irgendeines Flugzeugs heim nach Grand Falls, Minnesota. Aber irgendjemand hatte Mist gebaut, und er wurde zuerst nach Miami gebracht, dann nach Des Moines, dann nach Fargo, North Dakota. Endlich schaltete jemand, aber inzwischen waren weitere drei Tage vergangen. Jetzt wirkte nichts mehr. Sie hätten ihm ebensogut Limonade einspritzen können. Er war völlig schwarz und roch wie verdorbener Schweinebraten. Sechs Leuten in der Gepäckabfertigung wurde schlecht.«
Die Stimme am anderen Ende der Leitung lachte vergnügt.
Louis schloß die Augen und sagte: »Haben Sie vielen Dank.«
»Ich kann Ihnen Dr. Rynzwycks Privatnummer geben, wenn Sie wollen, Doktor, aber gewöhnlich spielt er mittags in Orono Golf.«
»Nicht nötig«, sagte Louis.
Er legte den Hörer auf. *Damit dürfte der Fall erledigt sein,* dachte er. *Als du diesen verrückten Traum hattest – oder was immer es gewesen*

sein mag –, lag Pascows Leichnam höchstwahrscheinlich schon in einem Beerdigungsinstitut in Bergenfield. *Damit ist die Sache ausgestanden, und Schluß damit.*

Als er an jenem Nachmittag nach Hause fuhr, fiel ihm endlich eine simple Erklärung für den Schmutz an seinen Füßen ein, die ihn grenzenlos erleichterte.

Er hatte einen einmaligen Anfall von Schlafwandeln gehabt, ausgelöst durch das unerwartete und zutiefst aufwühlende Ereignis, an seinem ersten wirklichen Arbeitstag einen tödlich verletzten, sterbenden Studenten in seiner Krankenstation zu haben. Das erklärte alles. Der Traum war ihm so überaus wirklich vorgekommen, weil große Teile davon wirklich *waren* – der Teppich unter seinen Füßen, der Tau und natürlich der tote Ast, der ihm den Arm zerkratzt hatte. Es erklärte auch, warum Pascow durch die Tür hatte hindurchgehen können, und er nicht.

Ein Bild stieg vor seinem geistigen Auge auf: Rachel, die letzte Nacht die Treppe herunterkam und sah, wie er gegen die Hintertür prallte, durch die er im Schlaf hindurchzugehen versuchte. Der Gedanke ließ ihn lächeln. Sie hätte bestimmt einen schönen Schrecken bekommen.

Die Hypothese des Schlafwandelns ermöglichte ihm, die Ursachen des Traums zu analysieren – und er tat es mit einem gewissen Eifer. Er war zum Tierfriedhof gegangen, weil der Ort eng mit einer anderen emotionellen Belastung verbunden war: er hatte Anlaß zu einem ernsthaften Zerwürfnis mit seiner Frau gegeben. Außerdem, dachte er mit wachsender Erregung, verband sein Denken damit die erste Begegnung seiner Tochter mit der Idee des Todes – Dinge, mit denen sich sein Unterbewußtsein herumgeschlagen hatte, als er gestern abend zu Bett ging.

Verdammtes Glück, daß ich heil nach Hause zurückgekommen bin – ich weiß nicht einmal, wie. Muß per Autopilot geschehen sein.

Und das war nur gut so. Er konnte sich nicht vorstellen, wie ihm zumute gewesen wäre, wenn er heute morgen neben Kater Smuckys Grab aufgewacht wäre, verwirrt, naß vom Tau, wahrscheinlich halb verrückt vor Angst – und Rachel wahrscheinlich nicht minder.

Aber jetzt war es vorbei.

Der Fall ist erledigt, dachte Louis mit grenzenloser Erleichterung. *Ja, aber was ist mit dem, was er sagte, als er starb?* Louis schob die unbequeme Frage beiseite.

Am gleichen Abend, als Rachel bügelte und Ellie und Gage zusammen auf einem Stuhl saßen und völlig in die »Muppets« ver-

tieft waren, erklärte Louis ganz beiläufig, er wollte noch einen kleinen Spaziergang machen – ein bißchen frische Luft schnappen.
»Bist du so früh zurück, daß du mir helfen kannst, Gage ins Bett zu bringen?« fragte Rachel, ohne vom Bügelbrett aufzublikken. »Du weißt ja, es ist einfacher, wenn du da bist.«
»Natürlich«, sagte er.
»Wo gehst du hin, Daddy?« fragte Ellie, ohne die Augen vom Fernseher zu lösen. Miss Piggy war gerade dabei, Kermit einen Schlag aufs Auge zu versetzen.
»Nur ein bißchen vor die Tür, Liebling.«
»Ach, so.«
Louis ging hinaus.

Fünfzehn Minuten später hatte er den Tierfriedhof erreicht, sah sich gespannt um und kämpfte mit einem starken Gefühl des *déjà vu*. Daran, daß er hier gewesen war, war nicht zu zweifeln – die kleine Gedenktafel für Kater Smucky lag am Boden. Das war passiert, als die Erscheinung Pascows sich ihm genähert hatte, gegen Ende des Traums, soweit er sich daran erinnerte. Louis richtete sie geistesabwesend wieder auf und ging hinüber zum Totholz.
Es gefiel ihm ganz und gar nicht. Die Erinnerung daran, daß sich diese vom Wetter ausgebleichten toten Äste und Bäume in einen Knochenhaufen verwandelt hatten, jagte ihm noch jetzt einen Schauder über den Rücken. Er zwang sich, einen Stamm zu berühren. Offenbar hatte er sehr unsicher auf dem Haufen gelegen, denn er rollte und polterte herunter. Louis mußte einen Schritt zurückspringen, damit er ihm nicht auf den Fuß fiel.
Er wanderte am Totholz entlang, zuerst nach links, dann nach rechts. An beiden Seiten schloß sich dichtes, völlig undurchdringliches Unterholz an, und zwar die Art von Unterholz, durch das man sich seinen Weg nicht zu bahnen versucht, wenn man noch einen Funken Verstand hatte, dachte Louis. Am Boden wuchsen üppige Massen von Giftsumach (Louis war immer wieder Leuten begegnet, die behaupteten, sie wären immun gegen das Zeug, aber er wußte, daß das nur sehr selten vorkam), und weiter drinnen entdeckte er einige der größten, bösartigsten Dornen, die ihm je begegnet waren.
Louis wanderte zur Mitte des Totholzes zurück. Er betrachtete es, die Hände in den Gesäßtaschen seiner Jeans.
Du denkst doch nicht etwa daran, hinaufzusteigen?
Keineswegs, Boss. Wer kommt schon auf so eine verrückte Idee?
Gut. Einen Augenblick lang habe ich mir tatsächlich Sorgen gemacht, Lou. Es scheint mir jedenfalls die beste Methode, mit einem gebrochenen Knöchel in deiner eigenen Krankenstation zu landen, oder?

Ganz bestimmt. Außerdem wird es dunkel.
Sicher, daß er ganz beieinander war und sich in völliger Übereinstimmung mit sich selbst befand, begann Louis auf das Totholz hinaufzuklettern.

Er war halbwegs oben, als er spürte, wie es sich unter seinen Füßen mit einem knirschenden Geräusch verlagerte.
Laß die Knöchel rollen, Doc.
Als sich der Haufen wieder bewegte, kletterte Louis schnell herunter. Der Hemdzipfel hing ihm aus der Hose.

Er erreichte unverletzt den festen Grund und wischte sich Borkenkrümel von den Händen. Er kehrte zum Anfang des Pfades zurück, der ihn nach Hause bringen würde – zu seinen Kindern, die vor dem Schlafengehen eine Geschichte hören wollten, zu Church, der seinen letzten Tag als unversehrter Kater und Ladykiller genoß, zum Tee in der Küche mit seiner Frau, wenn die Kinder eingeschlafen waren.

Bevor er ging, ließ er den Blick noch einmal über die Lichtung wandern, betroffen von der grünen Stille. Aus dem Nirgendwo waren Ranken aus Bodennebel aufgetaucht und begannen sich um die Gedenktafeln zu schlingen. Diese konzentrischen Kreise – es war, als hätten Kinderhände mehrerer Generationen von North Ludlow eine Art Stonehenge in verkleinertem Maßstab aufgebaut, ohne es zu wissen.
Ist das alles, Louis?
Obwohl er nur einen ganz flüchtigen Blick über das Totholz hatte werfen können, bevor das Gefühl des Verrutschens ihn nervös gemacht hatte, hätte er schwören können, daß dahinter ein Pfad lag, der noch tiefer in die Wälder führte.
Das geht dich nichts an, Lou. Laß die Finger davon.
Okay, Boss.
Louis machte kehrt und ging nach Hause.

An diesem Abend blieb er noch eine Stunde auf, nachdem Rachel zu Bett gegangen war. Er las eine Reihe medizinischer Zeitschriften, die er bereits kannte, und weigerte sich zuzugeben, daß der Gedanke, ins Bett zu gehen – zu schlafen –, ihn nervös machte. Er hatte noch nie einen Anfall von Somnambulismus gehabt, und man konnte nicht sicher sein, ob es ein einmaliges Ereignis gewesen war – bis er sich wiederholte oder auch nicht.

Er hörte, wie Rachel aufstand und leise herunterrief: »Lou? Wann kommst du?«

»Gleich«, sagte er, löschte das Licht seiner Schreibtischlampe und stand auf.

An diesem Abend dauerte das Abschalten der Maschine wesentlich länger als sieben Minuten. Während er zuhörte, wie Rachel neben ihm im Schlaf langsam und ruhig atmete, kam ihm die Erscheinung Pascows weniger traumhaft vor. Wenn er die Augen schloß, sah er die Tür auffliegen, und da stand er, unser Ehrengast Victor Pascow, mit seiner Turnhose bekleidet, bleich unter der Sonnenbräune, mit herausragendem Schlüsselbein.

Er glitt dem Schlaf entgegen und dachte daran, wie es sein würde, wenn das vollständige, kalte Erwachen auf dem Tierfriedhof kam, wenn er im Schein des Mondes die konzentrischen Kreise sah, wenn er in wachem Zustand den Pfad durch den Wald zurückgehen mußte. Er brauchte nur an diese Dinge zu denken, und schon war er wieder hellwach.

Es war eine Weile nach Mitternacht, als sich der Schlaf endlich von seiner blinden Seite her anschlich und ihn einsackte. Er träumte nicht. Er wachte genau halb acht auf und hörte, wie der kalte Herbstregen an die Scheiben schlug. Mit einiger Befürchtung schlug er die Decken zurück. Das Laken auf seinem Bett war makellos. Zwar würde kein Purist von seinen Füßen mit ihren Hornhautringen um die Hacken das gleiche behaupten, aber sie waren zumindest sauber.

Louis ertappte sich dabei, daß er unter der Dusche pfiff.

19

Missy Dandridge hütete Gage, während Rachel Winston Churchill in die Praxis des Tierarztes brachte. An diesem Abend blieb Ellie bis nach elf wach, quengelte, sie könnte ohne Church nicht schlafen, und verlangte ein Glas Wasser nach dem anderen. Schließlich weigerte sich Louis, ihr noch mehr zu geben – mit der Begründung, daß sie sonst ins Bett nässen würde. Daraufhin verfiel sie in einen Schreikoller von solcher Heftigkeit, daß Rachel und Louis nur die Brauen heben und einander fassungslos ansehen konnten.

»Sie hat Angst um Church«, sagte Rachel. »Soll sie sich austoben, Lou.«

»In der Tonart kann sie nicht lange weitermachen«, sagte Louis. »Ich hoffe es zumindest.«

Er hatte recht. Ellies heiseres Wutgeschrei ging in Schluchzen, Schlucken und Stöhnen über. Endlich herrschte Ruhe. Als Louis hinaufging, um nach ihr zu sehen, schlief sie auf dem Fußboden, die Arme fest um den Korb geschlungen, in dem Church kaum jemals zu schlafen geruht hatte.

Er nahm ihr den Katzenkorb aus den Armen, legte sie wieder ins Bett, strich ihr sanft das Haar aus der schweißnassen Stirn und küßte sie. Dann trat er in das kleine Zimmer, das Rachel als Büro diente, schrieb in großen Blockbuchstaben MORGEN BIN ICH WIEDER DA, DEIN CHURCH auf ein Blatt Papier und heftete das Blatt auf das Kissen des Katzenkorbes. Schließlich ging er in sein Schlafzimmer, um nach Rachel zu sehen. Rachel war da. Sie liebten sich und schliefen einander umarmend ein.

Church kam am Freitag von Louis' erster Arbeitswoche zurück; Ellie machte viel Wesens um ihn, verwendete einen Teil ihres Taschengeldes dazu, ihm eine Dose Katzenschmaus zu kaufen; einmal war sie nahe daran, Gage zu schlagen, weil er versucht hatte, Church anzufassen. Daraufhin weinte Gage auf eine Art, die keine elterliche Disziplinarmaßnahme bewirkt hätte. Ein Verweis von Ellie war wie ein Verweis von Gott.

Louis war traurig, wenn er Church betrachtete. Es war lächerlich, aber das änderte nichts an seinem Gefühl. Church ließ seine frühere Lebhaftigkeit vermissen. Er bewegte sich nicht mehr wie ein Draufgänger, sondern hatte den langsamen, behutsamen Gang des Rekonvaleszenten. Er erlaubte Ellie, ihn zu füttern. Er verlangte nicht, hinausgelassen zu werden, nicht einmal in die Garage. Er hatte sich verändert. Aber vielleicht war es nur gut, daß er sich verändert hatte.

Weder Rachel noch Ellie schienen es zu bemerken.

20

Der Altweibersommer kam und ging. Die Bäume nahmen Bronzetöne an, die kurze Zeit leuchteten und dann verblichen. Nach einem harten, kalten Regen Mitte Oktober begannen die Blätter zu fallen. Ellie kam fast täglich mit Dekorationen für Halloween beladen nach Hause, die sie in der Schule gebastelt hatte, und unterhielt Gage mit der Geschichte vom kopflosen Reiter. Gage verbrachte den Abend in glücklichem Geplauder über Ichabod Crane, der bei ihm Itchybod Brain hieß. Rachel begann zu kichern und konnte nicht wieder aufhören. Dieser Herbst war eine gute Zeit für sie.

Louis' Arbeit an der Universität war zu einer zwar anstrengenden, aber nicht unangenehmen Routine geworden. Er kümmerte sich um Patienten, nahm an Versammlungen des Council of Colleges teil, schrieb die obligatorischen Briefe an die Studentenzeitung, in denen er Studenten und Studentinnen darauf hinwies, daß die Behandlung von Geschlechtskrankheiten in der Krankenstation vertraulich war, und ihnen empfahl, sich gegen Grippe impfen zu lassen, weil in diesem Winter wieder mit einem Ausbruch des A-Typs zu rechnen wäre. Er nahm an Ausschußsitzungen teil. Er leitete Ausschußsitzungen. In der zweiten Oktoberwoche fuhr er zur *New England Conference on College and University Medicine* nach Providence und hielt einen Vortrag über juristische Probleme bei der Behandlung von Studenten. Victor Pascow erschien in seinem Vortrag unter dem fiktiven Namen »Henry Montez«. Der Vortrag wurde beifällig aufgenommen. Er begann mit der Ausarbeitung des Budgets der Krankenstation für das nächste akademische Jahr.

Auch seine Abende wurden Routine: nach dem Abendessen die Kinder, danach ein oder zwei Bier mit Jud Crandall. Gelegentlich begleitete ihn Rachel, wenn Missy Zeit hatte, eine Stunde einzuhüten; gelegentlich kam auch Norma dazu; meist aber waren Louis und Jud allein. Louis fühlte sich wohl in der Gesellschaft des alten Mannes, und Jud erzählte von Ludlows Geschichte, die dreihundert Jahre zurückging, fast so, als hätte er die ganze Zeit miterlebt. Er erzählte, aber er schweifte nicht ab. Louis langweilte sich nie, wenn er auch mehr als einmal gesehen hatte, daß Rachel verstohlen hinter der vorgehaltenen Hand gähnte.

An den meisten Abenden kehrte er vor zehn über die Straße zurück, und gewöhnlich lagen Rachel und er sich dann in den Armen. Seit dem ersten Jahr ihrer Ehe hatten sie einander nicht so oft geliebt, und nie war es so schön und aufregend gewesen. Rachel meinte, es müsse am Wasser aus dem artesischen Brunnen liegen; Louis entschied sich für die Luft von Maine.

Der grauenhafte Tod von Victor Pascow begann in der Erinnerung der Studenten ebenso zu verblassen wie in Louis' eigener Erinnerung; nur Pascows Angehörige trauerten zweifellos noch um ihn. Louis hatte am Telefon die tränenerstickte, aber gottlob gesichtslose Stimme von Pascows Vater gehört; der Vater wollte nur die Versicherung, daß Louis alles getan hätte, was er konnte, und Louis hatte ihm erklärt, alle Beteiligten hätten das getan. Er sagte nichts von dem Chaos, dem immer größer werdenden Fleck auf dem Teppich; er verschwieg auch, daß Pascow fast sofort gestorben war, nachdem man ihn hereingebracht hatte, obwohl das Dinge waren, von denen Louis glaubte, daß er sie nie vergessen würde. Aber für diejenigen, für die er nichts war als ein Todesfall, war er schon nicht mehr wichtig.

Louis erinnerte sich nach wie vor an den Traum und an das Schlafwandeln, aber allmählich auf eine Weise, als wäre es einem anderen widerfahren oder in einer Fernsehsendung vorgekommen, die er gesehen hatte. Mit seinem einzigen Besuch in einem Bordell vor sechs Jahren erging es ihm ähnlich; beides waren unwichtige Ausrutscher mit einem falschen Nachhall, Geräuschen vergleichbar, die in einer Echokammer erzeugt werden.

An das, was der sterbende Pascow gesagt oder nicht gesagt hatte, dachte er nicht.

An Halloween, dem Abend vor Allerheiligen, war es ziemlich kalt. Louis und Ellie begannen ihre Tour bei den Crandalls. Ellie, als Hexe verkleidet, kicherte hinreichend hexenhaft und tat, als ritte sie auf ihrem Besen durch Normas Küche, was von Norma gebührend gewürdigt wurde: »Das süßeste Ding, das mir je begegnet ist – findest du nicht, Jud?«

Jud pflichtete ihr bei und zündete sich eine Zigarette an. »Wo ist Gage, Louis? Sollte er nicht auch ein Kostüm bekommen?«

Sie hatten in der Tat vorgehabt, Gage mitzunehmen – besonders Rachel hatte sich darauf gefreut, weil sie und Missy Dandridge eine Art Käferkostüm für ihn gebastelt hatten mit krummgebogenen, kreppumwickelten Kleiderbügeln als Fühler –, aber Gage hatte sich einen häßlichen Husten geholt, und nachdem Louis seine Lungen, in denen es ein bißchen rasselte, abgehorcht und einen Blick aufs Thermometer vor dem Fenster geworfen hatte, das um sechs Uhr nur vier Grad anzeigte, hatte er sein Veto eingelegt. Rachel war zwar enttäuscht, sah es jedoch ein.

Ellie hatte versprochen, Gage etwas von ihrer Ausbeute abzugeben; aber sie übertrieb ihren Kummer derart, daß Louis sich fragte, ob sie nicht sogar ein wenig froh darüber war, den Hemmschuh Gage los zu sein, der ihr einen Teil der Schau stahl.

»Armer Gage«, hatte sie in einem Ton erklärt, der im allgemeinen Leuten mit tödlichen Krankheiten vorbehalten bleibt. Gage, der nicht wußte, was er versäumte, saß vor dem Fernseher; Church schlief neben ihm auf der Couch.

»Ellie Hexe«, hatte er ohne sonderliches Interesse gesagt und sich wieder dem Fernseher zugewandt.

»Armer Gage«, sagte Ellie noch einmal und seufzte tief. Louis dachte an Krokodilstränen und grinste. Ellie ergriff seine Hand und zog ihn mit sich. »Los, Daddy! Komm schon. Komm schon.«

»Gage hat einen leichten Krupp«, erklärte Louis.

»Wirklich schade«, sagte Norma, »aber nächstes Jahr wird er mehr davon haben. Halt deinen Sack auf, Ellie – hoppla!«

Sie hatte einen Apfel und einen Riegel Snickers aus der Schüssel auf dem Tisch genommen, aber beides war ihr aus der Hand gefallen. Louis war ein wenig entsetzt, wie klauenartig die Hand aussah. Er bückte sich und hob den Apfel auf, der über den Boden rollte. Jud nahm die Snickers und steckte sie in Ellies Sack.

»Warte, ich hole dir einen anderen Apfel, Kleines«, sagte Norma. »Der bekommt Druckstellen.«

»Macht nichts«, sagte Louis und versuchte ihn in Ellies Sack zu stecken, aber Ellie trat zurück und hielt den Sack zu.

»Ich mag keine angeschlagenen Äpfel«, sagte sie und sah ihren Vater an, als wäre er nicht recht bei Sinnen. »Druckstellen – *igitt!*«

»Ellie, das ist verdammt unhöflich!«

»Schimpfen Sie nicht mit ihr, nur weil sie die Wahrheit sagt«, meinte Norma. »Nur Kinder sagen die ganze Wahrheit. Das ist das Besondere an Kindern. Druckstellen sind wirklich widerlich.«

»Danke, Mrs. Crandall«, sagte Ellie und warf ihrem Vater einen triumphierenden Blick zu.

»Gern geschehen, Kleines.«

Jud begleitete sie auf die Veranda hinaus. Zwei kleine Gespenster kamen den Weg herauf, und Ellie erkannte in ihnen Schulfreunde. Sie begleitete sie in die Küche; einen Augenblick lang waren Jud und Louis auf der Veranda allein.

»Ihre Arthritis ist schlimmer geworden«, sagte Louis.

Jud nickte und drückte seine Zigarette im Aschenbecher aus. »Ja. Bisher hat es sie jeden Herbst und Winter heftiger gepackt, aber so schlimm war es bisher noch nie.«

»Was sagt ihr Arzt?«

»Nichts. Er kann nichts sagen, weil Norma nicht wieder zu ihm gegangen ist.«

»Was? Und warum nicht?«

Jud sah Louis an, und im Scheinwerferlicht des Kombiwagens, der auf die Gespenster wartete, wirkte er seltsam hilflos. »Ich hatte vor, damit auf einen günstigeren Augenblick zu warten, aber für das Ausnützen einer Freundschaft gibt es wohl keine günstigen Augenblicke. Würden Sie sie einmal untersuchen, Louis?«

Er hörte, wie die beiden Gespenster in der Küche *huuh* machten und Ellie hexenmäßig kicherte – sie hatte es die ganze Woche geübt. Es klang richtig nach Halloween.

»Was ist denn sonst noch nicht in Ordnung bei Norma?« fragte Louis. »Hat sie vor irgendetwas Angst, Jud?«

»Sie hat Schmerzen in der Brust«, sagte Jud leise. »Sie will nicht mehr zu Dr. Weybridge. Ich mache mir Sorgen.«

»Macht Norma sich auch Sorgen?«

Jud zögerte, und dann sagte er: »Ich glaube, sie hat Angst und geht deshalb nicht zum Arzt. Eine ihrer ältesten Freundinnen, Betty Coslaw, ist letzten Monat im Medical Center gestorben. An Krebs. Sie und Norma waren gleichaltrig. Und jetzt hat sie Angst.«

»Ich sehe sie mir gern einmal an«, sagte Louis. »Überhaupt kein Problem.«

»Danke, Louis«, sagte Jud erleichtert. »Wenn wir sie eines Abends erwischen und in die Enge treiben, dann...«

Jud brach unvermittelt ab und neigte den Kopf zur Seite. Ihre Blicke begegneten sich.

Später konnte Louis sich nicht mehr genau erinnern, wie ein Gefühl ins andere übergeglitten war. Wenn er versuchte, es zu analysieren, wurde ihm nur schwindlig. Das einzige, dessen er sich deutlich entsann, war der schnelle Umschwung von Neugierde zu dem Gefühl, daß irgendwo und irgendwie eine Wendung zum Schlimmen eingetreten war. Ihre Blicke hatten sich getroffen, und beide waren ungedeckt. Es dauerte einen Augenblick, bis er sich wieder handlungsfähig fühlte.

»Buuuuuuuh-buuuuuuh«, machten die Halloween-Gespenster in der Küche. »Buuuu-buuuh.« Und plötzlich wurde das Buh von einem stärkeren, wirklich beängstigenden Laut abgelöst: »oooooOOOOO...«

Und dann begann eines der Gespenster zu schreien.

»Daddy!« Ellies Stimme klang gepreßt und verängstigt. »Daddy! Missus Crandall ist hingefallen!«

»Oh, Gott.« Juds Ausruf klang fast wie ein Stöhnen.

Ellie kam mit flatterndem schwarzem Kostüm auf die Veranda herausgerannt, mit einer Hand den Besen umklammernd. Ihr grünes, jetzt vor Bestürzung verzerrtes Gesicht glich dem eines trunksüchtigen Pygmäen im letzten Stadium der Alkoholvergiftung. Die beiden kleinen Gespenster folgten weinend.

Jud stürzte durch die Tür, erstaunlich behende für einen Mann von über achtzig Jahren. Nein, mehr als behende – fast schon geschmeidig. Er rief den Namen seiner Frau.

Louis beugte sich nieder und legte die Hände auf Ellies Schultern. »Du bleibst hier auf der Veranda, Ellie. Verstanden?«

»Daddy, ich hab solche Angst«, flüsterte sie.

Die beiden Gespenster drängten sich an ihnen vorüber und rannten, nach ihrer Mutter schreiend, den Weg hinab; die Süßigkeiten klapperten in ihren Säcken.

Louis lief durch die Diele in die Küche, ohne Ellie, die ihn zurückrief, zu beachten.

Norma lag auf dem welligen Linoleum neben dem Tisch, umgeben von Äpfeln und kleinen Snickers-Riegeln. Wie es schien, hatte sie im Fallen nach der Schüssel gegriffen und sie heruntergeworfen; sie lag jetzt wie eine kleine Fliegende Untertasse aus feuerfestem Glas neben ihr. Jud massierte eines ihrer Handgelenke und blickte dann mit gequältem Gesicht zu Louis auf.

»Helfen Sie mir, Louis«, sagte er. »Helfen Sie Norma. Ich glaube, sie stirbt.«

»Bitte, machen Sie Platz«, sagte Louis. Er kniete nieder und landete auf einem Apfel. Er spürte, wie der Saft durch seine alte Cordhose drang, und plötzlich erfüllte der unverwechselbare Apfelgeruch die Küche.

Da haben wir's – wieder das gleiche wie mit Pascow, dachte Louis, doch dann schob er den Gedanken so schnell beiseite, als liefe er auf Rädern.

Er suchte nach ihrem Puls und fand etwas, das schwach, fadenförmig und schnell war – kein eigentlicher Puls, sondern bloße Spasmen. Absolute Arrhythmie, nicht weit vom völligen Herzstillstand entfernt. *Sie und Elvis Presley, Norma,* dachte er.

Er öffnete ihr Kleid; ein cremefarbener Seidenunterrock kam zum Vorschein. Dann fand er zu seinem eigenen Rhythmus, drehte ihren Kopf zur Seite und begann mit der Herzmassage.

»Hören Sie, Jud«, sagte er. Den Ballen der linken Hand auf dem unteren Drittel des Brustbeins – vier Zentimeter über dem Schwertfortsatz. Mit der rechten Hand das linke Handgelenk fassen, stützen, Druck ausüben. *Fest zupacken, aber Vorsicht mit den alten Rippen – noch besteht kein Grund zur Panik. Und um Himmels willen aufpassen, daß die alten Lungen nicht kollabieren.*

»Hier bin ich«, sagte Jud.

»Nehmen Sie Ellie mit«, sagte er. »Gehen Sie über die Straße. Aber vorsichtig – laufen Sie nicht in ein Auto. Sagen Sie Rachel, was passiert ist. Sagen Sie ihr, ich brauche meine Tasche. Nicht die aus dem Arbeitszimmer, sondern die auf dem obersten Regalfach im Badezimmer. Sie weiß, welche ich meine. Sagen Sie ihr, sie soll die Klinik in Bangor anrufen und einen Krankenwagen kommen lassen.«

»Bucksport ist näher«, sagte Jud.

»Bangor ist schneller. Gehen Sie. Rufen Sie nicht selbst an, überlassen Sie es Rachel. Ich brauche die Tasche.« *Und wenn sie erst weiß, wie die Dinge hier liegen,* dachte Louis, *bringt sie sie bestimmt nicht selbst.*

Jud ging. Louis hörte die Gazetür zuschlagen. Er war allein mit Norma Crandall und dem Apfelgeruch. Aus dem Wohnzimmer drang das stetige Ticken der Uhr mit dem Sieben-Tage-Werk herüber.

Norma tat plötzlich einen langen, schnarchenden Atemzug. Ihre Lider flatterten. Und Louis überkam ebenso plötzlich eine eisige, gräßliche Vorahnung.

Gleich schlägt sie die Augen auf... oh, Gott, gleich schlägt sie die Augen auf und fängt an, vom Tierfriedhof zu reden.

Aber in ihrem Blick lag nur ein unsicheres Erkennen, und dann schlossen sich ihre Augen wieder. Louis schämte sich seiner albernen Angst, die ihm im Grunde so fremd war. Zugleich spürte er Hoffnung und Erleichterung. Ihre Augen hatten Schmerzen erkennen lassen, aber keine Agonie. Vermutlich war es kein lebensgefährlicher Anfall.

Louis atmete schwer und war schweißgebadet. Bei Schauspielern, die im Fernsehen als Ärzte auftraten, sieht eine Herzmassage aus wie ein Kinderspiel. In Wirklichkeit verbrauchte eine gute, stetige äußere Herzmassage eine Menge Kalorien; morgen würde das Gewebe zwischen seinem Arm und seinen Schultern schmerzen.

»Kann ich etwas tun?«

Er sah sich um. Eine Frau in langer Hose und braunem Pullover stand unschlüssig auf der Schwelle, eine Hand, zur Faust geballt, zwischen den Brüsten. Die Mutter der Gespenster, dachte Louis.

»Nein«, sagte er, und dann: »Doch. Machen Sie bitte ein Handtuch naß. Wringen Sie es aus. Legen Sie es ihr auf die Stirn.«

Sie setzte sich in Bewegung. Louis blickte auf Norma, die wieder die Augen aufgeschlagen hatte.

»Ich bin gefallen, Louis«, flüsterte sie. »Wohl ohnmächtig geworden.«

»Sie hatten eine Art Herzanfall«, sagte Louis. »Scheint aber nichts Ernstes zu sein. Entspannen Sie sich. Und nicht reden, Norma.«

Er ruhte sich einen Augenblick aus und fühlte dann wieder ihren Puls. Er war viel zu schnell. Ihr Herz sendete Morsezeichen: es schlug regelmäßig, ging dann in eine kurze Folge von Schlägen über, die fast ein Flimmern waren, aber noch nicht ganz, um danach wieder regelmäßig zu schlagen. Poch-poch-poch, TACK–TACK–TACK, poch-poch-poch-poch. Das war nicht gut, aber eine Spur besser als völlige Arrhythmie.

Die Frau kam mit dem Tuch und legte es auf Normas Stirn. Dann trat sie unsicher beiseite. Jud kam mit Louis' Tasche zurück.

»Louis?«

»Sie wird wieder«, sagte er und sah Jud an, obwohl seine Worte für Norma bestimmt waren. »Kommt der Krankenwagen?«

»Ihre Frau ruft die Klinik an«, sagte Jud. »Ich habe nicht so lange gewartet.«

»Keine Klinik«, flüsterte Norma.

»Doch«, sagte Louis. »Fünf Tage Beobachtung und Medikamente, und dann auf eigenen Beinen nach Hause, Norma. Und wenn ich noch ein Wort dagegen höre, müssen Sie all diese Äpfel hier aufessen. Mit Stiel und Kerngehäuse.«

Sie lächelte matt und schloß dann wieder die Augen.
Louis öffnete die Tasche, suchte darin, fand das Isodil und ließ eine der Tabletten – so winzig, daß sie auf den Mond eines Fingernagels gepaßt hätte – in seine Hand fallen. Er schraubte das Glas wieder zu und nahm die Tablette zwischen die Finger.
»Norma, hören Sie mich?«
»Ja.«
»Machen Sie bitte den Mund auf. Ich lege eine Tablette unter Ihre Zunge. Eine ganz kleine. Die müssen Sie liegenlassen, bis sie sich aufgelöst hat. Sie ist ein bißchen bitter, aber das darf Sie nicht stören. In Ordnung?«

Sie öffnete den Mund. Schaler Gebißatem wehte Louis entgegen, und er empfand einen Augenblick lang heftiges Mitleid mit ihr. Da lag sie nun auf dem Küchenfußboden, umgeben von Äpfeln und Halloween-Süßigkeiten. Auch sie war einmal siebzehn gewesen, ihre Brüste hatten die interessierten Blicke aller jungen Männer der Nachbarschaft auf sich gezogen, all ihre Zähne waren ihre eigenen gewesen und das Herz unter ihrer Bluse eine robuste kleine Rangierlokomotive.

Sie legte ihre Zunge über die Tablette und verzog das Gesicht. Sie schmeckte wirklich ein bißchen bitter. Das tat sie immer. Aber Norma war kein Victor Pascow, unerreichbar und jenseits aller Hilfe. Norma Crandall hatte noch einige Zeit vor sich. Sie hob die Hand, und Jud ergriff sie sanft.

Louis erhob sich, sah die umgekippte Schüssel und begann die Süßigkeiten einzusammeln. Die Frau, die sich als Mrs. Buddinger aus der Nachbarschaft vorstellte, half ihm und sagte dann, sie müßte zu ihrem Wagen zurück. Ihre beiden Jungen fürchteten sich.

»Danke für Ihre Hilfe, Mrs. Buddinger«, sagte Louis.
»Ich habe überhaupt nichts getan«, sagte sie leise. »Aber heute abend falle ich auf die Knie und danke Gott dafür, daß Sie hier waren, Dr. Creed.«

Louis wehrte mit einer verlegenen Handbewegung ab.
»Das gilt auch für mich«, sagte Jud. Sein Blick traf den von Louis und hielt ihn fest. Er war stetig. Jud war wieder Herr der Lage. Der kurze Augenblick der Angst und Verwirrung war vorüber.
»Sie haben etwas gut bei mir.«
»Unsinn«, sagte Louis und winkte Mrs. Buddinger zum Abschied zu. Sie lächelte und winkte zurück. Louis fand einen Apfel und biß hinein. Er war so süß, daß sich seine Geschmacksknospen einen Augenblick lang zusammenkrampften – aber das war kein unangenehmes Gefühl. *Heute hast du's geschafft, Lou,* dachte er und biß genußvoll in den Apfel. Er empfand Heißhunger.

»Doch«, sagte Jud. »Wenn Sie jemanden brauchen, der Ihnen einen Gefallen tut, Louis, dann kommen Sie zuerst zu mir.«
»Also gut«, sagte Louis. »Das tue ich.«

Der Krankenwagen aus Bangor traf zwanzig Minuten später ein. Während Louis draußen stand und zusah, wie die Pfleger Norma einluden, bemerkte er Rachel am Wohnzimmerfenster. Er winkte ihr zu. Sie hob die Hand und winkte zurück.

Er und Jud standen nebeneinander und sahen dem Krankenwagen nach, der mit Blaulicht, aber ohne Sirene davonfuhr.

»Ich denke, ich werde auch gleich in die Klinik fahren«, sagte Jud.

»Man wird Sie heute nicht mehr zu ihr lassen, Jud. Sie werden ein EKG machen und sie dann in die Intensivstation bringen. Keine Besucher in den ersten zwölf Stunden.«

»Wird sie wieder in Ordnung kommen, Louis?«

Louis zuckte die Achseln. »Dafür kann niemand garantieren. Es war schließlich ein Herzanfall. Was mich betrifft – ich glaube, daß es ihr wieder gut gehen wird. Vielleicht sogar besser als vorher, wenn sie die richtigen Medikamente bekommt.«

»Nun ja«, sagte Jud und zündete sich eine Chesterfield an.

»Jud, ich möchte jetzt zu Ellie, damit sie ihre Halloween-Runde beenden kann.«

»Natürlich. Sagen Sie ihr, sie soll nehmen, was sie kriegen kann, Louis.«

»Das werde ich tun«, versprach Louis.

Als Louis nach Hause kam, hatte Ellie noch ihr Hexenkostüm an. Rachel hatte sie zu überreden versucht, ihr Nachthemd anzuziehen, aber Ellie hatte sich geweigert – schließlich bestand die Möglichkeit, daß das durch einen Herzanfall unterbrochene Spiel noch weiterging. Als Louis ihr sagte, sie solle ihren Mantel wieder anziehen, brach sie in ein Freudengeheul aus.

»Dann kommt sie aber viel zu spät ins Bett, Louis.«

»Wir nehmen den Wagen«, sagte er. »Sei kein Spielverderber, Rachel. Schließlich hat sie sich seit einem Monat auf diesen Abend gefreut.«

»Also gut.« Sie lächelte. Ellie bemerkte es und stieß einen weiteren Freudenschrei aus. Dann rannte sie zur Garderobe. »Wird Norma es überleben?«

»Ich denke schon.« Er fühlte sich wohl. Müde, aber wohl. »Es war nur eine kleine Attacke. Sie muß natürlich vorsichtig sein, aber wenn man fünfundsiebzig ist, weiß man ohnehin, daß die Zeit für große Sprünge vorüber ist.«

»Ein Glück, daß du da warst. Fast eine göttliche Fügung.«
Er lächelte, als Ellie zurückkam. »Fertig, kleine Hexe?«
»Fertig«, sagte sie. »Komm schon. Komm schon.«

Als sie eine Stunde später (Ellie hatte protestiert, als Louis erklärte, nun wäre Schluß, aber nicht sehr; sie war müde) mit einem halbvollen Sack auf dem Heimweg waren, überraschte Ellie ihn mit der Frage: »Bin ich an Missus Crandalls Herzanfall schuld, Daddy? Weil ich den Apfel mit der Druckstelle nicht haben wollte?«

Louis sah sie verblüfft an und fragte sich, wie Kinder auf solche merkwürdigen, halb abergläubischen Ideen kamen. Tritt auf einen Stein, bricht deiner Mutter ein Bein. Er liebt mich, liebt mich nicht. Daddys Magen, Daddys Brot, Lachen um Mitternacht, Daddy ist tot. Das brachte ihn wieder auf den Tierfriedhof und seine ungenauen Kreise. Er wollte über sich selbst lächeln und brachte es nicht recht fertig.

»Nein, Kleines«, sagte er. »Als du da drinnen warst mit den beiden Gespenstern . . .«

»Das waren keine richtigen Gespenster. Das waren die Buddinger-Zwillinge.«

»Also gut, als du mit ihnen drinnen warst, erzählte mir Mr. Crandall, daß seine Frau Schmerzen in der Brust hat. Vielleicht bist du sogar die Ursache dafür, daß sie noch am Leben ist, oder zumindest dafür, daß es ihr nicht viel schlechter geht.«

Jetzt war es Ellie, die verblüfft war.

Louis nickte. »Sie brauchte einen Arzt, Ellie. Und ich bin Arzt. Aber ich war nur da, weil ich dich auf deiner Halloween-Runde begleitet habe.«

Ellie dachte lange darüber nach, dann nickte sie. »Aber irgendwann wird sie sowieso sterben«, sagte sie ganz sachlich. »Leute, die einen Herzanfall haben, sterben gewöhnlich. Und wenn sie ihn überleben, dann haben sie schon bald noch einen und noch einen und noch einen, und schließlich – rums!«

»Und woher hast du diese Weisheit, wenn ich fragen darf?«

Ellie zuckte nur die Achseln – auf sehr louishafte Art, wie er amüsiert feststellte.

Sie gestattete ihm, ihren Sack mit Süßigkeiten zu tragen – eine Geste fast grenzenlosen Vertrauens –, und Louis dachte über ihre Einstellung nach. Der Gedanke an Churchs Tod hatte sie an den Rand der Hysterie gebracht. Aber der Gedanke an den Tod der großmütterlichen Norma Crandall – den schien Ellie gelassen, wie selbstverständlich hinzunehmen. Was hatte sie gesagt? Noch einen und noch einen, und schließlich – *rums!*

Die Küche war leer, aber Louis hörte Rachel oben hantieren. Er legte Ellies Sack auf den Küchentisch und sagte: »Das muß nicht unbedingt so kommen, Ellie. Norma hatte nur einen ganz leichten Herzanfall, und ich konnte sie gleich richtig behandeln. Ich glaube nicht, daß ihr Herz großen Schaden gelitten hat. Sie...«
»Ja, das weiß ich«, pflichtete ihm Ellie fast fröhlich bei. »Aber sie ist alt und wird ohnehin bald sterben. Und Mr. Crandall ebenso. Kann ich einen Apfel haben, bevor ich schlafen gehe, Daddy?«
»Nein«, sagte Louis. »Geh hinauf und putz dir die Zähne.«
Ob es Leute gibt, die wirklich glauben, Kinder zu verstehen? Er dachte darüber nach.

Als das Haus zur Ruhe gekommen war und sie in ihrem Doppelbett lagen, fragte Rachel leise: »War es sehr schlimm für Ellie, Louis? War sie verängstigt?«
Nein, dachte er. *Sie weiß, daß für alte Leute früher oder später die letzte Stunde geschlagen hat, genauso, wie sie weiß, daß man eine Heuschrecke loslassen muß, wenn sie spuckt – daß die beste Freundin sterben muß, wenn sie beim Seilspringen beim dreizehnten Mal stolpert – daß man die Gräber auf dem Tierfriedhof in konzentrischen Kreisen anlegt...*
»Keine Spur«, sagte er. »Sie hat sich gut gehalten. Laß uns jetzt schlafen, Rachel, okay?«
In dieser Nacht, als sie in ihrem Haus schliefen und Jud in seinem wach lag, wurde es sehr kalt. Gegen Morgen erhob sich der Wind und riß den größten Teil der restlichen Blätter, die jetzt ein fades Braun angenommen hatten, von den Bäumen.
Der Wind weckte Louis auf, und er stützte sich verschlafen und verwirrt auf den Ellenbogen. Da waren Schritte auf der Treppe – langsame, schleppende Schritte. Pascow war wieder da. Nur waren inzwischen zwei Monate vergangen, dachte er. Wenn sich die Tür öffnete, würde er ein faulendes Scheusal sehen, die Turnhose von Schimmel überwuchert, das Fleisch in großen Brocken abgefallen, das Gehirn zu Brei verrottet. Nur die Augen würden noch lebendig sein – teuflisch hell und lebendig. Diesmal würde Pascow nicht sprechen; seine Stimmbänder würden keine Laute mehr erzeugen können. Aber seine Augen – sie würden ihn auffordern, mitzukommen.
»Nein«, hauchte er, und die Schritte erstarben.
Er stand auf, ging zur Tür und öffnete sie; seine Lippen waren zu einer Grimasse aus Angst und Entschlossenheit zurückgezogen, seine Muskeln verkrampft. Pascow würde dastehen, und mit seinen erhobenen Armen würde er aussehen wie ein seit langem toter Dirigent, der im Begriff steht, den Einsatz für den tosenden ersten Satz der *Walpurgisnacht* zu geben.

Nichts dergleichen, wie Jud gesagt hätte. Der Treppenabsatz war leer und still. Nichts war zu hören als der Wind. Louis kehrte ins Bett zurück und schlief.

21

Am nächsten Tag rief Louis in der Intensivstation des Eastern Maine Medical Center an. Normas Zustand wurde noch als kritisch bezeichnet; aber das war in den ersten vierundzwanzig Stunden nach einem Herzanfall üblich. Von ihrem behandelnden Arzt, Dr. Weybridge, hörte Louis jedoch Erfreulicheres: »Ich würde es nicht einmal als kleinen Myokardinfarkt bezeichnen«, sagte er. »Keine Narben. Sie hat Ihnen verdammt viel zu verdanken, Dr. Creed.«

Einem plötzlichen Impuls folgend, fuhr Louis im Laufe der Woche mit einem Blumenstrauß bei der Klinik vorbei und stellte fest, daß Norma in ein Zimmer zweiter Klasse im Erdgeschoß verlegt worden war – ein sehr gutes Zeichen. Jud war bei ihr.

Norma bewunderte die Blumen und klingelte wegen einer Vase nach der Schwester. Dann gab sie Jud Anweisungen, bis sie im Wasser waren, genau so arrangiert, wie sie es wollte, und die Vase auf der Kommode in der Ecke stand.

»Mutter geht es schon erheblich besser«, sagte Jud trocken, nachdem er die Blumen das dritte Mal umgesteckt hatte.

»Werde nicht übermütig, Judson«, sagte Norma.

»Nein, Madam.«

Endlich sah Norma Louis an. »Ich möchte Ihnen danken – für alles, was Sie für mich getan haben«, sagte sie mit einer Befangenheit, die völlig ungekünstelt und deshalb doppelt rührend war. »Jud sagt, ich verdanke Ihnen mein Leben.«

Verlegen sagte Louis: »Jud übertreibt.«

»Aber nicht sehr, ganz und gar nicht«, sagte Jud. Er musterte Louis mit einem halben Lächeln. »Hat Ihre Mutter Ihnen nicht beigebracht, daß man sich kein Dankeschön entgehen lassen soll?«

Sie hatte nichts dergleichen gesagt, jedenfalls nicht, soweit Louis sich erinnern konnte, aber ihm war, als hätte sie einmal bemerkt, falsche Bescheidenheit sei schon der halbe Hochmut.

»Norma«, sagte er, »was ich tun konnte, habe ich gern getan.«

»Sie sind ein lieber Mensch«, sagte Norma. »Und jetzt nehmen Sie meinen Mann mit und lassen sich von ihm ein Bier spendieren. Ich möchte schlafen und weiß nicht, wie ich ihn anders loswerden soll.«

Jud stand bereitwillig auf. »Feine Idee. Damit bin ich einverstanden. Kommen Sie, Louis, bevor sie es sich anders überlegt.«

Der erste Schnee fiel eine Woche vor Thanksgiving. Am zweiundzwanzigsten November fielen weitere zehn Zentimeter; der Tag vor dem Feiertag war klar, blau und kalt. Louis fuhr seine Familie zum Bangor International Airport, um sie für den Flug nach Chicago und zu Rachels Eltern ins Flugzeug zu setzen.

»Ich finde es nicht richtig«, sagte Rachel vielleicht zum zwanzigsten Mal, seit die Diskussion über dieses Thema vor etwa einem Monat ernstlich begonnen hatte. »Der Gedanke, daß du an Thanksgiving allein im Haus herumwanderst, gefällt mir nicht. Schließlich ist es ein Familienfest, Louis.«

Louis schob Gage, der in seiner ersten richtigen Große-Jungen-Parka riesig und großäugig aussah, auf den anderen Arm. Ellie stand an einem der großen Fenster und beobachtete den Start eines Air Force-Hubschraubers.

»Ich habe nicht vor, in mein Bier zu weinen«, sagte Louis. »Jud und Norma haben mich zu Truthahn eingeladen, mit allem, was dazugehört. Wenn sich jemand schuldig fühlt, dann bin ich es. Aber ich habe diesen Feiertagsrummel nie gemocht. Ich fange um drei Uhr nachmittags an zu trinken, sehe mir ein Football-Spiel an, schlafe um sieben ein, und am nächsten Tag ist mir, als tanzten sämtliche Cowgirls von Dallas in meinem Kopf. Das einzige, was mir nicht gefällt, ist, daß du mit den beiden Kindern allein fliegen mußt.«

»Das ist kein Problem«, sagte sie. »Wir fliegen Erster Klasse, da komme ich mir vor wie eine Prinzessin. Und Gage wird auf dem Flug von Logan nach O'Hare schlafen.«

»Hoffen macht selig«, sagte er, und beide lachten.

Der Flug wurde aufgerufen, und Ellie kam angerannt. »Das sind wir, Mommy. Komm schnell, sonst fliegen sie ohne uns ab.«

»Das tun sie nicht«, sagte Rachel. Sie hielt ihre drei rosa Bordkarten in einer Hand. Sie trug ihren Pelzmantel, eine Imitation in einem satten Braun – er sollte wohl wie Bisam aussehen, dachte Louis. Aber wonach er auch aussehen sollte – an *ihr* sah er einfach wunderbar aus.

Vielleicht verrieten seine Augen etwas von seinen Gefühlen, denn sie umarmte ihn impulsiv, wobei Gage zwischen ihnen fast erdrückt wurde. Gage schaute überrascht drein, aber nicht sonderlich empört.

»Louis Creed, ich liebe dich«, sagte sie.

»Mom-*mii*«, sagte Ellie jetzt fiebernd vor Ungeduld. »Nun komm doch endlich!«

»Ich komme ja schon«, sagte sie. »Sei brav, Louis.«
»Auf jeden Fall bin ich vorsichtig«, sagte er grinsend. »Grüß deine Eltern, Rachel.«
»Ach, du«, sagte sie und zog die Nase kraus. Rachel ließ sich nicht hinters Licht führen – sie wußte genau, warum Louis nicht mitflog. »Mach's gut.«
Er sah zu, wie sie den Laufgang betraten und für die nächsten acht Tage seinem Blick entschwanden. Schon jetzt fühlte er sich einsam und hatte Sehnsucht nach ihnen. Er trat an das Fenster, an dem Ellie gestanden hatte, die Hände in den Jackentaschen, und sah zu, wie das Gepäck eingeladen wurde.

Die Wahrheit war simpel. Nicht nur Mr., sondern auch Mrs. Irwin Goldman aus Lake Forest hatten Louis von Anfang an nicht gemocht. Er kam aus dem falschen Stadtteil; aber das war nur der Ausgangspunkt. Es gab Schlimmeres: er erwartete allen Ernstes von ihrer Tochter, daß sie ihn während seines Studiums unterstützte – eines Studiums, das er mit größter Wahrscheinlichkeit nicht einmal zu Ende bringen würde.

Damit hätte Louis sich abfinden können, und er hatte es auch getan. Doch dann geschah etwas, was Rachel nicht wußte und auch nie erfahren würde – jedenfalls nicht von Louis. Irwin Goldman hatte ihm angeboten, die gesamten Studienkosten zu bezahlen. Mit diesem »Stipendium« (Goldmans Wort) war die Bedingung verknüpft, daß er seine Verlobung mit Rachel sofort löste.

Louis Creed war für die richtige Reaktion auf eine solche Gemeinheit nicht gerade in der besten Phase seines Lebens gewesen, aber derart melodramatische Vorschläge (oder Bestechungsversuche, um das Kind beim Namen zu nennen) werden einem nur selten gemacht, wenn man gerade in der besten Phase ist – was im Alter von etwa fünfundzwanzig der Fall sein mag. Einmal war er erschöpft. Er verbrachte jede Woche achtzehn Stunden in Vorlesungen, weitere zwanzig über seinen Büchern und weitere fünfzehn als Kellner in einer Pizzakneipe nicht weit vom Whitehall-Hotel. Außerdem war er nervös. Das merkwürdig joviale Gebaren, das Mr. Goldman an diesem Abend zur Schau trug, stand in striktem Widerspruch zu seiner sonstigen Kälte, und als Goldman ihn auf eine Zigarre in sein Arbeitszimmer bat, glaubte Louis gesehen zu haben, daß er mit seiner Frau einen Blick wechselte. Später – viel später, als er einigen zeitlichen Abstand gewonnen hatte – kam Louis der Gedanke, daß Pferde die gleiche unbestimmte Angst verspüren mußten, wenn sie den ersten Rauch eines Präriefeuers rochen. Er war darauf gefaßt, daß ihm Goldman eröffnen würde, er wisse, daß Louis mit seiner Tochter geschlafen hatte.

Als Goldman ihm statt dessen dieses unglaubliche Angebot

machte – er ging sogar so weit, wie ein Wüstling in einer Farce von Noel Coward sein Scheckbuch aus der Tasche seiner Hausjacke zu ziehen und damit vor seinem Gesicht zu wedeln –, war Louis in die Luft gegangen. Er warf Goldman vor, er versuchte, seine Tochter wie ein Museumsstück zu konservieren, er dächte an niemanden als nur an sich selbst, und er wäre ein arroganter, rücksichtsloser Bastard. Lange Zeit mußte vergehen, bevor er sich eingestand, daß ein Teil seines Zorns Erleichterung gewesen war.

All diese kleinen Einblicke in Irwin Goldmans Charakter hatten, obwohl sie vielleicht zutrafen, keine diplomatisch versöhnliche Wirkung. Jede Ähnlichkeit mit Noel Coward verschwand; der Humor, der im Rest ihres Gesprächs steckte, war wesentlich vulgärerer Art. Goldman sagte, er solle verschwinden, und wenn er Louis noch einmal auf seiner Schwelle sähe, würde er ihn erschießen wie einen tollen Hund. Louis sagte, Goldman sollte sein Scheckbuch nehmen und es sich in den Hintern stecken. Goldman sagte, er hätte Stromer in der Gosse gesehen, in denen mehr steckte als in Louis Creed. Louis sagte, Goldman könnte sich seine gottverdammte BankAmericard und seine American Express Gold Card gleich neben sein Scheckbuch stecken.

Von einem vielversprechenden ersten Schritt zu einem guten Verhältnis zu seinen künftigen Schwiegereltern war kaum die Rede.

Schließlich brachte Rachel eine Versöhnung zustande (nachdem jeder der beiden Männer Gelegenheit gehabt hatte, seine Worte zu bereuen, obwohl keiner von ihnen auch nur eine Spur von seiner Ansicht über den anderen abgegangen war). Melodramatische Auftritte hatte es nicht mehr gegeben, und erst recht kein theatralisches Von-heute-ab-habe-ich-keine-Tochter-mehr. Goldman hätte wahrscheinlich eher eine Ehe seiner Tochter mit dem Glöckner von Notre-Dame ertragen, als daß er sie verstoßen hätte. Dennoch hatte die Miene, die Irwin Goldman an dem Tag, als Louis Rachel heiratete, über dem Kragen seines Cut trug, eine auffallende Ähnlichkeit mit Gesichtern, die er auf ägyptischen Sarkophagen gesehen hatte. Ihr Hochzeitsgeschenk waren ein Service für sechs Personen aus Spode-Porzellan und ein Mikrowellenherd gewesen. Kein Geld. Während des größten Teils der Zeit, in der sich Louis mehr schlecht als recht durchs Studium schlug, hatte Rachel als Verkäuferin in einem Geschäft für Damenbekleidung gearbeitet. Und von jenem Tag bis auf den heutigen wußte Rachel nur, daß das Verhältnis zwischen ihrem Mann und ihren Eltern »gespannt« war – vor allem zwischen Louis und ihrem Vater.

Louis hätte seine Familie nach Chicago begleiten können; allerdings hätte er wegen seiner Arbeit an der Universität drei Tage früher zurückfliegen müssen als Rachel und die Kinder. Das wäre keine große Strapaze gewesen – ganz im Gegensatz zu vier Tagen mit Imhotep und seiner Frau, der Sphinx.

Die Kinder hatten, wie es oft geschieht, seine Schwiegereltern erheblich auftauen lassen. Louis vermutete, daß er selbst die völlige Aussöhnung herbeiführen konnte, indem er so tat, als hätte er jenen Abend in Goldmans Arbeitszimmer vergessen. Es würde nicht einmal etwas ausmachen, daß Goldman wußte, daß er nur so tat. Tatsache war jedoch (und er hatte zumindest den Mut, sich selbst gegenüber ehrlich zu sein), daß er diese Versöhnung im Grunde nicht wollte. Zehn Jahre waren eine lange Zeit, aber doch nicht lang genug, um den schleimigen Geschmack zu beseitigen, den er im Mund gespürt hatte, als der alte Mann, während sie mit einem Glas Brandy in seinem Arbeitszimmer saßen, in seine idiotische Hausjacke gegriffen und das Scheckbuch herausgezogen hatte. Er war erleichtert gewesen, daß Goldman von den Nächten – fünf insgesamt –, die er und Rachel in seinem schmalen, durchgelegenen Bett verbracht hatten, nichts wußte, aber sein Abscheu über den Überraschungscoup stand auf einem ganz anderen Blatt, und die Jahre zwischen damals und jetzt hatten daran nichts geändert.

Er hätte mitfliegen können, aber er zog es vor, seinem Schwiegervater seine Enkelkinder, seine Tochter und einen Gruß zu schicken.

Die Delta 727 rollte von der Rampe fort, wendete – und dann entdeckte er Ellie heftig winkend an einem der vorderen Fenster. Louis winkte lächelnd zurück, und dann hob jemand – Ellie oder Rachel – Gage ans Fenster. Louis winkte, und Gage winkte gleichfalls – vielleicht sah er ihn, vielleicht ahmte er nur Ellie nach.

»Guten Flug«, murmelte er, zog dann den Reißverschluß seiner Jacke zu und ging hinaus auf den Parkplatz. Hier heulte und pfiff der Wind mit solcher Kraft, daß er ihm fast die Mütze vom Kopf gerissen hätte; er hielt sie mit einer Hand fest. Er hantierte gerade mit seinen Schlüsseln, um die Wagentür aufzuschließen, als das Flugzeug mit donnernden Triebwerken hinter dem Abfertigungsgebäude abhob und die Nase dem harten, blauen Himmel entgegenstreckte.

Louis winkte noch einmal; jetzt fühlte er sich erst recht einsam und auf geradezu lächerliche Weise sogar den Tränen nahe.

Er war noch immer niedergeschlagen, als er am gleichen Abend die Route 15 überquerte, nachdem er mit Jud ein paar Bier getrunken hatte – Norma hatte ein Glas Wein getrunken, was Dr. Weybridge erlaubt und sogar befürwortet hatte. In Anbetracht der Jahreszeit hatten sie in der Küche gesessen.

Jud hatte den kleinen Ofen tüchtig angeheizt, und sie hatten um ihn herum gesessen; das Bier war kalt und die Wärme angenehm gewesen, und Jud hatte erzählt, wie die Micmac-Indianer vor zweihundert Jahren eine Landung der Briten bei Machias verhindert hatten. In jener Zeit war mit den Micmac nicht gut Kirschen essen, sagte er und setzte dann hinzu, wahrscheinlich wären einige Anwälte für Bodenrecht der Ansicht, daß sich daran nichts geändert hätte.

Es hätte eigentlich ein schöner Abend sein müssen, aber Louis dachte an das leere Haus, das auf ihn wartete. Als er den Rasen überquerte und das gefrorene Gras unter seinen Füßen knirschen hörte, begann das Telefon im Haus zu läuten. Er setzte sich in Trab, öffnete die Vordertür, eilte durchs Wohnzimmer (wobei er einen Zeitungsständer umwarf) und schlitterte dann fast durch die ganze Küche, weil seine vereisten Schuhe auf dem Linoleum keinen Halt fanden. Er riß den Hörer von der Gabel.

»Hallo?«

»Louis?« Rachels Stimme, ein wenig fern, aber völlig klar. »Wir sind angekommen. Wir haben es geschafft. Keinerlei Probleme.«

»Wunderbar«, sagte er; er setzte sich hin, um sich mit ihr zu unterhalten, und dachte dabei: *Ich wollte bei Gott, du wärst hier.*

22

Das Thanksgiving-Essen, das Jud und Norma aufgetischt hatten, war gut gewesen. Als es vorüber war, ging Louis nach Hause; er fühlte sich satt und schläfrig. Er ging ins Schlafzimmer hinauf, genoß ein wenig die Stille, streifte die Schuhe ab und legte sich hin. Es war kurz nach drei Uhr; draußen erhellte dünnes Wintersonnenlicht den Tag.

Ich werde nur ein bißchen dösen, dachte er und schlief ein. Es war der Nebenanschluß im Schlafzimmer, der ihn aufweckte. Er griff nach dem Hörer, versuchte sich zusammenzureißen, verunsichert durch die Tatsache, daß es draußen fast dunkel war. Er konnte hören, wie der Wind um die Hausecken pfiff und der Brenner am Heizkessel leise und heiser dröhnte.

»Hallo«, sagte er. Es würde Rachel sein, die wieder aus Chicago anrief, um ihm für Thanksgiving alles Gute zu wünschen. Sie würde den Hörer an Ellie weitergeben, und Ellie würde reden, und dann würde Gage ihn übernehmen und plappern – weshalb hatte er überhaupt den ganzen Nachmittag verschlafen, wo er doch vorgehabt hatte, sich ein Football-Spiel anzusehen?

Aber es war nicht Rachel. Es war Jud.
»Louis? Ich fürchte, Ihnen steht einiger Kummer bevor.«
Er schwang sich aus dem Bett, noch immer bemüht, den Schlaf abzuschütteln. »Jud? Was für Kummer?«
»Hier auf unserem Rasen liegt ein totes Tier«, sagte Jud. »Ich glaube, es könnte der Kater Ihrer Tochter sein.«
»Church?« fragte Louis. Ihm wurde plötzlich flau im Magen. »Sind Sie sicher, Jud?«
»Nein, hundertprozentig sicher bin ich nicht«, sagte Jud, »aber es sieht ihm verdammt ähnlich.«
»Oh. Scheiße. Ich komme gleich hinüber, Jud.«
»Ist gut, Louis.«
Er legte auf und blieb noch einen Augenblick sitzen. Dann ging er ins Badezimmer, benutzte die Toilette, zog seine Schuhe an und ging hinunter.

Es muß ja nicht Church sein, Jud hat selbst gesagt, er wäre nicht hundertprozentig sicher. Himmel, dieser Kater kommt nicht einmal mehr in den Oberstock, wenn ihn nicht jemand hinaufträgt – warum sollte er über die Straße laufen?

Aber im Grunde seines Herzens zweifelte er nicht daran, daß es Church war. Und wenn Rachel heute abend anrief, was sie höchstwahrscheinlich tun würde – was sollte er Ellie dann sagen?

Verrückterweise hörte er sich selbst zu Rachel sagen: *Ich weiß, daß mit Lebewesen alles, buchstäblich alles passieren kann. Als Arzt weiß ich das. Willst du es sein, die ihr erklärt, was geschehen ist, wenn Church auf der Straße dort drüben überfahren wird?* Aber im Grunde hatte er nicht geglaubt, daß Church etwas passieren würde.

Er erinnerte sich daran, daß Wickes Sullivan, einer der Männer, mit denen er Poker gespielt hatte, einmal fragte, wie es möglich wäre, daß er nach seiner eigenen Frau geil werden könnte, nicht aber nach den nackten Frauen, mit denen er Tag für Tag zu tun hätte. Louis hatte versucht, ihm zu erklären, daß es ganz anders war, als die Leute sich das vorstellten – eine Frau, die hereinkam, um sich einen Scheidenabstrich machen oder sich beibringen zu lassen, wie sie bei einer Selbstuntersuchung ihrer Brust vorzugehen hatte, ließ nicht einfach ein Laken fallen und stand dann da wie Venus in ihrer Muschel. Man sah eine Brust, eine Vulva, einen Schenkel. Der Rest war verhüllt, und daneben stand eine Schwester, deren Hauptaufgabe darin bestand, den guten Ruf des Doktors zu wahren. Wicky gab sich damit nicht zufrieden. Titten sind Titten, sagte er, und eine Fotze ist eine Fotze. Entweder war man ständig geil, oder man war es überhaupt nicht. Louis konnte darauf nur erwidern, daß die Titten der eigenen Frau eben *anders* waren.

Und genau so geht man davon aus, daß die eigene Familie anders ist, dachte er jetzt. Man rechnete nicht damit, daß Church ums Leben kam, weil er zum magischen Familienzirkel gehörte. Was er Wicky nicht klarmachen konnte, war die Tatsache, daß Ärzte ebenso gelassen und blind ihre Trennstriche zogen wie andere Leute auch. Titten waren keine Titten, solange es nicht die der eigenen Frau waren. Im Sprechzimmer waren sie ein Fall. Man konnte vor einem Ärzte-Kolloquium stehen und Statistiken über Leukämie bei Kindern zitieren, bis man schwarz wurde – und trotzdem fassungslos dastehen, wenn es das eigene Kind erwischte. Mein Kind? Oder auch nur der Kater meines Kindes? Das kann doch nicht Ihr Ernst sein, Doktor.

Ganz ruhig bleiben. Einen Schritt nach dem anderen tun.

Aber das war nicht ganz einfach, wenn er daran dachte, wie hysterisch Ellie auf die Vorstellung reagiert hatte, daß Church eines Tages sterben würde.

Blödes Katervieh, warum mußten wir uns überhaupt so ein blödes, vögelndes Katervieh anschaffen?

Aber er vögelt ja nicht mehr. Und das hätte ihn am Leben erhalten sollen.

»Church?« rief er, aber da war nur der Brenner, der dröhnte und dröhnte und Dollars verschlang. Die Couch im Wohnzimmer, auf der Church neuerdings den größten Teil seiner Zeit verbracht hatte, war leer. Er lag auch nicht unter einem der Heizkörper. Louis klapperte mit seinem Futternapf – das einzige Geräusch, das unfehlbar bewirkte, daß Church angerannt kam, wenn er in Hörweite war. Aber diesmal kam kein Kater angerannt – und Louis befürchtete, daß er es auch nie wieder tun würde.

Er nahm Mütze und Jacke und wandte sich zur Tür. Dann machte er kehrt. Der Stimme seines Herzens folgend, öffnete er den Schrank unter der Spüle und hockte sich nieder. Drinnen lagen zwei Arten von Plastikbeuteln – kleine, weiße für die Abfallbehälter im Haus und große, grüne für die Mülltonnen. Louis nahm eine der letzteren. Church hatte zugenommen, seit er kastriert worden war.

Er stopfte den Beutel in eine der Seitentaschen seiner Jacke; die kalte Plastikglätte an seinen Fingern war ihm zuwider. Dann öffnete er die Vordertür, um über die Straße zu Jud hinüberzugehen.

Es war etwa halb sechs. Die Dämmerung ging zu Ende. Die Landschaft wirkte tot. Der Sonnenuntergang zeichnete eine eigenartig orangefarbene Linie über den Horizont jenseits des Flusses. Der Wind heulte direkt die Route 15 entlang, ließ Louis' Wangen taub werden und peitschte die weißen Wolken seines Atems hinweg. Er schauderte, aber nicht vor Kälte. Es war ein Gefühl der

Einsamkeit, das ihn schaudern ließ. Es war stark und durchdringend, und er sah keine Möglichkeit, es mit einer Metapher zu benennen. Es war gesichtslos. Er fühlte sich auf sich allein gestellt, von nichts berührt und nichts berührend.

Er sah Jud jenseits der Straße, eingehüllt in seinen dicken, grünen Dufflecoat, das Gesicht versunken im Schatten der pelzgesäumten Kapuze. Wie er da auf seinem gefrorenen Rasen stand, sah er aus wie eine Statue; noch ein weiterer toter Gegenstand in dieser Landschaft im Zwielicht, in der kein Vogel sang.

Louis trat auf die Straße, und dann winkte Jud – winkte ihn zurück. Schrie etwas, das Louis über dem durchdringenden Heulen des Windes nicht verstehen konnte. Louis trat zurück; plötzlich war ihm bewußt geworden, daß sich das Heulen des Windes verstärkt hatte. Einen Augenblick später blökte ein Signalhorn, und ein Orinco-Laster dröhnte so dicht an ihm vorbei, daß seine Hose und seine Jacke flatterten. Fast wäre er in das verdammte Ding hineingelaufen.

Diesmal blickte er nach rechts und links, bevor er die Straße überquerte. Er sah nur die Rücklichter des Tankwagens, die im Zwielicht verschwanden.

»Ich fürchtete schon, der Laster würde Sie erwischen«, sagte Jud. »Passen Sie auf, Louis.« Selbst aus der Nähe konnte Louis Juds Gesicht nicht erkennen, und er wurde das unangenehme Gefühl nicht los, daß er auch jemand anders hätte sein können – jemand x-beliebiges.

»Wo ist Norma?« fragte er, ohne den Blick auf das zu Juds Füßen liegende Fellbündel zu senken.

»Sie ist zum Thanksgiving-Gottesdienst in die Kirche gegangen«, sagte Jud. »Ich nehme an, sie bleibt zum Essen da, und wahrscheinlich wird sie tüchtig zulangen. Ihr Appetit hat sich sehr gebessert.« Ein Windstoß schob die Kapuze für einen Augenblick zurück, und Louis sah, daß es tatsächlich Jud war – wer hätte es auch sonst sein sollen? »Das ist natürlich nur ein Vorwand für einen Kaffeeklatsch«, sagte Jud. »Nach dem reichlichen Mittagessen brauchen sie nicht mehr als ein paar Sandwiches. Sie wird gegen acht zurück sein.«

Louis kniete nieder, um sich die Katze anzusehen. *Laß es nicht Church sein,* wünschte er inbrünstig, als er den Kopf des Tieres sanft umdrehte. *Laß es die Katze von jemand anderem sein, laß Jud sich geirrt haben.*

Aber natürlich war es Church. Er war weder verstümmelt noch entstellt; er war nicht von einem der großen Tankwagen oder Sattelschlepper überfahren worden, die die Route 15 entlangbrausten. (Was hatte dieser Orinco-Laster eigentlich an Thanksgiving hier zu *suchen?)* Seine Augen standen halb offen, glasig wie Murmeln. Aus seinem Maul, das gleichfalls offenstand, war etwas Blut herausgesickert. Nicht viel Blut, gerade genug, um den weißen Fleck auf seiner Brust zu verfärben.

»Ihr Kater, Louis?«

»Meiner«, bestätigte er und seufzte. Zum ersten Mal wurde ihm klar, daß er Church geliebt hatte – vielleicht nicht so inbrünstig wie Ellie, aber auf seine eigene, abwesende Art. In den Wochen nach seiner Kastrierung hatte Church sich verändert, er war fett und träge geworden und hatte eine Routine entwickelt, die sich zwischen Ellies Bett, der Couch und seinem Futternapf abspielte, aber nur selten außerhalb des Hauses. Jetzt, im Tod, schien er wieder dem alten Church zu gleichen. Das Maul, so klein und blutig mit den nadelscharfen Zähnen, sah aus wie bei aggressivem Fauchen erstarrt. Die toten Augen blickten wütend. Es war, als hätte Church nach der kurzen, ereignislosen Öde seines Lebens als Neutrum im Tod seine wahre Natur wiedergefunden.

»Ja, es ist Church«, sagte er. »Wenn ich nur wüßte, wie ich es Ellie beibringen soll.«

Plözlich kam ihm eine Idee. Er würde Church oben auf dem Tierfriedhof begraben, ohne Gedenktafel oder anderen Unsinn. Heute abend am Telefon würde er Church Ellie gegenüber nicht erwähnen; morgen würde er beiläufig einfließen lassen, daß er Church nicht gesehen hätte; übermorgen würde er die Vermutung äußern, daß Church davongelaufen war. Das taten Kater gelegentlich. Natürlich würde es Ellie hart treffen, aber die Endgültigkeit würde vermieden. Rachel würde sich nicht wieder hysterisch weigern, dem Tod ins Auge zu sehen – es würde einfach verblassen . . .

Feigling, verwies ihn ein Teil seines Verstandes.

Ja – zweifellos. Aber wem wäre mit der ganzen Aufregung gedient?

»Sie hängt sehr an diesem Tier, nicht wahr?« fragte Jud.

»Ja«, sagte Louis abwesend. Er bewegte Churchs Kopf noch einmal. Der Körper wurde schon steif, aber der Kopf ließ sich viel leichter bewegen, als es eigentlich der Fall sein durfte. Gebrochenes Genick. Ja. Und danach glaubte er rekonstruieren zu können, was passiert war. Church hatte die Straße überquert – aus welchem Grund, wußte niemand außer Gott –, war von einem Wagen oder einem Laster erfaßt worden, der ihm das Genick brach und ihn auf Jud Crandalls Rasen schleuderte. Vielleicht war sein Genick auch erst gebrochen, als er auf den hartgefrorenen Boden aufschlug. Das spielte keine Rolle. Das Ergebnis war in beiden Fällen das gleiche. Church war tot.

Im Begriff, Jud zu sagen, zu welchen Schlußfolgerungen er gelangt war, sah er auf, aber Juds Blick war auf den verblassenden orangefarbenen Lichtstreifen am Horizont gerichtet. Seine Kapuze war zurückgeglitten, und sein Gesicht wirkte nachdenklich und streng – fast hart.

Louis zog den grünen Müllbeutel aus der Tasche und entfaltete ihn, wobei er ihn dicht an sich hielt, damit der Wind ihn nicht wegriß. Das leichte Knattern, das der Beutel dabei machte, schien Jud ins Hier und Jetzt zurückzurufen.

»Ja, ich glaube, sie hängt sehr an diesem Tier«, sagte Jud. Daß er im Präsens von ihr sprach, hatte etwas leicht Gespenstisches an sich – die ganze Szenerie im schwindenden Licht, in Kälte und Wind kam ihm irgendwie gespenstisch und schaurig vor.

Hier steht Heathcliff im trostlosen Moor, dachte Louis und verzog das Gesicht gegen die Kälte. *Er schickt sich an, den Familienkater in einen Müllbeutel zu stecken.*

Er faßte Church am Schwanz, hielt den Müllbeutel auf und hob den Kater hoch. Bei dem Geräusch, das der Körper des Tieres dabei machte, als er es vom Boden löste, an dem es angefroren war, verzog sich sein Gesicht zu einem Ausdruck des Abscheus und der Trauer. Church kam ihm unglaublich schwer vor, als hätte der Tod in Form eines physischen Gewichts von ihm Besitz ergriffen. *Weiß Gott, er fühlt sich an wie ein Eimer voll Sand.* Jud hielt den Beutel von der anderen Seite auf, und Louis ließ Church hineingleiten, froh, das seltsame, beunruhigende Gewicht los zu sein.

»Was werden Sie jetzt mit ihm machen?« fragte Jud.

»Ich werde ihn wohl in die Garage bringen«, sagte Louis. »Und ihn dann morgen früh begraben.«

»Auf dem Tierfriedhof?«

Louis zuckte die Achseln. »Vermutlich.«

»Wollen Sie es Ellie sagen?«

»Ich – ich muß mir das noch eine Weile überlegen.«

Jud schwieg ein paar Sekunden, dann schien er zu einem Entschluß gelangt zu sein. »Warten Sie hier ein paar Minuten, Louis.«

Jud ging davon, anscheinend ohne einen Gedanken darauf zu verschwenden, daß Louis womöglich keine Lust hatte, an diesem bitterkalten Abend ein paar Minuten zu warten. Er ging davon mit jener Sicherheit und Geschmeidigkeit, die für einen Mann seines Alters so ungewöhnlich waren. Und Louis stellte fest, daß er ohnehin nichts zu sagen hatte. Er kam sich ziemlich fremd vor. Er sah Jud nach, völlig damit zufrieden, hier zu stehen.

Nachdem sich die Tür hinter Jud geschlossen hatte, hob er das Gesicht in den Wind; der Müllbeutel mit dem toten Church darin flatterte zwischen seinen Füßen.

Zufrieden.
Ja, das war er. Zum ersten Mal, seit sie nach Maine umgezogen waren, hatte er das Gefühl, am rechten Ort zu sein – zu Hause zu sein. Wie er so dastand im letzten Licht des Tages, kurz vor Anbruch des Winters, fühlte er sich unglücklich und dennoch auf ganz merkwürdige Weise heiter und seltsam vollständig – vollständig auf eine Art, die er, soweit er sich erinnern konnte, seit seiner Kindheit nicht mehr empfunden hatte.
Irgendetwas wird hier geschehen, mein Sohn. Und zwar etwas ziemlich Eigenartiges.
Er legte den Kopf in den Nacken und sah die kalten Wintersterne am dunkelwerdenden Himmel.
Wie lange er so stand, wußte er nicht, obwohl es, nach Sekunden und Minuten gemessen, nicht lange gewesen sein konnte. Dann flackerte ein Licht auf Juds Veranda, bewegte sich auf und nieder, näherte sich der Verandatür und kam die Treppe herab. Es war Jud hinter einer starken Taschenlampe. In der anderen Hand trug er etwas, das Louis anfangs für ein großes X hielt – bis er sah, daß es eine Hacke und eine Schaufel waren.
Er reichte Louis die Schaufel, der sie in seine freie Hand nahm.
»Jud, was zum Kuckuck haben Sie vor? Heute abend können wir ihn nicht mehr begraben.«
»Doch, das können wir. Und das werden wir auch.« Juds Gesicht war hinter dem hellen Licht der Taschenlampe unkenntlich.
»Jud, es ist dunkel. Und spät. Und kalt...«
»Kommen Sie«, sagte Jud. »Bringen wir es hinter uns.«
Louis schüttelte den Kopf und wollte es nochmals versuchen, aber es fiel ihm schwer, Worte zu finden – Worte der Erklärung und der Vernunft. Sie schienen so bedeutungslos angesichts des dumpfheulenden Windes, der in der Schwärze aufkeimenden Sterne.
»Wenn wir bis morgen warten, sehen wir wenigstens...«
»Liebt sie den Kater?«
»Ja, aber...«
Juds Stimme, leise und irgendwie logisch: »Und Sie lieben sie?«
»Natürlich liebe ich sie. Schließlich ist sie meine...«
»Dann kommen Sie mit.«
Louis kam mit.

Auf dem Weg zum Tierfriedhof an jenem Abend versuchte Louis zweimal, vielleicht sogar dreimal, mit Jud zu sprechen, aber Jud antwortete nicht. Louis gab es auf. Das Gefühl der Zufriedenheit, abwegig unter den gegebenen Umständen, aber eine eindeutige Tatsache, blieb bestehen. Es schien von überallher zu kommen.

Die schmerzenden Muskeln, weil er Church in der einen und die Schaufel in der anderen Hand trug, gehörten dazu. Der eiskalte Wind, der die bloßliegende Haut gefühllos machte, gehörte dazu; er pfiff stetig durch die Bäume. Sobald sie im Wald waren, war der Schnee nicht mehr der Rede wert. Das tanzende Licht von Juds Taschenlampe gehörte dazu. Er spürte die durchdringende, unbestreitbare, magische Gegenwart eines Geheimnisses. Eines dunklen Geheimnisses.

Die Schatten wichen zurück; an ihre Stelle trat ein Gefühl der Weite. Schnee schimmerte bleich.

»Ruhen Sie hier aus«, sagte Jud, und Louis setzte den Beutel ab. Er wischte sich mit dem Ärmel den Schweiß von der Stirn. *Hier ausruhen?* Aber sie waren doch angelangt. Er sah die Gedenktafeln im Licht von Juds Lampe, das sich ziellos bewegte, als Jud sich im Schnee niederließ und den Kopf auf die Arme legte.

»Jud? Fehlt Ihnen etwas?«

»Nein. Ich muß nur ein bißchen Atem schöpfen.«

Louis setzte sich neben ihn und atmete ein paarmal tief durch.

»Wissen Sie«, sagte er, »ich fühle mich so wohl, wie seit vielleicht sechs Jahren nicht mehr. Das ist natürlich verrückt, wenn man im Begriff steht, den Kater seiner Tochter zu begraben, aber es ist die reine Wahrheit. Ich fühle mich wohl.«

Jetzt atmete auch Jud ein- oder zweimal tief durch. »Ja, ich weiß«, sagte er. »Gelegentlich ist es so. Man sucht sich die Zeiten nicht aus, in denen man sich wohlfühlt, ebensowenig wie für das Gegenteil. Dieser Ort hat etwas damit zu tun, aber darauf kann man sich nicht verlassen. Drogensüchtige fühlen sich wohl, wenn sie sich Heroin in die Adern spritzen, und dennoch vergiften sie sich. Vergiften ihre Körper und ihr Denken. Dieser Ort kann die gleiche Wirkung haben; vergessen Sie das niemals, Louis. Und ich hoffe bei Gott, daß ich richtig handle. Ich glaube es zwar, aber sicher sein kann ich nicht. Gelegentlich bin ich etwas wirr im Kopf. Wahrscheinlich werde ich senil.«

»Ich weiß nicht, wovon Sie reden.«

»Dieser Ort hat Macht, Louis. Nicht so sehr hier – aber da, wo wir hingehen.«

»Jud...«

»Kommen Sie«, sagte Jud, wieder auf den Beinen. Der Lichtstrahl der Taschenlampe fiel auf das Totholz. Jud ging darauf zu. Plötzlich erinnerte sich Louis an sein Schlafwandeln. Was hatte Pascow in dem Traum gesagt?

Steigen Sie nicht darüber hinweg, Doktor, so sehr Sie auch glauben, es tun zu müssen. Die Schranke wurde nicht errichtet, damit man sie durchbricht.

Doch an diesem Abend schien der Traum, die Warnung oder was immer es gewesen sein mochte, nicht Monate, sondern Jahre zurückzuliegen. Louis fühlte sich wohl, lebendig und wie verzaubert, bereit, es mit allem und jedem aufzunehmen, und dennoch voller Staunen. Ihm kam der Gedanke, daß auch dies viel von einem Traum an sich hatte.

Dann wandte sich Jud zu ihm um, die Kapuze schien eine Leere zu umhüllen, und einen Augenblick lang bildete Louis sich ein, daß es Pascow war, der jetzt vor ihm stand, daß das helle Licht sich umkehren und einen grinsenden, geschwätzigen, pelzgesäumten Schädel beleuchten würde; und seine Angst kehrte wie ein Schwall kalten Wassers zurück.

»Jud«, sagte er, »darüber können wir nicht hinwegklettern. Wir würden uns beide ein Bein brechen und dann wahrscheinlich bei dem Versuch, nach Hause zurückzukehren, erfrieren.«

»Sie brauchen mir nur zu folgen«, sagte Jud. »Folgen Sie mir und blicken Sie nicht nach unten. Zögern Sie nicht, und blicken Sie nicht nach unten. Ich kenne den Weg, aber man muß ihn schnell und ohne Zaudern gehen.«

Louis begann zu denken, daß dies vielleicht ein Traum war; vielleicht war er noch gar nicht aus seinem Nachmittagsschlaf erwacht. *Wenn ich wach wäre*, dachte er, *würde ich ebensowenig auf dieses Totholz hinaufsteigen wie betrunken Fallschirmkunststücke vollführen. Aber ich tue es trotzdem. Ich glaube, ich tue es. Demnach träume ich. Anders kann es nicht sein.*

Jud wandte sich ein wenig nach links, fort von der Mitte des Totholzes. Der Lichtstrahl fiel auf den wirren Haufen von *(Knochen)* umgestürzten Bäumen und alten Stämmen. Der Lichtkreis wurde kleiner und heller, je näher sie kamen. Ohne das geringste Zögern, ohne sich auch nur mit einem flüchtigen Blick zu vergewissern, daß er sich an der richtigen Stelle befand, begann Jud hinaufzusteigen. Er kroch nicht auf allen vieren, er beugte sich nicht vornüber wie jemand, der sich einen steinigen Hügel oder einen sandigen Abhang hinaufmüht. Er ging einfach hinauf wie auf einer Treppe. Er bewegte sich wie ein Mann, der genau weiß, wohin der nächste Schritt ihn führen wird.

Louis folgte ihm auf die gleiche Weise.

Er blickte nicht nach unten, suchte nicht nach festem Grund. Ihn überkam die eigenartige, aber absolute Gewißheit, daß ihm das Totholz nichts anhaben konnte, solange er es nicht zuließ. Natürlich war das heller Wahnsinn, nur mit der blinden Zuversicht eines Mannes zu vergleichen, der betrunken am Steuer seines Wagens sitzt und sich einbildet, ihm könne nichts passieren, solange er seine Christophorus-Medaille bei sich hat.

Aber es funktionierte.

Kein alter Ast brach mit pistolenschußartigem Knacken unter ihm weg, er stürzte nicht in ein Loch mit vorstehenden, wettergebleichten Splittern, die alle bereit waren, ihn zu durchbohren und zu zerfleischen. Seine Schuhe (Hush Puppy-Slipper – kaum das zum Überklettern eines Windbruchs geeignete Schuhwerk) glitten nicht auf dem alten, trockenen Moos aus, das viele der umgestürzten Stämme überzog. Er fiel weder vorwärts noch rückwärts. Der Wind heulte heftig durch die Tannen ringsum.

Einen Augenblick sah er, daß Jud auf dem Scheitel des Totholzes stehenblieb; dann begann er mit dem Abstieg an der anderen Seite – zuerst entschwanden die Waden seinem Blick, dann die Oberschenkel, die Hüften, die Taille. Das Licht tanzte auf den windgepeitschten Ästen der Bäume jenseits der – der Schranke. Ja, genau das war es. Warum so tun, als wäre es etwas anderes? Eine Schranke.

Louis erreichte selbst den Scheitel und hielt einen Augenblick inne, den rechten Fuß auf einem umgestürzten, im Winkel von fünfunddreißig Grad geneigten Baumstamm, den linken auf etwas Elastischerem – einem Gewirr verwitterter Tannenzweige? Er blickte nicht nach unten, um es festzustellen, sondern nahm nur den schweren Müllbeutel mit dem toten Church in die linke Hand und vertauschte ihn gegen die leichtere Schaufel. Er hob sein Gesicht in den Wind und spürte, wie er in einem endlosen Strom an ihm vorbeifegte. Er war so kalt, so sauber – so *beständig*.

Mit gelassenen, fast gemächlichen Bewegungen machte er sich an den Abstieg. Einmal knackte ein Ast, der sich dick anfühlte wie das Handgelenk eines muskulösen Mannes, laut unter seinen Füßen, aber es beunruhigte ihn überhaupt nicht – sein stürzender Fuß wurde etwa zehn Zentimeter tiefer von einem stärkeren Ast aufgefangen. Louis geriet kaum ins Schwanken. Ihm war, als verstünde er jetzt, wie Kompanieführer im Ersten Weltkrieg es fertiggebracht hatten, vor den Schützengräben spazierenzugehen und »It's a long way to Tipperary« zu pfeifen, während rings um sie die Kugeln einschlugen. Es war Wahnsinn, aber gerade das machte es zu etwas ungeheuer Aufregendem.

Er ging hinunter, den Blick stetig auf den hellen Lichtkreis von Juds Taschenlampe gerichtet. Jud stand da und wartete auf ihn. Dann hatte er das untere Ende erreicht, und Begeisterung flammte in ihm auf wie mit Petroleum übergossene Glut.

»Wir haben's geschafft!« schrie er. Er legte die Schaufel nieder und schlug Jud auf die Schulter. Er dachte daran, wie er einmal auf einen Apfelbaum geklettert war, bis hinauf in die oberste Gabel, wo der Baum im Wind schwankte wie der Mast eines Schif-

fes. Seit zwanzig oder mehr Jahren hatte er sich nicht mehr so jung, so durch und durch lebendig gefühlt. »Jud, wir haben's geschafft!«
»Glaubten Sie etwa, wir schafften es nicht?« fragte Jud. Louis öffnete den Mund, um etwas zu sagen – *Es nicht schaffen? Wir haben verdammtes Glück gehabt, daß wir uns nicht Hals und Beine gebrochen haben!* –, und schloß ihn dann wieder. Im Grunde hatte er nie daran gezweifelt, jedenfalls von dem Augenblick an, in dem Jud auf das Totholz zuging. Auch der Gedanke an den Rückweg beunruhigte ihn nicht.

»Nein, ich glaube nicht«, sagte er.

»Kommen Sie. Wir haben noch ein gutes Stück vor uns. Drei Meilen oder mehr.«

Sie machten sich auf den Weg. Der Pfad führte tatsächlich weiter. Stellenweise schien er sehr breit, obwohl in dem unruhigen Licht nur wenig deutlich zu sehen war; es war in erster Linie ein Gefühl der Weite, das Gefühl, daß die Bäume zurückgewichen waren. Ein- oder zweimal blickte Louis hoch und sah die Sterne zwischen den dunklen Massen der Baumkronen. Einmal sprang vor ihnen etwas über den Pfad, und das Licht wurde von grünlichen Augen reflektiert – nur einen Augenblick, dann war es verschwunden.

An anderen Stellen wurde der Pfad so eng, daß das Unterholz mit steifen Fingern an den Ärmeln von Louis' Jacke kratzte. Er wechselte häufiger Beutel und Schaufel, aber das änderte nichts an dem stetigen Schmerz in seinen Schultern. Er verfiel im Gehen in einen gewissen Rhythmus, der ihn fast hypnotisierte. Ja, hier war Macht, er spürte es. Ein Vorfall in seinem letzten Jahr in der High School fiel ihm ein. Er war mit seiner Freundin und einem anderen Paar in einen entlegenen Stadtteil gefahren und in eine unbefestigte Sackgasse in der Nähe eines Kraftwerks geraten. Dort hatten sie sich dann miteinander beschäftigt. Aber sie waren erst kurze Zeit dort, als Louis' Freundin sagte, sie wollte nach Hause oder zumindest woandershin, weil ihr alle Zähne (jedenfalls die mit Füllungen, und das waren die meisten) wehtäten. Auch Louis war froh, den Ort verlassen zu können. Die Atmosphäre um das Kraftwerk herum hatte ihn nervös und überwach gemacht. Und hier war es ähnlich, aber stärker. Stärker, aber durchaus nicht unangenehm. Es war...

Jud war am Fuße eines langen Abhangs stehengeblieben. Louis stieß fast mit ihm zusammen.

Jud drehte sich zu ihm um. »Wir sind fast da, wo wir hinwollen«, sagte er. »Das nächste Stück ist ungefähr wie das Totholz – Sie müssen unbeirrt und stetig weitergehen. Folgen Sie mir und

blicken Sie nicht nach unten. Sie haben gemerkt, daß es bisher bergab gegangen ist?«
»Ja.«
»Wir stehen jetzt am Rand von etwas, das die Micmac das Moor der Kleinen Götter nannten. Die Pelzhändler, die hier durchkamen, nannten es Totenmannssumpf, und die meisten von denen, die einmal hier waren und heil wieder herauskamen, versuchten es nicht noch einmal.«
»Gibt es hier Schwimmsand?«
»Ja, mehr als genug: Wasser, das durch eine von den Gletschern der Eiszeit hinterlassene große Ablagerung von Quarzsand aufsteigt. Glimmersand haben wir ihn immer genannt; wahrscheinlich gibt es auch einen richtigen Namen dafür.«
Jud blickte ihn an, und einen Augenblick lang glaubte Louis, etwas Helles und nicht unbedingt Angenehmes in den Augen des alten Mannes zu sehen. Dann bewegte sich die Taschenlampe, und der Ausdruck war verschwunden.
»Hier unten gibt es eine Menge merkwürdiger Dinge, Louis. Die Luft ist schwerer – elektrischer – oder so etwas.«
Louis fuhr zusammen.
»Ist etwas?«
»Nein«, sagte Louis und dachte an den Abend in der Sackgasse.
»Es kann sein, daß Sie Elmsfeuer sehen – das, was manche Leute Irrlichter nennen. Es tritt in merkwürdigen Formen auf, aber das hat nichts zu besagen. Wenn Sie etwas davon sehen sollten und es Ihnen auf die Nerven geht, schauen Sie einfach anderswohin. Es kann sein, daß Sie Geräusche hören, die wie Stimmen klingen, aber das sind die Seetaucher unten in der Gegend von Prospect. Der Schall trägt. Es ist schon merkwürdig.«
»Seetaucher?« fragte Louis zweifelnd. »Um diese Jahreszeit?«
»Oh, doch«, sagte Jud, und sein Gesicht war leer und völlig nichtssagend. Einen Augenblick lang wünschte sich Louis verzweifelt, das Gesicht des alten Mannes noch einmal zu sehen. Dieser Ausdruck . . .
»Jud, wo wollen wir hin? Was zum Teufel tun wir hier am Ende der Welt?«
»Das erzähle ich Ihnen, wenn wir da sind.« Jud machte kehrt.
»Achten Sie auf die Grasbüschel.«
Sie gingen weiter, von einem großen Grasbüschel aufs nächste tretend. Louis tastete nicht nach ihnen. Er schien sie von selbst zu finden, ohne die geringste Mühe. Einmal glitt er ab, sein linker Fuß durchbrach eine dünne Eiskruste und versank in kaltem, etwas schleimigem, stehendem Wasser. Er zog ihn schnell wieder

heraus und ging weiter, immer Juds tanzendem Licht nach. Dieses Licht, das durch die Bäume schwebte, rief Erinnerungen an Piratengeschichten wach, die er als Junge gern gelesen hatte. Böse Männer, die im Dunkel der Nacht unterwegs sind, um Golddublonen zu vergraben. Und natürlich stürzte einer von ihnen auf die Truhe in der Grube, eine Kugel im Herzen, weil die Piraten glauben – jedenfalls behaupteten das die Verfasser dieser schaurigen Geschichten allen Ernstes –, daß der Geist des toten Kameraden die Beute bewachen würde.

Nur ist es kein Schatz, den wir vergraben wollen. Nur der kastrierte Kater meiner Tochter.

Er fühlte ein irres Lachen in sich aufsteigen und unterdrückte es.

Sie hörten keine »Geräusche, die wie Stimmen klangen« und sahen auch kein Irrlicht; aber nachdem sie ungefähr ein halbes Dutzend Grasbüschel hinter sich hatten, blickte er nach unten und sah, daß seine Füße, Waden, Knie und ein Teil seiner Oberschenkel in einem Bodennebel verschwunden waren, der völlig glatt war, völlig weiß und völlig undurchsichtig. Es war, als bewegte man sich durch die allerleichteste Schneewehe der Welt.

Eine Art Helligkeit schien jetzt in der Luft zu liegen, und er hätte schwören können, daß es auch wärmer geworden war. Er sah Jud vor sich, der stetig weiterging, das stumpfe Ende der Hacke über die Schulter gehakt. Die Hacke verstärkte noch den Eindruck eines Mannes, der einen Schatz vergraben will.

Das irre Gefühl der Begeisterung beherrschte ihn nach wie vor. Plötzlich kam ihm der Gedanke, daß Rachel vielleicht versuchte, ihn anzurufen; daß vielleicht fern im Haus das Telefon läutete und läutete, ein rationales, prosaisches Geräusch. Daß ...

Fast wäre er wieder mit Jud zusammengestoßen. Der alte Mann war mitten auf dem Pfad stehengeblieben. Sein Kopf war zur Seite geneigt, sein Mund spitz und angespannt.

»Jud? Was ist ...?«

»Still!«

Louis verstummte und sah sich unbehaglich um. Hier war der Bodennebel dünner, aber er konnte trotzdem seine Füße nicht sehen. Dann hörte er Unterholz krachen und Zweige brechen. Irgendetwas bewegte sich dort drüben – etwas Großes.

Er öffnete den Mund, um Jud zu fragen, ob es ein Elch wäre (in Wirklichkeit hatte er an einen Bären gedacht), und dann schloß er ihn wieder. *Der Schall trägt,* hatte Jud gesagt.

Ohne zu wissen, daß er es tat und daß er Jud imitierte, neigte er gleichfalls den Kopf zur Seite und lauschte. Das Geräusch schien zuerst fern, dann sehr nahe; es bewegte sich zuerst von ihnen fort und dann unheildrohend auf sie zu. Louis spürte, wie ihm der Schweiß von der Stirn über die Wangen rann. Er verlagerte den Müllbeutel mit dem toten Church von einer Hand in die andere. Seine Hand war feucht, und der grüne Kunststoff fühlte sich fettig an und schien seiner Faust entgleiten zu wollen. Jetzt war das Ding dort drüben so nahe, daß er jeden Augenblick damit rechnete, seine Form zu sehen, vielleicht, wenn es sich auf zwei Beine erhob und mit einem unvorstellbar riesigen und zottigen Körper die Sterne auslöschte.

An einen Bären dachte er jetzt nicht mehr.

Jetzt wußte er nicht mehr, an *was* er dachte.

Dann entfernte es sich und verschwand.

Wieder öffnete Louis den Mund, die Worte *Was war das?* lagen ihm schon auf der Zunge. Doch dann kam ein schrilles, irrsinniges Lachen aus der Dunkelheit, hob und senkte sich in hysterischen Zyklen, laut, durchdringend, markerschütternd. Louis war, als wären alle Gelenke seines Körpers zu Eis erstarrt, und als wäre er irgendwie so schwer geworden, daß er in den sumpfigen Boden hinabstürzen und versinken würde, wenn er kehrtmachte und davonrannte.

Das Gelächter schwoll an und zerfiel dann wie morsches, bröckelndes Gestein in trockenes Kichern; es erreichte die Höhe eines Kreischens, wurde dann zu einem gutturalen Glucksen, das in Seufzer hätte übergehen können, und verklang dann vollständig.

Irgendwo tropfte Wasser, und über ihnen heulte monoton der Wind, ein stetiger Strom in einem Flußbett am Himmel. Davon abgesehen, herrschte Stille im Moor der Kleinen Götter.

Louis begann am ganzen Leibe zu zittern. Sein Fleisch – vor allem am Unterleib – begann zu kriechen. Ja, *kriechen* war das richtige Wort; ihm war, als bewegte sich sein Fleisch tatsächlich auf seinem Körper. Sein Mund war völlig trocken. Es schien kein Tropfen Speichel mehr darin zu sein. Doch das Gefühl der Begeisterung blieb, ein unerschütterlicher Wahnsinn.

»Um Himmels willen, was war das?« flüsterte er Jud heiser zu.

Jud drehte sich zu ihm um und sah ihn an, und in dem trüben Licht kam es Louis vor, als sähe der alte Mann aus wie hundertzwanzig. Das eigentümliche, tanzende Licht in seinen Augen war verschwunden. Sein Gesicht war verzerrt, und in seinem Blick lag das nackte Entsetzen. Doch als er sprach, war seine Stimme sicher genug. »Nur ein Seetaucher«, sagte er. »Kommen Sie. Wir sind gleich da.«

Sie gingen weiter. Den Grasbüscheln folgte wieder fester Boden. Einen Augenblick lang hatte Louis ein Gefühl der Weite, obwohl das schwache Leuchten in der Luft jetzt verschwunden war und er nichts erkennen konnte als Juds Rücken, ungefähr einen Meter vor ihm. Unter seinen Füßen war kurzes, steifgefrorenes Gras, das bei jedem Schritt wie Glas zerbrach. Dann waren sie wieder zwischen Bäumen. Er roch Tannenaroma, spürte Nadeln. Gelegentlich berührte ihn ein Ast oder Zweig.

Louis hatte jedes Gefühl für Zeit und Richtung verloren, aber sie waren nicht weit gegangen, als Jud wieder stehenblieb und sich zu ihm umwandte.

»Jetzt kommen Stufen«, sagte er. »In den Fels gehauen. Zweiundvierzig oder vierundvierzig, ich weiß es nicht mehr genau. Folgen Sie mir einfach. Wir steigen hinauf, und dann sind wir da.«

Er begann hinaufzusteigen, und Louis folgte ihm.

Die Steinstufen waren zwar breit genug, aber das Gefühl, den ebenen Grund hinter sich zu lassen, war etwas beunruhigend. Hier und dort knirschten seine Schuhe auf Kieseln und Steinbrokken.

... *zwölf* ... *dreizehn* ... *vierzehn* ...

Der Wind war schärfer, kälter, ließ sein Gesicht schnell taub werden. *Sind wir oberhalb der Baumgrenze?* überlegte er. Er blickte auf und sah eine Milliarde Sterne, kalte Lichter im Dunkel. Noch nie zuvor hatten ihm die Sterne das Gefühl vermittelt, so unendlich klein, so winzig, so bedeutend zu sein. Er stellte sich die alte Frage – *gibt es da draußen irgendwelche intelligenten Wesen?* –, und anstelle von Staunen löste der Gedanke ein grauenhaft kaltes Empfinden aus, als hätte er sich gefragt, wie es ist, wenn man eine Handvoll wimmelnder Würmer verspeist.

... *sechsundzwanzig* ... *siebenundzwanzig* ... *achtundzwanzig* ...

Wer hat diese Stufen gemacht? Die Micmac? Indianer, die Werkzeuge gebrauchten? Er dachte an das Ding, das sich nicht weit von ihnen durch den Wald bewegt hatte. Ein Fuß stolperte, und eine Hand suchte Halt an der Felswand zur Linken. Die Wand fühlte sich alt an, angeschlagen, zerfurcht, faltig. *Wie trockene Haut, die fast völlig abgescheuert,* dachte er.

»Alles in Ordnung, Louis?« murmelte Jud.

»Ja«, sagte er, obwohl er fast völlig außer Atem war und seine Schultern vom Gewicht Churchs in dem Beutel pochten.

... *zweiundzwanzig* ... *dreiundvierzig* ... *vierundvierzig* ...

»Fünfundvierzig«, sagte Jud. »Hatte ich vergessen. Ich glaube, ich bin seit zwölf Jahren nicht mehr hier oben gewesen. Dachte nicht, daß ich jemals wieder einen Grund haben würde, herzukommen. So – und nun herauf mit Ihnen.«

Er ergriff Louis' Arm und half ihm die letzte Stufe hinauf.

»Da wären wir.«

Louis sah sich um. Er konnte recht gut sehen; das schwache Sternenlicht war ausreichend. Sie standen auf einem mit Steinen und Geröll übersäten Felsplateau, das aus dem vor ihnen liegenden dünnen Erdreich herausragte wie eine dunkle Zunge. Wenn er sich umblickte, sah er die Wipfel der Tannen, die sie passiert hatten, um die Stufen zu erreichen. Allem Anschein nach standen sie auf der Oberfläche einer merkwürdigen, abgeflachten Mesa, einer geologischen Anomalität, die in Arizona oder Neumexiko eher am Platze gewesen wäre. Weil auf dem grasbewachsenen Plateau der Mesa – oder des Hügels oder des abgestumpften Berges oder was immer es sein mochte – keine Bäume wuchsen, hatte die Sonne hier den Schnee schmelzen lassen. Als er sich wieder Jud zuwandte, sah er, wie sich trockenes Gras unter dem stetigen Wind beugte, der ihm kalt ins Gesicht blies, und er sah auch, daß es ein Hügel war, keine isolierte Mesa. Vor ihnen stieg das Gelände wieder zu einem baumbestandenen Hang an. Aber die Fläche selbst war so augenfällig und so seltsam in der Landschaft Neuenglands mit ihren niedrigen und irgendwie langweiligen Hügeln ...

Indianer, die Werkzeuge gebrauchten, schoß es ihm plötzlich durch den Kopf.

»Kommen Sie«, sagte Jud und führte ihn ungefähr fünfundzwanzig Schritte zu den Bäumen hinüber. Der Wind wehte stark hier oben, aber er fühlte sich sauber an. Louis sah eine Reihe von Gebilden im Schatten der Bäume – der ältesten, höchsten Tannen, die er je gesehen hatte. Der Eindruck, der von diesem hochgelegenen, einsamen Platz ausging, war Leere – aber eine Leere, die vibrierte.

Die dunklen Gebilde waren Steinhaufen.

»Die Micmac haben die Kuppe des Hügels abgetragen«, sagte Jud. »Wie sie das gemacht haben, weiß niemand – ebenso wenig, wie man weiß, wie die Maya ihre Pyramiden bauten. Und wie die Maya haben auch die Micmac selbst es vergessen.«

»Warum? Warum haben sie das getan?«

»Dies war ihr Begräbnisplatz«, sagte Jud. »Ich habe Sie hergebracht, damit Sie Ellies Kater hier begraben können. Die Micmac machten da keine Unterschiede. Sie begruben die Tiere gleich neben ihren Besitzern.«

Das erinnerte Louis an die Ägypter, die noch einen Schritt weiter gegangen waren: sie hatten die Tiere der Pharaonen geschlachtet, damit ihre Seelen die ihrer Herren in das Leben, das nach dem Tod auf sie warten mochte, begleiten konnten. Ihm fiel ein, daß er einmal gelesen hatte, man habe nach dem Hinscheiden der Tochter eines Pharao mehr als zehntausend Haustiere geschlachtet –

darunter sechshundert Schweine und zweitausend Pfauen. Die Schweine waren mit Rosenöl bespritzt worden, dem Lieblingsparfum der toten Prinzessin, bevor man ihnen die Hälse durchschnitt. *Und außerdem bauten sie Pyramiden. Niemand weiß genau, wozu die Maya ihre Pyramiden bauten – zur Orientierung und Zeitbestimmung wie Stonehenge, sagen manche Leute –, aber wir wissen verdammt gut, was die ägyptischen Pyramiden waren und noch sind: große Monumente des Todes. Die größten Grabsteine der Welt. Hier liegt Ramses II.,* er war gehorsam, dachte Louis und kicherte unwillkürlich laut.

Jud sah ihn ohne jede Überraschung an.

»Begraben Sie Ihr Tier«, sagte er. »Ich rauche inzwischen eine Zigarette. Ich würde Ihnen gern helfen, aber Sie müssen es selber tun. Jeder begräbt seine eigenen Toten. So wurde es immer gehalten.«

»Jud, was soll das alles? Warum haben Sie mich hierhergebracht?«

»Weil Sie Norma das Leben gerettet haben«, sagte Jud, und obwohl es aufrichtig klang – und Louis überzeugt war, daß Jud glaubte, aufrichtig zu sein –, hatte er doch plötzlich das überwältigende Gefühl, daß der Mann log ... oder daß er angelogen worden war und die Lüge nun weitergab. Ihm fiel der Ausdruck wieder ein, den er in Juds Augen gesehen hatte oder gesehen zu haben glaubte.

Doch hier oben schien das alles keine Rolle zu spielen. Der Wind hatte mehr Gewicht, nach wie vor ein stetiger Fluß, der ihn umströmte.

Jud setzte sich, den Rücken an einen der Bäume gelehnt, schirmte ein Streichholz mit den Händen ab und zündete sich eine Chesterfield an. »Wollen Sie ein bißchen ausruhen, bevor Sie anfangen?«

»Nein, nicht nötig«, sagte er. Er hätte ausführlicher auf die Frage eingehen können, stellte jedoch fest, daß es belanglos war. Das alles fühlte sich falsch an, gleichzeitig jedoch richtig, und er beschloß, es fürs erste dabei zu belassen. Im Grunde gab es nur eine Sache, die er wissen mußte. »Kann ich hier wirklich ein Grab ausheben? Die Erde sieht so dünn aus.« Louis deutete mit einem Nikken auf die Stelle, wo der Fels neben den Stufen bloßlag.

Jud nickte langsam. »Doch«, sagte er. »Der Boden ist zwar dünn, aber Boden, der so tief ist, daß Gras darauf wächst, ist auch tief genug, um etwas darin zu begraben, Louis. Und hier sind schon seit langer, langer Zeit Gräber ausgehoben worden. Es ist allerdings etwas mühsam.«

Das war es in der Tat. Der Boden war hart und steinig, und er stellte bald fest, daß er die Hacke brauchte, um ein Grab ausheben zu können, das für Church tief genug war. Daraufhin wechselte er ab, lockerte zuerst mit der Hacke die harte Erde und die Steine und ergriff dann die Schaufel, um das Gelockerte herauszuwerfen. Seine Hände begannen zu schmerzen. Sein Körper erwärmte sich wieder. Er empfand ein starkes, eindeutiges Verlangen danach, gute Arbeit zu leisten. Er begann fast lautlos zu summen, wie er es gelegentlich beim Nähen einer Wunde tat. Gelegentlich traf die Hacke so hart auf einen Stein, daß Funken flogen, und der Aufprall wanderte den Holzstiel herauf und ließ seine Hände vibrieren. Er spürte, wie sich Blasen auf seinen Handflächen bildeten, und es war ihm gleichgültig, obwohl er gewöhnlich wie die meisten Ärzte sehr auf seine Hände achtgab. Über ihm und um ihn herum heulte der Wind und spielte eine Melodie in den Bäumen.

Als Kontrapunkt dazu hörte er das leise Poltern von Steinen. Er blickte über die Schulter und sah, daß Jud sich niedergehockt hatte, von den Steinen, die er herausbefördert hatte, die größeren aussuchte und auf einen Haufen warf.

»Für Ihr Grabmal«, sagte er, als er Louis' Blick bemerkte.

»Oh«, sagte Louis und machte sich wieder an die Arbeit.

Er grub ein Grab von gut einem halben Meter Breite und etwa einem Meter Länge – *ein Cadillac von einem Grab für einen blöden Kater*, dachte er –, und als es etwa dreiviertel Meter tief war und die Hacke bei fast jedem Hieb Funken stieben ließ, warf er Hacke und Schaufel beiseite und fragte Jud, ob es so in Ordnung wäre.

Jud erhob sich und warf einen flüchtigen Blick darauf. »Scheint gut zu sein«, sagte er. »Aber es kommt nur darauf an, was Sie denken.«

»Würden Sie mir jetzt sagen, was das alles zu bedeuten hat?«

Jud lächelte ein wenig. »Die Micmac hielten diesen Hügel für einen magischen Ort«, sagte er. »Sie glaubten, der ganze Wald nördlich und östlich des Sumpfes wäre ein magischer Ort. Sie legten diesen Platz an und begruben hier ihre Toten, abseits von allem Lebenden. Die anderen Stämme hielten sich fern – die Penobscot sagten, in diesen Wäldern wimmele es von Geistern. Später sagten die Pelzhändler so ungefähr dasselbe. Vermutlich sahen einige von ihnen die Irrlichter im Moor der Kleinen Götter und glaubten, Gespenster zu sehen.«

Jud lächelte, und Louis dachte: *Das ist ganz und gar nicht das, was du denkst.*

»Später kamen nicht einmal die Micmac selbst hierher. Einer von ihnen behauptete, er hätte einen Wendigo gesehen, und der Boden wäre sauer geworden. Sie hielten ein großes Palaver darüber – jedenfalls war das die Geschichte, die ich hörte, als ich noch ein grüner Junge war, Louis, aber ich hörte sie von dem alten

Säufer Stanny B. – so nannten wir Stanley Bouchard immer –, und Stanny B. war einer, der erfand, was er nicht wußte.«

Louis, der nur wußte, daß der Wendigo, wie es hieß, zu den Geistern des Nordens gehörte, sagte: »Glauben Sie, daß der Boden sauer geworden ist?«

Jud lächelte – zumindest verzogen sich seine Lippen. »Ich glaube, daß es ein gefährlicher Ort ist«, sagte er leise, »aber nicht für Katzen, Hunde und Hamster. Und nun begraben Sie Ihr Tier, Louis.«

Louis senkte den Müllbeutel in die Grube und schaufelte langsam die Erde darauf. Er fror jetzt und war erschöpft. Das Poltern des Erdreichs auf den Kunststoff war ein beklemmendes Geräusch, und obwohl er nicht bedauerte, hier heraufgekommen zu sein, verließ ihn das Gefühl der Begeisterung; er wünschte sich, das Abenteuer wäre überstanden. Der Heimweg war lang.

Das polternde Geräusch wurde dumpfer und hörte dann auf – jetzt fiel nur noch Erde auf Erde. Er kratzte den letzten Rest mit der Schaufel in die Grube *(es ist nie genug da,* dachte er, und ihm fiel ein, was sein Onkel, der Bestattungsunternehmer, vor mindestens tausend Jahren einmal zu ihm gesagt hatte – *nie genug, um die Grube wieder zu füllen),* und dann wandte er sich zu Jud.

»Ihr Grabmal«, sagte Jud.

»Ich bin ziemlich am Ende, Jud, und . . .«

»Es ist Ellies Kater«, sagte Jud, und seine Stimme war weich, aber unerbittlich. »Sie würde wollen, daß Sie es ordentlich machen.«

Louis seufzte. »Ja, das würde sie wohl.«

Er brauchte weitere zehn Minuten, um die Steine aufzuschichten, die Jud ihm nacheinander reichte. Als er es geschafft hatte, lag ein niedriger, kegelförmiger Steinhaufen auf Churchs Grab, und Louis empfand tatsächlich eine Art schwacher, erschöpfter Befriedigung. Irgendwie sah es richtig aus, wie er da neben den anderen im Sternenlicht aufragte. Wahrscheinlich würde Ellie das Grabmal nie zu sehen bekommen – schon der Gedanke, daß er sie durch den Sumpf mit dem Schwimmsand führte, würde Rachels Haare erbleichen lassen –, aber er hatte es gesehen, und es war gut.

»Die meisten von ihnen sind umgestürzt«, sagte er zu Jud; er war aufgestanden und wischte die Erde von den Hosenbeinen. Er konnte jetzt mehr erkennen und sah deutlich, daß an mehreren Stellen die Steine verstreut herumlagen. Aber Jud hatte darauf geachtet, daß er das Grabmal nur aus Steinen errichtete, die aus dem von ihm selbst ausgehobenen Grab stammten.

»Ich sagte Ihnen ja, der Platz ist alt«, sagte Jud.

»Sind wir jetzt fertig?«

»Ja.« Er schlug Louis auf die Schulter. »Sie haben gute Arbeit geleistet, Louis. Ich wußte, daß Sie das tun würden. Gehen wir.«

»Jud...«, setzte er wieder an, aber Jud nahm nur die Hacke und ging auf die Stufen zu. Louis nahm die Schaufel; er mußte sich beeilen, um ihn einzuholen. Einmal blickte er zurück, aber das Steinmal über dem Grab von Winston Churchill, dem Kater seiner Tochter, war im Schatten versunken; er konnte es nicht mehr ausmachen.

Der Film lief einfach rückwärts ab, dachte Louis müde, als sie einige Zeit später aus dem Wald kamen und auf das Feld hinter seinem eigenen Haus. Um wieviel später, wußte er nicht; er hatte seine Uhr abgenommen, als er sich am Nachmittag hingelegt hatte; wahrscheinlich lag sie noch auf der Fensterbank neben seinem Bett. Er wußte nur, daß er fertig war, kaputt, erledigt. Er konnte sich nicht entsinnen, seit seinem ersten Tag bei der Chicagoer Müllabfuhr in den Sommerferien vor sechzehn oder siebzehn Jahren jemals wieder so restlos erschöpft gewesen zu sein.

Sie waren auf dem gleichen Weg zurückgekommen, aber er konnte sich kaum an etwas erinnern. Er war auf dem Totholz gestolpert – daran erinnerte er sich –, er war nach vorn getaumelt, und absurderweise war ihm *Peter Pan* eingefallen – *o Jesus, ich habe meine glücklichen Gedanken verloren, und jetzt stürze ich ab* –, und dann war Juds Hand dagewesen, fest und hart, und ein paar Augenblicke später hatten sie die letzte Ruhestätte von Kater Smucky und Trixie und Martha unserm Kanienchen passiert und befanden sich wieder auf dem Pfad, den er einst nicht nur mit Jud, sondern mit seiner ganzen Familie entlanggewandert war.

Auf eine matte Art hatte er an den Traum mit Victor Pascow gedacht, der ihn zum Schlafwandeln veranlaßt hatte, doch es gab keine Verbindung zwischen jenem nächtlichen Spaziergang und diesem. Außerdem kam ihm der Gedanke, daß das ganze Abenteuer gefährlich gewesen war – nicht im melodramatischen Sinn eines Wilkie Collins, sondern in einem sehr realen. In einem Zustand, der *fast* schlafwandlerisch war, hatte er sich die Hände fürchterlich zerschunden. Er hätte auf dem Totholz ums Leben kommen können. Sie hätten beide ums Leben kommen können. Wie sollte sich ein solches Verhalten mit Nüchternheit in Einklang bringen lassen? In seiner gegenwärtigen Erschöpfung neigte er eher dazu, es der Verwirrung und Bestürzung über den Tod eines Tieres zuzuschreiben, das die ganze Familie geliebt hatte.

Kurze Zeit später waren sie zu Hause angelangt.

Sie gingen nebeneinander, ohne zu sprechen, und blieben dann in Louis' Auffahrt stehen. Der Wind stöhnte und heulte. Wortlos reichte Louis Jud seine Schaufel.

»Ich gehe am besten gleich hinüber«, sagte Jud schließlich. »Louella Bisson oder Ruthie Parks bringt Norma nach Hause, und dann fragt sie sich, wo ich stecke.«
»Wissen Sie, wie spät es ist?« fragte Louis. Er war überrascht, daß Norma noch nicht zu Hause war; seinen Muskeln nach schien Mitternacht vorbei zu sein.
»Sicher«, sagte Jud. »Ich habe meine Uhr bei mir, solange ich angezogen bin, dann lege ich sie beiseite.«
Er zog eine Uhr aus der Hosentasche und ließ ihren verschnörkelten Deckel aufspringen.
»Kurz nach halb neun«, sagte er und klappte den Deckel wieder zu.
»Halb neun?« wiederholte Louis fassungslos. »Später nicht?«
»Was dachten Sie denn, wie spät es wäre?«
»Wesentlich später«, sagte Louis.
»Wir sehen uns morgen«, sagte Jud und wollte sich auf den Weg machen.
»Jud?«
Er drehte sich fragend zu Louis um.
»Jud, was haben wir heute abend getan?«
»Den Kater Ihrer Tochter begraben, was sonst?«
»War das *alles?*«
»Das war alles«, sagte Jud. »Sie sind ein guter Kerl, Louis, aber Sie stellen zu viele Fragen. Manchmal muß man Dinge tun, die einem einfach richtig vorkommen. Im Herzen richtig, meine ich. Und wenn man diese Dinge tut und hinterher ein ungutes Gefühl hat, voller Fragen und dergleichen, dann kommt es zu einer Verdauungsstörung – aber im Kopf, nicht in den Eingeweiden, und man denkt, man hätte einen Fehler gemacht. Verstehen Sie, was ich meine?«
»Ja«, sagte Louis; es schien, als hätte Jud seine Gedanken gelesen, während sie über das Feld auf die erleuchteten Häuser zugingen.
»Was die Leute nicht bedenken, ist, daß sie erst ihre eigene Unsicherheit anzweifeln sollten, bevor sie an ihrem Herzen zweifeln«, sagte Jud mit eindringlichem Blick. »Was meinen Sie, Louis?«
»Ich glaube«, sagte Louis langsam, »Sie könnten recht haben.«
»Und was die Dinge betrifft, die im Herzen eines Mannes sind – es bringt ihm nichts ein, über diese Dinge zu reden, ist es nicht so?«
»Nun . . .«
»Nein«, sagte Jud, als hätte Louis ihm beigepflichtet. »Es bringt nichts ein.« Und mit gelassener Stimme, die so sicher und uner-

bittlich war, einer Stimme, die Louis irgendwie schaudern ließ, sagte er: »Es sind geheimnisvolle Dinge. Es heißt, daß Frauen Geheimnisse wahren können, und wahrscheinlich wahren sie auch ein paar, aber eine Frau, die sich ein bißchen auskennt, würde erklären, daß sie nie einen wirklichen Blick ins Herz eines Mannes getan hat. Der Acker im Herzen eines Mannes ist steiniger, Louis – wie der Boden oben auf dem alten Begräbnisplatz der Micmac. Der gewachsene Fels liegt dicht darunter. Ein Mann bestellt ihn – und läßt darauf wachsen, was er kann.«

»Jud...«

»Keine Fragen, Louis. Akzeptieren Sie, was geschehen ist, Louis, und folgen Sie Ihrem Herzen.«

»Aber...«

»Kein Aber. Akzeptieren Sie, was geschehen ist, und folgen Sie Ihrem Herzen. Wir haben getan, was in diesem Fall richtig war – zumindest hoffe ich bei Gott, daß es richtig war. Ein andermal könnte es falsch sein – teuflisch falsch.«

»Würden Sie mir wenigstens eine Frage beantworten?«

»Lassen Sie hören. Dann sehen wir weiter.«

»Woher wußten Sie von diesem Ort?« Auch diese Frage hatte sich Louis auf dem Heimweg gestellt, verbunden mit dem Argwohn, daß Jud selbst Micmac-Blut haben könnte – obwohl er nicht so aussah; er sah aus, als wären seine sämtlichen Vorfahren hundertprozentige, völlig normale Angloamerikaner gewesen.

»Von Stanny B. natürlich«, sagte er überrascht.

»Er hat Ihnen davon erzählt?«

»Nein«, sagte Jud. »Das ist kein Ort, von dem einer dem anderen erzählt. Ich habe meinen Hund Spot dort oben begraben, als ich zehn war. Er jagte ein Kaninchen und geriet in rostigen Stacheldraht. Die Wunden entzündeten sich, und er starb daran.«

Da stimmte etwas nicht, irgendetwas stimmte nicht mit dem überein, was er Louis früher erzählt hatte, aber Louis war zu erschöpft, um den Widerspruch herauszufinden. Jud sagte nichts mehr, sondern sah ihn nur mit seinen unergründlichen Altmänneraugen an.

»Gute Nacht, Jud«, sagte Louis.

»Gute Nacht.«

Der alte Mann überquerte mit Schaufel und Hacke die Straße.

»Danke!« rief ihm Louis impulsiv nach.

Jud drehte sich nicht um; er hob lediglich die Hand zum Zeichen, daß er es gehört hatte.

Im Haus begann plötzlich das Telefon zu läuten.

Louis rannte, stöhnend vor Schmerzen, die in seinen Oberschen-

keln und in seinem Rücken aufflackerten; doch als er in der warmen Küche ankam, hatte das Telefon bereits sechs- oder siebenmal geläutet. Es hörte im gleichen Augenblick auf, als er die Hand darauf legte. Er nahm den Hörer trotzdem ab und sagte hallo, hörte aber nur das Freizeichen.
Das war Rachel, dachte er. *Ich muß zurückrufen.*

Aber plötzlich erschien es ihm viel zu mühsam, die Nummer zu wählen, einen unbeholfenen Tanz mit ihrer Mutter aufzuführen – oder, noch schlimmer, ihrem scheckbuchschwenkenden Vater –, um dann an Rachel weitergegeben zu werden – und an Ellie. Ellie würde natürlich noch wach sein; in Chicago war es eine Stunde früher. Ellie würde ihn fragen, wie es Church ging.

Großartig geht es ihm. Wurde von einem Orinco-Laster überfahren. Irgendwie bin ich völlig sicher, daß es ein Orinco-Laster war. Wäre es anders, wo bliebe dann die dramatische Konsequenz – wenn du verstehst, was ich meine? Du verstehst es nicht? Macht nichts. Der Laster tötete ihn, aber es war kaum etwas zu sehen. Jud und ich haben ihn oben auf dem alten Begräbnisplatz der Micmac begraben – eine Art Anhang zum Tierfriedhof, du verstehst? Ein toller Spaziergang, Kleines. Bei Gelegenheit nehme ich dich mit dort hinauf, und dann legen wir Blumen neben seine Gedenktafel – entschuldige, sein Grabmal. Natürlich erst, wenn der Schwimmsand gefroren ist und die Bären sich zum Winterschlaf verkrochen haben.

Er legte den Hörer auf, trat an die Spüle und füllte das Becken mit heißem Wasser. Er zog das Hemd aus und wusch sich. Trotz der Kälte hatte er geschwitzt wie ein Schwein, und genau so roch er auch.

Im Kühlschrank war noch ein Rest Hackbraten. Louis schnitt ihn in Scheiben, legte sie auf eine Scheibe Vollkornbrot und packte zwei dicke Ringe Bermudazwiebeln darauf. Er betrachtete es einen Augenblick, dann übergoß er das ganze mit Ketchup und legte eine weitere Scheibe Brot darüber. Wenn Rachel und Ellie dagewesen wären, hätten beide angewidert die Nase gerümpft – igitt, wie scheußlich.

Ja, das ist Ihnen leider entgangen, meine Damen, dachte Louis mit nicht zu leugnender Befriedigung und schlang sein Sandwich hinunter. Es schmeckte großartig. *Konfuzius sagt, wer wie ein Schwein riecht, frißt wie ein Wolf,* dachte er und lächelte. Er spülte das Sandwich mit mehreren Schlucken Milch direkt aus der Packung hinunter – auch eine Angewohnheit, auf die Rachel mit heftigem Stirnrunzeln reagierte; dann ging er nach oben, zog sich aus und fiel ins Bett, ohne sich die Zähne zu putzen. Die Schmerzen waren zu einem leisen Pochen abgeklungen, das fast tröstlich war.

Seine Uhr war da, wo er sie hingelegt hatte, und er warf einen Blick darauf. Zehn Minuten vor neun. Es war kaum zu glauben.

Louis löschte das Licht, drehte sich auf die Seite und schlief. Irgendwann nach drei wachte er auf und schlurfte ins Badezimmer. Als er da stand und urinierte, halb geblendet in das helle, fluoreszierende Licht blinzelnd, kam er plötzlich auf den Widerspruch, und seine Augen weiteten sich – es war, als wären zwei Teile von etwas, das eigentlich hätte zusammenpassen müssen, deutlich hörbar gegeneinandergestoßen.

Heute abend hatte Jud ihm erzählt, sein Hund wäre gestorben, als er zehn war – an einer Infektion gestorben, nachdem er in ein Knäuel rostigen Stacheldraht geraten war. Aber an jenem Spätsommertag, an dem sie alle zusammen zum Tierfriedhof hinaufgewandert waren, hatte Jud gesagt, sein Hund wäre an Altersschwäche gestorben und hier begraben – er hatte ihnen sogar die Gedenktafel gezeigt, obwohl die Jahre die Inschrift ausgelöscht hatten.

Louis ließ die Spülung rauschen, löschte das Licht und kehrte ins Bett zurück. Noch etwas anderes stimmte nicht – und einen Augenblick später hatte er es. Jud war mit dem Jahrhundert geboren, und an jenem Tag auf dem Tierfriedhof hatte er Louis erzählt, sein Hund wäre zu Beginn des Ersten Weltkriegs gestorben. Das würde bedeuten, daß Jud vierzehn gewesen war, wenn er den Kriegsausbruch in Europa meinte, oder siebzehn, bezogen auf das Jahr, in dem Amerika in den Krieg eingetreten war.

Aber heute abend hatte er gesagt, Spot wäre gestorben, als er zehn war.

Nun, er ist ein alter Mann, und die Erinnerung von alten Männern ist gelegentlich etwas verworren, dachte Louis unbehaglich. *Er sagte selbst, er würde allmählich immer vergeßlicher – suchte nach Namen und Adressen, die er früher parat gehabt hätte, stünde gelegentlich am Morgen auf und wüßte nicht mehr, was er sich am Abend zuvor an Arbeiten vorgenommen hätte. Für einen Mann seines Alters ist er noch verdammt gut beieinander... Senilität ist in Juds Fall wahrscheinlich ein zu starkes Wort; Vergeßlichkeit wäre besser, genauer. Kaum verwunderlich, daß ein Mann vergißt, wann ein Hund vor mehr als siebzig Jahren gestorben ist. Oder die Umstände, unter denen er starb. Vergiß es, Louis.*

Aber er konnte nicht gleich wieder einschlafen; er lag lange wach und war sich des leeren Hauses und des Windes, der draußen ums Dachgesims heulte, nur allzu bewußt.

Irgendwann schlief er ein, ohne recht zu merken, daß er in den Schlaf hinüberglitt; es mußte so sein, denn als er einschlief, war ihm, als hörte er nackte Füße die Treppe heraufsteigen, und er dachte: *Laß mich in Ruhe, Pascow, laß mich in Ruhe, was geschehen ist, ist geschehen, und was tot ist, ist tot* – und die Schritte verklangen.

Und obwohl sich eine ganze Reihe von unerklärlichen Dingen

ereignete, während das Jahr seinem Ende zuging, wurde Louis niemals wieder von Pascows Geist heimgesucht, weder im Wachen noch im Traum.

23

Am nächsten Morgen wachte er gegen neun auf. Durch die Ostfenster des Schlafzimmers fiel heller Sonnenschein herein. Das Telefon läutete. Louis langte hinüber und ergriff den Hörer. »Hallo?«
»Hi«, sagte Rachel. »Habe ich dich geweckt? Ich hoffe es.«
»Du hast mich geweckt, du Biest«, sagte er lächelnd.
»Was für unfreundliche Worte am frühen Morgen, du böser alter Bär«, sagte sie. »Ich habe gestern abend schon versucht, dich anzurufen. Warst du drüben bei Jud?«
Er zögerte nur den Bruchteil einer Sekunde.
»Ja«, sagte er. »Wir haben ein paar Bier getrunken. Norma war bei irgendeinem Thanksgiving-Essen. Ich dachte daran, dich anzurufen, aber – du weißt ja, wie das geht.«
Sie unterhielten sich eine Weile. Rachel erzählte von ihren Eltern, worauf er gern verzichtet hätte, obwohl ihm die Neuigkeit, daß sich die kahle Stelle auf dem Kopf ihres Vaters jetzt schneller zu vergrößern schien, eine Spur niederträchtiger Genugtuung bereitete.
»Möchtest du mit Gage sprechen?« fragte Rachel.
Louis grinste. »Ja, laß ihn ran«, sagte er. »Aber paß auf, daß er nicht wieder den Hörer auflegt wie beim letzten Mal.«
Einige Unruhe am anderen Ende. Undeutlich hörte er, wie Rachel den Jungen dazu zu bringen versuchte, Hi, Daddy zu sagen.
Endlich sagte Gage: »Hi, Day-iii.«
»Hi, Gage«, sagte Louis fröhlich. »Wie geht es dir? Was hast du angestellt? Hast du Grandpas Pfeifenständer wieder umgeworfen? Ich hoffe es. Vielleicht kannst du diesmal sogar seine Briefmarkensammlung durcheinanderbringen.«
Gage plapperte etwa dreißig Sekunden lang vor sich hin und streute dabei in sein Kollern und Grunzen ein paar erkennbare Worte aus seinem wachsenden Vokabular ein – Mommy, Ellie, Grandma, Grandpa, Auto, Laster und Scheiße.
Endlich nahm Rachel Gage den Hörer aus der Hand, worauf er mit Protestgeschrei reagierte, aber Louis war ein wenig erleichtert – er liebte seinen Sohn und vermißte ihn sehr, aber ein Telefongespräch mit einem noch nicht ganz Zweijährigen hatte etwas von

einer Partie Cribbage mit einem Irren an sich – die Karten flogen in alle Richtungen, und manchmal wußte man nicht, ob man vorwärts oder rückwärts zählte.

»Und wie geht es dir?« fragte Rachel.

»Danke, gut«, sagte Louis, jetzt ohne jedes Zögern – aber im Bewußtsein, eine Linie überschritten zu haben, als Rachel ihn gefragt hatte, ob er am vergangenen Abend zu Jud hinübergegangen wäre, und er gesagt hatte, er hätte es getan. In Gedanken hörte er plötzlich Jud Crandall sagen: *Der Acker im Herzen eines Mannes ist steiniger, Louis . . . Ein Mann bestellt ihn – und läßt darauf wachsen, was er kann.* »Ein bißchen öde, wenn du es genau wissen willst. Du fehlst mir.«

»Willst du damit sagen, daß du deine Ferien von Weib und Kindern nicht genießt?«

»Ich genieße die Ruhe«, gab er zu. »Aber nach ungefähr vierundzwanzig Stunden kommt sie einem komisch vor.«

»Kann ich mit Daddy sprechen?« Das war Ellies Stimme im Hintergrund.

»Louis? Hier ist Ellie.«

»Okay, laß sie ran.«

Er unterhielt sich fast fünf Minuten mit Ellie. Sie erzählte von der Puppe, die ihre Großmutter ihr geschenkt hatte, von dem Ausflug zum Viehhof, den sie mit ihrem Großvater unternommen hatte (»Die stinken vielleicht, Daddy«, sagte Ellie, und Louis dachte, *Dein Großvater ist auch keine Rose, Kleines*), wie sie beim Brotbacken geholfen hatte, wie Gage davongelaufen war, während Rachel ihn umzog. Gage war den Korridor entlanggelaufen und hatte genau auf der Schwelle von Grandpas Arbeitszimmer einen Wind fahren lassen. (*Bravo, Gage,* dachte Louis und grinste von einem Ohr zum anderen.)

Er dachte tatsächlich, er käme davon – zumindest an diesem Morgen – und wollte Ellie gerade sagen, sie solle ihre Mutter noch einmal heranlassen, damit er sich von ihr verabschieden könnte, als Ellie fragte: »Wie geht es Church, Daddy? Vermißt er mich?«

Das Lächeln verschwand von Louis' Mund, aber er antwortete sofort und genau im richtigen Ton ungezwungener Beiläufigkeit: »Gut, denke ich. Gestern abend habe ich ihm den Rest Schmorbraten gegeben und ihn dann vor die Tür gesetzt. Heute morgen habe ich ihn noch nicht gesehen, aber ich bin eben erst aufgewacht.«

Bei Gott, er hätte einen großartigen Mörder abgegeben – kalt wie eine Hundeschnauze. Dr. Creed, wann haben Sie den Toten zuletzt gesehen? Er kam zum Abendessen und verleibte sich eine Portion Schmorbraten ein. Seither habe ich ihn nicht wiedergesehen.

»Gib ihm einen Kuß von mir.«
»Gitt, küß deinen Kater gefälligst selbst«, sagte Louis, und Ellie kicherte.
»Willst du Mommy noch einmal sprechen, Daddy?«
»Sicher doch. Laß sie ran.«
Dann war es überstanden. Er unterhielt sich noch ein paar Minuten mit Rachel. Das Thema Church kam nicht wieder zur Sprache. Er und seine Frau erklärten sich gegenseitig, daß sie sich liebten, und dann legte Louis auf.
»Das war es«, sagte er zu dem leeren, sonnigen Zimmer, und das Schlimmste daran war vielleicht, daß er sich nicht schlecht vorkam und keine Spur von Schuldbewußtsein empfand.

24

Gegen halb zehn rief Steve Masterton an und fragte, ob Louis Lust hätte, zur Universität zu kommen und ein bißchen Hallentennis zu spielen – der Campus wäre leer, erklärte er vergnügt, und sie könnten den ganzen Tag spielen, wenn sie wollten.
Louis konnte das Vergnügen verstehen – während der Vorlesungszeit war die Warteliste für die Halle manchmal zwei Tage lang –, aber er lehnte trotzdem ab und erklärte Steve, er müßte an seinem Artikel für das *Magazine of College Medicine* weiterarbeiten.
»Wirklich?« fragte Steve. »Vom vielen Arbeiten wird man nur trübsinnig, Louis.«
»Rufen Sie später noch einmal an«, sagte Louis. »Vielleicht habe ich dann Lust.«
Steve sagte, das würde er tun. Diesmal hatte Louis nur zur Hälfte gelogen; er hatte tatsächlich vor, an seinem Artikel zu arbeiten, in dem es um die Behandlung von Infektionskrankheiten wie Windpocken und Virus-Angina in Krankenstationen ging, aber der Hauptgrund dafür, daß er Steves Vorschlag abgelehnt hatte, war der, daß ihm alle Knochen und Muskeln wehtaten. Er hatte es gespürt, als er nach dem Gespräch mit Rachel ins Badezimmer ging, um sich die Zähne zu putzen. Seine Rückenmuskeln ächzten und knirschten, die Schultern waren verkrampft vom Tragen des Katers in diesem verdammten Müllsack, und die Kniesehnen fühlten sich an wie drei Oktaven zu hoch gestimmte Gitarrensaiten. *Großer Gott,* dachte er, *und du Idiot hast dir eingebildet, halbwegs in Form zu sein.* Er hätte einen hübschen Anblick geboten, wenn er mit Steve Hallentennis gespielt und sich dabei bewegt hätte wie ein arthritischer Greis.

Doch was hieß hier »Greis«? Schließlich hatte er diese Wanderung in die Wälder am vorigen Abend nicht allein unternommen, sondern in Begleitung eines Mannes, der auf die Fünfundachtzig zuging. Er fragte sich, ob Jud auch so einen Muskelkater hatte wie er an diesem Morgen.

Er verbrachte anderthalb Stunden über seinem Artikel, kam aber nicht recht voran. Die Leere und die Stille begannen ihn nervös zu machen; schließlich legte er das gelbe Konzeptpapier und die Kopien, die er sich von der Johns Hopkins-Universität hatte schicken lassen, auf das Bord über seiner Schreibmaschine, zog seinen Parka an und überquerte die Straße.

Jud und Norma waren nicht da, aber an der Verandatür steckte ein Briefumschlag, der seinen Namen trug. Er holte ihn herunter und riß ihn mit dem Daumen auf.

Louis,
die Missus und ich sind nach Bucksport gefahren, um Einkäufe zu machen und uns im Emporium Galorium eine Eichenkommode anzusehen, auf die sie, wie es scheint, schon vor hundert Jahren ein Auge geworfen hat. Wahrscheinlich essen wir bei McLeods und sind am Spätnachmittag zurück. Kommen Sie am Abend auf ein Bier herüber, wenn Sie Lust haben.

Ihre Familie ist Ihre Familie, und ich will Ihnen da nicht hineinreden – aber wenn Ellie meine Tochter wäre, hätte ich es nicht so eilig, ihr zu erzählen, daß ihr Kater überfahren wurde. Lassen Sie sie ihre Ferien genießen.

Nebenbei, Louis – ich würde an Ihrer Stelle auch nicht über das sprechen, was wir gestern abend getan haben, jedenfalls nicht in der Gegend um North Ludlow. Es gibt noch andere Leute, die den alten Begräbnisplatz der Micmac kennen, und es gibt Leute in der Stadt, die ihre Tiere dort begraben haben. Man könnte sagen, es ist ein Teil vom Tierfriedhof. Ob Sie es glauben oder nicht, dort oben liegt sogar ein Bulle begraben! Der alte Lester Morgan, der draußen an der Stackpole Road wohnte, hat 1967 oder '68 seinen Preisbullen Hanratty auf dem Begräbnisplatz der Micmac begraben. Er hat mir erzählt, er und seine beiden Söhne hätten den Bullen dort hinaufgeschleppt, und ich habe gelacht, bis ich dachte, ich platze! Aber die Leute hier reden nicht gern darüber. Sie schätzen es nicht, wenn Leute, die sie für »Außenseiter« halten, davon wissen – nicht, weil einige dieser abergläubischen Ideen mehr als dreihundert Jahre zurückreichen (was sie tatsächlich tun), sondern weil sie irgendwie an diese abergläubischen Ideen glauben und meinen, ein Außenseiter, der das weiß, würde sie auslachen. Klingt das vernünftig? Ich glaube nicht, aber so liegen die Dinge nun einmal. Also tun Sie mir den Gefallen und reden Sie nicht darüber.

Wir können uns weiter über dieses Thema unterhalten, vielleicht heute abend, und dann werden Sie es besser verstehen. Fürs erste wollte ich Ihnen sagen, daß Sie sich gut gehalten haben. Aber das wußte ich schon vorher. –

PS. Norma weiß nicht, was in diesem Brief steht – ich habe ihr etwas anderes erzählt –, und wenn es Ihnen nichts ausmacht, würde ich es gern dabei belassen. In den achtundfünfzig Jahren, die wir verheiratet sind, habe ich ihr schon mehr als eine Lüge erzählt, und ich glaube, die meisten Männer erzählen ihren Frauen einen Haufen Lügen, aber wie Sie wissen, könnten die meisten von ihnen vor Gott treten und sie eingestehen, ohne beschämt den Blick zu senken.
Also kommen Sie heute abend herüber, damit wir uns einen hinter die Binde gießen können.   *J.*

Louis stand auf der obersten Stufe zu Juds und Normas Veranda – sie war jetzt leer, die bequemen Rattanstühle waren bis zum nächsten Frühjahr weggepackt worden – und dachte über den Brief nach. Er sollte Ellie nicht erzählen, daß Church überfahren wurde – gut, er hatte es nicht getan. Aber andere Tiere, die dort begraben waren? Abergläubische Ideen, die dreihundert Jahre zurückreichten?
... und dann werden Sie es besser verstehen.
Er legte den Finger leicht auf diese Zeile und gestattete seinen Gedanken zum ersten Mal bewußt, zu dem zurückzukehren, was sie am Abend zuvor getan hatten. Es war in seiner Erinnerung verschwommen wie schmelzende Zuckerwatte, wie die Erinnerung an Träume oder an Dinge, die man unter einem leichten Drogennebel getan hat. Er konnte sich daran erinnern, daß sie über das Totholz gestiegen waren, an die seltsame Helligkeit im Sumpf und daran, daß es ihm dort vier oder fünf Grad wärmer vorgekommen war –, aber das Ganze kam ihm vor wie eine Unterhaltung mit einem Anästhesisten, bevor er einen ausschaltet wie ein Licht.
... und ich glaube, die meisten Männer erzählen ihren Frauen einen Haufen Lügen ...
Ihren Frauen und ihren Töchtern, dachte Louis – aber es hatte etwas Gespenstisches, wie Jud zu wissen schien, was heute morgen vorgegangen war, sowohl am Telefon als auch in seinem Kopf.
Langsam faltete er den Brief wieder zusammen, der auf ein Blatt liniertem Papier wie aus dem Heft eines Schulanfängers geschrieben war, und schob ihn wieder in den Umschlag. Dann steckte er den Umschlag in die Hüfttasche und ging wieder über die Straße.

25

Es war gegen ein Uhr mittags, als Church zurückkehrte. Louis war in der Garage, wo er in den letzten sechs Wochen dann und wann an einem ziemlich komplizierten Regal gearbeitet hatte; es sollte all das gefährliche Zeug, das in der Garage herumstand – Flaschen mit Scheibenreiniger, Frostschutzmittel und scharfe Werkzeuge – aufnehmen und außer Gages Reichweite bringen. Er schlug gerade einen Nagel ein, als Church mit hoch erhobenem Schwanz hereinkam. Louis ließ den Hammer nicht fallen und schlug sich auch nicht auf den Daumen – sein Herz bewegte sich in seiner Brust, machte aber keinen Satz; in seinem Magen schien einen Augenblick lang ein heißer Draht zu glühen, der sofort wieder abkühlte – wie der Leuchtfaden in einer Glühbirne, der einen Moment lang überhell leuchtet und dann durchbrennt. Ihm war, so meinte er später, als hätte er den ganzen sonnigen Morgen nach Thanksgiving nur darauf gewartet, daß Church zurückkehrte; als hätte ein entlegener, primitiverer Teil seines Verstandes schon immer gewußt, was die nächtliche Wanderung zum Begräbnisplatz der Micmac zu bedeuten hatte.

Er legte den Hammer behutsam nieder, spie die Nägel, die er im Mund gehalten hatte, in seine Handfläche zurück und ließ sie in die Tasche seiner Arbeitsschürze fallen. Dann trat er zu Church und hob ihn auf.

Lebendgewicht, dachte er in einer Art angewiderter Erregung. *Er wiegt, was er gewogen hat, bevor er überfahren wurde. Das ist Lebendgewicht. Im Sack war er schwerer. Er war schwerer, als er tot war.*

Diesmal machte sein Herz eine stärkere Bewegung – fast einen Sprung –, und für einen Moment schien die Garage vor seinen Augen zu verschwimmen.

Church legte die Ohren zurück und gestattete, daß Louis ihn auf dem Arm hielt. Er trug ihn in den Sonnenschein hinaus und setzte sich auf die Hinterstufen. Jetzt versuchte der Kater zu entkommen, aber Louis streichelte ihn und hielt ihn auf seinem Schoß fest. Jetzt schien sein Herz sich regelmäßig zu bewegen.

Er tastete sanft in die dicke Fellkrause um Churchs Hals, weil ihm einfiel, wie widerlich knochenlos Churchs Kopf sich am vergangenen Abend über dem gebrochenen Genick bewegt hatte. Er fühlte nichts als straffe Muskeln und Sehnen. Dann hob er Church hoch und betrachtete sein Maul genauer. Was er dort sah, veranlaßte ihn, den Kater schnell auf den Rasen zu setzen, die Augen zu schließen und eine Hand vors Gesicht zu schlagen. Die ganze Welt um ihn verschwamm, und sein Kopf war erfüllt von einem zittrigen, übelkeiterregenden Schwindelgefühl – einem Gefühl, das er vom bitteren Ende langer Sauftouren her kannte, kurz bevor das Erbrechen einsetzte.

An Churchs Maul klebte getrocknetes Blut, und an seinen langen Schnurrhaaren hingen zwei winzige Fetzen von grünem Kunststoff. Fetzen vom Müllbeutel. *Wir können uns weiter über dieses Thema unterhalten, und dann werden Sie es besser verstehen...* Oh Gott, er verstand schon jetzt weit mehr, als ihm lieb war. *Wenn das so weitergeht,* dachte Louis, *dann verstehe ich so viel, daß ich für die nächste Irrenanstalt reif bin.*

Er ließ Church ins Haus, holte seinen blauen Napf und öffnete eine Dose Katzenfutter mit Thunfisch und Leber. Während er das graubraune Zeug aus der Dose löffelte, rieb sich Church schnurrend an Louis' Knöcheln. Die Berührung bewirkte, daß er eine Gänsehaut bekam; er mußte die Zähne zusammenbeißen, um Church keinen Fußtritt zu versetzen. Das Fell seiner Flanken fühlte sich irgendwie zu glatt an, zu dicht – mit einem Wort, ekelerregend. Am liebsten würde er Church nie wieder berühren.

Als er sich bückte und den Napf auf den Fußboden setzte, strich Church an ihm vorbei, um zum Napf zu gelangen, und Louis hätte schwören können, daß er saures Erdreich roch – als wäre es ins Fell des Katers eingerieben.

Er trat zurück und sah zu, wie der Kater fraß. Er hörte ihn schmatzen – hatte Church früher beim Fressen auch so geschmatzt? Vielleicht hatte er es getan, und Louis hatte nur nicht darauf geachtet. Jedenfalls war es ein unangenehmes Geräusch. *Widerlich,* hätte Ellie gesagt.

Unvermittelt wendete er sich ab und ging nach oben, anfangs langsam, aber auf dem oberen Korridor rannte er fast. Er zog sich aus, warf seine Kleider in den Wäscheschacht, obwohl er einschließlich der Unterwäsche am Morgen alles frisch angezogen hatte. Er ließ sich ein Bad ein, so heiß, wie er es gerade aushalten konnte, und stieg hinein. Um ihn herum stieg Dampf auf, und er spürte, wie das heiße Wasser seine Muskeln lockerte. Auch seinen Kopf schien das Bad zu lockern. Als das Wasser abzukühlen begann, fühlte er sich halbwegs wieder in Ordnung. *Der Kater ist eben zurückgekommen. Kein Grund zur Aufregung.*

Alles war nur ein Irrtum gewesen. War ihm nicht gestern abend selbst der Gedanke gekommen, daß Church für ein Tier, das von einem Auto angefahren worden war, erstaunlich heil und unverletzt aussah?

Denk an all die Waldmurmeltiere und Katzen und Hunde, die du unterwegs auf den Straßen gesehen hast, dachte er, *mit zermalmtem Körper*

und heraushängenden Eingeweiden. *Tech-ni-co-lor, wie es in Loudon Wainwrights Lied vom toten Skunk heißt.*
Alles war völlig eindeutig. Church war so hart getroffen worden, daß er betäubt war. Der Kater, den er zu Juds altem Begräbnisplatz hinaufgetragen hatte, war bewußtlos gewesen, nicht tot. Hieß es nicht, Katzen hätten neun Leben? Wie gut, daß er Ellie nichts davon gesagt hatte. Sie brauchte nicht zu wissen, wie knapp Church davongekommen war.
Das Blut auf seinem Maul und auf seiner Brust . . . die Art, wie sich sein Kopf drehen ließ . . .
Er war zwar Arzt, aber kein Tierarzt. Seine Diagnose war falsch gewesen, das war alles. Die Umstände waren alles andere als günstig gewesen, als er da auf Juds Rasen hockte, bei fast dreißig Grad unter Null und kaum noch Tageslicht. Das mochte . . .

Ein aufgeblähter, entstellter Schatten stieg an der gekachelten Badezimmerwand empor wie der Kopf eines kleinen Drachens oder einer riesigen Schlange; etwas berührte leicht seine nackte Schulter und glitt ab. Louis fuhr hoch, wie von einem elektrischen Schlag getroffen; Wasser platschte aus der Wanne und durchnäßte die Bademate. Er drehte sich um, fuhr zurück und starrte in die trüben, gelbgrünen Augen des Katers seiner Tochter, der auf dem heruntergeklappten Toilettensitz hockte.

Church schwankte langsam vor und zurück, als wäre er betrunken. Louis betrachtete ihn mit einem Abscheu, der ihn ganz erfüllte, und nur die zusammengebissenen Zähne hinderten ihn, laut zu schreien. Church hatte nie so ausgesehen. Er hatte nie *geschwankt* wie eine Schlange, die versucht, ihre Beute zu hypnotisieren – weder bevor er kastriert wurde, noch danach. Zum ersten und zum letzten Mal spielte er mit der Idee, daß dies ein anderer Kater war, einer, der nur so aussah wie Church, ein Kater, der zufällig in die Garage kam, als er dort das Regal baute, und daß der echte Church nach wie vor unter einem Steinhaufen auf dem Plateau in den Wäldern begraben lag. Aber die Zeichnung war die gleiche – und das eine zerfetzte Ohr – und die Pfote, die wie angebissen aussah. Ellie hatte diese Pfote in der Hintertür ihres Vorstadthäuschens in Chicago eingeklemmt, als Church noch ganz jung war.

Es war Church.

»Verschwinde«, flüsterte Louis heiser.

Church starrte ihn einen Augenblick an – auch seine Augen hatten sich verändert, irgendwie hatten sie sich verändert –, und sprang dann vom Toilettensitz herunter. Er landete ohne die erstaunliche Anmut, die Katzen sonst an den Tag legen. Er torkelte unsicher, prallte mit den Lenden gegen die Wanne und verschwand.

Louis stieg aus dem Wasser und trocknete sich hastig ab. Er war rasiert und fast fertig angezogen, als das Läuten des Telefons durch das leere Haus schrillte. Als er es hörte, fuhr Louis herum, die Augen geweitet, die Hände erhoben. Er senkte sie langsam. Sein Herz raste, seine Muskeln spürten den Adrenalinstoß.

Es war Steve Masterton, der noch einmal an das Hallentennis erinnerte; Louis versprach, sich in einer Stunde mit ihm im Memorial Gym zu treffen. Im Grunde hatte er nicht die Zeit dazu, und Hallentennis war das letzte in der Welt, wozu er sich aufgelegt fühlte, aber er mußte hier heraus. Er wollte fort von dem Kater, diesem unheimlichen Kater, der hier überhaupt nichts zu suchen hatte.

Er beeilte sich, stopfte sein Hemd in die Hose, steckte Shorts, ein T-Shirt und ein Handtuch in einen Beutel und eilte die Treppe hinab.

Church lag auf der viertuntersten Stufe. Louis stieg über ihn hinweg und wäre fast gefallen. Er bekam das Geländer zu fassen und entging mit knapper Not einem Sturz, der sehr unangenehm hätte sein können.

Er stand am Fuß der Treppe, atmete stoßweise, fühlte, wie sein Herz raste und das Adrenalin unangenehm durch seinen Körper peitschte.

Louis ging. Er hätte den Kater vor die Tür setzen sollen, das war ihm klar, aber er tat es nicht. In diesem Augenblick glaubte er nicht, daß er sich jemals wieder überwinden könnte, das Tier anzufassen.

26

Jud zündete sich eine Zigarette mit einem Küchenstreichholz an, schüttelte es aus und warf den Rest in einen Zinnaschenbecher mit einer kaum noch lesbaren Reklameaufschrift.

»Ja, es war Stanny Bouchard, der mir von dem Ort erzählte.« Er hielt nachdenklich inne.

Sie saßen in Juds Küche. Kaum angerührte Gläser mit Bier standen auf dem karierten Wachstuch, das den Küchentisch bedeckte. Das Heizöl in einem hinter ihnen an der Wand befestigten Behälter gluckste dreimal ganz bedächtig und war dann still. Louis hatte mit Steve im fast völlig menschenleeren Bear's Den ein paar Sandwiches gegessen. Seit er etwas im Magen hatte, hatte Louis das Gefühl, besser für Churchs Rückkehr gewappnet zu sein, die Dinge in ihrem richtigen Verhältnis sehen zu können; dennoch war er nicht darauf erpicht, in sein dunkles, leeres Haus zurückzukehren, in dem der Kater – machen wir uns nichts vor – überall sein konnte, wo man ihn nicht vermutete.

Norma saß eine Weile bei ihnen, sah fern und stickte an einem Kissenbezug, auf dem die Sonne hinter einer kleinen Dorfkirche unterging. Das Kreuz auf dem Firstbalken stand schwarz vor der untergehenden Sonne. Etwas, das man beim Kirchenbasar in der Woche vor Weihnachten verkaufen konnte. Das war immer ein großes Ereignis. Ihre Finger bewegten sich recht gut, schoben die Nadel durch den Stoff, zogen sie von der Unterseite des Stickrahmens wieder herauf. Ihre Arthritis war ihr heute kaum anzumerken. Vielleicht lag es am Wetter, dachte Louis, das kalt, aber sehr trocken war. Sie hatte sich gut von ihrem Herzanfall erholt; und an diesem Abend, kaum zehn Wochen vor ihrem Tod durch einen Gehirnschlag, fand er, daß sie weniger mitgenommen und regelrecht jünger aussah. An diesem Abend konnte er sich das Mädchen vorstellen, das sie einmal gewesen war.

Viertel vor zehn hatte sie »Gute Nacht« gesagt, und nun saß er hier mit Jud, der verstummt war und nur zuzusehen schien, wie sein Zigarettenrauch in der stillen Luft auf- und abwogte.

»Stanny B.«, erinnerte Louis ihn leise.

Jud blinzelte und schien wieder zu sich selbst zurückzufinden. »Ach ja«, sagte er. »Alle Leute in Ludlow – und wahrscheinlich auch in der Umgebung von Bucksport und Prospect und Orrington – nannten ihn nur Stanny B. Damals, als mein Hund Spot starb – 1910 meine ich, als er zum *ersten* Mal starb –, war Stanny schon ein alter Mann und mehr als nur ein bißchen verrückt. Es gab noch andere Leute hier in der Gegend, die den alten Begräbnisplatz der Micmac kannten. Aber ich erfuhr durch Stanny B. davon, und er wußte es von seinem Vater und seinem Großvater. Das war vielleicht eine Familie – Frankokanadier, wie sie im Buche stehen.«

Jud lachte und trank einen Schluck Bier.

»Ich höre ihn heute noch in seinem gebrochenen Englisch reden. Er fand mich hinter dem Mietstall, der früher an der Route 15 stand – damals war es einfach die Straße von Bangor nach Bucksport –, ungefähr dort, wo heute die Orinco-Fabrik steht. Spot war nicht tot, aber er starb, und mein Vater hatte mich weggeschickt, Hühnerfutter holen, das damals der alte Yorky verkaufte. Wir brauchten so wenig Hühnerfutter, wie eine Kuh eine Schultafel braucht, aber ich wußte, warum er mich dorthin geschickt hatte.«

»Er wollte den Hund töten?«

»Er wußte, wie ich an Spot hing, und deshalb schickte er mich fort, damit er es tun konnte. Ich kümmerte mich um das Hühnerfutter, und während der alte Yorky es für mich zurechtmachte, ging ich hinters Haus, setzte mich auf den alten Mühlstein, der früher dort war, und heulte.«

Immer noch ein wenig lächelnd, schüttelte Jud langsam und sanft den Kopf.

»Und da kam Stanny B. vorbei«, sagte er. »Die Hälfte der Leute in der Stadt hielt ihn für einen Spinner, die andere Hälfte meinte, er könnte gefährlich werden. Sein Großvater war ein großer Pelzjäger und -händler, in den Jahren nach 1800. Stannys Großvater fuhr damals die ganze Strecke von Maritimes bis nach Bangor und Derry, manchmal sogar noch weiter südlich bis Skowhegan, um Felle zu kaufen, jedenfalls erzählte man sich das. Er fuhr einen großen Planwagen, der mit Streifen von ungegerbten Fellen bezogen und überall mit Kreuzen bemalt war, denn er war ein guter Christ und predigte, wenn er betrunken genug war, über die Auferstehung – jedenfalls erzählte das Stanny B.; er redete gern über seinen Großvater. Der Wagen war aber auch mit indianischen Zeichen bemalt, weil er glaubte, alle Indianer, einerlei, zu welchem Stamm sie gehörten, wären Angehörige eines großen Stammes – des verlorenen Stammes Israel, von dem in der Bibel die Rede ist. Er glaubte fest daran, daß alle Indianer in die Hölle kämen, aber ihre Magie wirkte trotzdem, weil sie auf irgendeine merkwürdige, verdammte Art trotzdem Christen wären.

Stannys Großvater kaufte von den Micmac und machte auch dann noch gute Geschäfte mit ihnen, als die meisten anderen Jäger und Händler schon nach Westen gezogen waren, weil er sie anständig bezahlte. Außerdem kannte er, wie Stanny sagte, die ganze Bibel auswendig, und die Micmac liebten es, die Worte zu hören, die sie in den Jahren, bevor die Soldaten und die Holzfäller kamen, von den Schwarzröcken gehört hatten.«

Er verstummte. Louis wartete.

»Die Micmac erzählten Stanny B.'s Großvater von dem Begräbnisplatz, den sie nicht mehr benutzten, weil der Wendigo den Boden hatte sauer werden lassen, vom Moor der Kleinen Götter und den Stufen und allem anderen.

Die Geschichte vom Wendigo, das war etwas, das man damals überall im Norden hören konnte. Es war eine Geschichte, die sie vermutlich ebenso brauchten wie manche von unseren christlichen Geschichten. Wenn Norma das hörte, würde sie mir vorwerfen, ich lästerte, aber irgendwie trifft es schon zu. Manchmal, wenn der Winter lang und hart war und das Essen knapp, gab es Indianer von den nördlichen Stämmen, denen schließlich nichts anderes übrig blieb, als den verrufenen Ort aufzusuchen, um dort zu verhungern – oder etwas anderes zu tun.«

»Kannibalismus?«

Jud zuckte die Achseln. »Kann sein. Vielleicht wählten sie jemanden aus, der alt und verbraucht war, und dann hatten sie eine Zeitlang Fleisch. Und die Geschichte, die sie sich dazu ausgedacht hatten, war die, daß der Wendigo durch ihr Dorf oder ihr Lager gewandert war, während sie schliefen, und sie berührt hatte. Und es hieß, der Wendigo machte denen, die er berührte, Appetit auf das Fleisch ihrer eigenen Art.«

Louis nickte. »Sie sagten also einfach, der Teufel hätte sie dazu verleitet.«

»So ist es. Ich vermute, daß auch die Micmac hier in der Gegend irgendwann dazu gezwungen waren und daß sie die Knochen der Leute, die sie verzehrt hatten – ein oder zwei, vielleicht auch zehn oder ein Dutzend –, auf ihrem Begräbnisplatz verscharrten.«

»Und dann behaupteten, der Boden wäre sauer geworden«, murmelte Louis.

»Da kommt also Stanny B. an die Rückseite des Mietstalls, wahrscheinlich, um seine Flasche zu holen«, sagte Jud. »Er war schon nicht mehr ganz dicht. Sein Großvater hatte vielleicht eine Million Dollars, als er starb – jedenfalls erzählte man sich das –, und Stanny B. war nur noch der Lumpensammler der Stadt. Er fragte, was los wäre, und ich erzählte es ihm. Er sah, daß ich geheult hatte, und sagte, es gäbe eine Möglichkeit, die Sache in Ordnung zu bringen, wenn ich tapfer wäre und ganz sicher, daß ich wollte, daß die Sache in Ordnung käme.

Ich sagte, ich würde alles dafür hergeben, daß Spot wieder gesund würde, und fragte ihn, ob er einen Tierarzt wüßte, der das könnte. ›Ich weiß nichts von einem Tierarzt‹, sagte Stanny, ›aber ich weiß, wie dein Hund wieder in Ordnung kommt. Du gehst jetzt nach Hause und bittest deinen Dad, daß er den Hund in einen Hafersack steckt, aber du begräbst ihn nicht. Verstanden? Du bringst ihn hinauf zum Tierfriedhof und legst ihn da neben dem großen Windbruch in den Schatten. Dann kommst du nach Hause und sagst, es wäre erledigt.‹

Ich fragte ihn, welchen Sinn das hätte, und Stanny sagte, ich sollte in der Nacht wach bleiben und herauskommen, wenn er einen Stein gegen mein Fenster würfe. ›Es kann Mitternacht werden, Junge, und wenn du Stanny B. vergißt und einschläfst, dann vergißt Stanny B. dich auch, und dann kannst du auch deinen Hund vergessen und ihn direkt zur Hölle fahren lassen!‹«

Jud sah zu Louis hin und zündete sich eine weitere Zigarette an.

»Alles lief genau so, wie Stanny es gewollt hatte. Als ich nach Hause kam, sagte mein Vater, er hätte Spot eine Kugel durch den

Kopf geschossen, um ihm weitere Qualen zu ersparen. Ich brauchte nicht einmal vom Tierfriedhof zu reden; mein Dad fragte mich, ob ich nicht glaubte, daß Spot dort oben begraben werden wollte, und ich sagte, das würde er wohl wollen. Also zog ich los und schleppte meinen Hund in einem Hafersack hinter mir her. Dad fragte, ob ich Hilfe brauchte, und ich sagte nein, weil ich an das dachte, was Stanny B. gesagt hatte.

In dieser Nacht lag ich wach – eine Ewigkeit, wie mir schien. Sie wissen, was Zeit für Kinder bedeutet. Mir war, als hätte ich schon bis zum Morgen wachgelegen, und dann schlug die Uhr erst zehn oder elf. Ein paarmal wäre ich fast eingenickt, aber jedesmal fuhr ich hoch und war wieder hellwach. Es war fast, als hätte mich jemand geschüttelt und gesagt, ›Wach auf, Jud! Wach auf!‹ Als ob irgendetwas sichergehen wollte, daß ich nicht einschlief.«

Bei diesen Worten hob Louis die Brauen, und Jud zuckte die Achseln.

»Als die Uhr unten zwölf geschlagen hatte, stand ich auf und saß angezogen auf meinem Bett, und der Mond schien durchs Fenster herein. Dann schlug die Uhr die halbe Stunde, dann eins, und immer noch kein Stanny B. Er hat mich total vergessen, dieser blöde Franzose, dachte ich und wollte mich gerade wieder ausziehen, als zwei Kieselsteine ans Fenster prallten; es fehlte nicht viel, daß sie die Scheiben zerschlagen hätten. Einer von ihnen machte einen Sprung in die Scheibe, aber ich merkte es erst am nächsten Morgen, und meine Mutter entdeckte ihn erst im Winter und dachte, der Frost hätte die Scheibe springen lassen.

Ich flog geradezu ans Fenster und schob es hoch. Es knarrte und rumpelte im Rahmen, wie Fenster das nur tun, wenn man ein Kind ist und sich nach Mitternacht hinausschleichen will...«

Louis lachte, obwohl er sich nicht erinnern konnte, als zehnjähriger Junge jemals die Absicht gehabt zu haben, sich zu irgendeiner Nachtstunde aus dem Haus zu schleichen. Trotzdem – wenn er es gewollt hätte, dann hätten Fenster, die tagsüber wie geölt liefen, bestimmt geknarrt.

»Ich fürchtete schon, daß meine Eltern glaubten, es wären Einbrecher im Haus, aber als sich mein Herz wieder beruhigt hatte, hörte ich meinen Vater nach wie vor im Schlafzimmer im Erdgeschoß Holz sägen. Ich schaute hinaus, und da stand Stanny B. auf unserer Auffahrt und sah zu mir herauf; er schwankte wie in einem Orkan, dabei wehte nicht einmal eine leichte Brise. Ich glaube nicht, daß er gekommen wäre, Louis, wenn er nicht jenes Stadium der Trunkenheit erreicht gehabt hätte, in dem man so hellwach ist wie eine Eule mit Durchfall und in dem man nicht einmal den Teufel fürchtet. Und dann röhrt er zu mir herauf – wahrscheinlich glaubte er zu flüstern – ›Was ist nun, Junge? Kommst du, oder muß ich dich holen?‹

›Pst!‹ sagte ich; ich hatte eine Heidenangst, daß mein Dad aufwachen und mir die Seele aus dem Leib prügeln würde. ›Was hast du gesagt?‹ röhrt Stanny noch lauter als zuvor. Wenn meine Eltern zur Straße hin geschlafen hätten, Louis, wäre es um mich geschehen gewesen. Aber sie hatten das Schlafzimmer, das Norma und ich jetzt benutzen, nach hinten zum Fluß hinaus.«

»Ich kann mir vorstellen, wie Sie die Treppe hinuntergefegt sind«, sagte Louis. »Haben Sie noch ein Bier für mich, Jud?« Er war bereits zwei über sein normales Quantum hinaus, aber heute abend schien das keine Rolle zu spielen. Heute abend schien das fast obligatorisch.

»Das habe ich, und Sie wissen, wo Sie es finden«, sagte Jud und zündete sich eine neue Zigarette an. Dann wartete er, bis Louis wieder saß. »Nein, auf die Treppe hätte ich mich nicht gewagt. Die führte am Schlafzimmer meiner Eltern vorbei. Ich kletterte am Efeuspalier herunter, Hand über Hand, so schnell ich konnte. Ich war fast verrückt vor Angst, aber ich glaube, ich hatte mehr Angst vor meinem Vater, als davor, mit Stanny B. zum Tierfriedhof hinaufzugehen.«

Er drückte seine Zigarette aus.

»Wir gingen hinauf, wir beide, und ich glaube, Stanny B. ist dabei mindestens ein halbdutzendmal auf die Nase gefallen. Er war ganz schön voll und roch, als wäre er in ein Schnapsfaß gefallen. Einmal hätte sich fast ein Zweig in seine Kehle gebohrt. Aber er hatte eine Hacke und eine Schaufel bei sich. Als wir am Tierfriedhof angekommen waren, erwartete ich halbwegs, er würde mir Hacke und Schaufel in die Hand drücken und wegtreten, während ich das Grab aushob.

Stattdessen schien er ein wenig nüchterner zu werden. Er sagte, wir müßten weiter, über das Totholz und tiefer in die Wälder, da wäre noch ein zweiter Begräbnisplatz. Ich sah Stanny an, der so besoffen war, daß er sich kaum auf den Beinen halten konnte, und dann sah ich mir das Totholz an und sagte, ›Da können Sie nicht drüberklettern, Stanny B. Sie brechen sich den Hals.‹

Und er sagte, ›Ich brech mir den Hals nicht, und du auch nicht. Ich kann laufen, und du kannst deinen Hund tragen.‹ Und es stimmte. Er segelte aalglatt über das Totholz hinweg, ohne auch nur ein einziges Mal nach unten zu schauen, und ich schleppte meinen Hund dort hinauf, obwohl er an die fünfunddreißig Pfund gewogen haben muß, und ich selbst damals nur ungefähr neunzig. Ich kann Ihnen sagen, am nächsten Tag taten mir alle Knochen einzeln weh. Wie fühlen *Sie* sich heute?«

Louis antwortete nicht, er nickte nur.

»Wir gingen und gingen«, sagte Jud. »Mir war, als nähme der Weg nie ein Ende. Die Wälder waren unheimlicher damals. In den Bäumen zwitscherten mehr Vögel, und man wußte nicht, was für welche. Tiere bewegten sich, Rotwild wahrscheinlich, aber damals gab es auch Elche und Bären und Pumas. Ich schleppte Spot. Nach einer Weile kam ich auf den verrückten Gedanken, der alte Stanny B. wäre verschwunden, und ich folgte einem Indianer. Ich folgte einem Indianer, und irgendwann würde er sich umdrehen, grinsend und schwarzäugig, das Gesicht voll von der stinkenden Farbe, die sie aus Bärenfett herstellen; er würde einen Tomahawk haben aus einem Stück Schiefer und einem Stiel aus Eschenholz, mit Rohleder zusammengebunden, und er würde mich am Genick packen und mir die Haare abschlagen – und die Schädeldecke dazu. Stanny torkelte und fiel nicht mehr; er ging aufrecht und mühelos, mit erhobenem Kopf, und das brachte mich wahrscheinlich auf diese Gedanken. Aber als wir an den Rand des Moors der Kleinen Götter kamen und er sich umdrehte, um mit mir zu reden, sah ich, daß es wirklich Stanny B. war, und daß er nicht mehr torkelte und fiel, kam nur davon, daß er Angst hatte. Die Angst hatte ihn nüchtern gemacht.

Er erzählte mir dasselbe, was ich gestern abend zu Ihnen gesagt habe – über die Seetaucher und das Elmsfeuer, und daß ich mich um das, was ich sah oder hörte, nicht kümmern sollte. Vor allem, sagte er, halt den Mund, wenn dich irgendetwas anspricht. Dann durchquerten wir den Sumpf. Und ich sah tatsächlich etwas. Ich sage Ihnen nicht, was das war, nur so viel, daß ich vielleicht fünfmal dort oben war seit damals, als ich zehn war, und seither nie wieder etwas dergleichen gesehen habe. Und ich werde es auch nicht wieder sehen, Louis, denn dieser Ausflug zum Begräbnisplatz der Micmac war mein letzter.«

Ich sitze doch nicht hier und glaube das alles? fragte sich Louis fast beiläufig – die drei Bier halfen ihm, die Frage beiläufig klingen zu lassen, zumindest für sein inneres Ohr. *Ich sitze doch nicht hier und glaube diese Geschichte von alten Franzosen und indianischen Begräbnisplätzen, von etwas, das Wendigo heißt, und Tieren, die ins Leben zurückgekehrt sind? Lieber Gott, der Kater war betäubt, das ist alles, ein Auto erwischte und betäubte ihn – kein Grund zur Aufregung. Das ist nur das senile Geschwafel eines alten Mannes.*

Nur, daß es nicht so war und Louis wußte, daß es nicht so war; die drei Bier änderten nichts an diesem Wissen, und dreiunddreißig würden auch nichts daran ändern.

Church war tot gewesen, das war der eine Punkt. Er lebte jetzt wieder, und das war der zweite; etwas an ihm war ganz entschieden anders, ganz entschieden *falsch,* und das war der dritte. Irgendetwas war geschehen. Jud hatte eine Schuld abtragen wollen – aber das Medikament, das da oben auf dem Begräbnisplatz der Micmac zu haben war, war vielleicht kein sonderlich gutes Medikament, und Louis bemerkte etwas in Juds Augen, das ihm verriet, daß der alte Mann das wußte. Louis dachte an das, was er am Abend zuvor in Juds Augen gesehen hatte – oder zu sehen glaubte. Dieses Frohlocken. Er erinnerte sich an den Gedanken, daß der Entschluß, ihn und Ellies Kater zu dieser speziellen Nachtwanderung zu veranlassen, vielleicht nicht ganz Juds eigener Entschluß gewesen war.

Wenn nicht seiner, wessen dann? fragte sein Verstand. Aber Louis wußte darauf keine Antwort und schob die unbequeme Frage beiseite.

»Ich begrub Spot und schichtete die Steine auf«, fuhr Jud mit ausdrucksloser Stimme fort, »und als ich fertig war, schlief Stanny B. wie ein Stein. Ich mußte ihn rütteln, um ihn wieder zu sich zu bringen, aber als wir diese vierundvierzig Stufen...«

»Fünfundvierzig«, murmelte Louis.

Jud nickte. »Ja, richtig, fünfundvierzig. Als wir diese fünfundvierzig Stufen hinter uns gebracht hatten, ging er so sicher, als wäre er wieder nüchtern. Wir kehrten durch den Sumpf und die Wälder und über das Totholz zurück; endlich überquerten wir die Straße und waren wieder bei unserem Haus. Mir war, als müßten zehn Stunden vergangen sein, aber es war noch immer dunkel.

›Und was passiert jetzt?‹ fragte ich Stanny B. ›Du wartest einfach ab‹, sagte Stanny und wanderte davon, jetzt wieder torkelnd und taumelnd. Ich nehme an, daß er seinen Rausch hinter dem Mietstall ausschlief, und wie sich herausstellen sollte, überlebte mein Hund Spot ihn um zwei Jahre. Seine Leber spielte nicht mehr mit und vergiftete ihn, und am 4. Juli 1912 fanden ihn zwei Kinder hinterm Mietstall, steif wie ein Brett.

Ich bin in dieser Nacht einfach wieder am Efeu hochgeklettert. Ich legte mich ins Bett und war eingeschlafen, sobald mein Kopf das Kissen berührte.

Am nächsten Morgen stand ich erst kurz vor neun auf, und das auch nur, weil meine Mutter mich rief. Mein Dad arbeitete damals bei der Eisenbahn und ging schon um sechs aus dem Haus.« Jud hielt nachdenklich inne. »Meine Mutter rief mich« nicht einfach. Sie *kreischte* nach mir.«

Jud ging zum Kühlschrank, holte eine Flasche Bier heraus und öffnete sie am Schubladengriff unter dem Brotkasten und dem Toaster. Sein Gesicht wirkte gelb im Schein der Deckenlampe, gelb wie Nikotin. Er schüttete die Hälfte des Bieres in sich hinein, gab einen Rülpser wie einen Kanonenschuß von sich und blickte dann zu dem Zimmer hinüber, in dem Norma schlief. Dann kehrte sein Blick zu Louis zurück.

»Es fällt mir schwer, darüber zu sprechen«, sagte er. »In all den Jahren ist es mir nicht aus dem Kopf gegangen. Andere wußten, was geschehen war, aber sie haben nie mit mir darüber gesprochen. Wahrscheinlich ist es ungefähr dasselbe wie mit dem Sex. Ich sage Ihnen das, Louis, weil Sie jetzt ein anderes Tier im Haus haben. Nicht unbedingt ein gefährliches, aber – ein andersartiges. Ist Ihnen das schon klar geworden?«

Louis dachte an Church, der so unbeholfen vom Toilettensitz sprang und gegen die Badewanne prallte; er dachte an die trüben Augen, die fast, aber doch nicht wirklich stupide in die seinen starrten. Schließlich nickte er.

»Als ich hinunterkam, war meine Mutter in eine Ecke der Speisekammer zurückgewichen, zwischen den Eiskasten und eines der Regale. Auf dem Fußboden lag ein Haufen weißes Zeug – Gardinen, die sie gerade aufhängen wollte. An der Schwelle zur Speisekammer stand Spot, mein Hund. Er war voller Erde, seine Beine waren schlammbespritzt. Das Haar auf seinem Bauch war verklebt und dreckverkrustet. Er stand einfach da – er knurrte nicht einmal –, er stand einfach da, aber es war ganz offensichtlich, daß er sie in die Ecke getrieben hatte, ob das nun seine Absicht gewesen war oder nicht. Entsetzen hatte sie gepackt, Louis. Ich weiß nicht, wie Sie zu Ihren Eltern standen, aber ich weiß, wie ich zu meinen stand – ich liebte sie beide sehr. Das Bewußtsein, etwas getan zu haben, was bei meiner eigenen Mutter Entsetzen hervorrief, nahm mir jede Freude, die ich vielleicht empfunden hätte, als ich Spot da stehen sah. Ich war nicht einmal überrascht, daß er da stand.«

»Ich kenne das Gefühl«, sagte Louis. »Als ich Church heute mittag sah, da hatte ich – es kam mir vor wie etwas, das . . .« Er hielt einen Augenblick inne. *Völlig natürlich war?* Das waren die Worte, die ihm zuerst in den Sinn kamen, aber es waren nicht die richtigen Worte. »Wie etwas, das *sein sollte.*«

»Ja«, sagte Jud. Er zündete sich eine neue Zigarette an. Seine Hände zitterten kaum merklich. »Und wie mich meine Mutter da stehen sieht, noch im Unterzeug, da kreischt sie, ›Füttere deinen Hund, Jud! Dein Hund muß gefüttert werden, schaff ihn hinaus, bevor er mir die Gardinen ruiniert!‹

Also suchte ich ein paar Reste zusammen und rief ihn, und zuerst kam er nicht, zuerst war es, als hätte er den Namen nie gehört, und ich dachte schon, das ist ja gar nicht Spot, das ist irgendein Stromer, der *aussieht* wie Spot, sonst nichts . . .«

»Ja!« rief Louis mit einer Abruptheit, die ihn selbst erschreckte.

Jud nickte. »Aber als ich ihn das zweite oder dritte Mal rief, da kam er. Er kam irgendwie ruckweise auf mich zu, und als ich ihn mit auf die Veranda nahm, stieß er gegen die Tür und wäre fast umgefallen. Aber er fraß die Reste, er schlang sie regelrecht hinunter. Inzwischen hatte ich den ersten Schrecken hinter mir und konnte mir allmählich vorstellen, was geschehen war. Ich kniete nieder und umarmte ihn, so glücklich war ich, ihn wiederzusehen. Im ersten Augenblick spürte ich Angst davor, ihn im Arm zu haben, und mir war – aber das kann ich mir auch nur eingebildet haben –, als knurrte er mich an. Das war im ersten Augenblick. Doch dann leckte er mir das Gesicht, und...«

Jud schauderte und trank sein Bier aus.

»Louis, seine Zunge war *kalt*. Von Spot geleckt zu werden – das war, als wischte man sich das Gesicht mit einem toten Fisch.«

Einen Augenblick lang schwiegen beide. Dann sagte Louis: »Erzählen Sie weiter.«

»Er fraß, und als er fertig war, holte ich den alten Zuber, den wir immer für ihn benutzten, unter der Hinterveranda hervor und badete ihn. Spot hatte es immer gehaßt, gebadet zu werden; gewöhnlich mußten mein Dad und ich es gemeinsam machen, und wenn wir fertig waren, hatten wir die Hemden ausgezogen, unsere Hosen waren klatschnaß, mein Dad fluchte, und Spot sah irgendwie aus, als schämte er sich – wie Hunde das so können. Hinterher wälzte er sich gewöhnlich im Dreck und wanderte dann hinüber zur Wäscheleine, um sich zu schütteln und die Laken einzusauen, die meine Mutter aufgehängt hatte, und dann schrie sie uns beiden zu, wenn das noch einmal vorkäme, würde sie diesen Hund erschießen wie irgendeinen hergelaufenen Köter.

Aber an diesem Tag saß Spot im Zuber und ließ sich waschen. Er bewegte sich überhaupt nicht. Es war scheußlich. Es war, als – als wüsche man ein Stück Fleisch. Nach dem Bad holte ich ein altes Handtuch und trocknete ihn ab. Ich konnte die Stellen sehen, die der Stacheldraht aufgerissen hatte – an diesen Stellen wuchs kein Fell, und das Fleisch sah wie eingedellt aus. So, wie eine alte Wunde aussieht, wenn sie schon seit fünf Jahren oder mehr abgeheilt ist. Sie werden das kennen, Louis.«

Louis nickte. Bei seiner Arbeit hatte er dergleichen öfters gesehen. Die verletzte Stelle schien sich nie ganz zu füllen, und das erinnerte ihn an Gräber, an die Zeit, in der er als Bestattungsunternehmer-Gehilfe gearbeitet hatte, und daran, daß nie genug Erde da war, um die Grube wieder zu füllen.

»Dann sah ich seinen Kopf. Da war noch eine solche Stelle, aber umgeben von einem kleinen Kranz aus weißem Fell. Sie lag nahe an seinem Ohr.«

»Wo Ihr Vater ihn erschossen hatte«, sagte Louis.
Jud nickte.
»Wenn man einen Menschen oder ein Tier in den Kopf schießt, Jud, ist das nicht ganz so verläßlich, wie es klingt. Es gibt gescheiterte Selbstmörder, die in der Klapsmühle sitzen oder sogar völlig normal herumlaufen, weil sie nicht wußten, daß eine Kugel den Schädel durchschlagen, einen Halbkreis beschreiben und an der anderen Seite wieder herauskommen kann, ohne überhaupt ins Gehirn einzudringen. Ich habe einen Fall erlebt, bei dem sich ein Mann über dem rechten Ohr in den Kopf schoß und starb, weil die Kugel die Runde durch seinen Kopf machte und die Drosselader an der anderen Seite aufriß. Die Bahn der Kugel sah aus wie eine Straße auf der Landkarte.«

Jud lächelte und nickte. »Ich erinnere mich, so etwas gelesen zu haben, in einer von Normas Zeitungen – dem *Star* oder dem *Enquirer*. Aber wenn mein Dad sagte, Spot wäre tot, dann war er tot.«

»Also gut«, sagte Louis. »Wenn Sie es sagen, dann wird es wohl so gewesen sein.«

»War der Kater Ihrer Tochter tot?«

»Ich hielt ihn für tot«, sagte Louis.

»Sie müßten mehr zu bieten haben. Sie sind Arzt.«

»Das klingt, als meinten Sie, ›Sie müßten mehr zu bieten haben, Louis, Sie sind Gott.‹ Aber ich bin nicht Gott. Es war dunkel...«

»Natürlich war es dunkel, und sein Kopf drehte sich auf seinem Hals, als liefe er auf einem Kugellager, und als Sie ihn aufhoben, war er festgefroren, Louis, und es klang, als zöge man ein Stück Klebeband von einem Brief ab. Bei lebenden Geschöpfen passiert das nicht. Die Stelle, an der man liegt, hört erst auf zu schmelzen, wenn man tot ist.«

Die Uhr im Nebenzimmer schlug halb elf.

»Und was sagte Ihr Vater, als er nach Hause kam und den Hund sah?« fragte Louis.

»Ich war draußen auf der Auffahrt, spielte mit Murmeln und wartete mehr oder weniger auf ihn. Mir war zumute wie immer, wenn ich etwas angestellt hatte und wußte, daß ich wahrscheinlich eine Tracht Prügel beziehen würde. Gegen acht kam er durch die Zaunpforte mit seiner Latzhose und seiner Ballonmütze – haben Sie schon einmal so eine Mütze gesehen?«

Louis nickte und verbarg ein Gähnen hinter dem Handrücken.

»Ja, es ist spät geworden«, sagte Jud. »Muß sehen, daß ich zu Ende komme.«

»So spät ist es gar nicht«, sagte Louis. »Ich bin nur ein wenig über mein übliches Quantum Bier hinaus. Erzählen Sie weiter, Jud. Lassen Sie sich Zeit. Ich möchte hören, wie es weiterging.«

»Mein Dad hatte eine alte Schmalzdose, in der er sein Essen mitnahm«, sagte Jud. »Er kam durch die Pforte und ließ die leere Dose am Henkel schaukeln. Er pfiff irgendetwas. Es wurde schon dunkel, aber er sah mich in der Dämmerung und sagte, ›Hallo, Judkins‹, wie er es gewöhnlich tat, und dann ›Wo ist deine . . .‹

So weit war er gekommen, und da erschien Spot aus der Dunkelheit, nicht wie gewöhnlich rennend und im Begriff, ihn anzuspringen, weil er sich freute, ihn wiederzusehen, sondern ganz gemächlich, schwanzwedelnd, und mein Dad ließ seine Schmalzdose fallen und wich zurück. Ich glaube, er hätte am liebsten kehrtgemacht und wäre davongelaufen, aber er stieß mit dem Rücken an den Staketenzaun, und so stand er nur da und sah den Hund an. Und als Spot dann an ihm hochsprang, griff Dad nur seine Pfoten und hielt sie so, wie man die Hände einer Dame hält, mit der man gerade tanzen will. Er sah den Hund lange an, und dann sah er mich an und sagte, ›Er braucht ein Bad, Jud. Er stinkt nach der Erde, in der du ihn begraben hast.‹ Und dann ging er ins Haus.«

»Und was taten Sie?«

»Badete ihn noch einmal. Er saß einfach im Zuber und ließ es über sich ergehen. Und als ich ins Haus kam, war meine Mutter schon schlafen gegangen, obwohl es noch nicht einmal neun Uhr war. Mein Dad sagte: ›Wir müssen miteinander reden, Judkins.‹ Und ich setzte mich ihm gegenüber, und er redete zum ersten Mal in meinem Leben von Mann zu Mann mit mir. Ich weiß noch, daß der Duft des Geißblattes von jenseits der Straße, von dem Haus, das heute Ihres ist, hereinwehte und von den Heckenrosen an unserem eigenen Haus.« Jud Crandall seufzte. »Ich hatte immer gedacht, es müßte schön sein, wenn er so mit mir redete, aber das war es nicht. Es war kein bißchen schön. All das, was ich heute abend gesagt habe – es ist, wie wenn man in einen Spiegel schaut, der gegenüber einem anderen Spiegel aufgestellt ist, und das Gefühl hat, durch eine ganze Spiegelgalerie zu wandern. Wie oft ist diese Geschichte schon weitergegeben worden? Ich würde es gern wissen. Eine Geschichte, die immer die gleiche ist, nur die Namen wechseln. Und auch das ist so ähnlich wie beim Sex, stimmt's?«

»Ihr Dad wußte Bescheid?«

»So war es. ›Wer hat dich hinaufgeführt, Jud?‹ fragte er, und ich sagte es ihm. Er nickte nur, als wäre es das, was er erwartet hatte. Das war es wohl auch, obwohl ich später erfuhr, daß es damals in Ludlow sechs oder acht Leute gab, die mich hätten hinführen können. Aber wahrscheinlich wußte er, daß nur Stanny B. verrückt genug war, es tatsächlich zu tun.«

»Haben Sie ihn gefragt, warum er Sie nicht hinaufgeführt hat, Jud?«

»Das tat ich«, sagte Jud. »Irgendwann im Verlauf dieses langen Gesprächs habe ich ihn danach gefragt. Er sagte, es wäre in jeder Hinsicht ein schlimmer Ort, nicht nur für die Leute, die ein Tier verloren hätten; auch für die Tiere käme selten etwas Gutes dabei heraus. Er fragte mich, ob ich Spot leiden könnte, so wie er jetzt wäre, und Sie können sich vorstellen, Louis, daß mir die Antwort auf diese Frage verdammt schwerfiel... Aber es ist wichtig, daß ich Ihnen von meinen Gefühlen erzähle – früher oder später werden Sie mich fragen, warum ich Sie mit dem Kater Ihrer Tochter dort hinaufführte, wenn es eine üble Sache ist. Ist es nicht so?«

Louis nickte. Was würde Ellie von Church halten, wenn sie zurückkam? Schon als er und Steve Masterton an diesem Nachmittag Hallentennis spielten, hatte ihn dieser Gedanke beschäftigt.

»Vielleicht tat ich es, weil Kinder lernen müssen, daß der Tod manchmal besser ist«, brachte Jud mit einiger Mühe heraus. »Das ist etwas, was Ihre Ellie noch nicht weiß, und ich habe das Gefühl, daß sie es vielleicht nicht weiß, weil auch Ihre Frau es nicht weiß. Aber wenn Sie mir sagen, daß ich mich irre, dann lassen wir das.«

Louis öffnete den Mund und schloß ihn dann wieder.

Als Jud fortfuhr, sprach er ganz langsam; er schien sich von Wort zu Wort voranzutasten, wie er sich am Abend zuvor im Moor der Kleinen Götter von Grasbüschel zu Grasbüschel vorangetastet hatte.

»Ich habe es im Laufe der Jahre mehrfach erlebt«, sagte er. »Ich glaube, ich erzählte Ihnen schon, daß Lester Morgan seinen Preisbullen dort oben begraben hat. Einen Black Angus, der Hanratty hieß. Ist das nicht ein verrückter Name für einen Bullen? Er starb an einem inneren Geschwür, und Lester schleppte ihn auf einem Schlitten hinauf. Wie er das gemacht hat und wie er damit über das Totholz gekommen ist, das weiß ich nicht – man sagt ja, wenn man etwas will, dann kann man es auch. Und zumindest was diesen Begräbnisplatz betrifft, glaube ich, daß es so ist.

Nun, Hanratty kam zurück, aber Lester erschoß ihn zwei Wochen später. Der Bulle war bösartig geworden, regelrecht bösartig. Aber er ist das einzige Tier, von dem ich das je gehört habe. Die meisten von ihnen kommen einem nur ein bißchen stupide vor – ein bißchen träge – ein bißchen....«

»Ein bißchen tot?«

»So ist es«, sagte Jud. »Ein bißchen tot. Als ob sie – irgendwo gewesen wären und dann zurückgekommen sind, aber nicht die ganze Strecke. Aber Ihre Tochter braucht das nicht zu wissen. Ich meine, daß Ihr Kater von einem Auto getötet wurde und zurückkam. Ich glaube, man kann einem Kind nichts beibringen, wenn das Kind nicht weiß, daß es etwas zu lernen gibt. Aber...«

»Aber manchmal kann man es doch«, sagte Louis, mehr zu sich als zu Jud.
»Ja«, pflichtete Jud ihm bei. »Manchmal kann man es. Irgendwann wird sie merken, daß etwas nicht stimmt und daß Church vorher anders war. Und vielleicht erfährt sie dabei, was der Tod in Wahrheit ist – etwas, wo die Schmerzen enden und die guten Erinnerungen auftauchen. Nicht das Ende des Lebens, aber das Ende der Schmerzen. Das brauchen Sie ihr nicht zu erzählen – sie wird es sich selbst zusammenreimen. Und wenn sie mir irgendwie ähnlich ist, dann wird sie ihr Tier auch weiterhin lieben. Es wird nicht bösartig werden oder bissig oder dergleichen. Sie wird es weiterlieben – aber sie wird ihre eigenen Schlüsse ziehen. Und sie wird erleichtert aufatmen, wenn es endgültig stirbt.«

»Deshalb also haben Sie mich dort hinaufgeführt«, sagte Louis. Ihm war jetzt wohler. Er hatte eine Erklärung. Sie war zwar verschwommen und beruhte eher auf einer Logik der Nervenenden als auf einer Logik des klaren Verstandes, aber unter den gegebenen Umständen konnte er sie akzeptieren. Und das bedeutete, daß er den Ausdruck vergessen konnte, den er am vergangenen Abend kurz auf Juds Gesicht gesehen zu haben glaubte – dieses ominöse Frohlocken. »Das war also der Grund...«

Unvermittelt, fast beängstigend schlug Jud die Hände vors Gesicht. Einen Augenblick lang dachte Louis, er hätte plötzlich einen Schmerzanfall, und war schon besorgt halb aufgestanden, als er die krampfhaften Bewegungen des Brustkorbs bemerkte und begriff, daß der alte Mann mit den Tränen kämpfte.

»Das war der Grund, und er war es nicht«, sagte er mit gepreßter, halberstickter Stimme. »Ich tat es aus dem gleichen Grund, aus dem Stanny B. es tat, und aus dem gleichen Grund wie Lester Morgan. Lester nahm Linda Lavesque mit hinauf, als ihr Hund auf der Straße überfahren worden war. Er nahm sie mit hinauf, obwohl er seinen eigenen verdammten Bullen von seinem Elend erlösen mußte, der Kinder über die Weiden jagte, als wäre er völlig verrückt geworden. Er tat es *trotzdem*, Louis«, sagte Jud fast stöhnend, »und wie in aller Welt erklären Sie sich das?«

»Worauf wollen Sie hinaus, Jud?« fragte Louis bestürzt.

»Lester tat es, und Stanny B. tat es aus dem gleichen Grund, aus dem ich es tat. Man tut es, weil es einen packt. Man tut es, weil dieser Begräbnisplatz ein Ort mit einem Geheimnis ist, und weil man das Geheimnis mit jemandem teilen möchte. Und wenn man einen Grund findet, der gut genug scheint, dann...« Jud nahm die Hände vom Gesicht und sah Louis mit Augen an, die unendlich alt, unendlich verhärmt wirkten. »Dann zögert man nicht und tut es einfach. Man erfindet Gründe – es scheinen gute Gründe zu sein, aber vor allem anderen tut man es, weil man es will. Oder weil man es muß. Weil man einmal oben gewesen ist, weil der Ort einem gehört, weil man zu ihm gehört. Mein Dad hat mich nicht hinaufgeführt: er wußte zwar davon, war aber nie oben gewesen. Stanny B. war oben gewesen ... er hat mich mitgenommen ... und siebzig Jahre gehen vorüber ... und dann ... ganz plötzlich ...«

Jud schüttelte den Kopf und hustete trocken in die vorgehaltene Hand.

»Hören Sie zu«, sagte er. »Hören Sie mir gut zu, Louis. Lesters Bulle war das einzige Tier, von dem ich weiß, daß es wirklich bösartig wurde. Der kleine Chowchow von Missus Lavesque hat danach, wie ich gehört habe, einmal den Briefträger gebissen, und ich habe noch ein paar andere Dinge gehört – Tiere, die ein bißchen unangenehm wurden. Aber Spot war immer ein guter Hund. Er roch immer nach Erde, so oft ich ihn auch badete, er roch immer nach Erde – aber er war ein guter Hund. Meine Mutter hat ihn nie wieder angerührt; aber er war trotzdem ein guter Hund. Aber wenn sie heute nacht beigehen und Ihren Kater abstechen würden, Louis, würde ich kein Wort darüber verlieren.

Dieser Ort – er packt einen ganz plötzlich – und man erfindet die einleuchtendsten Gründe der Welt ... Es kann sein, daß ich etwas falsch gemacht habe, Louis. Lester kann etwas falsch gemacht haben. Stanny B. kann etwas falsch gemacht haben. Weiß der Teufel, ich bin nicht Gott. Aber Totes ins Leben zurückholen – viel näher kann man dem Gottspielen nicht kommen, nicht wahr?«

Wieder öffnete Louis den Mund, und wieder schloß er ihn. Was herausgekommen wäre, hätte falsch geklungen, falsch und grausam: *Jud, ich habe das alles nicht durchgestanden, nur um den verdammten Kater wieder umzubringen.*

Jud trank sein Bier aus und stellte die Flasche zu den anderen. »Ich glaube, das war's«, sagte er. »Ich bin fertig.«

»Kann ich noch eine Frage stellen?« sagte Louis.

»Und die wäre?«

Louis sagte: »Hat schon jemand einen Menschen dort oben begraben?«

Juds Arm fuhr unwillkürlich hoch; zwei Bierflaschen kippten vom Tisch, und eine davon zersplitterte.

»Herrgott im Himmel!« sagte er zu Louis. »*Nein!* Wer käme auf *die* Idee? Über so etwas sollte man nicht einmal reden, Louis!«

»Ich war nur neugierig«, sagte Louis unbehaglich.

»Es gibt Dinge, bei denen zahlt sich Neugier nicht aus«, sagte Jud Crandall, und zum ersten Mal kam er Louis Creed wirklich alt und schwach vor, als stände er irgendwo in der Nähe seines eigenen, frisch ausgehobenen Grabes.

Und später, zu Hause, fiel ihm noch etwas dazu ein, wie Jud in diesem Augenblick ausgesehen hatte.

Er hatte ausgesehen, als löge er.

27

Daß er betrunken war, merkte Louis erst richtig, als er seine Garage betrat.

Draußen hatten Sterne geleuchtet und eine eisige Mondsichel. Nicht genug Licht, um einen Schatten zu werfen, aber genug, um sich zurechtzufinden. Doch als er in der Garage angekommen war, war er blind. Irgendwo mußte ein Lichtschalter sein, aber er konnte sich beim besten Willen nicht erinnern, wo das war. Er ertastete sich seinen Weg, langsam, schlurfend, mit benebeltem Kopf, in Erwartung eines schmerzhaften Schlags gegen das Knie oder eines Spielzeugs, über das er stolpern würde, das ihn erschrecken würde, wenn es umstürzte, über das er vielleicht hinschlagen würde. Ellies kleines Fahrrad mit den Stützrädern. Gages Crawly-Gator.

Wo war der Kater? Hatte er ihn im Haus gelassen?

Irgendwie kam er vom Kurs ab und rannte gegen eine Wand. Ein Splitter bohrte sich in seine Hand; er rief der Dunkelheit ein »Scheiße!« zu, aber sobald er es ausgesprochen hatte, erkannte er, daß mehr Angst als Wut darin lag. Die ganze Garage schien sich irgendwie verdreht zu haben. Jetzt war es nicht mehr nur der Lichtschalter; jetzt wußte er nicht mehr, wo *irgendein* verdammter Scheißdreck war, und das betraf auch die Tür zur Küche.

Er ging weiter, bewegte sich ganz langsam, seine Hand schmerzte. *So etwa muß es sein, wenn man blind ist,* dachte er, und das erinnerte ihn an ein Konzert von Stevie Wonder, das er einmal mit Rachel besucht hatte – wann? Vor sechs Jahren? So unmöglich das schien, es mußte so sein. Sie war damals mit Ellie schwanger gewesen. Zwei Burschen hatten Wonder zu seinem Synthesizer begleitet, ihn so über die Kabel geführt, die sich über die Bühne schlängelten, daß er nicht stolperte. Und später, als er aufgestanden war, um mit einem der Chormädchen zu tanzen, hatte ihn das Mädchen behutsam zu einer freien Stelle der Bühne geführt. Er hatte gut getanzt, erinnerte sich Louis. Er hatte gut getanzt, aber er brauchte eine Hand, die ihn dorthin führte, wo er es konnte.

Wie wäre es, wenn jetzt eine Hand käme, die mich zur Küchentür führt, dachte er – und schauderte plötzlich.

Wenn jetzt eine Hand aus der Dunkelheit käme, um ihn zu führen, dann würde er schreien – schreien und schreien und schreien. Er blieb mit pochendem Herzen stehen. *Hör auf,* befahl er sich. *Hör auf mit diesem Scheiß. Ganz ruhig . . .*

Wo war dieser Scheißkater?

Und dann prallte er tatsächlich gegen etwas, die hintere Stoßstange des Kombi, und der Schmerz fuhr von dem angeschlagenen Schienbein durch den ganzen Körper und trieb ihm das Wasser in die Augen. Er packte sein Bein und rieb es, stand auf einem Bein wie ein Storch, aber zumindest wußte er jetzt, wo er war, die Geographie der Garage war ihm wieder gegenwärtig; außerdem hatten sich seine Augen jetzt an die Dunkelheit gewöhnt und er konnte wieder etwas erkennen. Er hatte den Kater im Haus gelassen, jetzt erinnerte er sich, es hatte ihm widerstrebt, ihn zu berühren, ihn hochzuheben und hinauszusetzen und . . .

Und das war der Augenblick, in dem Churchs heißer, fellbedeckter Körper um seine Knöchel strich wie ein flacher Wasserstrudel, gefolgt von seinem widerwärtigen Schwanz, der sich wie eine Schlange um seine Wade wand, und da schrie Louis; er riß den Mund weit auf und schrie.

28

»*Daddy!*« schrie Ellie.

Sie kam den Flugsteig entlanggerannt und wand sich zwischen den anderen ausgestiegenen Passagieren hindurch wie ein Mittelstürmer in einem Oberligaspiel. Die meisten von ihnen machten ihr lächelnd Platz. Ihr Ungestüm machte Louis ein wenig verlegen; dennoch spürte er, wie sich auf seinem Gesicht ein breites, einfältiges Grinsen ausbreitete.

Rachel trug Gage auf dem Arm, und er entdeckte Louis, als Ellie ihn rief. »*Day-iii!*« kreischte er begeistert und begann auf Rachels Arm zu zappeln. Sie lächelte (etwas erschöpft, fand Louis) und stellte ihn auf die Füße. Er rannte mit seinen kurzen, stämmigen Beinchen hinter Ellie her. »*Dayiii! Dayiii!*«

Louis hatte gerade noch Zeit für die Feststellung, daß Gage einen Pullover trug, den er noch nie gesehen hatte – offenbar war sein Großvater wieder einmal in Aktion getreten. Dann flog Ellie in seine Arme und kletterte an ihm empor wie an einem Baum.

»Hi, Daddy!« brüllte sie und drückte ihm einen schmatzenden Kuß auf die Wange.

»Hi, Kleines«, sagte er und beugte sich nieder, um Gage einzufangen. Er hob ihn in die Armbeuge und drückte beide an sich. »Bin ich froh, euch wieder hierzuhaben!«

Dann kam Rachel heran, Handtasche und Bordgepäck an einem Arm, am anderen den Karton mit Gages Windeln. BALD BIN ICH EIN GROSSER JUNGE stand auf der Seite des Kartons, was wahrscheinlich eher dazu angetan war, die Eltern zu trösten als das windelntragende Kind. Sie sah aus wie ein Berufsphotograph, der gerade einen langwierigen, strapaziösen Auftrag hinter sich hat.

Louis neigte sich zwischen seinen beiden Kindern herab und drückte ihr einen Kuß auf den Mund. »Hi.«

»Hi, Doc«, sagte sie und lächelte.

»Du siehst ziemlich mitgenommen aus.«

»Bin ich auch. Wir kamen ohne Probleme bis Boston. Wir stiegen ohne Probleme um. Wir starteten ohne Probleme. Aber als sich das Flugzeug über der Stadt in die Kurve legte, sah Gage hinunter, sagte ›Schön, schön‹ und spuckte sich von oben bis unten voll.«

»Großer Gott.«

»Ich habe ihn im Waschraum umgezogen«, sagte sie. »Ich glaube nicht, daß es ein Virus oder so etwas ist. Er war nur luftkrank.«

»Kommt nach Hause«, sagte Louis. »Ich habe Chili auf dem Herd.«

»Chili! Chili!« kreischte Ellie, von Entzücken und Begeisterung hingerissen, in Louis' Ohr.

»Chiwwi! Chiwwi!« kreischte Gage in Louis' anderes Ohr; der Geräuschpegel war ausgeglichen.

»Und nun kommt«, sagte Louis. »Sehen wir zu, daß wir eure Koffer holen und diesen Schuppen verlassen.«

»Daddy, wie geht es Church?« fragte Ellie, als er sie niedersetzte. Louis hatte diese Frage erwartet, nicht aber Ellies besorgtes Gesicht und die tiefe Kummerfalte zwischen ihren dunkelblauen Augen. Er runzelte die Stirn und blickte zu Rachel.

»Sie ist am Wochenende schreiend aufgewacht«, sagte Rachel leise. »Sie hatte einen Alptraum.«

»Ich träumte, Church wäre überfahren worden«, sagte Ellie.

»Zu viele Truthahn-Sandwiches nach dem großen Tag, nehme ich an«, sagte Rachel. »Sie hatte auch ein bißchen Durchfall. Beruhige sie, Louis, und dann laß uns zusehen, daß wir von diesem Flugplatz wegkommen. Ich habe in den letzten Wochen so viele Flugplätze gesehen, daß es für die nächsten fünf Jahre ausreicht.«

»Church geht es gut, Kleines«, sagte Louis bedächtig.

Ja, es geht ihm gut. Er liegt den ganzen Tag im Haus herum und sieht mich mit diesen merkwürdig trüben Augen an – als hätte er etwas gesehen, das ihm den größten Teil dessen geraubt hat, was ein Kater an Intelligenz besitzen mag. Es geht ihm prächtig. Gestern abend habe ich ihn mit einem Besen hinausbefördert, weil ich ihn nicht anfassen mag. Ich schwinge nur den Besen, als wollte ich fegen, und er zieht ab. Und als ich vor ein paar Tagen vor die Tür sah, Ellie, hatte er eine Maus – oder das, was davon übrig war. Die Eingeweide lagen herum – wahrscheinlich wollte er sie fürs Frühstück aufheben. Apropos Frühstück – an diesem Morgen habe ich es ausfallen lassen. Doch davon abgesehen...

»Ja, alles in bester Ordnung.«

»Oh«, sagte Ellie, und die Falte zwischen ihren Augen glättete sich. »Oh, das ist gut. Als ich diesen Traum hatte, war ich ganz sicher, er wäre tot.«

»Wirklich?« fragte Louis und lächelte. »Es gibt schon komische Träume, nicht wahr?«

»Täume!« krähte Gage – er hatte das Papageienstadium erreicht, an das sich Louis von Ellies Entwicklung her noch deutlich erinnerte. »Täume!« Er riß so kräftig an Louis' Haaren, daß ihm das Wasser in die Augen trat.

»Kommt, ihr Bande«, sagte Louis, und sie machten sich auf den Weg zur Gepäckausgabe.

Sie hatten gerade den Kombi auf dem Parkplatz erreicht, als Gage mit seltsam glucksender Stimme »Schön, schön« sagte. Diesmal erbrach er sich über Louis, der zur Feier des Tages eine brandneue Jerseyhose angezogen hatte. Wie es schien, glaubte Gage, *schön* wäre das Codewort für *Tut mir leid, ich muß jetzt spucken, also geht beiseite.*

Wie sich herausstellte, war es doch ein Virus.

Noch bevor sie die knapp dreißig Kilometer vom Flugplatz in Bangor zu ihrem Haus in Ludlow zurückgelegt hatten, hatte Gage zu fiebern begonnen und benommen vor sich hingedöst. Louis setzte rückwärts in die Garage und sah aus einem Augenwinkel heraus, wie Church mit hochgestelltem Schwanz an einer Wand entlangschlich, die trüben Augen auf den Wagen geheftet. Er verschwand im letzten Dämmerlicht des Tages, und einen Augenblick später entdeckte Louis eine ausgeweidete Maus neben einem Stapel von vier Sommerreifen – Louis hatte die Winterreifen montiert, während Rachel und die Kinder fort waren. Die Maus hatte keinen Kopf mehr. Ihre Eingeweide glänzten blutig rosa im Dämmer der Garage.

Louis stieg schnell aus und stieß mit voller Absicht gegen die Reifen, die wie schwarze Damesteine aufeinanderlagen. Die beiden obersten rutschten herunter und verdeckten die Maus. »Hoppla«, sagte er.

»Du bist ein Tolpatsch, Daddy«, sagte Ellie nicht unfreundlich.
»Recht hast du«, sagte Louis mit einer Art erzwungener Heiterkeit. Ihm war fast danach, auch seinerseits *Schön, schön* zu sagen und seinen Mageninhalt von sich zu geben. »Dein Daddy ist ein Tolpatsch.« Soweit er sich erinnerte, hatte Church vor seiner merkwürdigen Wiederauferstehung nur einmal eine Ratte getötet; gelegentlich hatte er Mäuse erwischt und auf die typische Katzenart, die unweigerlich mit ihrem Tod endete, mit ihnen gespielt; aber bevor es so weit war, hatten er oder Rachel immer eingegriffen. Und er wußte: wenn Kater einmal kastriert waren, hatten die wenigsten von ihnen für eine Maus mehr als einen müden Blick übrig, zumindest solange sie gut gefüttert wurden.

»Willst du hier stehenbleiben und träumen, oder hilfst du mir mit dem Jungen?« fragte Rachel. »Kommen Sie zurück vom Planeten Mongo, Dr. Creed. Die Erdenbewohner brauchen Sie.« Ihre Stimme klang gereizt und abgespannt.

»Entschuldige«, sagte Louis. Er kam um den Wagen herum und nahm Gage, der jetzt so heiß war wie glühende Kohle in einem Ofen, auf den Arm.

So waren sie nur zu dritt bei Louis' berühmten, nach einem Rezept der Chicagoer South Side zubereitetem Chili; Gage lag fiebernd und apathisch auf der Couch im Wohnzimmer, trank aus einer Flasche mit lauwarmer Hühnerbrühe und sah sich einen Zeichentrickfilm im Fernsehen an.

Nach dem Essen ging Ellie zur Garagentür und rief Church. Louis, der das Geschirr abwusch, während Rachel oben auspackte, hoffte, der Kater käme nicht, aber er kam – kam mit seinem neuen, langsamen Torkelschritt herein, und er kam fast auf der Stelle, als hätte er draußen gelauert. *Gelauert.* Das war das Wort, das sich ihm aufdrängte.

»Church!« rief Ellie. »Hi, Church!« Sie hob den Kater auf und drückte ihn an sich. Louis beobachtete sie aus einem Augenwinkel heraus; seine Hände, die auf dem Boden der Spüle nach liegengebliebenem Besteck getastet hatten, bewegten sich nicht. Er sah, wie der glückliche Ausdruck auf Ellies Gesicht langsam in Verwunderung umschlug. Der Kater lag reglos in ihren Armen, die Ohren zurückgelegt, die Augen auf die von Ellie gerichtet.

Nach einem langen Augenblick – Louis kam er *sehr* lang vor – setzte sie Church auf den Boden. Der Kater trottete ins Eßzimmer, ohne sich noch einmal umzusehen. *Henker kleiner Mäuse,* dachte Louis beiläufig. *Mein Gott, was haben wir getan an jenem Abend?*

Er versuchte ernsthaft, sich daran zu erinnern, aber es schien bereits in weite Ferne gerückt, ebenso verschwommen und halb vergessen wie Victor Pascows häßlicher Tod auf dem Fußboden

im Wartezimmer der Krankenstation. Er erinnerte sich an Wolken, die der Wind am Himmel vor sich hertrieb, und an das weiße Schimmern des Schnees auf dem Feld hinter dem Haus, das zu den Wäldern hin anstieg. Das war alles.
»Daddy?« sagte Ellie mit leiser, gedämpfter Stimme.
»Was ist, Ellie?«
»Church riecht so komisch.«
»Wirklich?« fragt Louis mit gewollt beiläufigem Tonfall.
»Ja!« sagte Ellie betrübt. »Ja, das tut er! Er hat noch nie so komisch gerochen! Er riecht – er riecht wie *A-a!*«
»Vielleicht hat er sich in irgendetwas gewälzt, Kleines«, sagte Louis. »Aber einerlei, wonach er riecht – das gibt sich wieder.«
»Das hoffe ich doch sehr«, sagte Ellie mit fast tragikomischer Stimme. Dann ging sie hinaus.
Louis fand die letzte Gabel, spülte sie und zog den Stöpsel. Er stand an der Spüle und blickte in die Nacht hinaus, während das seifige Wasser mit dumpfem Gurgeln abfloß. Als die Geräusche aus dem Abflußrohr verstummt waren, konnte er den Wind draußen hören, einen scharfen, böigen Wind von Norden, der den Winter mitbrachte, und er begriff, daß er Angst hatte, ganz einfach Angst, auf die gleiche stupide Art, auf die man Angst hat, wenn sich plötzlich eine Wolke vor die Sonne schiebt oder man irgendwo ein Ticken hört, das man sich nicht erklären kann.

»Neununddreißigfünf?« fragte Rachel. »Großer Gott, Lou! Bist du sicher?«
»Es ist ein Virus«, sagte Louis. Er versuchte sich von Rachels Stimme, die fast anklägerisch klang, nicht aufbringen zu lassen. Sie war erschöpft. Es war ein langer Tag für sie gewesen; sie hatte mit ihren Kindern das halbe Land durchquert. Und nun war es elf Uhr, und der Tag war noch nicht vorüber. Ellie schlief fest in ihrem Zimmer. Gage lag auf Rachels Bett in einem Zustand, für den Halbbewußtsein das beste Wort war. Vor einer Stunde hatte Louis ihm die erste Dosis Liquiprin gegeben. »Das sollte das Fieber bis zum Morgen herunterbringen.«
»Willst du ihm kein Ampicillin oder so etwas geben?«
Geduldig sagte Louis: »Wenn er Grippe hätte oder eine Streptokokken-Infektion, dann täte ich es. Aber die hat er nicht. Es ist ein Virus, und bei Viren richten Antibiotika nichts aus. Sie würden nur Durchfall auslösen und ihm noch mehr Flüssigkeit entziehen.«
»Bis du *ganz* sicher, daß es ein Virus ist?«
»Wenn du einen anderen Arzt zuziehen willst«, fuhr Louis auf, »kannst du das gern tun.«

»Deswegen brauchst du mich doch nicht anzuschreien«, schrie Rachel.
»Ich habe dich nicht angeschrien«, schrie Louis zurück.
»Doch, das hast du«, setzte Rachel an, »du hast geschrien...« Und dann begann ihr Mund zu beben, und sie hielt eine Hand vors Gesicht. Louis sah die tiefen, graubraunen Ringe unter ihren Augen und schämte sich.
»Es tut mir leid«, sagte er und setzte sich neben sie. »Ich weiß nicht, was mit mir los ist. Entschuldige bitte, Rachel.«
»Nie beklagen, nie erklären«, sagte sie, um ein Lächeln bemüht. »Hast du uns das nicht einmal gesagt? Die Reise war eine Pest. Und dann hatte ich Angst, du würdest in die Luft gehen, wenn du einen Blick in Gages Kommode wirfst. Ich glaube, ich sollte es dir jetzt sagen, solange ich dir leid tue.«
»Warum sollte ich in die Luft gehen?«
Sie lächelte dünn. »Meine Mutter und mein Vater haben ihm zehn neue Anzüge gekauft. Einen davon hatte er heute an.«
»Mir fiel auf, daß er etwas Neues an hatte«, sagte er kurz.
»Mir fiel auf, daß es dir auffiel«, entgegnete sie und verzog das Gesicht, daß er lachen mußte, obwohl ihm kaum nach Lachen zumute war. »Und Ellie sechs Kleider.«
»Sechs Kleider!« sagte er und unterdrückte den Drang, laut herauszuschreien. Er war plötzlich wütend – ganz erbärmlich wütend und verletzt auf eine Art, für die es keine Erklärung gab. »*Warum*, Rachel? Warum hast du ihnen das erlaubt? Wir brauchen doch nicht – wir haben doch genug Geld...«

Er brach ab. Seine Wut hatte ihm die Sprache geraubt; einen Augenblick lang sah er sich selbst, wie er Ellies toten Kater durch die Wälder trug, den Plastikbeutel abwechselnd in der einen und der anderen Hand... und währenddessen war Irwin Goldman, dieser dreckige, alte Scheißkerl in Lake Forest, damit beschäftigt gewesen, die Zuneigung seiner Tochter zu erkaufen, indem er das weltberühmte Scheckbuch und den weltberühmten Füllhalter schwang.

Einen Augenblick lang fehlte nicht viel, daß er geschrien hätte: *Er kauft ihr sechs Kleider, und ich habe ihren verdammten Kater von den Toten zurückgeholt, also wer liebt sie mehr?*

Er biß die Zähne zusammen. Niemals würde er etwas dergleichen sagen. *Niemals.*

Sie berührte sanft seinen Hals. »Louis«, sagte sie. »Die Sachen sind von ihnen beiden. Bitte, versuch das zu verstehen. *Bitte.* Sie lieben die Kinder, und sie bekommen sie so selten zu sehen. Und sie werden *alt*. Louis, du würdest meinen Vater kaum wiedererkennen, wirklich.«

»Den würde ich wiedererkennen«, murmelte Louis.
»Bitte, Liebling. Versuch es zu verstehen. Versuch, nett zu sein. Es tut dir doch nicht weh.«
Er sah sie eine ganze Weile an. »Doch, das tut es«, sagte er schließlich. »Das sollte es vielleicht nicht, aber es tut trotzdem weh.«
Sie öffnete den Mund zu einer Erwiderung, und dann rief Ellie aus ihrem Schlafzimmer: »*Daddy! Mommy! Kommt doch mal!*«
Rachel wollte aufstehen, aber Louis zog sie wieder herunter. »Bleib bei Gage. Ich sehe nach.« Er glaubte zu wissen, was los war. Aber schließlich hatte er den Kater vor die Tür gesetzt, verdammt nochmal; nachdem Ellie zu Bett gegangen war, hatte er ihn in der Küche bei seinem Napf gefunden und hinausgesetzt. Er wollte nicht, daß der Kater bei ihr schlief. Jetzt nicht mehr. Ungereimte Gedanken an Krankheiten, untermischt mit Erinnerungen an Onkel Carls Bestattungsinstitut, waren ihm durch den Kopf gegangen, als er sich vorstellte, daß Church auf Ellies Bett schlief.

Sie wird herausfinden, daß etwas nicht stimmt und daß Church früher anders war.

Er hatte den Kater vor die Tür gesetzt, aber als er hereinkam, saß Ellie mehr schlafend als wach in ihrem Bett, und Church lag lang ausgestreckt auf der Decke, ein fledermausähnlicher Schatten. Seine Augen waren offen und funkelten dümmlich in dem vom Korridor einfallenden Licht.

»Daddy, bring ihn hinaus.« Ellie stöhnte fast. »Er stinkt so *fürchterlich.*«

»Still, Ellie, schlaf weiter«, sagte Louis, erstaunt über die Gelassenheit seiner eigenen Stimme. Er dachte dabei an den Morgen nach seinem Schlafwandeln, am Tag nach Pascows Tod. Wie er in die Krankenstation gekommen und gleich ins Badezimmer geeilt war, um sich selbst im Spiegel zu betrachten, überzeugt, er sähe katastrophal aus. Aber ihm war kaum etwas anzusehen gewesen. Und das brachte ihn auf die Frage, wie viele Leute wohl mit einem gräßlichen Geheimnis herumliefen, das sie in sich verschlossen hatten.

Es ist kein Geheimnis, verdammt nochmal! Es ist nur der Kater!
Aber Ellie hatte recht. Church stank zum Himmel.

Er holte den Kater aus ihrem Zimmer, trug ihn die Treppe hinab und versuchte dabei, durch den Mund zu atmen. Es gab schlimmere Gerüche; Scheiße war schlimmer, wenn man es grob heraussagen wollte. Vor einem Monat waren sie an der Klärgrube gewesen, und Jud war herübergekommen, um zuzusehen, wie Puffer und Söhne die Grube auspumpten, und er hatte gesagt: »Das ist nicht gerade Chanel Nummer fünf, nicht wahr, Louis?« Auch der

Gestank einer brandigen Wunde – das, was der alte Doktor Bracermunn an der Universität immer »heißes Fleisch« genannt hatte – war schlimmer. Sogar der Geruch, der von der Auspuffanlage des Honda ausging, wenn er in der Garage eine Weile im Leerlauf gearbeitet hatte, war schlimmer. Aber auch dieser Geruch war ziemlich schlimm. Und wie war der Kater überhaupt hereingekommen? Er hatte ihn vor die Tür gesetzt, ihn mit dem Besen hinausgescheucht, während alle drei – seine ganze Familie – oben waren. Seit dem Tag vor fast einer Woche, an dem er zurückgekommen war, hatte er ihn jetzt zum ersten Mal wieder richtig angefaßt. Er lag heiß in seinen Armen, wie eine schleichende Krankheit, und Louis dachte: *Welches Schlupfloch hast du gefunden, du Mistvieh?*

Ihm fiel plötzlich sein Traum in jener Nacht ein – wie Pascow einfach durch die Tür zwischen Küche und Garage hindurchgegangen war.

Vielleicht gab es gar kein Schlupfloch. Vielleicht war er einfach durch die Tür hindurchgegangen wie ein Gespenst.

»Schluß damit!« flüsterte er hörbar, und seine Stimme klang heiser.

Plötzlich war Louis sicher, daß der Kater gleich anfangen würde, sich in seinen Armen zu winden, ihn zu kratzen. Aber Church lag vollkommen still, strahlte diese widersinnige Hitze und diesen schmutzigen Gestank aus und blickte Louis ins Gesicht, als könne er die Gedanken hinter Louis' Augen lesen.

Er öffnete die Tür und warf den Kater in die Garage, vielleicht ein wenig zu grob. »Verschwinde«, sagte er. »Schlachte eine Maus oder sonst etwas.«

Church landete unbeholfen, seine Hinterbeine knickten unter ihm ein. In dem Blick, den er Louis zuwarf, schien grüner, gemeiner Haß zu liegen. Dann torkelte er wie betrunken davon und war verschwunden.

Ich wünschte bei Gott, Sie hätten den Mund gehalten, Jud, dachte Louis.

Er trat an die Spüle und wusch sich Hände und Unterarme so energisch, als stünde ihm eine Operation bevor. *Man tut es, weil es einen packt... man erfindet Gründe – es scheinen gute Gründe zu sein –, aber vor allem anderen tut man es, weil der Ort einem gehört, weil man zu ihm gehört... und man erfindet die einleuchtendsten Gründe der Welt...*

Nein, Jud konnte er keinen Vorwurf machen. Er war aus freien Stücken mitgegangen, und nun konnte er Jud keinen Vorwurf machen.

Er drehte das Wasser ab und begann sich Hände und Arme abzutrocknen. Plötzlich hörte das Handtuch auf, sich zu bewegen,

und er starrte geradeaus, hinaus in das kleine Stückchen vom Fenster über der Spüle eingerahmter Nacht.
Soll das heißen, daß das jetzt auch mein Ort ist? Daß auch ich ihm jetzt verfallen bin?
Nein. Nicht, wenn ich es nicht will.
Er hängte das Handtuch über die Stange und ging nach oben.

Rachel war im Bett; sie hatte die Decke bis zum Kinn hochgezogen, und Gage lag sorgsam zugedeckt neben ihr. Sie blickte reumütig zu Louis auf. »Würde es dir etwas ausmachen, Lou? Nur für diese eine Nacht? Mir ist wohler, wenn ich ihn bei mir habe. Er fühlt sich so *heiß* an.«

»Nein«, sagte Louis. »Kein Problem. Ich mache mir unten das Ausziehbett zurecht.«

»Macht es dir wirklich nichts aus?«

»Nein. Gage schadet es nicht, und du fühlst dich wohler.« Er hielt inne, dann lächelte er. »Allerdings wirst du seinen Virus aufschnappen. Das ist ziemlich sicher. Aber das ändert wohl nichts an deinem Entschluß.«

Sie lächelte gleichfalls, dann schüttelte sie den Kopf. »Was wollte Ellie?«

»Sie wollte, daß ich Church wegbringe.«

»*Ellie* wollte Church loswerden? Das ist ja was Neues.«

»In der Tat«, pflichtete Louis ihr bei und setzte dann hinzu: »Sie sagte, er röche schlecht, und ich fand auch, daß er einen gewissen Duft verströmte. Vielleicht hat er sich irgendwo auf einem Mistbeet oder etwas ähnlichem gewälzt.«

»So ein Pech«, sagte Rachel und drehte sich auf die Seite. »Ich glaube, Ellie hat Church ebenso vermißt wie dich.«

»Kann sein«, sagte Louis. Er beugte sich nieder und küßte sie sanft auf den Mund. »Schlaf gut, Rachel.«

»Ich liebe dich, Lou. Ich bin froh, wieder zu Hause zu sein. Und es tut mir leid, daß du auf der Couch schlafen mußt.«

»Kein Problem«, sagte Louis und löschte das Licht.

Unten stapelte er die Couchkissen auf, zog das Bett heraus und versuchte sich seelisch auf eine Nacht einzustellen, in der sich die Querstrebe unter der dünnen Matratze in sein Kreuz bohrte. Wenigstens war das Bett bezogen; er brauchte es nicht von Grund auf zurechtzumachen. Louis holte zwei Decken vom obersten Bord des Dielenschrankes und breitete sie über das Bett. Er fing an, sich auszuziehen, dann hielt er inne.

Du meinst, Church wäre wieder im Haus? Also gut, mach die Runde und sieh nach. Wie du Rachel sagtest – es schadet nicht. Vielleicht hilft es sogar. Und beim Nachsehen, ob alle Türen geschlossen sind, schnappst du nicht einmal einen Virus auf.

Er machte methodisch die Runde durchs ganze Erdgeschoß und kontrollierte die Schlösser an Fenstern und Türen. Es war alles in bester Ordnung; Church war nirgends zu sehen.

»So«, sagte er. »Und nun sieh zu, wie du hereinkommst, du dämlicher Kater.« In Gedanken hängte er den Wunsch an, Church würde sich die Hoden abfrieren. Aber die hatte er ja nicht mehr.

Er löschte die Lichter und ging zu Bett. Die Querstrebe preßte sich sofort in sein Kreuz, und Louis dachte gerade, er würde die halbe Nacht wachliegen, als er einschlief. Er schlief ein, auf dem unbequemen Ausziehbett auf der Seite liegend, aber als er aufwachte, war er...

...*wieder auf dem Begräbnisplatz hinter dem Tierfriedhof. Diesmal war er allein. Diesmal hatte er Church selbst getötet und dann aus irgendeinem Grund beschlossen, ihn ein zweites Mal ins Leben zurückzuholen. Gott mochte wissen, warum; Louis wußte es nicht. Doch diesmal hatte er den Kater tiefer begraben, und Church konnte sich nicht herauswühlen. Louis konnte den Kater irgendwo unter der Erde weinen hören, und es klang wie das Weinen eines Kindes. Das Geräusch drang durch die Poren der Erde empor, durch ihr steiniges Fleisch – das Geräusch und der Geruch, dieser widerliche, ekelerregend süßliche Geruch nach Fäulnis und Verwesung. Schon das Einatmen dieses Geruchs bewirkte, daß sich sein Brustkorb anfühlte, als läge ein schweres Gewicht darauf...*

Das Weinen ... das Weinen ...

...das Weinen war immer noch zu hören ...

...und das Gewicht lag immer noch auf seiner Brust.

»Louis!« Das war Rachel, und ihre Stimme klang bestürzt. *»Louis, kannst du kommen?«*

Ihre Stimme klang mehr als bestürzt; sie klang verängstigt, und das Weinen hatte jetzt etwas Ersticktes an sich. Es war Gage.

Er öffnete die Augen und blickte in Churchs grünlichgelbe Augen. Sie waren kaum zehn Zentimeter von den seinen entfernt. Der Kater lag auf seiner Brust, lag da wie ein Wechselbalg aus irgendeiner Altweibergeschichte. Sein Gestank kam in langsamen, giftigen Schwaden. Er schnurrte.

Louis schrie auf, entsetzt und überrascht. Seine Hände fuhren in einer primitiv abwehrenden Geste vor. Church sprang vom Bett, landete auf der Seite und torkelte unbeholfen davon.

Oh Gott! Gott! Er lag auf mir! Großer Gott, er lag direkt auf mir!

Sein Ekel hätte nicht größer sein können, wenn er mit einer Spinne im Mund aufgewacht wäre. Einen Augenblick war ihm, als müßte er sich übergeben.

»Louis!«

Er warf die Decken zurück und stolperte zur Treppe. Aus ihrem Schlafzimmer drang ein schwacher Lichtschimmer. Rachel stand im Nachthemd am oberen Treppenende.

»Louis, er bricht wieder – er erstickt daran – ich habe Angst.«

»Ich komme schon«, sagte er, ging die Treppe hinauf und dachte: *Er ist hereingekommen. Irgendwie ist er hereingekommen. Durch den Keller vermutlich. Vielleicht ist da eine Scheibe zerbrochen. Da muß eine Scheibe kaputt sein. Ich sehe nach, wenn ich morgen abend nach Hause komme. Nein, bevor ich weggehe. Ich . . .*

Gage hörte auf zu weinen; stattdessen kam ein bedrohlich ersticktes Gurgeln.

»*Louis!*« schrie Rachel.

Louis stürzte hinauf. Gage lag auf der Seite, und Erbrochenes sickerte aus seinem Mund auf ein altes Handtuch, das Rachel neben ihm ausgebreitet hatte. Ja, er erbrach sich, aber nicht genug. Der größte Teil steckte noch in ihm, und der Beginn eines Erstickungsanfalls rötete sein Gesicht.

Louis packte den Jungen unter den Armen, registrierte in seinem Unterbewußtsein, wie heiß sich die Achselhöhlen seines Sohnes unter dem Schlafanzug anfühlten, und hob ihn wie zum Aufstoßenlassen an seine Schulter. Dann schnellte Louis nach hinten und riß Gage mit. Gages Kopf flog nach vorn. Er gab ein lautes, hustenähnliches Geräusch von sich, kein eigentliches Aufstoßen, und ein erstaunlicher Brocken von fast festem Mageninhalt flog aus seinem Mund und klatschte auf den Fußboden und die Kommode. Gage begann wieder zu schreien, so kräftig und lautstark, daß es Louis wie Musik in den Ohren klang. Ein solches Geschrei war nur bei unbehinderter Sauerstoffzufuhr möglich.

Rachels Knie gaben unter ihr nach, und sie sank aufs Bett, den Kopf in die Hände gestützt. Sie zitterte heftig. »Er wäre fast gestorben, nicht wahr, Louis? Er wäre fast – oh, mein Gott . . .«

Louis wanderte mit seinem Sohn auf dem Arm durchs Zimmer. Gages Schreien ging in ein leises Wimmern über; er war schon fast wieder eingeschlafen.

»Die Chancen, daß er es selbst ausgewürgt hätte, standen fünfzig zu fünfzig, Rachel. Ich habe nur ein bißchen nachgeholfen.«

»Aber er war dem Tod nahe«, sagte sie. Sie blickte zu ihm auf, und ihre übernächtigten Augen waren ungläubig und fassungslos. »Louis, er war dem Tod so nahe.«

Plötzlich erinnerte er sich, wie sie ihn in der sonnigen Küche angeschrien hatte: *Er wird nicht sterben, niemand von uns wird sterben.*

»Liebling«, sagte Louis. »Wir alle sind dem Tod nahe. Zu jeder Zeit.«

Aller Wahrscheinlichkeit nach war es die Milch gewesen, die das neuerliche Erbrechen ausgelöst hatte. Gage war gegen Mitternacht aufgewacht, ungefähr eine Stunde, nachdem Louis zu Bett gegangen war, hatte sein »Hungergeschrei« von sich gegeben, und Rachel hatte ihm eine Flasche geholt. Während er noch trank, war sie wieder eingenickt. Ungefähr eine Stunde später hatte das Würgen eingesetzt.

»Keine Milch mehr«, sagte Louis, und Rachel willigte fast demütig ein. Keine Milch mehr.

Gegen viertel nach zwei ging Louis wieder hinunter und verbrachte fünfzehn Minuten mit der Suche nach dem Kater. Dabei stellte er fest, daß die Tür zwischen Küche und Keller offenstand, wie er vermutet hatte. Ihm fiel ein, daß ihm seine Mutter einmal von einer Katze erzählt hatte, die sehr geschickt darin war, altmodische Riegel wie den an der Kellertür zu öffnen. Die Katze sprang einfach an der Tür hoch und drückte den Riegel so lange mit der Pfote nieder, bis die Tür offen war. Ein guter Trick, dachte Louis, aber Church würde ihn nicht mehr oft anwenden. Schließlich hatte die Kellertür außerdem noch ein Schloß. Er fand Church schlafend unter dem Herd und scheuchte ihn unzeremoniös zur Vordertür hinaus. Auf dem Rückweg zu seinem Ausziehbett schloß er die Kellertür.

Und diesmal drehte er den Schlüssel im Schloß.

29

Am Morgen war Gages Temperatur fast wieder normal. Seine Wangen waren ein wenig aufgesprungen, aber die Augen waren klar, und er war voller Tatendrang. Ganz plötzlich, im Verlauf einer Woche, wie es schien, war aus seinem unverständlichen Kauderwelsch ein Schwall von Worten geworden: er plapperte fast alles nach, was er hörte. Jetzt wollte Ellie, daß er »Scheiße« sagte.

»Sag Scheiße, Gage«, animierte ihn Ellie über ihre Cornflakes hinweg.

»Scheiße-Gage«, reagierte Gage bereitwillig. Auch Gage hatte einen Teller mit Cornflakes vor sich, die Louis unter der Bedingung genehmigt hatte, daß er nur ganz wenig Zucker dazu bekam. Und wie üblich spielte Gage mehr damit, als er tatsächlich aß.

Ellie fing an zu kichern.

»Sag Furz, Gage«, sagte sie.

»Furz-Gage«, sagte Gage und grinste durch die Cornflakes, die er über sein ganzes Gesicht verschmiert hatte. »Furz-un-Scheiße.«

Ellie und Louis lachten laut. Sie konnten gar nicht anders. Rachel fand es weniger lustig. »Ich finde, das ist genug vulgäres Gerede für einen Morgen«, sagte sie und reichte Louis seine Eier.

»Scheiße-un-Furz-un-Furz-un-Scheiße«, deklamierte Gage vergnügt, und Ellie verbarg ihr Kichern hinter vorgehaltener Hand. Auch um Rachels Mund zuckte es ein wenig; Louis fand, daß sie trotz der gestörten Nachtruhe wesentlich besser aussah. Ein Teil davon war sicher Erleichterung, dachte Louis. Gage ging es besser, und sie war wieder zu Hause.

»Das darfst du nicht sagen, Gage«, sagte sie.

»Schön«, sagte Gage zur Abwechslung und erbrach die Cornflakes, die er gegessen hatte, auf seinen Teller.

»Igitt-igitt!« schrie Ellie und flüchtete vom Tisch.

Da brach Louis in wildes Gelächter aus. Er konnte sich nicht helfen. Er lachte, bis er weinte, und weinte, bis er wieder lachte. Rachel und Gage starrten ihn an, als hätte er den Verstand verloren.

Nein, hätte Louis ihnen erklären können, *ich hatte den Verstand verloren, aber ich glaube, jetzt habe ich es überstanden. Ich glaube, ich habe es wirklich überstanden.*

Er wußte nicht, ob es vorüber war oder nicht, aber er hatte das *Gefühl,* daß es vorüber war; vielleicht genügte das.

Und für eine Zeitlang zumindest tat es das.

30

Gages Virus hielt sich noch eine Woche, dann verschwand er. Eine Woche später hatte er sich eine Bronchitis geholt. Ellie steckte sich an und dann auch Rachel; in der Adventszeit liefen die drei herum und bellten wie sehr alte, kurzatmige Jagdhunde. Louis blieb verschont, und Rachel schien ihm das übelzunehmen.

Die letzte Vorlesungswoche an der Universität war für Louis, Steve, Surrendra und Joan Charlton eine hektische Zeit. Die Grippe war nicht ausgebrochen – fürs erste jedenfalls nicht –, aber es gab eine Menge Bronchitis und mehrere Fälle von Virus-Angina und Lungenentzündung. Zwei Tage vor den Weihnachtsferien wurden sechs stöhnende, betrunkene Studenten von ihren besorgten Freunden in die Krankenstation gebracht. Ein paar Augenblicke herrschte eine Konfusion, die schreckliche Erinnerungen an die Sache mit Pascow heraufbeschwor. Die sechs Schwachköpfe hatten sich auf einem mittelgroßen Schlitten zusammengedrängt (nach dem, was Louis sich zusammenreimen konnte, hatte der sechste sogar auf den Schultern des Hintermannes gesessen), und dann waren sie den Hügel oberhalb vom Kraftwerk heruntergerodelt. Ein herrlicher Spaß – wenn man davon absah, daß der Schlitten, nachdem er schon eine beachtliche Geschwindigkeit erreicht hatte, vom Kurs abgekommen und gegen eine der Kanonen aus dem Bürgerkrieg geprallt war. Das Ergebnis waren zwei gebrochene Arme, ein gebrochenes Handgelenk, insgesamt sieben gebrochene Rippen, eine Gehirnerschütterung und mehr Quetschungen, als man zählen konnte. Nur der Junge, der auf den Schultern des Hintermannes gesessen hatte, war völlig unverletzt davongekommen. Als der Schlitten gegen die Kanone prallte, war der Glückliche über sie hinweggeflogen und kopfüber in einer Schneewehe gelandet. Die Beschäftigung mit diesem Haufen Elend war kein Vergnügen gewesen, und Louis hatte den Jungen gründlich die Leviten gelesen, während er nähte, bandagierte und in Pupillen blickte; doch als er Rachel später davon erzählte, hatte er gelacht, bis ihm die Tränen kamen. Rachel, die nicht wußte, was daran komisch sein sollte, hatte ihn befremdet angestarrt, und Louis konnte ihr nicht erklären, daß es zwar ein dummer Unfall mit einer ganzen Reihe von Verletzungen gewesen war, aber alle Beteiligten würden es überleben. Sein Lachen war teils Erleichterung, teils aber auch Triumph – diesmal hast du's geschafft, Louis.

Um den 16. Dezember herum, an dem Ellies Schulferien begannen, klang die Bronchitis in seiner Familie ab; alle vier stellten sich auf ein glückliches, altmodisches Weihnachten auf dem Lande ein. Das Haus in North Ludlow, das ihnen an jenem Tag im August so fremd vorgekommen war (fremd und sogar feindselig, als Ellie sich das Knie aufschlug und Gage fast gleichzeitig von einer Biene gestochen wurde), war für sie mehr als je zuvor ein wirkliches Zuhause.

Als die Kinder am Heiligabend endlich eingeschlafen waren, schlichen sich Louis und Rachel wie Diebe vom Dachboden herunter, beladen mit leuchtendbunten Kartons – einem Satz Matchbox-Rennwagen für Gage, der kürzlich sein Vergnügen an Spielzeugautos entdeckt hatte, Barbie- und Ken-Puppen für Ellie, einem Roboter zum Aufziehen, einem noch zu großen Dreirad, Puppenkleidern, einem Puppenherd mit einer Glühbirne darin und anderem mehr.

Sie saßen Seite an Seite im Schein der Weihnachtsbaumkerzen und bauten die Spielsachen zusammen. Rachel trug einen seidenen Hausanzug, Louis seinen Bademantel. Er konnte sich nicht erinnern, jemals einen behaglicheren Abend verbracht zu haben. Im Kamin brannte ein Feuer, und hin und wieder stand einer von ihnen auf und warf ein weiteres Birkenscheit darauf.

Winston Churchill strich einmal an Louis vorüber, und er schob den Kater mit fast unbewußtem Abscheu beiseite – dieser Geruch. Später sah er, wie sich Church neben Rachels Bein niederzulassen versuchte, und auch Rachel reagierte, indem sie ihn beiseiteschob und unwillig »Verschwinde!« sagte. Einen Augenblick später bemerkte Louis, wie seine Frau ihre Handfläche an der Seide über ihrem Schenkel abwischte, wie man es gelegentlich tut, wenn man das Gefühl hat, etwas Unsauberes angefaßt zu haben. Er glaubte nicht, daß Rachel sich dieser Bewegung bewußt war.

Church trottete zum Kamin hinüber und ließ sich unbeholfen vor dem Feuer nieder. Der Kater besaß jetzt überhaupt keine Anmut mehr; wie es schien, hatte er sie an jenem Abend verloren, an den zu denken Louis sich nur selten gestattete. Und noch etwas hatte Church verloren. Louis hatte gespürt, daß etwas fehlte, aber es hatte einen vollen Monat gedauert, bis er genau wußte, was es war. Der Kater schnurrte nicht mehr. Dabei hatte er früher, vor allem, wenn er schlief, einen der lautesten Motoren gehabt. Es hatte Nächte gegeben, in denen Louis aufstehen und Ellies Tür schließen mußte, um schlafen zu können.

Jetzt schlief der Kater wie ein Stein. Wie ein Toter.

Nein, fiel ihm ein, es gab eine Ausnahme. In der Nacht, in der er auf dem Ausziehbett geschlafen und Church auf seiner Brust gelegen hatte wie eine stinkende Decke – in dieser Nacht hatte Church geschnurrt. Zumindest hatte er irgendwelche Laute von sich gegeben.

Aber wie Jud Crandall gewußt – oder vermutet – hatte, war nicht alles schlecht. Louis hatte im Keller hinter dem Kessel eine zerbrochene Fensterscheibe entdeckt, und der Glaser, der eine neue einsetzte, hatte ihnen eine Menge Dollars für verschwendetes Heizöl erspart. Dafür, daß er seine Aufmerksamkeit auf die zerbrochene Scheibe gelenkt hatte, die er sonst vielleicht erst Wochen – oder Monate – später entdeckt hätte, schuldete er Church wohl sogar einigen Dank.

Ellie wollte Church nicht mehr bei sich schlafen lassen, aber manchmal, wenn sie vor dem Fernseher saß, hatte sie nichts dagegen, daß er sich auf ihrem Schoß niederließ und schlief. Aber es kam ebenso oft vor, dachte er, während er in dem Beutel mit Plastikschrauben kramte, die Ellies neues Dreirad zusammenhalten sollten, daß sie ihn nach ein paar Minuten hinunterstieß und sagte: »Verzieh dich, Church, du stinkst.« Sie fütterte ihn regelmäßig und liebevoll, und selbst Gage fand nichts dabei, ihn gelegentlich am Schwanz zu ziehen – mehr freundschaftlich als bösartig, davon war Louis überzeugt; es war, als zöge ein winziger Mönch an einem fellbezogenen Glockenstrang. Wenn er das tat, kroch Church gemächlich unter einen der Heizkörper, wo er vor Gage sicher war.

Vielleicht wären uns bei einem Hund noch mehr Veränderungen aufgefallen, dachte Louis, *aber Katzen sind ohnehin schon verdammt unabhängige Tiere. Unabhängig und eigenwillig. Unnahbar sogar.* Es wunderte ihn gar nicht, daß die Pharaonen im alten Ägypten verlangt hatten, daß man ihre Katzen mumifizierte und ihnen in ihre Grabmäler mitgab, damit sie in der künftigen Welt ihre Seelen geleiteten. Katzen hatten etwas Unheimliches an sich.

»Wie kommst du mit dem Dreirad zurecht, großer Meister?«
Er wies auf das fertige Produkt. »So la-la.«
Rachel zeigte auf den Beutel, in dem noch drei oder vier Kunststoffschrauben lagen. »Und was ist damit?«
»Ersatzteile«, sagte Louis mit schuldbewußtem Lächeln.
»Hoffentlich hast du recht. Sonst bricht sich das Kind seinen hübschen kleinen Hals.«
»Das kommt später«, sagte Louis boshaft. »Wenn sie zwölf ist und mit ihrem neuen Skateboard angibt.«
Sie stöhnte. »Doktor, sei nicht so herzlos!«
Louis erhob sich, legte die Hände aufs Kreuz und drehte den Rumpf. Sein Rückgrat knarrte. »Mit dem Spielzeug wären wir so weit.«
»Alles ist zusammengesetzt. Denkst du noch an letztes Jahr?«
Sie kicherte, und Louis lächelte. Im letzten Jahr mußte fast alles, was sie gekauft hatten, aus Einzelteilen zusammengebaut werden; sie hatten fast bis vier Uhr morgens darangesessen, und als sie es endlich geschafft hatten, waren sie beide verdrossen und übellaunig. Und am Nachmittag des Weihnachtstages hatte Ellie herausgefunden, daß die Verpackungen mehr Spaß machten als das Spielzeug.
»Jetzt reicht's mir aber auch«, sagte Louis.
»Dann laß uns zu Bett gehen«, sagte Rachel. »Da bekommst du ein Weihnachtsgeschenk vorweg.«
»Weib«, sagte Louis und richtete sich zu seiner vollen Höhe auf, »das steht mir von Rechts wegen zu.«
»Das möchtest du wohl«, sagte sie und lachte hinter vorgehaltenen Händen. In diesem Augenblick sah sie Ellie – und Gage – verblüffend ähnlich.
»Einen Moment noch«, sagte er. »Ich habe noch etwas zu tun.«
Er eilte in die Diele und holte einen seiner Stiefel aus dem Schrank. Dann rückte er den Schirm vor dem erlöschenden Feuer beiseite.
»Louis, was willst du ...«
»Das wirst du gleich sehen.«

An der linken Seite des Kamins, wo das Feuer bereits erloschen war, lag eine dicke Schicht flaumiggrauer Asche. Louis preßte den Stiefel hinein und hinterließ einen deutlichen Abdruck. Dann benutzte er den Stiefel wie einen großen Gummistempel und setzte ihn auf die Fliesen vor dem Kamin.
»So«, sagte er, nachdem er den Stiefel in den Schrank zurückgebracht hatte. »Wie findest du das?«
Rachel kicherte. »Louis, Ellie wird nicht wieder.«
In den letzten beiden Wochen hatte in der Vorschule das beunruhigende Gerücht die Runde gemacht, der Weihnachtsmann wäre niemand anderes als die Eltern. In dieser Idee war Ellie durch einen ziemlich mageren Weihnachtsmann bestärkt worden, den sie vor ein paar Tagen im Deering Ice Cream Parlor in Bangor gesehen hatte. Der Weihnachtsmann hatte auf einem Barhocker gesessen und den Bart zur Seite geschoben, um einen Cheeseburger essen zu können. Das hatte Ellie sehr verunsichert (der Cheeseburger offenbar noch mehr als der falsche Bart), obwohl Rachel ihr versichert hatte, die Weihnachtsmänner in den Kaufhäusern und bei der Heilsarmee wären »Hilfskräfte«, angeheuert vom richtigen Weihnachtsmann, der viel zu viel damit zu tun hatte, droben im Norden seine Bestände durchzusehen und in letzter Minute eintreffende Briefe von Kindern zu lesen, als daß er durch die ganze Welt reisen und in der Öffentlichkeit hätte erscheinen können.
Louis stellte den Schirm wieder an seinen Platz. Jetzt gab es zwei deutliche Stiefelabdrücke im Kamin, einen in der Asche und einen auf den Fliesen davor. Beide wiesen zum Weihnachtsbaum hinüber – es sah aus, als wäre der Weihnachtsmann mit einem Fuß gelandet und dann mit dem anderen vorgetreten, um die für den Haushalt der Creeds bestimmten Geschenke abzuladen. Die Illusion war vollkommen, solange man nicht sah, daß beides linke Abdrücke waren; aber Louis glaubte nicht, daß Ellie schon so scharfsichtig war. »Louis Creed, ich liebe dich«, sagte Rachel und küßte ihn.
»Du hast einen Erfolgsmenschen geheiratet«, sagte Louis mit selbstbewußtem Lächeln. »Halte zu mir, und ich mache dich berühmt.«
Sie gingen zur Treppe. Louis zeigte auf den Kartentisch, den Ellie vor den Fernseher gestellt hatte und auf dem Haferflockenplätzchen und zwei Ring-Dings lagen. Daneben stand eine Dose Micheloeb-Bier. FÜR DICH, WEIHNACHTSMANN stand in Ellies steifen Großbuchstaben auf einem Zettel. »Möchtest du einen Keks oder ein Ring-Ding?«
»Ein Ring-Ding«, sagte sie und aß die Hälfte davon. Louis zog den Verschluß der Bierdose auf und trank sie halb leer.

»Wenn ich so spät noch Bier trinke, bekomme ich Sodbrennen«, sagte er.
»Unsinn«, sagte sie gutgelaunt. »Und nun komm, Doktor.«
Louis stellte das Bier wieder auf den Tisch und griff dann in die Tasche seines Bademantels, als hätte er etwas vergessen – obwohl er den ganzen Abend immer wieder an das kleine, aber gewichtige Päckchen gedacht hatte.
»Hier«, sagte er. »Das ist für dich. Du kannst es gleich aufmachen – Mitternacht ist vorüber. Fröhliche Weihnachten, Baby.«
Sie drehte das kleine, in Silberpapier eingeschlagene und mit einem breiten, blauen Seidenband umwickelte Päckchen in den Händen. »Louis, was ist das?«
Er zuckte die Achseln. »Seife. Eine Gratisprobe Shampoo. Ich hab's vergessen.«
Sie öffnete es auf der Treppe, sah die Schachtel von Tiffany und stieß einen kleinen Schrei aus. Sie hob die Watteabdeckung ab und stand mit halboffenem Mund starr da.
»Nun?« fragte er unsicher. Er hatte ihr noch nie echten Schmuck geschenkt, und nun war er nervös. »Gefällt es dir?«
Sie nahm es heraus, legte die feine Goldkette über die gespreizten Finger und hob den winzigen Saphir ins Dielenlicht. Er drehte sich langsam und schien dabei kaltblaue Strahlen zu verschießen.
»Oh, Louis, das ist so verdammt schön ...« Er sah, daß sie ein wenig weinte, und war gerührt und bestürzt zugleich.
»He, Baby, nicht weinen«, sagte er. »Leg sie um.«
»Aber, Louis, das können wir – das kannst du dir doch gar nicht leisten ...«
»Ach, was«, sagte er. »Seit letztem Weihnachten habe ich hin und wieder ein bißchen Geld beiseitegelegt – und so teuer, wie du vielleicht denkst, war es gar nicht.«
»Wie teuer?«
»Das verrate ich dir nie«, erklärte er feierlich. »Ein ganzes Heer von chinesischen Folterknechten könnte es mir nicht entlocken. Zweitausend Dollar.«
»*Zweitausend!*« Sie fiel ihm so unvermittelt um den Hals, daß er fast die Treppe hinuntergestürzt wäre. »Louis, du bist *verrückt!*«
»Leg sie um«, sagte er noch einmal.
Sie tat es. Er half ihr mit dem Verschluß, und dann drehte sie sich um und sah ihn an. »Ich gehe hinauf und betrachte mich im Spiegel. Ich glaube, ich werde meinen Anblick *genießen.*«
»Tu das«, sagte er. »Ich setze den Kater vor die Tür und mache die Lichter aus.«
»Und nachher«, sagte sie und blickte ihm direkt in die Augen, »ziehe ich alles aus – bis auf das.«

»Dann genieß ein bißchen schneller«, sagte Louis, und sie lachte.

Er packte Church und nahm ihn auf den Arm – in letzter Zeit hatte er meist auf den Besen verzichtet. Vermutlich hatte er sich trotz allem fast wieder an den Kater gewöhnt. Er ging zur Haustür und löschte dabei schon einige Lichter. Als er die Tür von der Küche zur Garage öffnete, wirbelte ihm kalte Luft um die Knöchel.

»Fröhliche Weihnachten, Ch...«

Er verstummte. Auf der Fußmatte lag eine große, tote Krähe. Ihr Kopf war zerfetzt. Ein Flügel war abgetrennt und lag hinter dem Rumpf wie ein angekohltes Stück Papier. Church wand sich aus Louis' Armen und fiel sofort über den gefrorenen Kadaver her. Noch während Louis hinsah, schoß der Kopf des Katers mit angelegten Ohren vor, und bevor er den Blick abwenden konnte, hatte Church der Krähe eines ihrer milchigen, gebrochenen Augen ausgerissen.

Church schlägt wieder zu, dachte er mit einem flauen Gefühl im Magen und wendete sich ab – aber erst, nachdem er die blutige, leere Höhle gesehen hatte, in der das Auge der Krähe gesessen hatte. *Es sollte mir gar nichts ausmachen, ich habe schon Schlimmeres gesehen, o ja, Pascow zum Beispiel, Pascow war schlimmer, viel schlimmer...*

Aber es machte ihm doch etwas aus. Sein Magen drehte sich um. Das warme Gefühl sexueller Erregung war plötzlich verschwunden. *Himmel, der Vogel ist fast so groß wie er selbst. Muß ihn in einem Augenblick erwischt haben, wo er nicht aufgepaßt hat.*

Hier mußte aufgeräumt werden. Niemand wünschte sich ein solches Geschenk am Weihnachtsmorgen. Und die Verantwortung lag bei ihm, oder etwa nicht? Doch. Bei ihm und niemandem sonst. Das hatte er im Unterbewußtsein bereits an jenem Abend begriffen, als seine Familie zurückkehrte und er die Reifen auf die zerfetzten Reste der von Church getöteten Maus hatte fallen lassen.

Der Acker im Herzen eines Mannes ist steiniger, Louis.

Dieser Gedanke kam so klar, war irgendwie so dreidimensional und hörbar, daß Louis zusammenfuhr – es war, als wäre Jud hinter ihm aufgetaucht und hätte laut gesprochen.

Ein Mann bestellt ihn – und läßt darauf wachsen, was er kann.

Church hockte noch immer gierig über dem toten Vogel. Jetzt hatte er sich den anderen Flügel vorgenommen. Es knisterte dumpf, als Church daran zerrte, vor und zurück, vor und zurück. Den kriegst du nie vom Boden los, Orville. Stimmt, Wilbur, der Scheißvogel ist tot wie Hundedreck, wir können ihn ebensogut an den Kater verfüttern, können ihn ebensogut...

Plötzlich versetzte Louis Church einen Tritt, einen kräftigen

Tritt. Das Hinterteil des Katers fuhr hoch und sackte plump wieder herab. Dann wanderte er davon und bedachte Louis mit einem dieser gemeinen, grüngelben Blicke. »Friß mich«, fauchte Louis ihn an, als wäre er selbst ein Kater.
»Louis?« hörte er Rachels Stimme schwach aus dem Schlafzimmer. »Kommst du?«
»Komme gleich«, rief er zurück. *Ich muß nur eben diese kleine Sauerei hier wegräumen, Rachel. Weil es meine Sauerei ist.* Er tastete nach dem Schalter für das Garagenlicht. Dann eilte er zum Schrank unter der Küchenspüle und holte einen grünen Müllbeutel heraus. Er nahm den Beutel mit in die Garage und hob die Schaufel von ihrem Nagel an der Garagenwand. Er scharrte die Krähe los und ließ sie in den Beutel fallen. Dann schaufelte er den abgerissenen Flügel auf und beförderte ihn gleichfalls hinein. Er verknotete den Beutel und warf ihn in die Mülltonne hinter dem Heck des Honda. Als er das alles erledigt hatte, waren seine Knöchel taub.

Church stand an der Garagentür. Louis machte eine drohende Geste mit der Schaufel, und dann war der Kater verschwunden wie schwarzes Wasser.

Oben lag Rachel auf dem Bett, nur mit dem Saphir an seiner Kette bekleidet, wie sie es versprochen hatte. Sie lächelte ihn träge an.
»Wo warst du so lange, großer Meister?«
»Das Licht über der Spüle brannte nicht«, sagte Louis. »Ich habe eine neue Birne eingeschraubt.«
»Komm«, sagte sie und zog ihn sanft zu sich. Nicht an der Hand. »Er weiß, ob du geschlafen hast«, sang sie leise; ein kleines Lächeln spielte um ihre Mundwinkel. »Er weiß, ob du noch wach bist – aber, Louis, was ist denn das?«
»Da scheint etwas gerade aufgewacht zu sein«, sagte Louis und glitt aus seinem Bademantel. »Vielleicht sollten wir sehen, ob wir es wieder zum Schlafen bringen, bevor der Weihnachtsmann kommt, meinst du nicht?«
Sie stützte sich auf einen Ellenbogen; er spürte ihren warmen, süßen Atem.
»Er weiß, ob du gut warst oder schlecht ... also sei so gut ... sei gut .... Warst du ein guter Junge, Louis?«
»Ich denke doch«, sagte er. Seine Stimme war nicht ganz fest.
»Sehen wir, ob du so gut schmeckst, wie du aussiehst«, sagte sie.

Der Sex war gut, aber hinterher fiel es Louis schwer, einfach in den Schlaf hinüberzugleiten, wie sonst, wenn der Sex gut gewesen war – im Reinen mit sich selbst, seiner Frau, seinem Leben. Er lag in der Dunkelheit des Weihnachtsmorgens, lauschte Rachels langsamen, tiefen Atemzügen und dachte an den toten Vogel auf der Schwelle – Churchs Weihnachtsgeschenk für ihn.

Vergessen Sie mich nicht, Dr. Creed. Ich war lebendig, dann war ich tot, und jetzt bin ich wieder lebendig. Ich habe die volle Runde gemacht, und jetzt bin ich hier, um Ihnen zu sagen, daß man an der anderen Seite wieder herauskommt mit zerbrochenem Schnurrapparat und Geschmack am Jagen. Ich bin hier, um Ihnen zu sagen, daß ein Mann seinen Acker bestellt und darauf wachsen läßt, was er kann. Vergessen Sie nicht, Dr. Creed, ich bin ein Teil dessen, was jetzt in Ihrem Herzen wächst. Da sind Ihre Frau und Ihre Tochter und Ihr Sohn – und da bin ich. Bewahren Sie das Geheimnis und kümmern Sie sich um Ihren Acker.

Irgendwann schlief Louis ein.

31

Weihnachten war vorüber. Die Fußabdrücke im Kamin hatten Ellies Glauben an den Weihnachtsmann wiederhergestellt – fürs erste zumindest. Gage hatte seine Geschenke begeistert ausgepackt und nur hin und wieder innegehalten, um ein besonders wohlschmeckend aussehendes Stück Geschenkpapier zu verspeisen. Und in diesem Jahr hatten *beide* Kinder am Nachmittag herausgefunden, daß die Verpackung mehr Spaß machte als das Spielzeug.

Am Silvesterabend kamen die Crandalls zu Rachels Eierpunsch herüber, und Louis ertappte sich dabei, daß er Norma in Gedanken untersuchte. Sie machte einen blassen, irgendwie durchscheinenden Eindruck, der ihm schon früher begegnet war. Seine Großmutter hätte gesagt, Norma begänne zu »schwinden«, und das war vielleicht kein schlechtes Wort dafür. Ganz plötzlich schienen sich ihre von der Arthritis geschwollenen und verkrüppelten Hände mit Leberflecken bedeckt zu haben. Ihr Haar wirkte dünner. Gegen zehn gingen die Crandalls nach Hause, und die Creeds begannen das neue Jahr vor dem Fernseher. Es war das letzte Mal, daß Norma in ihrem Haus gewesen war.

Der größte Teil von Louis' Semesterferien war trüb und regnerisch. Wenn er an die Heizkosten dachte, war er froh über das Tauwetter; dennoch war es unerfreulich und deprimierend. Er beschäftigte sich im Haus, baute für Rachel Bücherregale und Schränke und in seinem Arbeitszimmer ein Porsche-Modell für sich selbst. Als am 23. Januar die Vorlesungen wieder anfingen, war Louis froh, zu seiner Arbeit an der Universität zurückkehren zu können.

Die Grippe brach schließlich doch noch aus – kaum eine Woche nach Vorlesungsbeginn kam es zu einer ziemlich ernsten Epidemie, und Louis hatte alle Hände voll zu tun; er arbeitete zehn, manchmal zwölf Stunden am Tag und kam dann völlig zerschlagen nach Hause – aber im Grunde nicht unglücklich.
Am 29. Januar schlug das Wetter mit Macht um. Es gab einen Blizzard, gefolgt von einer Woche mit strengem Frost. Louis sah gerade nach, wie der gebrochene Arm eines jungen Mannes heilte, der verzweifelt – und nach Louis' Ansicht vergeblich – hoffte, im Frühjahr wieder Baseball spielen zu können, als eine der Hilfsschwestern ihren Kopf zur Tür hereinstreckte und sagte, seine Frau sei am Telefon.

Louis ging in sein Büro, um das Gespräch entgegenzunehmen. Rachel weinte, und er bekam es sofort mit der Angst zu tun. *Ellie,* dachte er. *Sie ist vom Schlitten gefallen und hat sich den Arm gebrochen. Oder den Schädel.* Der Gedanke an die verrückten Jungen und ihre Schlittenfahrt drängte sich auf.

»Ist den Kindern etwas passiert?« fragte er. »Rachel?«
»Nein«, sagte sie und weinte noch heftiger. »Mit den Kindern ist nichts. Es ist Norma, Lou. Norma Crandall. Sie ist heute morgen gestorben, gegen acht, gleich nach dem Frühstück, hat Jud gesagt. Er kam herüber, um zu sehen, ob du da bist, und ich sagte, du wärst vor einer halben Stunde abgefahren. Er – oh, Lou, er sah so verloren und so fassungslos aus – so *alt* –, aber Gott sei Dank war Ellie schon fort, und Gage ist noch zu klein, um zu verstehen...«

Louis runzelte die Stirn, und trotz der schlimmen Nachricht war es Rachel, die seine Gedanken beschäftigte, tastend und suchend. Denn hier war es wieder. Nichts, worauf man den Finger hätte legen können – es war eine tief in ihr verwurzelte Einstellung: die Einstellung, daß der Tod ein Geheimnis war, etwas Grauenhaftes, das man vor den Kindern verheimlichen mußte, vor allem vor den Kindern, ungefähr so, wie die Damen und Herren der viktorianischen Zeit der Ansicht gewesen waren, die unerfreuliche, widerwärtige Wahrheit über den Geschlechtsverkehr müsse vor den Kindern verheimlicht werden.

»Großer Gott«, sagte er. »War es ihr Herz?«
»Ich weiß es nicht«, sagte sie. Sie weinte nicht mehr, aber ihre Stimme klang erstickt und heiser. »Kannst du kommen, Louis? Du bist sein Freund, und ich glaube, er braucht dich.«
Du bist sein Freund.
Ja, das bin ich wohl, dachte Louis leicht überrascht. *Ich hätte nie gedacht, daß ein über Achtzigjähriger mein Freund sein könnte, aber es ist so.*
Und dann kam ihm der Gedanke, daß sie angesichts all dessen,

was zwischen ihnen stand, einfach Freunde sein mußten. Und bei diesem Gedanken wurde ihm klar, daß Jud viel früher als er begriffen hatte, daß sie Freunde waren. Jud hatte ihm damals zur Seite gestanden. Und trotz allem, was seither geschehen war, trotz der Mäuse, trotz der Vögel, hatte Louis das Gefühl, daß Juds Entschluß wahrscheinlich richtig gewesen war – und wenn nicht richtig, dann zumindest mitfühlend. Ja, er würde für Jud tun, was in seinen Kräften stand, und wenn das bedeutete, daß er beim Tod seiner Frau die Rolle des Sargträgers spielen mußte, dann würde er auch das tun.
»Ich komme«, sagte er und legte den Hörer auf.

32

Es war kein Herzanfall gewesen. Es war ein Gehirnschlag, plötzlich und vermutlich schmerzlos. Als Louis am Nachmittag Steve Masterton anrief und berichtete, was vorgefallen war, meinte Steve, so würde er auch gern sterben.
»Manchmal trödelt Gott herum«, sagte Steve, »und manchmal zeigt er nur auf einen und sagt, man soll seine Klamotten an den Nagel hängen.«
Rachel wollte nicht darüber sprechen und ließ auch nicht zu, daß Louis mit ihr darüber sprach.
Ellie war nicht so sehr verstört als überrascht und neugierig – sie reagierte so, wie eine durch und durch gesunde Fünfjährige nach Louis' Ansicht reagieren sollte. Sie wollte wissen, ob Mrs. Crandall mit offenen oder geschlossenen Augen gestorben war. Louis sagte, er wüßte es nicht.
Jud war so gefaßt, wie man es in Anbetracht der Tatsache, daß seine Frau fast sechzig Jahre Tisch und Bett mit ihm geteilt hatte, erwarten konnte. Als Louis kam, saß der alte Mann – und an diesem Tag sah er wirklich aus wie ein alter Mann von dreiundachtzig Jahren – allein am Küchentisch, rauchte eine Chesterfield, trank Bier und starrte mit leerem Blick ins Wohnzimmer.
Er sah auf, als Louis hereinkam, und sagte: »Ja, Louis, nun ist sie tot.« Das kam so klar und sachlich, daß Louis den Eindruck hatte, es könne noch nicht alle Schaltstellen passiert haben – könne ihn noch nicht dort getroffen haben, wo sein Leben saß. Dann begann Juds Mund zu arbeiten, und er bedeckte die Augen mit einem Arm. Louis trat zu ihm und legte einen Arm um ihn. Jud gab nach und weinte. Es hatte wirklich alle Schaltstellen passiert. Jud hatte es begriffen. Seine Frau war tot.

»Das ist gut«, sagte Louis. »Das ist gut, Jud, sie hätte sich gewünscht, daß Sie ein bißchen weinen. Wäre wahrscheinlich sauer gewesen, wenn Sie es nicht getan hätten.« Er weinte selbst ein bißchen. Jud umarmte ihn fest, und Louis erwiderte die Umarmung. Jud weinte ungefähr zehn Minuten, dann flaute der Sturm ab. Louis achtete sehr genau auf das, was Jud danach sagte – als Arzt ebenso wie als Freund. Er achtete auf Abschweifungen in Juds Erzählungen; er achtete darauf, ob Juds Zeitvorstellungen klar waren (auf die Ortsvorstellungen brauchte er nicht zu achten; das bewies nichts, denn Juds Ort war immer Ludlow in Maine gewesen); er achtete vor allem darauf, ob er von Norma im Präsens sprach. Er fand wenig oder gar keine Anzeichen dafür, daß Jud den Halt verlor. Louis wußte, daß es bei alten Ehepaaren nicht selten vorkam, daß sie fast Hand in Hand abtraten, nur einen Monat, eine Woche oder gar nur einen Tag voneinander getrennt. Das mochte am Schock liegen oder vielleicht auch an einem tiefen inneren Drang, den verstorbenen Partner einzuholen (das war ein Gedanke, der ihm vor der Sache mit Church nicht gekommen wäre; er hatte feststellen müssen, daß viele seiner Ansichten über das Spirituelle und Übernatürliche eine stille, aber tiefgreifende Veränderung durchgemacht hatten). Er kam zu dem Schluß, daß Jud zwar gramgebeugt, aber dennoch *compos mentis* war. Er bemerkte an Jud nichts von der durchscheinenden Zerbrechlichkeit, die er am Silvesterabend an Norma wahrgenommen hatte, als sie alle vier im Wohnzimmer der Creeds gesessen und Eierpunsch getrunken hatten.

Jud brachte ihm ein Bier aus dem Kühlschrank; sein Gesicht war noch rot und fleckig vom Weinen.

»Es ist zwar noch ein bißchen früh am Tage«, sagte er, »aber irgendwo auf der Welt ist die Sonne schon hinter der Rahnock verschwunden, und unter diesen Umständen...«

»Schon gut«, sagte Louis und öffnete sein Bier. Dann sah er Jud an. »Wollen wir auf sie trinken?«

»Ja, das wollen wir«, sagte Jud. »Sie hätten sie sehen sollen, als sie sechzehn war, Louis, wenn sie mit offener Jacke aus der Kirche kam – die Augen wären Ihnen übergegangen. Sie hätte selbst den Teufel dazu gebracht, dem Trinken abzuschwören. Gott sei Dank hat sie das von mir nie verlangt.«

Louis nickte und hob sein Bier. »Auf Norma«, sagte er.

Jud ließ seine Flasche an die von Louis stoßen. Er weinte wieder, aber gleichzeitig lächelte er. Dann nickte er gleichfalls. »Möge sie Frieden finden, und möge sie dort, wo immer sie sein mag, nicht von Arthritis geplagt werden.«

»Amen«, sagte Louis, und dann tranken sie.

Es war das einzige Mal, daß Louis Jud mit mehr als nur einem leichten Schwips erlebte; dennoch behielt er einen klaren Kopf. Er schwelgte in Erinnerungen und erzählte ununterbrochen Episoden und Anekdoten, farbig und anschaulich, manchmal spannend. Doch zwischen den Geschichten aus der Vergangenheit handhabte Jud die Gegenwart auf eine Art, die Louis nur bewundern konnte; er bezweifelte, ob er sich auch nur halb so gut gehalten hätte, wenn Rachel nach ihrer Grapefruit und ihrem Frühstücksei tot umgefallen wäre.

Jud rief das Begräbnisinstitut von Brookings-Smith in Bangor an und ordnete alles an, was sich telefonisch anordnen ließ; er traf eine Verabredung für den folgenden Tag, um das übrige zu erledigen. Ja, er wünschte, daß sie einbalsamiert würde; er wollte, daß sie ein Kleid trug, das er mitbringen würde. Ja, er würde Unterwäsche heraussuchen; nein, er wollte nicht, daß sie die hinten geschnürten Spezialschuhe des Bestattungsinstituts trug. Ob jemand da wäre, der ihr die Haare wusch? Sie hatte sie am Montag gewaschen, sie waren also schmutzig, als sie starb. Er hörte zu, und Louis, dessen Onkel ja im »stillen Geschäft« gewesen war, wie man es in der Branche nannte, wußte, daß der Bestattungsunternehmer Jud erklärte, daß Waschen und Frisieren in den Dienstleistungen inbegriffen waren. Jud nickte und dankte dem Mann, mit dem er sprach, dann hörte er wieder zu. Ja, sagte er, er wünschte, daß sie geschminkt würde, aber ganz unauffällig. »Sie ist tot, und die Leute wissen es«, sagte er und zündete sich eine Chesterfield an. »Es besteht also keine Veranlassung, sie anzumalen wie ein Straßenmädchen.« Bei der Beisetzung sollte der Sarg geschlossen sein, erklärte er dem Mann mit gelassener Autorität, während der Besuchszeit am Tag zuvor jedoch offen. Sie sollte auf dem Mount Hope-Friedhof begraben werden, wo sie 1951 eine Grabstelle gekauft hatten. Er hatte die Papiere vor sich und gab dem Mann die Grabnummer an, damit dort mit den Vorbereitungen begonnen werden könne: H 101. Er selbst hatte H 102, erklärte er Louis später.

Er legte den Hörer auf, sah Louis an und sagte: »Ich finde, der Friedhof drüben in Bangor ist der schönste der Welt. Nehmen Sie sich noch ein Bier, Louis, wenn Sie möchten. Das alles dauert noch eine Weile.«

Louis wollte gerade ablehnen – er fühlte sich ein wenig beschwipst –, als sich seinem inneren Auge unwillkürlich ein groteskes Bild aufdrängte: Jud, der Norma auf einer primitiven Trage durch die Wälder zog. Zum Begräbnisplatz der Micmac, jenseits des Tierfriedhofs.

Es wirkte auf ihn wie ein Schlag ins Gesicht. Wortlos stand er auf und holte sich ein weiteres Bier aus dem Kühlschrank. Jud nickte ihm zu und wählte eine neue Nummer. Als Louis am Nachmittag gegen drei nach Hause ging, um ein Sandwich und einen Teller Suppe zu essen, war Jud beim Organisieren der Abschiedsriten für seine Frau schon ein gutes Stück vorangekommen; er tat eines nach dem anderen wie ein Mann, der eine Dinnerparty plant, von der einiges abhängt. Er rief in der Methodistenkirche von North Ludlow an, wo der Begräbnisgottesdienst stattfinden sollte, und bei der Friedhofsverwaltung von Mount Hope; es waren Anrufe, die der Mann von Brookings-Smith erledigen würde, aber der Höflichkeit halber rief Jud zuerst an. Das waren Dinge, an die die wenigsten Hinterbliebenen dachten – und wenn sie es taten, konnten sie sich selten dazu aufraffen. Deswegen bewunderte Louis Jud um so mehr. Später rief er die wenigen noch lebenden Verwandten Normas an und seine eigenen; die Nummern suchte er aus einem alten, zerfledderten, in Leder gebundenen Adreßbuch heraus. Und zwischen den Anrufen trank er Bier und erinnerte sich an die Vergangenheit.

Louis empfand große Bewunderung für ihn – und Liebe?
Ja, bestätigte sein Herz. Und Liebe.

Als Ellie an diesem Abend im Schlafanzug herunterkam, um sich ihren Gutenachtkuß zu holen, fragte sie Louis, ob Mrs. Crandall jetzt wohl in den Himmel käme. Sie flüsterte Louis die Frage zu, als wüßte sie, daß es besser war, wenn sie nicht gehört wurde. Rachel war in der Küche damit beschäftigt, eine Hühnerpastete zuzubereiten, die sie am nächsten Tag zu Jud hinüberbringen wollte.

Im Haus der Crandalls jenseits der Straße brannten alle Lichter. Autos parkten auf Juds Auffahrt und auf dem Bankett an seiner Straßenseite je dreißig Meter rechts und links davon. Die offizielle Kondolenz würde morgen im Bestattungsinstitut stattfinden; heute abend waren die Leute gekommen, um Jud zu trösten, so gut sie konnten, sich mit ihm zu erinnern und Normas Hinscheiden zu feiern – das hinter sich zu bringen, was Jud am Nachmittag einmal das »Vorspiel« genannt hatte. Zwischen den beiden Häusern wehte ein eisiger Februarwind. Stellenweise bedeckte schwarzes Eis die Straße. Die kälteste Zeit des Winters war angebrochen.

»Das weiß ich wirklich nicht, Kleines«, sagte Louis und hob Ellie auf seinen Schoß. Im Fernsehen lief eine wilde Schießerei. Ein Mann drehte sich um sich selbst und fiel, ohne daß einer von ihnen es bemerkte. Louis war sich – mit einigem Unbehagen – im klaren darüber, daß Ellie wahrscheinlich über Ronald McDonald, Spiderman und Burger King erheblich mehr wußte als über Moses, Jesus und Paulus. Sie war die Tochter einer Frau, die eine

nichtpraktizierende Jüdin war, und eines Mannes, der ein abtrünniger Methodist war, und er argwöhnte, daß ihre Vorstellungen über den ganzen *spiritus mundi* höchst vage waren – weder Mythen noch Träume, sondern bestenfalls Träume von Träumen. *Es ist zu spät dafür,* dachte er beiläufig. *Sie ist erst fünf, aber es ist schon zu spät dafür. Du lieber Himmel, es ist so schnell zu spät.*
Aber Ellie sah ihn an, und er hatte das Gefühl, etwas sagen zu müssen.
»Darüber, was mit unserem Tod nach uns geschieht, glauben die Leute alles mögliche«, sagte er. »Manche Leute glauben, wir kämen in den Himmel oder in die Hölle. Manche Leute glauben, wir würden als kleine Kinder wiedergeboren...«
»Ja, Karnation. Wie bei Audrey Rose in dem Fernsehfilm.«
»Den hast du doch nicht gesehen!« Wenn Rachel erfuhr, daß Ellie *Audrey Rose* gesehen hätte, würde sie selbst einen Gehirnschlag bekommen.
»Marie hat mir in der Schule davon erzählt«, sagte Ellie. Marie bezeichnete sich selbst als Ellies beste Freundin; sie war ein unterernährtes, schmutziges kleines Mädchen, das immer aussah, als könnte es jeden Moment Eiterflechte, Kopfgrind oder sogar Skorbut bekommen. Rachel und Louis duldeten die Freundschaft, so gut sie konnten, aber Rachel hatte Louis einmal gestanden, daß sie, wenn Marie dagewesen war, immer den Drang verspürte, Ellies Kopf auf Nissen und Läuse zu untersuchen. Louis hatte gelächelt und genickt.
»Marie darf sich *alle* Filme im Fersehen ansehen.« Louis beschloß, die mit diesen Worten ausgesprochene Kritik zu ignorieren.
»Nun, es heißt Reinkarnation, aber ich glaube, du weißt, was damit gemeint ist. Die Christen glauben an Himmel und Hölle, aber auch an Orte, die Vorhölle und Fegefeuer genannt werden. Und die Hindus und Buddhisten glauben an das Nirwana...«
An der Eßzimmerwand war ein Schatten erschienen. Rachel. Sie hörte zu.
Etwas langsamer fuhr Louis fort.
»Und wahrscheinlich gibt es noch viel mehr. Aber worauf es hinausläuft, Ellie, ist das: niemand weiß etwas Genaues. Die Leute *behaupten* zwar, sie wüßten es, aber wenn sie das sagen, meinen sie, daß ihr Glaube es ihnen sagt. Weißt du, was Glaube ist?«
»Ja...«
»Hier sitzen wir auf meinem Stuhl«, sagte Louis. »Denkst du, daß der Stuhl morgen auch noch hier sein wird?«
»Natürlich.«
»Dann *glaubst* du, daß er hier sein wird. Ich glaube es auch.

Glaube ist die Überzeugung, daß etwas ist oder sein wird. Verstehst du?«

Ellie nickte nachdrücklich.

»Aber wir *wissen* nicht, ob er noch da sein wird. Schließlich könnte ja irgendein verrückter Stühledieb einbrechen und ihn mitnehmen, nicht wahr?«

Ellie kicherte. Louis lächelte.

»Wir glauben nur, daß das nicht passiert. Der Glaube ist eine großartige Sache, und die wirklich religiösen Leute möchten uns einreden, daß Glauben und Wissen dasselbe sind. Aber da bin ich anderer Meinung. Dafür gibt es in dieser Sache zu viele verschiedene Vorstellungen. Was wir *wissen*, ist nur dies: wenn wir sterben, gibt es nur zwei Möglichkeiten. Entweder überleben unsere Seelen und Gedanken auf irgendeine Weise die Erfahrung des Todes, oder sie tun es nicht. Wenn sie es tun, kann alles geschehen, was man sich ausdenken kann. Wenn nicht, dann ist der Film eben abgelaufen. Aus und vorbei.«

»Wie beim Schlafen?«

Er dachte einen Augenblick nach und sagte dann: »Eher wie bei einer Narkose, denke ich.«

»Und was glaubst du, Daddy?«

Der Schatten an der Wand bewegte sich und kam dann wieder zur Ruhe.

Die meiste Zeit seines Erwachsenendaseins – seit seinem Studium zumindest – hatte er geglaubt, der Tod wäre das Ende. Er hatte an vielen Sterbebetten gestanden und nie das Gefühl gehabt, eine Seele schösse an ihm vorbei auf ihrem Weg – wohin auch immer; hatte sich dieser Gedanke nicht auch beim Tod von Victor Pascow aufgedrängt? Mit seinem Psychologie-Professor war er sich darüber einig gewesen, daß die Berichte über ein Leben nach dem Tod, die in wissenschaftlichen Zeitschriften erschienen und dann in den Massenblättern ausgeschlachtet wurden, wahrscheinlich die letzte Rückzugsposition des Geistes angesichts des anbrandenden Todes darstellten – einen Versuch des unendlich erfinderischen Menschengeistes, mit Hilfe einer Halluzination von Unsterblichkeit den Wahnsinn bis zum letzten Augenblick abzuwehren. Er war auch der gleichen Meinung gewesen wie ein Bekannter im Studentenwohnheim, der im Verlauf einer nächtlichen Diskussion in Louis' zweitem Studienjahr in Chicago gesagt hatte, die Wunder, von denen es in der Bibel geradezu wimmele, hätten im Zeitalter des Verstandes fast gänzlich aufgehört (»vollständig aufgehört«, hatte er zuerst gesagt, war dann aber gezwungen gewesen, zumindest einen Schritt zurückzustecken, als Andere Beispiele dafür anführten, daß noch immer eine Menge seltsamer Dinge vor sich gingen, Residuen des Unerklärbaren in einer Welt, die im großen und ganzen zu einem sauberen, gutbeleuchteten Ort geworden war; da war zum Beispiel das Turiner Leichentuch, das bisher jeder Bemühung, ihm seinen Nimbus zu nehmen, widerstanden hatte). »Christus erweckte also Lazarus vom Tode«, hatte sein Bekannter – der später ein angesehener Geburtshelfer in Dearborne, Michigan, geworden war – gesagt. »Mir soll's recht sein. Wenn ich es schlucken muß, dann tue ich das eben. Schließlich mußte ich mir sagen lassen, daß in manchen Fällen von Zwillingsschwangerschaft ein Fetus wie eine Art ungeborener Kannibale den anderen *in utero* verschluckt, und daß zum Beweis dafür zwanzig oder dreißig Jahre später in seinen Hoden oder in seinen Lungen Zähne wachsen; ich finde, wenn ich das glauben kann, dann kann ich so ziemlich alles glauben. Aber ich möchte den Totenschein sehen – versteht ihr, was ich meine? Ich bezweifle nicht, daß er aus seinem Grab auferstanden ist. Aber ich möchte das Original des Totenscheins sehen. Ich bin wie Thomas, der sagte, er könne erst glauben, daß Jesus auferstanden sei, wenn er durch die Nagellöcher hindurchgeschaut und die Hand in die Wunde an seiner Seite gelegt hat. Was mich betrifft, so halte ich *ihn* für den eigentlichen Arzt in dem ganzen Haufen, nicht Lukas.«

Nein, an ein Leben nach dem Tode hatte Louis eigentlich nie geglaubt. Zumindest bis zu der Sache mit Church nicht.

»Ich meine, daß es irgendwie weitergeht«, erklärte er seiner Tochter langsam. »Aber wie dieses Weitergehen aussieht – das kann ich mir nicht recht vorstellen. Vielleicht ist es von Mensch zu Mensch verschieden. Vielleicht bekommt man das, woran man sein ganzes Leben geglaubt hat. Aber ich glaube, daß wir fortbestehen, und ich meine auch, daß Mrs. Crandall an einem Ort ist, an dem sie glücklich sein kann.«

»Das ist dein Glaube«, sagte Ellie. Es war keine Frage. Sie schien beeindruckt.

Louis lächelte ein wenig geschmeichelt und ein wenig verlegen. »Ich denke schon, und außerdem glaube ich, daß für dich jetzt Schlafenszeit ist. Wie schon vor zehn Minuten.«

Er küßte sie zweimal, einmal auf die Lippen und einmal auf die Nase.

»Glaubst du, daß auch Tiere fortbestehen?«

»Ja«, sagte er, ohne nachzudenken, und fast hätte er hinzugesetzt, *vor allem Kater.* Die Worte hatten ihm schon auf der Zunge gelegen, und seine Haut fühlte sich kalt und grau an.

»Okay«, sagte sie und glitt von seinem Schoß. »Und jetzt muß ich Mommy gute Nacht sagen.«

»Dann lauf.«

Er sah ihr nach. An der Tür zum Eßzimmer drehte sie sich noch einmal um und sagte:»Das war wirklich dumm von mir, das mit Church damals. Daß ich so geweint habe.«
»Nein, Kleines«, sagte er.»Ich glaube nicht, daß das dumm war.«
»Wenn er jetzt stürbe, könnte ich es ertragen«, sagte sie, und dann schien sie, leicht verblüfft, über das nachzudenken, was sie gerade ausgesprochen hatte. Dann sagte sie, wie um sich selbst beizupflichten:»Doch, das könnte ich.« Sie machte sich auf die Suche nach ihrer Mutter.

Später, im Bett, sagte Rachel:»Ich habe gehört, worüber du mit ihr gesprochen hast.«
»Und du bist nicht einverstanden?« fragte Louis. Vielleicht war es das beste, die Sache auszufechten, wenn es das war, was Rachel wollte.
»Nein«, sagte Rachel mit einem für sie ungewöhnlichen Zögern.
»Nein, Louis, das ist es nicht. Ich – ich habe einfach Angst. Und du kennst mich ja. Wenn ich Angst habe, gehe ich in die Defensive.«
Louis konnte sich nicht erinnern, daß Rachel jemals ihre Worte so mühsam herausgebracht hatte, und plötzlich spürte er, daß er mehr auf der Hut sein mußte als vorher mit Ellie. Er hatte das Gefühl, in einem Minenfeld zu stehen.
»Wovor hast du Angst? Vorm Sterben?«
»Nicht davor, daß *ich* sterbe«, sagte sie.»Daran denke ich selten – jedenfalls jetzt nicht mehr. Aber als Kind habe ich oft daran gedacht. Es hat mich eine Menge Schlaf gekostet. Ich träumte von Ungeheuern, die erschienen, um mich in meinem Bett zu verschlingen, und alle Ungeheuer sahen aus wie meine Schwester Zelda.«
Ja, dachte Louis. *Jetzt kommt es; nach all den Jahren, die wir verheiratet sind, kommt es endlich heraus.*
»Du sprichst nicht oft von ihr«, sagte er.
Rachel lächelte und berührte sanft sein Gesicht.»Du bist lieb, Louis. Ich rede nie über sie. Ich versuche, nie an sie zu denken.«
»Ich habe immer angenommen, daß du Grund dazu hattest.«
»Den hatte ich. Den habe ich.«
Sie hielt inne und dachte nach.
»Ich weiß. Sie starb – an spinaler Meningitis ...«
»An spinaler Meningitis«, wiederholte sie, und er sah, sie war den Tränen nahe.»Im ganzen Haus gibt es keine Bilder mehr von ihr.«
»Ich sah das Bild eines jungen Mädchens bei deinem Vater ...«

»In seinem Arbeitszimmer. Ja, das hatte ich vergessen. Und ich glaube, meine Mutter hat noch immer ein Photo von ihr in der Brieftasche. Sie war zwei Jahre älter als ich. Sie wurde krank – und sie lag im Hinterzimmer – sie lag im Hinterzimmer wie ein schmutziges Geheimnis, Louis, sie lag dort und starb, Louis, meine Schwester starb im Hinterzimmer, und das war sie, ein schmutziges Geheimnis – immer ist sie ein schmutziges Geheimnis gewesen!«

Plötzlich brach Rachel vollständig zusammen, und ihr Schluchzen verriet Louis, daß sie nahe daran war, hysterisch zu werden. Er war bestürzt, streckte den Arm aus und ergriff eine Schulter, die sich ihm entzog, kaum daß er sie berührt hatte. Er spürte das Rascheln ihres Nachthemdes unter seinen Fingerspitzen.

»Rachel, Baby, nicht doch...«

»Laß mich«, sagte sie. »Unterbrich mich nicht. Meine Kraft reicht nur, es einmal zu erzählen, und danach will ich nie wieder davon sprechen. Wahrscheinlich werde ich ohnehin diese Nacht nicht schlafen.«

»War es so grauenhaft?« fragte er, obwohl er die Antwort bereits wußte. Es erklärte so vieles; selbst Dinge, die er früher nie damit in Verbindung gebracht oder nur vage vermutet hatte, fügten sich jetzt plötzlich zusammen. Sie war nie mit ihm zu einer Beerdigung gegangen, erinnerte er sich – nicht einmal zu der von Al Locke, einem Studienkollegen, der ums Leben gekommen war, als der Wagen, in dem er saß, mit einem Omnibus zusammenstieß. Al war ständiger Gast in ihrer Wohnung gewesen, und Rachel hatte ihn immer gern gemocht. Dennoch war sie nicht zu seiner Beerdigung gegangen.

An dem Tag war sie krank, erinnerte sich Louis plötzlich. *Hatte Grippe oder so etwas. Schien etwas Ernstes zu sein. Aber am nächsten Tag war alles wieder in Ordnung.*

Nach der Beerdigung war alles wieder in Ordnung, korrigierte er sich. Schon damals, fiel ihm ein, hatte er daran gedacht, ihre Krankheit könne psychosomatischer Natur sein.

»Es war grauenhaft, weiß der Himmel. Schlimmer, als du dir vorstellen kannst. Louis, wir mußten zusehen, wie sie von Tag zu Tag zerfiel, und niemand konnte etwas dagegen tun. Sie hatte ständig Schmerzen. Ihr Körper schien zu schrumpfen – in sich zusammenzukriechen –, ihre Schultern krümmten sich nach oben, und ihr Gesicht verzog sich nach unten, bis es aussah wie eine Maske. Ihre Hände waren wie Vogelkrallen. Ich mußte sie manchmal füttern. Es war widerlich, aber ich tat es, ohne mich aufzulehnen. Als die Schmerzen schlimm genug waren, gaben sie ihr Drogen – erst leichte und dann solche, die sie süchtig gemacht hätten, wenn sie am Leben geblieben wäre. Aber natürlich wußten alle, daß sie nicht am Leben bleiben würde. Ich glaube, das ist der Grund, weshalb sie so ein – ein Geheimnis für uns alle ist. Weil wir *wollten*, daß sie stirbt, Louis, wir *wünschten* uns, daß sie stürbe, nicht, damit *sie* von ihren Qualen erlöst würde, sondern damit *wir* von unseren Qualen erlöst würden, weil sie immer mehr wie ein Ungeheuer aussah und dann auch zu einem Ungeheuer *wurde* – oh Gott, ich weiß, wie entsetzlich das klingt...«

Sie schlug die Hände vors Gesicht.

Louis berührte sie sanft. »Rachel, das klingt ganz und gar nicht entsetzlich.«

»Doch!« weinte sie. »Doch, das tut es!«

»Es klingt nur wahr«, sagte er. »Opfer langwieriger Krankheiten werden oft genug zu lästigen, unangenehmen Ungeheuern. Die Vorstellung von einem Patienten, der alles mit Engelsgeduld erträgt, ist eine romantische Fiktion. Wenn es so weit ist, daß auf dem Rücken eines bettlägerigen Patienten die ersten Geschwüre erscheinen, dann hat er – oder sie – bereits angefangen, zu hauen und zu stechen und sein Elend weiterzugeben. Sie können nichts dafür, aber damit ist den Angehörigen nicht geholfen.«

Sie sah ihn an, erstaunt – fast hoffnungsvoll. Dann kehrte das Mißtrauen in ihr Gesicht zurück. »Das willst du mir nur einreden.«

Er lächelte grimmig. »Soll ich dir die Lehrbücher zeigen? Und was ist mit der Selbstmordstatistik? Möchtest du sie sehen? In Familien, in denen ein Patient mit einer tödlichen Krankheit gepflegt wurde, schnellt die Selbstmordrate in den ersten sechs Monaten nach dem Tod des Patienten bis in die Stratosphäre empor.«

»*Selbstmorde!*«

»Sie schlucken Tabletten, legen sich einen Strick um den Hals oder schießen sich eine Kugel durch den Kopf. Ihr Haß – ihre Erschöpfung – ihr Abscheu – ihr Kummer...« Er zuckte die Achseln und preßte die Fäuste gegeneinander. »Die Überlebenden werden das Gefühl nicht los, einen Mord begangen zu haben. Also machen sie Schluß.«

Auf Rachels verschwollenem Gesicht spiegelte sich eine Art irrer, verletzter Erleichterung. »Sie wurde immer anspruchsvoller – und immer widerwärtiger. Manchmal pißte sie absichtlich ins Bett. Meine Mutter fragte, ob sie ihr ins Badezimmer helfen sollte, und später, als sie nicht mehr aufstehen konnte, ob sie die Bettschüssel brauchte. Zelda sagte nein – und dann pißte sie ins Bett, damit meine Mutter oder meine Mutter und ich die Laken wechseln mußten. Und dann sagte sie, es wäre ein Versehen gewesen, aber man konnte das Lächeln in ihren Augen sehen, Louis. Man konnte es regelrecht *sehen*. Das Zimmer stank immer nach Pisse und ihren Drogen. Sie hatte Flaschen mit irgendeinem Rauschgift, das so roch wie die Hustentropfen mit Traubenkirschen von Smith Brothers, und dieser Geruch war immer um sie. Manchmal wache ich nachts auf – selbst jetzt noch wache ich manchmal auf und denke, ich röche die Hustentropfen –, und dann denke ich – wenn ich noch nicht richtig wach bin –, dann denke ich, ›Ist Zelda noch nicht tot? Immer noch nicht?‹ Ich denke . . .«

Rachel mußte Atem schöpfen. Louis ergriff ihre Hand, und sie drückte seine Finger vor Erregung heftig zusammen.

»Wenn wir ihre Wäsche wechselten, sah man, wie verkrüppelt und verknotet ihr Rücken war. Gegen das Ende zu, Louis, gegen das Ende zu sah es aus, als wäre – als wäre ihr Hintern irgendwie bis zum Kreuz hochgekrochen.«

Jetzt lag in Rachels nassen Augen der glasige, verstörte Ausdruck eines Kindes, das sich an einen immer wiederkehrenden, entsetzlich eindringlichen Alptraum erinnert.

»Und manchmal berührte sie mich mit ihren Händen – mit ihren Vogelklauen –, und ich hätte manchmal fast aufgeschrien und sie gebeten, es nicht zu tun, und einmal schüttete ich mir ihre Suppe über den Arm, als sie mein Gesicht berührte, und verbrühte mich, und da habe ich wirklich geschrien – und auch als ich schrie, sah ich das Lächeln in ihren Augen.

Gegen das Ende zu wirkten die Drogen nicht mehr. Jetzt war sie es, die schrie, und keiner von uns konnte sich daran erinnern, wie sie früher gewesen war, nicht einmal meine Mutter. Sie war einfach dieses stinkende, widerwärtige, schreiende *Ding* im Hinterzimmer. Unser schmutziges Geheimnis.«

Rachel schluckte hörbar.

»Meine Eltern waren nicht da, als sie endlich – als sie – als sie . . .«

Mit entsetzlicher, qualvoller Anstrengung brachte Rachel das Wort heraus.

»Als sie *starb*, waren meine Eltern nicht zu Hause. Sie waren ausgegangen, aber ich war da. Es war Passah, und sie waren zu Bekannten gegangen. Nur für ein paar Minuten. Ich saß in der Küche und las in einer Zeitschrift, das heißt, ich blätterte darin. Ich wartete darauf, daß es Zeit war, ihr noch mehr von ihrer Medizin zu geben, weil sie schrie. Sie hatte fast ununterbrochen geschrien, seit meine Eltern aus dem Haus gegangen waren. Ich konnte nicht lesen, solange sie so schrie. Und dann – ja, dann passierte es. Auf einmal schrie Zelda nicht mehr. Louis, ich war damals acht, jede Nacht hatte ich Alpträume, ich mußte immer daran denken, daß sie mich haßte, weil *mein* Rücken gerade war, weil *ich* nicht ständig

Schmerzen hatte, weil *ich* gehen konnte, weil *ich* am Leben bleiben würde. Ich bildete mir ein, daß sie mich umbringen wollte. Noch heute kann ich mir nicht vorstellen, daß es nur Einbildung gewesen sein soll. Ich bin fest davon überzeugt, daß sie mich haßte. Ich glaube nicht, daß sie mich direkt umgebracht hätte, aber wenn es ihr möglich gewesen wäre, von meinem Körper Besitz zu ergreifen, mich aus ihm zu verdrängen wie in einem Märchen – ich glaube, dann hätte sie es getan. Als sie aufhörte zu schreien, ging ich hinein, um nach ihr zu sehen, ob sie zur Seite gefallen oder von ihrem Kissen heruntergeglitten war. Ich ging hinein und sah sie an, und ich dachte, sie hätte ihre Zunge verschluckt und wäre daran erstickt. Louis« – Rachels Stimme hob sich wieder, tränenerstickt und bestürzend kindhaft, als durchlebte sie das alles noch einmal –, »Louis, ich wußte nicht, was ich tun sollte! Ich war *acht!*«

»Natürlich nicht«, sagte Louis. Er nahm sie in die Arme, und Rachel klammerte sich an ihn mit der Kraft eines Menschen, der in Panik geraten ist, weil er nicht schwimmen kann, nachdem sein Boot in der Mitte eines großen Sees plötzlich gekentert ist. »Hat dir jemand deshalb Vorwürfe gemacht?«

»Nein«, sagte sie, »niemand hat mir Vorwürfe gemacht. Schließlich hätte auch niemand etwas besser machen können. Niemand konnte etwas daran ändern. Niemand konnte es ungeschehen machen, Louis. Sie hatte ihre Zunge nicht verschluckt. Sie gab ein Geräusch von sich – ein ganz eigenartiges Geräusch, ich weiß nicht recht – *caaaa* – so ungefähr . . .«

Sie hatte sich so vollkommen in diesen Tag zurückversetzt, daß sie die Laute, die ihre Schwester von sich gegeben hatte, mehr als glaubwürdig imitierte, und Louis sah plötzlich wieder Victor Pascow vor sich. Seine Hände, die Rachel hielten, packten fester zu.

». . . und an ihrem Kinn rann Speichel herunter . . .«

»Genug, Rachel«, sagte er mit nicht ganz sicherer Stimme. »Ich kenne die Symptome.«

»Ich will *erklären*«, sagte sie starrköpfig. »Ich will erklären, warum ich nicht zu Normas Beerdigung gehen kann, das ist das eine, und warum wir neulich diesen törichten Streit hatten . . .«

»Der ist doch längst vergessen.«

»Ich habe ihn nicht vergessen«, sagte sie. »Ich erinnere mich ganz genau daran, Louis. Er steht noch genau so deutlich vor mir wie meine Schwester Zelda, die am 14. April 1965 in ihrem Bett erstickte.«

In den nächsten Sekunden herrschte Schweigen im Zimmer.

»Ich drehte sie auf den Bauch und klopfte ihr auf den Rücken«, fuhr Rachel schließlich fort. »Ich wußte nicht, was ich sonst hätte tun sollen. Ihre Füße zuckten und ihre verkrümmten Beine – und ich erinnere mich an ein Geräusch, das wie ein Furz klang – ich dachte, es käme von ihr oder von mir, aber es war kein Furz, es waren die Ärmelnähte meiner Bluse, die aufrissen, als ich sie umdrehte. Ihr ganzer Körper schien sich zu verkrampfen, und ich sah, daß sie das Gesicht zur Seite gedreht hatte, ins Kissen, und ich dachte, sie erstickt, ich dachte, Zelda erstickt, und dann kommen sie nach Hause und sagen, ich hätte sie umgebracht, sie würden sagen, *du hast sie gehaßt, Rachel,* und das stimmte, und sie würden sagen, *du hast gewollt, daß sie stirbt,* und das stimmte auch. Weil nämlich der erste Gedanke, der mir durch den Kopf schoß, Louis, als sie sich so in ihrem Bett aufbäumte, das weiß ich noch genau – mein erster Gedanke war, *Oh Gott, endlich ist es so weit, Zelda erstickt, und dann ist es vorbei.* Deshalb drehte ich sie wieder um, und ihr Gesicht war *schwarz* geworden, Louis, ihre Augen quollen hervor, und ihr Hals war dick angeschwollen. Dann starb sie. Ich wich quer durchs Zimmer zurück, wahrscheinlich wollte ich zur Tür zurückweichen, aber ich prallte gegen die Wand, und ein Bild fiel herunter – ein Bild aus einem der Oz-Bücher, in denen Zelda immer gelesen hatte, als es ihr noch gut ging, bevor sie die Meningitis bekam, ein Bild vom Großen und Schrecklichen Oz, nur Zelda sagte immer der *Gwoße und Schwechliche,* weil sie das R nicht aussprechen konnte. Meine Mutter hatte das Bild rahmen lassen, weil es das war, das Zelda am besten gefiel – der Große und Schreckliche Oz –, und es fiel herunter, das Glas zerbrach, und ich fing an zu schreien, weil ich wußte, daß sie tot war, und ich dachte – ich glaube, ich dachte, es wäre ihr Geist, der zurückkehrte, um sich meiner zu bemächtigen, und ich wußte, daß ihr Geist mich hassen würde, wie *sie* mich gehaßt hatte, aber ihr Geist würde nicht ans Bett gefesselt sein, und deshalb schrie ich – ich schrie und rannte aus dem Haus und schrie, ›Zelda ist tot! Zelda ist tot! Zelda ist tot!‹ Und die Nachbarn – sie kamen heran und sahen mich – sahen, wie ich mit zerrissener Bluse die Straße entlanglief – ich kreischte, ›Zelda ist tot!‹, Louis, und wahrscheinlich dachten sie, ich weine, aber ich glaube, vielleicht habe ich gelacht, Louis. Vielleicht habe ich in Wirklichkeit gelacht.«

»Mein Kompliment, wenn du es getan hast«, sagte Louis.

»Das kann nicht dein Ernst sein«, erklärte Rachel mit der Gewißheit eines Menschen, der sich immer und immer wieder mit einer Sache beschäftigt hat. Er ließ es dabei bewenden. Möglich, daß sie diese grauenhafte, schwärende Erinnerung, die sie so lange verfolgt hatte, irgendwann einmal loswürde – zumindest das meiste davon –, aber diesen Teil nie. Vollständig nie. Louis Creed war kein Psychiater, aber er wußte, daß es im Terrain jedes Lebens rostige, halbvergrabene Dinge gibt, und daß irgendetwas die Men-

schen dazu treibt, zu diesen Dingen zurückzukehren und an ihnen zu zerren, einerlei, ob sie sich daran verletzen oder nicht.
Heute abend hatte Rachel den größten Teil davon herausgezogen wie einen grotesken, stinkenden, faulen Zahn mit schwarzer Krone, infizierten Nerven und verfaulten Wurzeln. Er war heraus. Sollte die letzte giftige Zelle drinnenbleiben; wenn Gott gnädig war, würde sie Ruhe geben – außer in ihren tiefsten Träumen. Daß sie imstande gewesen war, so viel herauszuholen, war schon fast unglaublich – es zeugte nicht nur von ihrem Mut, es posaunte ihn laut heraus. Louis war zutiefst beeindruckt. Am liebsten hätte er laut Beifall geklatscht.
Er setzte sich auf und schaltete das Licht ein. »Ja«, sagte er, »mein Kompliment, wenn du es getan hast. Und wenn ich noch einen weiteren Grund gebraucht hätte, deine Mutter und deinen Vater nicht zu mögen, dann habe ich ihn jetzt. Sie hätten dich nie mit ihr alleinlassen dürfen, Rachel. *Nie!*«
Wie ein Kind – das Kind von acht Jahren, das sie gewesen war, als dieser widerwärtige, unglaubliche Vorfall eintrat – wies sie ihn zurecht: »Louis, es war doch Passah ...«
»Von mir aus kann es der Tag des Jüngsten Gerichts gewesen sein«, sagte Louis, und in seiner Stimme lag plötzlich eine so leise und heisere Wut, daß sie ein wenig zurückschreckte. Ihm fielen die beiden Studentinnen ein, die Hilfsschwestern, die das Pech gehabt hatten, an dem Morgen, an dem der sterbende Pascow hereingebracht wurde, Dienst zu tun. Die eine von ihnen, ein zähes, kleines Ding namens Carla Shavers, war am nächsten Tag wieder erschienen und hatte sich so gut gemacht, daß sogar Joan Charlton beeindruckt war. Die andere hatten sie nie wieder zu Gesicht bekommen, Louis war nicht überrascht gewesen und machte ihr keinen Vorwurf daraus.

Wo war die Krankenschwester? Eine staatlich geprüfte Krankenschwester hätte da sein müssen – sie gingen aus, sie gingen tatsächlich aus und überließen es einer Achtjährigen, sich um ihre sterbende Schwester zu kümmern, die zu diesem Zeitpunkt vermutlich klinisch unzurechnungsfähig war. Und warum? Weil Passah war. Und weil die elegante Dory Goldman an jenem Morgen den Gestank nicht mehr aushielt und ihm wenigstens für kurze Zeit entfliehen mußte. Also war es Rachels Aufgabe. Richtig, Freunde und Nachbarn? Es war Rachels Aufgabe. Acht Jahre alt, Zöpfe, Matrosenbluse. Es war Rachels gottverdammte Pflicht. Rachel konnte zu Hause bleiben und sehen, wie sie mit dem Gestank fertig wurde. Wozu schickten sie sie jedes Jahr sechs Wochen nach Camp Sunset in Vermont? Doch nur, damit sie mit dem Gestank ihrer sterbenden, verrückten Schwester fertig wurde. Zehn neue Anzüge und sechs neue Kleider für Ellie, und ich bezahle Ihr Studium, wenn Sie die Finger von meiner Tochter lassen ... Aber wo war

das überquellende Scheckbuch, als Ihre Tochter an spinaler Meningitis starb und Ihre andere Tochter mit ihr allein war, Sie Mistkerl? Und wo war die verdammte Krankenschwester?
Louis setzte sich auf.
»Wo willst du hin?« fragte Rachel erschrocken.
»Ich hole dir ein Valium.«
»Du weißt doch, daß ich keine...«
»Jetzt tust du es«, sagte er.

Sie nahm die Tablette und erzählte ihm den Rest. Ihre Stimme klang gelassen – das Beruhigungsmittel tat seine Wirkung.
Eine Nachbarin hatte die achtjährige Rachel hinter einem Baum entdeckt, wo sie kauerte und immer wieder »Zelda ist tot!« schrie. Rachels Nase hatte geblutet. Ihre ganze Kleidung war blutfleckig. Die Nachbarin hatte den Krankenwagen angerufen und dann ihre Eltern; nachdem sie das Nasenbluten gestillt und Rachel mit einer Tasse heißem Tee und zwei Aspirin beruhigt hatte, fand sie heraus, wo sich Rachels Eltern aufhielten. Sie besuchten Mr. und Mrs. Cabron am anderen Ende der Stadt; Peter Cabron war Buchhalter im Geschäft ihres Vaters.
Noch am gleichen Abend waren im Haushalt der Goldmans große Veränderungen eingetreten. Zelda war fort. Ihr Zimmer war gesäubert und desinfiziert worden. Alle Möbel waren fort. Das Zimmer war nichts als ein leerer Raum. Später – viel später – war es Dory Goldmans Nähzimmer geworden.
In dieser Nacht hatte Rachel ihren ersten Alptraum, und als sie gegen zwei Uhr aufwachte und nach ihrer Mutter rief, stellte sie zu ihrem Entsetzen fest, daß sie kaum aus dem Bett herauskam. Der ganze Rücken tat ihr weh. Sie hatte ihn gezerrt, als sie Zelda bewegte. Schließlich hatte sie, als sie Zelda umdrehte, so viel Kraft aufgewendet, daß ihre Bluse zerriß.
Daß sie sich bei dem Versuch, Zelda vor dem Ersticken zu bewahren, überanstrengt hatte, war klar, eindeutig, ganz-offensichtlich-mein-lieber-Watson. Für jedermann – nur nicht für Rachel selbst. Rachel war ganz sicher, daß dies Zeldas Rache aus dem Grab war. Zelda wußte, daß Rachel froh war über ihren Tod. Zelda wußte, daß Rachel, als sie aus dem Haus stürzte und jedem, der es hören wollte, mit höchster Lautstärke mitteilte, *Zelda ist tot, Zelda ist tot,* gelacht und nicht geweint hatte. Zelda wußte, daß sie ermordet worden war, und deshalb hatte sie die spinale Meningitis an Rachel weitergegeben. Bald würde auch Rachels Rücken anfangen, sich zu krümmen und zu verzerren, und dann würde auch sie im Bett liegen und sich langsam, aber sicher in ein Ungeheuer verwandeln, mit Händen wie Vogelkrallen.

Bald würde auch sie anfangen, vor Schmerzen zu schreien, wie Zelda es getan hatte, und dann würde sie ins Bett nässen, und schließlich würde sie an ihrer eigenen Zunge ersticken. Es war Zeldas Rache.

Niemand konnte Rachel diese Überzeugung ausreden – weder ihre Mutter noch ihr Vater, noch Dr. Murray, der eine leichte Rükkenzerrung feststellte und Rachel dann brüsk (brutal hätten manche Leute, Louis zum Beispiel, gesagt) erklärte, sie solle mit diesem Unsinn aufhören. Schließlich wäre ihre Schwester gerade gestorben, erklärte Dr. Murray; ihre Eltern wären gramgebeugt, und dies wäre nicht der richtige Augenblick, mit einer kindischen Schau die Aufmerksamkeit auf sich zu lenken. Nur das langsame Abklingen der Schmerzen hatte sie davon überzeugen können, daß sie weder das Opfer von Zeldas übernatürlicher Rache noch das von Gottes gerechter Strafe war. Monatelang (das jedenfalls erzählte sie Louis; in Wirklichkeit waren es Jahre gewesen, acht Jahre) wachte sie aus Alpträumen auf, in denen ihre Schwester immer und immer wieder starb, und in der Dunkelheit fuhren Rachels Hände zu ihrem Rücken, um sich zu vergewissern, daß er noch in Ordnung war. Zu den entsetzlichen Nachwirkungen dieser Träume gehörte, daß sie oft erwartete, die Schranktür spränge auf, und Zelda käme herausgewankt, blau und verkrüppelt, mit verdrehten, weißglänzenden Augen, die Hände hakenförmige Klauen, um die Mörderin zu ermorden, die im Bett hockte und die Hände ins Kreuz preßte... Sie hatte an Zeldas Beerdigung nicht teilgenommen und auch an keiner anderen danach.

»Wenn du mir das schon früher erzählt hättest«, sagte Louis, »hätte ich vieles besser verstanden.«

»Ich konnte es nicht, Lou«, sagte sie leise, Ihre Stimme klang jetzt sehr schläfrig. »Seit damals reagiere ich immer mit einer leichten Phobie auf dieses Thema.«

Eine leichte Phobie, dachte Louis. *So kann man es auch ausdrücken.*

»Irgendwie komme ich nicht dagegen an. Mein Verstand sagt mir, daß du recht hast, daß der Tod etwas völlig Natürliches ist – sogar etwas Gutes –, aber was mein Verstand mir sagt und was – in mir vorgeht...«

»Ja«, sagte er.

»Neulich, als ich die Beherrschung verlor«, sagte sie, »wußte ich ganz genau, daß es nur die Vorstellung war, die Ellie zum Weinen brachte – eine Art, sich daran zu gewöhnen –, aber ich konnte einfach nicht anders. Es tut mir leid, Louis.«

»Du brauchst dich nicht zu entschuldigen«, sagte er und strich ihr übers Haar. »Aber ich nehme die Entschuldigung trotzdem an, wenn es dazu beiträgt, daß du dich wohler fühlst.«

Sie lächelte. »Das tut es. Und ich fühle mich wohler. Mir ist, als hätte ich etwas von mir gegeben, das einen Teil von mir seit Jahren vergiftet hat.«

»Das mag sein.«

Rachels Augen fielen zu und öffneten sich dann wieder – ganz langsam. »Und gib nicht meinem Vater die ganze Schuld, Louis, bitte. Auch für sie war es eine schlimme Zeit. Die Rechnungen – Zeldas Rechnungen – türmten sich zu Bergen. Mein Vater konnte die Gelegenheit, sein Geschäft in die Vororte auszudehnen, nicht wahrnehmen, und im Hauptgeschäft ging der Umsatz zurück. Außerdem war auch meine Mutter nahe daran, den Verstand zu verlieren.

Danach kam alles wieder ins Lot. Es war, als wäre Zeldas Tod das Signal für den Anbruch einer besseren Zeit gewesen. Die Rezession ging vorüber, es war wieder Geld da, und Daddy bekam seinen Kredit; seither hat er nie mehr zurückgeblickt. Aber das ist der Grund, weshalb sie sich immer an mich geklammert haben. Nicht nur, weil ich allein übriggeblieben bin . . .«

»Es ist Schuldgefühl«, sagte Louis.

»Ja, das glaube ich auch. Und du bist mir nicht böse, wenn ich bei Normas Beerdigung krank bin?«

»Nein, Liebling, ich bin dir nicht böse.« Er hielt inne und ergriff dann ihre Hand. »Darf ich Ellie mitnehmen?«

Ihre Hand verkrampfte sich in seiner. »Ich weiß nicht, Louis«, sagte sie. »Sie ist noch so klein . . .«

»Sie weiß seit einem Jahr oder länger, wo die Babies herkommen«, erinnerte er sie abermals.

Sie schwieg lange, blickte zur Zimmerdecke empor und biß sich auf die Lippen. »Wenn du meinst, daß es ihr nicht schadet . . .«

»Komm zu mir, Rachel«, sagte er, und in dieser Nacht schliefen sie Bauch an Rücken auf Louis' Seite des Bettes, und als die Wirkung des Schlafmittels nachließ und sie mitten in der Nacht zitternd aufwachte, beruhigte er sie und flüsterte ihr ins Ohr, daß alles in Ordnung war, und sie schlief weiter.

33

»*Ein Mensch ist in seinem Leben wie Gras, er blühet wie eine Blume auf dem Felde; wenn der Wind darüber gehet, so ist sie nimmer da, und ihre Stätte kennet sie nicht mehr. Lasset uns beten.*«

Ellie, strahlend in einem marineblauen, extra für diesen Anlaß gekauften Kleid, senkte so heftig den Kopf, daß Louis, der in der

Bank neben ihr saß, ihre Halswirbel knacken hörte. Sie war bisher kaum jemals in einer Kirche gewesen, und natürlich war es ihre erste Beerdigung; beides zusammen machte sie ehrfürchtig und ungewöhnlich schweigsam.

Für Louis war es eine seltene Begegnung mit seiner Tochter. Meist war er von seiner Liebe zu ihr ebenso geblendet wie von seiner Liebe zu Gage; er hatte sie deshalb selten unvoreingenommen betrachtet. Aber heute glaubte er etwas zu sehen, das fast ein Fall aus dem Lehrbuch war – ein Kind, das sich dem Ende des ersten großen Entwicklungsstadiums seines Lebens näherte; ein Organismus, der fast ganz aus Neugierde bestand und wie besessen Informationen speicherte, in kaum vorstellbarem Umfang. Ellie hatte sogar geschwiegen, als sich Jud, der in seinem schwarzen Anzug und seinen Schnürschuhen (Louis war sicher, ihn zum ersten Mal in etwas anderem als Slippern oder grünen Gummistiefeln zu sehen) ungewohnt, aber elegant aussah, zu ihr niederbeugte und sagte: »Ich freue mich, daß du gekommen bist. Und Norma freut sich bestimmt auch.«

Ellie hatte ihn mit großen Augen angestarrt.

Jetzt erteilte Reverend Laughlin, der methodistische Geistliche, den Segen und betete zu Gott, er möge sein Angesicht über sie neigen und ihnen Frieden geben.

»Würden die Sargträger bitte vortreten?« fragte er.

Louis wollte aufstehen, aber Ellie hielt ihn zurück und zog heftig an seinem Arm. Sie sah verängstigt aus. »*Daddy!*« flüsterte sie weithin hörbar. »Wo gehst du hin?«

»Ich bin einer der Sargträger, Kleines«, sagte Louis, setzte sich noch einmal einen Augenblick neben sie und legte ihr den Arm um die Schultern. »Das bedeutet, daß ich Norma hinaustragen helfe. Wir sind zu viert – zwei von Juds Neffen, Normas Bruder und ich.«

»Und wo finde ich dich wieder?« Ellies Gesicht war noch immer gespannt und voller Angst.

Louis blickte nach vorn. Dort hatten sich die drei anderen Sargträger um Jud versammelt. Der Rest der Gemeinde verließ die Kirche; einige Leute weinten.

»Geh nach draußen auf die Stufen. Ich hole dich da ab«, sagte er. »In Ordnung, Ellie?«

»Ja«, sagte sie. »Aber vergiß mich nicht.«

»Bestimmt nicht.«

Er erhob sich wieder, und sie zog abermals an seiner Hand.

»Daddy?«

»Ja, Kleines?«

»Laß sie nicht fallen«, flüsterte Ellie.

Louis trat zu den anderen, und Jud machte ihn mit den Neffen bekannt, die in Wirklichkeit Vettern zweiten oder dritten Grades waren – Nachkommen des Bruders von Juds Vater. Es waren große Burschen in den Zwanzigern, die einander sehr ähnlich sahen. Normas Bruder mochte Ende Fünfzig sein, und obwohl man ihm ansah, daß er unter dem Todesfall in der Familie litt, schien er sich gut zu halten.

»Ich freue mich, Sie kennenzulernen«, sagte Louis. Er fühlte sich etwas unbehaglich – ein Außenseiter im Familienkreis.

Sie nickten ihm zu.

»Ist mit Ellie alles in Ordnung?« fragte Jud und nickte ihr zu. Sie wartete im Vestibül und beobachtete sie.

Gewiß doch – sie will nur sicher sein, daß ich mich nicht in ein Rauchwölkchen auflöse, dachte Louis und hätte fast gelächelt. Doch dann löste der Gedanke einen anderen aus: *der Große und Schreckliche Oz,* und das Lächeln erstarb.

»Ich denke schon«, sagte Louis und winkte ihr zu.

Auch sie hob die Hand und ging dann hinaus; das marineblaue Kleid wirbelte um sie herum. Einen Augenblick lang registrierte Louis betroffen, wie erwachsen sie aussah. Es war einer jener Eindrücke, die – so flüchtig sie auch sein mögen – einen Menschen zum Nachdenken zwingen.

»Seid ihr so weit?« fragte einer der Neffen.

Louis nickte, ebenso Normas jüngerer Bruder.

»Geht behutsam um mit ihr«, sagte Jud. Seine Stimme klang rauh. Dann wandte er sich ab und ging mit gesenktem Kopf langsam den Gang entlang.

Louis trat an die hintere linke Ecke des stahlgrauen American Eternal-Sarges, den Jud für seine Frau ausgesucht hatte. Er faßte seinen Griff, und zu vier trugen sie Normas Sarg in die helle, stille Februarkälte hinaus. Irgendjemand – der Küster vermutlich – hatte auf den glatten Weg aus festgetretenem Schnee eine dicke Schicht Asche geschüttet. Am Bordstein entließ ein Cadillac-Leichenwagen weiße Auspuffgase in die Winterluft. Der Bestattungsunternehmer und sein stämmiger Sohn standen daneben und beobachteten sie, um zugreifen zu können, falls einer von ihnen (ihr Bruder vielleicht) ausglitt oder ermattete.

Jud stand neben ihnen und sah zu, wie sie den Sarg hineinschoben.

»Ade, Norma«, sagte er und zündete sich eine Zigarette an. »Wir sehen uns bald wieder, altes Mädchen.«

Louis legte einen Arm um Juds Schultern, und Normas Bruder stand an seiner anderen Seite dicht neben ihm, so daß der Bestattungsunternehmer und sein Sohn in den Hintergrund gedrängt wurden. Für die kräftigen Neffen (oder Vettern zweiten Grades oder was immer sie waren) war mit dem simplen Aufheben und Hinaustragen getan, was zu tun war. Sie standen diesem Zweig der Familie nicht nahe; sie kannten Normas Gesicht von Photos und vielleicht ein paar Pflichtbesuchen – langen Nachmittagen im Wohnzimmer, an denen sie Normas Plätzchen gegessen und Juds Bier getrunken hatten; vielleicht machte es ihnen nichts aus, alte Geschichten aus Zeiten zu hören, die sie nicht miterlebt hatten, und über Leute, die sie nicht kannten; dennoch dachten sie daran, was sie währenddessen hätten tun können (ein Auto waschen und polieren, für ein Kegelturnier trainieren, vielleicht auch nur vor dem Fernseher sitzen und mit Freunden einen Boxkampf verfolgen), und waren froh, wieder verschwinden zu können, wenn sie ihre Pflicht erfüllt hatten.

Soweit es sie betraf, war Jud jetzt ein Teil der Familie, der der Vergangenheit angehörte; er glich einem erodierten Planetoiden, der sich von der Hauptmasse gelöst hatte, schrumpfte, kaum mehr war als ein Pünktchen. Die Vergangenheit. Photos in einem Album. Alte Geschichten, erzählt in Räumen, die ihnen vielleicht überheizt vorkamen – *sie* waren nicht alt, in *ihren* Gelenken saß keine Arthritis; *ihr* Blut war nicht dünn geworden. Die Vergangenheit, das waren Sarggriffe, die man anpackte, hob und dann wieder losließ. Wenn der Körper des Menschen ein Umschlag war, der die Seele des Menschen enthielt – Gottes Brief an das Universum –, wie die meisten Kirchen lehrten, dann war der American Eternal-Sarg ein Umschlag, der den Körper des Menschen enthielt, und für diese kräftigen jungen Vettern oder Neffen, oder was immer sie sein mochten, war die Vergangenheit ein erledigter Brief, der in die Ablage ging.

Gott segne die Vergangenheit, dachte Louis und zitterte aus keinem anderen vernünftigen Grund als dem, daß der Tag kommen würde, an dem ihm seine eigenen Blutsverwandten ebenso fremd sein würden – seine eigenen Enkelkinder, wenn Ellie oder Gage Kinder bekamen und er lange genug lebte, um sie zu sehen. Der Brennpunkt verlagerte sich. Familienbande lösten sich. Junge Gesichter, festgehalten auf alten Photos.

Gott segne die Vergangenheit, dachte er abermals und faßte die Schulter des alten Mannes fester.

Die Angestellten legten die Blumen in den Leichenwagen. Die elektrisch gesteuerte Heckklappe hob sich und rastete in ihren Rahmen ein. Louis ging dorthin zurück, wo seine Tochter wartete; dann gingen sie zusammen zu ihrem Kombi. Louis hielt Ellie am Arm, damit sie in ihren guten Schuhen mit den Ledersohlen nicht ausglitt. Automotoren wurden gestartet.

»Warum schalten sie die Lichter an?« fragte Ellie leicht erstaunt. »Warum schalten sie am hellen Tag ihre Lichter an?«

»Sie tun es«, sagte Louis und hörte, wie belegt seine Stimme klang, »um die Toten zu ehren, Ellie.« Er drehte den Knopf, der die Scheinwerfer des Wagens aufleuchten ließ. »Und jetzt komm.«

Die Beisetzungszeremonie war vorüber – weil vor dem Frühjahr kein Grab für Norma ausgehoben werden konnte, hatte sie in der kleinen Mount Hope-Kapelle stattgefunden –, und sie waren endlich auf der Heimfahrt, als Ellie plötzlich in Tränen ausbrach.

Louis sah sie an, überrascht, aber nicht sonderlich bestürzt. »Was ist, Ellie?«

»Keine Plätzchen mehr«, schluchzte Ellie. »Sie machte die besten Haferflockenplätzchen, die ich je gegessen habe. Aber sie kann keine mehr machen, weil sie *tot* ist. Daddy, warum müssen Leute tot sein?«

»Das weiß ich auch nicht genau«, sagte Louis. »Vermutlich, um Platz zu machen für all die neuen Leute. Für Kinder wie dich und deinen Bruder Gage.«

»Ich werde nie heiraten oder Sex machen und Babies kriegen!« erklärte Ellie, noch heftiger weinend. »Vielleicht brauche ich dann nicht zu sterben! Es ist *abscheulich*! Es ist *gemein*!«

»Aber es macht dem Leiden ein Ende«, sagte Louis gelassen. »Und als Arzt sehe ich eine Menge Leiden. Das war auch der Grund dafür, daß ich mich um die Stellung an der Universität beworben habe. Ich hatte es satt, es tagein, tagaus vor Augen zu haben. Junge Leute haben oft Schmerzen – manchmal sogar schlimme Schmerzen –, aber das ist nicht dasselbe wie Leiden.« Er hielt inne. »Ob du es glaubst oder nicht, Kleines – wenn Leute sehr alt werden, kommt ihnen der Tod nicht immer so schlimm oder beängstigend vor, wie du vielleicht glaubst. Und du hast noch viele, viele Jahre vor dir.«

Ellie weinte, dann schnüffelte sie, und dann hörte sie auf. Noch bevor sie zu Hause angekommen waren, fragte sie, ob sie das Radio einschalten dürfte. Louis erlaubte es, und sie fand Shakin' Stevens, der »This Ole House« sang. Bald sang sie mit. Als sie zu Hause waren, ging sie zu ihrer Mutter und erzählte ihr von der Beerdigung; Rachel brachte es fertig, ruhig, anteilnehmend und scheinbar interessiert zuzuhören – obwohl Louis fand, daß sie blaß und nachdenklich aussah.

Dann fragte Ellie, ob sie wüßte, wie man Haferflockenplätzchen macht. Rachel legte ihr Strickzeug beiseite und stand auf, als hätte sie auf diese oder eine ähnliche Frage gewartet. »Ja«, sagte sie. »Wollen wir welche backen?«

»Ja!« rief Ellie. »Können wir das wirklich?«
»Wenn dein Vater eine Stunde auf Gage aufpaßt?«
»Ich passe auf ihn auf«, sagte Louis. »Mit Vergnügen.«

Louis verbrachte den Abend damit, zu lesen und sich zu einem langen Artikel im *Duquesne Medical Digest* Notizen zu machen; die alte Kontroverse über resorptionsfähiges Nahtmaterial war wieder aufgeflammt. In der kleinen Welt jener relativ wenigen Menschen auf der Erde, die mit dem Nähen kleinerer Wunden zu tun haben, schien sie ebenso endlos zu sein wie der alte psychologische Streitpunkt Natur kontra Erziehung.

Er hatte vor, noch an diesem Abend einen geharnischten Brief zu schreiben, in dem er nachweisen wollte, daß die Hauptargumente des Autors falsch seien, die angeführten Beispiele parteiisch, die Forschungsarbeit von fast krimineller Schlampigkeit. Kurzum, Louis freute sich darauf, den dämlichen Kerl schlicht von der Landkarte zu pusten. Er suchte gerade in seinem Bücherregal nach Troutmans *Treatment of Wounds,* als Rachel die halbe Treppe herunterkam.

»Kommst du, Louis?«
»Es dauert noch eine Weile.« Er blickte zu ihr hinauf. »Alles in Ordnung.«
»Sie schlafen fest, alle beide.«
Louis betrachtete sie genauer. »Die Kinder, ja. Du nicht.«
»Ich habe gelesen.«
»Ist alles in Ordnung? Wirklich in Ordnung?«
»Ja«, sagte sie und lächelte. »Ich liebe dich, Lou.«
»Ich dich auch, Baby.« Sein Blick wanderte zum Bücherregal, und da stand der Troutman, wo er hingehörte. Louis legte die Hand auf das Lehrbuch.

»Church brachte eine Ratte ins Haus, während du mit Ellie weg warst«, sagte sie und versuchte zu lächeln. »Eine scheußliche Schweinerei.«

»Oh, Rachel, das tut mir leid.« Er hoffte, daß seine Stimme nicht so schuldbewußt klang, wie er sich in diesem Augenblick fühlte.
»War es schlimm?«

Rachel setzte sich auf die Treppe. In ihrem rosa Flanellnachthemd, das Gesicht vom Make-up befreit, die Stirn glänzend, die Haare mit einem Gummiband zu einem Pferdeschwanz zusammengebunden, sah sie aus wie ein Kind. »Ich habe sie weggeschafft«, sagte sie, »aber kannst du dir vorstellen, daß ich diesen blöden Kater mit der Staubsaugerbürste zur Tür hinausschieben mußte, bevor er es aufgab, den – den Kadaver zu bewachen? Er hat mich tatsächlich angeknurrt. Das hat er noch nie getan. Irgendwie kommt er mir in letzter Zeit verändert vor. Was meinst du, Lou – ob er vielleicht krank ist?«

»Nein«, sagte Louis bedächtig, »aber ich bringe ihn gern zum Tierarzt, wenn du es möchtest.«

»Wahrscheinlich fehlt ihm nichts«, sagte sie und sah ihn dann irgendwie wehrlos an. »Aber kannst du nicht heraufkommen? Es ist nur – ich weiß, daß du arbeitest, aber ...«

»Natürlich«, sagte er und stand auf, als wäre das, was er vorgehabt hatte, völlig unwichtig. Und das war es im Grunde auch – obwohl er wußte, daß sein Brief nun nie geschrieben werden würde, weil das Leben weiterging und der morgige Tag etwas Neues bringen würde. Aber er hatte sich diese Ratte eingehandelt, oder etwa nicht? Die Ratte, die Church hereingebracht hatte, bestimmt in blutige Fetzen zerrissen, mit heraushängenden Eingeweiden, vielleicht ohne Kopf – er hatte sie sich eingehandelt. Es war seine Ratte.

»Gehen wir schlafen«, sagte er und löschte die Lichter. Zusammen gingen sie die Treppe hinauf. Louis legte den Arm um Rachels Taille und liebte sie, so gut er konnte – doch selbst als er hart und steif in sie eindrang, lauschte er dem Heulen des Winterwinds vor den eisbedeckten Fenstern, dachte über Church nach, den Kater, der früher seiner Tochter gehört hatte und jetzt ihm gehörte; er überlegte, wo er sein mochte und was er gerade belauerte oder tötete. Der Acker im Herzen eines Mannes ist steiniger, dachte er, und der Wind sang sein bitteres, schwarzes Lied, und nicht allzuviele Meilen entfernt lag Norma Crandall, die einst seiner Tochter und seinem Sohn gleichfarbige Mützen gestrickt hatte, in ihrem stahlgrauen American Eternal-Sarg auf einer Steinplatte in der Krypta von Mount Hope; und die weiße Watte, mit der der Bestattungsunternehmer ihre Wangen ausgestopft hatte, würde jetzt schwarz werden.

34

Ellie wurde sechs. An ihrem Geburtstag kam sie mit einem Papierhut aus der Schule, der ihr schief auf dem Kopf saß, mehreren Bildern, die ihre Freundinnen von ihr gemalt hatten (auf den besten sah Ellie aus wie eine freundliche Vogelscheuche), und schlimmen Geschichten über Pausenprügeleien auf dem Schulhof. Die Grippe-Epidemie ging vorüber. Sie mußten zwei Studenten ins Eastern Maine Medical Center nach Bangor schicken, und Surrendra Hardu rettete wahrscheinlich einem schwerkranken Studienanfänger namens Peter Humperton, der kurz nach seiner Einlieferung von

Krämpfen befallen wurde, das Leben. Rachel verliebte sich ein wenig in den blonden Packer im A & P-Supermarkt in Bangor und hielt Louis am Abend einen begeisterten Vortrag darüber, wie ausgefüllt seine Jeans aussahen. »Wahrscheinlich ist es nur Toilettenpapier«, setzte sie hinzu. »Greif bei Gelegenheit zu«, schlug Louis vor. »Wenn er schreit, ist es wahrscheinlich keines.« Rachel lachte, bis ihr die Tränen kamen. Der Februar mit seinem stillen, blauen Frostwetter ging vorüber, der März brachte den Wechsel von Regen und Frost, Schlaglöcher und die orangefarbenen Straßenschilder, die auf Frostaufbrüche hinwiesen. Der erste, unmittelbarste und intensivste Kummer von Jud Crandall ging vorüber, jener Kummer, von dem die Psychologen sagen, daß er etwa drei Tage nach dem Tod eines geliebten Menschen einsetzt und in den meisten Fällen ungefähr sechs Wochen andauert – wie jene Zeitspanne, die in Neuengland oft »Hochwinter« genannt wird. Aber die Zeit vergeht, und die Zeit läßt einen Zustand menschlichen Fühlens in einen anderen übergehen, bis sie einem Regenbogen gleichen. Aus heftigem Kummer wird ein milderer, sanfterer Kummer; aus dem sanften Kummer wird Trauer; aus Trauer endlich wird Erinnerung – ein Prozeß, der von sechs Monaten bis zu drei Jahren dauern kann und trotzdem als völlig normal gilt. Der Tag von Gages erstem Haarschnitt kam und ging, und als Louis bemerkte, daß das Haar seines Sohnes dunkler nachwuchs, scherzte er darüber und trauerte – aber nur in seinem Herzen.

Der Frühling kam, und er blieb eine Weile.

35

Louis gelangte zu der Überzeugung, daß der 24. März 1984 der letzte wirklich glückliche Tag seines Lebens war. Die Dinge, die ihnen bevorstanden, die über ihrem Leben hingen wie ein mörderisches Gewicht, lagen noch mehr als sieben Wochen in der Zukunft, aber wenn er über diese sieben Wochen zurückblickte, fand er nichts, das in den gleichen Farben geleuchtet hätte. Er war ziemlich sicher, daß er diesen Tag auch dann sein Leben lang nicht vergessen hätte, wenn jene schrecklichen Dinge nicht passiert wären. Wirklich gute und glückliche Tage waren ohnehin selten. Möglich, daß es selbst unter den günstigsten Umständen im Leben jedes normalen Menschen kaum einen Monat an wirklich glücklichen Tagen gab. Gott in seiner unendlichen Weisheit, so kam es Louis Creed vor, schien wesentlich großzügiger, wenn es um das Zumessen von Qualen ging.

Jener Tag war ein Samstag, und er verbrachte den Nachmittag zu Hause, um Gage zu hüten, während Rachel und Ellie einkauften. Sie waren mit Jud in seinem klapprigen, alten Kleinlaster gefahren – nicht nur, weil ihr eigener Kombi nicht in Ordnung war, sondern auch, weil der alte Mann es genoß, mit ihnen zusammenzusein. Rachel hatte Louis gefragt, ob er mit Gage zurechtkäme; natürlich käme er mit ihm zurecht, hatte er geantwortet. Er freute sich, daß sie einmal herauskam; nach einem fast ausschließlich in Ludlow verbrachten Winter sollte sie, wie er fand, jede sich bietende Gelegenheit zum Herauskommen nutzen. Sie hatte ihn zwar ohne Murren und beharrlich durchgestanden, schien ihm aber in letzter Zeit doch ein wenig verwirrt gewesen zu sein.

Gage wachte gegen zwei aus seinem Mittagsschlaf auf, leicht verdrossen und mißgelaunt. Er hatte entdeckt, wie man sich als Zweijähriger unbeliebt machen kann. Louis unternahm mehrere Versuche, den Jungen aufzuheitern, aber Gage spielte nicht mit. Was die Lage noch unerfreulicher machte, war eine gewaltige Darmentleerung, die nichts an künstlerischer Qualität gewann, als Louis eine blaue Murmel darin entdeckte. Es war eine von Ellies Murmeln. Das Kind hätte daran ersticken können. Die Murmeln mußten verschwinden, beschloß er – alles, was Gage in die Finger bekam, landete in seinem Mund –, aber dieser Entschluß, so löblich er fraglos war, trug nichts dazu bei, den Jungen bis zur Rückkehr seiner Mutter bei guter Laune zu halten.

Louis hörte den Vorfrühlingswind, der um das Haus wehte und das Feld vor Mrs. Vinton nebenan abwechselnd in Licht und Schatten tauchte, und da fiel ihm plötzlich der Geier ein, den er aus einer Laune heraus vor fünf oder sechs Wochen auf dem Heimweg von der Universität gekauft hatte. Hatte er auch Schnur dazu gekauft? Er hatte es getan, bei Gott!

»Gage!« sagte er. Gage hatte unter der Couch einen grünen Filzstift gefunden und kritzelte damit in einem von Ellies Lieblingsbüchern herum – *wieder etwas, was das Feuer geschwisterlicher Rivalität anfacht,* dachte Louis und grinste. Wenn Ellie wirklich einen Aufstand machte wegen der Kritzeleien, die Gage in *Wo die wilden Kerle wohnen* hinterlassen hatte, bevor Louis ihm das Buch wegnahm, dann brauchte Louis nur auf den einzigartigen Schatz hinzuweisen, den er in Gages Pampers entdeckt hatte.

»Was?« Gage reagierte prompt. Er sprach jetzt schon recht gut, und Louis fand, daß der Junge offenbar doch nicht auf den Kopf gefallen war.

»Wollen wir rausgehen?«

»Wollen rausgehen!« stimmte Gage aufgeregt zu. »Wollen rausgehen. Wo sind Schuhe, Daddy?«

Mit welchen Worten und auf welche Weise Gage sich ausdrückte, setzte Louis oft in Erstaunen – nicht, weil es scharfsinnig war, sondern weil er fand, daß kleine Kinder etwas von Einwanderern an sich hatten, die auf eine zwar unmethodische, aber doch recht liebenswerte Art eine Fremdsprache lernen. Er wußte, daß Kleinkindern *alle* Laute zur Verfügung stehen, deren der menschliche Sprechapparat fähig ist – die flüssig rollenden Konsonanten, die Anfängern im Französischunterricht so schwer fallen, die kehligen Grunz- und Schnalzlaute der Leute aus dem australischen Busch, die dicken, abgehackten Konsonanten des Deutschen. Sie verlieren diese Fähigkeit, wenn sie Englisch lernen, und Louis fragte sich jetzt (und nicht zum ersten Mal), ob die Kindheit nicht eher eine Zeit des Vergessens als des Lernens war.

Gages Schuhe fanden sich endlich an – sie waren gleichfalls unter der Couch. Zu Louis' Glaubenssätzen gehörte auch der, daß in Familien mit kleinen Kindern der Raum unter der Wohnzimmercouch im Laufe der Zeit eine mysteriöse elektromagnetische Kraft entwickelt, die Gegenstände unterschiedlichster Art anzieht – alles Erdenkliche von Flaschen und Sicherheitsnadeln bis hin zu grünen Filzstiften und alten Exemplaren von *Sesamstraße,* zwischen deren Seiten Essensreste schimmeln.

Gages Jacke allerdings war nicht unter der Couch – sie fand sich auf halber Treppe. Am schwersten zu finden war die Baseballkappe, ohne die Gage das Haus nicht verließ, weil sie dort war, wo sie hingehörte – im Schrank, und das war natürlich der letzte Ort, an dem sie nachsahen.

»Wohin, Daddy?« fragte Gage umgänglich und legte seine Hand in die seines Vaters.

»Wir gehen auf Mrs. Vintons Feld«, sagte er. »Dort lassen wir einen Drachen steigen, kleiner Mann.«

»Dachen?« fragte Gage zweifelnd.

»Es wird dir gefallen«, sagte Louis. »Gleich geht's los.«

Sie waren in der Garage. Louis fand sein Schlüsselbund, öffnete den kleinen Lagerraum und schaltete das Licht ein. Er suchte und fand den Geier, noch in seiner Verpackung mit aufgeheftetem Preisschild. Er hatte ihn Mitte Februar in der größten Kälte gekauft, als sein Herz nach etwas Hoffnung verlangte.

»Das?« fragte Gage. Das war seine Ausdrucksweise für »Was in aller Welt hast du da, Vater?«

»Das ist der Drachen«, sagte Louis und zog ihn aus dem Plastikbeutel. Gage sah interessiert zu, wie sein Vater den Geier entfaltete, bis er seine Flügel aus rund anderthalb Metern zähem Kunststoff breitete. Die vorstehenden Augen starrten sie aus dem kleinen Kopf an, der auf einem dürren, nackten, rosa Hals saß.

»Vogel!« schrie Gage. »Vogel, Daddy! Vogel!«
»Ja, das ist ein Vogel«, pflichtete Louis ihm bei, schob die Stökke in die entsprechenden Schlaufen an der Rückseite des Drachens und suchte dann nach den hundertfünfzig Metern Schnur, die er zusammen mit dem Drachen gekauft hatte. Dabei blickte er über die Schulter und erklärte Gage noch einmal: »Es wird dir gefallen, kleiner Mann.«

Es gefiel Gage.
Sie trugen den Drachen hinüber auf Mrs. Vintons Feld, und Louis schaffte es beim ersten Versuch, ihn in den böigen Spätmärz-Himmel hinaufzubringen, obwohl er keinen Drachen mehr hatte steigen lassen, seit er – wie alt war er damals gewesen? Zwölf? Vor neunzehn Jahren? Ein gräßlicher Gedanke.
Mrs. Vinton war eine Frau fast in Juds Alter, aber weitaus gebrechlicher. Sie wohnte in einem roten Ziegelhaus am Rande des Feldes, kam aber nur noch selten heraus. Hinter dem Haus endete das Feld, und die Wälder begannen – die Wälder, durch die man zuerst zum Tierfriedhof kam und dann zum Begräbnisplatz der Micmac.
»Dachen fliegt!« kreischte Gage.
»Ja, sieh nur, wie er hochgeht!« rief Louis zurück, lachend und aufgeregt. Er gab die Schnur so schnell frei, daß sie heiß wurde und eine dünne Strieme in seine Handfläche brannte. »Sieh ihn dir an, den Geier, Gage! Das ist ein Ding, was?«
»Ding-was!« schrie Gage und lachte hell und fröhlich. Die Sonne segelte hinter einer dicken, grauen Frühlingswolke hervor, die Temperatur schien plötzlich um fünf Grad zu steigen. Sie standen in der hellen, unzuverlässigen Wärme des Märztages, der sich schon als April versuchte, im toten, hohen Gras von Mrs. Vintons Feld; über ihnen stieg der Geier dem Blau entgegen, immer höher hinauf, die Kunststofflügel straff gegen den stetigen Wind gespannt, noch höher hinauf, und wie einst als Kind hatte Louis das Gefühl, als stiege er selbst empor, als säße er auf dem Drachen und sähe von oben, wie die Welt ihre wirkliche Form annahm, die Form, die Kartographen in ihren Träumen sehen mußten; Mrs. Vintons Feld, weiß und still wie ein Spinnengewebe, jetzt kein Feld mehr, sondern ein großes, an zwei Seiten von Steinmauern gesäumtes Parallelogramm, dann die Straße am unteren Ende, eine gerade, schwarze Linie, und das Flußtal – das alles sah der Geier mit seinen blutunterlaufenen Augen hoch in den Lüften. Er sah den Fluß wie ein kühles, graues Stahlband, in dem noch Eisbrokken schwammen; jenseits von ihm sah er Hampden, Newburgh, Winterport mit einem Schiff im Dock; vielleicht sah er die große

Papierfabrik in Bucksport unter ihrer weißen Dampfwolke oder sogar die Küste und den Atlantik, der gegen den nackten Fels brandete.

»Sieh nur, wie er steigt, Gage!« rief Louis lachend. Gage beugte sich so weit zurück, daß er fast umfiel. Auf seinem Gesicht lag ein strahlendes Grinsen. Er winkte dem Drachen zu. Die Spannung der Schnur ließ nach, und Louis sagte Gage, er solle seine Hand ausstrecken. Gage tat es, ohne hinzuschauen. Er konnte den Blick nicht von dem Drachen abwenden, der jetzt im Wind schwang und tanzte und seinen Schatten über das Feld jagen ließ.

Louis wickelte die Schnur zweimal um Gages Hand, und jetzt sah der Junge auf sie herunter, verblüfft über den starken Zug, den sie ausübte.

»Das!« sagte er.

»Jetzt läßt du ihn fliegen«, sagte Louis. »Du hast den Bogen raus, kleiner Mann. Es ist dein Drachen.«

»Gage läßt fliegen«, sagte Gage, als verlangte er nicht von seinem Vater, sondern von sich selbst eine Bestätigung. Er zog versuchsweise an der Schnur; der Drachen nickte am windigen Himmel. Gage zog kräftiger an der Schnur; der Drachen schoß abwärts. Louis und sein Sohn lachten gemeinsam. Gage streckte tastend die freie Hand aus, und Louis ergriff sie. Hand in Hand standen sie mitten auf Mrs. Vintons Feld und blickten hinauf zu dem Geier.

Es war ein Augenblick mit seinem Sohn, den Louis nie vergaß. Ebenso, wie er als Kind in den Drachen eingegangen und mit ihm aufgestiegen war, ging er jetzt in seinen Sohn ein. Er hatte das Gefühl, als schrumpfte er, bis er in Gages winziges Haus paßte und durch die Fenster herausschaute, die seine Augen waren – herausschaute in eine Welt, die riesig und hell war, eine Welt, in der Mrs. Vintons Feld fast so groß war wie die Bonneville Salt Flats, in der der Drachen viele Meilen hoch über ihm schwebte, während die Schnur wie etwas Lebendiges in seiner Faust vibrierte, während der Wind ihn umbrauste und sein Haar flattern ließ.

»Gage läßt fliegen!« rief Gage seinem Vater zu, und Louis legte einen Arm um Gages Schultern und küßte ihn auf die Wange, auf der der Wind eine wilde Rose hatte erblühen lassen.

»Ich liebe dich, Gage«, sagte er – sie waren unter sich, und deshalb war es in Ordnung.

Und Gage, der keine zwei Monate mehr zu leben hatte, lachte hell und freudig. »*Dachen fliegt! Dachen fliegt, Daddy!*«

Als Rachel und Ellie nach Hause kamen, ließen sie den Drachen immer noch fliegen. Sie hatten ihn so hoch steigen lassen, daß fast die ganze Schnur abgelaufen und der Kopf des Geiers nicht mehr zu erkennen war; er war jetzt nur noch eine kleine, schwarze Silhouette am Himmel.

Louis war froh, die beiden wiederzusehen, und er lachte laut auf, als Ellie die Schnur einen Augenblick losließ, ihr durchs Gras nachjagte und sie gerade noch erwischte, bevor sich das letzte Ende von der rollenden und hüpfenden Spule abgewickelt hatte.

Aber die beiden um sich zu haben, änderte auch die Dinge ein wenig, und deshalb war er nicht sonderlich betrübt, als Rachel zwanzig Minuten später sagte, Gage sei jetzt lange genug dem Wind ausgesetzt gewesen. Sie fürchtete, daß er sich erkälten könnte.

Also wurde der Drachen eingezogen; er kämpfte am Himmel um jeden Meter Schnur, bis er dann endlich aufgab. Louis nahm ihn mit seinen schwarzen Flügeln und seinen vorstehenden, blutunterlaufenen Augen unter den Arm und sperrte ihn wieder in den Lagerraum. An diesem Abend verspeiste Gage eine riesige Portion Würstchen und Bohnen, und während Rachel ihn in seinen Schlafanzug steckte, nahm Louis Ellie beiseite und sprach ein paar ernste Worte über das Herumliegenlassen von Murmeln. Unter anderen Umständen hätte das Gespräch damit enden können, daß er sie anschrie, denn Ellie konnte sehr hochfahrend – und sogar beleidigend – sein, wenn man ihr etwas vorwarf. Gewiß, das war nur ihre Art, Kritik zu verarbeiten, aber es änderte nichts daran, daß Louis in Wut geriet, wenn sie zu dick auftrug oder er besonders müde war. Doch an diesem Abend hielt die gute Laune vom Drachenspiel noch vor, und Ellie gab sich vernünftig. Sie versprach, vorsichtiger zu sein, und ging dann hinunter, um bis halb neun vor dem Fernseher zu sitzen, eine Samstagabendvergünstigung, die sie sich nicht entgehen ließ. *Okay, das wäre also erledigt, und vielleicht nützt es sogar etwas,* dachte Louis, ohne zu wissen, daß Murmeln im Grunde kein Problem waren, daß auch Erkältungen kein Problem waren, daß vielmehr ein großer Orinco-Laster das Problem sein würde, daß die Straße das Problem sein würde – worauf Jud Crandall sie kurz nach ihrer Ankunft im August hingewiesen hatte.

Ungefähr eine Viertelstunde nachdem Gage zu Bett gebracht worden war, ging er nach oben. Er fand seinen Sohn ruhig, aber noch wach vor; er trank gerade den Rest Milch aus seiner Flasche und blickte nachdenklich zur Decke empor.

Louis ergriff einen von Gages Füßen und hob ihn hoch. Er küßte ihn und legte ihn wieder hin. »Gute Nacht, Gage«, sagte er.

»Dachen fliegt, Daddy«, sagte Gage.

»Herrlich ist er geflogen, nicht wahr?« sagte Louis und spürte plötzlich grundlos Tränen hinter den Lidern. »Bis in den Himmel hinauf, kleiner Mann.«
»Dachen fliegt«, sagte Gage. »Bis in Himmel.«
Dann drehte er sich auf die Seite, schloß die Augen und schlief. Einfach so.
Louis war schon im Begriff, auf den Flur hinauszutreten, als er zurückblickte und gelblichgrüne, körperlose Augen sah, die ihn aus Gages Schrank heraus anstarrten. Die Schranktür war offen. Das Herz sprang ihm in die Kehle, und sein Mund verzog sich zu einer Grimasse.
Er öffnete die Schranktür und dachte . . .
(Zelda, es ist Zelda, hier im Schrank, ihre schwarze Zunge bleckt zwischen den Lippen hervor)
. . . er wußte nicht, was er dachte, aber natürlich war es nur Church, der Kater war im Schrank, und als er Louis sah, machte er einen Buckel wie eine Katze auf einer Halloween-Karte. Er fauchte ihn mit halboffenem Maul an und zeigte seine nadelscharfen Zähne.
»Raus hier«, flüsterte Louis.
Church fauchte wieder. Er rührte sich nicht.
»*Raus*, habe ich gesagt.« Er griff sich aus dem Durcheinander von Gages Spielsachen den ersten Gegenstand, der ihm in die Finger kam, eine grellrote Plastiklokomotive, die im trüben Licht die Farbe von getrocknetem Blut hatte. Er drohte Church damit; der Kater rührte sich nicht nur nicht von der Stelle, sondern fauchte ihn wieder an.
Und plötzlich, ohne nachzudenken, warf Louis mit der Lokomotive nach ihm, aber nicht harmlos oder spielerisch; er schleuderte sie mit aller Kraft auf den Kater, wütend auf ihn und zugleich voll Angst, weil er sich hier im dunklen Schrank im Zimmer seines Sohnes versteckt hatte und sich weigerte, herauszukommen, als hätte er ein Recht, darin zu sein.
Die Spielzeuglokomotive traf den Kater genau in der Flanke. Church kreischte auf und flüchtete auf seine unbeholfene Art, wobei er gegen die Tür prallte und auf dem Weg hinaus fast umgefallen wäre.
Gage regte sich, murmelte etwas, veränderte seine Lage und war dann wieder still. Louis war ein wenig übel. Der Schweiß stand ihm in Tropfen auf der Stirn.
»Louis?« rief Rachel von unten herauf; ihre Stimme klang bestürzt. »Ist Gage aus dem Bett gefallen?«
»Alles in Ordnung, Liebling. Church hat nur ein paar von seinen Spielsachen umgeworfen.«

Ihm war – auf irgendeine vielleicht irrationale Art – zumute, als wäre er zu seinem Sohn gekommen und hätte eine Schlange gesehen, die sich auf ihm wand, oder eine große Ratte auf dem Bücherregal über seinem Bett. Natürlich war es irrational. Aber als ihn der Kater aus dem Schrank heraus angefaucht hatte ...
(Zelda, dachtest du an Zelda, dachtest du an den Großen und Schrecklichen Oz?)
Er schloß den Schrank und schob dabei mit dem Fuß einige der Spielsachen hinein. Er hörte das leise Einrasten des Riegels. Nach kurzem Zögern drehte er den Schlüssel im Schloß.
Dann trat er wieder an Gages Bett. Beim Umdrehen hatte der Junge seine beiden Decken heruntergestrampelt und um seine Knie gewickelt. Louis befreite ihn und breitete die Decken über ihn. Dann stand er lange da und betrachtete seinen Sohn.

Zweiter Teil

Der Begräbnisplatz der Micmac

Als Jesus nach Bethanien kam, fand er, daß Lazarus schon vier Tage im Grabe gelegen hatte. Als Martha hörte, daß Jesus kam, eilte sie ihm entgegen.
Martha sprach zu Jesus: »Herr, wärest du hier gewesen, mein Bruder wäre nicht gestorben. Aber auch jetzt noch weiß ich, daß, was du bittest von Gott, das wird Gott dir geben.«
Jesus sprach zu ihr: »Dein Bruder soll auferstehen.«

JOHANNES-EVANGELIUM (PARAPHRASE)

»Hey-ho, let's go.« THE RAMONES

36

Die Ansicht, es gäbe irgendwelche Grenzen für das Grauen, das der menschliche Geist zu erfassen vermag, ist vermutlich irrig. Im Gegenteil: es sieht so aus, als stellte sich, wenn die Dunkelheit tiefer und tiefer wird, ein Steigerungseffekt ein – die menschliche Erfahrung neigt, so ungern man es auch zugeben mag, in vieler Hinsicht zu der Vorstellung, daß, wenn der Alptraum schwarz genug ist, Grauen weiteres Grauen hervorbringt, ein zufälliges Unglück weitere, oft vorsätzliche Unglücke zeugt, bis schließlich die Schwärze alles zudeckt. Und die erschreckendste Frage dürfte sein, wieviel Grauen der menschliche Geist zu ertragen vermag, ohne seine wache, offene, unverminderte Gesundheit einzubüßen. Daß solchen Ereignissen eine eigene Komik innewohnt, versteht sich fast von selbst. Von einem bestimmten Punkt an wird alles fast komisch, und das kann der Punkt sein, an dem die geistige Gesundheit entweder obsiegt oder sich biegt und zusammenbricht, der Punkt, an dem sich der Sinn eines Menschen für Humor wieder durchzusetzen beginnt.

Gedanken dieser Art hätten Louis Creed durch den Kopf gehen können, wenn er nach der Beisetzung seines Sohnes Gage William Creed am 17. Mai logisch gedacht hätte, aber jedes logische Denken – oder auch nur der Versuch – endete im Bestattungsinstitut, in dem eine Schlägerei mit seinem Schwiegervater (schlimm genug) zu einem noch grauenhafteren Ereignis führte: dem letzten Akt eines Schauerdramas, der das, was von Rachels schwacher Selbstbeherrschung noch übrig war, vollends zusammenbrechen ließ. Die Folge der kleineren Katastrophen dieses Tages war erst zu Ende, als sie schreiend aus dem Ostsalon des Bestattungsinstituts von Brookings-Smith herausgeführt wurde, in dem Gage in seinem geschlossenen Sarg lag, und sich erst wieder beruhigte, nachdem sie eine Spritze bekommen hatte.

Die Ironie lag darin, daß ihr diese letzte Episode – diese *Posse* des Grauens, könnte man sagen – erspart geblieben wäre, wenn die Schlägerei zwischen Louis Creed und Mr. Irwin Goldman aus Lake Forest während der Besuchszeit am Vormittag (10 bis 11.30 Uhr) stattgefunden hätte und nicht während der Besuchszeit am Nachmittag (14 bis 15.30 Uhr). Am Vormittag war Rachel nicht anwesend; sie war einfach nicht in der Lage gewesen, zu kommen. Sie war mit Jud Crandall und Steve Masterton zu Hause geblieben. Louis konnte sich nicht vorstellen, wie er die voraufgegangenen fünfzig oder mehr Stunden ohne Jud und Steve durchgestanden hätte.

Es war ein Segen für Louis – ein Segen für alle drei noch lebenden Familienmitglieder –, daß Steve so prompt erschienen war. Louis war zumindest zeitweise unfähig, irgendeine Entscheidung zu treffen, selbst eine so geringfügige wie die, seiner Frau eine Spritze zu geben, um ihren größten Schmerz zu betäuben. Er hatte nicht einmal bemerkt, daß Rachel in ihrem schief zugeknöpften Hauskleid zur Vormittagskondolenz gehen wollte. Ihr Haar war ungekämmt, ungewaschen, wirr. Ihre Augen, leere, braune Kugeln, traten aus Höhlen hervor, so eingesunken, daß sie fast wie Augen in einem lebendigen Schädel wirkten. An diesem Morgen saß sie am Frühstückstisch, kaute auf ungebuttertem Toast herum und äußerte zusammenhanglose Sätze, die keinen Sinn ergaben. Einmal hatte sie unvermittelt gesagt: »Was den Winnebago betrifft, den du kaufen willst, Lou...« Louis hatte 1981 zum letzten Mal von einem Winnebago gesprochen.

Louis nickte nur und verzehrte weiter sein eigenes Frühstück. Vor ihm stand ein Teller mit Cocoa Bears. Cocoa Bears waren Gages Lieblingsfrühstück gewesen, und an diesem Morgen wollte Louis sie essen. Sie schmeckten widerlich, aber er wollte sie trotzdem. Er trug seinen besten Anzug – keinen schwarzen, er besaß keinen schwarzen Anzug, aber er war zumindest dunkel anthrazitgrau. Er hatte sich rasiert, geduscht, sein Haar gekämmt. Er sah gut aus, obwohl er völlig unter Schock stand.

Ellie trug Jeans und eine gelbe Bluse. Sie hatte ein Photo an den Frühstückstisch mitgebracht, von dem sie sich nicht trennen wollte. Das Photo, die Vergrößerung einer Polaroid-Aufnahme, die Rachel mit der SX-70 gemacht hatte, die Louis und die Kinder ihr zum Geburtstag geschenkt hatten, zeigte Gage, der auf einem von Ellie gezogenen Schlitten saß und aus der Kapuze seiner Skiparka herausgrinste. Rachel hatte einen Augenblick getroffen, in dem Ellie über die Schulter schaute und Gage zulächelte. Gage grinste zurück.

Ellie hatte das Photo bei sich, aber sie redete kaum. Es war, als hätte der Tod ihres Bruders auf der Straße vorm Haus den größten Teil ihres Wortschatzes ausgelöscht.

Louis war unfähig, den Zustand zu erkennen, in dem sich seine Frau und seine Tochter befanden. Er verzehrte sein Frühstück, und in seinen Gedanken spielte sich der Unfall immer und immer wieder ab; nur hatte der Film in seinem Kopf ein anderes Ende. In dem Film in seinem Kopf war er schneller, und was passierte, war nur, daß Gage eine Tracht Prügel bekam, weil er nicht stehengeblieben war, als sie schrien.

Es war Steve, der erkannte, wie es um Rachel und Ellie stand. Er verbot Rachel, zur vormittäglichen Besichtigungszeit ins Bestattungsinstitut zu gehen (obwohl von »besichtigen« nicht die Rede sein konnte, weil der Sarg geschlossen war; wäre er offen, dachte Louis, würden alle, auch er selbst, laut schreiend aus dem Raum rennen), und Ellie verbot er die Teilnahme überhaupt. Rachel protestierte. Ellie saß nur da, stumm und ernst, das Photo von ihr und Gage in der Hand.

Es war Steve, der Rachel die Spritze gab, die sie brauchte; Ellie gab er einen Teelöffel mit einer farblosen Flüssigkeit. Gewöhnlich heulte Ellie und weigerte sich, ein Medikament – irgendein Medikament – einzunehmen, aber jetzt nahm sie es schweigend, ohne das Gesicht zu verziehen. Um zehn an diesem Morgen lag sie schlafend in ihrem Bett (das Photo von sich und Gage noch in der Hand), und Rachel saß vor dem Fernseher, in dem »Wheel of Fortune« lief. Auf Steves Fragen reagierte sie nur langsam. Sie war betäubt, aber ihr Gesicht hatte diesen nachdenklichen Ausdruck des Wahnsinns verloren, der Steve so beunruhigt – und geängstigt – hatte, als er an diesem Morgen um Viertel nach acht eintraf.

Natürlich hatte Jud alle Anordnungen getroffen. Er traf sie mit der gleichen gelassenen Tatkraft, die er drei Monate zuvor beim Tod seiner Frau bewiesen hatte. Aber es war Steve Masterton, der Louis beiseitenahm, bevor Louis sich auf den Weg zum Begräbnisinstitut machte.

»Ich werde sehen, daß sie am Nachmittag mitkommt, wenn sie dazu imstande ist«, erklärte er Louis.

»Gut.«

»Bis dahin hat die Wirkung der Spritze nachgelassen. Ihr Freund Crandall hat gesagt, daß er während der Besuchszeit am Nachmittag bei Ellie bleibt...«

»Gut.«

»... und mit ihr Monopoly spielt oder sonst etwas...«

»Gut.«

»Aber...«

»Gut.«

Steve brach ab. Sie standen in der Garage, Churchs Revier, in das er seine toten Vögel und Ratten brachte. Draußen schien die Maisonne, und über das Ende der Auffahrt hüpfte ein Rotkehlchen, als hätte es etwas Wichtiges zu erledigen.

»Louis«, sagte Steve. »Sie müssen sich zusammenreißen.«

Louis sah Steve höflich fragend an. Von dem, was Steve gesagt hatte, war ihm nicht viel bewußt geworden. Er hatte daran gedacht, daß er das Leben seines Sohnes hätte retten können, wenn er nur ein bißchen schneller gewesen wäre. Aber etwas von diesem letzten Satz drang durch.

»Ich weiß nicht, ob Sie es bemerkt haben«, sagte Steve, »aber Ellie hat es die Sprache verschlagen. Und Rachel hat einen solchen Schock erlitten, daß ihre Zeitbegriffe völlig durcheinandergeraten sind.«

»Ja!« sagte Louis. Eine etwas kraftvollere Antwort schien ihm angebracht, aber er wußte nicht, warum.

Steve legte ihm eine Hand auf die Schulter. »Lou«, sagte er, »sie brauchen Sie mehr als je zuvor. Vielleicht sogar mehr, als sie Sie in Zukunft brauchen werden. Bitte, Louis – ich kann Ihrer Frau eine Spritze geben, aber Sie – sehen Sie, Louis, Sie müssen – oh, Gott, Louis, was ist das für eine gottverdammte, hirnverbrannte Scheiße!«

Louis sah mit einer Art Bestürzung, daß Steve zu weinen begann. »Ja«, sagte er, und in Gedanken sah er Gage über den Rasen auf die Straße zulaufen. Sie schrien Gage nach, er solle zurückkommen, aber er tat es nicht; vor Mommy und Daddy davonzulaufen, war sein neuestes Spiel gewesen. Und dann jagten sie hinter ihm her, wobei Louis Rachel schnell überholte, aber Gage hatten einen großen Vorsprung. Gage lachte, Gage lief Daddy davon – das war das Spiel –, und Louis verringerte den Abstand, aber zu langsam; Gage lief den sanft abfallenden Rasen hinunter zum Rand der Route 15, und Louis betete zu Gott, daß Gage hinfiele – wenn kleine Kinder rannten, fielen sie *fast immer* hin, weil ein Kind erst im Alter von sieben oder acht Jahren die vollständige Kontrolle über seine Beine gewinnt. Louis betete zu Gott, daß Gage hinfiele, hinstürzte, ja, hinstürzte und sich die Nase blutig schlüge, sich den Schädel bräche, genäht werden müßte, denn jetzt hörte er das Dröhnen eines näherkommenden Lastwagens, eines dieser großen, zehnrädrigen Laster, die unablässig zwischen Bangor und der Orinco-Fabrik bei Orrington hin- und herfuhren, und da hatte er Gages Namen geschrien und geglaubt, Gage hätte ihn gehört und versucht, anzuhalten. Gage schien begriffen zu haben, daß das Spiel vorbei war, daß die Eltern einen nicht so *anschrien*, wenn es nur ein Spiel war, und er hatte versucht, anzuhalten, und inzwischen war das Dröhnen des Lasters *sehr* laut, ein Dröhnen, das die ganze Welt zu erfüllen schien. Ein Donnern. Louis hatte sich mit einem gewaltigen Hechtsprung nach vorn geworfen, sein Schatten glitt über den Boden unter ihm, wie der Schatten des Geiers an jenem Märztag über das spätwinterlich weiße Gras von Mrs. Vintons Feld geglitten war, und er glaubte, mit den Fingerspitzen den

Rücken von Gages leichter Jacke berührt zu haben, und dann hatte der Schwung des Rennens Gage auf die Straße getragen, und der Laster war Donner gewesen, der Laster war Sonne gewesen auf funkelndem Chrom, der Laster war das tiefe, durchdringende Tuten eines Signalhorns gewesen, und das war am Samstag gewesen, vor drei Tagen.

»Ich bin in Ordnung«, sagte er zu Steve. »Ich muß jetzt los.«

»Wenn Sie sich zusammennehmen und ihnen helfen können«, sagte Steve und wischte sich mit dem Ärmel über die Augen, »dann helfen Sie auch sich selbst. Ihr drei müßt es gemeinsam durchstehen, Louis. Das ist die einzige Möglichkeit. Anders geht es nicht.«

»Richtig«, pflichtete Louis ihm bei, und in seinen Gedanken lief alles von neuem ab, nur sprang er diesmal zum Schluß einen halben Meter weiter nach rechts, bekam den Rücken von Gages Jacke zu fassen, riß ihn zurück, und nichts von alledem geschah.

Der Vorfall im Ostsalon des Bestattungsinstituts von Brookings-Smith blieb Ellie erspart, Rachel dagegen nicht. Ellie spielte um diese Zeit mit Jud Crandall Monopoly und schob ihre Steine ziellos – und stumm – auf dem Brett herum. Sie würfelte mit einer Hand und hielt das Polaroid-Photo von sich und Gage auf dem Schlitten fest in der anderen.

Steve Masterton war zu dem Schluß gekommen, daß Rachel an der nachmittäglichen Besuchszeit teilnehmen könnte – ein Schluß, den er angesichts der späteren Ereignisse zutiefst bereute.

Die Goldmans waren am Morgen mit dem Flugzeug in Bangor eingetroffen und im Holiday Inn abgestiegen. Rachels Vater hatte inzwischen viermal angerufen. Steve mußte dem alten Mann gegenüber immer standhafter sein – beim vierten Anruf mußte er ihm fast drohen. Irwin Goldman wollte kommen und erklärte, alle Hunde der Hölle könnten ihn nicht davon abhalten, seiner Tochter in ihrer Not beizustehen. Steve erwiderte, Rachel brauchte Ruhe, bevor sie im Bestattungsinstitut erscheinen könnte, um ihren Schock so weit wie möglich zu überwinden. Über die Hunde der Hölle sei er nicht informiert, sagte er, aber er kenne einen schwedisch-amerikanischen Arzthelfer, der nicht daran dächte, jemanden ins Haus der Creeds einzulassen, bevor Rachel von sich aus bereit war, in der Öffentlichkeit zu erscheinen. Nach der Besuchszeit am Nachmittag würde er mit dem größten Vergnügen das Feld dem familiären Unterstützungssystem räumen, aber bis dahin sollte sie in Ruhe gelassen werden.

Der alte Mann fluchte auf Jiddisch, knallte den Hörer auf die Gabel und beendete damit das Gespräch. Steve wartete, ob Goldman tatsächlich erschien, aber anscheinend hatte er sich zum Abwarten entschlossen. Gegen Mittag schien es Rachel etwas besser zu gehen. Sie war sich zumindest des zeitlichen Rahmens bewußt, in dem sie sich befand, und sie war in die Küche gegangen, um nachzusehen, ob für die Nachfeier irgendwelcher Belag für Sandwiches da war. Die Leute würden doch hinterher ins Haus kommen wollen, oder nicht? Sie fragte Steve.

Steve nickte.

Salami oder kaltes Roastbeef waren nicht da, aber in der Tiefkühltruhe war ein Butterball-Puter, und sie legte ihn zum Auftauen auf das Ablaufbrett. Ein paar Minuten später schaute Steve wieder in die Küche und sah sie weinend am Ausguß stehen, den Blick auf den Puter auf dem Ablaufbrett gerichtet.

»Rachel?«

Sie wandte sich zu Steve. »Gage aß das so gern. Das weiße Fleisch mochte er am liebsten. Ich mußte gerade daran denken, daß er nie wieder einen Butterball-Puter essen wird.«

Steve schickte sie zum Umziehen nach oben – der endgültige Test, ob sie der Lage gewachsen war –, und als sie in einem einfachen, schwarzen, in der Taille gegürteten Kleid mit einer kleinen, schwarzen Unterarmtasche (eigentlich einer Abendtasche) herunterkam, fand Steve, daß sie gefaßt genug war, und Jud pflichtete ihm bei.

Steve fuhr sie in die Stadt. Er stand mit Surrendra Hardu im Foyer des Ostsalons und sah Rachel nach, die wie ein Gespenst durch den Mittelgang auf den blumenbedeckten Sarg zutrieb.

»Wie steht es, Steve?« fragte Surrendra leise.

»Beschissen«, sagte Steve mit rauher, unterdrückter Stimme.

»Was dachten Sie denn, wie es steht?«

»Ich dachte, es steht wahrscheinlich beschissen«, sagte Surrendra und seufzte.

Der Ärger hatte schon am Vormittag begonnen, als Irwin Goldman sich weigerte, seinem Schwiegersohn die Hand zu geben.

Der Anblick so vieler Freunde und Bekannter hatte Louis tatsächlich ein wenig aus dem Gespinst seines Schocks herausgenötigt, hatte ihn gezwungen, präsent zu sein und wahrzunehmen, was um ihn herum vorging. Er hatte jenes Stadium gefügigen Kummers erreicht, mit dem Bestattungsunternehmer umzugehen und das sie so gut wie möglich zu nutzen wissen. Louis wurde herumgeschoben wie ein Stein bei einem Halmaspiel.

Vor dem Ostsalon gab es ein kleines Foyer, in dem die Leute rauchen und in zu dick gepolsterten Sesseln sitzen konnten. Die Sessel sahen aus, als kämen sie direkt aus der Versteigerung der

Möbel eines bankerotten englischen Altherrenclubs. Neben der Tür, die in den Salon führte, stand ein kleines Gestell, schwarzes Metall mit Gold verziert, darauf eine kleine Tafel, auf der nur GAGE WILLIAM CREED stand. Durchquerte man das geräumige, weiße Gebäude, das einem behaglichen, alten Haus täuschend ähnlich sah, gelangte man in ein gleiches Foyer vor dem Westsalon, in dem die Tafel auf dem Gestell den Namen ALBERTA BURNHAM NEDEAU trug. Im hinteren Teil des Hauses lag der Flußufersalon. Die Tafel auf dem Gestell an der Tür zwischen dem Foyer und diesem Salon war leer; er wurde an diesem Dienstagvormittag nicht benutzt. Im Untergeschoß befand sich der Ausstellungsraum für Särge, jeder Sarg stand im Licht eines kleinen, an der Decke montierten Punktstrahlers. Wenn man hochschaute – Louis hatte es getan, und der Bestattungsunternehmer hatte ihm einen mißbilligenden Blick zugeworfen –, sah es aus, als säßen da oben eine Menge merkwürdiger Vögel.

Jud hatte ihn am Sonntag, einen Tag nach Gages Tod, hierher begleitet, um einen Sarg auszusuchen. Sie waren die Treppe hinabgestiegen, und anstatt sich gleich nach rechts in den Ausstellungsraum zu wenden, war Louis unwillkürlich geradeaus weitergegangen, den Korridor entlang, auf eine einfache weiße Schwingtür zu, wie man sie in Restaurants zwischen Speisesaal und Küche findet. Jud und der Bestattungsunternehmer hatten rasch und gleichzeitig »Nicht da hinein« gesagt, und Louis hatte sich gehorsam von dieser Schwingtür abgewandt. Er wußte, was sich hinter dieser Tür befand.

Der Ostsalon war mit ordentlichen Reihen von Klappstühlen möbliert – den teuren mit gepolstertem Sitz und gepolsterter Rückenlehne. Vorn, in einem Teil des Raums, der einer Kombination zwischen Kirchenschiff und Gartenlaube glich, stand Gages Sarg. Louis hatte sich für das Rosenholz-Modell »Ewige Ruhe« der American Casket Company entschieden. Er war mit rosa Seidensamt ausgeschlagen. Der Bestattungsunternehmer bestätigte, es sei wirklich ein wunderhübscher Sarg, und entschuldigte sich, daß er keinen blau ausgeschlagenen am Lager hätte. Auf solche Unterscheidungen, erwiderte Louis, hätten Rachel und er nie Wert gelegt. Der Bestattungsunternehmer hatte genickt. Dann hatte er Louis gefragt, ob Louis sich schon Gedanken darüber gemacht hätte, wie er die Kosten für Gages Begräbnis regeln wollte. Wenn nicht, sagte er, könne Louis gern in sein Büro mitkommen, wo sie drei ihrer günstigen Finanzierungspläne ...

In Gedanken hörte Louis plötzlich die heitere Stimme eines Werbesprechers: *Für Raleigh-Bons bekam ich kostenlos einen Sarg für meinen Sohn!*

Er kam sich vor wie eine Figur in einem Traum, als er sagte: »Ich bezahle mit meiner Kreditkarte.«

»In Ordnung«, sagte der Bestattungsunternehmer.

Der Sarg war kaum einen Meter lang – ein Zwergsarg. Dennoch kostete er etwas über sechshundert Dollar. Louis nahm an, daß er auf Böcken ruhte, aber das war wegen der Blumen nicht genau zu sehen, und er hatte nicht zu dicht herangehen wollen. Ihm war übel vom Duft all dieser Blumen.

Am Ende des Mittelgangs, gleich neben der Tür zum Foyer, stand ein Pult mit einem Buch darauf. Am Pult war ein Kugelschreiber angekettet. Hier wurde Louis von dem Bestattungsunternehmer postiert, um »seine Freunde und Verwandten« zu begrüßen.

Von den »Freunden und Verwandten« wurde erwartet, daß sie ihre Namen und Adressen in das Buch schrieben. Louis hatte nie die leiseste Ahnung gehabt, welchen Sinn dieser verrückte Brauch haben sollte, und er fragte auch jetzt nicht danach. Wahrscheinlich würde das Buch Rachel und ihm nach der Beerdigung ausgehändigt werden, und das schien ihm das Verrückteste zu sein. Irgendwo hatte er ein Jahrbuch von der High School und ein Jahrbuch vom College und ein Jahrbuch von der medizinischen Fakultät; außerdem gab es ein Hochzeitsbuch, auf dessen Kunstledereinband mit imitiertem Blattgold UNSER HOCHZEITSTAG eingeprägt war und das mit einem Photo von Rachel begann, wie sie an jenem Morgen mit Hilfe ihrer Mutter vorm Spiegel den Brautschleier anprobierte, und mit einem Photo von zwei Paar Schuhen vor einer geschlossenen Hotelzimmertür endete. Und schließlich gab es ein Baby-Buch für Ellie, in das sie jedoch schon bald keine Photos mehr eingeklebt hatten; dieses Buch – mit Raum für MEIN ERSTER HAARSCHNITT (eine Haarlocke von Baby einkleben) und HOPPLA! (ein Photo einkleben, auf dem Baby aufs Hinterteil gefallen ist) – war so neckisch, daß es nicht zu ertragen war.

Und nun sollte zu all den anderen noch dieses kommen. Wie nennen wir es? fragte sich Louis, der wie betäubt neben dem Pult stand und darauf wartete, daß die Gäste eintreffen. MEIN TOTENBUCH? BEERDIGUNGSAUTOGRAMME? DER TAG, AN DEM WIR GAGE BEGRUBEN? Oder vielleicht etwas Würdevolleres, etwa EIN TODESFALL IN DER FAMILIE?

Er klappte das Buch zu. Wie UNSER HOCHZEITSTAG war es in Kunstleder gebunden.

Der Einband trug keine Aufschrift.

Wie fast zu erwarten gewesen war, erschien als erste am Morgen Missy Dandridge, die gutherzige Missy, die so oft auf Ellie und

Gage aufgepaßt hatte. Louis fiel ein, daß Missy auch am Abend jenes Tages, an dem Victor Pascow starb, die Kinder zu sich geholt hatte. Sie hatte die Kinder gehütet, und Rachel hatte sich seiner angenommen, zuerst in der Badewanne und dann im Bett. Missy hatte geweint, heftig geweint, und beim Anblick von Louis' gefaßtem, reglosem Gesicht brach sie erneut in Tränen aus und griff nach ihm – schien nach ihm zu tasten. Louis schloß sie in die Arme, weil ihm klar wurde, daß es auf diese Weise funktionierte oder zumindest funktionieren sollte – eine Art menschlicher Ladung, die ausgetauscht wurde und die harte Erde des Verlustes lockerte, sie belüftete, den steinigen Acker des Schocks mit der Wärme des Kummers aufbrach.

Es tut mir so leid, sagte Missy und wischte sich das dunkelblonde Haar aus dem nassen Gesicht. So ein süßer, kleiner Junge. Ich habe ihn so sehr geliebt, Louis. Es tut mir so leid, es ist eine *entsetzliche* Straße, ich hoffe nur, sie stecken diesen Lastwagenfahrer für immer ins Gefängnis, er ist viel zu schnell gefahren, er war so süß, so lieb, so intelligent, warum hat Gott Gage zu sich gerufen, ich weiß es nicht, ich verstehe es nicht, aber es tut mir leid, es tut mir ja so leid.

Louis tröstete sie, hielt sie in den Armen und tröstete sie. Er spürte ihre Tränen auf seinem Kragen, den Druck ihrer Brust. Sie wollte wissen, wo Rachel war, und Louis sagte ihr, daß Rachel sich ausruhte. Missy versprach, nach ihr zu sehen, und sie würde jederzeit auf Ellie achtgeben, so lange es nötig wäre. Louis dankte ihr.

Sie wollte sich gerade abwenden, immer noch schluchzend, die Augen röter als je über ihrem schwarzen Taschentuch. Sie ging schon auf den Sarg zu, als Louis sie zurückrief. Der Bestattungsunternehmer, dessen Name Louis schon nicht mehr einfiel, hatte gesagt, die Leute sollten sich in das Buch eintragen, und er wollte verdammt sein, wenn er nicht dafür sorgte, daß sie es taten.

Bitte eintragen, geheimnisvoller Gast, dachte er und war nahe daran, laut und hysterisch zu kichern.

Es waren Missys tränen- und kummervolle Augen, die ihn daran hinderten.

»Missy, würden Sie sich bitte hier eintragen?« fragte er sie, und weil noch eine Begründung nötig schien, setzte er hinzu: »Für Rachel.«

»Natürlich«, sagte sie. »Armer Louis, arme Rachel.« Und plötzlich wußte Louis, was sie als nächstes sagen würde, und irgendwie fürchtete er sich davor; dennoch kam es, unausweichlich wie ein großkalibriges, schwarzes Geschoß aus dem Gewehr eines Mörders, und er wußte, daß dieses Geschoß ihn in den nächsten endlosen neunzig Minuten immer wieder treffen würde und dann am Nachmittag abermals, während aus den Wunden des Vormittags noch das Blut sickerte.

»Gott sei Dank brauchte er nicht zu leiden, Louis. Wenigstens ging es schnell.«

Ja, es ging tatsächlich schnell. Er dachte daran, es auszusprechen – ah, das würde ihr Gesicht wieder zerfallen lassen, und er verspürte den boshaften Drang, es zu tun, ihr die Worte ins Gesicht zu schleudern. *Es ging schnell, daran besteht gar kein Zweifel, und deshalb ist der Sarg geschlossen, mit Gage war nichts mehr zu machen, selbst wenn Rachel und ich etwas davon hielten, tote Verwandte in ihren Sonntagsstaat zu stecken wie Kaufhaus-Mannequins und ihre Gesichter zu pudern und zu schminken. Es ging schnell, meine liebe Missy, in einer Minute stand er auf der Straße, und eine Minute später lag er auf ihr, aber unten beim Haus der Ringers. Der Laster traf ihn und tötete ihn, und dann schleppte er ihn mit, und Sie können mir glauben, es ging schnell. Über hundert Meter oder mehr, ungefähr die Länge eines Football-Feldes. Ich rannte hinter ihm her, Missy, ich schrie immer wieder seinen Namen, fast so, als rechnete ich damit, daß er noch am Leben wäre, ich als Arzt. Ich rannte zehn Meter, und da lag seine Baseballkappe, und ich rannte zwanzig Meter, und da lag einer seiner Segeltuchschuhe, ich rannte vierzig Meter, und da war der Laster von der Straße abgekommen, und der Tank hatte sich auf dem Feld hinter der Scheune der Ringers quergestellt. Leute kamen aus ihren Häusern, und ich schrie wieder seinen Namen, Missy, und an der Fünfzig-Yard-Linie lag sein Pullover, von außen nach innen gewendet, und an der Siebzig-Yard-Linie lag der andere Schuh, und dann kam Gage.*

Plötzlich wurde die Welt taubengrau. Alles verschwand aus seinem Blickfeld. Er spürte undeutlich, wie sich die Ecke des Pultes, auf dem das Buch lag, in seine Handfläche bohrte, aber das war alles.

»Louis?« Missys Stimme. Ganz weit weg. Das unerklärliche Gurren von Tauben in seinen Ohren.

»Louis?« Jetzt näher. Bestürzt.

Die Welt nahm wieder Form an.

»Geht es Ihnen nicht gut?«

Er lächelte. »Doch«, sagte er. »Alles in Ordnung, Missy.«

Sie schrieb sich und ihren Mann ein – Mr. und Mrs. David Dandridge – mit gleichmäßig gerundeten Buchstaben; darunter schrieb sie ihre Adresse, Rural Box 67, Old Bucksport Road – und dann hob sie den Blick zu Louis und senkte ihn schnell wieder, als wäre schon die Adresse an der Straße, auf der Gage gestorben war, ein Verbrechen.

»Alles Gute, Louis«, flüsterte sie.

David Dandridge schüttelte ihm die Hand und murmelte etwas

Unverständliches; sein vorstehender Adamsapfel hüpfte auf und ab. Dann folgte er eilig seiner Frau den Gang hinab zum rituellen Betrachten eines Sarges, der aus Storyville, Ohio, kam, einem Ort, in dem Gage nie gewesen war und in dem man ihn nicht kannte.

Nach den Dandridges kamen sie alle, bewegten sich in einer langsam vorrückenden Linie, und Louis empfing sie alle, ihr Händeschütteln, ihre Umarmungen, ihre Tränen. Sein Kragen und der Oberärmel seines anthrazitgrauen Anzugs wurden bald feucht. Der Duft der Blumen drang bis ins hintere Ende des Salons und erfüllte ihn mit Begräbnisgeruch. Es war ein Geruch, an den er sich aus seiner Kindheit erinnerte – dieser süßliche, dicke Begräbnisgeruch der Blumen. Seiner eigenen Zählung nach mußte sich Louis zweiunddreißigmal sagen lassen: *Welch eine Gnade, daß Gage nicht zu leiden brauchte.* Fünfundzwanzigmal wurde ihm gesagt: *Gottes Wege sind unerforschlich.* Und an letzter Stelle kam mit zwölfmal: *Er ist jetzt bei den Engeln.*

Es begann ihm zuzusetzen. Die Sprüche verloren nicht das bißchen Sinn, das in ihnen steckte (so wie der eigene Name seinen Sinn und seine Bedeutung verliert, wenn man ihn immer und immer wieder ausspricht) – sie schienen vielmehr, auf den Lebensnerv gezielt, von Mal zu Mal tiefer zu treffen. Als schließlich der unvermeidliche Auftritt seiner Schwiegermutter und seines Schwiegervaters erfolgte, fühlte er sich wie ein schwer angeschlagener Boxer.

Sein erster Gedanke war, daß Rachel recht gehabt hatte – nur zu recht. Irwin Goldman war alt geworden. Wie alt war er jetzt? Achtundfünfzig, neunundfünfzig? Er wirkte wie ein schwerfälliger Siebziger. Mit seinem kahlen Kopf und der Colaflaschen-Brille sah er dem israelischen Premierminister Menachem Begin fast absurd ähnlich. Als Rachel von ihrer Thanksgiving-Reise zurückkam, hatte sie Louis erzählt, Goldman sei gealtert, aber dies hatte Louis nicht erwartet. Möglich, daß es zu Thanksgiving noch nicht so schlimm gewesen war. Zu Thanksgiving hatte der alte Mann noch nicht eines seiner beiden Enkelkinder verloren.

Dory ging neben ihm, das Gesicht fast unsichtbar unter zwei – vielleicht sogar drei – dichten, schwarzen Schleiern. Ihr Haar war in jenem modischen Blau getönt, das bei älteren Damen der gehobenen Mittelschicht so beliebt ist. Sie hielt sich am Arm ihres Mannes fest. Das einzige, was Louis hinter den Schleiern sehen konnte, war das Glitzern von Tränen.

Plötzlich beschloß er, die Vorfälle der Vergangenheit auf sich beruhen zu lassen. Er konnte den alten Groll nicht länger tragen. Er war plötzlich zu schwer geworden.

»Irwin, Dory«, murmelte er. »Danke, daß ihr gekommen seid.« Er hob die Arme, als wollte er Rachels Vater die Hand hinstrecken und gleichzeitig ihre Mutter umarmen oder vielleicht sogar beide umarmen. Und er spürte dabei, wie ihm zum ersten Mal selbst die Tränen kamen; einen Augenblick lang hatte er die verrückte Idee, als könnte alles wieder ins rechte Lot kommen, als könnte Gage durch seinen Tod das bewirken, als wäre er eine Figur in einem jener romantischen Frauenromane, in denen die Versöhnung der Lohn des Todes ist, und in denen er etwas Positiveres bewirkt als nur diesen sinnlosen, bohrenden Schmerz, der kein Ende zu nehmen schien.

Dory bewegte sich auf ihn zu, mit einer Geste, die vielleicht darauf hinauslaufen sollte, daß sie gleichfalls die Arme hob. Sie sagte etwas – »Oh, Louis...«, gefolgt von Unverständlichem –, und dann zog Goldman seine Frau zurück. Einen Augenblick bildeten die drei eine reglose Gruppe, die außer ihnen selbst niemand bemerkte (es sei denn, der Bestattungsunternehmer, der unaufdringlich in der hinteren Ecke des Ostsalons stand, bemerkte sie – Onkel Carl hätte sie vermutlich bemerkt): Louis mit halb ausgestreckten Armen, Irwin und Dory Goldman so steif und gerade wie Figuren auf einem Hochzeitskuchen.

Louis sah keine Tränen in den Augen seines Schwiegervaters, sie waren hell und klar vor Haß. *(Meint er etwa, ich hätte Gage umgebracht, um ihm eins auszuwischen?)* Diese Augen schienen Louis abzuschätzen, in ihm den kleinen, unbedeutenden Mann zu erkennen, der seine Tochter entführt und ihr diesen Kummer bereitet hatte – und ihn dann fallenzulassen. Seine Augen wanderten nach links – dahin, wo Gages Sarg stand –, und erst dann milderte sich ihr Ausdruck. Trotzdem unternahm Louis noch einen letzten Versuch. »Irwin«, sagte er. »Dory. Bitte. Wir müssen das gemeinsam durchstehen.«

»Louis«, sagte Dory wieder – *freundlich,* wie es Louis schien –, und dann waren sie vorüber; Irwin Goldman zog seine Frau mit sich, er blickte weder nach rechts noch nach links und sicher nicht auf Louis Creed. Sie näherten sich dem Sarg, und Goldman zog ein kleines, schwarzes Käppchen aus einer Tasche seines Jacketts.

Ihr habt euch nicht in das Buch eingetragen, dachte Louis, und dann stieß ihm lautlos ein Schwall Magensaft von so unerträglicher Säure auf, daß sich sein Gesicht vor Schmerz verkrampfte.

Die vormittägliche Besuchszeit näherte sich ihrem Ende. Louis rief zu Hause an. Jud nahm das Gespräch entgegen und fragte, wie es gegangen wäre. Gut, sagte Louis. Dann fragte er Jud, ob er Steve sprechen könnte.

»Wenn sie imstande ist, sich anzuziehen, lasse ich sie am Nachmittag kommen«, sagte Steve. »Ist Ihnen das recht?«

»Ja«, sagte Louis.

»Wie geht es Ihnen, Louis? Keine Ausflüchte und rund heraus – wie geht es Ihnen?«

»Gut«, sagte Louis kurz. »Ich komme zurecht.« *Ich habe dafür gesorgt, daß sich alle in das Buch eingetragen haben. Alle außer Dory und Irwin, und die wollten nicht.*

»Gut«, sagte Steve. »Was meinen Sie, wollen wir uns zum Lunch treffen?«

Lunch. Sich zum Lunch treffen. Der Gedanke schien so abwegig, daß Louis die Science-Fiction-Romane einfielen, die er als Teenager gelesen hatte – Romane von Robert A. Heinlein, Murray Leinster, Gordon R. Dickson. *Die Leute hier auf dem Planeten Quark haben eine merkwürdige Angewohnheit, Leutnant Abelson: wenn eines ihrer Kinder stirbt,* »*treffen sie sich zum Lunch*«. *Ich weiß – das klingt grotesk und barbarisch, aber bedenken Sie bitte, daß dieser Planet noch nicht der Erde angeglichen wurde.*

»Gewiß doch«, sagte Louis. »Welches Restaurant eignet sich denn am ehesten für die Pause zwischen zwei Besuchszeiten?«

»Nicht aufregen, Lou«, sagte Steve, aber er schien nicht unzufrieden. In diesem Zustand unnatürlicher Gelassenheit hatte Louis das Gefühl, andere Menschen besser durchschauen zu können als je zuvor. Vielleicht war es nur Einbildung, aber in diesem Augenblick schien ihm, als sei Steve der Überzeugung, ein plötzlicher Anflug von Sarkasmus, herausgespritzt wie Galle, sei seinem früheren Zustand der Wirklichkeitsferne vorzuziehen.

»Keine Sorge«, sagte er jetzt zu Steve. »Wie wär's mit Benjamin?«

»Ja«, sagte Steve. »Benjamin ist eine gute Idee.«

Louis hatte das Gespräch vom Büro des Bestattungsunternehmers aus geführt. Als er jetzt auf dem Weg nach draußen am Ostsalon vorüberkam, sah er, daß der Raum fast leer war; nur Irwin und Dory Goldman saßen mit gesenkten Köpfen in der vordersten Reihe. Louis kam es vor, als wollten sie da für alle Zeit sitzen bleiben.

Benjamin war eine gute Wahl. In Bangor gingen die Leute zeitig zum Lunch, und gegen ein Uhr war das Lokal fast leer. Jud war mit Steve und Rachel gekommen, und sie aßen zu viert gebratene Hähnchen. Einmal ging Rachel in die Toilette und blieb dort so lange, daß Steve nervös wurde. Er wollte gerade eine Kellnerin bitten, nach ihr zu sehen, als sie mit roten Augen an den Tisch zurückkam.

Louis stocherte in seinem Hähnchen herum und trank eine Menge Schlitz-Bier. Ohne viel zu reden, hielt Jud Flasche um Flasche mit.

Die vier Teller gingen fast unberührt zurück. Sein geschärftes Einfühlungsvermögen ließ Louis ahnen, daß die Kellnerin, ein molliges Mädchen mit einem hübschen Gesicht, nahe daran war, zu fragen, ob das Essen nicht in Ordnung gewesen wäre, und nach einem weiteren Blick auf Rachels rotgeweinte Augen zu dem Schluß kam, daß die Frage nicht angebracht war. Beim Kaffee machte Rachel eine Bemerkung, so unvermittelt und kühl, daß alle betroffen zusammenfuhren – vor allem Louis, den das Bier endlich schläfrig gemacht hatte.

»Seine Sachen gebe ich der Heilsarmee.«

»Wirklich?« sagte Steve nach einer kurzen Pause.

»Ja«, sagte Rachel. »Vieles ist noch fast neu. All seine Pullover – seine Cordhosen – seine Hemden. Irgendwer wird sich freuen, wenn er sie bekommt. Sie sind alle noch gut erhalten. Natürlich außer denen, die er anhatte. Die sind – unbrauchbar.«

Das letzte Wort war ein erbärmliches Würgen. Sie versuchte Kaffee zu trinken, aber es nützte nichts. Einen Augenblick später schluchzte sie in ihre vorgehaltenen Hände.

Dann kam ein seltsamer Augenblick. Spannungslinien kreuzten sich zwischen ihnen, und alle schienen auf Louis gerichtet zu sein. Er spürte es mit dem gleichen übernatürlichen Einfühlungsvermögen, das er schon den ganzen Tag an sich bemerkte und das jetzt am klarsten und deutlichsten war. Sogar die Kellnerin spürte diese auf ihn zulaufenden Linien. Er sah, wie sie an einem Tisch im Hintergrund stehenblieb, den sie gerade deckte. Einen Augenblick war Louis verwirrt; dann begriff er: sie warteten darauf, daß er seine Frau tröstete.

Er konnte es nicht. Er hätte es gern getan. Er begriff, daß es seine Aufgabe war. Dennoch konnte er es nicht. Es war der Kater, der sich ihm in den Weg stellte. Ganz plötzlich und ohne jeglichen Sinn und Verstand. Der Kater. Der verdammte Kater. Church mit seinen zerfetzten Mäusen und den Vögeln, denen er den Garaus gemacht hatte. Louis hatte das ekelhafte Zeug, wenn er es fand, stets prompt beseitigt, ohne zu murren und zu klagen, und gewiß ohne zu protestieren. Schließlich war er es, der sich das eingehandelt hatte. Aber hatte er sich auch dies hier eingehandelt?

Er sah seine Finger. Louis sah seine Finger. Er sah seine Finger, die leicht über den Rücken von Gages Jacke glitten. Dann war Gages Jacke fort. Dann war Gage fort.

Er blickte in seine Kaffeetasse und ließ seine Frau weinen, ungetröstet.

Nach einem Augenblick – der an der Uhr gemessen wahrscheinlich recht kurz war, sich aber jetzt und in der Rückschau lange hinzuziehen schien – legte Steve einen Arm um sie und zog sie sanft an sich. Sein Blick ruhte vorwurfsvoll auf Louis. Louis entzog sich ihm und sah zu Jud hinüber, aber Jud senkte den Kopf, als schämte er sich. Hier war keine Hilfe zu erwarten.

37

»Ich habe schon immer gewußt, daß so etwas passieren würde«, sagte Irwin Goldman. Damit fing der Ärger an. »Ich wußte es, als sie dich heiratete. ›Du wirst allen Kummer bekommen, den du ertragen kannst – wenn nicht noch mehr‹, habe ich gesagt. Und nun dies. Diese – diese *Schweinerei*!«

Louis sah sich nach seinem Schwiegervater um, der vor ihm aufgetaucht war wie ein boshafter Kastenteufel mit schwarzem Käppchen. Dann wanderte sein Blick instinktiv dahin, wo Rachel gestanden hatte, neben dem Buch auf dem Pult – sie war jetzt an der Reihe, weil sie am Vormittag nicht dagewesen war –, aber Rachel war verschwunden.

Am Nachmittag waren nicht so viele Leute erschienen, und nach ungefähr einer halben Stunde hatte sich Louis in der vorderen Sitzreihe am Mittelgang niedergelassen, fast ohne etwas wahrzunehmen (selbst den widerlichen Blumengestank registrierte er nur oberflächlich), außer der Tatsache, daß er sehr müde und schläfrig war. Wahrscheinlich lag es nur zum Teil am Bier. Sein Hirn war endlich bereit, abzuschalten. Vielleicht war das nur gut. Vielleicht würde er nach zwölf oder sechzehn Stunden Schlaf imstande sein, Rachel ein wenig zu trösten.

Nach einer Weile war sein Kopf herabgesunken, bis er auf seine zwischen den Knien locker ineinandergelegten Hände blickte. Das Stimmengewirr im Hintergrund wirkte beruhigend. Als sie vom Lunch zurückkamen, war er erleichtert gewesen, daß Irwin und Dory nicht da waren; aber er hätte wissen müssen, daß ihre Abwesenheit zu gut war, um von Dauer zu sein.

»Wo ist Rachel?« fragte Louis.

»Bei ihrer Mutter. Wo sie hingehört.« Goldman sprach mit dem einstudierten Triumph eines Mannes, der ein gutes Geschäft gemacht hat. In seinem Atem war Whisky. Viel Whisky. Er stand vor Louis wie ein streitbarer kleiner Staatsanwalt vor einem Angeklagten, dessen Schuld offensichtlich ist. Er war nicht sicher auf den Beinen.

»Was hast du zu ihr gesagt?« fragte Louis, in dem jetzt eine Welle von Zorn aufstieg. Er wußte, daß Goldman etwas gesagt hatte. Es stand ihm im Gesicht geschrieben.
»Nichts als die Wahrheit. Ich habe ihr gesagt, das kommt dabei heraus, wenn du gegen den Wunsch deiner Eltern heiratest. Ich habe ihr gesagt...«
»Was hast du zu ihr gesagt?« fragte Louis ungläubig. »Das hast du wirklich gesagt?«
»Das und noch mehr«, sagte Irwin Goldman. »Ich habe schon immer gewußt, was dabei herauskommen würde – dies oder etwas anderes. Ich habe gewußt, was von dir zu halten ist, seit ich dich zum ersten Mal sah.« Er beugte sich vor und atmete Whiskydunst aus. »Ich habe dich durchschaut, du aufgeblasener, kleiner Schwindler von einem Doktor! Erst hast du meine Tochter in eine stupide, blödsinnige Ehe gelockt, dann hast du sie zur Küchenmagd erniedrigt, und dann hast du zugelassen, daß ihr Sohn auf der Straße überfahren wurde wie – wie ein streunendes Tier.«
Das meiste davon ging über Louis' Kopf hinweg. Er versuchte immer noch mit dem Gedanken fertig zu werden, daß dieser widerliche, alte Mann...
»*Das* hast du zu ihr gesagt?« wiederholte er. »*Das* hast du zu ihr gesagt?«
»Von mir aus kannst du in der Hölle verrotten!« sagte Goldman; er sprach so laut, daß sich Köpfe nach ihnen umdrehten. Seine blutunterlaufenen Augen füllten sich mit Tränen.
»Du hast aus meiner wunderbaren Tocher eine Küchenmagd gemacht... ihre Zukunft zerstört... sie uns weggenommen – und du hast meinen Enkel auf der Landstraße einen dreckigen Tod sterben lassen.«
Seine Stimme steigerte sich zu maßlosem Gebrüll.
»*Wo warst du denn? Hast auf deinem Arsch gesessen, während er auf der Straße spielte? An deine dämlichen medizinischen Artikel gedacht? Wo warst du, du Scheißkerl? Du verdammter Scheißkerl! Kindermörder! Ki...*«
Da standen sie. Da standen sie am vorderen Ende des Ostsalons. Da standen sie, und Louis sah, wie sein Arm vorschoß. Er sah, wie der Ärmel seines Jacketts von der Manschette des weißen Hemdes zurückglitt. Er sah das sanfte Funkeln eines Manschettenknopfes. Rachel hatte ihm die Manschettenknöpfe zu ihrem dritten Hochzeitstag geschenkt, ohne zu ahnen, daß er sie einst bei der Beerdigung ihres damals noch ungeborenen Sohnes tragen würde. Seine Faust war nur etwas, das am Ende seines Armes saß. Sie traf Goldmans Mund. Er spürte, wie die Lippen des alten Mannes aufplatzten, sich verzerrten. Es war ein widerliches Ge-

fühl – ein Gefühl, wie wenn man mit der Faust eine Schnecke zerschmetterte. Hinter den Lippen seines Schwiegervaters spürte er sein hartes, unnachgiebiges Gebiß.

Goldman taumelte rückwärts. Sein Arm schlug gegen Gages Sarg und schob ihn zur Seite. Eine der Vasen, kopflastig mit Blumen, landete klirrend auf dem Boden. Jemand schrie. Es war Rachel. Sie versuchte sich von ihrer Mutter loszureißen. Die Anwesenden – vielleicht zehn oder fünfzehn Trauergäste – waren wie erstarrt vor Entsetzen und Verlegenheit. Steve hatte Jud nach Ludlow mitgenommen, und Louis war ihm vage dankbar dafür. Er hätte nicht gewollt, daß Jud diese Szene miterlebte. Sie war unschicklich.

»Tu ihm nicht weh!« schrie Rachel. »Louis, tu meinem Vater nicht weh!«

»Alte Männer zu schlagen, das macht dir wohl Spaß«, schrillte Irwin Goldman mit dem überquellenden Scheckbuch. Er grinste mit blutigem Mund. »Alte Männer zu schlagen, das macht dir wohl Spaß? Das überrascht mich nicht, du widerlicher Scheißkerl. Das überrascht mich ganz und gar nicht.«

Louis drehte sich zu ihm um, und Goldman schlug ihn auf die Kehle. Es war ein ungeschickter, kurzer Schlag mit der Handkante, aber Louis war nicht darauf vorbereitet. Ein lähmender Schmerz, der ihm für die nächsten beiden Stunden das Schlucken erschwerte, explodierte in seinem Hals. Sein Kopf schnellte nach hinten, und er fiel im Mittelgang auf ein Knie.

Erst die Blumen, und nun ich, dachte er. *Wie heißt es bei den Ramones? Hey-ho, let's go!* Ihm war nach Lachen zumute, aber es war kein Lachen in ihm. Aus seiner schmerzenden Kehle kam nur ein leises Stöhnen.

Rachel schrie abermals.

Mit bluttriefendem Mund marschierte Irwin Goldman auf seinen knienden Schwiegersohn zu und versetzte Louis einen scharfen Tritt in die Nieren. Der Schmerz war ein helles Aufflackern von Qual. Louis stützte die Hände auf den Läufer, um nicht flach auf dem Bauch zu landen.

»Nicht einmal gegen alte Männer kannst du dich wehren, du Versager!« schrie Goldman mit vor Wut brüchiger Stimme. Sein Fuß schnellte wieder vor, verfehlte diesmal die Nieren, traf Louis mit einem schwarzen Altmännerschuh auf der linken Gesäßhälfte. Louis stöhnte vor Schmerzen und landete endgültig auf dem Teppich. Sein Kinn schlug hörbar auf. Er biß sich in die Zunge.

»Da!« schrie Goldman. »Da hast du den Tritt in den Arsch, den ich dir schon hätte versetzen sollen, als du zum ersten Mal angeschlichen kamst, du Bastard! Da!« Er traf Louis abermals, diesmal in die andere Gesäßhälfte. Er weinte und grinste gleichzeitig. Erst jetzt bemerkte Louis, daß Goldman unrasiert war – ein Zeichen der Trauer. Der Bestattungsunternehmer kam auf sie zugerannt. Rachel hatte sich von Mrs. Goldman losgerissen und kam gleichfalls schreiend auf sie zu. Louis rollte sich schwerfällig auf die Seite und setzte sich auf. Sein Schwiegervater trat abermals nach ihm, und Louis packte seinen Schuh mit beiden Händen – er lag in seinen Händen wie ein gut gefangener Football – und stieß ihn mit aller Kraft von sich.

Laut brüllend flog Goldman schräg nach hinten und versuchte mit rudernden Armen das Gleichgewicht zu halten. Er landete auf Gages »Ewige Ruhe«-Sarg, hergestellt in Storyville, Ohio, und nicht gerade billig.

Der Große und Schreckliche Oz ist auf den Sarg meines Sohnes gefallen, dachte Louis benommen. Der Sarg stürzte polternd von den Böcken. Zuerst fiel das linke Ende, dann das rechte. Der Verschluß brach. Trotz des Schreiens und Weinens, trotz Goldmans Gebrüll, der im Grunde nur das bei Kindergeburtstagen beliebte Spiel »Gib dem Esel die Schuld« spielte, hörte Louis den Verschluß brechen.

Nicht, daß der Sarg aufging und Gages traurige, zerfetzte Überreste auf den Fußboden kippte, so daß alle sie anstarren konnten; aber Louis war sich mit einem jämmerlichen Gefühl bewußt, daß ihnen das nur durch die Art seines Fallens erspart geblieben war. Er war auf den Boden gefallen, nicht auf die Seite. Er hätte ebensogut auf die Seite fallen können. Dennoch sah er in dem Sekundenbruchteil, bevor der Deckel mit seinem zerbrochenen Verschluß wieder zuschlug, etwas Graues – den Anzug, den sie gekauft hatten, um Gages Leichnam in der Erde zu bekleiden. Und etwas Blasses. Vielleicht Gages Hand.

Louis saß auf dem Fußboden, schlug die Hände vors Gesicht und begann zu weinen. Er hatte alles Interesse an seinem Schwiegervater verloren, an den MX-Raketen, an resorptionsfähigem Nahtmaterial, am Hitzetod des Universums. In diesem Augenblick wünschte sich Louis Creed, er wäre tot. Und plötzlich stand vor seinem inneren Auge ein gespenstisches Bild: Gage mit Mickymaus-Ohren, Gage, der in der Main Street von Disney World einem großen, massigen Goofy lachend die Hand schüttelte. Ein ganz klares und deutliches Bild.

Einer der Sargböcke war umgeschlagen. Der andere lehnte wie betrunken an dem niedrigen Podest, auf das der Geistliche trat, um die Leichenpredigt zu halten. Zwischen den Blumen lag Goldman, gleichfalls weinend. Aus den umgekippten Vasen tropfte Wasser. Die Blumen, von denen einige zerquetscht waren, verbreiteten noch intensiver ihren schwülen Duft.

Rachel schrie und schrie.

Louis konnte nicht auf ihre Schreie reagieren. Das Bild von Gage mit Mickymaus-Ohren verblaßte, aber erst, nachdem er eine Stimme gehört hatte, die für den späteren Abend ein Feuerwerk ankündigte. Er saß da, das Gesicht in den Händen. Sie sollten ihn nicht mehr sehen, sein tränenüberströmtes Gesicht, seinen Verlust, seine Schuld, seinen Schmerz, seine Scham, vor allem seinen feigen Wunsch, tot und aus all dieser Dunkelheit heraus zu sein. Der Bestattungsunternehmer und Dory Goldman führten Rachel hinaus. Sie schrie immer noch. Später, in einem anderen Raum (von dem Louis annahm, daß er für Leute reserviert war, die ihr Kummer überwältigte – der Hysteriesalon vielleicht), wurde sie sehr still. Benommen, aber bei klarem Verstand und beherrscht, gab Louis ihr diesmal selbst die Beruhigungsspritze; er hatte darauf bestanden, daß man sie allein ließ.

Zu Hause brachte er sie hinauf und ins Bett und gab ihr noch eine Spritze. Dann zog er ihr die Decke bis zum Kinn hoch und betrachtete ihr wächsernes, bleiches Gesicht.

»Rachel, es tut mir leid«, sagte er. »Ich gäbe alles dafür, wenn ich es ungeschehen machen könnte.«

»Schon gut«, sagte sie mit seltsam tonloser Stimme und drehte sich dann auf die Seite, von ihm fort.

Er spürte, wie sich ihm die lahme, alte Frage *Ist alles in Ordnung?* auf die Lippen drängte, und schob sie zurück. Die Frage war nicht echt; es war nicht das, was er wirklich wissen wollte.

»Wie schlecht geht es dir?« fragte er schließlich.

»Ziemlich schlecht, Louis«, sagte sie und gab einen Laut von sich, der vielleicht ein Lachen sein konnte. »Sogar hundsmiserabel.«

Es schien, als wäre er ihr noch etwas schuldig geblieben, aber Louis konnte es nicht geben. Plötzlich verspürte er eine Art Haß – auf sie, auf Steve Masterton, auf Missy Dandridge und ihren Mann mit seinem vorstehenden Adamsapfel, auf die ganze verdammte Bande. Warum sollte er der ewige Befriediger von Bedürfnissen sein? Was für ein Scheißspiel war das?

Er löschte das Licht und ging hinaus. Und dann stellte er fest, daß er seiner Tochter auch nicht viel mehr geben konnte.

Als er Ellie im Halbdunkel ihres Zimmers betrachtete, glaubte er für einen wirren Augenblick, Gage vor sich zu haben. Ihm kam der Gedanke, das Ganze wäre nur ein gräßlicher Alptraum gewesen, wie der Traum von Pascow, der ihn in die Wälder führte, und einen Augenblick lang hielt sein erschöpftes Hirn sich daran fest. Die Schatten halfen ihm dabei – das einzige Licht kam von dem

tragbaren Fernsehgerät, das Jud heraufgeholt hatte, damit sie sich die Zeit vertreiben konnte. Die langen, langen Stunden.
Aber natürlich war es nicht Gage; es war Ellie. Sie hatte nicht nur das Photo in der Hand, auf dem sie Gage auf dem Schlitten zog, sie saß auch auf Gages Stuhl, den sie aus seinem Zimmer geholt und in ihres gebracht hatte. Es war ein kleiner Regisseurstuhl mit Segeltuchsitz und einem Segeltuchstreifen als Rückenlehne, auf der der Name GAGE stand. Rachel hatte vier solcher Stühle in verschiedenen Größen bei einem Versandhaus bestellt. Jedes Familienmitglied hatte einen, und bei jedem stand der Name auf der Rückenlehne.
Ellie war zu groß für Gages Stuhl. Sie hatte sich hineingezwängt, und der Segeltuchsitz beulte sich gefährlich nach unten. Sie drückte das Polaroid-Photo an die Brust und starrte auf den Bildschirm, auf dem irgendein Film ablief.
»Ellie«, sagte er und schaltete das Gerät ab. »Schlafenszeit.«
Sie mühte sich aus dem Stuhl heraus und faltete ihn zusammen. Es sah aus, als hätte sie vor, ihn mit ins Bett zu nehmen.
Louis zögerte, überlegte, ob er etwas über den Stuhl sagen sollte; schließlich fragte er nur: »Soll ich dich ins Bett bringen?«
»Ja, bitte«, sagte sie.
»Möchtest du heute nacht bei Mommy schlafen?«
»Nein, danke.«
»Wirklich nicht?«
Sie lächelte ein wenig. »Nein. Sie nimmt mir immer die Decke weg.«
Louis erwiderte das Lächeln. »Dann zieh dich aus.«
Anstatt den Stuhl in ihrem Bett unterzubringen, stellte Ellie ihn neben dem Kopfende auf; Louis kam ein absurder Gedanke – dies war das Behandlungszimmer des kleinsten Psychiaters der Welt.
Bevor sie sich auszog, legte sie das Photo von sich und Gage auf das Kopfkissen. Sie schlüpfte in ihren Baby-Doll-Pyjama, nahm das Photo, ging ins Badezimmer und legte es beiseite, um sich zu waschen, zu kämmen, die Zähne zu putzen und ihre Fluortablette zu nehmen. Dann nahm sie es wieder an sich und ging damit ins Bett.
Louis setzte sich zu ihr und sagte: »Eins solltest du wissen, Ellie – wenn wir uns weiterhin liebhaben, können wir das durchstehen.«
Jedes Wort war wie das Zerren an einem mit nassen Stoffballen beladenen Handwagen – so mühsam, daß Louis sich erschöpft vorkam.
»Ich werde es mir ganz stark wünschen«, sagte Ellie ruhig, »und ich will zu Gott beten, daß Gage wiederkommt.«

»Ellie...«
»Gott kann machen, daß es nicht geschehen ist, wenn er will«, sagte Ellie. »Er kann alles, was er will.«
»So etwas tut Gott nicht, Ellie«, sagte Louis mit einem unguten Gefühl. In Gedanken sah er Church, der auf dem geschlossenen Toilettensitz hockte und ihn, als er in der Badewanne lag, mit seinen trüben Augen anstarrte.
»Doch, das tut er«, sagte sie. »Der Lehrer in der Sonntagsschule hat uns von Lazarus erzählt. Er war tot, und Jesus holte ihn ins Leben zurück. Er sagte, ›Lazarus, komm heraus‹; und der Lehrer hat gesagt, wenn er nur ›Komm heraus‹ gesagt hätte, dann wären wahrscheinlich alle Toten auf dem Friedhof herausgekommen. Aber Jesus wollte nur Lazarus.«
Dazu fiel ihm nur eine absurde Bemerkung ein (aber war nicht der ganze Tag eine Folge von Absurditäten gewesen?): »Das ist schon lange her, Ellie.«
»Ich sorge dafür, daß alles für ihn bereit ist«, sagte sie. »Ich habe sein Bild, und ich sitze auf seinem Stuhl...«
»Du bist zu groß für seinen Stuhl, Ellie«, sagte Louis und ergriff ihre fieberheiße Hand. »Er wird zerbrechen.«
»Gott sorgt dafür, daß er nicht zerbricht«, sagte Ellie. Ihre Stimme klang gelassen, aber Louis sah die dunklen Ringe unter ihren Augen. Als er sie ansah, wurde ihm das Herz so schwer, daß er den Blick abwenden mußte. Wenn Gages Stuhl zerbrach, würde sie das, was geschehen war, vielleicht ein wenig besser verstehen.
»Ich behalte sein Bild bei mir und sitze auf seinem Stuhl«, sagte sie. »Ich esse auch sein Frühstück.« Gage und Ellie hatten beide ihre eigenen Getreideflocken gehabt; die von Gage, hatte Ellie einmal erklärt, schmeckten wie tote Wanzen. Wenn nur Cocoa Bears im Haus waren, aß Ellie gelegentlich ein gekochtes Ei – oder gar nichts. »Ich werde Limabohnen essen, obwohl ich sie nicht mag, und ich werde Gages Bilderbücher lesen, und ich werde ... ich werde ... dafür sorgen, daß alles da ist ... wenn ...«
Jetzt weinte sie. Louis versuchte nicht, sie zu trösten, sondern strich ihr nur das Haar aus der Stirn. Was sie sagte, hatte schon einen gewissen Sinn. Die Leitungen offen halten. Die Dinge in Bewegung halten. Gage in der Gegenwart halten, in der Hundertschaft der Auserwählten, sein Verblassen verweigern. Sich erinnern, wann Gage dies tat – oder das –, ja, das war großartig – ja, Gage, das hast du gut gemacht. Wenn es anfing, nicht mehr weh zu tun, dann fing es auch an, keine Rolle mehr zu spielen. Vielleicht hatte sie begriffen, dachte Louis, wie einfach es wäre, Gage tot sein zu lassen.
»Nicht weinen, Ellie«, sagte er. »Es dauert nicht ewig.«

Sie weinte ewig – eine Viertelstunde. Sie schlief sogar ein, bevor ihre Tränen versiegt waren. Aber schließlich schlief sie, und die Uhr unten im stillen Haus schlug zehn.

Halt ihn am Leben, Ellie, wenn du willst, dachte er und küßte sie. *Die Seelenklempner würden wahrscheinlich sagen, es wäre das Ungesundeste, was du tun kannst. Aber ich denke da anders. Ich weiß, daß der Tag kommen wird – vielleicht schon am nächsten Freitag –, an dem du vergißt, das Photo mit dir herumzutragen, und ich es in diesem leeren Zimmer auf dem Bett liegen sehe, während du mit dem Fahrrad auf der Auffahrt Kreise ziehst oder auf dem Feld hinter dem Haus spielst oder zu Kathie McGowan hinübergehst, um mit ihr Puppenkleider zu nähen. Gage wird nicht dabei sein; und das ist der Zeitpunkt, an dem Gage die Hundertschaft der Auserwählten im Herzen eines kleinen Mädchens zu verlassen beginnt und zu etwas wird, das im Jahre 1984 geschah. Ein Schrecknis, aber ein vergangenes.*

Louis verließ ihr Zimmer und blieb einen Augenblick an der Treppe stehen; er dachte – nicht ernstlich – daran, zu Bett zu gehen.

Er wußte, was er brauchte, und deshalb ging er hinunter.

Louis Albert Creed ging daran, sich methodisch zu betrinken. Unten im Keller warten fünf Kartons Schlitz Light. Louis trank Bier; Jud trank es, Steve Masterton trank es, Missy Dandridge trank gelegentlich ein oder zwei Bier, wenn sie auf die Kinder aufpaßte (*das Kind,* korrigierte sich Louis auf der Kellertreppe). Sogar Joan Charlton hatte bei ihren seltenen Besuchen im Haus einem Bier – solange es nur ein leichtes war – vor einem Glas Wein den Vorzug gegeben. Deshalb hatte Rachel im letzten Winter gleich zehn Kartons Schlitz Light auf einmal gekauft, als es im A & P-Supermarkt zu einem Sonderpreis angeboten wurde. *Nun brauchst du nicht jedesmal zu Julio in Orrington zu fahren, wenn unvorhergesehener Besuch kommt,* hatte sie gesagt. *Du hast oft genug Robert Parker zitiert, Liebling – jedes Bier, das nach Ladenschluß im Kühlschrank liegt, ist gutes Bier, oder nicht? Also trink es und denk an das Geld, das wir gespart haben.* Letzten Winter. Als noch alles in Ordnung war. *Als noch alles in Ordnung war.* Merkwürdig, wie schnell und wie leicht der Verstand diesen Trennungsstrich zog ...

Louis brachte einen Karton Bier mit herauf und packte die Dosen in den Kühlschrank. Dann nahm er eine wieder heraus, schloß den Kühlschrank und öffnete sie. Auf das Klappen der Kühlschranktür hin kam Church langsam und schwerfällig aus der Vorratskammer geschlichen und blickte fragend zu Louis auf. Der Kater wahrte Abstand; vielleicht hatte Louis ihm zu oft einen Tritt versetzt.

»Nichts für dich«, erklärte er dem Kater. »Du hast deine Dose Calo heute schon gehabt. Wenn du mehr willst, scher dich hinaus und fang dir einen Vogel.«

Church stand da und sah zu ihm auf. Louis trank die halbe Dose Bier auf einen Zug und spürte, wie es ihm fast sofort zu Kopfe stieg.

»Du frißt sie nicht einmal, stimmt's?« fragte er. »Das Töten reicht dir schon.«

Church hatte offenbar begriffen, daß es nichts zu fressen gab, und wanderte ins Wohnzimmer; Louis folgte ihm einen Augenblick später.

Hey-ho, let's go, dachte er wieder beiläufig.

Louis ließ sich in seinen Sessel fallen und blickte wieder zu Church. Der Kater hatte sich auf dem Teppich vor dem Fernsehgerät niedergelassen und betrachtete Louis genau, offenbar bereit, die Flucht zu ergreifen, falls Louis plötzlich aggressiv werden und mit dem Fuß ausholen sollte.

Stattdessen hob Louis die Bierdose. »Auf Gage«, sagte er. »Auf meinen Sohn, der Künstler oder Weltklasse-Schwimmer oder Präsident der Vereinigten Staaten hätte werden können. Was sagst du dazu, du Mistvieh?«

Church musterte ihn mit seinen seltsamen, trüben Augen.

Louis leerte die Dose mit großen Schlucken, spürte den Schmerz in seiner angeschlagenen Kehle, stand auf, ging zum Kühlschrank und holte sich die zweite.

Als Louis drei Dosen geleert hatte, war ihm, als hätte er zum ersten Mal an diesem Tag eine Art Gleichgewicht gefunden. Als er mit der ersten Sechserpackung fertig war, hatte er das Gefühl, in ein oder zwei Stunden vielleicht sogar schlafen zu können. Er kam mit der achten oder neunten Dose vom Kühlschrank zurück (inzwischen hatte er den Überblick verloren und schwankte beim Gehen), und sein Blick fiel auf Church; der Kater schlief auf dem Teppich – oder tat, als schliefe er. Und dann kam ihm der Gedanke – auf so natürliche Art, als wäre er schon die ganze Zeit dagewesen und hätte nur den richtigen Zeitpunkt abgewartet, um sich aus dem Hintergrund seines Bewußtseins nach vorn zu drängen:

Wann wirst du es tun? Wann wirst du Gage jenseits des Tierfriedhofs begraben?

Und gleich darauf:

Lazarus, komm heraus.

Ellies benommene, schläfrige Stimme:

Der Lehrer hat gesagt, wenn er nur ›Komm heraus‹ gesagt hätte, dann wären wahrscheinlich alle Toten auf dem Friedhof herausgekommen.

Ihn überfiel eine Eiseskälte von so elementarer Gewalt, daß er

Mühe hatte, sich zu beherrschen, solange das Schaudern durch seinen Körper fuhr. Plötzlich fiel ihm Ellies erster Schultag wieder ein; er erinnerte sich, wie Gage auf seinem Schoß eingeschlafen war, während Ellie von »Old MacDonald« und Mrs. Berryman erzählte. *Laß mich den Kleinen ins Bett bringen,* hatte er gesagt, und während er Gage hinauftrug, hatte ihn eine grauenhafte Vorahnung überfallen, die er erst jetzt begriff. Schon damals im September hatte er irgendwie gewußt, daß Gage bald sterben würde. Irgendwie hatte er gewußt, daß der Große und Schreckliche Oz nicht fern war. Es war Unsinn, dummes Zeug, es war hirnrissiger Aberglaube reinsten Wassers – und es war die Wahrheit. Er hatte es *gewußt*. Louis schüttete sich einen Teil seines Bieres aufs Hemd, und Church blickte träge auf, um zu sehen, ob dies ein Anzeichen dafür war, daß jetzt die Zeit des abendlichen Tritte-Austeilens begann.

Plötzlich entsann sich Louis der Frage, die er Jud gestellt hatte; er entsann sich, wie Juds Arm hochgefahren war und zwei leere Bierflaschen vom Tisch kippten. Eine davon war zersplittert. *Über so etwas sollte man nicht einmal reden, Louis!*

Aber er *wollte* darüber reden – zumindest wollte er daran denken. Der Tierfriedhof. Das, was jenseits des Tierfriedhofs lag. Der Gedanke hatte eine tödliche Anziehungskraft. Eine logische Ausgewogenheit, die man unmöglich abstreiten konnte. Church war auf der Straße ums Leben gekommen; Gage war auf der Straße ums Leben gekommen. Hier war Church – gewiß, verändert, in mancher Hinsicht widerwärtig –, aber er war hier; Ellie, Gage und Rachel hatten ihn bis zu einem gewissen Grade akzeptiert. Gewiß, er tötete Vögel und hatte bei ein paar Ratten das Innerste nach außen gekehrt, aber kleine Tiere zu töten war nun einmal Katzenart. Church war durchaus nicht zu einem Frankenstein-Kater geworden. In vieler Hinsicht war er so gut wie eh und je.

Du machst dir etwas vor, flüsterte eine Stimme. *Er ist nicht so gut wie eh und je. Die Krähe, Louis – denkst du noch an die Krähe?*

»Großer Gott«, sagte Louis laut und erkannte die bebende, verzerrte Stimme kaum als seine eigene.

Gott, oh ja, wunderbar. Wenn es je an der Zeit gewesen war, außerhalb eines Romans über Gespenster oder Vampire den Namen Gottes auszusprechen, dann war es jetzt an der Zeit. An was – an was im Namen *Gottes* – dachte er jetzt? Er dachte an eine schwarze Blasphemie, die er selbst jetzt noch nicht ganz fassen konnte. Schlimmer noch – über die er sich belog. Er machte sich nicht nur etwas vor, er belog sich regelrecht.

Aber was ist die Wahrheit? Wenn du schon so auf Wahrheit versessen bist – was ist die Wahrheit?

Daß Church in Wirklichkeit gar kein Kater mehr war – um damit anzufangen. Er *sah aus* wie ein Kater, er *benahm* sich wie ein Kater, aber in Wirklichkeit war er nur eine schlechte Imitation. Die Leute konnten diese Imitation zwar nicht durchschauen, aber sie *spürten* sie. Ihm fiel ein Abend ein, an dem Joan Charlton bei ihnen gewesen war. Eine kleine Vorweihnachtsparty war der Anlaß gewesen. Nach dem Essen hatten sie hier gesessen und sich unterhalten, und Church war auf ihren Schoß gesprungen. Joan Charlton hatte den Kater sofort wieder heruntergestoßen, und plötzlich und instinktiv hatte sich ihr Mund zu einem Ausdruck des Abscheus verzogen.

Es war keine große Sache. Niemand hatte eine Bemerkung darüber gemacht. Aber – es war geschehen. Joan Charlton hatte gespürt, was der Kater *nicht war*. Louis leerte seine Dose und holte sich die nächste. Wenn Gage auf diese Art verändert zurückkäme – es wäre widerlich.

Er riß die Dose auf und trank einen großen Schluck. Er war betrunken, regelrecht betrunken, am nächsten Morgen würde er einen dicken Kopf haben. *Wie ich total verkatert zur Beerdigung meines Sohnes ging,* von Louis Creed, Autor von *Wie ich ihn im entscheidenden Moment verfehlte* und zahlreichen weiteren Werken.

Betrunken. Gewiß doch. Und jetzt argwöhnte er, daß er sich nur betrunken hatte, um nüchtern über diese verrückte Idee nachdenken zu können.

Trotz allem ging von dieser Idee eine tödliche Anziehungskraft aus, ein ungesunder Glanz, ein *Zauber*. Ja, das war es, vor allem anderen – ein *Zauber* ging von ihr aus.

Jud war in sein Denken zurückgekehrt und sagte:
Man tut es, weil es einen packt. Man tut es, weil dieser Begräbnisplatz ein Ort mit einem Geheimnis ist, und weil man das Geheimnis mit jemandem teilen möchte ... Man erfindet Gründe – es scheinen gute Gründe zu sein –, aber vor allem anderen tut man es, weil man es will. Oder weil man es muß.

Juds Stimme, leise, mit ihrem Ostküstenakzent, Juds Stimme, die ihm einen Schauder über den Körper jagt, eine Gänsehaut verursacht, bei der sich die Haare im Genick aufrichten.
Es sind geheimnisvolle Dinge ... der Acker im Herzen eines Mannes ist steiniger, Louis – wie der Boden oben auf dem alten Begräbnisplatz der Micmac ... ein Mann bestellt ihn – und läßt darauf wachsen, was er kann.

Louis begann an die anderen Dinge zu denken, die Jud ihm über den Begräbnisplatz der Micmac erzählt hatte. Er begann, das Material zu sammeln, zu sichten, zu komprimieren – auf die gleiche Art, wie früher bei der Vorbereitung auf wichtige Prüfungen.

Der Hund. Spot.
Ich konnte die Stellen sehen, die der Stacheldraht aufgerissen hatte – an diesen Stellen wuchs kein Fell, und das Fleisch sah wie eingedellt aus.
Der Bulle. Louis' Gedanken schlugen eine andere Seite auf.
Lester Morgan begrub seinen Preisbullen dort oben. Ein Black Angus, der Hanratty hieß ... Lester schleppte ihn auf einem Schlitten hinauf ... zwei Wochen später erschoß er ihn. Der Bulle war bösartig geworden, regelrecht bösartig. Aber er ist das einzige Tier, von dem ich das je gehört habe. Er wurde bösartig.
Der Acker im Herzen eines Mannes ist steiniger.
Regelrecht bösartig.
Aber er ist das einzige Tier, von dem ich das je gehört habe.
Vor allem anderen tut man es, weil man einmal oben gewesen ist, weil der Ort einem gehört.
Das Fleisch sah wie eingedellt aus.
Hanratty. Ist das nicht ein verrückter Name für einen Bullen?
Ein Mann bestellt ihn – und läßt darauf wachsen, was er kann.
Es sind meine Ratten. Und meine Vögel. Ich habe mir das Viehzeug eingehandelt.
Es ist dein Ort, ein Ort mit einem Geheimnis, er gehört dir, und du gehörst zu ihm.
Er wurde bösartig, aber er ist das einzige Tier, von dem ich das je gehört habe. –
Und was willst du dir jetzt einhandeln, Louis, wenn in der Nacht der Wind heult und der Mond durch die Wälder einen weißen Pfad zu diesem Ort bahnt? Willst du wieder diese Stufen hinaufsteigen? Bei einem Horrorfilm weiß jeder im Saal, daß der Held oder die Heldin einen großen Fehler machen, wenn sie diese Stufen hinaufsteigen, aber im wirklichen Leben tun sie es ständig – sie rauchen, sie legen keine Sicherheitsgurte an, sie ziehen mit ihrer Familie in ein Haus am Rande einer vielbefahrenen Straße, auf der Tag und Nacht große Laster vorbeidröhnen. Also, Louis, was sagst du dazu? Willst du die Stufen hinaufsteigen? Willst du deinen toten Sohn behalten – oder willst du nachsehen, was hinter Tür Nummer eins liegt, hinter Tür Nummer zwei, hinter Tür Nummer drei?
Hey-ho, let's go.
Wurde bösartig ... das einzige Tier ... das Fleisch sah ... ein Mann ... dein ... sein ...
Louis schüttete den Rest seines Biers in den Ausguß, er hatte plötzlich das Gefühl, sich übergeben zu müssen. Der Raum um ihn herum bewegte sich in großen, schwankenden Kreisen.
Es klopfte an der Tür.
Lange Zeit – jedenfalls kam es ihm so vor – glaubte er, es wäre nur in seinem Kopf, eine Halluzination. Aber das Klopfen ging weiter, geduldig, unerbittlich. Und plötzlich fiel Louis die Ge-

schichte von der Affenpfote ein, und kaltes Entsetzen stieg in ihm auf. Es war, als könnte er es fühlen, als wäre es etwas Greifbares – es war wie eine tote Hand, in einem Kühlschrank aufbewahrt, die plötzlich ihr eigenes körperliches Leben gewonnen hatte und in sein Hemd geglitten war, um sich über seinem Herzen ins Fleisch zu krallen. Ein albernes Bild, abgeschmackt und albern, aber es *fühlte* sich nicht albern an. Durchaus nicht.

Louis spürte seine Füße nicht, als er zur Tür ging und mit gefühllosen Fingern den Riegel hob. Als er sie öffnete, dachte er: *Es wird Pascow sein. Wie es von Jim Morrison heißt, zurück von den Toten und größer als je zuvor. Pascow in seiner Turnhose, in voller Lebensgröße und schimmelig wie monatealtes Brot, Pascow mit seinem gräßlich zerschmetterten Schädel, Pascow mit seiner albernen Warnung: Gehen Sie nicht dort hinauf. Wie hieß es doch in diesem alten Lied? Bitte, Baby, geh nicht, bitte, Baby, geh nicht, du weißt, ich liebe dich, also bitte, Baby, geh nicht...*

Die Tür schwang auf, und auf der obersten Stufe vor ihm in der winddurchwehten Dunkelheit dieser Mitternacht zwischen dem Tag der Kondolenzen im Bestattungsinstitut und dem Tag der Beerdigung seines Sohnes stand Jud Crandall. Sein dünnes, weißes Haar flatterte in der kalten Nacht.

»Wenn man an den Teufel denkt, steht er vor der Tür«, sagte Louis mit schwerer Zunge. Er versuchte zu lachen. Es war, als wäre die Uhr rückwärts gelaufen. Es war wieder Thanksgiving. Gleich würden sie den steifen, unnatürlich schwer gewordenen Kadaver von Ellies Kater in den Müllbeutel stecken und sich auf den Weg machen. *Fragen Sie nicht, was das soll; lassen Sie uns weitergehen und unseren Besuch abstatten.*

»Darf ich hereinkommen, Louis?« fragte Jud. Er zog eine Schachtel Chesterfield aus der Hemdentasche und steckte sich eine in den Mund.

»Ich sag Ihnen was«, sagte Louis. »Es ist spät, und ich habe eine Menge Bier getrunken.«

»Ja, das rieche ich«, sagte Jud. Er riß ein Streichholz an. Der Wind blies es aus. Er riß zwischen den hohlen Händen ein zweites an, aber die Hände zitterten und überließen das Streichholz wieder dem Wind. Jud nahm ein drittes Streichholz zur Hand, tat so, als wollte er es anreißen, und blickte dann zu Louis hoch, der auf der Schwelle stand. »Ich kriege das Ding nicht zum Brennen«, sagte Jud. »Lassen Sie mich herein oder nicht, Louis?«

Louis trat beiseite und ließ Jud eintreten.

Sie saßen am Küchentisch, jeder ein Bier vor sich – *das erste Mal, daß wir in unserer Küche zusammensitzen,* dachte Louis ein wenig überrascht. Als sie das Wohnzimmer durchquerten, hatte Ellie im Schlaf aufgeschrien, und beide waren erstarrt wie Schachfiguren. Doch der Schrei hatte sich nicht wiederholt.

»Okay«, sagte Louis, »und weshalb erscheinen Sie hier eine Viertelstunde nach Anbruch des Tages, an dem mein Sohn beerdigt wird? Sie sind ein Freund, Jud, aber das geht ein wenig zu weit.«

Jud trank, wischte sich mit dem Handrücken über den Mund und blickte Louis direkt an. In seinen Augen lag etwas Klares, Eindeutiges, und schließlich senkte Louis den Blick.

»Sie wissen, weshalb ich hier bin, Louis«, sagte Jud. »Sie denken an Dinge, an die man nicht denken sollte. Schlimmer noch – ich fürchte, Sie ziehen sie in Erwägung.«

»Ich habe nur daran gedacht, schlafen zu gehen«, sagte Louis. »Ich muß morgen zu einer Beerdigung.«

»Ich bin für mehr Kummer in Ihrem Herzen verantwortlich, als Sie heute nacht empfinden«, sagte Jud leise. »Es kann sogar sein, daß ich für den Tod Ihres Sohnes verantwortlich bin.«

Louis blickte betroffen auf. »Was? Reden Sie keinen Unsinn, Jud!«

»Sie denken daran, ihn da oben zu begraben«, sagte Jud. »Sie können nicht abstreiten, daß Ihnen der Gedanke durch den Kopf gegangen ist, Louis.«

Louis gab keine Antwort.

»Wie weit reicht sein Einfluß?« fragte Jud. »Können Sie mir das sagen? Nein. Nicht einmal ich kann diese Frage beantworten; dabei habe ich mein ganzes Leben in dieser Gegend verbracht. Ich weiß einiges über die Micmac, ich weiß, dieser Platz war für sie immer eine Art heiliger Ort – aber nicht im guten Sinn. Das hat mir Stanny B. erzählt. Auch mein Vater hat es mir erzählt – später. Nachdem Spot zum zweiten Mal gestorben war. Jetzt streiten sich die Micmac, der Staat Maine und die Regierung der Vereinigten Staaten vor Gericht darum, wem das Land gehört. Wem gehört es? Niemand weiß es genau. Jedenfalls jetzt nicht mehr. Immer wieder haben andere Leute Anspruch darauf erhoben, aber die Ansprüche ließen sich nicht belegen. Einer von ihnen war Anson Ludlow, der Urenkel des Gründers dieser Stadt. Unter den Weißen war er vielleicht derjenige, dessen Anspruch am ehesten begründet war, weil Joseph Ludlow der Ältere den ganzen Plunder von König Georg geschenkt bekommen hatte – damals, als ganz Maine nicht mehr war als eine große Provinz der Massachusetts Bay Colony. Aber selbst er hatte vor Gericht darum kämpfen müssen – es gab noch andere Ludlows, die Ansprüche erhoben, und außerdem einen gewissen Peter Dimmart, der behauptete, überzeugend beweisen zu können, daß er ein Ludlow von der falschen Seite des Bettlakens war. Joseph Ludlow der Ältere besaß gegen Ende seines Lebens zwar kein Geld, aber viel Land, und davon verschenkte er des öfteren zweihundert oder vierhundert Morgen, wenn er zu tief ins Glas geschaut hatte.«

»Wurden diese Schenkungen denn nicht eingetragen?« fragte Louis, wider Willen fasziniert.

»Oh, im Eintragen von Schenkungen vollbrachten sie wahre Meisterleistungen, unsere Großväter«, sagte Jud und zündete sich am Rest seiner Zigarette eine neue an. »Die ursprüngliche Eintragung für Ihr Grundstück zum Beispiel lautet so.« Jud schloß die Augen und zitierte: »Vom großen, alten Ahorn, der auf dem Kamm von Quinceberry Ridge steht, bis zum Ufer des Orrington; so weit reicht das Gebiet von Norden bis Süden.« Jud grinste, aber nicht sonderlich belustigt. »Aber der große, alte Ahorn stürzte, sagen wir, 1882 um und war um 1900 restlos verrottet, und der Orrington verschlammte und verwandelte sich in den zehn Jahren vom Ende des Ersten Weltkriegs bis zum Börsenkrach in einen Sumpf. Ein heilloses Durcheinander war die Folge. Aber für den alten Anson spielte das ohnehin keine Rolle mehr. Er wurde 1921 vom Blitz erschlagen, und zwar da oben beim Begräbnisplatz.«

Louis starrte Jud an. Jud trank einen Schluck Bier. »Aber das ist ziemlich belanglos. Es gibt eine Menge Orte, bei denen die Besitzansprüche so verworren sind, daß sich keiner mehr durchfindet und nur die Anwälte einen Haufen Geld verdienen. Das wußte schon Dickens. Letzten Endes, glaube ich, werden die Indianer das Land zurückbekommen, und ich finde, es steht ihnen zu. Aber darum geht es nicht, Louis. Ich bin herübergekommen, um Ihnen von Timmy Baterman und seinem Vater zu erzählen.«

»Wer ist Timmy Baterman?«

»Timmy Baterman war einer der ungefähr zwanzig Jungen aus Ludlow, die nach Europa geschickt wurden, um gegen Hitler zu kämpfen. Er wurde 1942 eingezogen. 1943 kam er in einer mit einer Flagge zugedeckten Kiste zurück. Er war in Italien gefallen. Sein Daddy, Bill Baterman, hatte immer in dieser Stadt gelebt. Er verlor fast den Verstand, als er das Telegramm bekam – und dann beruhigte er sich. Er kannte den Begräbnisplatz der Micmac. Und er wußte, was er tun würde.«

Wieder das eiskalte Entsetzen. Louis starrte Jud lange an, versuchte, in den Augen des alten Mannes die Lüge zu entdecken.

Sie war nicht da. Aber daß diese Geschichte ausgerechnet jetzt ans Licht kam, war schon recht merkwürdig.
»Warum haben Sie mir das nicht schon damals erzählt?« fragte er schließlich. »Damals – nach der Sache mit dem Kater? Als ich Sie fragte, ob man schon einmal einen Menschen dort oben begraben hat? Sie sagten, das hätte noch nie jemand getan.«
»Weil Sie es damals nicht zu wissen brauchten«, sagte Jud. »Jetzt müssen Sie es wissen.«
Louis schwieg lange. »War er der einzige?«
»Meines Wissens war er der einzige«, sagte Jud ernst. »Ob er der einzige war, der es je versucht hat? Ich bezweifle es, Louis, ich bezweifle es ganz erheblich. Ich halte es mit dem Prediger Salomo – ich glaube, daß nichts Neues geschieht unter der Sonne. Sicher, manchmal wechselt der Flitter, der über die Oberfläche der Dinge gestreut wird; aber das ist auch alles. Was einmal versucht wurde, wurde schon zuvor versucht – und zuvor – und zuvor.«
Er blickte auf seine leberfleckigen Hände. Die Uhr im Wohnzimmer schlug leise halb eins.
»Ich dachte mir, Sie als Arzt sind es gewohnt, Symptome zu sehen und die Krankheiten zu erkennen, die dahinterstecken – und ich beschloß, ein offenes Wort mit Ihnen zu reden, als mir Mortonson drüben im Bestattungsinstitut erzählte, Sie hätten einen Grabeinsatz bestellt und keine versiegelte Gruft.«
Louis blickte Jud lange Zeit wortlos an. Jud errötete, wandte aber den Blick nicht ab.
Endlich sagte Louis: »Mir scheint, Sie haben ein bißchen herumgeschnüffelt, Jud. Besonders schön finde ich das nicht.«
»Ich habe ihn nicht gefragt, was sie gekauft haben.«
»Vielleicht nicht rundheraus.«
Aber Jud gab darauf keine Antwort, und obwohl sein Gesicht noch röter geworden war – es hatte jetzt fast die Farbe von Pflaumen angenommen –, hielt er Louis' Blick stand.
Schließlich seufzte Louis. Er fühlte sich unaussprechlich müde. »Und wenn schon. Mir ist es einerlei. Vielleicht haben Sie sogar recht. Vielleicht spukte es irgendwo in meinem Kopf herum, aber wenn, dann ganz weit hinten. Ich habe nicht viel über das, was ich bestellte, nachgedacht. Ich dachte an Gage.«
»Ich weiß, daß sie an Gage dachten. Aber Sie kennen den Unterschied. Ihr Onkel war Bestattungsunternehmer.«
Ja, er kannte den Unterschied. Eine versiegelte Gruft war ein massives Gebilde, dazu bestimmt, lange, lange Zeit zu halten. In eine mit Stahlstangen versteifte, rechteckige Form wurde Beton gegossen, und wenn die Zeremonien am offenen Grab vorüber waren, wurde mit Hilfe eines Krans ein leicht gewölbter Deckel

darauf abgesenkt und die Fuge mit einer Masse versiegelt, ähnlich dem Teer, mit dem man Schlaglöcher im Straßenbelag ausfüllt. Onkel Carl hatte Louis erzählt, daß diese Masse mit dem Handelsnamen Ever-Lock eine gewaltige Haftkraft entwickelt, nachdem das Gewicht des Deckels eine Weile darauf gelastet hatte. Onkel Carl, der gern Geschichten erzählte (zumindest im Kreis von Berufskollegen, und Louis, der mehrere Sommer bei ihm gearbeitet hatte, konnte als eine Art Bestattungsunternehmer-Lehrling gelten), hatte Louis einmal von einem Exhumierungsauftrag erzählt, den er vom Büro des Staatsanwalts von Cook County erhalten hatte. Er war nach Groveland gefahren, um die Exhumierung zu überwachen. Das konnte eine heikle Sache sein – Leute, die ihre Vorstellungen über das Ausgraben von Leichen nur aus Horrorfilmen mit Boris Karloff als Dr. Frankensteins Monster und Dwight Frye als Igor bezogen, lagen völlig falsch. Das Öffnen einer versiegelten Gruft war kein Job für zwei Männer mit Hacken und Schaufeln – es sei denn, sie hätten ungefähr sechs Wochen Zeit. In diesem Fall lief zunächst alles, wie es laufen sollte. Das Grab wurde geöffnet, und der Kran ergriff den Deckel der Gruft. Aber der Deckel löste sich nicht, wie er es eigentlich hätte tun sollen. Die ganze Gruft, deren Betonwände schon ein wenig feucht und verfärbt waren, begann sich aus der Erde zu heben. Onkel Carl schrie dem Kranführer zu, das Ganze wieder herunterzulassen; er würde in sein Geschäft fahren und ein Mittel holen, das die Versiegelungsmasse auflöste. Aber entweder hörte der Kranführer ihn nicht, oder er wollte das ganze Ding herausholen wie ein Kind, das mit einem Spielzeugkran auf einem Jahrmarkt nach irgendwelchem Plunder angelt. Onkel Carl sagte, der verdammte Narr hätte es sogar beinahe geschafft. Die Gruft war zu drei Vierteln aus der Erde – Onkel Carl und sein Assistent hörten bereits das Wasser von der Unterseite der Gruft auf die Grabsohle plätschern (es war eine nasse Woche gewesen in Chicago und Umgebung) –, als der Kran umkippte und kopfüber ins Grab stürzte. Der Kranführer prallte gegen die Frontscheibe und brach sich das Nasenbein. Das ganze Spektakel kostete Cook County rund 3 000 Dollar – 2 100 mehr, als derartige Unternehmen normalerweise kosteten. Die Pointe der Geschichte lag für Onkel Carl darin, daß der Kranführer sechs Jahre später zum Vorsitzenden der Chicagoer Sektion der Transportarbeiter-Gewerkschaft gewählt worden war.

Grabeinsätze waren harmloser. Ein Grabeinsatz bestand nur aus einem schlichten, oben offenen Betonkasten. Er wurde am Morgen der Beerdigung ins Grab gestellt, und nach dem Gottesdienst wurde der Sarg hineingesenkt. Dann brachten die Totengräber den Deckel, der in der Regel zweiteilig war. Die Teile wurden an beiden Schmalseiten senkrecht hinabgelassen, so daß sie wie Buchstützen auf dem Kasten standen. Am oberen Ende jedes Teils waren Eisenringe in den Beton eingelassen. Die Totengräber zogen Ketten durch diese Ringe und senkten die Deckel dann langsam auf den Grabeinsatz ab. Jedes Teil wog dreißig, vielleicht fünfunddreißig Kilo – höchstens vierzig. Und ein Versiegelungsmittel wurde nicht verwendet.

Ein Grabeinsatz ließ sich unschwer öffnen; das war es, worauf Jud hinauswollte.

Er ließ sich leicht öffnen, wenn ein Mann den Leichnam seines Sohnes herausholen wollte, um ihn anderswo zu begraben.

Still – still. Von solchen Dingen wollen wir nicht reden. Es sind geheime Dinge.

»Ja, den Unterschied zwischen einer versiegelten Gruft und einem Grabeinsatz kenne ich schon«, sagte Louis. »Aber ich dachte nicht an das – von dem Sie denken, ich dächte daran.«

»Louis...«

»Es ist spät«, sagte Louis. »Es ist spät, ich bin betrunken, und mein Herz ist schwer. Wenn Sie glauben, Sie müßten mir diese Geschichte erzählen, dann tun Sie es, damit wir es hinter uns haben.« *Vielleicht hätte ich mit Martinis anfangen sollen,* dachte er. *Dann wäre ich schon hinüber gewesen, als er klopfte.*

»Gut. Danke, Louis.«

»Erzählen Sie schon.«

Jud überlegte einen Augenblick, dann begann er zu reden.

39

»Damals – damals im Krieg, meine ich – hielt der Zug noch in Orrington, und Bill Baterman hatte veranlaßt, daß am Verladebahnhof ein Leichenwagen auf den Güterzug wartete, mit dem der Leichnam seines Sohnes ankam. Vier Eisenbahner luden den Sarg aus; einer davon war ich. Im Zug saß ein Offizier von Graves and Registration – das war damals die Abteilung, die für die Gefallenen zuständig war –, aber er kam nicht aus dem Zug heraus. Er saß total betrunken in einem Güterwagen, in dem immer noch zwölf Särge standen.

Wir schoben Tommy auf die Ladefläche des Cadillacs – damals wurden die Leichenwagen nicht selten ›Eiltransporter‹ genannt, weil es vor allem darum ging, sie in die Erde zu bekommen, bevor sie verwesten. Bill Baterman stand daneben, und sein Gesicht war versteinert und irgendwie – ich weiß nicht –, irgendwie trocken,

könnte man vielleicht sagen. Er vergoß keine Träne. An diesem Tag fuhr Huey Garber den Zug, und er sagte, dieser Offizier hätte eine ganz schöne Tour dabei gehabt. Sie hätten eine Menge solcher Särge nach Limestone eingeflogen und nach Presque Isle gebracht, erzählte Huey, und da wären die Särge und ihre Begleiter auf die Züge nach Süden verladen worden. Der Offizier kommt auf Huey zu, zieht eine Literflasche Whisky aus der Uniformbluse und sagt dann mit seinem weichen, schleppenden Südstaatenakzent: ›Ja, Lokführer, heute fahren Sie einen Geisterzug, wußten Sie das?‹
Huey schüttelt den Kopf.
›Doch, das tun Sie. So nennt man nämlich bei uns in Alabama einen Zug, der Leichen transportiert.‹ Und dann, sagt Huey, zog der Mann eine Liste aus der Tasche und warf einen Blick darauf. ›Als erstes werden wir zwei dieser Särge in Houlton abladen, dann habe ich einen für Passadumkeag, zwei für Bangor, einen für Derry, einen für Ludlow und so weiter. Zum Kotzen. Ich komme mir vor wie der Milchmann. Mögen Sie einen Schluck?‹
Huey lehnt ab und sagt, daß die Bangor und Aroostook-Gesellschaft auf Lokführer mit Whiskyatem ziemlich sauer reagiert, und der Mann von Graves and Registration nimmt es Huey nicht übel, und Huey nimmt dem Mann auch nicht übel, daß er sich einen antrinkt. Sie haben sich sogar die Hände geschüttelt, sagt Huey.
Also, sie fuhren los und setzten an jedem zweiten oder dritten Bahnhof ein paar von diesen flaggenbedeckten Särgen ab. Achtzehn oder zwanzig insgesamt. Der Zug wäre die ganze Strecke bis Boston gefahren, sagte Huey, und an jeder Station standen jammernde und weinende Verwandte, nur nicht in Ludlow – in Ludlow konnte er den Anblick von Bill Baterman genießen, der aussah, als wäre er innerlich tot und wartete nur darauf, daß seine Seele zu stinken anfing. Am Ende dieser Fahrt, sagte er, hätte er den Offizier aufgeweckt, und dann hätten sie eine Runde durch einige Kneipen gemacht – fünfzehn oder zwanzig, und danach war Huey betrunkener als je zuvor; er ging zu einer Hure, was er noch nie in seinem Leben getan hatte, und wachte mit Filzläusen auf, die so groß und widerlich waren, daß ihm ganz flau wurde, und er sagte, wenn das dabei herauskommt, wenn man einen Geisterzug fährt, dann wollte er nie wieder einen Geisterzug fahren.
Jimmys Leichnam wurde zum Greenspan Funeral Home an der Fern Street gebracht – das war da, wo heute die neue Wäscherei von Franklin steht –, und zwei Tage später wurde er auf dem Pleasantview-Friedhof mit militärischen Ehren beigesetzt.
Sie müssen wissen, Louis: Missus Baterman war damals schon

zehn Jahre tot, zusammen mit dem zweiten Kind, das sie zur Welt zu bringen versuchte, und das spielte bei dem, was nun geschah, eine große Rolle. Ein zweites Kind hätte den Kummer ein wenig gelindert, meinen Sie nicht? Ein zweites Kind hätte Bill vielleicht daran erinnert, daß es noch andere Menschen gibt, die Kummer haben und Hilfe brauchen. In dieser Hinsicht sind Sie glücklicher daran – Sie haben noch ein anderes Kind. Ein Kind und eine Frau, die beide gesund und am Leben sind.

Nach dem Brief, den Bill von dem Leutnant bekam, der für Bills Platoon zuständig war, starb der Junge am 15. Juli 1943 an der Straße nach Rom. Zwei Tage später wurde sein Leichnam nach Hause geflogen, und am 19. traf er in Limestone ein. Am folgenden Tag wurde er in Huey Garbers Geisterzug verladen. Die meisten Soldaten, die in Europa fielen, wurden auch dort begraben; mit dem Zug kamen nur die, die sich irgendwie ausgezeichnet hatten – Timmy war beim Angriff auf ein Maschinengewehrnest gefallen und posthum mit dem Silver Cross ausgezeichnet worden.

Timmy wurde begraben – ich kann's nicht beschwören, aber ich glaube, es war am 22. Juli. Vier oder fünf Tage danach sah Marjorie Washburn, die damals die Post auslieferte, Timmy die Straße in Richtung auf Yorks Mietstall entlanggehen. Margie wäre beinahe in den Straßengraben gefahren – Sie können sich vorstellen, warum. Sie kehrte ins Postamt zurück, warf George Anderson den Sack mit der noch nicht zugestellten Post auf den Schreibtisch und erklärte, sie ginge nach Hause und ins Bett.

›Sind Sie krank, Margie?‹ fragte George. ›Sie sind weiß wie ein Möwenflügel.‹

›Mir sitzt der größte Schrecken meines Lebens in den Knochen, aber ich rede nicht darüber‹, sagte Marjorie Washburn. ›Ich werde auch Brian nichts davon erzählen, meiner Mom nicht und überhaupt keiner Menschenseele. Wenn ich einmal in den Himmel komme und Jesus mich bittet, ihm davon zu erzählen, dann werde ich es vielleicht tun. Aber glauben kann ich es nicht.‹ Und fort war sie.

Alle Leute wußten, daß Timmy tot war; in den *Bangor Daily News* und im *Ellsworth American* hatten Nachrufe gestanden, mit Photos und allem, was dazugehört, und zu seiner Beerdigung war die halbe Stadt erschienen. Und nun hatte Margie ihn gesehen, wie er die Straße entlangging – die Straße entlangtorkelte, wie sie dem alten George Anderson schließlich erzählt hat –, zwanzig Jahre später, als sie im Sterben lag; und George sagte mir, er hätte das Gefühl gehabt, daß sie jemandem erzählen mußte, was sie gesehen hatte. George sagte, er hätte das Gefühl gehabt, daß es ihr schwer auf der Seele lag.

Bleich war er, erzählte sie, und er trug eine alte Drillichhose und ein verblichenes, langärmeliges Flanellhemd, obwohl wir an diesem Tag ungefähr dreißig Grad im Schatten hatten. Margie sagte, ihm hätten die Haare zu Berge gestanden, als hätte er monatelang keinen Kamm gesehen. ›Seine Augen sahen aus wie Rosinen in Brotteig. Ich habe einen Geist gesehen, George. Das ist mir in die Glieder gefahren. Ich hätte nie gedacht, daß mir das jemals passieren könnte, aber so war es.‹

Nun, die Sache sprach sich herum. Bald hatten auch andere Leute Timmy gesehen. Missus Stratton – nun ja, wir nannten sie ›Missus‹, aber niemand wußte Genaueres über sie, sie hätte ebenso gut ledig oder geschieden oder Strohwitwe sein können; sie hatte ein kleines Haus mit zwei Zimmern da unten, wo die Pedersen Road in die Hancock Road einmündet. Sie hatte eine Menge Jazzplatten und war nicht abgeneigt, dann und wann eine kleine Party zu geben, wenn man eine Zehndollarnote übrig hatte. Sie sah ihn von ihrer Veranda aus, und sie sagte, er wäre an den Straßenrand gekommen und da stehengeblieben.

Er stand nur da, sagte sie, mit baumelnden Händen und vorgeschobenem Kopf, und er sah aus wie ein Boxer, der im Begriff ist, in den Ring zu steigen. Sie sagte, sie hätte auf ihrer Veranda gestanden, zu erschrocken, um sich zu bewegen, und ihr Herz hätte geklopft wie ein Schmiedehammer. Und dann hätte er sich umgedreht, es hätte ausgesehen, als versuchte ein Betrunkener, eine Kehrtwendung zu machen. Ein Bein zur Seite gestellt, der andere Fuß verdreht – er wäre beinahe hingeschlagen. Sie sagte, er hätte sie direkt angesehen, und da wäre alle Kraft aus ihren Händen gewichen, sie hätte den Korb mit der Wäsche, die sie gerade aufhängen wollte, losgelassen, und die Wäsche wäre herausgefallen und wieder schmutzig geworden.

Seine Augen, sagte sie, hätten so tot und staubig ausgesehen wie Murmeln, Louis. Aber er sah sie an und grinste – und sie sagte, er hätte mit ihr gesprochen. Hätte sie gefragt, ob sie ihre Schallplatten noch hätte, er würde gern mal wieder mit ihr tanzen. Vielleicht noch am gleichen Abend. Und Missus Stratton schloß sich in ihrem Haus ein und kam fast eine Woche nicht wieder heraus, und bis dahin war sowieso schon alles vorbei.

Eine Menge Leute haben Timmy Baterman gesehen. Die meisten von ihnen leben inzwischen nicht mehr, Missus Stratton zum Beispiel; andere sind weggezogen, aber ein paar alte Knacker wie mich gibt es noch, die Ihnen davon erzählen könnten – wenn Sie die richtigen Fragen stellen.

Wir sahen ihn, das kann ich Ihnen versichern, wie er auf der Pedersen Road auf und ab ging, vom Haus seines Daddys eine Mei-

le nach Osten und eine Meile nach Westen. Auf und ab, den ganzen Tag und vielleicht auch die ganze Nacht, wer weiß. Mit heraushängendem Hemd, bleichem Gesicht, Haaren, die ihm zu Berge standen, manchmal mit offenem Hosenschlitz, und der Ausdruck in seinem Gesicht – dieser Ausdruck...«
Jud hielt inne, um sich eine Zigarette anzuzünden. Er löschte das Streichholz mit einer Handbewegung und blickte Louis durch den Schleier aus driftendem blauem Rauch an. Und obwohl die Geschichte natürlich völlig absurd war, war in Juds Augen keine Spur einer Lüge zu entdecken.

»Sie wissen, es gibt diese Geschichten und diese Filme – ich weiß nicht, ob sie wahr sind – über die Zombies da unten in Haiti. In den Filmen sieht man, wie sie irgendwie dahintorkeln, die toten Augen starr nach vorn gerichtet, ganz langsam und irgendwie schwerfällig. So war Timmy Baterman, wie ein Zombie in so einem Film – aber nicht *ganz*. Da war noch etwas mehr. Hinter seinen Augen *ging etwas vor*. Manchmal konnte man es sehen, und manchmal nicht. *Irgendetwas hinter seinen Augen*, Louis. Ich glaube nicht, daß man es Denken nennen konnte, aber ich weiß nicht, als was man es sonst bezeichnen sollte.

Er war hinterhältig, so viel steht fest. Die Art, wie er zu Missus Stratton sagte, er würde gern mal wieder mit ihr tanzen. In ihm ging irgendetwas vor, Louis, aber ich glaube nicht, daß es Denken war, und ich glaube auch nicht, daß es viel – wenn überhaupt etwas – mit Timmy Baterman zu tun hatte. Es war mehr wie ein ein Funksignal, das von irgendwo anders herkommt. Man sah ihn an und dachte, wenn er mich anrührt, dann schreie ich. So ungefähr.

Er ging hin und her, die Straße auf und ab, und eines Tages kam ich von der Arbeit nach Hause – das muß so um den 30. Juli herum gewesen sein –, und da sitzt George Anderson, Sie wissen schon, der Posthalter, bei mir auf der Hinterveranda und trinkt Eistee mit Hannibal Benson, der damals zweiter Mann im Magistrat war, und Alan Purinton von der Feuerwehr. Norma saß bei ihnen, sagte aber kein Wort.

George rieb ständig an dem Stumpf von seinem rechten Bein herum. Er hatte den größten Teil seines Beins bei der Arbeit für die Eisenbahn verloren, und an schwülen Tagen hatte er ziemliche Schmerzen in diesem Stumpf. Aber da saß er, trotz seiner Schmerzen.

›Das ist jetzt weit genug gegangen‹, sagte George zu mir. ›Ich habe eine Briefträgerin, die sich weigert, in der Pedersen Road die Post zuzustellen, und das ist das eine. Das andere ist, daß die Regierung Lunte gerochen hat. Und da hört der Spaß auf.‹

›Was soll das heißen, die Regierung hat Lunte gerochen?‹ fragte ich.
Hannibal sagte, er hätte einen Anruf vom War Department bekommen. Von einem Leutnant Kinsman, dessen Job es war, herauszufinden, ob jemand eine Bosheit im Sinne hat oder nur einen harmlosen Streich. ›Vier oder fünf Leute haben anonyme Briefe ans War Department geschrieben‹, sagte Hannibal, ›und dieser Leutnant Kinsman fängt an, sich Gedanken zu machen. Wenn nur einer einen solchen Brief geschrieben hätte, hätten sie darüber gelacht. Und wenn nur einer einen Haufen Briefe geschrieben hätte, sagt Kinsman, dann würde er die Staatspolizei drüben in Derry Barracks anrufen und den Leuten sagen, in Ludlow gäbe es möglicherweise einen Psychopathen mit einem Haß auf die Familie Baterman. Aber diese Briefe stammten von verschiedenen Leuten. Das könnte man an der Handschrift erkennen, auch wenn sie anonym wären, und in allen stünde ungefähr dasselbe – daß Timothy Baterman, wenn er tot wäre, eine ziemlich lebendige Leiche abgäbe, wie er da auf der Pedersen Road herumwanderte, so daß jeder sein Gesicht sehen könnte.

Dieser Kinsman will einen Mann herschicken oder selbst kommen, wenn das nicht aufhört‹, beendete Hannibal seinen Bericht. ›Sie wollen wissen, ob Timmy tot ist oder desertiert, oder was sonst dahintersteckt, weil ihnen der Gedanke nicht schmeckt, daß ihre Statistik nicht in Ordnung sein könnte. Außerdem wollen sie wissen, wer in Timmy Batermans Sarg begraben wurde, wenn nicht er selber.‹

Sie können sich vorstellen, Louis, in was für einer Lage wir waren. Fast eine Stunde lang saßen wir da, tranken Eistee und redeten darüber. Norma fragte, ob wir ein paar Sandwiches wollten, aber keiner hatte Appetit darauf.

Wir redeten und redeten, und schließlich einigten wir uns darauf, zu Baterman hinüberzufahren. Ich vergesse diesen Abend nie, und wenn ich doppelt so alt werde, wie ich jetzt bin. Es war heiß, heißer als in der tiefsten Hölle, und die Sonne ging hinter den Wolken unter wie ein Eimer voll blutiger Gedärme. Keiner von uns wollte zu Baterman, aber uns blieb nichts anderes übrig. Norma wußte es früher als wir alle. Sie holte mich unter irgendeinem Vorwand ins Haus und sagte: ›Laß nicht zu, daß einer von denen es mit der Angst zu tun kriegt und einen Rückzieher macht, Judson. Es muß etwas getan werden. Das ist ein Greuel.‹«

Jud blickte Louis direkt in die Augen.

»So hat sie es genannt, Louis. Dieses Wort hat sie gebraucht. Ein Greuel. Und dann flüsterte sie mir ins Ohr: ›Wenn irgendetwas passiert, Jud, dann lauf. Kümmere dich nicht um die anderen

– die müssen auf sich selbst aufpassen. Denk daran – wenn irgendetwas passiert, dann lauf, so schnell du kannst.‹

Wir fuhren in Hannibal Bensons Wagen hinüber – der Bursche bekam Bezugsscheine für Benzin, so viel er wollte, ich weiß nicht, wie er das angestellt hat. Niemand redete viel, aber wir rauchten alle wie die Schlote. Wir hatten Angst, Louis, die Angst saß uns im Nacken. Der eine, der wirklich etwas sagte, war Alan Purinton. Er sagte zu George: ›Bill Baterman hat sich da oben in den Wäldern nördlich der Route 15 zu schaffen gemacht, darauf gehe ich jede Wette ein.‹ Niemand antwortete, aber ich entsinne mich, daß George nickte.

Nun, wir kamen an, und Alan klopfte. Aber niemand antwortete, und so gingen wir ums Haus herum, und da waren die beiden. Bill Baterman saß mit einem Krug Bier auf der Hintertreppe, und Timmy stand ganz hinten im Hof und starrte in die blutrot untergehende Sonne. Sie warf einen orangefarbenen Schein auf sein Gesicht – es sah aus, als hätte man ihm bei lebendigem Leib die Haut abgezogen. Und Bill – er sah aus, als hätte ihn nach sieben fetten Jahren der Teufel geholt. Die Kleider schlotterten um ihn herum, und ich schätzte, daß er vierzig Pfund abgenommen hatte. Seine Augen waren so tief eingesunken, daß sie wie zwei kleine Tiere in zwei Höhlen wirkten – und sein linker Mundwinkel zuckte unaufhörlich.«

Jud hielt inne, schien nachzudenken und nickte kaum wahrnehmbar.

»Wirklich, Louis, er sah aus wie ein *Verdammter*. Und Timmy drehte sich zu uns um und grinste. Schon bei diesem Grinsen hätte man am liebsten geschrien. Dann drehte er sich wieder der untergehenden Sonne zu. ›Ich habe euch gar nicht klopfen hören‹, sagte Bill, und das war eine glatte Lüge; Alan hatte laut genug an die Tür gehämmert, um die – um einen Tauben aufzuwecken.

Weil es aussah, als wollte niemand etwas sagen, sagte ich schließlich: ›Bill, ich habe gehört, dein Junge ist drüben in Italien gefallen.‹

›Das war ein Irrtum‹, sagt er und starrt mich direkt an.

›Wirklich?‹ sage ich.

›Du siehst doch, daß er da steht, oder nicht?‹ sagt er.

›Und wer, meinst du, lag dann in dem Sarg, der drüben in Pleasantview beigesetzt wurde?‹ fragt Alan Purinton.

›Woher soll ich das wissen?‹ sagt Bill, ›und es ist mir auch scheißegal.‹ Er holt ein Päckchen Zigaretten heraus, verstreut sie über die ganze Hinterveranda, und dann zerbricht er zwei oder drei bei dem Versuch, sie wieder aufzulesen.

›Wahrscheinlich kommt es zu einer Exhumierung‹, sagt Hanni-

bal. ›Das weißt du doch, oder nicht? Das verdammte War Department hat bei mir angerufen. Sie wollen wissen, ob sie vielleicht den Sohn einer anderen Mutter unter Timmys Namen begraben haben.‹
›Was zum Teufel geht mich das an?‹ sagt Bill laut. ›Mich geht das einen Dreck an. Ich habe meinen Jungen wieder. Timmy ist vor ein paar Tagen nach Hause gekommen. Er hat einen Schock oder so etwas ähnliches. Er ist ein bißchen merkwürdig, aber das gibt sich wieder.‹
›Laß den Unsinn, Bill‹, sage ich, und plötzlich hatte ich eine ziemliche Wut auf ihn. ›Wenn sie den Sarg tatsächlich aus der Erde holen, dann werden sie feststellen, daß er leer ist, es sei denn, du hättest dir die Mühe gemacht, Steine hineinzupacken, nachdem du deinen Sohn herausgeholt hattest, und das glaube ich kaum. Ich weiß, was passiert ist. Hannibal und George und Alan wissen es auch. Du hast ihn in die Wälder hinaufgebracht, und damit hast du dir und dieser Stadt einen Haufen Ärger beschert.‹
›Ich denke, ihr wißt, wo hier die Tür ist‹, sagte er. ›Ich bin euch keine Erklärung schuldig und brauche mich auch nicht vor euch zu rechtfertigen. Als ich dieses Telegramm bekam, lief das Leben förmlich aus mir heraus. Ich habe es gespürt, wie Pisse, die einem am Bein herunterläuft. Und jetzt habe ich meinen Jungen wieder. Sie hatten kein Recht, mir meinen Jungen wegzunehmen. Er war erst siebzehn. Er war alles, was mir von seiner Mutter geblieben war, und das war wider das Recht. Also scheiß auf die Armee und scheiß auf das War Department – und scheiß auf euch. Ich habe ihn wieder. Und er wird wieder zu sich kommen. Mehr habe ich dazu nicht zu sagen. Und nun verschwindet dahin, wo ihr hergekommen seid.‹
Und sein Mundwinkel zuckt ununterbrochen, und der Schweiß steht ihm in dicken Tropfen auf der Stirn, und in dem Moment merke ich, daß er verrückt ist. Mich hätte es auch zum Wahnsinn getrieben, mit diesem – diesem Ding zu leben.«
Louis war speiübel. Er hatte zu schnell zuviel Bier getrunken. Bald würde alles wieder herauskommen. Das überladene Gefühl in seinem Magen verriet ihm, daß bald alles wieder herauskommen würde.
»Nun, viel mehr konnten wir nicht tun. Wir waren im Begriff zu verschwinden. ›Gott helfe dir, Bill‹, sagt Hannibal.
›Gott hat mir nicht geholfen‹, sagt Bill. ›Ich habe mir selbst geholfen.‹
Und da kam Timmy zu uns herüber. Sogar mit seinem Gang stimmte etwas nicht. Er ging wie ein uralter Mann. Er hob einen Fuß hoch und ließ ihn dann fallen, schlurfte irgendwie damit, und

dann hob er den anderen Fuß. Es war, als beobachtete man einen Krebs beim Laufen. Seine Hände baumelten bis zu den Beinen herunter. Und als er nahe genug herangekommen war, konnte man die roten Flecken in seinem Gesicht sehen – wie Pickel oder kleine Brandmale. Wahrscheinlich hat ihn da das Maschinengewehr erwischt. Es muß ihm fast den Kopf von den Schultern gerissen haben.
Und er stank nach dem Grab. Ein widerlicher Geruch, fast als wäre alles, was in ihm war, verrottet. Ich sah, wie Alan Purinton sich die Hand vor Mund und Nase hielt. Der Gestank war unerträglich. Fast glaubte man, die Leichenwürmer in seinen Haaren...«
»Halt«, sagte Louis heiser. »Ich habe genug gehört.«
»Nein«, sagte Jud mit verstörter, eindringlicher Stimme. »Sie haben nicht genug gehört. Und dabei kann ich Ihnen nicht einmal sagen, wie schlimm es in Wirklichkeit war. Niemand kann begreifen, wie schlimm es war, der nicht dabei gewesen ist. Er war *tot*, Louis, aber er war auch am Leben. Und er – er – er wußte Dinge.«
»Er wußte Dinge?« Louis beugte sich vor.
»Ja. Er sah Alan lange an, und dabei grinste er irgendwie – jedenfalls konnte man seine Zähne sehen. Und dann sprach er, so leise, daß man sich anstrengen mußte, um ihn zu verstehen. Es klang, als wäre seine Kehle voller Kies. ›Deine Frau treibt es mit dem Mann, bei dem sie unten im Drugstore arbeitet, Purinton. Wie findest du das? Sie kreischt, wenn er in ihr kommt. Wie findest du das?‹
Alan schnappte nach Luft, und man konnte sehen, wie es ihn getroffen hatte. Er ist jetzt in einem Pflegeheim drüben in Gardener, er war es jedenfalls, als ich das letzte Mal von ihm hörte – er muß um die Neunzig sein. Damals, als das alles geschah, war er um die Vierzig, und es hatte ein bißchen Klatsch wegen seiner zweiten Frau gegeben. Sie war eine Cousine zweiten Grades und wohnte seit kurz vor dem Krieg bei Alan und Lucy, seiner Frau. Lucy starb, und anderthalb Jahre später hat Alan das Mädchen geheiratet. Sie hieß Laurine. Sie war erst vierundzwanzig, als sie heirateten. Und es wurde über sie geklatscht. Als Mann hätte man vielleicht gesagt, sie hätte eine unbeschwerte Art, und es dabei bewenden lassen. Aber die Frauen hielten sie für ein lockeres Weibsbild. Und vielleicht waren auch Alans Gedanken schon in diese Richtung gegangen, denn er sagte: ›Halt's Maul! Halt's Maul, oder ich schlag dich nieder, wer immer du sein magst!‹
›Sei still, Timmy‹, sagt Bill und sieht dabei elender aus als je zuvor – so, als müßte er sich im nächsten Augenblick übergeben oder in Ohnmacht fallen oder beides. ›Sei still, Timmy.‹

Aber Timmy kümmert sich nicht darum. Er sieht George Anderson an und sagt: ›Dieser Enkel, der dir so am Herzen liegt, Alter, der wartet nur darauf, daß du stirbst. Er will nichts als dein Geld, das Geld, von dem er glaubt, es läge in deinem Schließfach in der Eastern Bangor Bank. Deshalb schwänzelt er um dich herum, aber hinter deinem Rücken machen sie sich über dich lustig, er und seine Schwester. Old Hinkebein, so nennen sie dich‹, sagte Timmy, und, Louis, seine Stimme – sie *veränderte sich.* Sie wurde regelrecht niederträchtig. Sie klang, wie die Stimme von Georges Enkel geklungen hätte – wenn das, was Timmy sagte, die Wahrheit war. ›Old Hinkebein!‹ sagt Timmy. ›Aber sie werden sich in die Hosen scheißen, wenn sie erfahren, daß du arm bist wie eine Kirchenmaus, weil du 1938 alles verloren hast. Werden sie sich nicht in die Hosen scheißen, George? Sie werden sich in die Hosen scheißen.‹

Da wich George zurück, sein Holzbein rutschte unter ihm weg, und er fiel auf Bills Veranda und kippte seinen Bierkrug um, und er war so weiß wie Ihr Unterhemd, Louis.

Bill versucht, ihn irgendwie wieder auf die Beine zu bringen, und brüllt seinen Sohn an, ›Schluß jetzt, Timmy. Schluß damit!‹. Aber Timmy dachte nicht daran. Er sagte etwas Übles zu Hannibal, und dann sagte er etwas Übles zu mir, und dann war es so weit, daß er – ja, ich würde sagen, daß er wütete. Er wütete tatsächlich. Schrie und tobte. Und wir wichen zurück, und dann fingen wir an zu rennen und schleppten George an den Armen mit, so gut wir konnten, weil sich die Schnüre und Riemen an seinem Holzbein irgendwie verdreht hatten – es hing neben dem Stumpf, die Schuhspitze zeigte nach hinten und schleifte auf dem Gras.

So habe ich Timmy Baterman zum letzten Mal gesehen, auf dem Rasen hinter dem Haus, unter der Wäscheleine, das Gesicht rot von der untergehenden Sonne, diese Flecke im Gesicht, das Haar struppig und irgendwie voller Staub – und er lachte und kreischte immer wieder ›Old Hinkebein! Old Hinkebein! Und der Hahnrei! Und der Hurenbock! Auf Wiedersehen, die Herren! Auf Wiedersehen! Wiedersehen!‹ Und dann lachte er, aber in Wirklichkeit war es ein Kreischen. Irgendetwas in ihm kreischte – und kreischte – und kreischte.«

Jud hielt inne. Seine Brust hob und senkte sich rasch.

»Jud«, sagte Louis. »Das, was Timmy Baterman über Sie gesagt hat – war das wahr?«

»Ja, das war es«, murmelte Jud. »Bei Gott, es war wahr. Ich bin gelegentlich in Bangor in ein Bordell gegangen. Es gibt noch mehr Männer, die das tun – obwohl es sicher viele gibt, die nie vom rechten Pfad abweichen. Ich hatte einfach das Verlangen – vielleicht den Drang –, hin und wieder einmal in fremdes Fleisch einzudringen. Oder eine Frau dafür zu bezahlen, daß sie Dinge tut, die man von der eigenen Frau nicht verlangen kann. Dergleichen überkommt einen gelegentlich, Louis. Es war kein Verbrechen, das ich begangen habe; außerdem lag das alles inzwischen acht oder neun Jahre zurück, und Norma hätte mich nicht verlassen, wenn sie es gewußt hätte. Aber irgendetwas in ihr wäre für immer gestorben. Etwas, das mir lieb und teuer war.«

Juds Augen waren rot und verschwollen und trübe. *Die Tränen alter Leute sind irgendwie abstoßend,* dachte Louis. Aber als Jud über den Tisch hinweg nach seiner Hand tastete, ergriff er sie.

»Er sagte uns nur das Schlechte«, fuhr Jud nach einer kleinen Pause fort. »Nur das Schlechte. Davon gibt es im Leben jedes Menschen weiß Gott genug, meinen Sie nicht auch? Zwei oder drei Tage später verschwand Laurine Purinton aus Ludlow, und Leute, die sie sahen, bevor sie in den Zug stieg, sagten, sie hätte zwei blaue Augen gehabt und Wattebäusche in beiden Nasenlöchern. Alan hat nie darüber gesprochen. George ist 1950 gestorben, und ich wüßte nicht, daß er seinen Enkeln etwas hinterlassen hat. Hannibal flog aus seinem Amt – genau um dessentwillen, was Timmy Baterman ihm vorgeworfen hatte. Ich sage Ihnen nicht, was es genau war – das brauchen Sie nicht zu wissen –, aber Veruntreuung von öffentlichen Geldern kommt der Sache sehr nahe. Man redete sogar davon, ihn wegen Unterschlagung anzuklagen, aber es kam nicht viel dabei heraus. Daß er seinen Posten verlor, war schon Strafe genug für ihn; sein Leben lang hatte er den großen Mann gespielt.

Aber in diesen Männern steckte auch Gutes. Das finde ich jedenfalls, auch wenn es den Leuten hinterher schwerfällt, sich daran zu erinnern. Es war Hannibal, der kurz vor dem Krieg das Geld für das Eastern General Hospital lockergemacht hat. Alan Purinton war einer der großzügigsten, freigebigsten Männer, die mir je begegnet sind. Und der alte George Anderson wollte nicht mehr, als bis an sein Lebensende Posthalter bleiben.

Es war nur das Schlechte, wovon *es* reden wollte. *Es* wollte, daß wir uns nur an das Schlechte erinnern, weil *es* selber schlecht war und weil *es* wußte, daß wir es bedrohen. Der Timmy Baterman, der in den Krieg zog, war ein ganz gewöhnlicher netter Junge, vielleicht nicht besonders intelligent, aber gutherzig. Das Ding, das wir an jenem Abend in diese rote Sonne starren sahen – das war ein Monster. Vielleicht war es ein Zombie oder ein Dibbuk oder ein Dämon. Vielleicht gibt es für ein solches Ding überhaupt keinen Namen. Aber die Micmac hätten gewußt, was es war, ob es nun einen Namen hatte oder nicht.«

»Und zwar?« fragte Louis wie betäubt.

»Etwas, das der Wendigo berührt hat«, sagte Jud leise. Er holte tief Luft, hielt sie einen Augenblick an und atmete dann aus. Er sah auf seine Uhr.

»Du lieber Gott, es ist schon spät, Louis. Ich habe neunmal mehr geredet, als ich eigentlich wollte.«

»Das glaube ich nicht«, sagte Louis. »Es war eine beeindruckende Geschichte. Und wie ist sie ausgegangen?«

»Zwei Abende später brach bei den Batermans Feuer aus«, sagte Jud. »Das Haus brannte vollständig ab. Alan Purinton sagte, es bestünde nicht der geringste Zweifel daran, daß der Brand gelegt worden war. Überall im Haus war Heizöl verschüttet worden. Man roch es noch drei Tage, nachdem der Brand gelöscht war.«

»Und sie sind beide verbrannt?«

»Ja, sie sind beide verbrannt. Aber tot waren sie schon vorher. Timmy war mit einer alten Colt-Pistole, die Bill Baterman gehörte, zweimal in die Brust geschossen worden. Sie fanden die Waffe in Bills Hand. So, wie es aussah, hatte er zuerst seinen Sohn erschossen und aufs Bett gelegt und dann das Öl verschüttet. Dann hatte er sich in seinen Sessel neben dem Radio gesetzt, ein Streichholz angezündet und den Lauf der Fünfundvierziger in den Mund gesteckt.«

»Großer Gott«, sagte Louis.

»Sie waren beide ziemlich verkohlt, aber der Coroner sagte, seiner Ansicht nach wäre Timmy Baterman schon seit zwei oder drei Wochen tot gewesen.«

Stille. Ticken der Zeit.

Jud stand auf. »Ich habe nicht übertrieben, Louis, als ich sagte, ich hätte Ihren Sohn umgebracht oder wäre nicht unschuldig an seinem Tod. Die Micmac kannten den Ort, aber das muß nicht bedeuten, daß sie ihn zu dem machten, was er ist. Die Micmac waren nicht immer hier. Vielleicht kamen sie aus Kanada, vielleicht auch aus Rußland oder irgendwoher aus Asien, vor langer, langer Zeit. Sie blieben tausend Jahre hier in Maine, vielleicht auch zweitausend – das ist schwer zu sagen, weil sie dem Land keinen tiefen Stempel aufprägten. Und jetzt sind sie wieder fort – vielleicht sind auch wir eines Tages nicht mehr da, wenn ich auch annehme, daß unser Stempel tiefer geht, im Guten wie im Schlechten. Aber der Ort bleibt – einerlei, wer hier lebt. Er gehört nicht irgendwem, der sein Geheimnis mitnimmt, wenn er weiterzieht. Es ist ein böser, verderbter Ort; ich hätte Sie nicht mit hinaufnehmen dürfen, um Ihren Kater dort zu begraben. Jetzt weiß ich das. Der Ort hat eine Macht, vor der man sich hüten muß, wenn man sich selbst und seine Familie vor Schaden bewahren will. Ich hatte nicht die

Kraft, ihr zu widerstehen. Sie hatten Norma das Leben gerettet, und ich wollte Ihnen einen Gefallen tun – aber der Ort hat meine gute Absicht für seine bösen Zwecke ausgenutzt. Er hat Macht – und ich glaube, daß diese Macht Phasen durchläuft wie der Mond. Er hat schon früher seine volle Macht ausgeübt, und ich fürchte, daß es jetzt wieder so weit ist. Ich fürchte, diese Macht hat sich meiner bedient, um über Ihren Sohn an Sie heranzukommen. Verstehen Sie, Louis, worauf ich hinauswill?« Seine Augen flehten Louis an.

»Sie wollen damit sagen – der Ort wußte, daß Gage sterben würde«, sagte Louis.

»Nein. Ich will damit sagen, daß der Ort Gages Tod *herbeiführte*, weil ich Sie seiner Macht ausgesetzt habe. Ich will damit sagen, daß ich Ihren Sohn ermordet habe, Louis – in bester Absicht!«

»Ich glaube es nicht«, sagte Louis schließlich mit zitternder Stimme. Er wollte, er *konnte* es nicht glauben.

Er ergriff Juds Hand und drückte sie fest. »Morgen wird Gage beerdigt. In Bangor. Und in Bangor wird er bleiben. Ich habe nicht vor, jemals wieder zum Tierfriedhof zu gehen – oder darüber hinaus.«

»Versprechen Sie es mir!« sagte Jud heiser. »Versprechen Sie es.«

»Ich verspreche es«, sagte Louis.

Aber im Hintergrund seines Bewußtseins blieb der Gedanke zurück – der tanzende Funke einer Erwartung, der nicht ganz verlöschen wollte.

40

Aber nichts von alledem geschah.

Das alles – der dröhnende Orinco-Laster, die Finger, die den Rücken von Gages Jacke noch eben berührten und dann abglitten, Rachel, die im Hauskleid ins Begräbnisinstitut kommen wollte, Ellie, die Gages Photo mit sich herumtrug und seinen Stuhl neben ihr Bett stellte, Steve Mastertons Tränen, die tätliche Auseinandersetzung mit Irwin Goldman, Jud Crandalls grauenhafte Geschichte von Timmy Baterman –, all das gab es nur in den wenigen Sekunden, in denen Louis seinem lachenden Sohn zur Straße hinunter nachjagte. Hinter ihm schrie Rachel abermals – *Nicht, Gage! Bleib* STEHEN! –, aber Louis vergeudete seinen Atem nicht. Es würde knapp werden, sehr knapp, ja, und eines dieser Dinge geschah tatsächlich: von irgendwoher die Straße hinauf hörte er das Dröhnen des näherkommenden Lasters, und irgendwo in ihm löste sich ein Erinnerungsfetzen, und er hörte Jud Crandall an ihrem ersten Tag in Ludlow sagen: *Aber Sie müssen aufpassen, daß sie von der Straße wegbleiben, Missus Creed. Da fahren pausenlos schwere Laster.*

Jetzt rannte Gage den leicht abschüssigen Rasen hinunter, der in das weiche Bankett der Route 15 überging, seine stämmigen Beinchen stapften voran, und von Rechts wegen hätte er das Gleichgewicht verlieren und hinfallen müssen, aber er rannte weiter, und jetzt war der Laster schon sehr laut, es war dieses tiefe Schnarchen, das Louis gelegentlich im Bett hörte, wenn er gerade über die Grenze zwischen Wachsein und Schlaf glitt – ein Geräusch, das er immer als beruhigend empfunden hatte. Jetzt flößte es ihm Entsetzen ein.

Lieber Gott, lieber Jesus, mach, daß ich ihn zu fassen kriege, laß ihn nicht auf die Straße laufen!

Louis setzte zum Endspurt an und sprang, er warf sich ausgestreckt und parallel zum Boden nach vorn wie ein Footballspieler, der einen Ball fangen will; am äußersten Rand seines Gesichtsfeldes sah er seinen Schatten über das Gras gleiten, und er dachte an den Schatten, den der Drachen, der Geier, auf Mrs. Vintons Feld geworfen hatte, und in dem Augenblick, indem sein eigener Schwung Gage auf die Straße trug, berührten Louis' Finger den Rücken seiner Jacke – und packten fest zu.

Er riß Gage zurück und landete im gleichen Moment auf dem Boden, schrammte mit dem Gesicht in den groben Kies des Banketts und holte sich eine blutige Nase. Seine Hoden meldeten einen weitaus intensiveren Schmerz – *oh, wenn ich gewußt hätte, daß ich Football spielen würde, hätte ich mein Suspensorium getragen* –, aber der Schmerz in seiner Nase und die stechende Qual in seinen Hoden verblaßten angesichts der wachsenden Erleichterung über das Schmerz- und Wutgebrüll von Gage, der mit dem Hinterteil auf dem Bankett gelandet war und dann rücklings auf die Rasenkante fiel und mit dem Kopf aufschlug. Einen Augenblick später ging sein Geschrei im Dröhnen des vorbeifahrenden Lasters und im fast majestätischen Dröhnen des Signalhorns unter.

Trotz des Bleiklumpens in seinem Unterleib gelang es Louis, aufzustehen und seinen Sohn in die Arme zu schließen. Einen Augenblick später war Rachel bei ihnen und fuhr Gage weinend an: »Du darfst nie auf die Straße laufen, Gage! Nie, hörst du! Nie! Die Straße ist böse! Ganz böse!« Und Gage war über diese tränenreiche Ermahnung so verblüfft, daß er mit dem Weinen aufhörte und seine Mutter mit großen Augen anstarrte.

»Louis, deine Nase blutet«, sagte sie, und dann umarmte sie ihn so heftig, daß er einen Augenblick lang kaum Luft bekam.

»Das ist nicht das Schlimmste«, sagte er. »Ich glaube, ich bin kastriert, Rachel. Oh, tut das weh!«

Daraufhin lachte sie so hysterisch, daß er es sekundenlang mit der Angst zu tun bekam, und durch seinen Kopf schoß der Gedanke: *Ich glaube, wenn Gage wirklich ums Leben gekommen wäre, hätte sie den Verstand verloren.*

Aber Gage war nicht ums Leben gekommen; das alles war nur ein teuflisch detailliertes Phantasiegebilde jenes Augenblicks gewesen, in dem Louis dem Tod seines Sohnes an einem sonnigen Mainachmittag auf grünem Rasen den Rang ablief.

Gage kam in die Schule, und mit sieben fuhr er zum ersten Mal in ein Sommerlager, wo sich herausstellte, daß er eine wunderbare und überraschende Begabung fürs Schwimmen besaß. Nebenbei bescherte er seinen Eltern eher eine verdrießliche Überraschung, weil er imstande war, eine vierwöchige Trennung von ihnen ohne ersichtliches Trauma zu überstehen. Als er zehn war, verbrachte er bereits den ganzen Sommer in Camp Agawam in Raymond am Sebagosee, und mit elf errang er beim Vierlager-Wettschwimmen, mit dem der Sommer endete, zwei blaue Schleifen und eine rote. Er schoß in die Höhe, und dennoch war es immer derselbe Gage, lieb und ständig ein wenig überrascht von den Dingen, die ihm die Welt zu bieten hatte – ihre Früchte, die für Gage nie bitter oder verdorben waren.

Auf der High School war er unter den Besten. Außerdem gehörte er zur Schwimm-Mannschaft von John Baptist, der Konfessionsschule, auf der er bestanden hatte, weil sie ein Schwimmstadion besaß. Rachel war empört und Louis nicht sonderlich überrascht, als er ihnen mit siebzehn erklärte, er habe vor, zum Katholizismus überzutreten. Rachel war überzeugt, daß daran nur das Mädchen schuld war, mit dem Gage ausging; sie sah seine Heirat unmittelbar bevorstehen (»Wenn ihn diese kleine Schlampe mit der Christophorus-Medaille nicht schon ins Bett gezerrt hat, fresse ich deine Shorts, Louis«, hatte sie gesagt), das Ende seiner Studienpläne und seiner olympischen Hoffnungen, und neun oder zehn kleine Katholiken, die im Haus herumliefen, wenn Gage vierzig war. Dann würde er (zumindest nach Rachels Meinung) ein zigarrenrauchender Lastwagenfahrer mit einem Bierbauch sein, der mit ›Unser Vater im Himmel‹ und ›Gebenedeit seist du Maria‹ einem vorzeitigen Herztod entgegenging.

Louis war überzeugt, daß die Motive seines Sohnes etwas edler waren, und obwohl er tatsächlich konvertierte (und Louis an dem Tag, an dem er es tat, eine unverfroren niederträchtige Postkarte an Irwin Goldman schrieb: *Vielleicht bekommen Sie noch einen Jesuiten zum Enkel. Ihr Goi-Schwiegersohn, Louis*), heiratete er das nette (und keineswegs schlampige) Mädchen nicht, in dessen Gesellschaft er den größten Teil seines letzten Schuljahrs verbracht hatte.

Er ging zur Johns Hopkins-Universität, wurde in die Olympia-Mannschaft der Schwimmer aufgenommen, und an einem langen, strahlenden und unendlich stolzen Nachmittag, sechzehn Jahre nachdem Louis um das Leben seines Sohnes mit einem Orinco-Laster um die Wette gelaufen war, sahen er und Rachel (die inzwischen fast völlig ergraut war, das Grau aber unter einer Tönung verbarg), wie ihr Sohn für die Vereinigten Staaten eine Goldmedaille gewann. Als die Kameras der NBC zu einer Großaufnahme auf ihn schwenkten und er dastand, den tropfnassen Kopf mit dem robbenglatten Haar zurückgelegt, die Augen unter den Klängen der Nationalhymne offen und unbeirrt auf die Flagge gerichtet, das Band um den Hals und das Gold auf der glatten Haut seiner Brust, da weinte Louis. Sie weinten beide, Rachel und er.

»Was für ein Höhenflug«, sagte er heiser und wandte sich ab, um seine Frau zu umarmen. Aber sie sah ihn mit aufdämmerndem Entsetzen an, ihr Gesicht schien vor seinen Augen zu altern, zerschlagen von schlimmen Tagen, Monaten, Jahren; die Nationalhymne verklang, und als Louis wieder auf den Bildschirm schaute, stand ein anderer Junge dort, ein schwarzer Junge mit krausem Haar, in dem noch die Wassertropfen funkelten.

Was für ein Höhenflug. Der Drachen. Der Geier. Sein Schatten...
Sein Schatten...
Seine Kappe... oh, Gott, seine Kappe ist voller Blut.

Um sieben Uhr wachte Louis im trübkalten Licht eines Regenmorgens auf; seine Arme umklammerten das Kopfkissen. In seinem Kopf dröhnte jeder Herzschlag, der Schmerz schwoll an und ab, an und ab. Magensäure stieß ihm auf, die nach altem Bier schmeckte, und sein Magen krampfte sich erbärmlich zusammen. Er hatte geweint; das Kissen war naß von seinen Träumen, als wäre er im Schlaf irgendwie in eine dieser schnulzig-traurigen Country- und Westernballaden geraten. Selbst im Traum, dachte er, hatte etwas in ihm die Wahrheit gewußt.

Er stand auf und schwankte ins Badezimmer; das Herz jagte dünn in seiner Brust, sein Bewußtsein schien von der Intensität seines Katzenjammers in Stücke gerissen. Er erreichte die Toilette gerade noch rechtzeitig, bevor er das Bier der letzten Nacht von sich gab.

Er kniete mit geschlossenen Augen auf dem Fußboden, und es dauerte eine Weile, bis es ihm gelang, auf die Beine zu kommen. Er tastete nach dem Griff und zog die Spülung. Dann trat er vor den Spiegel, um zu sehen, wie blutunterlaufen seine Augen waren, aber das Glas war mit einem Laken verhängt. Erst jetzt fiel es ihm ein – in der Erinnerung an eine Vergangenheit, deren sie sich angeblich kaum noch entsann, hatte Rachel alle Spiegel im Haus verhängt; außerdem zog sie die Schuhe aus, bevor sie das Haus betrat.

Keine olympische Schwimm-Mannschaft, dachte Louis benommen, als er zu seinem Bett zurückkehrte und sich daraufsetzte. Der saure Biergeschmack füllte Mund und Kehle, und er schwor sich (nicht zum ersten und zum letzten Mal), dieses Gift nie wieder anzurühren. Keine olympische Schwimm-Mannschaft, keine vorzüglichen Zensuren im College, keine katholische Freundin und keine Konversion, kein Camp Agawam, gar nichts. Die Schuhe waren ihm von den Füßen gerissen worden, der Pullover von innen nach außen gewendet, sein kleiner Jungenkörper, so zäh und so stämmig, fast in Stücke zerfetzt, seine Baseballkappe voller Blut.

Erst jetzt, da er in der lähmenden Gewalt seines Katzenjammers auf dem Bett saß und das Regenwasser träge an der Fensterscheibe neben ihm herabrann, kam der Kummer mit aller Kraft wie eine graue Oberschwester von Station Neun des Fegefeuers. Er kam und löste ihn auf, entwürdigte ihn, beraubte ihn aller Abwehrkräfte, die ihm noch geblieben waren, und er schlug die Hände vors Gesicht und weinte, schwankte auf seinem Bett vor und zurück und dachte, daß er alles darum geben würde, noch eine zweite Chance zu haben, alles Erdenkliche.

41

An diesem Nachmittag um zwei Uhr wurde Gage begraben. Der Regen hatte inzwischen aufgehört. Doch über den Himmel trieben noch Wolkenfetzen, und die meisten Trauergäste kamen mit schwarzen, vom Bestattungsinstitut gestellten Regenschirmen.

Auf Rachels Bitte hin hielt der Bestattungsunternehmer eine kurze, an keine Konfession gebundene Predigt über einen Satz aus dem Matthäus-Evangelium: »*Lasset die Kindlein zu mir kommen und wehret ihnen nicht, denn ihrer ist das Himmelreich.*« Louis, der an der Seite des Grabes stand, blickte darüber hinweg auf Goldman. Einen Moment lang erwiderte Goldman den Blick, dann schlug er die Augen nieder. Heute war nichts Kämpferisches mehr an ihm. Die Falten unter seinen Augen glichen Postsäcken, und um sein schwarzes Seidenkäppchen flatterte Haar im Wind, das so fein und weiß war wie zerrissenes Spinngewebe. Mit den schwärzlichgrauen Bartstoppeln am Kinn machte er mehr als je zuvor den Eindruck eines Säufers. Er wirkte auf Louis wie ein Mann, der im Grunde nicht wußte, wo er sich befand. Louis suchte in seinem Herzen nach Mitleid mit ihm, konnte es jedoch auch jetzt noch nicht finden.

Gages kleiner, weißer Sarg, dessen Verschluß vermutlich repariert worden war, ruhte auf zwei verchromten Stangen über dem Grabeinsatz. Die Ränder des Grabes waren mit falschem Rasen abgedeckt, so grün, daß es Louis' Augen wehtat. Auf dieser künstlichen, unnatürlich grellen Fläche standen mehrere Körbe mit Blumen. Louis' Blick wanderte über die Schulter des Bestattungsunternehmers hinweg zu einem flachen Hügel hinüber, bedeckt mit Gräbern, Familiengrüften, einem Monument im romanischen Stil, das den Namen PHIPPS trug. Unmittelbar hinter dem schrägen Dach von PHIPPS entdeckte er einen Streifen Gelb. Louis betrachtete ihn, überlegte, was es sein mochte. Er wandte den Blick selbst dann nicht ab, als der Bestattungsunternehmer sagte: »Neigen wir unsere Häupter zu einem stillen Gebet.« Es dauerte ein paar Minuten, aber dann begriff Louis, was es war. Es war ein kleiner Schaufelbagger, der hinter dem Hügel abgestellt war, damit ihn die Trauergäste nicht sahen. Und wenn die Zeremonie vorüber war, würde Oz seine Zigarette am Absatz seines schrecklichen Stiefels ausdrücken und den Stummel im nächsten Behälter verschwinden lassen (Totengräber, die dabei ertappt wurden, daß sie ihre Stummel auf den Boden warfen, wurden fast immer fristlos gefeuert – es machte keinen guten Eindruck; zu viele der Klienten waren an Lungenkrebs gestorben), in sein Fahrzeug steigen, den Motor in Gang bringen und seinen Sohn für immer von der Sonne trennen – oder zumindest bis zum Tag der Auferstehung.

Auferstehung – ein schönes Wort...

(das du dir schleunigst aus dem Kopf schlagen solltest, wie du genau weißt)

Als der Bestattungsunternehmer »Amen« gesagt hatte, ergriff Louis Rachels Arm und führte sie fort. Rachel murmelte Protest – laß mich noch ein wenig bleiben, bitte, Louis –, aber Louis blieb fest. Die Trauergäste gingen zu ihren Wagen. Louis sah, wie der Bestattungsunternehmer ihnen die Schirme abnahm, auf deren Griffen unauffällig der Name des Instituts aufgedruckt war, und sie an seinen Gehilfen weiterreichte. Der Gehilfe stellte sie in einen Schirmständer, der auf dem feuchten Rasen etwas Surrealistisches an sich hatte. Louis hielt Rachels Arm mit der Rechten und Ellies kleine Hand in der Linken. Ellie trug das Kleid, das sie auch bei Norma Crandalls Beerdigung getragen hatte.

Als Louis beiden in den Wagen half, trat Jud zu ihnen. Auch er sah aus, als hätte er eine böse Nacht hinter sich.
»Alles in Ordnung, Louis?«
Louis nickte.
Jud beugte sich zum Wagenfenster hinunter. »Wie geht es Ihnen, Rachel?« fragte er.
»Es geht, Jud«, flüsterte sie.
Jud berührte sanft ihre Schulter und sah dann Ellie an. »Und wie steht es mit dir, Kleines?«
»Mir geht es gut«, sagte Ellie; um zu zeigen, wie gut es ihr ging, verzog sie den Mund zu einem abscheulichen Haifischlächeln.
»Was hast du denn da für ein Bild?«
Einen Augenblick glaubte Louis, sie würde es nicht loslassen, sich weigern, es aus der Hand zu geben; doch dann reichte sie es Jud mit einem Ausdruck schmerzlicher Verlegenheit. Er hielt es zwischen seinen großen Fingern, die so plump und unbeholfen wirkten, Finger, die aussahen, als wären sie nur dazu geeignet, die Schaltung schwerer Straßenbaumaschinen zu betätigen oder Eisenbahnwagen aneinanderzukoppeln – aber es waren zugleich die Finger, die einen Bienenstachel so geschickt aus Gages Hals gezogen hatten, als gehörten sie einem Zauberer oder einem Chirurgen.
»Ein hübsches Bild«, sagte Jud. »Er sitzt auf dem Schlitten, und du ziehst ihn. Das hat ihm sicher Spaß gemacht.«
Ellie nickte und fing an zu weinen.
Rachel wollte etwas sagen, aber Louis drückte ihren Arm – *schweig einen Moment still.*
»Ich habe ihn oft gezogen«, sagte Ellie weinend, »und dabei hat er immer gelacht. Dann gingen wir hinein, und Mommy machte uns Kakao und sagte, ›Bringt eure Stiefel raus!‹, und Gage griff sich die Stiefel und kreischte ›Tiefel! Tiefel!‹, so laut, daß einem die Ohren wehtaten. Weißt du noch, Mommy?«
Rachel nickte.
»Ja, das hat bestimmt Spaß gemacht«, sagte Jud und gab ihr das Bild zurück. »Und wenn er jetzt auch tot ist, Ellie, kannst du dich doch immer an ihn erinnern.«
»Das tue ich«, sagte sie und wischte sich die Tränen aus dem Gesicht. »Ich habe Gage so lieb gehabt, Mr. Crandall.«
»Das weiß ich, Kleines.« Er steckte den Kopf in den Wagen und küßte sie, und als er ihn wieder herausgezogen hatte, wanderte sein Blick streng zu Louis und Rachel. Rachel erwiderte ihn, verwirrt und ein wenig betroffen, verständnislos. Aber Louis begriff, was er sagen wollte: *Was tut ihr für sie?* fragten Juds Augen. *Euer Sohn ist tot, aber eure Tochter nicht. Was tut ihr für sie?*

Louis wandte den Blick ab. Es gab nichts, was er für sie tun konnte, noch nichts. Sie würde mit ihrem Kummer fertig werden müssen, so gut sie konnte. Sein Denken kreiste einzig und allein um seinen Sohn.

42

Am Abend waren frische Wolkenmassen aufgezogen, und ein starker Westwind hatte zu wehen begonnen. Louis schlüpfte in seine Windjacke, zog den Reißverschluß zu und nahm den Schlüssel des Honda vom Haken.
»Wo willst du hin, Louis?« frage Rachel. Ihre Stimme klang interesselos. Nach dem Abendessen hatte sie wieder angefangen zu weinen, und obwohl sie nur leise weinte, schien sie nicht imstande, damit aufzuhören. Louis hatte sie gezwungen, ein Valium zu nehmen. Nun saß sie vor einer Zeitung mit einem kaum angefangenen Kreuzworträtsel. Ellie hockte im Nebenzinmmer vor dem Fernseher und sah sich »Das kleine Haus auf der Prärie« an; das Photo von Gage lag auf ihrem Schoß.
»Ich dachte, ich esse irgendwo eine Pizza.«
»Hast du vorhin nicht genug zu essen bekommen?«
»Da hatte ich keinen Appetit«, sagte er wahrheitsgemäß und hängte eine Lüge an: »Jetzt habe ich Hunger.«
Am Nachmittag zwischen drei und sechs hatte in ihrem Haus in Ludlow der Ritus stattgefunden, der Gages Begräbnis abschloß: der Ritus des Essens. Steve Masterton und seine Frau waren mit einem Nudel- und Hackfleischauflauf erschienen. Joan Charlton hatte eine Fleischpastete mitgebracht. »Wenn sie nicht alle wird, hält sie sich, bis Sie sie brauchen«, hatte sie Rachel erklärt. »Fleischpastete läßt sich leicht aufwärmen.« Die Dannikers, die ein Stück weiter oben an der Straße wohnten, steuerten einen gebakkenen Schinken bei. Die Goldmans erschienen – sie sprachen beide kein Wort mit Louis und kamen nicht einmal in seine Nähe, was Louis nicht bedauerte – mit einem ganzen Sortiment von Aufschnitt und Käse. Auch Jud brachte Käse mit – eine große Ecke von seinem geliebten »Rattenkäse«. Missy Dandridge kam mit einem Zitronenkuchen. Surrendra Hardu brachte Äpfel. Offenbar überbrückte der Ritus des Essens selbst religiöse Unterschiede.
Das war die Beerdigungsparty, und obwohl sie ruhig verlief, war sie doch nicht ganz gedämpft. Es wurde erheblich weniger getrunken als bei gewöhnlichen Parties, aber doch etwas. Nach ein paar Bier (erst vergangene Nacht hatte er sich geschworen, das

Zeug nie wieder anzurühren, aber im kalten Nachmittagslicht schien die vergangene Nacht unendlich weit zurückzuliegen) dachte Louis daran, ein paar Anekdoten beizusteuern, die sein Onkel Carl ihm erzählt hatte: daß bei Begräbnissen in Sizilien unverheiratete Frauen gelegentlich ein Stück vom Leichentuch abschnitten und es unter ihr Kopfkissen legten, weil sie glaubten, es brächte ihnen Glück in der Liebe; daß bei Begräbnissen in Irland gelegentlich Scheinehen geschlossen wurden und daß man den Toten die Zehen zusammenband, um nach einem alten keltischen Glauben zu verhindern, daß ihr Geist umging. Onkel Carl sagte, der Brauch, Anhänger mit den Buchstaben T. E. (tot eingeliefert) an die großen Zehen von Leichnamen zu binden, wäre in New York entstanden, und da früher die Wärter im Leichenschauhaus sämtlich Iren waren, glaubte er, daß darin der alte Aberglaube fortlebte. Dann hatte Louis ihre Gesichter gesehen und war zu dem Schluß gekommen, daß solche Geschichten falsch aufgefaßt werden konnten.

Rachel war nur einmal zusammengebrochen, und ihre Mutter war da, um sie zu trösten. Rachel klammerte sich an Dory Goldman und schluchzte so ungehemmt, wie sie es bei Louis nicht gekonnt hätte, sei es, daß sie das Gefühl hatte, sie wären beide an Gages Tod mitschuldig, oder weil Louis, befangen in der seltsamen Halbwelt seiner Traumgespinste, sie nicht ermutigt hatte, ihrem Schmerz Ausdruck zu geben. Jedenfalls suchte sie Trost bei ihrer Mutter, und Dory war bereit, ihre Tränen mit der ihrer Tochter fließen zu lassen. Irwin Goldman stand hinter ihnen, die Hand auf Rachels Schulter, und blickte mit einem schwächlichen Siegerlächeln quer durch den Raum zu Louis hinüber.

Ellie machte mit einem mit Kanapees beladenen Silbertablett die Runde; in jedem Schnittchen steckte ein gefiederter Zahnstocher. Das Photo von Gage hatte sie unter den Arm geklemmt.

Louis empfing Beileidsbezeugungen. Er nickte und dankte den Kondolierenden. Und wenn sein Blick ein wenig abwesend schien, sein Verhalten ein wenig kühl, dann glaubten die Leute, er dächte an die Vergangenheit, an den Unfall, an das Leben ohne Gage, das vor ihm lag; niemand (vielleicht nicht einmal Jud) hätte geargwöhnt, daß Louis begonnen hatte, über die Strategie des Grabraubs nachzudenken — rein akademisch natürlich; nur um seine Gedanken zu beschäftigen.

Nicht, daß er vorgehabt hätte, etwas dergleichen zu *tun*.

Louis machte am Orrington Corner Store halt, kaufte zwei Sechserpackungen kaltes Bier und rief bei Napoli an, um eine Pizza mit Paprika und Pilzen zu bestellen.

»Welchen Namen sollen wir notieren, Sir?«
Der Große und Schreckliche Oz, dachte Louis.
»Lou Creed.«
»Okay, Lou, hier ist im Augenblick viel los, es kann eine Dreiviertelstunde dauern – ist das in Ordnung?«
»Natürlich«, sagte Louis und legte den Hörer auf. Erst als er wieder in den Honda stieg und den Motor anließ, fiel ihm auf, daß er von den rund zwanzig Pizzakneipen in Bangor und Umgebung diejenige ausgesucht hatte, die Pleasantview am nächsten lag – dem Friedhof, auf dem Gage begraben war. *Na und?* dachte er mit einem unguten Gefühl. *Ihre Pizza ist gut. Kein tiefgekühlter Teig. Sie werfen ihn hoch und fangen ihn mit der Faust wieder auf, man konnte ihnen dabei zusehen. Und Gage hat immer darüber gelacht...*
Er verdrängte den Gedanken.

Er fuhr am Napoli vorbei nach Pleasantview. Wahrscheinlich hatte er gewußt, daß er das tun würde. Aber was schadete es schon? Nichts.

Er parkte an der gegenüberliegenden Straßenseite und ging auf das schmiedeeiserne Tor zu, das im schwindenden Tageslicht schimmerte. Über ihm bildeten die schmiedeeisernen Buchstaben PLEASANTVIEW einen Halbkreis. Der Friedhof war hübsch angelegt und streckte sich über mehrere sanfte Hügel; es gab lange, baumbestandene Alleen (aber die Schatten, die diese Bäume warfen, wirkten in diesen letzten paar Minuten des Tageslichts so unheimlich schwarz und unergründlich wie Wasser in einem Steinbruch) und ein paar vereinzelte Trauerweiden. Es war nicht still. Die Schnellstraße war nicht weit entfernt – der kalte, stetige Wind wehte die Motorengeräusche herüber –, und das Leuchten am dunkler werdenden Himmel kam vom Bangor International Airport.

Er griff nach dem Tor. *Es ist bestimmt verschlossen,* dachte er, aber das war es nicht. Vielleicht war es noch zu früh. Und wenn es überhaupt verschlossen wurde, dann doch nur, um den Friedhof vor Betrunkenen, Grabschändern und Liebespärchen zu schützen. Die Tage der Dickens'schen Auferstehungsmänner
(wieder das Wort)
sind vorüber. Der rechte Torflügel schwang leise knarrend nach innen, und nachdem sich Louis mit einem Blick über die Schulter vergewissert hatte, daß er nicht beobachtet wurde, ging er hindurch. Er schloß das Tor hinter sich und hörte den Riegel klicken.

Dann stand er in dieser bescheidenen Vorstadt der Toten und sah sich um.
Ein feiner, abgeschiedner Platz, dachte er, *doch hier küßt keiner seinen*

Schatz. Von wem war das? Von Andrew Marvel? Warum speicherte das menschliche Gedächtnis überhaupt einen solchen Haufen wertlosen Gerümpels?
Dann hörte er in Gedanken Juds Stimme, besorgt und – voll Angst? Ja. Voll Angst.
Louis, was tun Sie hier? Sie erkunden einen Weg, den Sie nicht gehen dürfen!
Er unterdrückte die Stimme. Wenn er irgendjemandem Qualen bereitete, dann nur sich selbst. Niemand brauchte zu wissen, daß er hier gewesen war, während das Tageslicht sich in Dunkelheit verwandelte.
Er wanderte über einen der gewundenen Pfade auf Gages Grab zu. Kurze Zeit später befand er sich auf einer baumbestandenen Allee; die jungen Blätter rauschten geheimnisvoll über seinem Kopf. Das Herz in seiner Brust hämmerte zu laut. Er sah Reihen von Gräbern und Monumenten. Irgendwo mußte das Haus des Friedhofswärters stehen, und dort würde ein Plan der rund zwanzig Morgen Friedhofsgelände hängen, säuberlich in Abschnitte unterteilt, und in jeden Abschnitt eingetragen, welche Grabstellen belegt und welche noch zu haben waren. Immobilien zu verkaufen. Einzimmer-Apartments. Schlafstellen.
Nicht viel Ähnlichkeit mit dem Tierfriedhof, dachte er – ein Gedanke, der ihn veranlaßte, einen Augenblick überrascht stehenzubleiben. Nein, tatsächlich nicht. Der Tierfriedhof hatte ihm den Eindruck einer Ordnung vermittelt, die sich fast unbemerkbar aus dem Chaos entwickelt. Diese ungefähr konzentrischen Kreise, die zur Mitte hinführten. Grob behauene Schiefertafeln, aus Brettern angefertigte Kreuze. Als hätten die Kinder, die ihre Tiere dort begruben, aus ihrem eigenen kollektiven Unterbewußtsein diese Anordnung getroffen, als hätte...
Einen Augenblick lang sah Louis im Tierfriedhof eine Art Anzeige – eine Einladung, näherzutreten, von der Art, wie sie vor einer Monstrositätenbude auf dem Jahrmarkt stattfindet. Da trat der Feuerschlucker auf, und man brauchte dafür nicht zu bezahlen – die Besitzer wußten, daß man das Steak erst kaufen würde, wenn man es brutzeln hörte, daß man nicht mit dem Geld herausrückte, bevor man eine Kostprobe erhalten hatte...
Diese Gräber – diese Gräber in druidischen Kreisen.
Die Gräber auf dem Tierfriedhof griffen das älteste der religiösen Symbole auf: kleiner werdende Kreise als Zeichen für eine Spirale, die abwärts führt – nicht auf einen Punkt zu, sondern in die Unendlichkeit; Ordnung aus dem Chaos oder Chaos aus der Ordnung, je nachdem, welche Richtung die Gedanken einschlugen.

Es war ein Symbol, das die Ägypter in die Särge der Pharaonen geschnitzt, die Phönizier auf die Bahren ihrer gefallenen Könige gemalt hatten; es fand sich auf Höhlenwänden im alten Mykene; die Erbauer von Stonehenge schufen in ihm eine Uhr, die dem Universum Zeit verlieh; in der Bibel der Juden und Christen erschien es als Wirbelsturm, aus dem Gott zu Hiob sprach.

Die Spirale war das älteste machtvolle Zeichen der Welt, das älteste Symbol des Menschen für die gewundene Brücke zwischen der Welt und dem Abgrund.

Endlich stand Louis vor Gages Grab. Der Bagger war verschwunden. Der künstliche Rasen war fort, von einem pfeifenden Arbeiter, der in Gedanken bei seinem Feierabendbier war, zusammengerollt und in irgendeinem Schuppen verstaut. Wo Gage lag, war ein säuberliches Rechteck aus kahler, geharkter Erde, anderthalb Meter lang, einen Meter breit.

Louis kniete nieder. Der Wind fuhr durch sein Haar und ließ es flattern. Der Himmel war jetzt fast völlig dunkel. Wolken jagten über ihn hinweg.

Niemand hat mir mit seiner Lampe ins Gesicht geleuchtet und mich gefragt, was ich hier zu suchen habe. Kein Wachhund hat angeschlagen. Das Tor war nicht verschlossen. Die Tage der Auferstehungsmänner sind vorüber. Wenn ich also käme, mit einer Hacke und einer Schaufel...

Mit einem Ruck fand er zu sich selbst zurück. Wenn er davon ausging, daß Pleasantview nachts nicht bewacht wurde, spielte er nur ein gefährliches Denkspiel mit sich selbst. Was war, wenn er vom Friedhofswärter oder einem Wachmann ertappt wurde, wie er bauchtief im frischen Grab seines Sohnes stand? Vielleicht kam es nicht in die Zeitung, vielleicht doch. Er konnte eines Verbrechens angeklagt werden. Welchen Verbrechens? Leichenraub? Unwahrscheinlich. Dann wohl böswilliger Unfug oder Vandalismus. Und ob es in die Zeitung kam oder nicht, dergleichen sprach sich herum. Die Leute würden reden; die Geschichte war zu pikant, um nicht weitererzählt zu werden. Hiesiger Arzt dabei ertappt, wie er seinen zweijährigen, vor kurzem bei einem tragischen Verkehrsunfall ums Leben gekommenen Sohn aus dem Grab holt. Er würde seinen Job verlieren. Und selbst wenn das nicht geschah, würde Rachel dem eisigen Wind solcher Gedanken ausgesetzt sein, und Ellie würde sich in der Schule vor bösartigen Hänseleien nicht retten können. Vielleicht ließ man die Anklage fallen – doch dann stand ihm die Demütigung einer Untersuchung auf seinen Geisteszustand bevor.

Aber ich könnte Gage ins Leben zurückbringen! Gage könnte wieder leben!

Glaubte er das, wirklich und wahrhaftig?

Er glaubte es tatsächlich. Immer und immer wieder, vor Gages Tod und danach, hatte er sich gesagt, daß Church nicht tot gewesen war, sondern nur betäubt. Daß Church sich aus der Erde herausgegraben hatte und nach Hause gekommen war. Eine Kindergeschichte mit grauslichen Untertönen, frei nach E. A. Poe. Herrchen begräbt unwissentlich ein lebendes Tier unter einem Steinhaufen. Treues Tier befreit sich und kommt nach Hause. Großartig. Nur leider nicht wahr. Church war *tot* gewesen. Der Begräbnisplatz der Micmac hatte ihn ins Leben zurückgebracht.

Er kniete an Gages Grab und versuchte, alle bekannten Faktoren so rational und logisch zu ordnen, wie diese schwarze Magie es zuließ.

Timmy Baterman. Erstens: glaubte er die Geschichte? Und zweitens: spielte es eine Rolle?

Obwohl sie genau zum rechten Zeitpunkt gekommen war, glaubte er sie zum größen Teil. So viel stand fest – wenn es einen Ort wie den Begräbnisplatz der Micmac gab (was der Fall war) und wenn Leute davon wußten (wie einige der älteren Einwohner von Ludlow), dann würde früher oder später jemand den Versuch unternehmen. Soweit Louis die menschliche Natur kannte, war es kaum wahrscheinlich, daß man es bei ein paar Haustieren und wertvollen Zuchttieren hätte bewenden lassen.

Gut denn – glaubte er auch, daß sich Timmy Baterman in eine Art allwissenden Dämon verwandelt hatte?

Das war eine schwierige Frage, und er ging sie behutsam an, weil er es nicht glauben *wollte* – und wohin eine solche Einstellung führen konnte, hatte er schon früher erlebt.

Nein, er wollte nicht glauben, daß Timmy Baterman ein Dämon gewesen war, aber er wollte – und *konnte* – nicht zulassen, daß das, was er wollte, sein Urteil trübte.

Louis dachte an Hanratty, den Preisbullen. Hanratty. Jud hatte gesagt, er wäre bösartig geworden. Das war, auf seine Art, auch Timmy Baterman. Hanratty war später von dem gleichen Mann getötet worden, der den Bullen zum Begräbnisplatz der Micmac hinaufgeschleppt hatte. Und Timmy Baterman war von seinem Vater getötet worden.

Hanratty war bösartig geworden. Hieß das, daß alle Tiere bösartig wurden? Nein. Der Bulle Hanratty war kein Beweis für die Regel; im Gegenteil, Hanratty war die *Ausnahme* von der Regel. Wie war es bei den anderen Tieren – Juds Hund Spot, dem Chowchow der alten Frau, Church selbst? Sie waren verändert wiedergekommen, und die Veränderung war in jedem Fall erkennbar gewesen, aber zumindest bei Spot war die Veränderung nicht schwerwiegend genug gewesen, um Jud davon abzuhalten, den Prozeß der –

ja, der *Auferstehung* Jahre später einem Freund zu empfehlen. Gewiß, hinterher war er mit einer Menge Wenns und Abers gekommen und hatte einen Haufen ominösen Unsinn von sich gegeben, der nicht einmal die Bezeichnung Philosophie verdiente. Wie konnte er sich weigern, die Gelegenheit zu ergreifen, die sich ihm bot – diese einmalige, unglaubliche Gelegenheit –, einzig auf der Basis der Timmy-Baterman-Geschichte? Eine Schwalbe machte noch keinen Sommer.

Du mißdeutest das ganze Beweismaterial zugunsten des Schlusses, zu dem du kommen willst, protestierte sein Verstand. *Gesteh dir wenigstens die gottverdammte Wahrheit ein, daß Church sich verändert hat. Selbst wenn du von den Tieren absiehst – den Mäusen und den Vögeln –, wie steht es mit dem, was er jetzt ist? Denk an den Tag, an dem wir den Drachen steigen ließen. Weißt du noch, wie Gage an diesem Tag war? Wie kraftvoll und lebendig er war, wie er auf alles reagierte? Willst du, daß er als eine Art Zombie aus einem zweitklassigen Horrorfilm zurückkommt? Oder auch nur als etwas so Prosaisches wie ein geistig zurückgebliebenes Kind? Ein Junge, der mit den Fingern ißt und verständnislos auf den Fernsehschirm starrt und nie lernt, auch nur seinen Namen zu schreiben? Was hatte Jud von seinem Hund gesagt?* »Es war, als wüsche man ein Stück Fleisch.« *Ist es das, was du willst? Ein Stück lebendes Fleisch? Und selbst wenn du es schaffst, dich damit zufrieden zu geben – wie erklärst du deiner Frau die Rückkehr deines Sohnes von den Toten? Wie deiner Tochter? Steve Masterton? Was passiert, wenn Missy Dandridge in die Auffahrt einbiegt und Gage auf seinem Dreirad herumfahren sieht? Kannst du sie kreischen hören, Louis? Siehst du, wie sie sich mit den Fingernägeln durchs Gesicht fährt? Was willst du den Reportern erzählen? Was machst du, wenn ein Fernsehteam vor deiner Haustür erscheint und einen Film über deinen auferstandenen Sohn drehen will?*

War irgendetwas davon wirklich von Bedeutung, oder war es nur die Stimme der Feigheit? Glaubte er etwa, daß sich gegen diese Dinge nichts unternehmen ließ? Daß Rachel ihren toten Sohn anders als mit Freudentränen willkommen heißen würde?

Gewiß, es war durchaus möglich, daß Gage irgendwie – *reduziert* – zurückkam. Aber änderte das etwas an seiner Liebe zu ihm? Eltern liebten ihre Kinder, obwohl sie Wasserköpfe hatten, mongoloid oder autistisch waren; sie liebten Kinder, die blind geboren wurden, als siamesische Zwillinge zur Welt kamen, innerlich oder äußerlich verkrüppelt waren. Eltern baten um Gnade oder eine milde Strafe für Kinder, die herangewachsen waren und vergewaltigt, gemordet und Unschuldige gepeinigt hatten.

Hielt er es für möglich, Gage zu lieben, auch wenn er Windeln tragen mußte, bis er acht war? Wenn er die Anfangsgründe des Lesens und Schreibens erst mit zwölf beherrschte oder zeit seines

Lebens nicht? Konnte er seinen Sohn einfach aufgeben wie – wie eine Art göttlicher Abtreibung, wenn es eine andere Möglichkeit gab? *Großer Gott, Louis, du lebst doch nicht im luftleeren Raum. Die Leute werden sagen...*

Grob und wütend schnitt er diesen Gedanken ab. Die öffentliche Meinung war vermutlich das schwierigste aller Probleme, um die er sich *nicht* zu kümmern brauchte.

Louis warf einen Blick auf die geharkte Erde von Gages Grab, und ihn durchfuhr eine Woge der Ehrfurcht und des Grauens. Unbewußt und eigenmächtig hatten seine Finger ein Muster in die Erde gezeichnet – er hatte eine Spirale gezeichnet.

Er fuhr mit beiden Händen über die Erde und löschte das Muster aus. Dann verließ er Pleasantview in aller Eile, denn jetzt war das Gefühl, ein unbefugter Eindringling zu sein, ganz stark, und er war sicher, an jeder Wegbiegung entdeckt, angehalten, befragt zu werden.

Er kam zu spät für seine Pizza, und obwohl sie auf einem der großen Herde gestanden hatte, war sie lauwarm und fettig und so schmackhaft wie gekochter Lehm. Louis aß nur ein paar Bissen; auf der Heimfahrt nach Ludlow warf er die Pizza mitsamt ihrem Karton aus dem Fenster. Es war sonst nicht seine Art, die Gegend mit Abfällen zu verschandeln, aber er wollte nicht, daß Rachel eine kaum angerührte Pizza im Mülleimer fand. Sie konnte argwöhnen, daß es ihm bei der Fahrt nach Bangor gar nicht um die Pizza gegangen war.

Jetzt begannen sich Louis' Gedanken mit der Zeit und den Umständen zu befassen.

Zeit. Zeit konnte von größter, sogar entscheidender Bedeutung sein. Timmy Baterman war schon eine ganze Weile tot gewesen, bevor sein Vater ihn zum Begräbnisplatz der Micmac bringen konnte. *Timmy starb am 15. Juli. Er wurde begraben – ich kann's nicht beschwören –, aber ich glaube, es war am 22. Juli. Vier oder fünf Tage danach sah Marjorie Washburn ihn die Straße entlanggehen.*

Also sagen wir, Bill Baterman hatte es vier Tage nach der ersten Beisetzung seines Sohnes getan – nein. Er wollte die Zeitspanne lieber zu kurz als zu lang ansetzen. Sagen wir also drei Tage. Nehmen wir an, daß Timmy Baterman am 25. Juli von den Toten zurückkehrte. Damit lagen zehn Tage zwischen dem Tod des Jungen und seiner Rückkehr, vorsichtig geschätzt. Es konnten auch zwölf gewesen sein. Bei Gage waren es jetzt vier Tage. Einige Zeit war schon vergangen, aber längst noch nicht so viel wie bei Bill Baterman. Wenn...

Wenn es ihm gelang, Umstände herbeizuführen, ähnlich denen, die Churchs Auferstehung ermöglicht hatten. Church war zu einem Zeitpunkt gestorben, wie er nicht glücklicher hätte sein können. Seine Familie war nicht da, als er überfahren und getötet wurde. Außer ihm und Jud wußte niemand etwas davon. Seine Familie war in Chicago gewesen. Das Teilchen, das Louis noch gefehlt hatte, fügte sich mit säuberlichem Klicken ein.

»Was sollen wir?« fragte Rachel und starrte ihn fassungslos an. Es war viertel nach zehn. Ellie war zu Bett gegangen. Rachel hatte ein weiteres Valium genommen, nachdem sie die Spuren der Beerdigungsparty beseitigt hatte (»Beerdigungsparty« – das war auch einer dieser uneingestanden paradoxen Ausdrücke, ebenso wie »Besuchszeit«, aber für die Art und Weise, in der sie den Nachmittag verbracht hatten, schien es kein anderes Wort zu geben); sie hatte still und benommen gewirkt, seit er aus Bangor zurückgekehrt war – aber das war durchgedrungen.

»Deine Eltern nach Chicago begleiten«, wiederholte Louis geduldig. »Sie fliegen morgen. Wenn du sie jetzt anrufst und Delta gleich danach, bekommt ihr vielleicht noch Plätze im gleichen Flugzeug.«

»Hast du den Verstand verloren, Louis? Nach der Auseinandersetzung, die du mit meinem Vater hattest...«

Louis spürte, daß er mit einer Zungenfertigkeit redete, die seinem Wesen völlig fremd war, und das erfüllte ihn mit einer Art gespielter Begeisterung. Er kam sich vor wie ein Ersatzspieler beim Football, der unvermutet den Ball bekommt, sich Hals über Kopf ins Spiel stürzt, im Hochgefühl der einmaligen Chance einen Alleingang unternimmt und jedem Zug seiner Gegenspieler zuvorkommt. Er war nie ein sonderlich guter Lügner gewesen und hatte auch diese Unterredung nicht bis in die Einzelheiten hinein geplant, aber jetzt gab er plausible Lügen, Halbwahrheiten und einleuchtende Argumente am laufenden Band von sich.

»Gerade dieser Auseinandersetzung wegen möchte ich, daß ihr mit ihnen fliegt, Rachel. Es wird Zeit, daß diese Wunde genäht wird. Das wußte ich – das fühlte ich – schon im Begräbnisinstitut. Ich versuchte ja gerade, die Dinge wieder ins Lot zu bringen, als der Streit anfing.«

»Aber diese Reise... Ich glaube, das ist keine gute Idee, Louis. Wir brauchen dich. Und du brauchst uns.« Ihre Augen musterten ihn zweifelnd! »Zumindest *hoffe* ich, daß du uns brauchst. Und wir sind beide nicht in der rechten Verfassung...«

»...nicht in der rechten Verfassung, hierzubleiben«, sagte Louis eindringlich. Ihm war, als steckte ihm eine fiebrige Krankheit in den Knochen. »Ich bin froh, daß ihr mich braucht, und ich brauche dich und Ellie nicht weniger. Aber im Augenblick, Liebling, ist dieses Haus für dich der schlimmste Ort auf Erden. Gage ist überall, in jedem Winkel. Für dich, und für mich auch. Aber ich glaube, für Ellie ist es am schlimmsten.«

Er sah Schmerz in ihren Augen aufflackern und wußte, daß er sie damit getroffen hatte. Ein Teil seines Selbst schämte sich dieses billigen Sieges. In allen Lehrbüchern, in denen das Thema Tod behandelt wurde, stand zu lesen, daß die Hinterbliebenen anfangs den starken Drang empfanden, den Ort, an dem es geschehen war, zu verlassen – und daß sie diesem Drang nicht nachgeben sollten: unter Umständen war es das Falscheste, das sie tun konnten, denn sie verschafften sich damit den zweifelhaften Luxus, die neue Realität nicht anerkennen zu müssen. Das beste wäre, so hieß es in den Büchern, zu bleiben, wo man war, und in den eigenen vier Wänden gegen den Kummer anzukämpfen, bis er sich in Erinnerung verwandelte. Aber Louis wagte einfach nicht, das Experiment zu unternehmen, solange seine Familie zu Hause war. Er mußte sie loswerden, zumindest für ein paar Tage.

»Ich weiß«, sagte sie. »Es – es trifft einen an allen Ecken und Enden. Ich habe die Couch abgerückt, als du in Bangor warst – ich dachte, wenn ich staubsauge, lenkt mich das ein bißchen ab von – von allem ... und ich fand darunter vier von seinen Matchbox-Autos – es war, als warteten sie nur darauf, daß er zurückkäme und ... du weißt schon, mit ihnen spielte...« Ihre Stimme, die schon gebebt hatte, brach. Tränen strömten ihr über die Wangen. »Und da habe ich das zweite Valium genommen, weil ich wieder weinen mußte – oh, was für ein heilloses Durcheinander ist das ... nimm mich in die Arme, Louis, halt mich fest...«

Er nahm sie in die Arme und machte seine Sache gut, aber er kam sich vor wie ein Betrüger. Seine Gedanken suchten nach Möglichkeiten, diese Tränen für seine Zwecke auszunützen. *Ein reizender Mensch, wahrhaftig. Hey-ho, let's go.*

»Wie lange geht das noch so weiter, Louis?« weinte sie. »Hört es jemals auf? Wenn er wiederkommen könnte, Louis, ich schwöre es, dann würde ich besser auf ihn aufpassen, so etwas würde nie wieder geschehen, und daß dieser Fahrer zu schnell gefahren ist, bedeutet nicht, daß mich – daß uns – keine Schuld trifft. Ich habe nicht gewußt, daß etwas so schmerzen kann. Es kommt immer und immer wieder, Louis, und es tut so weh, Louis, nicht einmal im Schlaf finde ich Ruhe, wenn ich schlafe, dann *träume* ich davon, sehe ihn immer und immer wieder zur Straße hinunterlaufen ... und schreie seinen Namen...«

»Ruhig«, sagte er. »Ganz ruhig, Rachel.«
Sie hob ihr verweintes Gesicht. »Er war ja nicht einmal wirklich *ungezogen,* Louis. Für ihn war es nur ein Spiel ... und der Laster kam im falschen Augenblick ... und während ich noch weinte, rief Missy Dandridge an, sie hätte im *Ellsworth American* gelesen, daß der Fahrer einen Selbstmordversuch unternommen hätte.«
»Was?«
»Er hat versucht, sich in seiner Garage zu erhängen. Er leidet unter Schock und einer schweren Depression, steht in der Zeitung ...«
»Schade, daß er nicht ganze Arbeit geleistet hat«, sagte Louis wütend, aber seine Stimme schien weit von seinen Ohren entfernt, und ein kalter Schauer überlief ihn. *Der Ort hat Macht, Louis ... er hat schon früher seine ganze Macht ausgeübt, und ich fürchte, daß es jetzt wieder so weit ist.* »Mein Sohn ist tot, und er wurde gegen eine Kaution von tausend Dollar entlassen. Nun ist er deprimiert und will sich umbringen, bis ihm ein Richter für drei Monate den Führerschein entzieht und ihm eine lächerliche Strafe aufbrummt.«
»Missy sagt, seine Frau hätte ihn verlassen und die Kinder mitgenommen«, sagte Rachel tonlos. »Das hat sie nicht aus der Zeitung, sondern von jemandem, der Bekannte in der Gegend von Ellsworth hat. Er war nicht betrunken. Er stand nicht unter Rauschgift. Er ist noch nie wegen zu schnellen Fahrens belangt worden. Er hat gesagt, als er nach Ludlow kam, hatte er einfach das Gefühl, er müßte das Gaspedal durchtreten. Er sagte, er wüßte nicht einmal, warum er es tat. Und so geht es immer und immer wieder weiter.«
Er hatte das Gefühl, als müßte er das Gaspedal durchtreten.
Der Ort hat Macht ...
Louis schob diese Gedanken beiseite und ergriff sanft den Unterarm seiner Frau. »Ruf deine Eltern an. Tu es gleich. Ellie und du, ihr solltet keinen Tag länger in diesem Haus bleiben. Keinen Tag länger.«
»Nicht ohne dich«, sagte sie. »Louis, ich möchte, daß wir ... wir *müssen* zusammenbleiben.«
»Ich komme in drei – spätestens vier Tagen nach.« Wenn alles gut ging, konnten Rachel und Ellie in achtundvierzig Stunden schon wieder hier sein. »Ich muß jemanden finden, der mich – zumindest stundenweise – an der Universität vertritt. Mir steht zwar noch Urlaub zu, aber ich will nicht, daß Surrendra allein zusehen muß, wie er fertig wird. Jud kann auf das Haus achtgeben, während wir weg sind, aber ich muß dafür sorgen, daß der Strom abgeschaltet wird, und ich muß unsere Vorräte in der Tiefkühltruhe der Dandridges verstauen.«

»Ellies Schule...«
»Zum Teufel damit. In drei Wochen wäre sie ohnehin mit der Vorschule fertig. In Anbetracht der Umstände werden sie Verständnis haben und sie vorzeitig entlassen. Das ist kein Problem...«
»Louis?«
Er brach ab. »Ja?«
»Was verheimlichst du?«
»Was ich verheimliche?« Sein Blick war klar und offen. »Ich weiß nicht, wovon du redest.«
»Wirklich nicht?«
»Wirklich nicht.«
»Also gut. Ich rufe gleich an – wenn du es wirklich willst.«
»Ja, das will ich«, sagte er, und die Worte dröhnten in seinem Kopf wie klirrendes Eisen.
»Vielleicht ist es sogar das beste – für Ellie.« Sie sah ihn mit geröteten, noch immer vom Valium verschleierten Augen an. »Du siehst fiebrig aus, Louis. Als steckte dir eine Krankheit in den Knochen.«
Bevor Louis etwas erwidern konnte, ging sie ans Telefon und rief im Holiday Inn an, in dem ihre Eltern abgestiegen waren.

Rachels Vorschlag machte die Goldmans überglücklich. Der Gedanke, daß Louis in drei oder vier Tagen nachkommen würde, gefiel ihnen weniger, aber darüber brauchten sie sich natürlich keine Gedanken zu machen. Louis hatte keineswegs vor, nach Chicago zu fliegen. Wenn es überhaupt eine Schwierigkeit gab, dann war es die, so spät noch Plätze im Flugzeug zu bekommen. Doch auch in dieser Hinsicht war das Glück mit ihm. In der Delta-Maschine von Bangor nach Cincinnati waren noch Plätze frei, und eine schnelle Überprüfung ergab, daß für einen Flug von Cincinnati nach Chicago zwei Buchungen annulliert worden waren. Das bedeutete zwar, daß Rachel und Ellie nur bis Cincinnati mit den Goldmans fliegen konnten, aber sie würden nur eine knappe Stunde nach ihnen in Chicago ankommen.
Das grenzt an Zauberei, dachte Louis, als er den Hörer auflegte, und prompt meldete sich Juds Stimme: *Es hat schon früher seine volle Macht ausgeübt, und ich fürchte...*
Scher dich zum Teufel, wies er Jud rüde ab. *Ich habe zwar in den vergangenen Monaten gelernt, eine Menge merkwürdiger Dinge zu akzeptieren, mein guter, alter Freund. Aber bin ich deshalb auch willens zu glauben, ein verwunschenes Stück Land könnte einen Einfluß auf die Buchungen bei Fluggesellschaften haben? Wohl kaum.*
»Ich muß packen«, sagte Rachel. Sie warf einen Blick auf die

Flugdaten, die Louis auf dem Block neben dem Telefon notiert hatte.
»Nimm nur den großen Koffer«, sagte Louis.
Sie sah ihn mit großen, leicht verblüfften Augen an. »Für uns beide? Louis, du machst Witze.«
»Na schön, dann nimm noch ein paar Taschen dazu. Aber mach dir nicht die Mühe, für jeden Tag der nächsten drei Wochen etwas anderes einzupacken«, sagte er und dachte: *Zumal du vielleicht schon bald wieder in Ludlow bist.* »Nimm genug mit für eine Woche, vielleicht zehn Tage. Du hast das Scheckbuch und die Kreditkarten. Kauf dir, was du brauchst.«
»Aber das können wir uns doch nicht leisten«, erklärte sie zweifelnd. Sie schien jetzt in allem unsicher, leicht beeinflußbar, verwirrt zu sein. Ihm fiel ihre seltsame, zusammenhanglose Bemerkung über den Winnebago ein, den zu kaufen er einmal beiläufig erwogen hatte.
»Wir haben das Geld«, sagte er.
»Ja ... wir könnten das Geld verwenden, das für Gages Studium bestimmt war, aber es würde ein oder zwei Tage dauern, bis das Konto freigegeben wird, und eine Woche, bis wir den Scheck einlösen könnten...«
Ihr Gesicht begann wieder zu zerfallen und sich aufzulösen. Louis hielt sie in den Armen. *Sie hat recht. Es schlägt immer wieder auf einen ein, es läßt einem keine Ruhe.* »Nicht weinen, Rachel«, sagte er. »Nicht weinen.«
Aber natürlich weinte sie – sie konnte nicht anders.

Während sie oben beim Packen war, läutete das Telefon. Louis sprang auf. Er dachte, das Buchungsbüro von Delta riefe an, um ihm zu erklären, ihnen wäre ein Irrtum unterlaufen, es wären doch keine Plätze mehr frei. *Ich hätte wissen müssen, daß alles viel zu glatt ging.*
Aber es war nicht das Buchungsbüro von Delta. Es war Irwin Goldman.
»Ich rufe Rachel«, sagte Louis.
»Nein.« Einen Augenblick lang kam nichts weiter, nur Schweigen. *Wahrscheinlich sitzt er da und überlegt, welches Schimpfwort er mir zuerst an den Kopf werfen soll.*
Als Goldman wieder sprach, klang seine Stimme angestrengt. Es hörte sich an, als müsse er einen großen inneren Widerstand überwinden, um die Worte herausbringen zu können. »Ich wollte dich sprechen. Dory meint, ich sollte dich anrufen und mich entschuldigen für – für mein Benehmen. Und ich glaube – Louis, ich glaube, ich muß mich entschuldigen.«

Ach, Irwin! Wie großherzig! Fehlt nur, daß ich mir vor Rührung in die Hose mache!
»Sie brauchen sich nicht zu entschuldigen«, sagte Louis. Seine Stimme klang trocken und mechanisch.
»Was ich getan habe, war unverzeihlich«, sagte Goldman. Jetzt schien er die Worte nicht nur herauszustoßen; sie klangen wie ein Hustenanfall. »Dein Vorschlag, daß Rachel und Ellie uns begleiten sollen, hat mir gezeigt, wie großartig du dich in dieser Sache verhalten hast ... und wie kleinlich ich mich verhalten habe.«
Dieses Geschwätz hatte etwas Vertrautes an sich, etwas fast gespenstisch Vertrautes ...
Dann fiel es ihm ein, und sein Mund zog sich plötzlich zusammen, als hätte er in eine saure Zitrone gebissen. Es war Rachels Art – deren sie sich, davon war Louis überzeugt, überhaupt nicht bewußt war –, Rachels Art, zerknirscht zu sagen, *Tut mir leid, daß ich so ein Biest war, Louis,* nachdem sie mit Hilfe ihrer Biestigkeit erreicht hatte, was sie wollte. Dies war die gleiche Stimme, wenn auch ohne Rachels Lebhaftigkeit und Heiterkeit – aber es war die gleiche Stimme, und sie sagte, *Tut mir leid, daß ich so ein Dreckskerl war.*
Der alte Mann bekam seine Tochter und seine Enkelin wieder, sie flüchteten aus Maine zu Daddy. Dank Delta und United Airlines kehrten sie dahin zurück, wo sie hingehörten, dahin, wo Irwin Goldman sie haben wollte. Jetzt konnte er sich Großmut leisten. Soweit Irwin die Sache sah, hatte er gewonnen. *Also vergessen wir einfach, daß ich am Sarg deines toten Sohnes über dich hergefallen bin, daß ich dich getreten habe, als du am Boden lagst, daß ich seinen Sarg umgestoßen und dabei den Verschluß zerbrochen habe, so daß du ein letztes Mal die Hand deines Kindes sehen konntest – oder zu sehen glaubtest. Vergessen wir das alles. Lassen wir die Vergangenheit ruhen.*
Es ist zwar ein entsetzlicher Gedanke, aber von mir aus könntest du tot umfallen, Irwin, du altes Schwein – wenn das nicht meine Pläne zunichte machen würde.
»Schon gut, Mr. Goldman«, sagte er gelassen. »Es war – nun –, es war für uns alle ein schwerer Tag.«
»Es ist *nicht* gut«, beharrte er, und Louis begriff – er begriff es wieder Willen –, daß Goldman nicht nur taktierte, daß er nicht nur Bedauern heuchelte, weil er seinen Willen durchgesetzt hatte. Der Mann weinte beinahe, und er sprach langsam, zitternd, eindringlich. »Es war für uns alle ein *grauenhafter* Tag. Und ich bin daran schuld. Ich, ein törichter, dickköpfiger alter Mann. Ich habe meiner Tochter wehgetan, als sie meine Hilfe brauchte. Ich habe dir wehgetan, und vielleicht brauchtest du meine Hilfe auch, Louis. Daß du jetzt das tust – dich so verhältst – nach allem, was ich ge-

tan habe ... ich komme mir vor wie der letzte Dreck. Und ich glaube, so muß ich mir vorkommen.«
Wenn er doch bloß aufhörte. Wenn er doch bloß damit aufhörte, bevor ich schreie und alles verpfusche.
»Rachel wird dir erzählt haben, Louis, daß wir noch eine Tochter hatten...«
»Zelda«, sagte Louis. »Ja, sie hat mir von Zelda erzählt.«
»Es war eine schwere Zeit«, sagte Goldman mit zittriger Stimme. »Für uns alle. Am schwersten vielleicht für Rachel – Rachel war dabei, als Zelda starb. Aber auch für Dory und mich. Dory hätte fast einen Nervenzusammenbruch gehabt...«
Und was meinst du, was Rachel hatte? hätte er am liebsten geschrien. *Glaubst du etwa, ein Kind könnte keinen Nervenzusammenbruch haben? Noch zwanzig Jahre danach geht sie in die Luft, wenn sie nur den Schatten des Todes sieht. Und nun ist das passiert. Diese elende, grauenhafte Geschichte. Es ist schon fast ein Wunder, daß sie nicht im Krankenhaus liegt und intravenös ernährt werden muß. Also erzähl mir nicht, was für eine schwere Zeit es für dich und deine Frau war, du alter Bastard.*
»Seit Zelda tot ist, haben wir uns irgendwie an Rachel geklammert – wir haben versucht, sie zu beschützen – es wieder gutzumachen. Sie für die Probleme zu entschädigen, die sie jahrelang mit ihrem Rücken hatte. Sie dafür zu entschädigen, daß wir nicht da waren.«
Der alte Mann weinte tatsächlich. Warum mußte er weinen? Das machte es Louis schwerer, an seinem reinen, unverdünnten Haß festzuhalten. Schwerer, aber nicht unmöglich. Ganz bewußt rief er sich das Bild von Goldman wieder ins Gedächtnis, die Hand in der Tasche seiner Hausjacke, um das überquellende Scheckbuch herauszuholen ... Doch plötzlich sah er Zelda Goldman im Hintergrund, ein ruheloses Gespenst in einem stinkenden Bett, das käsige Gesicht voll Bosheit und Qual, die Hände zu Klauen verkrümmt. Das Gespenst der Goldmans. Oz der Große und Schreckliche.
»Bitte«, sagte er. »Bitte, Mr. Goldman. Irwin. Das genügt. Machen Sie die Dinge nicht schlimmer, als sie ohnehin schon sind, ja?«
»Ich weiß jetzt, Louis, daß du ein guter Mensch bist und daß ich dich falsch eingeschätzt habe. Und ich weiß auch, was du jetzt denkst. So töricht bin ich nicht. Töricht, ja – aber nicht *so* töricht. Du denkst, ich sage das alles nur, weil ich es mir jetzt leisten kann. Du denkst, er hat bekommen, was er will, und jetzt versucht er, mich abzufinden ... aber ich schwöre dir, Louis...«
»Es reicht«, sagte Louis sanft. »Ich will – ich kann nichts mehr davon hören.« Jetzt zitterte auch seine Stimme. »Okay?«

»Also gut«, sagte Goldman und seufzte. Louis hatte den Eindruck, daß er vor Erleichterung seufzte. »Aber ich möchte noch einmal sagen, daß es mir leid tut. Du brauchst meine Entschuldigung nicht zu akzeptieren! Aber deshalb habe ich angerufen, Louis – um mich zu entschuldigen.«
»In Ordnung«, sagte Louis. Er schloß die Augen. Sein Kopf dröhnte. »Danke, Irwin. Ich akzeptiere Ihre Entschuldigung.«
»Danke«, sagte Goldman. »Und danke auch dafür, daß du sie mit uns kommen läßt. Vielleicht ist es das, was sie beide brauchen. Wir erwarten sie am Flughafen.«
»Gut«, sagte Louis, und plötzlich kam ihm ein Gedanke. Er war so vernünftig, daß er reizvoll und verrückt zugleich war. Er würde nicht nur die Vergangenheit ruhen lassen, sondern auch Gage in seinem Grab auf dem Pleasantview-Friedhof. Anstelle des Versuchs, eine Tür zu öffnen, die ins Schloß gefallen war, würde er sie verriegeln, den Schlüssel zweimal umdrehen und dann wegwerfen. Er würde genau das tun, was er seiner Frau gegenüber behauptet hatte: regeln, was hier noch zu regeln war, und dann ins nächste Flugzeug nach Chicago steigen. Vielleicht würden sie den ganzen Sommer dort verbringen, er, seine Frau und seine Tochter. Sie würden in den Zoo gehen, ins Planetarium, mit einem Boot auf dem See herumfahren. Er würde mit Ellie auf den Sears Tower steigen und ihr den Mittleren Westen zeigen, der sich unter ihnen hinstreckte wie ein großes, flaches Schachbrett, üppig und verträumt. Mitte August würden sie dann in dieses Haus zurückkehren, das ihnen jetzt so traurig und verschattet vorkam, und vielleicht wäre es ein neuer Anfang. Vielleicht konnten sie das Gewebe mit neuem Garn noch einmal beginnen. Was jetzt auf dem Webstuhl der Creeds lag, war häßlich, bespritzt mit trocknendem Blut.
Aber lief das nicht darauf hinaus, daß er seinen Sohn mordete? Seinen Sohn ein zweites Mal tötete?
Eine innere Stimme versuchte ihn zu überzeugen, daß es nicht so war, aber er wollte sie nicht hören. Er unterdrückte sie rasch.
»Irwin, ich muß jetzt Schluß machen. Ich möchte nachsehen, ob Rachel alles hat, was sie braucht, und dann dafür sorgen, daß sie schläft.«
»In Ordnung, Louis. Auf Wiedersehen. Und ich möchte...«
Wenn er noch einmal sagt, es täte ihm leid, dann schreie ich.
»Auf Wiedersehen, Irwin«, sagte er und legte den Hörer auf.

Als er hinaufkam, fand er Rachel in einem Wust von Kleidungsstücken. Blusen lagen auf dem Bett, Büstenhalter hingen über den Stuhllehnen, Hosen auf Bügeln an den Türgriffen. Unter dem Fenster reihten sich Schuhe wie Soldaten. Es sah aus, als packte sie zwar langsam, aber überlegt. Louis sah, daß sie mindestens drei Koffer, vielleicht sogar vier brauchen würde, aber er hielt es nicht für sinnvoll, Einspruch zu erheben. Stattdessen machte er sich daran, ihr zu helfen.

»Louis«, sagte sie, als sie den letzten Koffer schlossen (er mußte sich draufsetzen, damit Rachel die Schlösser zudrücken konnte), »bist du sicher, daß du mir nichts verschweigst?«

»Um Himmels willen, Liebling, was soll das heißen?«

»Ich weiß es nicht«, erwiderte sie ruhig. »Deshalb frage ich ja.«

»Was erwartest du denn? Daß ich ins nächste Bordell schleiche? Zum Zirkus gehe? Oder was sonst?«

»Ich weiß es nicht. Aber irgendetwas stimmt nicht. Mir ist, als versuchtest du, uns loszuwerden.«

»Aber das ist doch *lächerlich!*« Er sagte es mit einem Nachdruck, in dem ein Teil Erbitterung steckte. Selbst in einer solchen Situation ärgerte es ihn, daß er so leicht zu durchschauen war.

Sie lächelte matt. »Du warst noch nie ein guter Lügner, Lou.«

Er wollte wieder protestieren, aber sie unterbrach ihn.

»Ellie hat geträumt, du wärst tot«, sagte sie. »Letzte Nacht. Sie wachte weinend auf, und ich ging zu ihr. Ich habe zwei oder drei Stunden bei ihr geschlafen, dann bin ich wieder zu dir gekommen. Sie sagte, in ihrem Traum hättest du am Küchentisch gesessen. Deine Augen wären offen gewesen, aber sie hätte gewußt, daß du tot bist. Sie sagte, sie hätte Steve Masterton schreien hören.«

Louis sah sie erschrocken an. »Rachel«, sagte er schließlich. »Ihr Bruder ist gerade gestorben. Da ist es ganz normal, wenn sie träumt, daß auch andere Angehörige...«

»Ja, das habe ich mir auch gesagt. Aber wie sie es erzählte – die Einzelheiten –, es kam mir irgendwie prophetisch vor.«

Sie lachte unsicher.

»Aber vielleicht wollte sie nur, daß du kämst.«

»Ja, das kann sein«, sagte Louis. Seine Stimme klang normal, aber er spürte die Gänsehaut am ganzen Kopf. Seine Haarwurzeln wurden steif.

Es kam mir irgendwie prophetisch vor.

»Komm mit ins Bett«, sagte Rachel. »Das Valium läßt nach, und ich möchte nicht noch mehr nehmen. Aber ich habe Angst. Ich habe auch geträumt...«

»Wovon?«

»Von Zelda«, sagte sie leise. »In den paar Nächten seit Gages Tod ist Zelda da, wenn ich schlafe. Sie sagt, sie käme, um mich zu holen, und diesmal würde sie es mir heimzahlen. Sie und Gage würden es mir heimzahlen, daß ich sie sterben ließ.«

»Rachel, das ist doch...«

»Nur ein Traum, ich weiß. Ganz normal. Aber komm mit ins Bett und halte die Träume von mir fern, wenn du kannst.«

Sie lagen im Dunkeln auf Louis' Hälfte des Bettes.
»Rachel? Bist du noch wach?«
»Ja.«
»Ich wollte dich etwas fragen.«
»Ja?«
Er zögerte, weil er ihr nicht noch mehr Qualen bereiten wollte, aber er mußte es wissen.
»Weißt du noch, was für Sorgen wir uns machten, als er neun Monate alt war?« fragte er schließlich.
»Ja, natürlich. Warum?«
Als Gage neun Monate alt war, machte sich Louis große Sorgen wegen der Schädelgröße seines Sohnes. Sie stimmte nicht mehr mit der Berterier-Tabelle überein, die für jeden Lebensmonat von Säuglingen die normale Schädelgröße angab. Als Gage vier Monate alt war, näherte sich seine Schädelgröße den höchsten Werten der Tabelle; dann wuchs sie darüber hinaus. Er hatte keine Schwierigkeiten, den Kopf zu heben – das wäre ein eindeutiges Symptom gewesen –, aber Louis brachte ihn trotzdem zu George Tardiff, der vielleicht der beste Neurologe im Mittleren Westen war. Rachel hatte wissen wollen, was los war, und er hatte ihr die Wahrheit gesagt: er fürchtete, Gage könnte einen Wasserkopf haben. Rachels Gesicht war sehr weiß geworden, aber sie hatte die Ruhe bewahrt.

»Mir kommt er ganz normal vor«, sagte sie.

Louis nickte. »Mir auch. Aber ich möchte das nicht einfach ignorieren.«

»Nein, das darfst du nicht«, sagte sie. »Das dürfen *wir* nicht.«

Tardiff hatte Gages Schädel vermessen und die Stirn gerunzelt. Tardiff war mit zwei Fingern auf Gages Gesicht zugefahren. Gage zuckte zurück. Tardiff hatte Gage einen Ball in die Hand gegeben. Gage hielt ihn eine Weile und ließ ihn dann fallen. Tardiff hob den Ball auf, ließ ihn hüpfen und beobachtete dabei Gages Augen. Gages Augen verfolgten den Ball.

»Ich würde sagen, die Chancen, daß es sich um einen Hydrocephalus handelt, stehen fünfzig zu fünfzig«, sagte Tardiff später in seinem Sprechzimmer zu Louis. »Nein – die Wahrscheinlichkeit ist vielleicht sogar eine Spur größer. Aber wenn, dann ist es nur schwach ausgebildet. Er macht einen sehr wachen Eindruck. Aber mit der neuen Methode der Gefäßüberbrückung sollte es ohne weiteres möglich sein, das Problem zu beheben – wenn überhaupt ein Problem vorliegt.«

»Das bedeutet eine Gehirnoperation«, sagte Louis.
»Eine *kleine* Gehirnoperation.«
Louis hatte sich darüber informiert, nachdem er begonnen hatte, sich wegen Gages Schädelgrößen Sorgen zu machen, und er hatte nicht den Eindruck, daß es sich bei diesem Eingriff, der der Schädelflüssigkeit einen Abfluß verschaffen sollte, um eine kleine Operation handelte. Aber er hielt den Mund und sagte sich, er könnte froh sein, daß es diese Möglichkeit überhaupt gab.
»Natürlich«, fuhr Tardiff fort, »besteht immer noch eine relativ große Wahrscheinlichkeit, daß Ihr Sohn nur für ein neun Monate altes Kind einen ziemlich großen Kopf hat. Ich meine, wir sollten erst einmal eine Computer-Tomographie machen lassen. Sind sie einverstanden?«
Louis war einverstanden.
Gage verbrachte eine Nacht im Krankenhaus der Barmherzigen Schwestern und erhielt eine Vollnarkose. Sein schlafender Kopf wurde in ein Gerät gebettet, das wie ein riesiger Wäschetrockner aussah. Rachel und Louis warteten unten, während Ellie den Tag bei den Großeltern verbrachte und mit dem neuen Videorekorder pausenlos *Sesamstraße* sah. Für Louis waren es lange, graue Stunden, die er damit verbrachte, mögliche Katastrophen zu addieren und die Ergebnisse zu vergleichen. Tod unter Vollnarkose, Tod während einer Gehirnoperation, leichte Entwicklungsstörung durch Wasserkopf, totaler Entwicklungsstillstand aus dem gleichen Grund, Epilepsie, Blindheit – Möglichkeiten gab es mehr als genug. *Eine vollständige Liste aller möglichen Folgeerscheinungen erhalten Sie von Ihrem Hausarzt.*
Gegen fünf war Tardiff ins Wartezimmer gekommen. Er hatte drei Zigarren bei sich. Eine davon steckte er Louis in den Mund, eine weitere Rachel (die zu verblüfft war, um zu protestieren) und die dritte sich selbst.
»Alles in Ordnung. Kein Hydrocephalus.«
»Geben Sie mir Feuer«, hatte Rachel gesagt, gleichzeitig lachend und weinend. »Ich rauche, bis mir schlecht wird.«
Grinsend hatte Tardiff die Zigarren angezündet.
Gott hat ihn für die Route 15 aufgespart, Dr. Tardiff, dachte Louis jetzt.
»Rachel, wenn er einen Wasserkopf gehabt hätte und die Operation erfolglos geblieben wäre – hättest du ihn dann immer noch geliebt?«
»Was für eine verrückte Frage, Louis!«
»Hättest du ihn lieben können?«
»Natürlich. Ich hätte Gage auf jeden Fall geliebt.«
»Auch wenn er schwachsinnig gewesen wäre?«
»Ja.«

»Hättest du gewollt, daß er in ein Heim gekommen wäre?«
»Nein, ich glaube nicht«, sagte sie langsam. »Ich denke, mit dem Geld, das du jetzt verdienst, hätten wir es uns leisten können – ein wirklich gutes Heim, meine ich –, aber ich glaube, ich hätte gewollt, daß wir ihn nach Möglichkeit bei uns behalten... Louis, warum fragst du danach?«
»Ich glaube, ich dachte immer noch an deine Schwester Zelda«, sagte er. Seine unheimliche Zungenfertigkeit verblüffte ihn immer noch. »Und ich frage mich, ob du das noch einmal durchmachen könntest.«
»Es wäre nicht dasselbe gewesen«, sagte sie, und ihre Stimme klang fast belustigt. »Gage war – nun, Gage war eben Gage. Er war unser Sohn. Das wäre ein himmelweiter Unterschied gewesen. Es wäre nicht einfach gewesen, aber ... Hättest du gewollt, daß er in eine Anstalt kommt? In ein Heim wie Pineland?«
»Nein.«
»Dann laß uns jetzt schlafen.«
»Eine gute Idee.«
»Mir ist, als könnte ich jetzt schlafen«, sagte sie. »Ich möchte diesen Tag hinter mir lassen.«
»Gebe es Gott«, sagte Louis.
Lange Zeit später sagte sie schläfrig: »Du hast recht, Louis... nur Träume und Hirngespinste...«
»Ja«, sagte er und küßte ihr Ohrläppchen. »Und nun schlaf.«
Es kam mir irgendwie prophetisch vor.
Er lag noch lange wach, und bis er einschlief, blickte der gerundete Knochen des Mondes durchs Fenster zu ihm herein.

43

Am nächsten Tag war es bedeckt, aber verhältnismäßig warm, und als Louis Rachels und Ellies Gepäck eingecheckt und ihre Tickets aus dem Computer geholt hatte, war er in Schweiß gebadet. Er empfand es als eine Art Geschenk, beschäftigt zu sein, und der Vergleich mit dem letzten Mal, daß er seine Familie zum Flugzeug nach Chicago begleitet hatte – kurz vor Thanksgiving Day –, hielt sich in schwach schmerzenden Grenzen.
Ellie wirkte abwesend und ein wenig verstört. Louis hatte sie mehrfach beobachtet und in ihrem Gesicht einen ungewohnt grüblerischen Ausdruck entdeckt.
Dein Verschwörerkomplex macht Überstunden, alter Junge, hatte er sich gesagt.

Als sie erfuhr, daß sie alle nach Chicago flögen, sie und Mommy zuerst, vielleicht für den ganzen Sommer, reagierte sie nicht und verzehrte nur weiter ihr Frühstück (Cocoa Bears). Nach dem Frühstück ging sie schweigend nach oben und zog die Sachen an, die Rachel ihr zurechtgelegt hatte. Das Photo mit Gage auf dem Schlitten hatte sie zum Flugplatz mitgebracht. Dann saß sie still in einer der Kunststoffschalen im unteren Warteraum, während sich Louis nach den Tickets anstellte und Informationen über Starts und Landungen aus den Lautsprechern plärrten.

Mr. und Mrs. Goldman erschienen vierzig Minuten vor dem Abflug. Irwin Goldman wirkte elegant in einem Kaschmir-Überzieher und schien trotz der fünfzehn Grad nicht zu schwitzen. Er ging zum Avis-Schalter, um seinen Wagen zurückzugeben; Dory Goldman setzte sich zu Rachel und Ellie.

Louis und Goldman kamen gleichzeitig zu den anderen zurück. Louis fürchtete ein wenig, daß sich das *Mein Sohn, mein Sohn*-Drama wiederholen könnte, aber es blieb ihm erspart. Goldman begnügte sich mit einem schlaffen Händedruck und einem gemurmelten Hallo. Der flüchtige, verlegene Blick, mit dem er seinen Schwiegersohn bedachte, bestätigte die Überzeugung, mit der Louis am Morgen erwacht war: er mußte betrunken gewesen sein.

Sie fuhren mit der Rolltreppe nach oben und setzten sich in die Abflughalle, ohne viel miteinander zu reden. Dory Goldman hantierte nervös mit einem Roman von Erica de Jong, schlug ihn aber nicht auf. Ihr Blick ruhte mit einigem Unbehagen auf dem Photo in Ellies Hand.

Louis fragte seine Tochter, ob sie mit ihm zur Buchhandlung hinübergehen und sich für unterwegs etwas zum Lesen aussuchen wollte.

Ellie hatte ihn wieder auf diese grüblerische Art angesehen, die Louis gar nicht gefiel. Sie machte ihn nervös.

»Wirst du auch artig sein bei den Großeltern?« fragte er, als sie durch die Halle gingen.

»Ja«, sagte sie. »Daddy, wird mich der Schulpolizist holen? Andy Pasioca hat gesagt, es gibt einen Schulpolizisten, der die Kinder holt, wenn sie die Schule schwänzen.«

»Mach dir deshalb keine Sorgen«, sagte er. »Ich kümmere mich um die Schule, und im Herbst kannst du ohne die geringsten Schwierigkeiten wieder anfangen.«

»Ich hoffe, es geht gut im Herbst«, sagte Ellie. »Ich war noch nie in einer richtigen Klasse. Nur in der Vorschule. Ich weiß auch nicht, was in einer richtigen Klasse gemacht wird. Wahrscheinlich Hausaufgaben.«

»Es geht bestimmt gut.«
»Daddy, bist du immer noch sauer auf Grandpa?«
Er sah sie fassungslos an. »Wie in aller Welt kommst du darauf, ich wäre – ich hätte deinen Großvater nicht gern?«
Sie zuckte die Achseln, als wäre ihr das Thema nicht sonderlich wichtig. »Wenn du von ihm sprichst, siehst du immer so sauer aus.«
»Ellie, das stimmt nicht.«
»Entschuldige.«
Sie bedachte ihn mit einem merkwürdig entrückten Blick und wandte sich dann dem Regal mit den Kinderbüchern zu – Mercer Meyer, Maurice Sendak, Richard Scarry, Beatrix Potter und Dr. Seuss, der berühmte und unentbehrliche Klassiker. *Wie finden sie so etwas bloß heraus? Oder ist es Intuition? Wie viel weiß Ellie? Wie wird sie damit fertig? Was geht hinter diesem blassen, kleinen Gesicht vor? Sauer auf Grandpa – guter Gott!*
»Kann ich die haben, Daddy?« Sie hielt ihm einen Dr. Seuss hin und ein Buch, das Louis seit seiner eigenen Kindheit nicht mehr gesehen hatte: die Geschichte vom kleinen, schwarzen Sambo, dem die Tiger an einem schönen Tag die Kleider wegnehmen.
Das habe ich längst für ein Unbuch gehalten, dachte Louis amüsiert.
»Ja«, sagte er und stellte sich am Ende der kurzen Schlange vor der Kasse an. »Wir haben uns gern, dein Grandpa und ich«, sagte er und dachte wieder an die Behauptung seiner Mutter, wenn Frauen ein Baby wollten, dann »fänden« sie eines. Dann fiel ihm sein eigener törichter Vorsatz ein, seine eigenen Kinder nie anzulügen. Er hatte das Gefühl, sich in den letzten paar Tagen zu einem recht vielversprechenden Lügner entwickelt zu haben; aber daran wollte er jetzt nicht denken.
»Oh«, sagte sie und verstummte dann.
Ihr Schweigen machte ihn nervös. Um es zu brechen, sagte er: »Was meinst du – freust du dich auf die Zeit in Chicago?«
»Nein.«
»Nein? Warum denn nicht?«
Wieder dieser entrückte Ausdruck in ihrem Gesicht. »Ich habe Angst.«
Er legte ihr die Hand auf den Kopf. »Angst? Aber Liebling, wovor denn? Du hast doch keine Angst vorm Fliegen, oder?«
»Nein«, sagte sie. »Ich weiß nicht, wovor ich Angst habe, Daddy. Ich habe geträumt, wir wären bei Gages Beerdigung, und der Begräbnismann machte seinen Sarg auf, und er war leer. Dann träumte ich, ich wäre zu Hause und sähe in Gages Bettchen, und das war auch leer. Aber es war Erde darin.«
Lazarus, komm heraus.

Zum ersten Mal seit Monaten erinnerte er sich an den Traum, den er nach Pascows Tod gehabt hatte – den Traum, und dann das Aufwachen mit schmutzigen Füßen, das Fußende des Bettes verklebt mit Kiefernnadeln und Schlamm. Sein Nackenhaar sträubte sich. »Das sind nur Träume«, sagte er, und seine Stimme klang, zumindest für ihn selber, völlig normal. »Das geht vorbei.«
»Ich wollte, du kämest mit uns«, sagte sie. »Oder wir blieben hier. Können wir nicht hierbleiben, Daddy? Ich möchte nicht nach Chicago. Ich möchte weiter zur Schule gehen. Okay?«
»Es ist ja nicht für lange, Ellie«, sagte er. »Ich muß« – er schluckte – »noch einiges erledigen, dann komme ich nach, und wir können überlegen, was wir dann machen.«
Er erwartete Widerworte, vielleicht sogar einen von Ellies hysterischen Wutanfällen. Vielleicht hätte er ihn sogar willkommen geheißen – er war ihm vertraut, ganz im Gegensatz zu diesem Ausdruck. Aber da war nichts als dieses bleiche, beunruhigte Schweigen, das so tief zu sitzen schien. Er hätte ihr weitere Fragen stellen können, aber er wagte es nicht; vielleicht hatte sie ohnehin schon mehr gesagt, als er hören wollte.

Gleich nachdem er und Ellie in die Abflughalle zurückgekehrt waren, wurde der Flug aufgerufen. Die Bordkarten in der Hand, reihten die vier sich ein. Louis umarmte seine Frau und küßte sie heftig; sie klammerte sich einen Augenblick an ihn und ließ ihn dann los, damit er Ellie hochheben und ihr einen Kuß auf die Wange drücken konnte. Ellie starrte ihn eindringlich an. »Ich will nicht fort«, sagte sie abermals, aber so leise, daß nur Louis es aus dem Drängen und Murmeln der anderen Passagiere heraushörte. »Und Mommy soll auch nicht fort.«
»Aber Ellie«, sagte Louis, »dir passiert doch nichts.«
»Mir passiert nichts«, sagte sie, »aber was ist mit dir? Was ist mit dir, Daddy?«
Die Schlange war in Bewegung geraten. Die Leute wanderten den Flugsteig zur 727 hinunter. Rachel zog an Ellies Hand, und einen Augenblick lang widerstrebte sie, hielt die Schlange auf, die Augen auf ihren Vater gerichtet – und Louis dachte daran, wie ungeduldig sie beim vorigen Mal gewesen war, wie sie »Komm schon, komm schon« gerufen hatte.
»Daddy?«
»Geh jetzt, Ellie. Bitte.«
Rachel sah Ellie an und bemerkte diesen dunklen, verträumten Blick zum ersten Mal. »Ellie?« sagte sie – überrascht und, wie Louis fand, ein wenig bestürzt. »Du hältst die Leute auf, Baby.«

Ellies Lippen zitterten und wurden weiß. Dann ließ sie sich weiterziehen. Sie blickte zurück, und er sah nacktes Entsetzen in ihrem Gesicht. Er winkte ihr mit falscher Fröhlichkeit nach. Ellie winkte nicht zurück.

44

Als Louis das Flughafengebäude verließ, senkte sich ein kalter Mantel über sein Denken. Ihm wurde bewußt, daß es ihm ernst war mit seinem Vorhaben. Sein Verstand, der ausgereicht hatte, sein Medizinstudium zum größten Teil mit einem Stipendium und dem, was Rachel als Verkäuferin verdiente, durchzustehen, hatte das Problem aufgegriffen und in seine Bestandteile zerlegt, als wäre es nichts als ein Examen – das schwerste, dem er sich je unterzogen hatte. Und er hatte vor, es mit Auszeichnung zu bestehen.

Er fuhr nach Brewer, einer kleinen Stadt, die Bangor am anderen Ufer des Penobscot River gegenüberliegt. Er fand einen Parkplatz gegenüber von Watsons Haushaltswaren.

»Kann ich Ihnen helfen?« fragte der Verkäufer.

»Ja«, sagte Louis. »Ich brauche eine starke Taschenlampe; und etwas, womit man sie abdecken kann.«

Der Verkäufer war ein kleiner, schmächtiger Mann mit hoher Stirn und durchdringenden Augen. Er lächelte, aber sein Lächeln war nicht sonderlich angenehm. »Ein bißchen blenden, Freund?«

»Wie bitte?«

»Ob Sie heute nacht Blendjagd auf ein paar Hirsche machen wollen?«

»Aber nein«, sagte Louis, ohne das Lächeln zu erwidern. »Dafür habe ich keinen Jagdschein.«

Der Verkäufer blinzelte und entschloß sich dann zum Lachen. »Mit anderen Worten, ich soll mich um meine eigenen Angelegenheiten kümmern, ja? Also – für diese großen Taschenlampen gibt es keine Abdeckung, aber Sie können ein Stück Filz nehmen und ein Loch hineinschneiden. Dann haben Sie nur einen ganz dünnen Lichtstrahl.«

»Klingt gut«, sagte Louis. »Danke.«

»Gern geschehen. Sonst noch etwas?«

»Ja«, sagte Louis. »Ich brauche eine Hacke, eine Schaufel und einen Spaten. Die Schaufel mit kurzem, den Spaten mit langem Stiel. Ein kräftiges Seil, zweieinhalb Meter lang. Ein Paar Arbeits-

handschuhe. Eine Segeltuchplane, ungefähr zweieinhalb mal zweieinhalb Meter.«
»Haben wir alles«, sagte der Verkäufer.
»Ich muß eine Klärgrube versetzen«, sagte Louis. »Scheint, als hätte ich mir den falschen Platz dafür ausgesucht und damit gegen die Vorschriften verstoßen, und ich habe ein paar sehr neugierige Nachbarn. Ich weiß nicht, ob es viel Sinn hat, das Licht abzuschirmen, aber ich will es wenigstens versuchen. Ich könnte eine hübsche Geldstrafe aufgebrummt bekommen.«
»Ach so«, sagte der Verkäufer, »aber dann sollten Sie noch eine Wäscheklammer für Ihre Nase dazukaufen.«
Louis lachte pflichtgemäß. Die Rechnung belief sich auf 58,60 Dollar. Er bezahlte bar.

Als die Benzinpreise stiegen, hatten sie den großen Kombi immer seltener benutzt. Seit einiger Zeit war eine Radaufhängung defekt, aber Louis hatte die Reparatur hinausgeschoben – teils, weil er die Ausgabe von zweihundert Dollar scheute, die sie ihn voraussichtlich kosten würde, vor allem aber, weil es ihm lästig war. Jetzt hätte er das große, alte Monstrum brauchen können, aber er getraute sich nicht, das Risiko einzugehen. Der Honda war ein Dreitürer mit Heckklappe, und der Gedanke, Hacke, Schaufel und Spaten hineinzulegen und nach Ludlow zu fahren, behagte Louis gar nicht. Jud Crandall hatte scharfe Augen, und sein Verstand ließ auch nichts zu wünschen übrig. Er würde sofort wissen, was Louis im Sinn hatte.
Dann fiel ihm ein, daß es überhaupt keinen zwingenden Grund gab, nach Ludlow zurückzukehren. Er fuhr über die Chamberlain-Brücke nach Bangor und nahm sich ein Zimmer in Howard Johnson's Motor Lodge an der Odlin Road – wieder in der Nähe des Flughafens, wieder in der Nähe des Pleasantview-Friedhofs, auf dem sein Sohn begraben lag. Er gab den Namen Dee Dee Ramone an und bezahlte sein Zimmer bar.
Er versuchte zu schlafen, weil er sich sagte, es würde ihm gut tun, vor morgen früh noch ein bißchen Ruhe zu haben. Mit den Worten eines Romans der viktorianischen Zeit ausgedrückt: ihm stand in dieser Nacht ein wüstes Werk bevor – ein so wüstes Werk, daß es für sein ganzes Leben ausreiche.
Aber sein Gehirn ließ sich nicht abschalten.
Er lag auf einem anonymen Motelbett unter einem billigen Moteldruck mit malerischen Booten an einem malerischen, alten Anleger in einem malerischen Neuengland-Hafen, voll angekleidet bis auf die Schuhe – Brieftasche, Kleingeld und Schlüssel auf dem Nachttisch neben sich, die Hände unter dem Kopf. Das Gefühl der

Kälte dauerte an; er fühlte sich völlig losgelöst von seiner Familie, den Orten, die ihm so vertraut geworden waren, sogar von seiner Arbeit. Dies konnte irgendein Howard Johnson-Motel auf der Welt sein – in San Diego oder Duluth, in Bangkok oder Nagasaki. Er war nirgendwo, und hin und wieder fuhr ihm ein überaus kurioser Gedanke durch den Kopf: bevor er die vertrauten Orte und Gesichter wiedersah, würde er seinen Sohn wiederfinden.

Sein Plan spulte sich unaufhörlich in seinem Kopf ab. Er betrachtete ihn von allen Seiten, beklopfte ihn, sondierte ihn, suchte nach Löchern und Schwachstellen. Dabei hatte er das Gefühl, in Wirklichkeit auf einem schmalen Balken über einem Abgrund des Wahnsinns zu balancieren. Wahnsinn umgab ihn von allen Seiten, sanft flatternd wie die Flügel von Eulen, die mit großen, goldenen Augen in der Nacht auf Jagd gehen: er steuerte auf den Wahnsinn zu.

In seinem Kopf war das verträumte Echo der Stimme von Tom Rush: *O Tod, wie klamm sind deine Hände . . . auf den Knien spür' ich dich . . . du kamst und nahmst meine Mutter . . . wann kommst du und nimmst auch mich?*

Wahnsinn. Wahnsinn rings um ihn herum, ganz nahe, bedrohlich nahe.

Er wanderte auf dem Schwebebalken der Vernunft; er beschäftigte sich mit seinem Plan.

Heute abend gegen elf würde er das Grab seines Sohnes öffnen, den Deckel des Grabeinsatzes mit dem Seil hochziehen, den Leichnam aus dem Sarg holen, in ein passend zugeschnittenes Stück Segeltuch einhüllen und in den Honda legen. Er würde den Sarg wieder schließen und das Grab wieder zuschaufeln. Dann würde er nach Ludlow fahren, Gages Leichnam aus dem Wagen holen . . . und einen Spaziergang machen. Ja, er würde einen Spaziergang machen.

Wenn Gage zurückkam, gabelte sich der einspurige Weg. Es gab zwei Möglichkeiten. Die eine besagte, daß Gage als Gage zurückkehrte, vielleicht betäubt oder träge oder sogar leicht geistesgestört (nur in den tiefsten Abgründen seines Denkens gestattete Louis sich die Hoffnung, daß Gage heil und ganz zurückkehrte, so, wie er gewesen war; auch das war möglich, oder etwa nicht?) – aber trotzdem noch sein Sohn, Rachels Sohn, Ellies Bruder.

Die andere Möglichkeit war, daß aus den Wäldern hinter dem Haus eine Art Monster auftauchte. Er hatte so viel zu akzeptieren gelernt, daß er nicht davon zurückscheute, an Monster zu denken, sogar an Dämonen, entkörperlichte Wesen des Bösen aus dem Jenseits, die sich eines wiederbelebten Körpers bemächtigten, aus dem die Seele entwichen war.

In beiden Fällen würde er mit seinem Sohn allein sein. Und er würde...
Ich werde eine Diagnose stellen.
Ja. Genau das würde er tun.
Ich werde ihn genau untersuchen, nicht nur seinen Körper, sondern auch seinen Geist. Ich werde Zugeständnisse machen an das Trauma des Unfalls, ob er sich daran erinnert oder nicht. Das Beispiel von Church vor Augen, werde ich auf Gestörtheit gefaßt sein, vielleicht geringen, vielleicht erheblichen Ausmaßes. In einem Zeitraum zwischen vierundzwanzig und zweiundsiebzig Stunden werde ich prüfen, ob die Möglichkeit besteht, Gage wieder in unsere Familie zu integrieren. Und wenn die Einbuße zu groß ist – wenn er so zurückkommt, wie Timmy Baterman offenbar zurückgekommen ist, als ein vom Bösen besessenes Ding –, dann töte ich ihn.

Als Arzt glaubte er, ohne weiteres imstande zu sein, Gage zu töten – wenn Gage nur das Gefäß für ein anderes Wesen war. Es war einfach. Er würde sich nicht von seinem Flehen oder von seiner Tücke irritieren lassen. Er würde es töten, wie er eine Ratte töten würde, die die Pest übertrug. Das konnte ohne jedes Melodrama geschehen. Eine in einem Getränk aufgelöste Tablette, vielleicht auch zwei oder drei. Falls nötig, eine Spritze. Morphium war in seiner Tasche. In der darauf folgenden Nacht würde er die leblose Hülle nach Pleasantview zurückbringen und wieder begraben. Er würde sich einfach darauf verlassen, daß ihm das Glück auch ein zweites Mal günstig war (*du weißt ja nicht einmal, ob es diesmal glückt,* erinnerte er sich). Er hatte an den Tierfriedhof als leichtere und sicherere Alternative gedacht; aber dort wollte er seinen Sohn nicht haben. Aus vielen Gründen. Ein Kind, das in fünf oder zehn oder vielleicht auch zwanzig Jahren sein Tier dort oben begrub, mochte auf die Überreste stoßen; das war einer der Gründe. Aber der zwingendste Grund war simpler. Der Tierfriedhof konnte – zu nahe sein.

Nach dem Wiederbegräbnis würde er zu seiner Familie nach Chicago fliegen. Weder Rachel noch Ellie brauchten von dem gescheiterten Experiment zu erfahren.

Dann wandte er sich wieder der anderen Möglichkeit zu – dem Pfad, den er sich mit all seiner Liebe zu seinem Sohn blindlings erhoffte. Nach Ablauf der Beobachtungszeit würde er mit Gage das Haus verlassen. Sie würden in der Nacht abreisen. Er würde alle Papiere mitnehmen, damit sie nie mehr nach Ludlow zurückzukehren brauchten. Er und Gage würden in ein Motel gehen – vielleicht das, in dem er jetzt lag.

Am nächsten Morgen würde er das Geld von allen Konten abheben und den größten Teil in American Express-Reiseschecks umwechseln. (*Reisen Sie mit Ihrem auferstandenen Sohn nicht ohne Rei-*

seschecks, dachte er.) Sie würden irgendwohin fliegen – wahrscheinlich nach Florida. Von dort aus würde er Rachel anrufen, ihr sagen, wo er war, ihr sagen, sie sollte Ellie nehmen und mit ihr ins nächste Flugzeug steigen, ohne ihrem Vater und ihrer Mutter zu verraten, wohin sie flögen. Louis war sicher, daß er sie dazu veranlassen konnte. *Stell keine Fragen, Rachel. Komm einfach. Komm gleich. Noch in diesem Augenblick.*
Er würde ihr sagen, wo er sich aufhielt (wo sie sich aufhielten). In irgendeinem Motel. Sie und Ellie würden in einem Mietwagen kommen. Er würde Gage mit an die Tür bringen, wenn sie klopften. Vielleicht würde Gage eine Badehose tragen.
Und dann ...
Ah, über diesen Punkt wagte er sich nicht hinaus; stattdessen kehrte er an den Anfang seines Plans zurück und spielte ihn von neuem durch. Wenn alles gut ging, hieß das wahrscheinlich, daß sie sich alle erforderlichen Unterlagen für eine völlig neue Existenz beschafften, damit Irwin Goldman sein überquellendes Scheckbuch nicht dazu verwenden konnte, sie aufzuspüren.
Er erinnerte sich vage daran, wie er vor dem Haus in Ludlow angekommen war, abgespannt, erschöpft und voller Befürchtungen, und wie ihm der Gedanke gekommen war, einfach nach Orlando weiterzufahren und sich dort in Disney World als Arzt zu bewerben. Ein Gedanke, der vielleicht gar nicht so abwegig war.
Er sah sich selbst im weißen Kittel, wie er einer schwangeren Frau beistand, die so töricht gewesen war, mit der Achterbahn zu fahren, und die dann ohnmächtig geworden war. *Tretet zurück, tretet zurück, Leute, damit sie ein bißchen Luft bekommt,* hörte er sich sagen, und die Frau schlug die Augen auf und lächelte ihn dankbar an.
Während sich seine Gedanken mit diesen nicht unerfreulichen Phantasien beschäftigten, schlief Louis ein. Er schlief, während seine Tochter in einem Flugzeug irgendwo über den Niagarafällen schreiend aus einem Alptraum aufwachte, einem Alptraum mit zupackenden Händen und stumpfen, gnadenlosen Augen; er schlief, während die Stewardess den Gang entlanghastete, um nachzusehen, was passiert war; er schlief, während Rachel völlig verstört versuchte, sie zu beruhigen; er schlief, während Ellie immer wieder schrie: *Es ist Gage! Es ist Gage! Gage lebt! Gage hat das Messer aus Daddys Tasche! Ich will nicht, daß er mich holt! Ich will nicht, daß er Daddy holt!*
Er schlief, während Ellie sich endlich beruhigte und zitternd mit weit aufgerissenen, tränenleeren Augen an der Brust ihrer Mutter lag, und während Dory Goldman dachte, wie schrecklich das alles für Eileen gewesen sein mußte und wie sehr sie sie an Rachel erinnerte – an den Tag, an dem Zelda gestorben war.

Er schlief und wachte viertel nach fünf auf, als sich das Nachmittagslicht der kommenden Nacht zuzuneigen begann.
Ein wüstes Werk, dachte er benommen und stand auf.

45

Als Flug 419 der United Airlines auf dem O'Hare-Flughafen landete und um fünfzehn Uhr Chicagoer Zeit seine Passagiere entließ, befand sich Ellie in einem Zustand leiser Hysterie, und Rachel war sehr besorgt.
Wenn man zufällig Ellies Schulter berührte, fuhr sie zusammen; ihre Augen waren groß und glasig, und ihr Körper zitterte stetig und pausenlos. Der Alptraum im Flugzeug war schon schlimm genug gewesen, aber dies... Rachel wußte sich einfach keinen Rat.
Auf dem Weg ins Abfertigungsgebäude stolperte Ellie über ihre eigenen Füße und fiel. Sie stand nicht wieder auf, sie blieb auf dem Teppich liegen, während Leute an ihr vorbeieilten (oder ihr die schwach anteilnehmenden und dennoch teilnahmslosen Blicke von Transitpassagieren zuwarfen, die ein anderes Flugzeug erreichen mußten), bis Rachel sie aufhob und auf den Arm nahm.
»Ellie, was ist mit dir?« fragte Rachel.
Aber Ellie gab keine Antwort. Sie gingen durch die Halle zur Gepäckausgabe, und Rachel sah, daß ihre Mutter und ihr Vater dort auf sie warteten. Sie winkte mit ihrer freien Hand, und sie kamen heran.
»Man sagte uns, wir sollten hier auf euch warten«, sagte Dory, »und deshalb dachten wir – Rachel? Wie geht es Eileen?«
»Nicht gut.«
»Gibt es hier eine Toilette, Mommy? Mir ist schlecht.«
»Oh Gott«, sagte Rachel verzweifelt und nahm sie bei der Hand. An der gegenüberliegenden Seite der Halle war eine Damentoilette. Sie führte Ellie schnell darauf zu.
»Soll ich mitkommen, Rachel?« rief Dory ihnen nach.
»Nein, holt das Gepäck. Ihr wißt ja, wie es aussieht. Wir kommen schon zurecht.«
Glücklicherweise war die Toilette leer. Rachel führte Ellie zu einer Kabine, suchte in ihrer Tasche nach einem Zehncentstück und bemerkte dann, daß – Gott sei Dank – an dreien die Schlösser zerbrochen waren. Über eines der zerbrochenen Schlösser hatte jemand mit Fettstift geschrieben: SIR JOHN CRAPPER WAR EIN SEXISTISCHES SCHWEIN!

Rachel riß die Tür auf. Ellie stöhnte jetzt und hielt sich den Magen. Sie würgte zweimal, aber es kam nichts; es war ein trockener Brechreiz, ausgelöst durch völlige seelische Erschöpfung.

Als Ellie sagte, ihr wäre etwas besser, führte Rachel sie zu den Waschbecken und wusch ihr das Gesicht. Sie war jämmerlich blaß, und unter ihren Augen lagen tiefe Ringe.

»Was ist los, Ellie? Kannst du mir nicht sagen, was nicht stimmt?«

»Ich weiß es nicht«, sagte sie. »Aber ich weiß, daß *irgendetwas* nicht stimmt, seit Daddy sagte, daß wir wegfliegen. Weil mit ihm etwas nicht stimmt.«

Louis, was verheimlichst du? Du verheimlichst etwas; ich habe es gespürt; sogar Ellie hat es gespürt.

Plötzlich wurde ihr bewußt, daß sie selbst schon den ganzen Tag nervös gewesen war, als wartete sie darauf, von einem Schlag getroffen zu werden. Sie fühlte sich wie an den zwei oder drei Tagen vor ihrer Regel, angespannt und reizbar, als könnte sie jeden Augenblick lachen oder weinen oder Kopfschmerzen bekommen, die auf sie zuschossen wie ein Expreßzug und drei Stunden später wieder verflogen waren.

»Und was?« sagte sie jetzt zu Ellies Spiegelbild. »Liebling, was sollte mit Daddy nicht stimmen?«

»Ich weiß nicht«, sagte Ellie. »Es war der Traum. Irgendetwas mit Gage. Vielleicht war es auch Church. Ich erinnere mich nicht. Ich *weiß* es nicht.«

»Was hast du geträumt, Ellie?«

»Ich habe geträumt, ich wäre auf dem Tierfriedhof«, sagte Ellie. »Paxcow hatte mich zum Tierfriedhof gebracht und gesagt, Daddy würde dorthin gehen, und dann würde etwas Schreckliches passieren.«

»Paxcow?« Ein Pfeil des Entsetzens, scharf, aber noch nicht spürbar, traf sie. Was war das für ein Name, warum kam er ihr bekannt vor? Ihr war, als hätte sie ihn – oder einen ähnlichen – schon einmal gehört, aber sie konnte sich beim besten Willen nicht erinnern, in welchem Zusammenhang. »Du hast geträumt, daß dich jemand, der Paxcow hieß, zum Tierfriedhof brachte?«

»Ja, er hat gesagt, so hieße er. Und . . .« Ihre Augen weiteten sich plötzlich.

»Ist dir noch etwas eingefallen?«

»Er hat gesagt, er wäre geschickt worden, um zu *warnen,* aber er könnte nicht *eingreifen.* Er sagte, er wäre – ich weiß nicht –, er stünde Daddy nahe, weil sie zusammen waren, als seine Seele ent− ent . . . *ich weiß es nicht mehr!*« meinte sie.

»Liebling«, sagte Rachel, »ich glaube, du hast nur vom Tierfried-

hof geträumt, weil du immer noch an Gage denkst. Und mit Daddy ist sicher alles in Ordnung. Geht es dir jetzt besser?«
»Nein«, flüsterte Ellie. »Mommy, ich hab solche Angst. Hast du keine Angst?«
»Nein«, erklärte Rachel, lächelnd und mit leichtem Kopfschütteln – aber sie hatte Angst; und dieser Name, Paxcow, verfolgte sie, weil er ihr bekannt vorkam. Ihr war, als hätte sie ihn vor Monaten oder Jahren in Verbindung mit etwas Entsetzlichem gehört, und die nervöse Erregung blieb. Sie spürte etwas – etwas *Schwangeres*, etwas Geschwollenes, das darauf wartete, zu bersten. Etwas Schreckliches, das abgewendet werden mußte. Aber was? *Was?*
»Es ist bestimmt alles in Ordnung«, erklärte sie Ellie. »Gehen wir jetzt zu den Großeltern?«
»Ja«, sagte Ellie tonlos.
Eine Puertoricanerin betrat die Damentoilette und schimpfte mit ihrem kleinen Sohn. Im Schritt seiner Bermudashorts war ein nasser Fleck, und Rachel fühlte sich mit lähmender Eindringlichkeit an Gage erinnert. Der frische Schmerz wirkte auf sie wie Novocain – er betäubte ihre Unruhe.
»Komm«, sagte sie. »Wir rufen Daddy von Grandpas Haus aus an.«
»Er hatte Shorts an«, sagte Ellie plötzlich mit einem Blick auf den kleinen Jungen.
»Wer, Liebling?«
»Paxcow«, sagte Ellie. »In meinem Traum hatte er rote Shorts an.«
Wieder trat der Name für einen Augenblick in den Vordergrund ihres Bewußtseins, und Rachel empfand wieder diese entkräftende Furcht ... und dann entglitt er ihr wieder.
Es gelang ihnen nicht, an die Gepäckausgabe heranzukommen; Rachel sah nur den Hut ihres Vaters, einen Hut mit einer Feder. Dory Goldman hielt an der Wand zwei Sitze frei und winkte. Rachel ging mit Ellie zu ihr.
»Geht es dir jetzt besser, Kleines?« fragte Dory.
»Ein bißchen«, sagte Ellie. »Mommy ...«
Sie wandte sich zu Rachel und verstummte. Rachel saß kerzengerade da, die Hand vor dem Mund, mit weißem Gesicht. Sie hatte es. Es war über sie gekommen wie ein grauenhafter Schlag. Natürlich hätte es ihr sofort einfallen müssen, aber sie hatte natürlich versucht, es zu verdrängen.
»*Mommy?*«
Rachel wandte sich langsam ihrer Tochter zu. Ellie konnte die Sehnen in ihrem Hals knirschen hören. Sie nahm die Hand vom Mund.

»Hat der Mann in deinem Traum gesagt, wie er mit Vornamen heißt, Eileen?«
»Mommy, was ist...«
»Hat der Mann in deinem Traum gesagt, wie er mit Vornamen heißt?« Dory sah ihre Tochter und ihre Enkelin an, als hätten beide den Verstand verloren.
»Ja, aber ich weiß ihn nicht mehr... Mommy, du tust mir *weh!*«
Rachel blickte herunter und sah, daß ihre Hand Ellies Unterarm umkrampfte wie ein Schraubstock.
»Hieß er Victor?«
Ellie atmete hörbar ein. »Ja, Victor! Er hat gesagt, er hieße Victor! Mommy, hast du auch von ihm geträumt?«
»Nicht Paxcow«, sagte Rachel. »*Pascow.*«
»Hab ich doch gesagt. Paxcow.«
»Rachel, was ist los?« fragte Dory. Sie ergriff Rachels Hand und erschrak über ihre Kälte. »Und was ist mit Eileen los?«
»Es ist nicht Eileen«, sagte Rachel. »Es ist Louis, glaube ich. Irgendetwas stimmt nicht mit Louis. Oder irgendetwas steht ihm bevor. Bleib bei Ellie, Mom. Ich will zu Hause anrufen.«
Sie stand auf, ging zu den Telefonzellen und suchte in ihrer Tasche nach einem Vierteldollar. Sie verlangte ein R-Gespräch, aber es meldete sich niemand. Das Telefon läutete und läutete.
»Wollen Sie es später noch einmal versuchen?« fragte die Vermittlung.
»Ja«, sagte Rachel und legte auf.
Dann stand sie da und starrte das Telefon an.
Er hat gesagt, er wäre geschickt worden, um zu warnen, aber er könnte nicht eingreifen. Er hat gesagt, er wäre... er stünde Daddy nahe, weil sie zusammen waren, als seine Seele ent-ent... ich weiß es nicht mehr!
»Entkörperlicht wurde«, flüsterte Rachel. »Oh, mein Gott, war das das Wort?«
Sie versuchte ihre Gedanken festzuhalten, sie zu ordnen. Tat sich da etwas – etwas, das über ihre natürliche Trauer und über diesen merkwürdigen Flug über den halben Kontinent – fast schon eine Flucht – hinausging? Was wußte Ellie von dem jungen Mann, der an Louis' erstem Arbeitstag gestorben war?
Nichts, erwiderte ihr Verstand unerbittlich. *Du hast es ihr vorenthalten, wie du versucht hast, ihr alles vorzuenthalten, was mit dem Tod zu tun hat. Selbst mit dem möglichen Tod ihres Katers, erinnerst du dich nicht an diesen unvernünftigen, törichten Streit, den wir an jenem Tag in der Küche hatten? Du hast es ihr vorenthalten. Weil du damals Angst hattest. Und jetzt hast du auch Angst. Er hieß Pascow, Victor Pascow, und wie verzweifelt ist die Lage jetzt, Rachel? Wie schlimm steht es? Was in Gottes Namen geschieht jetzt?*

Ihre Hände zitterten so heftig, daß es ihr erst beim dritten Versuch gelang, den Vierteldollar wieder einzuwerfen. Diesmal rief sie die Krankenstation der Universität an und erreichte Joan Charlton, die – ein wenig verblüfft – das Gespräch annahm. Nein, sie hätte Louis nicht gesehen und hätte sich auch gewundert, wenn er erschienen wäre. Dann sprach sie Rachel noch einmal ihr Beileid aus. Rachel dankte ihr und bat sie dann, Louis auszurichten, er möchte bei ihren Eltern anrufen, wenn er käme. Ja, er hätte die Nummer, erwiderte sie auf Joan Charltons Frage, weil sie der Schwester nicht sagen wollte, daß ihre Eltern einen halben Kontinent entfernt wohnten (aber das wußte sie vermutlich ohnehin; wahrscheinlich entging ihr kaum etwas).

Zitternd und fiebrig legte sie den Hörer auf.

Sie hat Pascows Namen irgendwo gehört, das ist alles. Mein Gott, ein Kind wächst doch nicht in einem Glaskasten auf wie – wie ein Hamster oder sonst ein Tier. Vielleicht hat sie im Radio davon gehört. Oder ein Kind in der Schule hat von ihm erzählt, und ihr Gedächtnis hat seinen Namen gespeichert. Sogar das Wort, das sie nicht aussprechen konnte – wahrscheinlich war es ein Zungenbrecher wie »entkörperlicht« oder »Entkörperlichung«. Das beweist gar nichts – außer vielleicht, daß das Unterbewußtsein genau die Art klebriger Fliegenfänger ist, wie es immer behauptet wird.

Sie mußte an eine Psychologievorlesung im College denken, in der der Lehrer gesagt hatte, unter den richtigen Umständen wäre das Gedächtnis imstande, den Namen jedes Menschen wieder auftauchen zu lassen, den man je kennengelernt hatte, jede Mahlzeit, die man gegessen hatte, das Wetter, das an jedem Tag eines Lebens geherrscht hatte. Er hatte diese unglaubliche Bemerkung mit einem anschaulichen Bild illustriert – der menschliche Verstand, erklärte er, wäre ein Computer mit einer kaum noch vorstellbaren Menge von Speichereinheiten – nicht 16 K oder 32 K oder 64 K, sondern vielleicht einer Milliarde oder sogar tausend Milliarden K. Und wie groß war die Speicherkapazität jedes einzelnen dieser organischen Chips? Das wußte niemand. Aber sie wären so zahlreich, erklärte er ihnen, daß es nicht nötig war, sie zum Wiedergebrauch zu löschen. Im Gegenteil – das Bewußtsein mußte einen Teil davon abschotten, um sich vor der Überfülle an Informationen zu schützen. »Wenn in zwei oder drei Gedächtniszellen der gesamte Inhalt der Encyclopedia Britannica gespeichert wäre«, hatte der Psychologielehrer gesagt, »dann wären Sie möglicherweise nicht imstande, sich zu erinnern, wo Sie ihre Strümpfe aufbewahren.«

Daraufhin hatte die Klasse pflichtgemäß gelacht.

Aber dies ist keine Psychologievorlesung im Licht heller Leuchtstoffröh-

ren, bei der ein beruhigendes Vokabular an der Tafel steht und ein supergescheiter Professor versucht, die letzte Viertelstunde einer Vorlesung mit Anstand hinter sich zu bringen. Irgendetwas Schlimmes steht bevor, und du weißt es. Du spürst es. Ich weiß nicht, was es mit Pascow zu tun hat oder mit Gage oder mit Church, aber mit Louis hat es etwas zu tun. Aber was?

Plötzlich kam ihr ein Gedanke, der sie wie ein Schwall kalten Wassers überfiel. Sie nahm den Hörer wieder ab und tastete in der Geldrückgabe nach ihrem Vierteldollar. Dachte Louis an Selbstmord? Hatte er sie deshalb nahezu zur Tür hinausgedrängt? Hatte Ellie vielleicht – oh, diese verdammte Psychologie! Hatte sie eine Intuition, eine Art zweites Gesicht gehabt?

Diesmal meldete sie ein R-Gespräch mit Jud Crandall an. Es läutete fünfmal – sechsmal – siebenmal. Sie wollte gerade wieder auflegen, als er sich, ein wenig außer Atem, meldete: »Hallo?«

»Jud! Jud, hier ist...«

»Moment, Madam«, sagte die Vermittlung. »Nehmen Sie ein R-Gespräch von Mrs. Louis Creed an, Sir?«

»Werde ich wohl«, sagte Jud.

Es dauerte einen Augenblick, bis die Vermittlung Juds Akzent ins Amerikanische übersetzt hatte. »Danke. Madam, bitte sprechen Sie.«

»Jud, haben Sie Louis heute schon gesehen?«

»Heute? Ich glaube nicht, Rachel. Aber ich war heute morgen in Brewer zum Einkaufen. Und jetzt war ich hinter dem Haus und habe im Garten gearbeitet. Warum?«

»Ach, vielleicht hat es nichts zu besagen – aber Ellie hatte im Flugzeug einen Alptraum, und ich wollte sie beruhigen, wenn es möglich ist.«

»Im Flugzeug?« Juds Stimme klang plötzlich ein wenig schärfer. »Wo sind Sie jetzt, Rachel?«

»In Chicago«, sagte sie. »Wir sind mit meinen Eltern zurückgeflogen, um eine Weile bei ihnen zu bleiben.«

»Louis ist nicht mitgeflogen?«

»Er will am Wochenende nachkommen«, sagte Rachel; jetzt hatte sie Mühe, ihre Stimme unter Kontrolle zu halten. In Juds Stimme schwang etwas, das ihr nicht gefiel.

»War es seine Idee, daß Sie mitfliegen sollten?«

»Ja. Jud, was stimmt hier nicht? Irgendetwas stimmt nicht, habe ich recht? Und Sie wissen etwas darüber.«

»Vielleicht sollten Sie mir erzählen, was das Kind geträumt hat«, sagte Jud nach einer langen Pause. »Erzählen Sie.«

46

Nach dem Gespräch mit Rachel zog Jud eine leichte Jacke über – der Himmel hatte sich bezogen, ein Wind war aufgekommen – und ging über die Straße zu Louis' Haus; bevor er hinüberging, blieb er am Straßenrand stehen und hielt nach Lastwagen Ausschau. Die Laster waren an allem schuld. Diese verdammten Laster.

Aber das stimmte nicht.

Er spürte, wie der Tierfriedhof an ihm zerrte – und etwas, das dahinter lag. Seine Stimme, die einst eine Art verführerisches Wiegenlied gewesen war, eine Stimme, die Trost in Aussicht stellte und eine verträumte Art von Macht, klang jetzt tiefer und verhängnisvoll – hart und bedrohlich. *Halt dich da raus.*

Aber er wollte sich nicht heraushalten. Dafür reichte seine Verantwortung zu weit zurück.

Er stellte fest, daß Louis' Honda nicht in der Garage stand. Da war nur der große Ford-Kombi, der verstaubt und unbenutzt aussah. Er ging zur Hintertür und fand sie unverschlossen.

»Louis?« rief er, obwohl er wußte, daß Louis nicht antworten würde; aber irgendwie mußte er die Stille des Hauses durchbrechen. Oh, das Altwerden war eine Pest – seine Glieder waren bleischwer, sein Rücken schmerzte nach zwei Stunden Gartenarbeit, und die linke Hüfte fühlte sich an, als säße ein Spiralbohrer darin.

Er machte sich daran, das Haus methodisch zu durchsuchen, nach Anzeichen Ausschau zu halten, auf die er achten mußte – *der älteste Einbrecher der Welt,* dachte er, nicht sonderlich belustigt, und suchte weiter. Er entdeckte nichts, das ihn ernstlich beunruhigt hätte: Kartons mit Spielsachen etwa, die der Heilsarmee vorenthalten worden waren, Kleidungsstücke für einen kleinen Jungen, hinter einer Tür oder in einem Schrank oder unter einem Bett versteckt – oder, was vielleicht das Schlimmste gewesen wäre, das in Gages Zimmer wieder aufgestellte Bettchen. Er fand kein einziges Anzeichen dieser Art; dennoch ging von dem Haus ein Eindruck der Leere aus, als wartete es darauf, wieder gefüllt zu werden – mit irgendetwas.

Vielleicht sollte ich zum Pleasantview-Friedhof hinüberfahren. Nachsehen, ob sich dort etwas tut. Vielleicht treffe ich sogar Louis Creed dort. Könnte ihn zum Essen einladen.

Aber es war nicht der Pleasantview-Friedhof in Bangor, auf dem Gefahr drohte; die Gefahr drohte hier, in diesem Haus – und dahinter.

Jud kehrte über die Straße in sein eigenes Haus zurück. Er holte eine Sechserpackung Bier aus dem Kühlschrank in der Küche und nahm sie mit ins Wohnzimmer. Dann setzte er sich an das Erkerfenster, von dem aus er das Haus der Creeds überblicken konnte, öffnete eine Dose und zündete sich eine Zigarette an. Um ihn herum verging der Nachmittag, und wie so oft in den letzten Jahren stellte er fest, daß sich seine Gedanken in immer größeren Kreisen mit der Vergangenheit beschäftigten. Hätte er gewußt, in welcher Richtung sich Rachel Creeds Gedanken bewegten, dann hätte er ihr erklären können, daß das, was ihr Psychologielehrer gesagt hatte, vielleicht der Wahrheit entsprach; doch wenn man älter wurde, zerbrach diese Abschottung des Gedächtnisses Stück für Stück, und man erinnerte sich mit beängstigender Gewißheit an immer mehr Orte und Gesichter und Vorfälle. Sepiagetönte Erinnerungen hellten sich auf, gewannen ihre Farben zurück, die Stimmen verloren den blechernen Klang und wurden wieder volltönend wie einst. Jud hätte ihr erklären können, daß das durchaus kein Nachlassen der Speicherfähigkeit war. Der Name dafür war Senilität.

In Gedanken sah Jud wieder Lester Morgans Bullen Hanratty, der mit blutunterlaufenen Augen auf alles losging, was er sah, auf alles, was sich bewegte. Der auf einen Baum losging, wenn der Wind in den Blättern spielte. Als Lester aufgab und ihn tötete, hatte der Bulle in seiner hirnlosen Wut jeden Baum auf der eingezäunten Weide ruiniert, seine Hörner waren zersplittert, sein Kopf blutig. Als Lester den Bullen erschoß, war er krank gewesen vor Angst – und so war auch Jud jetzt zumute.

Er trank Bier und rauchte. Das Tageslicht verblaßte. Er machte kein Licht. Allmählich wurde die Glut seiner Zigarette zu einem kleinen, roten Punkt in der Dunkelheit. Er saß da, trank Bier und behielt Louis' Auffahrt im Auge. Wenn Louis von da, wo immer er sein mochte, nach Hause kam, würde er hinübergehen und ein paar Worte mit ihm reden. Er würde sich vergewissern, daß Louis nicht vorhatte, etwas zu tun, das er nicht tun durfte.

Dabei spürte er ständig, wie etwas an ihm zerrte, diese elende Macht, die diesem teuflischen Ort innewohnte, und die von ihrem Plateau aus verwittertem Gestein herabgriff, auf dem all diese Male errichtet worden waren.

Halt dich da raus. Halt dich da raus, oder du wirst es bitter bereuen.

Jud ignorierte es, so gut er konnte; er saß da, rauchte, trank Bier. Und wartete.

47

Während Jud in seinem Schaukelstuhl mit der Sprossenrücklehne saß und durch sein Erkerfenster nach ihm Ausschau hielt, verzehrte Louis im Speiseraum des Howard Johnson-Motels ein großes, geschmackloses Abendessen. Das Essen war reichlich und fade – genau das, was sein Körper zu brauchen schien. Draußen war es inzwischen dunkel geworden. Die Scheinwerfer der vorüberfahrenden Autos glichen tastenden Fingern. Er schaufelte das Essen in sich hinein. Ein Steak. Eine gebackene Kartoffel. Bohnen von einem so leuchtenden Grün, wie es die Natur nie hervorgebracht hätte. Ein Stück Apfelkuchen mit einem Löffel Eiscreme darauf, die zu einem weichen Brei zerfloß. Er saß an einem Ecktisch, sah Leute kommen und gehen, dachte daran, daß jemand kommen könnte, den er kannte. Irgendwie hoffte er, daß dies geschähe. Es würden Fragen gestellt werden – *Wo ist Rachel, was machen Sie hier, wie geht es Ihnen?* –, und vielleicht würden die Fragen Komplikationen mit sich bringen, und vielleicht waren Komplikationen genau das, was er sich im Grunde wünschte. Einen Ausweg.

Tatsächlich kam, als er gerade mit seinem Apfelkuchen und seiner zweiten Tasse Kaffee fertig war, ein Paar herein, das er kannte: Rob Grinnell, ein in Bangor ansässiger Arzt, mit seiner hübschen Frau Barbara. Er wartete darauf, daß sie ihn an seinem Ecktisch sähen, aber die Empfangsdame führte sie zu einer Nische am entgegengesetzten Ende des Speiseraums, und Louis verlor sie aus den Augen; nur gelegentlich erhaschte er einen Blick auf Grinnells vorzeitig ergrauendes Haar.

Die Kellnerin kam mit der Rechnung. Louis zeichnete sie ab, setzte seine Zimmernummer unter die Unterschrift und ging durch den Seiteneingang hinaus.

Draußen hatte sich der Wind fast zum Sturm gesteigert. Er machte sich als stetiges Brausen bemerkbar, das die Drähte der Hochspannungsleitungen merkwürdig summen ließ. Er konnte keine Sterne sehen, hatte aber den Eindruck, als jagten Wolken mit großer Geschwindigkeit über ihn hinweg. Er blieb einen Augenblick auf dem Gehsteig stehen, die Hände in den Taschen, das Gesicht in den Wind erhoben. Dann machte er kehrt, ging in sein Zimmer und schaltete das Fernsehgerät ein. Um etwas Ernsthaftes zu unternehmen, war es noch zu früh, und dieser Nachtwind enthielt zu viele Möglichkeiten. Er machte ihn nervös.

Er saß vier Stunden vor dem Fernseher und sah hintereinander acht Halbstundensendungen. Ihm fiel ein, daß es sehr lange her war, seit er das letzte Mal so lange ununterbrochen vor dem Fernseher gesessen hatte. Er fand, daß alle weiblichen Hauptdarsteller in den Situationskomödien das waren, was er und seine Freunde in der High School »scharfe Miezen« genannt hatten.

In Chicago jammerte Dory Goldman: »*Zurück*fliegen? Aber Liebling, warum willst du denn *zurück*fliegen? Du bist doch gerade erst angekommen!«

In Ludlow saß Jud Crandall an seinem Erkerfenster, rauchte, trank Bier, blätterte regungslos im geistigen Notizbuch seiner Vergangenheit und wartete darauf, daß Louis nach Hause käme. Früher oder später würde Louis nach Hause kommen, wie der treue Hund Lassie in der alten Fernsehserie. Es gab zwar noch andere Wege zum Tierfriedhof, aber Louis kannte sie nicht. Wenn er es tun wollte, dann fing der Weg vor seiner eigenen Haustür an.

Ohne die geringste Ahnung von diesen Vorgängen, die wie langsam fliegende Geschosse nicht auf den Ort zielten, an dem er sich befand, sondern in bester ballistischer Tradition auf den Ort, den er erreichen würde, saß Louis vor dem Farbfernseher des Motels. Bisher hatte er diese Sendungen noch nie gesehen, sondern nur von ihnen reden hören: eine schwarze Familie, eine weiße Familie, ein Kind, das intelligenter war als die reichen Erwachsenen, bei denen es lebte, eine alleinstehende Frau, eine verheiratete Frau, eine geschiedene Frau. Er sah sich einen Film nach dem anderen an, saß in seinem Motelzimmer und blickte hin und wieder hinaus in die stürmische Nacht.

Als die Elf-Uhr-Nachrichten kamen, schaltete er den Fernseher ab und ging hinaus, um zu tun, wozu er sich vielleicht schon in dem Augenblick entschlossen hatte, in dem er Gages Baseballkappe voll Blut auf der Straße liegen sah. Die Kälte hatte ihn wieder überfallen, stärker als zuvor, aber es lag etwas darunter – eine schwelende Glut aus Eifer oder Leidenschaft, vielleicht sogar Begierde. Einerlei. Sie wärmte ihn in der Kälte und hielt ihn im Wind zusammen. Als er den Motor des Honda anließ, dachte er, daß Jud vielleicht recht gehabt hatte, als er von der wachsenden Macht des Ortes sprach, denn jetzt spürte er sie auch; sie leitete (oder zog) ihn voran, und er fragte sich:

Könnte ich es noch lassen? Könnte ich es lassen, selbst wenn ich es wollte?

48

»Was willst du?« fragte Dory noch einmal. »Rachel, du bist überreizt – eine Nacht Schlaf ...«
Rachel schüttelte nur den Kopf. Sie konnte ihrer Mutter nicht erklären, warum sie zurück mußte. Das Gefühl war in ihr angeschwollen, wie der Wind anschwillt – zuerst wogt das Gras, kaum merklich; dann beginnt die Luft, sich schneller und härter zu bewegen, bis es keine Stille mehr gibt; dann werden die Böen so kräftig, daß der Wind am Dachgesims gespenstisch kreischende Laute erzeugt; dann läßt er das ganze Haus erbeben, und man begreift, daß es sich um etwas wie einen Hurrikan handelt und daß der Wind, wenn er noch mehr anschwillt, alles zum Einsturz bringen wird.

In Chicago war es achtzehn Uhr. In Bangor setzte sich Louis gerade hin, um sein Abendessen zu verzehren. Rachel und Ellie hatten in ihrem Essen nur herumgestochert. So oft Rachel den Blick vom Teller hob, sah sie den dunklen Blick ihrer Tochter auf sich ruhen, sah sie fragen, was sie tun wollte, um Daddy zu helfen, sah sie fragen, was sie *tun* würde.

Sie wartete darauf, daß das Telefon läutete, daß Jud anrief und ihr sagte, Louis wäre nach Hause gekommen. Einmal läutete es tatsächlich – sie sprang auf, und Ellie hätte fast ihre Milch verschüttet –, aber es war nur eine Dame aus Dorys Bridgeclub, die wissen wollte, ob sie gut angekommen wären.

Sie saßen gerade beim Kaffee, als Rachel plötzlich ihre Serviette beiseitewarf und sagte: »Dad – Mom – es tut mir leid, aber ich muß nach Hause. Noch heute abend, wenn ich noch ein Flugzeug erreiche.«

Ihre Mutter und ihr Vater hatten sie fassungslos angestarrt, aber Ellie hatte die Augen geschlossen wie ein Erwachsener, der seiner Erleichterung Ausdruck gibt – wenn ihre Haut nicht so wächsern und angespannt gewesen wäre, hätte es fast komisch ausgesehen.

Sie konnten es nicht verstehen, und Rachel konnte es ihnen ebensowenig erklären, wie sie hätte erklären können, auf welche Weise ein Lüftchen, so schwach, daß es kaum die Spitzen kurzer Grashalme bewegt, derart an Kraft gewinnen kann, daß es schließlich ein Haus aus Stahlbeton umreißt. Jetzt glaubte sie nicht mehr, daß Ellie irgendwo eine Nachricht vom Tod Victor Pascows gehört und in ihrem Unterbewußtsein abgelegt hatte.

»Rachel, meine Liebe.« Ihr Vater sprach langsam, freundlich, wie zu jemandem, der sich im Zustand einer vorübergehenden, aber gefährlichen Hysterie befindet. »Das ist doch nur eine Reak-

tion auf den Tod deines Sohnes. Du und Eileen, ihr reagiert beide sehr stark darauf, und wer könnte euch daraus einen Vorwurf machen? Aber du wirst zusammenbrechen, wenn du versuchst...«
Rachel antwortete nicht. Sie ging zum Telefon in der Diele, schlug das Branchenbuch unter FLUGLINIEN auf und wählte die Nummer von Delta; Dory stand neben ihr, beschwor sie, es sich noch einmal zu überlegen, man müßte darüber reden, vielleicht ein paar Notizen machen... und an ihrer anderen Seite stand Ellie mit immer noch dunklem Gesicht, aber jetzt aufgehellt von so viel Hoffnung, daß Rachel wieder Mut faßte.
»Delta Airlines«, meldete sich eine Stimme. »Mein Name ist Kim. Kann ich Ihnen behilflich sein?«
»Ich hoffe es«, sagte Rachel. »Es ist außerordentlich wichtig, daß ich heute nacht noch von Chicago nach Bangor komme. Es handelt sich um einen Notfall. Können Sie die Verbindung für mich durchchecken?«
Zweifelnd: »Natürlich, Madam, aber es ist sehr kurzfristig.«
»Bitte, versuchen Sie es«, sagte Rachel mit leicht brüchiger Stimme. »Notfalls auf Warteliste – Hauptsache, ich komme nach Bangor.«
»Gut, Madam. Bitte bleiben Sie am Apparat.« In der Leitung wurde es still.
Rachel schloß die Augen, und einen Augenblick später spürte sie eine kalte Hand auf ihrem Arm. Sie schlug die Augen wieder auf und sah Ellies Gesicht. Irwin und Dory standen beieinander, redeten leise und sahen sie an. *So, wie man Leute ansieht, von denen man glaubt, sie hätten den Verstand verloren,* dachte Rachel erschöpft. Sie brachte für Ellie ein Lächeln zustande.
»Laß dich nicht von ihnen zurückhalten, Mommy«, sagte Ellie leise. »Bitte.«
»Ich denke nicht daran, große Schwester«, sagte Rachel und dachte noch im gleichen Moment daran, daß sie Ellie so genannt hatten, seit Gage geboren war. Jetzt gab es niemanden mehr, dessen große Schwester sie war.
»Danke«, sagte Ellie.
»Es ist sehr wichtig, nicht wahr?«
Ellie nickte.
»Ich glaube es auch, Liebling. Aber du könntest mir helfen, wenn du mir mehr erzähltest. Ist es nur der Traum?«
»Nein«, sagte Ellie. »Jetzt – jetzt ist es einfach alles. Es geht überall durch mich hindurch. Kannst du es nicht spüren, Mommy? So etwas wie...«
»Wie ein Wind.«
Ellie zitterte und seufzte.

»Aber du weißt nicht, was es ist? Du weißt nicht mehr, was in deinem Traum geschehen ist?«
Ellie dachte angestrengt nach und schüttelte dann zögernd den Kopf. »Daddy. Church. Und Gage. Das weiß ich noch. Aber ich weiß nicht, wie sie zusammengehören, Mommy!«
Rachel schloß sie fest in die Arme. »Es kommt alles wieder in Ordnung«, sagte sie, aber das Gewicht auf ihrem Herzen wurde nicht leichter.
»Hallo, Madam«, sagte das Mädchen im Buchungsbüro.
»Ja?« Rachel faßte Ellie und den Telefonhörer fester.
»Ich glaube, Sie können nach Bangor kommen, aber es wird sehr spät werden.«
»Das macht nichts«, sagte Rachel.
»Haben Sie einen Stift? Es ist kompliziert.«
»Ja, den habe ich«, sagte Rachel und holte einen Bleistiftstummel aus der Schublade. Zum Schreiben benutzte sie die Rückseite eines Briefumschlags. Als das Mädchen fertig war, lächelte sie ein wenig und formte mit Daumen und Zeigefinger ein O, um Ellie zu zeigen, daß es klappte. Daß es *wahrscheinlich* klappte, korrigierte sie sich. Einige Anschlüsse waren sehr knapp – vor allem in Boston.
»Bitte buchen Sie alles«, sagte Rachel. »Und vielen Dank.«
Kim notierte Rachels Namen und die Nummer ihrer Kreditkarte. Dann legte Rachel den Hörer auf, ermattet, aber erleichtert. Sie sah ihren Vater an. »Daddy, fährst du mich zum Flughafen?«
»Vielleicht sollte ich es nicht tun«, sagte Goldman. »Ich glaube, ich sollte dieser Verrücktheit einen Riegel vorschieben.«
»*Untersteh dich!*« rief Ellie schrill. »Es ist nicht verrückt. Ganz und gar nicht!«
»Fahr sie, Irwin«, sagte Dory leise in die Stille, die darauf folgte. »Ich werde allmählich auch nervös. Und ich werde mich erst besser fühlen, wenn ich weiß, daß mit Louis alles in Ordnung ist.«
Goldman starrte seine Frau an; endlich wandte er sich zu Rachel um. »Ich fahre dich, wenn du es unbedingt willst«, sagte er. »Ich – Rachel, ich fliege mit, wenn du es möchtest.«
Rachel schüttelte den Kopf. »Danke, Daddy, aber ich habe überall die letzten Plätze bekommen. Als hätte Gott sie für mich freigehalten.«
Irwin Goldman seufzte. In diesem Augenblick sah er sehr alt aus, und Rachel fand plötzlich, daß er Jud Crandall ähnelte.
»Du hast noch Zeit, eine Tasche zu packen, wenn du willst«, sagte er. »Wir können in vierzig Minuten am Flughafen sein, wenn ich die Strecke nehme, die wir nach unserer Hochzeit gefahren sind. Gib ihr deine Reisetasche, Dory.«

»Mommy?« sagte Ellie. Rachel drehte sich zu ihr um. Ellies Gesicht war jetzt schweißglänzend.
»Ja, Liebling?«
»Sei vorsichtig, Mommy«, sagte Ellie. »Bitte, sei vorsichtig.«

49

Die Bäume waren nur noch bewegte Schatten vor einem bedeckten, vom nahen Flughafen erleuchteten Himmel. Louis parkte den Honda an der Mason Street, die am Südende des Pleasantview-Friedhofs entlanglief; hier war der Wind so stark, daß er ihm fast die Wagentür aus der Hand gerissen hätte. Er konnte sie nur mit Anstrengung zuschlagen. Der Wind zerrte an seiner Jacke, als er die Hecktür des Honda hochklappte und sein Werkzeug herausholte, um das er ein passend zugeschnittenes Stück Segeltuch gewickelt hatte.

Er stand im Schattenbereich zwischen zwei Straßenlaternen, stand mit dem in Segeltuch eingewickelten Bündel im Arm am Bordstein und sah sich sorgfältig nach Wagen und Passanten um, bevor er zu dem schmiedeeisernen Zaun hinüberging, der den Friedhof begrenzte. Wenn irgend möglich, wollte er nicht gesehen werden, nicht einmal von jemandem, der ihn bemerkte und in der nächsten Sekunde bereits wieder vergessen hatte. Über ihm ächzten die Äste einer alten Ulme rastlos im Wind, und Louis mußte an Gehenkte denken, Opfer einer willkürlichen Lynchjustiz. Gott, er hatte solche Angst. Das war nicht nur ein wüstes, das war ein irrsinniges Werk.

Kein Verkehr. Die Laternen der Mason Street warfen weiße Lichtkreise aufs Pflaster, richteten Punktstrahler auf den Gehsteig, auf dem wochentags nach Schulschluß die Jungen von der Fairmount Grammar School Rad fuhren und die Mädchen sich mit Seilspringen und »Himmel und Hölle« vergnügten, ohne sich um den nahegelegenen Friedhof zu kümmern – außer vielleicht an Halloween, wo er einen gewissen, gruseligen Reiz auf sie ausüben würde. Vielleicht wagten sie es sogar, die Vorstadtstraße zu überqueren und an einem der schmiedeeisernen Riegel des hohen Zauns ein Papierskelett aufzuhängen.

»Gage«, murmelte er. Gage war dort drinnen, hinter diesem schmiedeeisernen Zaun, zu Unrecht gefangengehalten unter einer Decke aus dunkler Erde. *Ich hole dich heraus, Gage,* dachte er. *Ich hole dich heraus, mein Junge, wenn mich der Versuch nicht das Leben kostet.*

Louis überquerte mit dem schweren Bündel im Arm die Straße;

auf dem anderen Gehsteig blickte er wieder in beide Richtungen und warf dann die Segeltuchrolle über den Zaun. Sie klirrte ein wenig, als sie drinnen aufschlug. Louis wischte sich den Staub von den Händen und ging weiter. Er hatte sich den Platz genau gemerkt. Wenn er ihn vergäße, brauchte er nur an der Innenseite des Zauns entlangzugehen, bis zu der Stelle, an der sein Wagen stand, und dort würde er darüber stolpern.
Ob das Tor so spät noch offen war?
Er ging die Mason Street bis zu den Ampeln hinunter, der Wind trieb ihn voran und riß an seinen Füßen. Die Schatten auf der Straße waren in ständiger Bewegung.
Er bog in die Pleasant Street ein, immer dem Zaun folgend. Das Scheinwerferlicht eines Autos überflutete die Straße, und Louis verschwand im Schatten einer Ulme. Es war kein Polizeifahrzeug, nur ein Lieferwagen, der in Richtung Hammond Street fuhr, wahrscheinlich zur Schnellstraße. Als er ein gutes Stück entfernt war, ging Louis weiter.
Natürlich war es offen. Es mußte offen sein.
Er erreichte das Tor, ein schmiedeeisernes Gebilde in Form einer Kathedrale, schlank und anmutig im ständigen Wechsel von Schatten und Licht der Straßenlaternen. Er griff zu und versuchte es zu öffnen.
Verschlossen.
Natürlich ist es verschlossen, du Idiot – glaubtest du tatsächlich, jemand ließe die Friedhofstore in irgendeiner amerikanischen Stadt nach elf Uhr abends offen? So vertrauensselig, alter Freund, ist heutzutage niemand mehr. Und was nun?
Jetzt würde er über den Zaun klettern und darauf hoffen müssen, daß niemand den Blick lange genug vom Fernseher abwandte, um zu bemerken, wie er sich über den Zaun mühte – der langsamste, älteste Grabschänder der Welt.
Hallo, Polizei? Ich habe eben gesehen, wie der langsamste, älteste Grabschänder der Welt über den Zaun des Pleasantview-Friedhofs geklettert ist. Schien es verdammt eilig zu haben. Ob ich Witze mache? Nein, die Sache schien todernst. Vielleicht sollten Sie einmal nachschauen.
Louis ging weiter die Pleasant Street entlang und bog an der nächsten Kreuzung rechts ab. Der hohe Eisenzaun zog sich unerbittlich neben ihm hin. Der Wind kühlte die Schweißtropfen auf seiner Stirn und in den Schläfengruben. Das Licht der Straßenlaternen ließ seinen Schatten abwechselnd kleiner und größer werden. Hin und wieder warf er einen Blick auf den Zaun, dann blieb er stehen und zwang sich, ihn genau anzusehen.
Da willst du drüberklettern? Daß ich nicht lache!
Louis Creed war kein Zwerg, er maß fast 1,85 Meter, aber der

Zaun war knapp drei Meter hoch, und jeder der schmiedeeisernen Stäbe endete in einer dekorativen, pfeilförmigen Spitze. Dekorativ – freilich nur so lange, bis man abglitt, wenn man gerade ein Bein darüberschwang und die Gewalt plötzlich abstürzender hundert Kilo bewirkte, daß sich eine dieser Pfeilspitzen in die Lende bohrte und die Hoden bersten ließ. Und dann würde er da hängen, aufgespießt wie ein Ferkel bei einer Grillparty, und schreien, bis jemand die Polizei rief; und dann würden sie kommen und ihn herunterholen und ins Krankenhaus bringen.

Der Schweiß floß weiter und klebte ihm das Hemd an den Rükken. Abgesehen vom leisen Rauschen des spätabendlichen Verkehrs auf der Hammond Street war alles still.

Es mußte eine Möglichkeit geben, hineinzukommen. Es *mußte* einfach.

Komm, Louis, sieh den Tatsachen ins Auge. Du bist zwar verrückt, aber so verrückt bist du nun doch nicht. Vielleicht könntest du an diesem Zaun hochklettern, aber nur ein gut trainierter Turner brächte es fertig, sich über diese Spitzen zu schwingen, ohne an ihnen hängenzubleiben. Und angenommen, du kämst tatsächlich hinein – wie willst du dann mit Gage wieder herauskommen?

Er ging weiter und begriff nur verschwommen, daß er den Friedhof umkreiste, ohne etwas Sinnvolles zu unternehmen.

Also gut, hier ist die Antwort. Ich fahre heute abend einfach nach Ludlow zurück und komme morgen wieder, am späten Nachmittag. Gegen vier gehe ich durch das Tor hinein und suche mir einen Platz, an dem ich mich bis Mitternacht verstecken kann. Anders gesagt, ich verschiebe das, was ich bei einiger Vernunft schon heute hätte tun müssen, auf morgen.

Gute Idee, großer Meister – und was passiert inzwischen mit dem großen Bündel, das ich über den Zaun geworfen habe? Schaufel, Spaten, Hacke, Taschenlampe – ich hätte ebensogut LEICHENRÄUBER-AUSRÜSTUNG *auf jedes einzelne Stück schreiben können.*

Es liegt im Gesträuch. Wer in aller Welt sollte es finden?

In gewisser Hinsicht war das vernünftig. Aber was er vorhatte, war keine vernünftige Sache, und sein Herz erklärte ihm still und eindeutig, daß er morgen nicht wiederkommen konnte. Wenn er es nicht in dieser Nacht tat, würde er es nie tun. Er würde nie imstande sein, sich noch einmal in diesen Wahnsinn hineinzusteigern. Dies war der Augenblick, der einzige Zeitpunkt, an dem er es jemals schaffen konnte.

In dieser Gegend standen die Häuser in größeren Abständen – er entdeckte nun auf der anderen Straßenseite ein Rechteck aus gelblichem Licht, und einmal sah er das graublaue Flimmern eines Schwarzweißfernsehers – und bei einem Blick durch den Zaun bemerkte er, daß die Gräber hier älter waren, die Steine stärker verwittert, zum Teil von den Frösten und Tauwettern vieler Jahre nach vorn oder hinten geneigt. Eine weitere Kreuzung lag vor ihm, und wenn er abermals nach rechts abbog, würde er sich in einer Straße befinden, die zur Mason Street, in der er angefangen hatte, ungefähr parallel verlief. Und was tat er, wenn er an seinen Ausgangspunkt zurückgekehrt war? Ließ er sich zweihundert Dollar auszahlen und begann eine neue Runde? Gestand er sich seine Niederlage ein?

Die Scheinwerfer eines Autos schwenkten in die Straße. Louis trat wieder hinter einen Baum und wartete auf ihr Vorübergleiten. Der Wagen fuhr sehr langsam, und gleich nach dem Einbiegen schoß vom Beifahrersitz der weiße Strahl eines Suchscheinwerfers heraus und strich flackernd über den schmiedeeisernen Zaun. Louis spürte, wie sich sein Herz schmerzhaft verkrampfte. Es war ein Polizeiwagen, der den Friedhof überprüfte.

Er drückte sich dicht an den Baum, die rauhe Borke an der Wange, und hoffte inbrünstig, daß der Stamm dick genug war, um ihn zu verdecken. Der Scheinwerfer kam auf ihn zu. Louis senkte den Kopf, um den weißen Fleck seines Gesichts zu verbergen. Der Scheinwerfer erreichte den Baum, verschwand für einen Augenblick und tauchte dann zu seiner Rechten wieder auf. Louis glitt ein wenig um den Baum herum. Er erhaschte einen flüchtigen Blick auf das dunkle Blinklicht auf dem Dach des Streifenwagens. Er wartete darauf, daß die Bremslichter rot aufleuchteten, Türen aufschwangen, der Scheinwerfer plötzlich rückwärts schwenkte und wie ein großer, weißer Finger auf ihn zeigte. *He, Sie da! Da hinter dem Baum! Kommen Sie heraus, damit wir Sie sehen können, und zwar mit erhobenen Händen. Kommen Sie heraus! SOFORT!*

Der Streifenwagen fuhr weiter. Er erreichte die Ecke, blinkte, wie es sich gehörte, und bog nach links ab. Louis ließ sich gegen den Baumstamm fallen, hastig atmend, mit saurem, trockenem Mund. Wahrscheinlich würden sie an seinem geparkten Honda vorbeifahren, aber das war nicht weiter gefährlich. Von 18 bis 7 Uhr war das Parken auf der Mason Street erlaubt. Außer dem Honda parkte dort noch eine Menge anderer Wagen, deren Besitzer wahrscheinlich in den Mietshäusern wohnten, die dort standen.

Louis' Blick wanderte an dem Baum hinauf, hinter dem er sich versteckt hatte.

Genau über seinem Kopf gabelte sich der Stamm. Vielleicht konnte er ...

Ohne sich weiteres Nachdenken zu gestatten, griff er in die Gabelung und zog sich hinauf. Seine Tennisschuhe suchten nach Halt und ließen einen kleinen Borkenschauer auf den Gehsteig prasseln. Er bekam ein Knie hoch, und einen Augenblick später stand ein Fuß sicher in der Gabelung der Ulme. Wenn der Streifenwagen jetzt zurückkäme, würde sein Scheinwerfer in diesem Baum einen äußerst merkwürdigen Vogel entdecken. Er mußte sich beeilen.

Er zog sich auf einen höheren Ast hinauf, einen, der geradewegs über die Oberkannte des Zauns ragte. Ihm war zumute wie dem Zwölfjährigen, der er einmal gewesen war. Der Baum stand nicht still; er schaukelte gemächlich, fast beruhigend in dem stetigen Wind. Seine Blätter raschelten und murmelten. Louis schätzte die Lage ab, und bevor seine Füße Zeit hatten, kalt zu werden, ließ er sich fallen und hielt sich nur mit den Händen, die den Ast umgriffen. Der Ast mochte um ein Weniges dicker sein als der Unterarm eines muskulösen Mannes. Während seine Schuhe ungefähr zweieinhalb Meter über dem Gehsteig baumelten, hangelte er sich Hand über Hand dem Zaun entgegen. Der Ast neigte sich, schien aber nicht brechen zu wollen. Ganz schwach war er sich seines Schattens bewußt, der ihm auf dem Gehsteig folgte, konturlos, schwarz, der Schatten eines Affen. Der Wind kühlte seine heißen Achselhöhlen, und er zitterte, obwohl ihm der Schweiß über Gesicht und Nacken rann. Der Ast neigte sich und schaukelte bei jeder Bewegung. Je weiter er vorankam, desto stärker senkte er sich. Seine Hände und Handgelenke verloren an Kraft, und er fürchtete, daß seine schweißnassen Handflächen abgleiten könnten.

Er erreichte den Zaun. Seine Tennisschuhe baumelten etwa dreißig Zentimeter unterhalb der Pfeilspitzen. Aus diesem Winkel sahen die Spitzen alles andere als stumpf aus. Sie sahen sehr scharf aus. Aber ob scharf oder nicht – er begriff plötzlich, daß nicht nur seinen Hoden Gefahr drohte. Wenn er fiel und genau auf einer dieser Spitzen landete, würde sein Gewicht ausreichen, sie bis in seine Lungen zu treiben. Und wenn die Polizisten dann wiederkamen, würden sie auf dem Zaun des Pleasantview-Friedhofs eine verfrühte und überaus grausige Halloween-Dekoration vorfinden.

Heftig atmend, fast keuchend tastete er mit den Füßen nach den Zaunspitzen, um einen Augenblick ausruhen zu können. Sekundenlang hing er da, während seine Füße in der Luft tanzten und suchten, ohne zu finden.

Licht berührte ihn, wurde heller.

Großer Gott, ein Wagen, da kommt ein Wagen!

Er versuchte seine Hände voranzuschieben, aber die Handflächen glitten ab. Die verschränkten Finger wichen auseinander.

Immer noch Halt suchend, wandte er den Kopf nach links, blickte unter seinem schmerzenden Arm hindurch. Der Wagen schoß über die Kreuzung hinweg, ohne das Tempo zu verlangsamen. Glück gehabt. Wenn ...

Seine Hände rutschten wieder. Er spürte, wie Borke auf sein Haar rieselte.

Ein Fuß fand Halt, aber das andere Hosenbein hatte sich an einer der Pfeilspitzen verhakt. Beim Himmel, viel länger konnte er nicht so hängenbleiben. Verzweifelt versuchte Louis, sein Bein zu befreien. Der Ast senkte sich. Seine Hände glitten wieder ab. Er hörte Stoff reißen, und dann stand er auf zwei Pfeilspitzen. Sie bohrten sich in die Sohlen seiner Tennisschuhe, und der Druck wurde rasch zu Schmerz, aber Louis blieb trotzdem stehen. Die Erleichterung in den Händen und Armen war größer als der Schmerz in den Füßen.

Ein hübscher Anblick, den ich da biete, dachte Louis eher trübsinnig als belustigt. Er hielt sich mit der linken Hand am Ast fest und wischte die rechte an seiner Jacke ab. Dann wischte er die linke ab und hielt sich mit der rechten fest.

Er blieb noch einen Augenblick auf den Spitzen stehen, dann ließ er seine Hände auf dem Ast vorwärtsgleiten. Der Ast war jetzt so dünn, daß er die Finger bequem darüber verschränken konnte. Er hob die Füße von den Pfeilspitzen und schwang sich vorwärts wie Tarzan. Der Ast neigte sich beängstigend, und er hörte ein ominöses Krachen. Da vertraute er auf sein Glück und ließ los.

Er landete unglücklich. Sein Knie prallte gegen einen Grabstein, und eine Lanze aus Schmerz bohrte sich in seinen Oberschenkel. Er rollte sich auf dem Gras ab, hielt sein Knie, die Lippen zu einer Art Grinsen verkrampft, hoffte, daß die Kniescheibe nicht zertrümmert war. Endlich ließ der Schmerz ein wenig nach, und er stellte fest, daß er das Gelenk bewegen konnte. Es würde gehen, wenn er in Bewegung blieb und verhinderte, daß es steif wurde. Vielleicht.

Er richtete sich auf und begann, in Richtung Mason Street, wo sein Werkzeug lag, am Zaun entlangzugehen.

Anfangs schmerzte das Knie höllisch, und er hinkte, aber beim Gehen ließ der Schmerz allmählich nach. Im Erste-Hilfe-Kasten des Honda war Aspirin. Er hätte daran denken und es einstecken sollen. Zu spät jetzt. Er hielt Ausschau nach Autos und glitt tiefer in den Friedhofsschatten hinein, wenn eines kam.

An der Mason Street, auf der es mehr Verkehr geben mochte, hielt er ein Stück Abstand vom Zaun, bis er auf der Höhe seines Honda angekommen war. Er wollte sich gerade dem Zaun nähern und sein Bündel aus den Büschen holen, als er Schritte auf dem Gehsteig hörte und das leise Lachen einer Frau. Er setzte sich hinter einen großen Grabstein – sein Knie schmerzte zu sehr, als daß er sich hätte niederhocken können – und beobachtete ein Paar auf der anderen Seite der Mason Street. Sie hielten sich gegenseitig umfaßt, und ihre Art, sich von einem weißen Lichtkreis zum nächsten zu bewegen, erinnerte Louis an eine alte Fernsehsendung. Sogar der Titel fiel ihm ein: »The Jimmy Durante Hour«. Was würden sie tun, wenn er sich jetzt erhöbe, ein schwankender Schatten in dieser stillen Stadt der Toten, und ihnen mit hohler Stime zuriefe: »Gute Nacht, Mrs. Calabash, wo immer Sie sein mögen!«

Im Lichtkreis unmittelbar hinter seinem Wagen blieben sie stehen und küßten sich. Louis beobachtete sie und empfand dabei eine Art angewidertes Erstaunen und Ekel vor sich selbst. Hier saß er nun, wie ein Untermensch aus einem billigen Comic-Heft hinter einem Grabstein versteckt, und beobachtete ein Liebespaar. *Ist die Grenze wirklich so schmal?* fragte er sich, und auch dieser Gedanke hatte etwas Vertrautes. *So schmal, daß du sie ohne viel Federlesens mit einem Schritt überwinden kannst? Auf einen Baum steigen, sich an einem Ast entlanghangeln, in einen Friedhof springen, ein Liebespaar beobachten – ein Loch graben? Ist es so einfach? Ist es Wahnsinn? Ich habe acht Jahre gebraucht, um Arzt zu werden, aber mit einem einzigen Schritt bin ich zum Grabräuber geworden, zu dem, was die Leute einen Leichenschänder nennen.*

Er preßte die Fäuste auf den Mund, um zu verhindern, daß ein Laut herauskam, und suchte nach dieser inneren Kälte, diesem Gefühl der Losgelöstheit. Es war da, und Louis hüllte sich dankbar darin ein.

Als das Paar endlich weiterging, beobachtete Louis es nur noch mit Ungeduld. Sie stiegen die Stufen zu einem der Mietshäuser empor. Der Mann suchte nach einem Schlüssel, und einen Augenblick später waren sie drinnen. Die Straße war jetzt still bis auf das ständige Brausen des Windes, der die Bäume rauschen ließ und ihm das verschwitzte Haar in die Stirn wehte.

Er lief geduckt zum Zaun und tastete in den Büschen nach seinem Segeltuchbündel. Da war es, rauh unter seinen Fingern. Er hob es auf und lauschte dem gedämpften Klirren. Er trug es auf den breiten Kiesweg, der vom Tor herüberführte, und blieb stehen, um sich zu orientieren. Erst geradeaus, dann an der Gabelung nach links. Kein Problem.

Er hielt sich am Rand des Weges, um schnell im Schatten der Ulmen verschwinden zu können, falls es einen Nachtwächter gab und falls er seine Runde machen sollte.

An der Gabelung bog er nach links ab und näherte sich Gages Grab. Und plötzlich entdeckte er voller Bestürzung, daß er nicht mehr wußte, wie sein Sohn ausgesehen hatte. Er blieb stehen, den Blick auf die Grabreihen geheftet, auf die düsteren Fassaden der

Monumente, und versuchte ihn zurückzuholen. Einzelheiten fielen ihm ein – das blonde Haar, das immer noch so fein und leicht gewesen war, die schrägstehenden Augen, die kleinen, weißen Zähne, die kaum sichtbare Narbe an seinem Kinn, die von einem Fall auf der Hintertreppe ihres Hauses in Chicago zurückgeblieben war. Das alles sah er vor sich, aber er war nicht imstande, daraus ein zusammenhängendes Ganzes zu schaffen. Er sah Gage auf die Straße zulaufen, zu seiner Verabredung mit dem Orinco-Laster, aber sein Gesicht war abgewandt. Er versuchte sich Gage so vorzustellen, wie er am Abend des Tages, an dem sie den Drachen hatten steigen lassen, in seinem Bettchen gelegen hatte, aber vor seinem inneren Auge war nichts als Schwärze.
Gage, wo bist du?
Hast du schon einmal daran gedacht, Louis, ob du deinem Sohn vielleicht keinen guten Dienst erweist? Vielleicht ist er glücklich dort, wo er ist. Vielleicht ist das alles doch nicht der Mumpitz, für den du es immer gehalten hast. Vielleicht ist er bei den Engeln, vielleicht schläft er nur. Und wenn er schläft – weißt du wirklich, was du dann aufweckst?
Oh, Gage, wo bist du? Ich möchte dich wiederhaben.
Aber war er wirklich Herr seines eigenen Tuns? Warum konnte er sich nicht an Gages Gesicht erinnern, und warum handelte er allen Warnungen zum Trotz – der Warnung Juds, dem Traum mit Pascow, der Angst in seinem eigenen Herzen?
Er dachte an die Gedenktafeln auf dem Tierfriedhof, an die ungefähren Kreise, die als Spirale abwärts führten in das große Geheimnis, und da überkam ihn die Kälte wieder. Warum stand er hier und versuchte, sich an Gages Gesicht zu erinnern?
Er würde es bald genug sehen.

Der Grabstein war noch nicht da. Aber jemand war hier gewesen und hatte das Grab besucht: da lagen frische Blumen. Wer mochte das gewesen sein? Missy Dandridge?
Sein Herz schlug schwer, aber langsam. Nun war es so weit; wenn er es tun wollte, dann mußte er jetzt anfangen. Die Nacht war nicht endlos, und nach ihr kam der Tag.
Louis blickte zum letzten Mal in sein Herz und sah, daß die Antwort Ja lautete. Daß er entschlossen war, es durchzustehen. Er nickte kaum wahrnehmbar und tastete nach seinem Taschenmesser. Er hatte das Bündel mit Klebeband umwickelt; nun durchtrennte er es. Er entrollte das Segeltuch am Fuß von Gages Grab wie eine Bettdecke und legte dann das Werkzeug ebenso methodisch zurecht, wie er seine Instrumente zu ordnen pflegte, wenn eine Wunde zu nähen oder eine kleine Operation auszuführen war.

Hier war die Taschenlampe, mit einem Stück Filz abgeschirmt, wie es der Verkäufer im Haushaltswarengeschäft vorgeschlagen hatte. Auch der Filz wurde von Klebeband gehalten. Er hatte ein kleines, rundes Loch hineingeschnitten, indem er eine Münze daraufgelegt und mit dem Skalpell daran entlanggeschnitten hatte. Da war die Hacke, die er jetzt wahrscheinlich nicht brauchen würde. Es gab keine versiegelte Gruft, und in einem frisch zugeschaufelten Grab gab es auch keine Steine. Hier waren die Schaufel, der Spaten, das Seil, die Handschuhe. Er zog die Handschuhe an, ergriff den Spaten und machte sich an die Arbeit.

Der Boden war weich, das Graben leicht. Die Umrisse des Grabes waren genau zu erkennen – die Erde, die er aushob, war lockerer als die an den Kanten. Sein Verstand verglich fast automatisch die Mühelosigkeit dieser Arbeit mit der steinigen, unerbittlichen Erde an dem Ort, an dem er, wenn alles gut ging, seinen Sohn später in dieser Nacht wieder begraben würde. Dort würde er auch die Hacke brauchen. Dann schaltete er sein Denken ab. Es war ihm nur im Wege.

Er warf die Erde, die er herausholte, links neben dem Grab auf, in einem stetigen Rhythmus, den einzuhalten ihm erst schwerfiel, als das Loch tiefer wurde. Er trat in das Grab, nahm den dumpfen Geruch frisch ausgehobener Erde wahr, einen Geruch, dessen er sich seit den Sommern bei Onkel Carl entsinnen konnte.

Buddler, dachte er und hielt inne, um sich den Schweiß von der Stirn zu wischen. Das, so hatte Onkel Carl ihm erzählt, war der Spitzname für alle Totengräber. Ihre Freunde nannten sie Buddler.

Er machte weiter.

Danach machte er nur noch einmal Pause, und auch nur, um auf seine Uhr zu schauen. Es war zwanzig Minuten nach zwölf. Ihm war, als glitte ihm die Zeit wie eingefettet durch die Hände.

Vierzig Minuten später stieß der Spaten auf etwas Hartes, und Louis biß sich so heftig auf die Unterlippe, daß sie blutete. Er nahm die Taschenlampe und richtete sie nach unten. In der Erde zeigte sich wie hingekritzelt eine diagonale, silbriggraue Linie – der Deckel des Grabeinsatzes. Louis holte den größten Teil der Erde herunter, aber er fürchtete, dabei zu viel Lärm zu machen, und es gab kaum etwas Lauteres als einen Spaten, der mitten in der Nacht über Beton scharrt.

Er stieg aus dem Grab, holte das Seil und fädelte es durch die Eisenringe der einen Hälfte des zweiteiligen Deckels. Dann stieg er wieder heraus, breitete die Plane aus, legte sich darauf und faßte die Enden des Seils.

Louis, das ist es jetzt. Deine letzte Chance.
Richtig. Es ist die letzte Chance, und ich werde sie nutzen.

Er streifte die Handschuhe ab, wickelte sich die Seilenden um die Hände und zog. Das Rechteck knirschte an seinem Drehpunkt und hob sich bereitwillig. Dann stand es aufrecht am Rand eines schwarzen Vierecks, kein waagerechter Deckel mehr, sondern ein senkrechter Grabstein.

Louis zog das Seil aus den Ringen und warf es beiseite. Für die zweite Hälfte brauchte er es nicht; er konnte sich auf die Kanten des Grabeinsatzes stellen und sie anheben.

Wieder stieg er in das Grab, aber jetzt sehr vorsichtig, damit die Zementplatte, die er aufgerichtet hatte, nicht wieder umstürzte und ihm die Zehen zerschmetterte; überdies war das verdammte Ding so dünn, daß es zerbrechen konnte. Steinchen prasselten in das Grab, und er hörte, wie einige hohl auf Gages Sarg aufschlugen.

Er bückte sich, ergriff die zweite Hälfte des Deckels und zog sie hoch. Dabei spürte er, daß seine Finger etwas Kaltes zerdrückten. Als auch die andere Deckelhälfte aufrecht stand, warf er einen Blick auf seine Hand und sah einen fetten Regenwurm, der sich noch schwach ringelte. Mit einem unterdrückten Laut des Ekels wischte er die Hand an der Seitenwand des Grabes ab.

Dann richtete er die Taschenlampe wieder abwärts.

Da war der Sarg, den er zuletzt gesehen hatte, als er auf verchromten Stangen über dem Grab ruhte, umgeben von diesem scheußlich grünen Kunstrasen. Der Tresor, in dem er all seine Hoffnungen für seinen Sohn hatte begraben sollen. Wut, weißglühende Wut, das genaue Gegenteil seiner bisherigen Kälte, wallte in ihm auf. Er dachte nicht daran. Die Antwort war nein!

Louis tastete nach dem Spaten und fand ihn. Er hob ihn über die Schulter und ließ ihn auf den Sargverschluß herabschmettern, einmal, zweimal, ein drittes und noch ein viertes Mal. Seine Lippen verzogen sich zu einer wütenden Grimasse.

Ich hau dich hier heraus, Gage, du wirst es sehen!

Der Verschluß war schon beim ersten Schlag zersplittert, und wahrscheinlich wären die weiteren Schläge nicht nötig gewesen, aber er machte weiter, als wollte er den Sarg nicht nur öffnen, sondern ihm wehtun. Doch dann kehrte so etwas wie Vernunft zurück, und er hielt inne, den Spaten schon zu einem weiteren Hieb erhoben.

Das Blatt war verbogen und zerkratzt. Er warf den Spaten beiseite und mühte sich auf schwachen Beinen, die sich wie Gummi anfühlten, aus dem Grab. Ihm war übel; die Wut war so schnell verflogen, wie sie gekommen war. An ihre Stelle war wieder die Kälte getreten, und noch nie in seinem Leben war er sich so einsam und losgelöst vorgekommen; ihm war zumute wie einem

Astronauten, der auf einem Raumspaziergang in unendlicher Schwärze schwebt und in geliehener Zeit atmet. *Ob sich Bill Baterman auch so gefühlt hat?* fragte er sich.

Er legte sich wieder hin, diesmal auf den Rücken, und wartete, bis er wieder Herr seiner selbst war und weitermachen konnte. Als das Gummigefühl aus seinen Beinen verschwunden war, setzte er sich auf und ließ sich dann wieder in das Grab gleiten. Er richtete die Taschenlampe auf den Verschluß und sah, daß er nicht nur zerbrochen, sondern völlig demoliert war. Er hatte den Spaten in blinder Wut geschwungen, aber jeder Schlag hatte ins Schwarze getroffen, als wäre er gelenkt worden. Das Holz ringsum war zersplittert.

Louis klemmte die Taschenlampe in die Achselhöhle. Dann ging er in die Hocke. Seine Hände tasteten wie die des Fängers in einer Truppe von Zirkusartisten, der darauf wartet, bei einem lebensgefährlichen Kunststück seine Rolle zu spielen.

Er fand die Vertiefung im Deckel und ließ seine Finger hineingleiten. Er hielt einen Augenblick inne – man konnte es nicht einmal ein Zögern nennen –, und dann öffnete er den Sarg seines Sohnes.

50

Rachel Creed hätte ihr Flugzeug von Boston nach Portland beinahe erreicht. Beinahe. Die Maschine startete pünktlich in Chicago (ein wahres Wunder), landete planmäßig auf dem La Guardia-Flughafen (ein weiteres Wunder) und verließ New York mit nur fünf Minuten Verspätung. In Boston kam sie mit fünfzehn Minuten Verspätung um 23.12 Uhr an. Damit blieben ihr dreizehn Minuten.

Vielleicht hätte sie ihren Anschlußflug trotzdem noch erreicht. Aber der Bus, der zwischen den Terminals von Logan die Runde machte, hatte gleichfalls Verspätung. Rachel wartete, jetzt in einem Zustand leichter Panik, trat von einem Fuß auf den anderen, als müßte sie die Toilette aufsuchen, und wechselte die Reisetasche, die ihre Mutter ihr geliehen hatte, von einer Schulter zur anderen.

Als der Bus um 23.25 noch immer nicht gekommen war, begann sie zu laufen. Ihre Absätze waren verhältnismäßig flach, aber immer noch hoch genug, um sie zu behindern. Sie knickte um und blieb dann einen Augenblick stehen, um die Schuhe auszuziehen. Dann lief sie auf Strümpfen weiter, vorbei an den Schal-

tern der Allegheny und Eastern Airlines, keuchend und mit Seitenstechen.
Der Atem fuhr ihr heiß durch die Kehle, das Seitenstechen wurde schmerzhafter. Sie passierte das Abfertigungsgebäude für die Auslandsflüge; dann tauchte das dreieckige Zeichen von Delta vor ihr auf. Sie stürzte durch die Tür, ließ dabei fast einen Schuh fallen, griff danach und fing ihn auf. Es war 23.37 Uhr.
Eine der beiden diensttuenden Hostessen blickte auf.
»Flug 104«, keuchte Rachel. »Nach Portland. Ist die Maschine schon gestartet?«
Die Hostess blickte auf die Anzeigetafel hinter sich. »Anscheinend noch am Flugsteig«, sagte sie, »aber der letzte Aufruf kam schon vor fünf Minuten. Ich melde Sie an. Haben Sie Gepäck?«
»Nein«, keuchte Rachel und strich sich das schweißnasse Haar aus den Augen. Das Herz jagte in ihrer Brust.
»Dann warten Sie meinen Anruf nicht ab. Ich rufe an, aber ich rate Ihnen, laufen Sie sehr schnell.«
Rachel konnte nicht sehr schnell laufen – dazu reichte ihre Kraft nicht mehr. Aber sie tat, was sie konnte. Die Rolltreppen waren für die Nacht abgeschaltet worden, und so mußte sie von Stufe zu Stufe laufen, den Geschmack von Kupferspänen im Mund. Sie erreichte die Sicherheitskontrolle, warf der überraschten Beamtin ihre Tasche zu und wartete dann darauf, daß sie auf dem Fließband auftauchte; ihre Fäuste ballten und öffneten sich. Die Tasche hatte kaum den Röntgenschirm passiert, als sie sie auch schon am Riemen griff und wieder rannte. Die Tasche flog durch die Luft und schlug ihr dann gegen die Hüfte.
Im Laufen warf sie einen Blick auf die Anzeigetafel.
FLUG 104 PORTLAND PLANM. 23.25 FLUGSTEIG 31 AUFGERUFEN.
Flugsteig 31 lag am äußersten Ende des Ganges – und noch während sie auf die Tafel schaute, wechselte das stetige AUFGERUFEN zu einem schnell blinkenden AM START.
Sie stieß einen leisen Verzweiflungsschrei aus. Sie gelangte gerade noch rechtzeitig in den Abflugraum, um zu sehen, wie der Aufseher das Schild mit der Aufschrift FLUG 104 BOSTON–PORTLAND 23.25 beiseiteräumte.
»Es ist fort?« fragte sie ungläubig. »Es ist wirklich fort?«
Der Aufseher warf ihr einen mitfühlenden Blick zu. »Die Maschine hat den Flugsteig um 23.40 verlassen. Es tut mit leid, Madam. Sie haben das Menschenmögliche versucht, wenn Ihnen das ein Trost ist.« Er zeigte auf die breiten Fenster. Rachel sah eine große 727 mit den Zeichen von Delta und Positionslichtern wie Christbaumkerzen.
»Hat denn niemand Bescheid gesagt, daß ich komme?«

»Als von unten angerufen wurde, rollte die Maschine schon zur Startbahn. Wenn ich sie zurückgerufen hätte, wäre sie der Maschine auf Bahn 30 ins Gehege gekommen, und der Pilot hätte Kleinholz aus mir gemacht – von den rund hundert Passagieren an Bord ganz zu schweigen. Es tut mir wirklich leid. Wenn sie nur vier Minuten früher hier gewesen wären...«

Sie ging, ohne sich den Rest anzuhören. Als sie die halbe Strecke bis zur Sicherheitskontrolle zurückgelegt hatte, spülten Wogen von Benommenheit über sie hinweg. Sie taumelte in einen anderen Abflugraum und setzte sich, bis die Schwärze vor ihren Augen verflogen war. Dann streifte sie einen zerdrückten Zigarettenstummel von der Sohle eines ihrer zerfetzten Strümpfe und schlüpfte wieder in die Schuhe. *Meine Füße sind dreckig, und es ist mir scheißegal,* dachte sie trostlos.

Sie kehrte zum Abfertigungsschalter zurück.

Auch die Beamtin an der Sicherheitskontrolle bedachte sie mit einem mitfühlenden Blick. »Verpaßt?«

»Ja«, sagte Rachel. »Verpaßt.«

»Wo wollten Sie hin?«

»Portland. Und dann weiter nach Bangor.«

»Warum mieten Sie sich nicht einen Wagen? Das heißt, wenn Sie unbedingt hinmüssen. Normalerweise schlage ich den Leuten vor, sich in der Nähe des Flughafens ein Zimmer zu nehmen, aber wenn ich je eine Dame sah, die den Eindruck machte, als müßte sie unbedingt irgendwohin, dann sind Sie diese Dame.«

»Ja, die bin ich«, sagte Rachel und dachte einen Augenblick nach. »Aber die Idee ist nicht schlecht. Sofern eine der Agenturen einen Wagen hat.«

Die Beamtin lachte. »Die haben bestimmt Wagen. Einen Wagen zu bekommen, ist nur schwierig, wenn Logan Airport im Nebel liegt – was ziemlich oft vorkommt.«

Rachel hörte kaum, was sie sagte. In Gedanken versuchte sie bereits, die Zeit abzuschätzen.

Selbst wenn sie in selbstmörderischem Tempo über die Fernstraße jagte, würde sie in Portland das Flugzeug nach Bangor nicht mehr erreichen. Also mußte sie durchfahren. Wie lange würde das dauern? Das kam auf die Entfernung an. Vierhundert Kilometer, fiel ihr ein. Vielleicht hatte Jud die Zahl einmal erwähnt. Viertel nach zwölf würde sie losfahren können, wahrscheinlich eher halb eins. Es war durchgehend Schnellstraße. Sie hielt ihre Chancen, die ganze Strecke Tempo hundert zu fahren, ohne wegen überhöhter Geschwindigkeit angehalten zu werden, für recht gut. Die Rechnung war einfach. Vierhundert durch hundert – das waren rund vier Stunden. Vielleicht auch viereinhalb. Sie würde einmal anhalten und zur Toilette gehen müssen. Und obwohl ihr der Gedanke an Schlaf jetzt absurd vorkam, kannte sie ihre eigenen Reserven gut genug, um zu wissen, daß sie außerdem einmal anhalten mußte, um eine große Tasse schwarzen Kaffee zu trinken. Dennoch konnte sie vor Tagesanbruch in Ludlow sein.

Noch während sie diese Überlegungen anstellte, machte sie sich auf den Weg zur Treppe – die Leihwagen-Agenturen befanden sich im Untergeschoß.

»Viel Glück«, rief ihr die Beamtin nach. »Und fahren Sie vorsichtig.«

»Danke«, sagte Rachel. Sie hatte das Gefühl, ein bißchen Glück verdient zu haben.

51

Zuerst überfiel ihn der Gestank, und Louis fuhr würgend zurück. Er hielt sich schwer atmend an der Kante des Grabes fest, und gerade als er dachte, er hätte seinen Schlund unter Kontrolle, stieg das ganze große, geschmacklose Abendessen in ihm hoch. Er erbrach es über den Rand des Grabes hinweg und lehnte dann keuchend den Kopf an das Erdreich. Endlich gab sich die Übelkeit. Mit zusammengebissenen Zähnen zog er die Taschenlampe aus der Achselhöhle und richtete sie in den offenen Sarg.

Ein Grauen, das fast panisches Entsetzen war, ergriff ihn – ein Gefühl, wie es gewöhnlich den schlimmsten Alpträumen vorbehalten bleibt, Alpträumen, an die man sich nach dem Erwachen kaum noch erinnert.

Gages Kopf war verschwunden.

Louis' Hände zitterten so heftig, daß er die Taschenlampe mit beiden Händen halten mußte; er packte sie wie ein Polizist, der gelernt hat, wie er seinen Dienstrevolver auf dem Schießstand halten muß. Dennoch fuhr der helle Fleck hin und her, und es dauerte ein paar Sekunden, bis er den bleistiftdünnen Strahl wieder in den Sarg lenken konnte.

Es ist unmöglich, sagte er sich. *Denke daran – was du gesehen zu haben glaubst, ist unmöglich.*

Langsam ließ er den dünnen Lichtstrahl über Gages Körper wandern, von den neuen Schuhen zur Anzughose, dem kleinen Jackett (Gott, wann hat je ein Zweijähriger einen Anzug getragen?), zu dem offenen Hemdkragen, zu...

Sein Atem stockte mit einem rauhen Laut, zu fassungslos, um ein Keuchen zu sein, und die ganze Wut über Gages Tod stürzte wieder auf ihn ein, überlagerte seine Angst vor dem Übernatürlichen, dem Außernatürlichen, die wachsende Gewißheit, daß er den ersten Schritt ins Reich des Wahnsinns getan hatte.

Louis tastete in seiner Hosentasche nach dem Taschentuch und zog es heraus. Er nahm die Lampe in eine Hand und beugte sich wieder über das Grab, so weit, daß er kaum das Gleichgewicht halten konnte. Wäre jetzt einer der Deckel des Grabeinsatzes umgekippt, so hätte er ihm mit Sicherheit das Genick gebrochen. Mit seinem Taschentuch wischte er sanft das feuchte Moos ab, das auf Gages Haut wuchs – Moos, so dunkel, daß er einen Augenblick der Täuschung erlegen war und geglaubt hatte, Gages Kopf wäre verschwunden.

Das Moos war feucht, bildete aber nur eine dünne Schicht. Er hätte damit rechnen müssen; es hatte geregnet, und der Grabeinsatz war nicht wasserdicht. Louis ließ den Lichtstrahl zur Seite wandern und sah, daß der Sarg in einer flachen Pfütze stand. Unter der dünnen Schleimschicht sah er seinen Sohn. Obwohl der Bestattungsunternehmer wußte, daß der Sarg nach einem so grauenhaften Unfall nicht mehr geöffnet werden würde, hatte er sein Bestes getan – das taten Bestattungsunternehmer fast immer. Er sah seinen Sohn, und es war, als sähe er eine schlecht gearbeitete Puppe. Gages Kopf wies merkwürdige Ausbuchtungen auf. Die Augen hinter den geschlossenen Lidern waren tief eingesunken. Aus seinem Mund kam etwas Weißes, das der Zunge eines Albinos glich, und Louis dachte zuerst an geronnene Flüssigkeit: vielleicht hatten sie zuviel Balsamierungsflüssigkeit verwendet. Das Zeug war selbst im günstigsten Fall tückisch, und bei einem Kind war es fast unmöglich, abzuschätzen, ob die Menge richtig war – oder zu groß.

Dann begriff er, daß es nur Watte war. Er griff danach und zog sie aus Gages Mund. Die Lippen, merkwürdig schlaff und irgendwie zu dunkel und zu breit, schlossen sich mit einem schwachen, aber doch hörbaren Laut. Er warf die Watte ins Grab, wo sie auf der flachen Pfütze schwamm und widerwärtig weiß schimmerte. Jetzt war eine von Gages Wangen eingefallen wie die eines alten Mannes.

»Gage«, flüsterte er, »ich hol dich jetzt heraus, okay?«

Er betete, daß niemand vorbeikäme – ein Nachtwächter vielleicht, der seine Mitternachtsrunde durch den Friedhof machte. Aber jetzt ging es nicht mehr darum, sich nicht ertappen zu lassen; wenn ihn der Strahl einer fremden Taschenlampe treffen sollte, während er hier im Grab stand und sein grausiges Werk vollbrachte, würde er den verbogenen, zerkratzten Spaten ergreifen und dem Störenfried damit den Schädel spalten.

Er schob die Arme unter Gage. Der Körper rollte knochenlos hin und her, und plötzlich überkam ihn die entsetzliche Gewißheit: wenn er Gage hochhob, würde sein Körper zerfallen, und er würde nur noch einzelne Glieder vor sich haben. Er würde dastehen, die Füße auf den Kanten des Grabeinsatzes, und schreien. Und so würde man ihn finden.
Mach weiter, du Feigling, mach weiter und bring es hinter dich!
Er schob die Arme unter Gage, registrierte die übelriechende Feuchte und hob ihn dann heraus, wie er ihn so oft aus seinem abendlichen Bad herausgehoben hatte. Louis sah den grinsenden Ring der Stiche, die Gages Kopf auf seinen Schultern hielten.
Keuchend und unter krampfhaften Zuckungen seines Magens, der gegen den Gestank und die knochenlose Schlaffheit von Gages erbärmlich zerschmettertem Körper revoltierte, holte Louis den Leichnam aus dem Sarg heraus. Endlich saß er am Rand des Grabes, den Leichnam im Schoß, die Beine in der Grube, das Gesicht von bleierner Farbe, die Augen schwarze Löcher, der Mund zu einem zitternden Bogen aus Grausen, Mitleid und Kummer verzerrt.
»Gage«, sagte er und begann den Jungen in den Armen zu wiegen. Gages Haar lag an Louis' Handgelenk, leblos wie Draht. »Gage, es kommt alles wieder in Ordnung, ich schwöre es dir, Gage, es kommt alles in Ordnung, bald ist es überstanden, nur noch diese Nacht, bitte. Gage, ich liebe dich. Gage, dein Daddy liebt dich.«
Louis wiegte seinen Sohn.

Viertel vor zwei war Louis bereit, den Friedhof zu verlassen. Das Hantieren mit dem Leichnam war das Schlimmste gewesen – der Teil des Werkes, bei dem sein Verstand, der innere Astronaut, am weitesten draußen im leeren Raum zu schweben schien. Und dennoch hatte er jetzt, als er ausruhte und die erschöpften Muskeln in seinem schmerzhaft pochenden Rücken zerrten und zuckten, das Gefühl, den Rückweg schaffen zu können. Den ganzen Rückweg.
Er legte Gages Leichnam auf die Segeltuchplane und rollte ihn darin ein. Er sicherte die Plane mit langen Streifen Klebeband, dann schnitt er das Seil in zwei Hälften und band die Enden säuberlich zusammen. Wieder sah es aus, als hätte er einen zusammengerollten Teppich bei sich, nicht mehr. Er schloß den Sarg; nach kurzem Überlegen öffnete er ihn wieder und legte den verbogenen Spaten hinein. Mochte Pleasantview dieses Andenken behalten; seinen Sohn behielt es nicht. Er schloß den Sarg wieder und senkte dann die eine Hälfte des Deckels ab. Er dachte daran,

die andere Hälfte einfach umstürzen zu lassen, fürchtete jedoch, sie könnte hörbar zerbrechen. Stattdessen fädelte er seinen Gürtel durch die Eisenringe und ließ mit seiner Hilfe das Betonrechteck vorsichtig abwärtsgleiten. Dann ging er daran, das Loch wieder zuzuschaufeln. Es war nicht genug Erde da, um das Grab ganz zu füllen. Nie war dazu genug Erde da. Vielleicht fiel jemandem auf, daß das Grab eingesunken aussah. Vielleicht auch nicht. Vielleicht bemerkte es jemand und dachte sich nichts dabei. Er gestattete sich jedenfalls nicht, in dieser Nacht darüber nachzudenken oder sich Sorgen zu machen – dafür stand ihm noch zu viel bevor. Noch mehr von diesem wüsten Werk. Und er war sehr müde.

Hey-ho, let's go.

Der Wind wurde stärker, er heulte durch die Bäume, so daß Louis sich nervös umsah. Dann legte er die Schaufel, die Hacke, die er später brauchen würde, die Handschuhe und die Taschenlampe neben das Bündel. Die Lampe zu benutzen war eine Versuchung, aber er widerstand ihr. Er ließ den Leichnam und das Werkzeug liegen, wanderte den Weg zurück, den er gekommen war, und stand nach ungefähr fünf Minuten an dem hohen, schmiedeeisernen Zaun. Auf der anderen Straßenseite stand sein Honda, ordentlich am Bordstein geparkt. So nah und doch so weit weg.

Louis betrachtete ihn einen Augenblick, dann schlug er eine andere Richtung ein.

Diesmal ging er vom Tor fort und wanderte am Zaun entlang, bis er im rechten Winkel von der Mason Street abbog. Hier war ein Entwässerungsgraben, und Louis blickte hinein. Was er sah, ließ ihn schaudern. Unmengen faulender Blumen lagen darin, eine Schicht über der anderen, vom Regen und Schnee der Jahreszeiten verklumpt.

Oh, Jesus.

Nein, nicht Jesus. Diese Überreste waren Sühneopfer für einen viel älteren Gott als den der Christen. Die Menschen haben ihm immer wieder andere Namen gegeben, aber der angemessenste war vielleicht der, den Rachels Schwester ihm gab: der Große und Schreckliche Oz, der Gott der toten Dinge, die man dem Boden anvertraut, der Gott faulender Blumen in Entwässerungsgräben, der Gott der Geheimnisse.

Louis starrte wie hypnotisiert in den Graben. Endlich riß er seinen Blick mit leisem Keuchen los – dem Keuchen eines Menschen, der in Trance versetzt worden war und, nachdem der Hypnotiseur bis zehn gezählt hat, wieder zu sich kommt.

Er ging weiter. Es dauerte nicht lange, bis er gefunden hatte, was er suchte. Wahrscheinlich hatte sein Verstand diese Information schon am Tag von Gages Beisetzung gespeichert.

Vor ihm ragte in der windigen Dunkelheit die Krypta des Friedhofs auf. Hier wurden die Särge im Winter aufbewahrt, wenn es so kalt war, daß selbst der Bagger die gefrorene Erde nicht aufgraben konnte. Und auch zu Zeiten, in denen das Geschäft zu gut ging. Louis wußte, daß von Zeit zu Zeit eine solche Konjunktur eintrat; immer wieder gab es Perioden, zu denen ohne jeden ersichtlichen Grund eine Menge Leute starben.
»Das gleicht sich alles wieder aus«, hatte Onkel Carl ihm erzählt. »Wenn ich im Mai zwei Wochen habe, in denen niemand stirbt, Lou, kann ich in zwei Novemberwochen mit zehn Beerdigungen rechnen. Im Dezember geht das Geschäft dann wieder zurück, besonders um die Weihnachtszeit, obwohl die Leute immer glauben, da stürben besonders viele. Dieses Gerede über weihnachtliche Depressionen ist einfach kalter Kaffee. Das kann dir jeder Bestattungsunternehmer sagen. Um Weihnachten herum sind die meisten Leute wirklich glücklich und wollen am Leben bleiben. Also bleiben sie am Leben. Gewöhnlich ist es der Februar, in dem das Geschäft auf Hochtouren läuft. Die Grippe erwischt die alten Leute, und natürlich die Lungenentzündung. Aber das ist noch nicht alles. Da gibt es Leute, die sich ein Jahr oder anderthalb wie die Verrückten gegen den Krebs gewehrt haben. Und wenn dann der Februar kommt, sieht es aus, als wären sie am Ende ihrer Kräfte, und der Krebs rollt sie einfach zusammen wie einen Teppich. Am 31. Januar tritt noch einmal eine deutliche Besserung ein, und sie haben das Gefühl, es überstanden zu haben, und am 24. Februar sind sie schon unter der Erde. Im Februar sterben die Leute am Herzinfarkt, am Gehirnschlag, an Nierenversagen. Daran sind wir in unserer Branche gewöhnt. Und dann passiert wie aus heiterem Himmel im Juni oder im Oktober genau dasselbe. Nicht im August. Der August ist ein ruhiger Monat. Wenn nicht gerade eine Gasleitung explodiert oder ein Bus von einer Brücke stürzt, steht die Krypta im August leer. Aber im Februar ist es schon vorgekommen, daß wir die Särge dreifach übereinanderstapeln mußten und uns sehnlichst Tauwetter wünschten, damit wir ein paar von ihnen unter die Erde bringen konnten und nicht noch ein Kühlhaus mieten mußten.«

Onkel Carl hatte gelacht. Und Louis, der sich in Dinge eingeweiht sah, von denen nicht einmal seine Professoren etwas wußten, hatte gleichfalls gelacht.

Die Doppeltür der Krypta war in die graswachsene Flanke eines Hügels eingelassen, dessen Form so natürlich und reizvoll wirkte wie die Rundung einer weiblichen Brust. Die Kuppe dieses Hügels (von dem Louis annahm, daß er nicht gewachsen, sondern aufgeschüttet worden war) wurde von den Pfeilspitzen des schmiedeeisernen Zauns, der nicht der Erhebung folgte, sondern seine Höhe unverändert beibehielt, nur um einen knappen halben Meter überragt.

Louis sah sich um, dann kletterte er den Abhang hinauf. Auf der anderen Seite lag eine leere Fläche von vielleicht insgesamt zwei Morgen. Nein – nicht ganz leer. Ein einsames Gebäude stand darauf, eine Art Schuppen. *Gehört wohl zum Friedhof,* dachte Louis. Dort bewahrten sie wahrscheinlich ihr Werkzeug auf, und was sie sonst noch brauchten.

Die Straßenlaternen leuchteten durch die vom Wind bewegten Blätter einer Reihe alter Ulmen und Ahorne, die die Fläche von der Mason Street abgrenzte. Sonst bemerkte Louis nichts, das sich bewegte.

Um nicht zu fallen und sein Knie erneut zu verletzen, rutschte er auf dem Hosenboden herunter und kehrte dann zum Grab seines Sohnes zurück. Fast wäre er über die Segeltuchrolle gestolpert. Er stellte fest, daß er zweimal würde gehen müssen, einmal mit dem Leichnam und ein zweites Mal mit dem Werkzeug. Er bückte sich, verzog das Gesicht, weil sein Rücken protestierte, und nahm die steife Segeltuchrolle in die Arme. Er spürte, wie sich Gages Leichnam darin verlagerte, und weigerte sich beharrlich, von jenem Teil seines Verstandes Notiz zu nehmen, der ihm unentwegt zuflüsterte, daß er verrückt geworden sei.

Er trug den Leichnam zu dem Hügel, in dem sich die Krypta von Pleasantview befand, deren stählerne Schiebetüren eher aussahen wie die einer Doppelgarage. Er wußte jetzt, wie er es anstellen mußte, um das zwanzig Kilo schwere Bündel, nachdem ihm sein Seil nicht mehr zur Verfügung stand, den steilen Abhang hinaufzubefördern. Zuerst trat er ein paar Schritte zurück, rannte dann auf die Steigung zu und ließ sich vom Schwung des Anlaufs so weit wie möglich hinauftragen. Er erreichte fast den Gipfel, bevor seine Füße auf dem kurzen, glatten Gras unter ihm wegrutschten, und noch im Abgleiten warf er die Segeltuchrolle so weit vorwärts, wie er konnte. Sie landete fast auf der Hügelkuppe. Er kletterte das letzte Stück hinterher, schaute sich wieder um, sah niemanden und lehnte die Rolle an den Zaun. Dann ging er, um die anderen Sachen zu holen.

Wieder auf der Hügelkuppe angelangt, zog er die Handschuhe an und deponierte Taschenlampe, Schaufel und Hacke neben der Segeltuchrolle. Dann ruhte er sich aus, den Rücken an die Zaunstäbe gelehnt, die Hände auf die Knie gestützt. Die neue Digitaluhr, die Rachel ihm zu Weihnachten geschenkt hatte, zeigte 2:01 Uhr.

Er genehmigte sich fünf Minuten Pause und warf dann die Schaufel über den Zaun. Er hörte, wie sie im Gras landete. Dann versuchte er die Taschenlampe in den Hosenbund zu stecken, aber es ging nicht. Er schob sie zwischen zwei Zaunstäben durch und lauschte, wie sie den Hügel hinabrollte; er hoffte, daß sie nicht gegen einen Stein prallte und zerbrach. Er hätte daran denken sollen, einen Rucksack mitzunehmen.

Er holte den Klebebandspender aus der Jackentasche und befestigte die Hacke an der Segeltuchrolle; er zog das Klebeband straff über das Metall und die Leinwand und umwickelte sie, bis das Band alle war. Dann steckte er den leeren Spender wieder in die Tasche. Er hob das Bündel an und wuchtete es über den Zaun (sein Rücken protestierte mit stechendem Schmerz; wahrscheinlich würde er die ganze kommende Woche für diese Nacht bezahlen müssen); dann ließ er es fallen und fuhr zusammen, als er es leise aufschlagen hörte.

Nun schwang er ein Bein über den Zaun, ergriff zwei der dekorativen Pfeilspitzen und schwang auch das andere Bein hinüber. Er glitt abwärts, stieß die Schuhspitzen in den Boden, um Halt zu finden, und ließ sich dann auf den Boden fallen.

Vorsichtig stieg er die andere Hügelflanke hinunter und tastete im Gras. Zuerst fand er die Schaufel – das Licht der Straßenlaternen, durch die Bäume gedämpft, ließ das Blatt schwach schimmern. Dann folgten ein paar böse Minuten, weil es ihm nicht gelang, die Taschenlampe zu finden. Wie weit konnte sie im Gras gerollt sein? Er ließ sich auf Hände und Knie nieder und tastete in dem dichten Rasen herum, während Atem und Herzschlag in seinen Ohren dröhnten.

Endlich entdeckte er sie, einen schmalen, schwarzen Schatten, mehr als einen Meter von der Stelle entfernt, an der er sie vermutet hatte. Er ergriff sie, schirmte das filzbezogene Glas mit der Hand ab und schob den kleinen Gummischalter nach vorn. Seine Handfläche erhellte sich einen Augenblick, und er löschte das Licht wieder. Die Lampe war heil geblieben.

Mit seinem Taschenmesser zerschnitt er das Klebeband, das die Hacke mit der Segeltuchrolle verband, und trug dann das Werkzeug durch das Gras zu den Bäumen. Hinter dem dicksten blieb er stehen und suchte die Mason Street in beiden Richtungen ab. Sie war völlig menschenleer. In der ganzen Straße sah er nur ein einziges Licht – ein goldgelbes Rechteck in einem hochgelegenen Zimmer. Vielleicht jemand, der an Schlaflosigkeit litt oder krank war.

Mit schnellen Bewegungen, aber ohne zu laufen, wagte sich Louis auf den Gehsteig. Nach der Dunkelheit des Friedhofs fühlte er sich unter den Straßenlaternen entsetzlich bloßgestellt; da stand er, unmittelbar vor dem zweitgrößten Friedhof von Bangor, mit einer Hacke, einer Schaufel und einer Taschenlampe. Wer ihn jetzt sah, konnte nur zu dem richtigen Schluß gelangen. Hastig, mit klickenden Absätzen, überquerte er die Straße. Dort stand der Honda, nur fünfzig Meter die Straße hinunter. Louis schienen es fünf Meilen zu sein. Schweißbedeckt ging er darauf zu, ständig auf der Hut vor dem Motorengeräusch eines herannahenden Autos, vor Schritten, die nicht seine eigenen waren, vielleicht auch vor dem Knarren eines Fensters, das hochgeschoben wurde.

Er erreichte den Honda, lehnte Hacke und Schaufel dagegen und suchte nach den Wagenschlüsseln. Sie waren nicht da, in beiden Taschen nicht. Sein Gesicht bedeckte sich mit frischem Schweiß. Sein Herz begann wieder zu rasen, und er biß die Zähne zusammen, um die Panik zu unterdrücken, die in ihm aufstieg.

Er hatte sie verloren, wahrscheinlich, als er von dem Baumast heruntergesprungen, mit dem Knie gegen den Grabstein geprallt und aufs Gras heruntergerollt war. Die Schlüssel lagen irgendwo im Gras, und wenn er schon Mühe gehabt hatte, die Taschenlampe zu ertasten, wie konnte er dann hoffen, seine Schlüssel wiederzufinden? Es war vorbei. Ein bißchen Pech, und es war vorbei.

Ganz ruhig. Einen Moment. Erst noch einmal in den Taschen suchen. Das Kleingeld ist da – und wenn das Kleingeld nicht herausgefallen ist, können auch die Schlüssel nicht herausgefallen sein.

Diesmal durchsuchte er seine Taschen ganz langsam, holte das Kleingeld heraus, wendete sogar die Taschen nach außen.

Keine Schlüssel.

Louis lehnte sich an den Wagen und überlegte, was er nun tun würde. Er würde wohl noch einmal über den Zaun klettern müssen. Seinen Sohn dort lassen, wo er war, wieder hineinklettern und den Rest der Nacht mit der fruchtlosen Suche nach...

Plötzlich leuchtete in seinem erschöpften Hirn ein Licht auf.

Er beugte sich nieder und schaute in den Wagen. Da waren seine Schlüssel – sie hingen vom Zündschloß herab.

Ein leises Grunzen entfuhr ihm, und dann lief er um den Wagen herum zur Fahrertür, riß sie auf und holte die Schlüssel heraus. In Gedanken hörte er plötzlich die eindringliche Stimme von Karl Malden, der bärbeißigen Vaterfigur mit der Knollennase: *Schließen Sie Ihren Wagen ab. Lassen Sie die Schlüssel nicht stecken. Helfen Sie einem ehrlichen Jungen nicht auf die schiefe Bahn.*

Er ging zum hinteren Ende des Honda und öffnete die Hecktür. Er legte Hacke, Schaufel und Taschenlampe hinein und schlug sie wieder zu. Er war schon zwanzig oder dreißig Schritte den Gehsteig entlanggegangen, als ihm die Schlüssel einfielen. Diesmal hatte er sie an der Hecktür hängen lassen.

Idiot! beschimpfte er sich. *Wenn du dich so verdammt blöd anstellst, kannst du gleich aufgeben!*

Er kehrte zurück und holte die Schlüssel.

Er hatte mit Gage auf den Armen bereits den größten Teil der Strecke zur Mason Street zurückgelegt, als irgendwo ein Hund zu bellen begann. Nein – er begann nicht einfach zu bellen. Er begann zu heulen, seine heisere Stimme füllte die Straße. *Arrr-RUUUU! Arrrr-RUUUUUU!*

Louis verschwand hinter einem der Bäume, fragte sich, was nun passieren mochte, und was er jetzt machen sollte. Er stand da und wartete darauf, daß überall in der Straße die Lichter angingen.

In Wirklichkeit ging nur ein einziges Licht an, und zwar an der Seitenfront des Hauses, das dem Baum, in dessen Schatten Louis stand, genau gegenüberlag. Einen Augenblick später rief eine rauhe Stimme: »Ruhig, Fred!«

Arrrr-RUUUUU! antwortete Fred.

»Bring ihn zur Ruhe, Scanlon, sonst rufe ich die Polizei!« röhrte jemand auf der Straßenseite, auf der Louis sich befand. Er fuhr zusammen und begriff, wie falsch die Illusion von Leere und Verlassenheit gewesen war. Er war von Menschen umgeben, von Hunderten von Augen, und dieser Hund attackierte den Schlaf, seinen einzigen Freund. *Hol dich der Teufel, Fred,* dachte er. *Hol dich der Teufel!*

Fred setzte zu einem neuerlichen Geheul an; er gab das *Arrrr* von sich, aber noch bevor er den richtigen Ansatz für sein *RUUUU* gefunden hatte, kam das Geräusch eines lauten Schlags, gefolgt von leisem Fiepen und Winseln.

Nachdem eine Tür ins Schloß gefallen war, trat Stille ein. Das Licht an der Seitenfront von Freds Haus brannte noch einen Augenblick, dann wurde es gelöscht.

Louis verlangte es heftig danach, im Schatten zu bleiben, zu warten. Bestimmt war es besser, zu warten, bis sich die Aufregung wieder gelegt hatte. Aber die Zeit glitt ihm davon.

»Weiter«, murmelte er und ging.

Er überquerte mit seinem Bündel die Straße und kehrte zu seinem Honda zurück, ohne jemanden zu sehen. Fred gab Ruhe. Er packte das Bündel mit einer Hand, holte seine Schlüssel hervor und schloß die Hecktür auf.

Gage paßte nicht hinein.

Louis versuchte es senkrecht, dann waagerecht, dann diagonal. Der Heckraum des Honda war zu klein. Er hätte das Bündel biegen und hineinstopfen können – Gage hätte es nichts ausgemacht –, aber dazu konnte er sich einfach nicht überwinden.

Los, los, wir müssen hier verschwinden, wir dürfen keine Zeit mehr verlieren.

Aber er stand nur da, fassungslos, ratlos, das Bündel mit dem Leichnam seines Sohnes auf den Armen. Dann hörte er das Geräusch eines näherkommenden Wagens, und ohne recht zu überlegen, trug er das Bündel zur Beifahrertür, öffnete sie und ließ es auf den Sitz gleiten.

Er schloß die Tür, lief zum Heck und schloß auch die Hecktür. Der fremde Wagen passierte die Kreuzung, und Louis hörte das Grölen betrunkener Stimmen. Er setzte sich hinters Steuerrad, startete den Wagen und wollte gerade die Scheinwerfer einschalten, als ihm ein entsetzlicher Gedanke durch den Kopf schoß. Was nun, wenn Gage verkehrtherum saß, wenn sich seine Knie- und Hüftgelenke in der falschen Richtung bogen, die eingesunkenen Augen zum Heckfenster blickten anstatt durch die Windschutzscheibe?

Das macht doch nichts, reagierte sein Verstand mit schriller, aus der Erschöpfung aufsteigender Wut. *Wirst du das endlich begreifen? Es spielt keine Rolle.*

Doch, es spielt eine Rolle. Es macht etwas. Das ist Gage da drin, kein Bündel alte Handtücher!

Er langte hinüber, ließ seine Hände sanft über die Segeltuchplane gleiten und tastete nach den unter ihr liegenden Konturen. Er glich einem Blinden, der herauszufinden versucht, was für einen Gegenstand er vor sich hat. Endlich fand er einen Vorsprung, bei dem es sich nur um Gages Nase handeln konnte – sie zeigte in Fahrtrichtung.

Erst jetzt war er imstande, den Honda anzulassen und die fünfundzwanzigminütige Heimfahrt nach Ludlow anzutreten.

52

In dieser Nacht um ein Uhr läutete bei Jud Crandall das Telefon, es schrillte durch das leere Haus und riß ihn aus dem Schlaf. Er hatte geträumt. In seinem Traum war er wieder dreiundzwanzig gewesen und hatte mit George Chapin und René Michaud auf einer Bank im Kupplungsschuppen der Bangor und Aroostook-Gesellschaft gesessen; sie ließen eine Flasche Georgia Charger Whiskey herumgehen – mit einem Steuerstempel veredelten Schwarzgebrannten –, während draußen ein Nordweststurm tobte und mit wildem Kreischen alles lahmlegte, was sich bewegte, das rollende Material der Bangor und Aroostook-Gesellschaft eingeschlossen. So saßen sie um den dickbäuchigen Ofen herum und tranken, sahen zu, wie sich die rotglühenden Kohlen hinter dem trüben Marienglas bewegten und rautenförmige Flammenschatten auf den Fußboden warfen, und erzählten sich jene Geschichten, die Männer jahrelang für sich behalten wie die Schätze, die Jungen unter ihren Betten verstecken – Geschichten, die man sich für Nächte wie diese aufhebt. Wie die Glut im Ofen waren es dunkle Geschichten mit einem roten Schimmer im Zentrum, vom Wind wie von einer äußeren Hülle umgeben. Er war dreiundzwanzig, und Norma war noch sehr lebendig (obwohl sie jetzt bestimmt im Bett lag; in dieser Sturmnacht würde sie nicht damit rechnen, daß er nach Hause kam), und René Michaud erzählte eine Geschichte von einem jüdischen Hausierer in Bucksport, der ...

Und nun begann das Telefon zu läuten, und er fuhr in seinem Stuhl auf, stöhnte, weil sein Nacken steif war, fühlte eine saure, steinerne Schwere in seine Glieder fallen – es war, dachte er, als stürzten all die Jahre zwischen dreiundzwanzig und dreiundachtzig, die ganzen sechzig Jahre, auf einmal auf ihn ein. Und diesem Gedanken folgte ein anderer auf den Fersen: *Du hast geschlafen, Alter. Das ist nicht drin bei der Eisenbahn – nicht in dieser Nacht.*

Er stand auf, sehr mühsam, weil die Steife auch seinen Rücken ergriffen hatte, und ging an den Apparat.

Es war Rachel.

»Jud? Ist er nach Hause gekommen?«

»Nein«, sagte Jud. »Rachel, wo sind Sie? Ihre Stimme klingt näher.«

»Ich bin auch näher«, sagte Rachel. Und obwohl ihre Stimme tatsächlich näher klang, war ein fernes Rauschen in der Leitung. Das Rauschen des Windes an dem Ort, an dem sie sich befand. Der Wind war stürmisch heute nacht. Es war ein Geräusch, das Jud immer an leblose Stimmen erinnerte, die irgendwo im Chor seufzten, vielleicht auch sangen, aber eine Spur zu weit entfernt, um verständlich zu sein. »Ich bin in der Raststätte in Biddeford an der Maine-Schnellstraße.«

»In Biddeford!«

»Ich konnte nicht in Chicago bleiben. Es ging mir auf die Nerven. Was immer es war, das Ellie zusetzte – es hat auch mir zugesetzt. Und Sie spüren es auch. Man hört es Ihnen an.«

»Schon möglich.« Er zog eine Chesterfield aus der Packung und steckte sie in den Mundwinkel. Er riß ein Streichholz an und sah die Flamme tanzen, weil seine Hand zitterte. Seine Hände hatten noch nie gezittert – jedenfalls nicht, bevor dieser Alptraum begonnen hatte. Von draußen hörte er die Böen des dunklen Sturms, der das Haus in die Hand nahm und schüttelte.

Seine Macht wächst. Ich spüre es.

Dumpfes Entsetzen in seinen alten Knochen. Es war wie gesponnenes Glas, zart und zerbrechlich.

»Jud, bitte, sagen Sie mir, was vorgeht!«

Wahrscheinlich hatte sie ein Recht darauf, es zu wissen – sie mußte es wissen. Und wahrscheinlich würde er es ihr erzählen. Er würde ihr zeigen, wie die Kette geschmiedet worden war, Glied um Glied. Normas Herzanfall, der Tod des Katers, Louis' Frage – *hat schon jemand einen Menschen dort oben begraben?* – Gages Tod. Gott allein wußte, an welchem weiteren Glied Louis jetzt gerade schmiedete. Später würde er es ihr erzählen. Aber nicht am Telefon.

»Wieso sind Sie auf der Schnellstraße, Rachel, und nicht im Flugzeug?«

Sie berichtete, wie sie in Boston ihren Anschluß verpaßt hatte.

»Ich habe einen Wagen von Avis, aber ich komme nicht so schnell voran, wie ich dachte. Ich habe zwischen dem Flughafen und der Schnellstraße etwas Zeit verloren, und jetzt habe ich gerade erst die Grenze von Maine hinter mir. Ich glaube nicht, daß ich vor Tagesanbruch da sein kann. Aber, Jud – bitte, sagen Sie mir, was vorgeht. Ich habe solche Angst, und ich weiß nicht einmal, *warum.*«

»Hören Sie zu, Rachel«, sagte Jud. »Fahren Sie weiter nach Portland und machen Sie dort Pause. Gehen Sie in ein Motel und . . .«

»Jud, ich kann nicht . . .«

»Schlafen Sie ein paar Stunden. Regen Sie sich nicht auf. Vielleicht tut sich hier heute nacht etwas, vielleicht auch nicht. Und wenn sich etwas tut – wenn es das ist, was ich denke –, dann ist es ohnehin besser, wenn Sie nicht hier sind. Ich denke, ich kann es unterbinden. Ich muß es unterbinden, weil das, was sich tut, meine Schuld ist. Wenn nichts passiert, dann sind Sie am Nachmittag hier, und alles ist in schönster Ordnung. Und Louis wird glücklich sein, Sie wiederzusehen.«

»Ich kann einfach nicht schlafen heute nacht, Jud.«

»Ja«, sagte er und mußte daran denken, daß er dasselbe geglaubt hatte – und wahrscheinlich hatte das auch Petrus geglaubt, in der Nacht, in der Jesus gefangengenommen wurde. Beim Wachdienst geschlafen. »Doch, Rachel, das können Sie. Wenn Sie hinterm Lenkrad dieses verdammten Mietwagens einschlafen und von der Straße abkommen und dabei draufgehen – was wird dann aus Louis? Und aus Ellie?«

»Sagen Sie mir, was vorgeht! Wenn ich es weiß, Jud, dann folge ich vielleicht Ihrem Rat. Aber ich muß es wissen!«

»Wenn Sie in Ludlow sind, kommen Sie zu mir«, sagte Jud. »Gehen Sie nicht in Ihr Haus. Kommen Sie zuerst zu mir. Ich erzähle Ihnen alles, was ich weiß. Und ich halte Ausschau nach Louis.«
»Ich muß es wissen«, sagte sie.
»Nein, Madam. Nicht am Telefon. Das tue ich nicht. Das *kann* ich nicht. Fahren Sie weiter nach Portland und machen Sie dort Pause.«
Ein langes, nachdenkliches Schweigen folgte.
»Also gut«, sagte sie endlich. »Vielleicht haben Sie recht, Jud. Aber sagen Sie mir wenigstens eines. Sagen Sie mir, wie schlimm es ist.«
»Ich werde damit fertig«, sagte Jud ruhig. »Es ist so schlimm, wie es nur werden konnte.«
Draußen tauchten die Scheinwerfer eines Wagens auf und bewegten sich langsam vorwärts. Jud erhob sich halb von seinem Stuhl und setzte sich erst wieder, als der Wagen hinter dem Haus der Creeds wieder beschleunigte und außer Sicht kam.
»Also gut«, sagte sie. »Dieses letzte Stück der Strecke hat wie ein Stein auf mir gelegen.«
»Lassen Sie den Stein herunterrollen, Rachel«, sagte Jud. »Bitte. Sparen Sie Ihre Kräfte für morgen. Es wird schon alles gut gehen hier.«
»Und Sie versprechen, mir die ganze Geschichte zu erzählen?«
»Ja. Wir trinken ein Bier, und ich erzähle Ihnen die ganze Geschichte.«
»Also dann auf Wiedersehen«, sagte Rachel. »Bis später.«
»Bis später«, sagte Jud. »Wir sehen uns im Laufe des Tages.«
Bevor sie etwas erwidern konnte, hatte Jud den Hörer aufgelegt.

Er hatte gedacht, in der Hausapotheke wären Koffeintabletten, aber er konnte sie nicht finden. Er stellte das restliche Bier wieder in den Kühlschrank – nicht ohne Bedauern – und machte sich eine Tasse schwarzen Kaffee. Er nahm ihn mit an das Erkerfenster und ließ sich wieder nieder, trank Kaffee und hielt Ausschau.
Der Kaffee und das Gespräch mit Rachel hielten ihn eine Dreiviertelstunde wach, doch dann begann er wieder einzunicken.
Beim Wachdienst wird nicht geschlafen, Alter. Du hast zugelassen, daß es dich packte; du hast dir etwas eingehandelt, und jetzt mußt du dafür bezahlen. Also schlaf gefälligst nicht auf Wache ein.
Er zündete sich eine neue Zigarette an, inhalierte tief und hustete ein kratziges Altmännerhusten. Dann legte er die Zigarette auf die Ablage des Aschenbechers und rieb sich die Augen mit beiden Händen. Draußen dröhnte ein großer Laster vorbei; seine voll

aufgeblendeten Scheinwerfer zerschnitten die stürmische, unruhige Nacht.

Er ertappte sich dabei, daß er wieder einnickte, fuhr auf und versetzte sich mit Handfläche und Handrücken ein paar Schläge ins Gesicht, daß ihm die Ohren dröhnten. Jetzt erwachte die Angst in seinem Herzen, ein listiger Gast, ein Einbrecher im geheimen Ort.

Es schläfert mich ein – hypnotisiert mich. Es will nicht, daß ich wach bleibe. Weil er jetzt bald zurückkommt. Ich spüre es. Und es will mich aus dem Weg haben.

»Nein«, sagte er grimmig. »Nichts zu machen. Hast du gehört? Ich mache der Sache ein Ende. Das ist jetzt weit genug gegangen.«

Der Wind heulte ums Dachgesims, und die Bäume auf der anderen Straßenseite schüttelten ihre Blätter. Seine Gedanken kehrten zu jener Nacht zurück, in der sie im Kupplungsraum um den Ofen gesessen hatten; der Schuppen hatte dort gestanden, wo heute in Brewer das Möbelgeschäft von Evarts stand. Sie hatten die Nacht mit Reden verbracht, er und George und René Michaud, und jetzt war nur noch er übriggeblieben – René war in einer stürmischen Nacht im März 1939 zwischen zwei Güterwagen zerquetscht worden, und George Chapin war erst im vergangenen Jahr an einem Herzinfarkt gestorben. Von so vielen war nur er übriggeblieben, und die Alten werden einfältig. Manchmal verkleidet sich die Einfalt als Freundlichkeit, manchmal verkleidet sie sich als Stolz – als das Verlangen, alte Geheimnisse zu erzählen, Dinge weiterzugeben, den Inhalt eines alten Glases in ein neues zu schütten.

Da kommt also dieser jüdische Hausierer herein und sagt: »Ich hab da was, was ihr noch nie gesehen habt. Diese Postkarten hier, es sieht aus wie Frauen in Badeanzügen, bis man mit einem feuchten Tuch darüberreibt, und dann...«

Juds Kopf sank herab. Sein Kinn legte sich langsam, sanft auf seinen Brustkorb.

»...*sind sie so nackt wie am Tag ihrer Geburt! Aber wenn sie trocken sind, haben sie ihren Kram wieder an! Und das ist noch nicht alles! Ich habe...*«

Im Kupplungsschuppen erzählt René seine Geschichte, beugt sich vor, lächelt, und Jud hält die Flasche – er *spürt* die Flasche, und seine Hände umschließen sie in der leeren Luft.

Der Aschenkegel der Zigarette auf dem Rand des Aschenbechers wurde länger. Schließlich kippte er in den Aschenbecher hinein und brannte aus, ohne die säuberliche, an eine Rune erinnernde Form einzubüßen.

Jud schlief.

Und als ungefähr vierzig Minuten später die Bremslichter aufleuchteten und Louis den Honda in die Auffahrt lenkte und in die Garage fuhr, hörte Jud es nicht, er regte sich nicht und erwachte ebensowenig, wie Petrus erwacht war, als die römischen Soldaten kamen und einen Vagabunden namens Jesus gefangennahmen.

53

Louis fand eine Rolle Klebeband in einer der Küchenschubladen, und ein Seil lag in der Garage neben den Winterreifen. Er benutzte das Klebeband dazu, aus Hacke und Schaufel ein Paket zu machen, und aus dem Seil knüpfte er eine Schlinge.

Das Werkzeug in der Schlinge. Gage in seinen Armen.

Er hängte sich die Schlinge über den Rücken; dann öffnete er die Beifahrertür des Honda und zog das Bündel heraus. Gage war erheblich schwerer, als Church es gewesen war. Wahrscheinlich würde er sich kaum noch auf den Beinen halten können, wenn er mit seinem Jungen den Begräbnisplatz der Micmac erreicht hatte – und dann mußte er noch das Grab ausheben, sich in diese steinige, unerbittliche Erde hineinarbeiten.

Er würde es schaffen. Irgendwie.

Louis Creed trat aus seiner Garage, drückte mit dem Ellenbogen auf den Schalter, um das Licht zu löschen, und blieb da, wo der Asphalt in Gras überging, einen Augenblick stehen. Trotz der Dunkelheit sah er den Pfad, der zum Tierfriedhof hinaufführte, ganz deutlich vor sich; von dem Weg mit seinem kurzen Gras schien eine Art Leuchten auszugehen.

Der Wind zog seine Finger durch Louis' Haar, und einen Augenblick lang ergriff ihn die alte, kindische Angst vor der Dunkelheit; er kam sich schwach, klein und eingeschüchtert vor. Wollte er wirklich in die Wälder gehen mit diesem Leichnam auf den Armen, sich unter die Bäume wagen, zwischen denen der Wind ging, vom Dunklen ins Dunkle? Und diesmal allein?

Denk nicht darüber nach. Tu es.

Louis machte sich auf den Weg.

Als er zwanzig Minuten später den Tierfriedhof erreicht hatte, zitterten seine Arme und Beine vor Erschöpfung, und er brach keuchend zusammen, die Segeltuchrolle auf den Knien. Er legte eine Pause von weiteren zwanzig Minuten ein, halb schlafend, nicht mehr geängstigt – es war, als hätte die Erschöpfung die Angst vertrieben.

Endlich mühte er sich wieder auf die Beine, keineswegs sicher, ob er über das Totholz würde hinwegsteigen können; benommen, wie er war, wußte er nur, daß er es versuchen mußte. Das Bündel in seinen Armen schien nicht zwanzig, sondern hundert Kilo zu wiegen.

Aber was schon einmal geschehen war, geschah auch jetzt; es war, als erinnerte er sich plötzlich und deutlich an einen Traum. Nein, er erinnerte sich nicht – er *durchlebte* ihn von neuem. Als er den Fuß auf den ersten der toten Baumstämme setzte, durchdrang ihn wieder dieses merkwürdige Gefühl, das fast Begeisterung war. Die Erschöpfung verließ ihn nicht, aber sie wurde erträglich – sie wurde belanglos.

Sie brauchen mir nur zu folgen. Folgen Sie mir und blicken Sie nicht nach unten. Ich kenne den Weg, aber man muß ihn schnell und ohne Zaudern gehen.

Schnell und ohne Zaudern – so, wie Jud den Bienenstachel herausgezogen hatte.

Ich kenne den Weg.

Aber es gab nur einen Weg, dachte Louis. Entweder es ließ einen durch oder nicht. Er hatte schon einmal versucht, allein über das Totholz hinwegzuklettern, und er hatte es nicht geschafft. Jetzt stieg er schnell und ohne Zaudern hinauf, wie in der Nacht, in der Jud ihm den Weg gezeigt hatte.

Immer weiter hinauf, ohne nach unten zu blicken, den Leichnam seines Sohnes in der Segeltuchhülle in den Armen. Weiter hinauf, bis der Wind wieder Geheimgänge und Geheimkammern in sein Haar grub, es hochschnellen ließ, es gegen den Strich bürstete.

Auf der höchsten Stelle blieb er einen Augenblick stehen, dann machte er sich schnell an den Abstieg, als ginge er eine Treppe hinunter. Die Hacke und die Schaufel klapperten und klirrten dumpf auf seinem Rücken. Kaum eine Minute später stand er wieder auf dem elastischen, nadelübersäten Boden des Pfades, und das Totholz ragte hinter ihm auf, höher, als der Friedhofszaun gewesen war.

Er wanderte mit seinem Sohn den Pfad entlang und hörte, wie der Wind in den Bäumen heulte. Jetzt ängstigte ihn das Geräusch nicht mehr. Das Werk dieser Nacht war fast vollbracht.

54

Rachel Creed passierte das Schild mit der Aufschrift AUSFAHRT 8 RECHTS ABBIEGEN NACH PORTLAND WESTBROOK, schaltete den Blinker ein und steuerte die geliehene Chevette auf die Abbiegespur. Das grüne Zeichen eines Holiday Inn-Motels hob sich deutlich vom Nachthimmel ab. Ein Bett. Schlafen. Der stetigen, aufreibenden, unerklärlichen Spannung ein Ende machen. Und auch ein Ende – zumindest vorübergehend – der schmerzlichen Leere, die das Kind hinterlassen hatte, das es jetzt nicht mehr gab. Der Schmerz, hatte sie herausgefunden, glich dem nach der Extraktion eines Zahns. Zuerst war da nur Taubheit, aber selbst durch die Taubheit hindurch spürte man den Schmerz, zusammengerollt wie eine Katze, die mit dem Schwanz zuckt – einen Schmerz, der seine Zeit abwartet. Und wenn dann die Wirkung des Novocains nachließ – dann wurde man weiß Gott nicht enttäuscht.

Er sagte ihr, er wäre geschickt worden, um zu warnen, aber er könnte nicht eingreifen. Er sagte ihr, er stünde Daddy nahe, weil sie zusammen waren, als seine Seele entkörperlicht wurde.

Jud weiß Bescheid, aber er will nicht reden. Es geht etwas vor. Irgendetwas. Aber was?

Selbstmord? Ist es Selbstmord? Nicht Louis – das kann ich nicht glauben. Aber er hat gelogen. Es war in seinen Augen zu lesen – in seinem ganzen Gesicht war es zu lesen, fast als wollte er, daß ich die Lüge entdeckte, daß ich sie sähe und ihr ein Ende machte – weil irgendetwas in ihm Angst hatte – unheimliche Angst...

Angst? Louis hat noch nie Angst gehabt!

Plötzlich riß sie das Lenkrad der Chevette hart nach links herum; das Fahrzeug reagierte mit der unvermittelten Heftigkeit aller Kleinwagen und mit kreischenden Reifen. Einen Augenblick später dachte sie, es würde sich überschlagen. Aber es tat es nicht, und dann war sie wieder auf dem Weg nach Norden und ließ die Auffahrt 8 mit dem beruhigenden Holiday Inn-Zeichen hinter sich. Ein neues Schild tauchte vor ihr auf; die Leuchtfarbe schimmerte gespenstisch. NÄCHSTE AUSFAHRT ROUTE 12 CUMBERLAND CUMBERLAND MITTE JERUSALEM'S LOT FALMOUTH FALMOUTH WEST. *Jerusalem's Lot,* dachte sie beiläufig. *Was für ein merkwürdiger Name. Er klingt irgendwie unerfreulich. Kommen Sie, schlafen Sie in Jerusalem...*

Aber für sie würde es in dieser Nacht keinen Schlaf geben; trotz des Rates, den Jud ihr gegeben hatte, war sie entschlossen, durchzufahren. Jud wußte, was los war, und er hatte versprochen, es zu unterbinden; aber der Mann war über Achtzig und hatte vor drei Monaten seine Frau verloren. Sie hätte sich nicht von Louis auf diese Weise aus dem Haus drängen lassen sollen, aber Gages Tod hatte ihre Kräfte aufgezehrt. Ellie mit ihrem Polaroid-Photo von Gage und ihrem hohlen Gesicht – dem Gesicht eines Kindes, das einen Tornado oder einen plötzlichen Bombenangriff aus heiterem Himmel überlebt hat. Es hatte dunkle Nachtstunden gegeben, in denen sie sich gewünscht hatte, Louis hassen zu können – des Kummers wegen, den er in ihr gezeugt hatte, und weil er ihr den Trost vorenthielt, den sie brauchte (und nicht zuließ, daß sie ihm den Trost gab, den zu geben es sie verlangte), aber sie konnte es nicht. Dazu liebte sie ihn immer noch viel zu sehr; und sein Gesicht war so blaß gewesen – so gespannt...

Die Nadel am Tachometer der Chevette lag eine Spur rechts von der Sechzig-Meilen-Marke. Eine Meile pro Minute. Vielleicht noch zweieinviertel Stunden bis Ludlow. Vielleicht schaffte sie es noch vor Sonnenaufgang.

Sie tastete nach dem Radio, schaltete es ein und fand eine Rock-and-Roll-Station in der Nähe von Portland. Sie stellte die Musik laut und sang mit, um sich wach zu halten. Ungefähr eine halbe Stunde später wurde der Empfang unscharf; sie drehte auf eine Station in Augusta weiter, kurbelte das Fenster herunter und ließ den rastlosen Nachtwind zu sich hereinwehen.

Würde diese Nacht jemals enden?

55

Louis hatte seinen Traum wiederentdeckt und war in ihm befangen; alle paar Minuten sah er hin, um sich zu vergewissern, daß er einen Leichnam in einer Segeltuchplane trug und nicht in einem grünen Müllbeutel. Er dachte daran, daß er sich an dem Morgen, nachdem Jud ihn mit Church dort hinaufgeführt hatte, kaum an das erinnern konnte, was sie getan hatten – doch jetzt fiel ihm auch wieder ein, wie eindringlich seine Empfindungen gewesen waren, wie er das Gefühl gehabt hatte, alle seine Sinne wären geschärft – sie reichten über ihn hinaus und berührten die Wälder, als wären sie lebendig und stünden mit ihm in einer Art telepathischem Kontakt.

Er folgte dem Auf und Ab des Pfades, entdeckte die Stellen wieder, an denen er so breit zu sein schien wie die Route 15; die Stellen, an denen er so schmal wurde, daß er seitwärts gehen mußte, damit sich Kopf- und Fußende seines Bündels nicht im Unterholz verhakten; die Stellen, an denen sich der Pfad zwischen Bäumen hindurchwand, die wie Kathedralen aufragten. Er roch den sauberen Duft von Kiefernharz, und er hörte das eigentümliche Knirschen der Nadeln unter seinen Füßen – eine Wahrnehmung, die man eher spürt als hört.

Endlich begann sich der Pfad stetiger und steiler abwärts zu senken. Gleich darauf tappte ein Fuß in seichtes Wasser und sank in den darunterliegenden Schlamm ein – Schwimmsand, wenn man Jud glauben konnte. Louis blickte herab und sah stehendes Wasser zwischen Riedgras und niedrigen, häßlichen Sträuchern mit so breiten Blättern, daß sie fast tropisch wirkten. Ihm fiel ein, daß ihm auch in jener Nacht das Licht heller vorgekommen war, elektrischer.

Das nächste Stück ist ungefähr wie das Totholz – Sie müssen unbeirrt und stetig weitergehen. Folgen Sie mir und blicken Sie nicht nach unten.

Wird gemacht – und was ich noch fragen wollte: haben Sie in Maine schon einmal solche Pflanzen gesehen? In Maine oder anderswo? Was um Himmels willen sind das für Pflanzen?

Das ist unwichtig, Louis. Geh einfach weiter.

Er ging weiter, richtete den Blick nur so lange auf den nassen, sumpfigen Boden, bis er das erste Grasbüschel gesichtet hatte; dann blickte er geradeaus, während sich seine Füße von einem Grasbüschel zum nächsten bewegten. *Glaube ist das Akzeptieren der Schwerkraft als Postulat,* dachte er; ein Satz, den er nicht in einer theologischen oder philosophischen Vorlesung gehört hatte – ein Physiklehrer in der High School hatte ihn am Ende einer Unterrichtsstunde in den Raum gestellt, und Louis hatte ihn nie vergessen.

Er akzeptierte die Macht des Begräbnisplatzes der Micmac, die Toten auferstehen zu lassen, und wanderte mit seinem Sohn auf den Armen ins Moor der Kleinen Götter hinein, ohne nach unten oder hinter sich zu blicken. Der Sumpf war jetzt geräuschvoller als damals im Spätherbst. Unaufhörlich quakten die Zirpfrösche im Riedgras, ein schrilles Konzert, das Louis als fremd und abstoßend empfand. Dann und wann ließen auch andere Frösche in ihren Kehlen dumpfe Gummibänder schwirren. Nach etwa zwanzig Schritten ins Moor der Kleinen Götter prallte etwas gegen ihn – vielleicht eine Fledermaus.

Der Bodennebel begann ihn zu umwirbeln; er verdeckte zuerst seine Schuhe, dann seine Schienbeine, und hüllte ihn schließlich in eine weißleuchtende Kapsel ein. Das Licht schien heller, ein pulsierendes Strahlen, dem Schlag eines Herzens vergleichbar. Noch nie war ihm die Natur so stark als eine Art verschmelzender Kraft vorgekommen, als eigenständiges, vielleicht sogar empfindendes Wesen. Der Sumpf war lebendig, aber nicht seiner Geräusche wegen. Hätte man von ihm verlangt, die Natur oder das Wesen dieser Lebendigkeit zu definieren – er hätte es nicht gekonnt.

Er wußte nur, daß ihr viele Möglichkeiten und Kräfte innewohnten. Von ihr umgeben, kam Louis sich sehr klein und sterblich vor.

Dann kam ein anderes Geräusch, und auch daran erinnerte Louis sich vom letzten Mal; ein schrilles, kollerndes Gelächter, das in ein Schluchzen überging. Einen Augenblick herrschte Stille; dann wieder das Lachen – es steigerte sich zu einem irrsinnigen Kreischen, das Louis' Blut erstarren ließ. Der Nebel umwirbelte ihn wie im Traum. Das Gelächter verklang und ließ nur das Heulen des Windes zurück, den er hörte, aber nicht mehr spürte. Natürlich nicht; dies mußte eine Art geologischer Erdmulde sein. Andernfalls würde der Wind hier eindringen und den Nebel zerfetzen – und Louis wußte nicht, ob er das, was dann möglicherweise zum Vorschein kam, gern sehen würde.

Es kann sein, daß Sie Geräusche hören, die wie Stimmen klingen, aber das sind die Seetaucher unten in der Gegend von Prospect. Der Schall trägt. Es ist schon merkwürdig.

»Seetaucher«, sagte Louis und erkannte kaum den brüchigen, irgendwie geisterhaften Klang seiner eigenen Stimme. Sie klang belustigt. Gott steh mir bei, sie klang tatsächlich belustigt.

Er zögerte einen Augenblick, ging dann weiter. Wie um ihn für sein Innehalten zu bestrafen, glitt sein Fuß vom nächsten Grasbüschel ab. Fast hätte er einen Schuh eingebüßt – er hatte Mühe, ihn dem Zugriff des Schlamms unter dem seichten Wasser zu entziehen.

Die Stimme – wenn es eine Stimme war – kam wieder, diesmal von links. Einen Augenblick später schien sie hinter ihm zu sein – so unmittelbar hinter ihm, wie es schien, daß er, wenn er sich umgedreht hätte, keinen halben Meter von seinem Rücken entfernt eine bluttriefende Gestalt hätte sehen können, mit entblößten Zähnen und glitzernden Augen. Aber jetzt zögerte Louis nicht. Er blickte geradeaus und ging weiter.

Plötzlich verlor der Nebel seine Leuchtkraft, und Louis sah ein Gesicht, das tückisch und geifernd vor ihm in der Luft hing. Seine Augen, schräg wie die Augen auf einem klassischen chinesischen Gemälde, waren leuchtend gelbgrau. Der Mund klaffte, nach unten verzerrt; die Unterlippe hing herunter und entblößte schwärzlichbraune Zähne, so abgenutzt, daß sie nur noch kleine Höcker waren. Aber das, was Louis am stärksten traf, waren die Ohren: es waren keine Ohren, sondern gewundene Hörner – keine Teufelshörner, sondern Widderhörner.

Der grausige, schwebende Kopf schien zu reden – zu lachen. Sein Mund bewegte sich, aber die herunterhängende Unterlippe kehrte nicht zu ihrer natürlichen Form zurück. In ihren Adern pulsierte schwarzes Blut. Die Nasenlöcher weiteten sich und entließen weiße Dämpfe. Als Louis näherkam, glitt aus dem schwebenden Kopf die Zunge heraus. Sie war lang und spitz, schmutziggelb, mit abblätternden Schuppen bedeckt, und als Louis hinsah, schnellte eine dieser Schuppen hoch, sie klappte auf wie ein Schachtdeckel, und ein weißer Wurm ringelte sich heraus. Die Zungenspitze zuckte träge in der Luft, etwas unterhalb der Stelle, wo der Adamsapfel hätte sein müssen ... das Ding lachte.

Er packte Gage fester, drücke ihn an sich, wie um ihn zu beschützen, und seine Füße begannen von den Grasbüscheln abzugleiten, auf denen sie kaum Halt fanden.

Es kann sein, daß Sie Elmsfeuer sehen – das, was die Leute Irrlichter nennen. Es tritt in merkwürdigen Formen auf, aber das hat nichts zu besagen. Wenn Sie etwas davon sehen sollten und es Ihnen auf die Nerven geht, schauen Sie einfach anderswohin.

Die Erinnerung an Juds Stimme in seinem Kopf verhalf ihm zu neuer Entschlossenheit. Er schritt stetig vorwärts, anfangs taumelnd, dann wieder im Gleichgewicht. Er wendete den Blick nicht ab und sah, daß das Gesicht – wenn es ein Gesicht war und nicht lediglich ein vom Nebel und von seiner eigenen Einbildung erzeugter Schemen – immer den gleichen Abstand von ihm zu halten schien. Und Sekunden oder Minuten später löste es sich einfach im driftenden Nebel auf.

Das war kein Irrlicht.

Nein, natürlich nicht. An diesem Ort wimmelte es von Geistern. Es konnte sein, daß man sich umschaute und etwas sah, das einen um den Verstand brachte. Er würde nicht daran denken. Es gab keinen Anlaß, daran zu denken. Es gab keinen Anlaß ...

Etwas kam.

Louis blieb wie angewurzelt stehen, lauschte dem Geräusch – diesem unerbittlichen, nahenden Geräusch. Sein Kinn fiel herunter, die Sehnen, die seinen Kiefer hielten, versagten ihren Dienst.

Das Geräusch war mit nichts vergleichbar, das er je in seinem Leben gehört hatte – ein lebendes, ein *großes* Geräusch. Nicht weit entfernt, näherkommend, brachen Äste, Unterholz knackte, zerstampft von unvorstellbaren Füßen. Der gallertartige Boden unter Louis' Füßen begann mitschwingend zu beben. Ihm wurde bewußt, daß er stöhnte

(oh, mein Gott, großer Gott, was ist das, das da durch den Nebel kommt?)

und Gage wieder an die Brust drückte; ihm wurde bewußt, daß die Frösche schwiegen; ihm wurde bewußt, daß die feuchte, klamme Luft einen spukhaften, widerlichen Geruch angenommen hatte, den Geruch von warmem, verdorbenem Schweinefleisch.

Was immer es sein mochte, es war riesig.

Louis' fassungsloses, entsetztes Gesicht kippte immer weiter in den Nacken, wie das eines Mannes, dessen Blick der Bahn einer aufsteigenden Rakete folgt. Das Ding stampfte auf ihn zu, und dann kam das Prasseln eines Baumes – nicht eines Astes, sondern eines ganzen Baumes –, der nahebei umstürzte.

Louis sah etwas. Einen Augenblick lang nahm der Nebel ein dumpfes Schiefergrau an, aber die diffuse, fast konturlose Verfärbung war an die zwanzig Meter hoch. Es war kein Schatten, kein körperloser Geist; er spürte die von ihm verdrängte Luft, vernahm das Stampfen seiner Mammutfüße, das Schmatzen des Schlamms.

Einen Augenblick lang glaubte er hoch über sich zwei orangegelbe Funken zu sehen. Funken wie Augen.

Dann schwächten sich die Geräusche ab. Sie entfernten sich. Zögernd quakte ein Frosch. Ein zweiter antwortete ihm. Ein dritter mischte sich ins Gespräch; ein vierter machte daraus eine Diskussionsrunde; ein fünfter, ein sechster vervollständigten sie zum Konzert. Die Geräusche, die das Ding beim Gehen machte (langsam, aber nicht stolpernd; das war vielleicht das Schlimmste daran, dieses Gefühl, daß es sich ganz bewußt bewegte), entfernten sich nach Norden. Leiser – noch leiser – dann Stille.

Endlich wagte Louis wieder einen ersten Schritt. Sein Rücken und seine Schultern waren schmerzhaft verkrampft. Schweiß bedeckte ihn vom Hals bis zu den Knöcheln. Die ersten Moskitos des Jahres, frisch geschlüpft und hungrig, fanden ihn und ließen sich zu einem nächtlichen Mahl auf ihm nieder.

Der Wendigo – großer Gott, das war der Wendigo –, das Geschöpf, das durch die Wälder des Nordens wandert, das Geschöpf, das einen berühren und zum Kannibalen machen kann. Das war er. Der Wendigo – kaum fünfzig Meter von mir entfernt.

Er befahl sich, sich nicht lächerlich zu machen, zu sein wie Jud und über das, was man hinter dem Tierfriedhof sah oder hörte, nicht nachzudenken – es waren Seetaucher, es waren Elmsfeuer, es war die Reservemannschaft der New Yorker Yankees. Laß es alles andere sein als die Geschöpfe, die im Zwischenreich hüpfen und kriechen und gleiten und torkeln. Laß es Gott geben, laß es Sonntagvormittage geben und lächelnde episkopalische Geistliche in leuchtend weißen Chorhemden ... aber nicht diese dunklen, besudelten Schreckensbilder von der Nachtseite der Welt, in der wir leben.

Louis ging weiter mit seinem Sohn; der Boden unter seinen Füßen wurde wieder fest. Augenblicke später stieß er auf einen gefällten Baum, dessen Krone aus dem dünnerwerdenden Nebel auftauchte – ein graugrüner Staubwedel, hingeworfen von der Haushälterin eines Riesen.

Der Baum war umgebrochen – zersplittert –, und die Bruchstelle war so frisch, daß aus dem gelblichweißen Mark noch Saft austrat, der sich warm anfühlte, als Louis darüber hinwegstieg – und auf der anderen Seite war eine monströse Vertiefung, aus der er sich kletternd herausarbeiten mußte; und obwohl Wacholder und niedrige Berglorbeersträucher regelrecht in den Boden gestampft waren, konnte er sich nicht zu der Überzeugung durchringen, daß es ein Fußabdruck war. Als es hinter ihm lag, hätte er sich umschauen können, aber er wollte es nicht. Er ging nur weiter, mit kalter Haut, heißem und trockenem Mund, jagendem Herzen.

Das Schmatzen des Schlamms unter seinen Füßen hörte auf. Eine Zeitlang hörte er wieder das schwache Knistern von Kiefernnadeln. Dann kam Fels. Er hatte es beinahe geschafft.

Das Gelände begann stärker anzusteigen. Sein Schienbein stieß schmerzhaft gegen bloßliegenden Fels. Aber das war nicht irgendein Felsbrocken. Louis streckte unsicher eine Hand aus (sein verkrampftes Ellenbogengelenk schrie kurz auf) und berührte ihn.

Jetzt kommen Stufen. In den Fels gehauen. Folgen Sie mir einfach. Wir steigen hinauf, und dann sind wir da.

Also begann er hinaufzusteigen; die Hochstimmung kehrte zurück und verdrängte die Erschöpfung – zumindest ein wenig. In Gedanken zählte er die Stufen, über die er in die Kälte emporstieg, sich wieder dem Wind aussetzte, der jetzt stärker geworden war, der an seinen Kleidern zerrte und das Stück Segeltuch, in das er Gage eingehüllt hatte, flappen ließ wie ein aufgespanntes Segel.

Wieder legte er den Kopf in den Nacken und sah das irre Gewimmel der Sterne. Er fand kein vertrautes Sternbild und wendete den Blick verstört wieder ab. Neben ihm war die Felswand, nicht glatt, sondern abgesplittert, rissig, brüchig; hier nahm sie die Form eines Bootes an, da die Form eines Dachses, dort die Form eines Männergesichts mit dichten Brauen und gerunzelter Stirn. Glatt waren nur die in den Fels gehauenen Stufen.

Louis erreichte das Plateau. Er stand nur schwankend da, mit gesenktem Kopf, atmete keuchend ein und wieder aus. Seine Lungen fühlten sich an wie grausam zusammengeschlagene Blasen, und in seiner Seite schien ein großer Splitter zu stecken.

Der Wind fuhr ihm durchs Haar wie ein Tänzer, dröhnte in seinen Ohren wie ein Drachen.

Das Licht war diesmal heller; war der Himmel beim ersten Mal bedeckt gewesen, oder hatte er sich nur nicht umgesehen? Es spielte keine Rolle. Aber jetzt war es hell genug, und was er sah, ließ ihn von neuem erschauern.

Es war wie auf dem Tierfriedhof.

Natürlich wußtest du das, flüsterte sein Verstand, als er den Blick über die Steine wandern ließ, die einst zu Grabmälern gehört hatten. *Du hast es gewußt, oder du hättest es wissen müssen – keine konzentrischen Kreise, sondern eine Spirale...*

Ja. Hier auf diesem Felsplateau, das sein Gesicht dem kalten Sternenlicht zuwandte und der schwarzen Leere zwischen den Sternen, lag eine riesige Spirale, geschaffen von vielen Händen. Louis sah auch, daß es keine intakten Steinmale gab; jedes von ihnen war umgestürzt, als das, was darunter begraben lag, ins Leben zurückkehrte – sich seinen Weg herausgrub. Dennoch waren die Steine so gefallen, daß die Form der Spirale deutlich zutagetrat.

Ob das schon einmal jemand aus der Luft gesehen hat? fragte Louis sich beiläufig und dachte dabei an die Felszeichnungen irgendwelcher Indianerstämme in Südamerika. *Ob das schon einmal jemand aus der Luft gesehen hat – und wenn ja, wofür mag man es gehalten haben?*

Er kniete nieder und legte Gages Leichnam stöhnend vor Erleichterung auf die Erde.

Endlich kehrte sein Verstand zurück. Mit dem Taschenmesser durchschnitt er das Seil, an dem er Hacke und Schaufel über den Rücken gehängt hatte. Sie fielen klirrend zu Boden. Louis kippte zur Seite, blieb einen Augenblick liegen, alle Viere von sich gestreckt, den leeren Blick auf die Sterne gerichtet.

Was war das für ein Ding in den Wäldern? Louis, Louis, glaubst du wirklich, ein Theaterstück könnte ein gutes Ende finden, wenn so etwas auf der Besetzungsliste steht?

Aber jetzt war es zu spät für einen Rückzieher, und er wußte es.

Außerdem, plapperte er in Gedanken, *kann es ja trotzdem gut gehen; kein Gewinn ohne Risiko, vielleicht kein Risiko ohne Liebe. Und da ist immer noch meine Tasche, nicht die im Arbeitszimmer, sondern die auf dem obersten Regalfach im Bad, die ich mir am Abend von Normas Herzanfall bringen ließ. Da sind Spritzen drin, und wenn etwas passiert – etwas Schlimmes... niemand außer mir braucht etwas davon zu wissen.*

Seine Gedanken zerfielen im Gestammel eines Gebets, während seine Hände schon zur Hacke griffen und er, wieder auf den Knien, die Erde aufzugraben begann. So oft er die Hacke niederfallen ließ, brach er über ihr zusammen wie ein römischer Legionär, der sich in sein Schwert stürzt. Doch allmählich gewann das Grab Form und Tiefe. Er klaubte die Steine heraus; die meisten warf er einfach auf den größer werdenden Erdhaufen. Aber einige legte er beiseite.

Für das Mal.

56

Rachel schlug sich ins Gesicht, bis es zu schmerzen begann; trotzdem nickte sie immer wieder ein. Einmal wurde sie ruckartig wach (sie war jetzt in Pittsfield und hatte die Schnellstraße ganz für sich allein), und für den Bruchteil einer Sekunde war ihr, als sähen Dutzende silbriger, erbarmungsloser Augen sie an, funkelnd wie kaltes, hungriges Feuer. Dann verwandelten sie sich in die kleinen Katzenaugen an den Pfosten der Leitschiene. Die Chevette war weit hinüber auf die Standspur geraten.

Sie riß das Lenkrad mit einem Ruck nach links; die Reifen quietschten, und sie glaubte, ein leises Scheppern zu hören – vielleicht die rechte Ecke der Stoßstange, die gegen einen der Leitschienenpfosten stieß. Ihr Herz machte einen Satz und hämmerte dann so laut unter ihren Rippen, daß sie kleine Flecke vor den Augen sah, die im Rhythmus des Herzschlags wuchsen und schrumpften. Und obwohl sie so knapp davongekommen war, obwohl sie Angst hatte und obwohl die Stimme von Robert Gordon »Ret Hot« aus dem Radio dröhnte, nickte sie schon einen Augenblick später wieder ein.

Ihr kam ein wahnsinniger, paranoischer Gedanke. »Paranoisch, das ist das richtige Wort«, murmelte sie in die Rockmusik hinein. Sie versuchte zu lachen, aber sie brachte es nicht fertig. Denn der Gedanke blieb und gewann im Dunkel der Nacht eine Art gespenstischer Glaubwürdigkeit. Sie kam sich vor wie eine Figur aus einem Zeichentrickfilm, die in das Gummiband einer riesigen Schleuder hineinläuft. Den armen Burschen fällt es immer schwerer, voranzukommen, bis endlich die potentielle Energie des Gummibandes der aufgewendeten Energie des Läufers gleichkommt – aus Trägheit wird ... was? ... Elementarphysik ... etwas, das versucht, sie zurückzuhalten ... *halt dich da heraus* ... ein in Ruhe befindlicher Körper neigt dazu, in Ruhe zu bleiben ... *Gages Körper zum Beispiel* ... aber einmal in Bewegung gesetzt...

Diesmal war das Quietschen der Reifen lauter, der Anprall heftiger; ein paar Sekunden gab es ein häßliches, feilendes Geräusch, als die Chevette an der Leitschiene entlangschrammte, der Lack abgeschrammt wurde bis auf das blanke Metall; einen Augenblick reagierte das Lenkrad nicht, und Rachel stieg auf die Bremse, schluchzend; diesmal hatte sie geschlafen, war nicht nur eingenickt, hatte regelrecht *geschlafen und geträumt,* und das bei hundert Stundenkilometern, und wenn da keine Leitplanke gewesen wäre – oder wenn da der Pfeiler einer Überführung gewesen wäre...

Sie lenkte den Wagen auf die Standspur, schaltete die Getriebe-

automatik auf Stand, schlug die Hände vors Gesicht und weinte, verwirrt und verängstigt.
Da ist etwas. Es versucht mich von ihm fernzuhalten.
Als sie glaubte, ihre Beherrschung wiedergefunden zu haben, fuhr sie weiter – die Lenkung des kleinen Wagens schien unbeschädigt zu sein, aber wahrscheinlich würde die Firma Avis ihr einige unangenehme Fragen stellen, wenn sie den Wagen morgen am Flughafen in Bangor ablieferte.
Wenn schon. Eins nach dem anderen. Ich brauche einen Kaffee – das ist das Wichtigste.
Als die Ausfahrt nach Pittsfield kam, bog Rachel ab. Ungefähr anderthalb Kilometer weiter stieß sie auf helle Natriumbogenlampen und das stetige Nageln von Dieselmotoren. Sie bog wieder ab, ließ die Chevette auftanken (»Da hat jemand aber eine hübsche Beule hineingefahren«, sagte der Tankwart mit fast bewundernder Stimme), und dann ging sie in die Raststätte, in der es nach Fritierfett roch, nach vulkanisierten Eiern und – Gott sei Dank – nach gutem, starkem Kaffee.
Rachel trank drei Tassen, eine nach der anderen, wie Medizin – schwarz und mit viel Zucker. Ein paar Lastwagenfahrer saßen am Tresen und in den Nischen und scherzten mit den Kellnerinnen, denen es gelang, im Leuchtstofflicht dieser frühen Morgenstunden auszusehen wie erschöpfte Krankenschwestern, die schlechte Nachrichten bringen.
Sie zahlte und kehrte dann dorthin zurück, wo sie die Chevette geparkt hatte. Der Wagen sprang nicht an. Wenn sie den Schlüssel drehte, hörte sie das Zündschloß trocken klicken, aber das war alles.
Rachels Fäuste schlugen langsam und kraftlos auf das Lenkrad ein. Irgendetwas versuchte sie aufzuhalten. Es gab keinen Grund, weshalb der brandneue Wagen mit einem Kilometerstand von nicht einmal achttausend versagen sollte, aber er tat es. Er versagte, und da war sie nun, gestrandet in Pittsfield, immer noch rund achtzig Kilometer von zu Hause entfernt.
Sie lauschte dem stetigen Dröhnen der Dieselmotoren, und plötzlich überkam sie die niederschmetternde Gewißheit, daß der Laster, der ihren Sohn getötet hatte, sich hier unter ihnen befand – nicht brummend, sondern kichernd.
Rachel senkte den Kopf und begann zu weinen.

57

Louis stolperte über etwas und schlug der Länge nach hin. Einen Augenblick glaubte er, nicht wieder aufstehen zu können. Aufstehen schien ein Ding der Unmöglichkeit; er würde einfach liegenbleiben, dem Chor der Zirpfrösche im Moor der Kleinen Götter lauschen und den Chor der Qualen und Schmerzen in seinem eigenen Körper spüren. Er würde liegenbleiben, bis er einschlief. Oder starb. Vermutlich letzteres.

Er wußte jedenfalls, daß er das Segeltuchbündel in die Grube hatte gleiten lassen, die er ausgehoben hatte, und dann den größten Teil der Erde mit den bloßen Händen wieder hineingeschoben hatte. Und ihm war, als könne er sich auch daran erinnern, die Steine aufgehäuft zu haben – eine breite Basis, oben in einer Spitze auslaufend...

Von da an bis jetzt war seine Erinnerung sehr dürftig. Offensichtlich mußte er die Stufen wieder hinuntergestiegen sein, sonst wäre er nicht hier – und wo war das? Er sah sich um und glaubte, die hohen, alten Kiefern wiederzuerkennen, die nicht weit vom Windbruch wuchsen. Sollte er den ganzen Weg durchs Moor der Kleinen Götter zurückgelegt haben, ohne sich dessen bewußt zu sein? Er hielt es für möglich.

Das ist weit genung. Ich werde einfach hier schlafen.

Aber genau dieser Gedanke, diese falsche Beruhigung brachte ihn wieder auf die Beine. Denn wenn er hier blieb, konnte das Ding ihn finden – das Ding mochte in den Wälder sein und gerade in diesem Augenblick nach ihm suchen.

Er rieb sich mit den Handflächen übers Gesicht und stellte dumpf überrascht Blut daran fest – irgendwann hatte er Nasenbluten gehabt. »Scheiß drauf«, murmelte er heiser und tastete apathisch um sich, bis er Hacke und Schaufel wiedergefunden hatte.

Zehn Minuten später ragte das Totholz vor ihm auf. Louis überstieg es, stolperte mehrfach, fiel aber nicht, bis er fast unten angekommen war. Da sah er auf seine Füße, und prompt brach ein Ast *(nicht nach unten blicken,* hatte Jud gesagt), ein zweiter geriet in Bewegung, sein Fuß glitt ab, und er stürzte so heftig auf die Seite, daß es ihm den Atem verschlug.

Hol mich der Teufel, wenn das nicht der zweite Friedhof ist, auf dem ich heute nacht hingeschlagen bin ... und hol mich der Teufel, wenn zweimal nicht genügt.

Wieder tastete er nach Hacke und Schaufel und fand sie schließlich. Einen Augenblick ließ er den Blick über seine Umgebung schweifen, soweit sie im Sternenlicht erkennbar war. Ganz in der Nähe war das Grab von SMUCKY. *Er war gehorsam,* dachte Louis müde. Und TRIXIE, AM 15. SEPTEMBER 1968 ÜBERFAHREN. Der Wind war immer noch stark, und er hörte das leise Scheppern eines Metallstücks – vielleicht war es einmal eine Konservendose gewesen, von einem Kind, das um sein Tier trauerte, mühsam mit der Blechschere des Vaters zurückgeschnitten, mit einem Hammer flachgeklopft und an ein Stück Holz genagelt – und das brachte die Angst zurück. Er war jetzt zu erschöpft, um sie anders als in Form eines übelkeiterregenden Pulsschlags wahrzunehmen.

Er wanderte über den Tierfriedhof, vorüber am Grab von MARTHA UNSER KANINCHEN und am Hügel von GEN. PATTON; er stieg über das verwitterte Brett, das die letzte Ruhestätte von POLYNESIA markierte. Das metallische Scheppern war jetzt lauter, und er blieb stehen und blickte hinunter. Am oberen Rand eines schräg in den Boden getriebenen Brettes war ein blechernes Rechteck angenagelt, und im Licht der Sterne las Louis RINGO UNSER HAMSTER 1964–1965. Es war dieses Stückchen Blech, das ständig gegen einen der Pfosten vom Eingangsbogen des Tierfriedhofs schlug. Louis bückte sich, um es zurechtzubiegen ... und erstarrte. Seine Kopfhaut zog sich zusammen.

Da hinten bewegte sich etwas. Jenseits des Totholzes bewegte sich etwas.

Was er hörte, war ein verstohlenes Geräusch – das hinterhältige Knistern von Kiefernnadeln, das trockene Knacken eines Zweigs, das Rascheln von Unterholz –, fast verloren im Wind, der durch die Kiefern heulte.

»Gage?« rief Louis heiser.

Das bloße Begreifen seines Tuns – daß er hier stand und den Namen seines toten Sohnes rief – zog ihm die Kopfhaut noch stärker zusammen und ließ seine Haare zu Berge stehen. Er begann so hilflos zu zittern, als hätte ihn ein tödliches Fieber befallen.

»Gage?«

Das Geräusch war erstorben.

Noch nicht; es ist zu früh. Ich weiß nicht, woher ich das weiß, aber ich weiß es. Das ist nicht Gage dort drüben. Das ist – etwas anderes.

Plötzlich fiel ihm ein, was Ellie gesagt hatte: *Er sagte, »Lazarus, komm heraus« ... wenn er nur »Komm heraus« gesagt hätte, dann wären wahrscheinlich alle Toten auf dem Friedhof herausgekommen.*

Das Geräusch jenseits des Totholzes war wieder da. Jenseits der Schranke. Fast – aber nicht ganz – verloren im Heulen des Windes. Als ob sich etwas Blindes mit uralten Instinkten an ihn heranschliche. Sein überreiztes Hirn beschwor grausige Schreckensbilder herauf: einen riesigen Maulwurf, eine gewaltige Fledermaus, die durchs Unterholz flappte.

Louis verließ den Tierfriedhof, ohne dem Totholz den Rücken zuzukehren – diesem gespenstigen Glimmen, einer bleichen Narbe im Dunkel. Er ging rückwärts, bis er ein gutes Stück den Pfad hinunter war. Dann beschleunigte er seinen Schritt, und ein paar hundert Meter, bevor der Pfad aus den Wäldern heraus und auf das Feld hinter seinem Haus führte, fand er noch genügend Kraft, um zu laufen.

Louis warf Hacke und Schaufel in die Garage und blieb dann einen Augenblick am Ende der Auffahrt stehen; sein Blick wanderte zuerst dahin zurück, wo er hergekommen war, und dann zum Himmel hinauf. Es war viertel nach vier, die Dämmerung konnte nicht allzu fern sein. Das Licht mochte den Atlantik inzwischen zu drei Vierteln überquert haben, aber hier in Ludlow war noch finstere Nacht. Der Wind blies stetig.

Er ging ins Haus, tastete sich an der Garagenwand entlang und entriegelte die Hintertür. Er durchquerte die Küche im Dunkeln und betrat das kleine Badezimmer zwischen Küche und Eßzimmer. Hier schaltete er das Licht ein, und das erste, was er sah, war Church, der auf dem Spülkasten lag und ihn mit seinen trüben, gelbgrünen Augen anstarrte.

»Church«, sagte er. »Ich dachte, jemand hätte dich vor die Tür gesetzt.«

Church starrte ihn nur vom Spülkasten aus an. Ja, jemand hatte Church vor die Tür gesetzt; er selbst hatte es getan. Daran erinnerte er sich ganz deutlich. Und er erinnerte sich auch daran, daß er die zerbrochene Scheibe im Kellerfenster ersetzen ließ und dann geglaubt hatte, damit wäre das Problem aus der Welt. Wem hatte er damit etwas vorgemacht? Wenn Church hereinkommen wollte, dann kam er herein. Weil Church jetzt anders war.

Es spielte keine Rolle. In seiner dumpfen Erschöpfung nach getaner Arbeit schien nichts eine Rolle zu spielen. Ihm war zumute, als wäre er kein richtiger Mensch mehr, sondern eher einer von George Romeros stupiden, schlurfenden Film-Zombies oder eine Figur aus T. S. Eliots Gedicht über die hohlen, die ausgestopften Männer. *Ich hätte ein Paar schartiger Klauen sein sollen, die durch das Moor der Kleinen Götter zum Begräbnisplatz der Micmac hinaufkrochen,* dachte er und gab ein trockenes Kichern von sich.

»Ein Beutel voll Stroh als Kopf, Church«, sagte er mit seiner brüchigen Stimme. Er knöpfte sein Hemd auf. »So einer bin ich. Das kannst du unbesehen glauben.«

An seiner linken Seite, ungefähr auf halber Rippenhöhe, kam eine hübsche Prellung zum Vorschein, und als er die Hose fallen ließ, sah er, daß das Knie, mit dem er gegen den Grabstein geschlagen war, wie ein Ballon anschwoll. Es war bereits schwärzlichpurpurn verfärbt, und er wußte, daß das Gelenk, wenn er es nicht mehr bewegte, steif werden und sich schmerzhaft verhärten würde – es würde sich anfühlen, als wäre es in Beton getaucht worden. Es sah aus wie eine Verletzung, die sich sein ganzes Leben lang an Regentagen immer wieder bemerkbar machen würde. Er brauchte jetzt Trost und streckte die Hand aus, um Church zu streicheln, aber der Kater sprang vom Spülkasten herunter, taumelte auf seine trunkene und gespenstisch unkätzische Art und wanderte davon. Vorher bedachte er Louis noch mit einem stumpfen, gelben Blick.

In der Hausapotheke war Ben-Gay. Louis klappte den Toilettensitz herunter, setzte sich darauf und schmierte einen Klumpen auf sein verletztes Knie. Dann rieb er auch sein Kreuz damit ein – ein mühseliges Unterfangen. Danach zog er die Hose wieder hoch.

Er verließ das Bad und ging ins Wohnzimmer. Dann schaltete er das Dielenlicht ein, blieb einen Augenblick am Fuß der Treppe stehen und sah sich benommen um. Wie merkwürdig das alles wirkte! Hier hatten sie am Heiligabend gestanden, als er Rachel den Saphir geschenkt hatte. Er hatte ihn in der Tasche seines Bademantels gehabt. Hier stand sein Sessel, in dem er nach Kräften versucht hatte, Ellie nach Norma Crandalls tödlichem Gehirnschlag die Fakten des Todes zu erklären – Fakten, die er letzten Endes selbst nicht akzeptieren konnte. Dort in der Ecke hatte der Weihnachtsbaum gestanden; Ellies Truthahn aus Pappmaché (der Louis eher wie eine futuristische Krähe vorgekommen war) war dort am Fenster mit Klebeband befestigt gewesen, und noch früher war das ganze Zimmer leer gewesen, bis auf die Kartons der United Van Lines, angefüllt mit den Habseligkeiten der Familie und aus dem Mittelwesten quer durchs halbe Land befördert. Er erinnerte sich, daß sie damals, so in Kisten verpackt, wie wertloses Gerümpel gewirkt hatten – ein unbedeutender Wall zwischen seiner Familie und der Kälte der ganzen Welt ringsum, in der man ihre Namen und Gepflogenheiten nicht kannte.

Wie merkwürdig das alles war – und wie sehr wünschte er sich, nie von der Universität von Maine, von Ludlow, von Jud und Norma Crandall und all den anderen gehört zu haben!

Er mühte sich die Treppe hinauf, und oben im Badezimmer holte er den Hocker, stieg darauf und nahm die kleine, schwarze Arzttasche vom obersten Regalfach. Er trug sie ins Schlafzimmer und prüfte ihren Inhalt. Ja, da waren Spritzen für den Fall, daß er sie brauchen sollte; und zwischen den Heftpflasterrollen, den chirurgischen Scheren und den Päckchen mit Nahtmaterial lagen mehrere Ampullen mit sehr tödlichem Inhalt.

Falls er sie brauchen sollte.

Louis ließ die Tasche zuschnappen und stellte sie neben das Bett. Er schaltete das Deckenlicht aus, legte sich hin und schob die Hände unter den Kopf. So auf dem Rücken zu liegen und auszuruhen, war eine Wohltat. Seine Gedanken wanderten wieder nach Disney World. Er sah sich in seiner schlichten, weißen Uniform am Steuer eines weißen Transporters mit den Mickymaus-Ohren als Abzeichen – eines Transporters, an dem nichts darauf hindeutete, daß es sich um einen Rettungswagen handelte, nichts, das ein zahlendes Publikum hätte ängstigen können.

Gage saß neben ihm, die Haut von der Sonne gebräunt, das Weiße in seinen Augen mit einem gesunden bläulichen Schimmer. Dort, links vor ihnen, stand Goofy und schüttelte einem kleinen Jungen die Hand; das Kind war hingerissen vor Staunen. Und dort posierte Pu der Bär mit zwei lachenden Großmüttern in Hosenanzügen, damit eine dritte lachende Großmutter ein Photo machen konnte; und hier rief ein kleines Mädchen im Sonntagsstaat: »Ich liebe dich, Tigger! Ich liebe dich, Tigger!«

Er und sein Sohn taten Dienst. Er und sein Sohn waren die Wächter in diesem Zauberland, und sie drehten unentwegt ihre Runden in ihrem weißen Transporter mit dem diskret verdeckten roten Blinklicht am Armaturenbrett. Sie waren nicht auf Unannehmlichkeiten aus, aber falls welche auftauchen sollten, waren sie darauf vorbereitet. Daß sie selbst hier lauerten, an einem nur dem unschuldigen Vergnügen gewidmeten Ort, ließ sich nicht abstreiten. Ein lachender Mann, der auf der Main Street Filme kaufte, konnte sich plötzlich an die Brust greifen, weil er einen Herzanfall hatte; bei einer schwangeren Frau konnten unvermutet die Wehen einsetzen, während sie die Stufen der Achterbahn hinabstieg; ein junges Mädchen, hübsch wie ein von Norman Rockwell gezeichnetes Covergirl, konnte in einem epileptischen Anfall hinschlagen und mit ihren Turnschuhen einen unregelmäßigen Wirbel auf den Beton trommeln, wenn die Hirnströme plötzlich in Unordnung gerieten. Es gab Sonnenstich, Hitzschlag und Gehirnschlag, und am Ende eines schwülen Sommernachmittags mochte es sogar Blitzschlag geben. Sogar der Große und Schreckliche Oz war da – möglich, daß man ihn nicht weit von der Haltestelle der Einschienenbahn im Zauberreich herumwandern sah oder daß er mit seinen stumpfen, leeren Augen von einem der fliegenden Dumbos herunterschaute; hier in Orlando hatten Louis und Gage ihn kennengelernt – als eine der Figuren des Vergnügungsparks, wie Goofy oder Mickymaus oder Tigger oder der ehrenwerte Mr. Donald Duck. Doch mit ihm wollte sich niemand photographieren lassen, niemand wünschte, daß sein Sohn oder seine Tochter seine

Bekanntschaft machten. Louis und Gage kannten ihn; sie hatten ihn vor einiger Zeit in Neuengland kennengelernt und ihm ins Gesicht geschaut. Er wartete darauf, jemanden an einer Murmel ersticken zu lassen, einem mit einer Plastiktüte den Atem zu nehmen, einen mit einem schnellen und tödlichen Elektro-Boogie-Woogie in die Ewigen Jagdgründe zu schicken – erhältlich am nächsten Lichtschalter und in jeder Steckdose. Der Tod war in einer Viertelkilotüte Erdnüsse, einem in die Luftröhre geratenen Bissen Steak, der nächsten Schachtel Zigaretten. Er war immer gegenwärtig, er überwachte sämtliche Schaltstellen zwischen dem Irdischen und der Ewigkeit. Wenn man in die Wanne stieg, um zu duschen, stieg Oz mit ein: *Duschen Sie mit einem Freund.* Wenn man in ein Flugzeug stieg, nahm Oz die Bordkarte entgegen. Er war im Wasser, das man trank, in den Speisen, die man verzehrte, in schnellen Rollschuhen, die nichtsahnende Kinder auf verkehrsreiche Kreuzungen trugen. *Wer ist da?* heulte man in die Dunkelheit, wenn man Angst hatte und ganz allein war, und zurück kam *seine* Antwort: Keine Angst, ich bin's nur. Wie geht's, wie steht's? Du hast Magenkrebs, alter Freund, tut mir schrecklich leid! Septikämie! Leukämie! Arteriosklerose! Koronarthrombose! Enzephalitis! Osteomyelitis! *Hey-ho, let's go!* Ein Junkie mit einem Messer in einer Toreinfahrt. Ein Anruf mitten in der Nacht. Blut, das auf einer Schnellstraßen-Ausfahrt irgendwo in North Carolina in Batteriesäure kocht. Ein paar Handvoll Tabletten, schluck sie runter. Diese merkwürdige Blaufärbung der Fingernägel nach dem Ersticken – in seinem letzten Überlebenskampf holt sich das Gehirn allen Sauerstoff, der noch vorhanden ist, selbst den aus den lebenden Zellen unter den Nägeln. Hallo, Leute, ich bin der Große und Schreckliche Oz, aber ihr könnt mich einfach Oz nennen – schließlich sind wir inzwischen alte Freunde. Bin nur vorbeigekommen, um euch einen kleinen Blutstau im Herzen zu bringen oder ein Blutgerinnsel im Gehirn oder etwas dergleichen; kann nicht bleiben, muß zu einer Frau wegen einer Sturzgeburt, und dann muß ich hinunter nach Omaha zu einem Kettenraucher.

Und diese dünne Stimme rief: »Ich liebe dich, Tigger! Ich liebe dich! Ich glaube an dich, Tigger! Ich werde dich immer lieben und immer an dich glauben, und ich werde jung bleiben, und der einzige Oz, der je in meinem Herzen wohnen wird, ist dieser harmlose Scharlatan aus Nebraska! Ich liebe dich...«

Wir drehen unsere Runden – mein Sohn und ich –, denn was allem zugrunde liegt, ist nicht Krieg oder Sex, sondern nur dieser erbärmliche, edle, aussichtslose Kampf gegen den Großen und Schrecklichen Oz. Er und ich, wir drehen unsere Runden in unserem weißen Transporter unter dem klaren Himmel von Florida. Das rote Blinklicht ist verdeckt, aber für den Fall, daß wir es brauchen, ist es da... und außer uns braucht es niemand zu wissen, denn der Acker im Herzen eines Mannes ist steiniger; ein Mann bestellt ihn – und läßt darauf wachsen, was er kann.

Mit diesen unruhigen Halbtraumgedanken glitt Louis Creed hinüber, löste eine Verbindungsschnur mit der Wirklichkeit des Wachseins nach der anderen, bis alle Gedanken endeten und die Erschöpfung ihn hinüberzerrte in schwarze, traumlose Bewußtlosigkeit.

Kurz bevor im Osten die ersten Anzeichen der Dämmerung am Himmel erschienen, waren Schritte auf der Treppe. Sie waren langsam und unbeholfen, aber zielstrebig. Ein Schatten bewegte sich in den Schatten des Korridors. Ein Geruch kam mit ihnen – ein Gestank. Louis murmelte im tiefen Schlaf und wendete sich ab.

Die Gestalt blieb eine Weile vor dem Schlafzimmer stehen, ohne sich zu bewegen. Dann kam sie herein. Louis' Gesicht war im Kissen vergraben. Weiße Hände streckten sich aus, und dann kam ein Klicken, und die Arzttasche neben dem Bett sprang auf.

Leises Klirren und dumpfe Geräusche, als die Dinge darin bewegt wurden.

Die Hände suchten, schoben Medikamente und Ampullen und Spritzen uninteressiert beiseite. Dann fanden sie etwas und zogen es heraus. Etwas Silbriges schimmerte im ersten, schwachen Licht des Tages.

Das schattenhafte Ding verließ den Raum.

Dritter Teil

Der Große und Schreckliche Oz

Da ergrimmte Jesus abermals und kam zum Grabe. Es war aber eine Höhle, und ein Stein war davorgelegt. Jesus sprach: »Hebt den Stein weg!«
Martha sprach zu ihm: »Herr, er stinkt schon, denn er hat vier Tage gelegen.«
Und als Jesus eine Weile gebetet hatte, rief er mit lauter Stimme: »Lazarus, komm heraus!« Und der Tote kam heraus, gebunden mit Grabtüchern an Füßen und Händen, und sein Angesicht verhüllt mit einem Schweißtuch.
Jesus sprach zu ihnen: »Löset die Binden und lasset ihn gehen.«

Johannes-Evangelium (Paraphrase)

»Es ist mir eben erst eingefallen«, sagte sie hysterisch.
»Warum ist es mir nicht früher eingefallen? Warum ist es dir nicht eingefallen?«
»Was?« fragte er.
»Die anderen beiden Wünsche«, erwiderte sie rasch.
»Wir haben erst einen verbraucht.«
»War das nicht genug?« fragte er aufgebracht.
»Nein«, rief sie triumphierend. »Lauf hinunter und hol die Affenpfote. Wünsche, daß unser Sohn wieder lebendig wird.«

W. W. Jacobs (»Die Affenpfote«)

58

Jud Crandall wachte so plötzlich auf, daß er fast vom Stuhl gefallen wäre. Er hatte keine Ahnung, wie lange er geschlafen hatte; es mochten fünfzehn Minuten, aber auch drei Stunden gewesen sein. Er warf einen Blick auf die Uhr und sah, daß es fünf Minuten vor fünf war. Ihm war, als hätten alle Gegenstände im Zimmer kaum merklich ihre Position verändert, und sein Rücken schmerzte vom Schlafen im Sitzen.

Du alter Schwachkopf, wie konntest du nur!
Aber er wußte es besser; in seinem Herzen wußte er es besser. Er war nicht allein schuld. Er war nicht einfach auf Wache eingeschlafen; er war eingeschläfert *worden*.

Das ängstigte ihn, aber etwas anderes ängstigte ihn noch mehr: was hatte ihn geweckt? Ihm war, als wäre da ein Geräusch gewesen, ein...

Er hielt den Atem an und lauschte über das papierene Rascheln seines Herzens hinweg.

Da war ein Geräusch – nicht das, das ihn geweckt hatte, sondern ein anderes. Das leise Quietschen von Türangeln.

Jud kannte jedes Geräusch in seinem Haus – er wußte, welche Dielen knirschten und welche Stufen knarrten, an welchen Stellen der Wind in den Regenrinnen sang und heulte, wenn es stürmte wie in der vergangenen Nacht. Dieses Geräusch kannte er ebensogut wie alle anderen. Die schwere Vordertür, die Verbindungstür zwischen der Veranda und der vorderen Diele, war geöffnet worden. Und aufgrund dieser Information war sein Verstand auch imstande, sich an das Geräusch zu erinnern, das ihn geweckt hatte. Die Feder an der Gazetür, durch die man vom Vorplatz auf die Veranda gelangte, hatte sich langsam gedehnt.

»Louis?« rief er, aber ohne echte Hoffnung. Das war nicht Louis da draußen. Was immer es sein mochte – es war gekommen, um einen alten Mann für seinen Stolz und seine Eitelkeit zu bestrafen.

Schritte bewegten sich langsam durch die Diele auf das Wohnzimmer zu.

»Louis?« versuchte er noch einmal zu rufen, aber er brachte nur ein schwaches Krächzen zustande. Denn jetzt roch er das Ding, das am Ende der Nacht in sein Haus eingedrungen war. Es war ein schmutziger, widerlicher Geruch – der Geruch vergifteten Brackwassers.

Jud konnte in der Dämmerung grobe Umrisse erkennen – Normas Kleiderschrank, die Eichenkommode, das Vertiko –, aber keine Einzelheiten. Er versuchte hochzukommen – auf Beine, die sich in Wasser verwandelt hatten; und sein Verstand schrie, daß er mehr Zeit brauchte, daß er zu alt war, um das alles noch einmal durchzumachen. Timmy Baterman war schlimm genug, und damals war Jud noch jung gewesen.

Die Schwingtür öffnete sich und ließ Schatten ein. Einer der Schatten war körperlicher als die anderen.

O Gott, dieser Gestank.

Schlurfende Schritte in der Dunkelheit.

»Gage?« Endlich gelang es Jud, auf die Beine zu kommen. Aus einem Augenwinkel heraus sah er den säuberlichen Aschenzylinder in seinem Aschenbecher. »Gage, bist du...«

Jetzt ertönte ein gräßliches Miauen, und für einen Moment verwandelten sich Juds Knochen in weißes Eis. Nicht Louis' Sohn war aus seinem Grab auferstanden, sondern ein grauenhaftes Ungeheuer.

Nein, es war keines von beiden.

Es war Church, der auf der Schwelle hockte. Die Augen des Katers glommen wie schmutzige Lampen. Dann wanderte sein Blick zur Seite und richtete sich auf das Ding, das mit dem Kater hereingekommen war.

Jud wich zurück, versuchte, seine Gedanken festzuhalten, versuchte, angesichts dieses Gestanks nicht den Verstand zu verlieren. Oh, es war kalt hier drinnen – das Ding hatte Kälte mitgebracht.

Jud schwankte unsicher auf den Füßen – der Kater, der ihm um die Beine strich, ließ ihn taumeln. Jud versetzte ihm einen Tritt, vertrieb ihn. Er entblößte seine Zähne und fauchte.

Denk nach! Denk nach, alter Schwachkopf, vielleicht ist es noch nicht zu spät, vielleicht ist es selbst jetzt noch nicht zu spät... es ist zurückgekommen, aber man kann es wieder töten... wenn du es nur zuwegebrächtest... wenn du nur denken könntest...

Er wich in Richtung Küche zurück, und dann fiel ihm plötzlich die Werkzeugschublade neben dem Ausguß ein. In der Schublade lag ein Hackmesser.

Seine mageren Waden berührten die Schwingtür, die in die Küche führte: er stieß sie auf. Das Ding, das in sein Haus eingedrungen war, war noch immer nicht deutlich zu erkennen, aber Jud konnte es atmen hören. Er sah eine weiße Hand, die sich vor- und zurückbewegte – die Hand hielt etwas, aber er konnte nicht erkennen, was es war. Die Tür schwang zurück, als Jud die Küche betrat, und jetzt erst drehte er sich um und lief zur Werkzeugschublade. Er riß sie auf und ertastete den abgegriffenen Holzstiel des Hackmessers. Er riß es heraus und wandte sich wieder zur Tür; er machte sogar einen oder zwei Schritte darauf zu. Ein Teil seines Mutes war zurückgekehrt.

Denk daran, das ist kein kleines Kind. Vielleicht kreischt es, wenn es sieht, daß du ihm ans Leder willst; vielleicht weint es. Aber du läßt dich nicht zum Narren halten. Du hast dich schon viel zu oft zum Narren halten lassen, Alter. Dies ist deine letzte Chance.

Die Schwingtür öffnete sich wieder, doch zuerst kam nur der Kater herein. Juds Blick folgte ihm einen Augenblick, dann schaute er wieder hoch.

Die Küche lag nach Osten, und durch die Fenster kam das erste Tageslicht herein, blaß und milchigweiß. Nicht viel Licht, aber genug. Zuviel.

Gage Creed kam herein, in dem Anzug, in dem er begraben worden war. Auf den Schultern und Aufschlägen wuchs Moos. Moos besudelte sein weißes Hemd. Sein feines, blondes Haar war schmutzverkrustet. Ein Auge zeigte zur Wand: es starrrte mit entsetzlicher Konzentration ins Leere. Das andere war auf Jud gerichtet.

Gage grinste ihn an.

»Hallo, Jud«, quakte Gage mit der Stimme eines Kleinkindes, aber völlig verständlich. »Ich bin gekommen, um deine verfaulte, stinkende Seele in die Hölle zu schicken. Du hast einmal mit mir gefickt. Hast du etwa geglaubt, ich käme nicht früher oder später zurück, um mit dir zu ficken?«

Jud hob das Hackmesser. »Dann komm und hol deinen Pinsel raus, was immer du bist. Wir wollen sehen, wer mit wem fickt.«

»Norma ist tot, und um dich wird keiner trauern«, sagte Gage. »Was war sie doch für eine billige Hure! Sie hat es mit all deinen Freunden getrieben, Jud. Sie hielt ihnen immer den Arsch hin. So hatte sie es am liebsten. Jetzt schmort sie in der Hölle, mit ihrer Arthritis und allem, was dazugehört. Ich hab sie dort *gesehen,* Jud. Ich hab sie dort *gesehen.*« .

Das Ding schlurfte zwei Schritte auf ihn zu; seine Schuhe hinterließen eine Schlammspur auf dem abgetretenen Linoleum. Eine Hand hielt es vor dem Körper, wie sie ihm zu reichen; die andere war hinter seinem Rücken versteckt.

»Hör zu, Jud«, flüsterte es – und dann öffnete sich sein Mund, entblößte kleine Milchzähne, und obwohl sich die Lippen nicht bewegten, sprach es mit Normas Stimme.

»*Ich habe über dich gelacht! Wir alle haben über dich gelacht. Was haben wir gelacht...*«

»Aufhören!« Das Messer zitterte in seiner Hand.

»*Wir haben es in unserem Bett getrieben, Herk und ich. Ich habe es mit George getrieben und mit dem ganzen Haufen, ich wußte Bescheid über deine Huren, aber du hast nie gewußt, daß du eine Hure geheiratet hattest – was haben wir gelacht, Jud! Wir haben uns im Bett gewälzt und gelacht über...*«

»HÖR AUF!« schrie Jud. Er sprang auf die winzige, schwankende Gestalt in ihrem Beerdigungsanzug zu, und im gleichen Augenblick schoß der Kater hinter dem Hackklotz hervor, hinter dem er gehockt hatte; er fauchte mit flach an den Schädel zurückgelegten Ohren und brachte Jud exakt zu Fall. Das Hackmesser flog ihm aus der Hand. Es glitt über das wellige, verblichene Linoleum, schlug mit dünnem Klirren gegen die Fußleiste und rutschte unter den Kühlschrank.

Jud begriff, daß er sich wieder zum Narren hatte halten lassen, und sein einziger Trost bestand darin, daß es das letzte Mal gewesen war. Der Kater stand auf seinen Beinen, mit offenem Maul und funkelnden Augen, fauchend und zischend wie ein Teekessel. Und dann war Gage über ihm, ein glückliches, schwarzes Grinsen im Gesicht, mit mondförmigen, rotgeränderten Augen; seine Rechte kam hinter seinem Rücken hervor, und Jud sah, was er beim Hereinkommen in der Hand gehalten hatte. Es war ein Skalpell aus Louis' schwarzer Tasche.

»O Gott, o Jesus«, stöhnte Jud und hob die rechte Hand, um es abzuwehren. Und dann erlag er einer optischen Täuschung; bestimmt hatte sein Verstand ausgehakt, denn ihm war, als hätte er das Skalpell auf beiden Seiten seiner Handfläche gleichzeitig gesehen. Dann begann etwas Warmes auf sein Gesicht zu tropfen, und er begriff.

»Ich will mit dir ficken, Alter«, gluckste das Gage-Ding und blies ihm seinen giftigen Atem ins Gesicht. »Ich will mit dir ficken! Ich will mit euch allen ficken – so viel – ich *will*!«

Jud schlug um sich und bekam Gages Handgelenk zu fassen. Unter seinem Griff blätterte die Haut ab wie Pergament. Das Skalpell wurde ihm aus der Hand gerissen und hinterließ einen klaffenden Mund.

»So viel – ich – WILL!«

Das Skalpell fuhr wieder herab.

Und wieder.

Und wieder.

59

»Versuchen Sie es jetzt, Madam«, sagte der Lastwagenfahrer. Er blickte in den Motorraum von Rachels Mietwagen. Sie drehte den Zündschlüssel. Der Motor der Chevette sprang sofort an. Der Lastwagenfahrer ließ die Haube herunterklappen, wischte sich die Hände mit einem großen, blauen Taschentuch ab und trat neben ihr ans Fenster. Er hatte ein sympathisches, leicht gerötetes Gesicht. Seine Dysart's Truck-Stop-Kappe hatte er in den Nacken geschoben.

»Haben Sie vielen Dank«, sagte Rachel, den Tränen nahe. »Ich wußte einfach nicht, was ich hätte tun sollen.«

»Ach, das war ein Kinderspiel«, sagte der Lastwagenfahrer. »Aber merkwürdig war es schon. So eine Panne ist mir bei einem fast neuen Wagen noch nie begegnet.«

»Ach? Was war es denn?«

»Eines der Kabel an der Batterie hatte sich gelöst. Hat sich vielleicht jemand daran zu schaffen gemacht?«

»Nein«, sagte Rachel und entsann sich wieder des Gefühls, das sie gehabt hatte – des Gefühls, in das Gummiband der größten Schleuder der Welt geraten zu sein.

»Dann muß es sich wohl während der Fahrt gelöst haben. Aber jetzt werden Ihnen die Kabel keinen Ärger mehr machen. Ich habe sie alle festgezogen.«

»Darf ich Ihnen etwas geben für ihre Mühe?« fragte Rachel schüchtern.

Der Lastwagenfahrer lachte dröhnend. »Kommt nicht in Frage, Lady«, sagte er. »Wir sind die Ritter der Landstraße, ja?«

Sie lächelte. »Also dann – vielen Dank.«

»Mehr als gern geschehen.« Er bedachte sie mit einem breiten Lächeln, aus dem trotz der frühen Morgenstunde die Sonne zu strahlen schien.

Rachel erwiderte das Lächeln, ließ den Wagen vorsichtig über den Parkplatz rollen und bog dann in den Zubringer ein. Sie vergewisserte sich, daß sie von beiden Seiten freie Fahrt hatte, und fünf Minuten später fuhr sie wieder auf der Schnellstraße nordwärts. Der Kaffee hatte mehr geholfen, als sie für möglich gehalten hätte. Sie hatte das Gefühl, jetzt hellwach zu sein, nicht im mindesten schläfrig. Doch dann rührte die Feder des Unbehagens sie wieder an, dieses absurde Gefühl, manipuliert zu werden. Das Batteriekabel, dessen Klemme sich vom Kontakt gelöst hatte...

Damit sie so lange aufgehalten wurde, bis...

Sie lachte nervös. Bis was?

Bis etwas Unwiderrufliches geschehen war.

Das war albern. Lächerlich. Dennoch begann Rachel aus dem kleinen Wagen herauszuholen, was an Geschwindigkeit in ihm steckte.

Um fünf Uhr, als Jud versuchte, das aus der schwarzen Tasche seines guten Freundes Dr. Louis Creed gestohlene Skalpell abzuwehren und ihre Tochter in den Klauen eines Alptraums, an den sie sich gnädigerweise nicht erinnern konnte, schreiend im Bett auffuhr, verließ Rachel die Schnellstraße, fuhr über die Hammond Street, dicht an dem Friedhof vorbei, auf dem im Sarg ihres Sohnes jetzt nur noch ein Spaten begraben lag, und überquerte die Brücke von Bangor nach Brewer. Viertel nach fünf war sie auf der Route 15 und näherte sich Ludlow.

Sie hatte beschlossen, gleich zu Jud zu gehen; wenigstens in dieser Hinsicht wollte sie ihr Versprechen halten. Der Honda parkte ohnehin nicht in der Auffahrt; und obwohl sie es für möglich hielt, daß er in der Garage stand, wirkte ihr Haus so leer, als schliefe es noch. Keine Intuition sagte ihr, daß Louis zu Hause sein könnte.

Rachel parkte den Mietwagen hinter Juds Kleinlaster, stieg aus und sah sich vorsichtig um. Das Gras war naß von Tau, der im klaren, neuen Tageslicht funkelte. Irgendwo sang ein Vogel und verstummte dann. So oft sie seit ihrer Kindheit bei Tagesanbruch ohne zwingenden Grund wach und allein gewesen war, hatte sie sich einsam gefühlt – und doch irgendwie gehobener Stimmung, getragen von einem paradoxen Empfinden der Neuheit und der Kontinuität. An diesem Morgen hatte sie dieses saubere, gute Gefühl nicht. Sie empfand nur ein zerrendes Unbehagen, das sie nicht ausschließlich auf die hinter ihr liegenden, grauenhaften vierundzwanzig Stunden und ihren schmerzlichen Verlust zurückführen konnte.

Sie stieg die Verandastufen empor und öffnete die Gazetür in der Absicht, die altmodische Glocke an der Haustür zu betätigen. Die Glocke hatte sie bezaubert, als sie und Louis Jud zum ersten Mal besuchten; man drehte sie im Uhrzeigersinn, und sie gab einen lauten, aber musikalischen Ton von sich – anachronistisch und reizvoll zugleich.

Jetzt griff sie nach der Glocke, doch dann fiel ihr Blick auf den Verandaboden, und sie runzelte die Stirn. Auf der Fußmatte waren Schlammspuren. Sie folgte ihnen mit den Augen und stellte fest, daß sie von der Gazetür zur Haustür führten. Sehr kleine Spuren. Die Spuren eines Kindes, wie es schien. Aber sie war die ganze Nacht hindurch gefahren, und es hatte nicht geregnet. Gestürmt, aber nicht geregnet.

Sie betrachtete die Spuren lange – zu lange – und spürte dann, daß sie ihre Hand zur Türglocke hinzwingen mußte. Sie griff danach – und dann fiel ihre Hand wieder herunter.

Eine Vorahnung, weiter nichts. Die Vorahnung des Schrillens der Glocke in dieser Stille. Wahrscheinlich ist er doch eingeschlafen, und sie wird ihn aus dem Schlaf reißen.

Aber das war es nicht, wovor sie Angst hatte. Seit sie gemerkt hatte, daß es ihr schwerfiel, wach zu bleiben, war sie nervös gewesen, auf eine unterschwellige und diffuse Art beunruhigt; aber diese durchdringende Angst war etwas Neues, etwas, das ausschließlich mit diesen kleinen Fußspuren zu tun hatte. *Sie hatten die gleiche Größe wie...*

Ihr Verstand versuchte den Gedanken abzublocken, aber er war zu müde, zu langsam.

... wie Gages Füße.

Hör auf damit. Kannst du nicht aufhören?

Sie griff zu und drehte die Glocke.

Sie klang sogar noch lauter als in ihrer Erinnerung, aber nicht so musikalisch – es war ein schriller, erstickter Schrei in der Stille. Rachel fuhr zurück, gab ein nervöses, kleines Lachen von sich, ohne jede Spur von Humor. Sie wartete auf Juds Schritte, aber seine Schritte kamen nicht. Es herrschte Stille und noch mehr Stille, und sie begann gerade zu überlegen, ob sie sich überwinden konnte, den schmetterlingsförmigen Glockengriff noch einmal zu drehen, als hinter der Tür ein Laut erklang, auf den sie nicht im mindesten vorbereitet war.

Miau!... Miau!... Miau!

»Church?« fragte sie, überrascht und verwirrt. Sie beugte sich vor, aber man konnte natürlich nicht hineinsehen; eine hübsche weiße Gardine bedeckte die Glasscheibe der Tür. Normas Werk.

»Church, bist du das?«

Miau!

Rachel probierte die Tür. Sie war unverschlossen. Church saß in der Diele, den Schwanz um die Pfoten gelegt. Auf seinem Fell waren dunkle Flecke. *Schlamm,* dachte Rachel, und dann sah sie, daß die Tropfen, die an Churchs Schnurrhaaren hingen, rot waren.

Er hob eine Pfote und begann sich zu putzen, aber sein Blick ruhte unverwandt auf ihrem Gesicht.

»Jud?« rief sie, jetzt zutiefst geängstigt. Sie tat einen Schritt über die Schwelle.

Aus dem Haus kam keine Antwort; nur Stille.

Rachel versuchte zu denken, aber ganz plötzlich stiegen Bilder von ihrer Schwester Zelda in ihr auf und ließen alle Gedanken verschwimmen. Wie sich ihre Hände verkrümmt hatten. Wie sie mit dem Kopf gegen die Wand schlug, wenn sie wütend war – die Tapete war zerrissen, der Putz darunter aufgesprungen und zerbröckelt. Aber jetzt war nicht die Zeit, an Zelda zu denken. Womöglich war Jud verletzt. Vielleicht war er gestürzt. Er war ein alter Mann.

Denk daran, nicht an die Träume, die du als Kind hattest. Träume, in denen die Schranktür aufgeht und Zelda mit ihrem geschwärzten, grinsenden Gesicht auf dich zukommt. Träume, in denen du in der Badewanne sitzt und Zeldas Augen dir aus dem Abfluß entgegenblicken. Träume, in denen Zelda hinter dem Heizungskessel im Keller lauert. Träume...

Church öffnete das Maul, entblößte seine scharfen Zähne und ließ wieder ein *Miau!* hören.

Louis hatte recht, wir hätten ihn nicht kastrieren lassen sollen: seither stimmt etwas nicht mit ihm. Aber Louis meinte, es würde seine aggressiven Instinkte dämpfen. Das war ein Irrtum. Church geht nach wie vor auf Jagd. Er...

Miau! schrie Church abermals, dann machte er kehrt und schoß die Treppe hinauf.

»Jud?« rief sie wieder. »Sind Sie da oben?«

Miau! schrie Church von der obersten Treppenstufe, wie um die Vermutung zu bestätigen, und verschwand im Flur.

Wie war er überhaupt ins Haus gekommen? Hatte Jud ihn hereingelassen? Warum?

Rachel trat von einem Fuß auf den anderen und überlegte, was sie tun sollte. Das Schlimmste war, daß ihr das alles irgendwie – irgendwie *arrangiert* vorkam, so, als wollte etwas, daß sie sich hier befand und...

Dann kam von oben ein Stöhnen, leise und schmerzgepeinigt – Juds Stimme, eindeutig Juds Stimme. *Er ist im Badezimmer gestürzt, vielleicht ausgeglitten, hat sich ein Bein gebrochen, vielleicht auch das Hüftgelenk, alte Knochen sind spröde. Und was denkst du dir eigentlich dabei, hier zu stehen und von einem Fuß auf den anderen zu treten? Du mußt hinauf ins Badezimmer. Church hatte Blut an sich, Blut, Jud ist verletzt, und du stehst hier herum! Was ist los mit dir?*

»Jud!« Das Stöhnen kam wieder, und sie rannte die Treppe hinauf.

Sie war noch nie im Obergeschoß gewesen, und da das einzige Fenster des Flurs nach Westen zeigte, zum Fluß hin, war es noch immer sehr dunkel. Der Flur zog sich breit und gerade am Treppenhaus entlang und führte in den hinteren Teil des Hauses: das Kirschbaumgeländer schimmerte in matter Eleganz. An der Wand hing ein Bild der Akropolis, und

(es ist Zelda, all die Jahre hatte sie es auf mich abgesehen, und jetzt ist ihre Zeit gekommen, öffne die richtige Tür, und dann steht sie da mit ihrem

buckligen, verkrüppelten Rücken, stinkt nach Pisse und Tod, es ist Zelda, ihre Zeit ist gekommen, endlich hat sie dich eingeholt)
das Stöhnen kam wieder, hinter der zweiten Tür rechts.

Rachel ging auf die Tür zu; ihre Absätze klapperten auf den Dielenbrettern. Ihr war, als erführe sie eine Art Verschiebung – keine Zeitverschiebung, keine Raumverschiebung, sondern eine Größenverschiebung. Sie wurde kleiner. Das Bild der Akropolis trieb höher und höher, und bald würde sich der Türknopf aus geschliffenem Glas in Augenhöhe befinden. Sie streckte die Hand danach aus – und noch bevor sie ihn berühren konnte, wurde die Tür aufgerissen.

Zelda stand vor ihr.

Sie war bucklig verkrümmt, ihr Körper so grausam deformiert, daß sie sich in einen Zwerg verwandelt hatte, kaum einen Meter groß; und aus irgendeinem Grund trug Zelda den Anzug, in dem sie Gage begraben hatten. Aber es war Zelda, ganz offensichtlich, ein wahnsinniges Frohlocken in den Augen, das Gesicht rötlichpurpurn; es war Zelda, die kreischte: *»Nun habe ich dich doch noch erwischt, Rachel, ich werde deinen Rücken krumm machen wie meinen, und du wirst nie wieder aus dem Bett herauskommen nie wieder aus dem Bett herauskommen* NIE WIEDER AUS DEM BETT HERAUSKOMMEN...«

Church hockte auf ihrer Schulter, und Zeldas Gesicht verschwamm und veränderte sich – Rachel erkannte mit wirbelndem, lähmendem Entsetzen, daß es in Wirklichkeit gar nicht Zelda war – wie hatte ihr nur so ein blöder Irrtum unterlaufen können?

Es war Gage. Sein Gesicht war nicht schwarz, sondern schmutzig, blutbeschmiert. Und es war geschwollen, als wäre er grausam verletzt und dann von groben, lieblosen Händen wieder zusammengeflickt worden.

Sie rief seinen Namen und streckte die Arme aus. Er rannte auf sie zu und ließ sich hochheben, und die ganze Zeit blieb eine Hand hinter seinem Rücken, als hielte er einen Strauß Blumen, gepflückt auf der Wiese hinter irgendeinem Haus.

»Ich hab etwas für dich, Mommy!« schrie er. *»Ich hab etwas für dich! Ich hab etwas für dich! Ich hab etwas für dich!«*

60

Als Louis Creed aufwachte, schien ihm die Sonne voll ins Gesicht. Er versuchte aufzustehen und verzog das Gesicht; der Schmerz schoß ihm wie ein Pfeil in den Rücken. Er sank aufs Kissen zurück und blickte an sich herunter. Vollständig angezogen. Gott.

Er blieb noch einen langen Moment liegen, wappnete sich gegen die Steifheit, die von jedem Muskel Besitz ergriffen hatte, und setzte sich dann auf.

»Scheiße«, murmelte er. Einige Sekunden schien das ganze Zimmer leicht, aber deutlich vor seinen Augen zu schaukeln. Sein Rücken pochte wie ein fauler Zahn, und wenn er den Kopf bewegte, hatte er das Gefühl, anstelle der Sehnen säßen rostige Bandsägeblätter in seinem Hals. Aber das Schlimmste war sein Knie. Das Ben-Gay hatte nicht geholfen; er hätte sich eine Cortisonspritze geben sollen. Das Hosenbein saß wie eine enge Haut über der Schwellung; es sah aus, als steckte ein Ballon darunter.

»Schöne Bescherung«, murmelte er. »Das war ganze Arbeit.«

Er beugte das Knie ganz langsam, um sich auf die Bettkante zu setzen, die Lippen so fest zusammengepreßt, daß sie weiß wurden. Dann bewegte er das Gelenk ein wenig, lauschte auf die Schmerzen, versuchte sich darüber klar zu werden, wie schwer die Verletzung war, ob sie vielleicht...

Gage? Ist Gage wieder da?

Das brachte ihn trotz der Schmerzen auf die Beine. Er hinkte durch das Zimmer wie Matt Dillons alter Kumpel Chester. Er ging durch die Tür und über den Korridor in Gages Zimmer, sah sich um, den Namen seines Sohnes auf den Lippen. Aber das Zimmer war leer. Er humpelte weiter zu Ellies Zimmer, das gleichfalls leer war, und dann ins Gästezimmer, das auf die Straße hinausging. Es war gleichfalls leer, aber...

Auf der anderen Straßenseite stand ein fremder Wagen; er parkte hinter Juds Kleinlaster.

Na und?

Ein fremder Wagen konnte Probleme mit sich bringen.

Louis zog den Vorhang beiseite und musterte das Fahrzeug genauer. Es war ein blauer Kleinwagen, eine Chevette. Und auf dem Dach zusammengerollt, anscheinend schlafend, lag Church.

Er blickte lange hinüber, bevor er den Vorhang wieder zuzog. Jud hatte Besuch, das war alles – na und? Und vielleicht war es noch zu früh, sich Gedanken darüber zu machen, was mit Gage geschah oder nicht geschah. Church war gegen ein Uhr mittags zurückgekommen, und jetzt war es erst neun. Neun Uhr an einem herrlichen Maimorgen. Er würde nach unten gehen und sich einen Kaffee kochen, das Heizkissen holen und es um sein Knie legen, und...

... und wie kommt Church auf das Dach dieses Wagens?

»Ist doch egal«, sagte er laut und hinkte auf den Korridor zurück. Katzen schliefen an allen möglichen Orten; das lag in ihrer Natur.

»Vergiß es«, murmelte er auf halber Höhe der Treppe. Er sprach mit sich selber, das war schlecht. Das war...
Was war das für ein Ding in den Wäldern letzte Nacht?
Der Gedanke drängte sich auf, ließ ihn die Lippen ebenso hart zusamenpressen wie der Schmerz in seinem Knie, als er es aus dem Bett schwang. Er hatte von dem Ding geträumt, dem er in der Nacht im Wald begegnet war. Die Träume von Disney World schienen ganz natürlich und mit tödlicher Selbstverständlichkeit in Träume von diesem Ding einzublenden. Er hatte geträumt, daß es ihn berührte, daß es alle guten Träume für immer vergiftet, alle guten Absichten brandig gemacht hatte. Es war der Wendigo. Er hatte nicht nur einen Kannibalen aus ihm gemacht, sondern den Vater von Kannibalen. Er war im Traum wieder auf dem Tierfriedhof gewesen, aber diesmal nicht allein. Bill und Timmy Baterman waren dabei gewesen, Jud war dabei gewesen, gespenstisch und tot aussehend, seinen Hund Spot an einer Wäscheleine. Lester Morgan war dabei gewesen, mit dem Bullen Hanratty an einem Stück Abschleppkette. Hanratty lag auf der Seite und sah sich mit hirnloser, betäubter Wut um. Und aus irgendeinem Grund war auch Rachel dabei gewesen, und beim Abendessen war ihr irgendein Malheur passiert – sie hatte eine Flasche Ketchup umgestoßen oder vielleicht eine Schüssel mit Preiselbeergelee; ihr Kleid war voller roter Flecke.

Und dann, hinter dem Totholz zu gigantischer Höhe aufgerichtet, die Haut rissig und reptiliengelb, die Augen große, verschleierte Nebelleuchten, die Ohren nicht Ohren, sondern mächtige gewundene Hörner, war der Wendigo erschienen, eine Bestie, die aussah wie eine von einer Frau geborene Echse. Er deutete mit seinen hornigen Nagelfingern auf sie alle, und sie legten den Kopf immer weiter in den Nacken, um ihn zu sehen...

»Schluß damit«, flüsterte er und schauderte beim Klang seiner eigenen Stimme. Er würde in die Küche gehen, beschloß er, und sich ein Frühstück machen, als wäre es ein ganz gewöhnlicher Tag. Ein richtiges Junggesellenfrühstück mit einer Menge tröstlichen Cholesterins. Ein paar Sandwiches mit Spiegeleiern und Mayonnaise, und auf jedes eine Scheibe Bermudazwiebel. Er roch verschwitzt und schmutzig und sauer, aber er würde sich das Duschen für später aufsparen. Im Augenblick kam es ihm zu mühsam vor, sich auszuziehen; wahrscheinlich würde er das Skalpell aus seiner Tasche holen und das Hosenbein aufschneiden müssen, um sein geschwollenes Knie freizulegen. Ein Jammer, gute Instrumente so zu mißbrauchen, aber der schwere Jeansstoff ließ sich mit keinem anderen Messer im Haus schneiden, und Rachels Schneiderschere war ihm bestimmt nicht gewachsen.

Aber zuerst das Frühstück.

Er durchquerte das Wohnzimmer. Dann machte er einen Abstecher zur Vordertür und blickte zu dem kleinen, blauen Wagen auf Juds Auffahrt hinüber. Er war taufeucht; also stand er schon geraume Zeit dort. Church war noch auf dem Dach, schlief aber nicht, sondern schien Louis mit seinen häßlichen grüngelben Augen unverwandt anzustarren.

Louis wich zurück, als hätte man ihn beim Spionieren ertappt.

Er ging in die Küche, holte eine Bratpfanne aus dem Schrank, setzte sie auf den Herd, nahm Eier aus dem Kühlschrank. Die Küche war hell und klar und sauber. Er versuchte zu pfeifen, um dem Morgen seine Proportionen zurückzugeben, aber er konnte es nicht. Die Dinge sahen richtig aus, aber sie waren es nicht. Das Haus schien entsetzlich leer, und die Arbeit der letzten Nacht lastete auf ihm. Die Dinge waren falsch, verzerrt; er fühlte einen Schatten über sich, und er hatte Angst.

Er hinkte ins Badezimmer und spülte ein paar Aspirin mit einem Glas Orangensaft hinunter. Er war gerade auf dem Rückweg zum Herd, als das Telefon läutete.

Er nahm den Hörer nicht gleich ab, sondern drehte sich nur um und sah den Apparat an; er kam sich träge und geistlos vor, wie ein Trottel in einem Spiel, das er, wie ihm erst jetzt klar wurde, nicht im mindesten begriff.

Nimm den Hörer nicht ab, du willst den Hörer nicht abnehmen, das ist die schlimme Nachricht, das ist das Ende der Leine, die um die Ecke führt und in die Dunkelheit, ich glaube nicht, daß du wissen willst, was am anderen Ende der Leine ist. Louis, das willst du bestimmt nicht wissen, also nimm den Hörer nicht ab, lauf jetzt, der Wagen steht in der Garage, steig ein und fahr davon, nimm den Hörer nicht ab...

Er durchquerte das Zimmer und nahm den Hörer ab, eine Hand auf dem Wäschetrockner, wie schon so oft zuvor, und es war Irwin Goldman, und schon als Irwin »Hallo« sagte, entdeckte Louis die Spuren, die quer durch die Küche führten – kleine, schlammige Spuren –, und das Herz schien ihm in der Brust zu erstarren; er hatte das Gefühl, als quöllen seine Augen aus ihren Höhlen heraus; er war überzeugt, wenn er in diesem Augenblick in einen Spiegel hätte sehen können, hätte ihm das Gesicht eines Irrenhausinsassen auf einem Gemälde des siebzehnten Jahrhunderts entgegengeblickt. Es waren Gages Spuren; Gage war hier gewesen, *er war in der Nacht hier gewesen,* und wo war er jetzt?

»Hier ist Irwin, Louis... Louis? Bist du da? Hallo?«

»Hallo, Irwin«, sagte er und wußte auch schon, was Irwin sagen würde. Er begriff, was es mit dem blauen Wagen auf sich hatte. Er begriff alles. Die Leine – die Leine, die in die Dunkelheit führte –,

er tastete sich an ihr entlang, Hand über Hand. Könnte er sie doch fallenlassen, bevor er ihr Ende erreicht hatte! Aber es war seine Leine. Er hatte sie sich eingehandelt.
»Ich dachte schon, die Verbindung wäre unterbrochen«, sagte Goldman.
»Nein, der Hörer ist mir aus der Hand gerutscht«, sagte Louis. Seine Stimme war gelassen.
»Ist Rachel gut angekommen?«
»Ja, das ist sie«, sagte Louis und dachte an den blauen Wagen mit Church auf dem Dach. Seine Augen verfolgten die schlammigen Fußspuren auf dem Boden.
»Ich muß mit ihr sprechen«, sagte Goldman. »Gleich. Es ist wegen Eileen.«
»Ellie? Was ist mit Ellie?«
»Ich glaube, das sollte Rachel...«
»Rachel ist im Augenblick nicht da«, sagte Louis heiser. »Sie ist weggefahren, um Brot und Milch zu holen. Was ist mit Ellie? Nun reden Sie schon, Irwin.«
»Wir mußten sie ins Krankenhaus bringen«, sagte Goldman zögernd. »Sie hatte einen Alptraum oder eine ganze Reihe von Alpträumen. Sie war hysterisch und konnte sich nicht beruhigen. Sie...«
»Ist sie sediert worden?«
»Wie bitte?«
»Beruhigt«, sagte Louis ungeduldig. »Hat man ihr ein Beruhigungsmittel gegeben?«
»Ja, oh ja. Sie haben ihr eine Tablette gegeben, und danach ist sie wieder eingeschlafen.«
»Hat sie etwas gesagt? Hat sie gesagt, was sie so geängstigt hat?« Die Knöchel der Hand, die den Hörer hielt, waren weiß.
Schweigen am anderen Ende der Leitung – ein langes Schweigen. Diesmal wagte Louis nicht, es zu unterbrechen, so gern er es auch getan hätte.
»Das war es ja gerade, was Dory so bestürzt hat«, sagte Irwin schließlich. »Sie redete ununterbrochen, und dann weinte sie so heftig, daß wir kaum etwas verstanden. Dory wäre beinahe...«
»Was hat sie gesagt?«
»Sie hat gesagt, der Große und Schreckliche Oz hätte ihre Mutter umgebracht. Aber sie hat es anders ausgesprochen. Sie sagte – sie sagte ›der Gwoße und Schweckliche Oz‹ – genau so, wie unsere Tochter es immer aussprach. Unsere Tochter Zelda. Glaub mir, Louis, ich hätte viel lieber Rachel danach gefragt – aber was habt ihr Eileen über Zelda erzählt und darüber, wie sie gestorben ist?«
Es kann sein, daß Sie Geräusche hören, die wie Stimmen klingen, aber

das sind die Seetaucher unten in der Gegend von Prospect. Der Schall trägt.
»Bist du noch da, Louis?«
»Wird sie es überstehen?« fragte Louis; seine Stimme schien weit entfernt! »Wird Ellie es überstehen? Was hat der Arzt gesagt?«
»Verzögerter Schock nach der Beerdigung«, sagte Goldman. »Mein eigener Arzt war da. Lathrop. Ein guter Mann. Er sagte, sie hätte etwas Fieber, und es könnte sein, daß sie sich an nichts erinnert, wenn sie am Nachmittag aufwacht. Aber Rachel sollte zurückkommen. Louis, ich habe Angst. Ich glaube, du solltest auch kommen.«
Louis antwortete nicht. Das Auge des Herrn ruht auf dem Sperling, hieß es in der Bibel. Doch Louis war ein minderes Wesen, und sein Blick folgte den schlammigen Fußspuren.
»Louis, Gage ist tot«, sagte Goldman. »Ich weiß, wie schwer es für euch – für dich und Rachel – sein muß, sich damit abzufinden. Aber eure Tochter ist am Leben, und sie braucht euch.«
Ja, das sehe ich ein. Du magst ein dämlicher alter Esel sein, Irwin, aber vielleicht hat dich die Alptraumszene, die sich an jenem Apriltag im Jahre 1965 zwischen deinen beiden Töchtern abspielte, ein bißchen Empfindsamkeit gelehrt. Ja, sie braucht mich, aber ich kann nicht kommen, weil ich fürchte – ganz entsetzlich fürchte –, daß das Blut ihrer Mutter an meinen Händen klebt.
Louis betrachtete seine Hände. Er sah den Schmutz unter den Fingernägeln. Er glich dem Schmutz der Fußabdrücke auf dem Küchenfußboden.
»Gut«, sagte er. »Ich verstehe. Wir kommen so schnell wie möglich. Noch heute abend, wenn es geht. Danke.«
»Wir haben getan, was wir konnten«, sagte Goldman. »Vielleicht sind wir zu alt, Louis. Vielleicht sind wir schon immer zu alt gewesen.«
»Hat sie sonst noch etwas gesagt?«
Goldmans Antwort war wie eine Totenglocke, die gegen die Wände seines Herzens schlug. »Eine ganze Menge, aber ich konnte nur einen Satz genau verstehen: ›Paxcow hat gesagt, es ist zu spät.‹«

Er legte den Hörer auf und kehrte benommen zum Herd zurück, ohne recht zu wissen, ob er vorhatte, mit seinem Frühstück weiterzumachen oder alles wieder wegzuräumen; auf halbem Wege spülte eine Woge von Schwäche über ihn hinweg, graue Schleier trieben vor seinen Augen. Er sank zu Boden, und das schein eine Ewigkeit zu dauern; er stürzte tiefer und tiefer in wolkige Tiefen, und ihm war, als drehte er sich um sich selbst, vollführte einen Looping, beschrieb ein oder zwei Achten, flog einen Immelmann-Turm. Dann prallte er auf sein verletztes Knie, und der stählene Pfeil des Schmerzes, der ihn durchfuhr, brachte ihn wieder zu sich. Einen Augenblick war er unfähig, sich zu bewegen, und aus seinen Augen strömten Tränen.

Endlich gelang es ihm, wieder auf die Beine zu kommen; er stand da und schwankte. Aber sein Kopf war wieder klar. Da war doch etwas gewesen, oder?

Ein letztes Mal überkam ihn der Drang, die Flucht zu ergreifen, stärker als je zuvor – er ertastete sogar die tröstliche Wölbung der Wagenschlüssel in seiner Tasche. Er würde in den Honda steigen und nach Chicago fahren.

Er würde Ellie holen und dann weiterfahren. Die Goldmans wüßten dann natürlich schon, daß etwas nicht stimmte, daß etwas entsetzlich schiefgegangen war, aber er würde sie trotzdem mitnehmen. Er würde sie entführen, wenn es sein mußte.

Dann fiel seine Hand von der Wölbung der Schlüssel herunter. Was ihn den Drang vergessen ließ, war nicht ein Gefühl der Leere oder des Selbstbewußtseins, weder Verzweiflung noch seelische Erschöpfung. Es war der Anblick der schlammigen Fußspuren auf dem Küchenfußboden. Vor seinem inneren Auge sah er, wie sie durchs ganze Land fuhren – zuerst nach Illinois, dann nach Florida –, wenn nötig, durch die ganze Welt. Was man sich einhandelte, das gehörte einem, und was einem gehörte, kam früher oder später zu einem zurück.

Der Tag würde kommen, an dem er eine Tür öffnete, und Gage stünde vor ihm, eine Wahnsinnsparodie seines früheren Selbst, ein eingesunkenes Grinsen um die Lippen, die einst klaren, blauen Augen gelb, verschlagen und hirnlos. Oder Ellie ging ins Badezimmer, um zu duschen, und Gage säße in der Wanne, die verblassenden Narben und Wülste seines tödlichen Unfalls am ganzen Körper, sauber, aber nach dem Grab stinkend.

Ja, dieser Tag würde kommen – daran war nicht im mindesten zu zweifeln.

»Wie konnte ich nur so blöd sein«, sagte er laut zu dem leeren Raum; er sprach wieder mit sich selbst, aber es kümmerte ihn nicht. »Wie konnte ich nur?«

Es war Kummer, nicht Blödheit, Louis. Das ist ein Unterschied – klein, aber entscheidend. Die Batterie, die diesen Begräbnisplatz mit Energie versorgt. Seine Macht wächst, hatte Jud gesagt, und das stimmte natürlich – und jetzt bist du ein Teil dieser Macht. Sie hat sich an unserem Kummer gemästet – mehr noch, sie hat ihn verdoppelt, in die dritte, in die x-te Potenz erhoben. Und sie mästet sich nicht nur am Kummer. Sie hat auch dei-

nen gesunden Verstand aufgezehrt. Das Versagen besteht nur in der Unfähigkeit, zu akzeptieren – nichts Ungewöhnliches. Es hat dich deine Frau gekostet, und höchstwahrscheinlich hat es dich auch deinen besten Freund gekostet und deinen Sohn. So liegen die Dinge. Was daraus wird, wenn man das Ding, das um Mitternacht an der Tür klopft, zu langsam von sich weist, liegt auf der Hand: totale Dunkelheit.

Ich könnte jetzt Selbstmord begehen, dachte er, *und wahrscheinlich steht es in den Karten geschrieben. Alles Erforderliche ist in meiner Tasche. Es hat alles manipuliert, von Anfang an. Der Begräbnisplatz, der Wendigo oder was auch immer. Es hat unseren Kater auf die Straße gezwungen, und vielleicht hat es auch Gage auf die Straße gezwungen, es hat Rachel heimgebracht, aber erst, als es ihm paßte. Und nun soll ich mir das Leben nehmen – und ich möchte es.*

Aber erst muß Ordnung geschaffen werden, oder?

Ja, er mußte Ordnung schaffen.

Er mußte an Gage denken. Gage war da draußen. Irgendwo.

Er folge den Fußspuren durchs Eßzimmer und durchs Wohnzimmer und die Treppe hinauf. Hier waren sie verschmiert, weil er auf seinem Weg nach unten darübergelaufen war, ohne sie zu sehen. Sie führten ins Schlafzimmer. Er war hier, dachte Louis fassungslos, *er war in diesem Zimmer,* und dann sah er, daß seine Arzttasche offenstand.

Ihr Inhalt, den er immer sorgfältig und methodisch geordnet hatte, war jetzt ein heilloses Durcheinander. Trotzdem stellte Louis bald fest, daß sein Skalpell fehlte, und er schlug die Hände übers Gesicht und blieb eine Weile so sitzen; aus seiner Kehle drang ein schwacher Laut der Verzweiflung.

Endlich griff er wieder zu seiner Tasche und suchte darin.

Wieder im Erdgeschoß.

Das Geräusch des Öffnens der Tür zur Vorratskammer. Das Geräusch einer Schranktür, die aufgeschlossen und dann zugeschlagen wurde. Das eifrige Quietschen des Dosenöffners, und schließlich das Öffnen und Schließen der Garagentür. Dann stand das Haus leer in der Maisonne, so wie es an einem Augusttag des Vorjahres leergestanden und darauf gewartet hatte, daß die neuen Besitzer einträfen – und wie es jetzt darauf warten würde, daß irgendwann in Zukunft neue Besitzer kämen. Vielleicht ein junges Ehepaar, ohne Kinder (aber mit Hoffnungen und Plänen). Glückliche Jungverheiratete mit Appetit auf Mondavi-Wein und Löwenbräu-Bier – er leitete vielleicht die Kreditabteilung der Northeast Bank, sie war vielleicht Zahntechnikerin oder hatte drei Jahre als Assistentin eines Augenarztes gearbeitet. Er würde einen halben

Klafter Holz für den Kamin hacken, sie würde in einer Latzhose aus Cord auf Mrs. Vintons Feld umherwandern und Herbstgräser für die Vase pflücken, die Haare zum Pferdeschwanz zusammengebunden, ein heller Fleck unter grauem Himmel, ohne zu ahnen, daß über ihr ein unsichtbarer Geier in den Lüften trieb. Sie würden sich zu ihrem Entschluß gratulieren, das Haus trotz seiner Geschichte zu kaufen – sie würden ihren Freunden erzählen, daß sie es zu einem Spottpreis bekommen hätten, und über das Gespenst auf dem Dachboden witzeln, und alle würden noch ein Glas Löwenbräu oder Mondavi trinken, und dann würden sie Halma oder Rommé spielen.

Und vielleicht würden sie einen Hund haben.

61

Louis blieb auf dem unbefestigten Bankett stehen, um einen mit Kunstdünger beladenen Orinco-Laster an sich vorüberdröhnen zu lassen. Dann überquerte er, seinen Schatten hinter sich herziehend, die Straße zu Juds Haus, eine geöffnete Dose Calo in der Hand.

Church sah ihn kommen und erhob sich mit wachsamen Augen.

»Hi, Church«, sagte Louis und ließ seinen Blick über das stumme Haus wandern. »Hast du Hunger?«

Er stellte die Dose mit Katzenfutter auf die Haube der Chevette und sah zu, wie Church vom Dach heruntersprang und zu fressen begann. Louis steckte die Hand in die Jackentasche. Church blickte sich um, wachsam, als könnte er Louis' Gedanken lesen. Louis lächelte und ging ein paar Schritte beiseite. Church begann wieder zu fressen, und Louis holte eine Spritze aus der Tasche. Er entfernte die Papierhülle und zog 75 Milligramm Morphium auf, steckte die Mehrfachampulle wieder in die Tasche und kehrte zu Church zurück, der sich abermals mißtrauisch umsah. Louis lächelte den Kater an und sagte: »Friß ruhig weiter, Church. Hey-ho, let's go, okay?« Er streichelte den Kater, spürte, wie sein Rücken sich wölbte, und als Church sich wieder seinem Futter zuwandte, griff Louis fest zu und senkte die Nadel tief in seine Lende.

Church wurde elektrisch unter seinem Griff, wehrte sich, fauchte und krallte, aber Louis ließ nicht locker und drückte den Kolben der Spritze vollständig nieder. Erst danach ließ er den Kater los. Er sprang von der Chevette, fauchend wie ein Teekessel, die gelbgrünen Augen wild und bösartig. Die Spritze schwankte in seiner Lende, als er sprang, dann glitt die Nadel heraus, und die Spritze zerbrach. Louis kümmerte es nicht. Er hatte genug von allem.

Der Kater machte sich auf den Weg zur Straße, kehrte dann um, als wäre ihm etwas eingefallen. Er schaffte den halben Weg bis zum Haus, dann begann er wie betrunken zu taumeln. Er erreichte die Stufen, sprang auf die erste und fiel dann herunter. Er lag auf der kahlen Erde am Fuß der Verandatreppe und atmete schwach.

Louis warf einen Blick in die Chevette. Wenn er noch eine Bestätigung gebraucht hätte, so war sie hier: Rachels Handtasche auf dem Sitz, ihr Halstuch und ein Päckchen Flugtickets, halb herausgerutscht aus einer Mappe von Delta Airlines.

Als er sich wieder umwandte und auf die Veranda zuging, hatte das rasche Flattern von Churchs Flanken aufgehört. Church war tot. Zum zweiten Mal.

Louis stieg über ihn hinweg und ging die Stufen hinauf.

»Gage?«

Es war kühl in der Diele. Kühl und dunkel. Das Wort fiel in die Stille wie ein Stein in einen tiefen Brunnen. Louis warf ein weiteres hinein.

»Gage?«

Nichts. Selbst das Ticken der Uhr im Wohnzimmer war verstummt. An diesem Morgen hatte niemand sie aufgezogen. Auf auf dem Fußboden waren Spuren.

Louis ging ins Wohnzimmer. Der Geruch von Zigaretten hing in der Luft, schal und längst ausgebrannt. Er sah Juds Stuhl am Fenster. Er war schief zurückgeschoben, als wäre Jud plötzlich aufgesprungen. Auf der Fensterbank stand ein Aschenbecher, darin lag ein sauberer Aschenkegel.

Jud hatte hier gesessen und Ausschau gehalten. Wonach? Nach mir natürlich. Er hat darauf gewartet, daß ich nach Hause käme. Aber er hat mich verpaßt. Irgendwie hat er mich verpaßt.

Louis warf einen Blick auf die vier in einer ordentlichen Reihe aufgestellten Bierdosen. Nicht genug, um ihn einschlafen zu lassen. Vielleicht war er aufgestanden, um zur Toilette zu gehen. Doch was immer gewesen sein mochte – alles wirkte ein wenig zu arrangiert, um zufällig zu sein.

Die Schlammspuren führten zum Stuhl am Fenster. Zwischen den menschlichen Spuren entdeckte Louis ein paar blasse, schwache Pfotenabdrücke, als wäre Church in der von Gages kleinen Schuhen hinterlassenen Graberde herumgestapft. Dann näherten sich die Spuren der Schwingtür zur Küche.

Klopfenden Herzens folgte Louis den Spuren.

Er stieß die Tür auf und sah Juds gespreizte Füße, seine alte, grüne Arbeitshose, das karierte Flanellhemd. Der alte Mann lag in einer großen Lache aus trocknendem Blut.

Louis schlug die Hände vors Gesicht, als wollte er sich von diesem Anblick befreien. Aber es nützte nichts: er sah Augen, Juds Augen, offen, sie klagten ihn an, klagten vielleicht sogar sich selbst an, weil er dies alles ausgelöst hatte.

Aber hat er das denn? fragte sich Louis. *War er es denn?*

Jud hatte es von Stanny B. erfahren, und Stanny B. hatte es von seinem Vater erfahren, und Stanny B.'s Vater von seinem Vater, dem letzten Händler, der mit den Indianern Geschäfte machte, einem Franzosen aus dem Norden – damals, als Franklin Pierce Präsident war.

»Oh, Jud, es tut mir so leid«, flüsterte er.

Juds Augen starrten ihn an.

»So leid«, wiederholte er.

Seine Füße schienen sich selbständig zu bewegen, und plötzlich waren seine Gedanken zum Thanksgiving Day zurückgekehrt – nicht zu jenem Abend, an dem er und Jud den Kater zum Tierfriedhof und darüber hinaus getragen hatten, sondern zu dem Truthahnessen, das Norma auf den Tisch gestellt hatte. Sie hatten gelacht und geredet, die beiden Männer hatten Bier getrunken und Norma ein Glas Weißwein, und sie hatte das weiße Damasttischtuch aus der untersten Schublade geholt – wie er es jetzt tat; aber sie hatte es auf den Tisch gelegt und hübsche Zinnleuchter darauf gestellt, während er...

Louis sah, wie es sich über Juds Leichnam wölbte wie ein zusammensinkender Fallschirm und gnädig das tote Gesicht verdeckte. Und fast im gleichen Moment erschienen auf dem weißen Damast winzige Blütenblätter vom tiefsten, dunkelsten Scharlach.

»Es tut mir leid«, sagte er ein drittes Mal. »So...«

Dann bewegte sich etwas über ihm, etwas scharrte, und die Worte zerbrachen zwischen seinen Lippen. Es war leise gewesen, verstohlen, aber *gewollt.* Ein Geräusch, das er hören sollte.

Seine Hände wollten zittern, aber er ließ es nicht zu. Er trat an den Küchentisch mit der karierten Wachstuchdecke und griff in die Tasche. Er holte drei weitere Becton-Dickson-Spritzen heraus, entfernte die Papierhüllen und legte sie nebeneinander. Dann zog er drei weitere Mehrfachampullen heraus und füllte alle Spritzen mit genügend Morphium, um ein Pferd zu töten – oder den Bullen Hanratty, wenn es darauf hinauslaufen sollte. Dann steckte er die Spritzen wieder ein.

Er verließ die Küche, durchquerte das Wohnzimmer und blieb am Fuß der Treppe stehen.

»Gage?«

Von irgendwo aus dem Schatten über ihm kam ein Kichern – ein kaltes, graues Lachen, das Louis einen Schauder über den Rücken jagte.

Er stieg die Treppe hinauf.

Es war ein langer Marsch bis zum oberen Ende der Treppe. So mußte einem Verurteilten zumute sein, der einen ebenso langen (und ebenso entsetzlich kurzen) Gang zum Galgen antritt, die Hände hinter dem Rücken gebunden, in der Gewißheit, daß er pissen würde, wenn er nicht mehr pfeifen konnte.

Endlich war er oben angekommen, eine Hand in der Tasche, und starrte die Wand an. Wie lange stand er so da? Er wußte es nicht. Jetzt spürte er, wie sein Verstand ihn zu verlassen begann. Es war ein echtes Gefühl, etwas, das wirklich geschah. Es war interessant. So mußte sich ein mit Eis überladener Baum in einem entsetzlichen Sturm fühlen – wenn Bäume überhaupt fühlen konnten –, kurz bevor er umstürzte. Es war interessant – und es war irgendwie belustigend.

»Gage, fährst du mit mir nach Florida?«

Wieder dieses Kichern.

Louis drehte sich um und sah seine Frau; er hatte ihr einmal eine Rose gebracht, die er zwischen den Zähnen hielt. Sie lag auf dem Flur, tot. Ihre Beine waren ebenso gespreizt wie die von Jud. Ihr Kopf und ihr Rücken lehnten schräg an der Wand. Sie lag da wie eine Frau, die beim Lesen im Bett eingeschlafen ist.

Er ging auf sie zu.

Hallo Liebling, dachte er. *Du bist nach Hause gekommen.*

Das Blut hatte irre Muster auf die Tapete gespritzt. Sie war ein dutzendmal durchbohrt worden, vielleicht auch zwei dutzendmal, wer wußte das schon? Sein Skalpell hatte ganze Arbeit geleistet.

Plötzlich sah er sie, sah sie *richtig,* und Louis Creed begann zu schreien.

Seine Schreie schrillten und widerhallten in diesem Haus, in dem jetzt nur noch der Tod lebte und umging. Er schrie mit hervorquellenden Augen, bleichem Gesicht, gesträubten Haaren; die Laute kamen aus seiner geschwollenen Kehle wie die Glocken der Hölle, grauenhafte Schreie, die nicht nur das Ende der Liebe signalisierten, sondern auch das Ende des gesunden Verstandes; in seinem Hirn wurden alle Bilder des Grauens gleichzeitig lebendig. Victor Pascow, sterbend auf dem Teppich der Krankenstation, Churchs Rückkehr mit Fetzen von grünem Plastik an den Schnurrhaaren, Gages Basketballkappe, die voll Blut auf der Straße lag; vor allem aber das Ding, das er im Moor der Kleinen Götter gesehen hatte, das Ding, das den Baum umgerissen hatte, das Ding mit

den gelben Augen, der Wendigo, das Geschöpf der nördlichen Wälder, das tote Ding, dessen Berührung unsägliche Gelüste weckt.
Rachel war nicht einfach getötet worden.
Etwas war ... etwas war über sie hergefallen.
(KLICK!)
Das Klicken war in seinem Kopf. Es war das Geräusch einer Sicherung, die durchbrannte, das Geräusch eines Blitzes, der niederfährt und einschlägt, das Geräusch einer aufgehenden Tür.
Er blickte benommen auf, der Schrei zitterte noch in seiner Kehle – und da war endlich Gage, mit blutverschmiertem Mund, triefendem Kinn, die Lippen zu einem teuflischen Grinsen verzogen. In der Hand hielt er Louis' Skalpell.
Als er es niedersausen ließ, wich Louis fast ohne zu denken zurück. Das Skalpell fuhr an seinem Gesicht vorbei, und Gage geriet aus dem Gleichgewicht. *Er ist so unbeholfen wie Church,* dachte Louis und stieß die Beine unter ihm weg. Gage stürzte hin, und Louis war über ihm, bevor er wieder hochkommen konnte, war auf ihm und nagelte mit einem Knie die Hand fest, in der er das Skalpell hielt.
»Nein«, keuchte das Ding unter ihm. Sein Gesicht zuckte und verzerrte sich. Die Augen waren wie Insektenaugen in ihrem hirnlosen Haß. *»Nein, nein, nein...«*
Louis tastete nach einer Spritze, bekam sie zu fassen. Er mußte schnell sein. Das Ding unter ihm war wie ein eingeölter Fisch und ließ das Skalpell nicht los, so heftig er auch auf das Handgelenk drückte. Und sein Gesicht schien sich zu verändern, während er hinsah. Es war Juds Gesicht, tot und ausdruckslos; es war das zerschlagene, zerstörte Gesicht von Victor Pascow mit bewußtlos rollenden Augen; es war, einem Spiegel gleich, Louis' eigenes Gesicht, grauenhaft bleich und jenseits aller Vernunft. Dann veränderte es sich abermals und wurde zum Gesicht dieses Geschöpfes in den Wäldern – die niedrige Stirn, die toten, gelben Augen, die lange, spitz zulaufende, gespaltene Zunge, grinsend und zischend.
»Nein, nein, nein-nein-nein...«
Es bäumte sich unter ihm auf. Die Spritze flog Louis aus der Hand und rollte über den Fußboden. Er tastete nach einer zweiten, holte sie heraus und stieß sie Gage schnell ins Kreuz.
Der Körper unter ihm kreischte, wand sich, bockte und hätte ihn fast abgeworfen. Stöhnend griff Louis nach der dritten Spritze. Er jagte sie Gage in den Arm und drückte den Kolben nieder, so weit es ging. Dann stand er auf und wich langsam auf dem Flur zurück. Gage kam unbeholfen auf die Füße und begann auf ihn zuzutaumeln. Fünf Schritte, und das Skalpell fiel ihm aus der

Hand. Es traf mit der Spitze auf, bohrte sich ins Holz und blieb zitternd stecken. Zehn Schritte, und das fremde gelbe Licht in seinen Augen begann zu verblassen. Ein Dutzend, und er fiel auf die Knie.

Jetzt blickte Gage zu ihm auf, und einen Augenblick lang sah Louis seinen Sohn – seinen echten Sohn – mit unglücklichem, schmerzverzerrtem Blick.

»Daddy!« rief er, dann fiel er nach vorn aufs Gesicht.

Louis wartete ein paar Sekunden, dann ging er auf Gage zu, ganz vorsichtig, auf jeden Trick gefaßt. Aber da war kein Trick, kein plötzliches Vorschießen klauenartiger Hände. Er tastete mit erfahrenem Finger nach Gages Hals und fand den Puls. Zum letzten Mal in seinem Leben war er Arzt; er überwachte den Puls, überwachte ihn, bis nichts mehr da war, weder drinnen noch draußen.

Als er endlich nichts mehr spürte, stand er auf und wanderte den Flur entlang bis in die hinterste Ecke. Dort kauerte er sich hin, krümmte sich zusammen, drückte sich in die Ecke, so fest er nur konnte. Ihm war, als könnte er sich noch kleiner machen, wenn er den Daumen in den Mund steckte, und er tat es.

So blieb er mehr als zwei Stunden sitzen ... und dann kam ihm, nach und nach, ein ach-so-plausibler Einfall. Er zog den Daumen aus dem Mund – ein leise schnalzendes Geräusch. Und dann machte Louis sich
(hey-ho, let's go)
wieder ans Werk.

In dem Zimmer, in dem Gage sich versteckt hatte, zog er das Laken vom Bett und nahm es mit auf den Flur. Er hüllte den Leichnam seiner Frau darin ein, sanft, liebevoll. Er summte, aber er wußte es nicht.

In Juds Garage fand er Benzin. Zwanzig Liter in einem roten Kanister neben dem Rasenmäher. Mehr als genug. Er fing in der Küche an, in der Jud nach wie vor unter der Thanksgiving-Tischdecke lag. Er tränkte sie, dann ging er, den Kanister schräg haltend, ins Wohnzimmer, goß bernsteinfarbenes Benzin auf den Teppich, die Couch, den Zeitschriftenständer, die Sessel; danach wanderte er weiter durch die vordere Diele und ins Schlafzimmer. Der Benzingestank war stark und durchdringend.

Juds Streichhölzer fanden sich bei dem Sessel, in dem er vergeblich Wache gehalten hatte, auf der Zigarettenschachtel. Louis nahm sie mit. An der Vordertür warf er ein angezündetes Streich-

holz über die Schulter und trat hinaus. Der Feuersturm kam so heftig und unvermittelt, daß die Haut in seinem Nacken sich zusammenzog. Er schloß die Tür hinter sich und blieb einen Moment auf der Veranda stehen, um das orangegelbe Flackern hinter Normas Vorhängen zu beobachten. Dann überquerte er die Veranda, hielt noch einmal kurz inne, dachte an das Bier, das er und Jud vor einer Million Jahren hier getrunken hatten, und lauschte dem leisen, stärker werdenden Prasseln des Feuers im Haus.
Dann ging er die Stufen hinunter.

62

Steve Masterton kam um die Kurve kurz vor Louis' Haus und sah den Rauch sofort – nicht über Louis' Haus, sondern über dem, das dem alten Mann gehörte, auf der anderen Straßenseite.

Er war gekommen, weil er sich Louis' wegen Sorgen machte – schwere Sorgen. Joan Charlton hatte ihm von Rachels Anruf am Vortag erzählt, und nun wollte er wissen, wo Louis war – was er im Schilde führte.

Seine Unruhe war unbestimmt, aber sie bohrte in seinem Kopf – er würde erst wieder Ruhe finden, wenn er sich vergewissert hatte, daß alles in Ordnung war – wenigstens so weit in Ordnung, wie es unter den gegebenen Umständen möglich war.

Das Frühlingswetter hatte die Krankenstation wie mit einem Schlag geleert, und Surrendra Hardu hatte gesagt, er könnte losfahren; mit dem, was vielleicht noch kommen mochte, würde er allein fertig. Also hatte Steve sich auf seine Yamaha geschwungen, die er erst am Wochenende aus der Garage geholt hatte, und war nach Ludlow gefahren. Vielleicht hatte er etwas mehr Gas gegeben als unbedingt nötig, aber die Unruhe nagte an ihm. Und in sie mischte sich die absurde Ahnung, daß es bereits zu spät war. Das war natürlich albern, aber tief in seinem Magen saß ein Gefühl, jenem ähnlich, das er im letzten Herbst gehabt hatte, als Pascow hereingetragen wurde – ein Gefühl elender Überraschung und bleierner Hoffnungslosigkeit. Er war durchaus kein religiöser Mensch (auf dem College hatte er zwei Semester der Atheisten-Gesellschaft angehört und war erst wieder ausgetreten, als ihn sein Tutor beiseitegenommen und unter vier Augen darauf hingewiesen hatte, daß er sich damit seine Chancen, später ein Stipendium fürs Medizinstudium zu erhalten, verderben konnte), aber wahrscheinlich war er, wie andere Menschen auch, jenen biologischen oder biorhythmischen Zuständen unterworfen, die man gemeinhin als Vorahnungen bezeichnet. Und irgendwie hatte der Tod Pascows in dem Jahr, das auf ihn folgte, den Ton angegeben. Es war durchaus kein gutes Jahr gewesen. Zwei von Surrendras Verwandten waren in seiner Heimat aus irgendwelchen politischen Gründen ins Gefängnis geworfen worden, und Surrendra hatte ihm erzählt, daß einer von ihnen – ein Onkel, an dem er sehr hing – vermutlich inzwischen tot war. Surrendra hatte geweint, und die Tränen des gewöhnlich so sanften Inders hatten Steve geängstigt. Und Joan Charltons Mutter mußten beide Brüste abgenommen werden. Die energische Krankenschwester hatte wenig Hoffnung, daß ihre Mutter in fünf Jahren noch am Leben sein würde. Steve selbst hatte seit dem Tod von Victor Pascow an vier Beerdigungen teilgenommen – die Schwester seiner Frau, die bei einem Verkehrsunfall ums Leben gekommen war; ein Vetter, das Opfer einer Kneipenwette (ein tödlicher Stromschlag hatte ihn getroffen, als er beweisen wollte, daß er bis zur Spitze eines Leitungsmastes emporklettern konnte); einer seiner Großväter; und natürlich Louis' kleiner Sohn.

Er hatte Louis gern, und er wollte wissen, wie es ihm ging. Louis war in letzter Zeit durch die Hölle gegangen.

Als er die Rauchschwaden entdeckte, war sein erster Gedanke, auch dies ginge auf das Konto von Victor Pascow, der mit seinem Tod eine Art Schranke zwischen diesen gewöhnlichen Menschen und einer außerordentlichen Pechsträhne niedergerissen zu haben schien. Doch das war albern, und Louis' Haus war der Beweis dafür. Still und weiß stand es in der Vormittagssonne, ein Stück gepflegter Neuengland-Architektur.

Leute liefen auf das Haus des alten Mannes zu, und als Steve auf seinem Motorrad in Louis' Auffahrt einbog, sah er, wie ein Mann auf die Veranda sprang, sich der Vordertür näherte und dann zurückwich. Und das war nur gut: einen Augenblick später flog die Glasscheibe aus der Tür heraus, und Flammen leckten durch die Öffnung. Hätte der Idiot die Tür tatsächlich geöffnet, wäre er von der Stichflamme gegrillt worden wie ein Hummer.

Steve stieg ab und hob die Yamaha auf ihren Ständer. Louis war vorübergehend vergessen – die alte Faszination des Feuers schlug ihn in ihren Bann. Vielleicht ein halbes Dutzend Leute hatte sich versammelt; von dem Möchtegern-Helden abgesehen, der noch auf dem Rasen stand, hielten alle respektvollen Abstand. Jetzt flogen die Fenster heraus, die zur Veranda zeigten. Glas tanzte in der Luft. Der Möchtegern-Held duckte sich und ergriff die Flucht. An der inneren Verandawand zuckten Flammen hoch wie tastende Hände; die weiße Farbe begann Blasen zu werfen. Einer der Rattansessel fing an zu glimmen und ging dann in Flammen auf.

Über dem Prasseln hörte Steve den Möchtegern-Helden schrill und mit einer Art absurdem Optimismus rufen:»Das geht drauf! Das geht bestimmt drauf! Wenn Jud da drin war, ist er längst hinüber! Hundertmal habe ich ihm gesagt, daß in seinem Schornstein zu viel Teer ist!«

Steve öffnete den Mund, um zu fragen, ob man die Feuerwehr gerufen hätte; doch im gleichen Augenblick hörte er das schwache, näherkommende Heulen vieler Sirenen. Man hatte sie gerufen, aber der Möchtegern-Held hatte recht: das Haus war nicht mehr zu retten. Die Flammen leckten schon durch ein halbes Dutzend zerbrochener Fenster, und das vordere Dachgesims war eine fast durchsichtige Folie vor den leuchtendgrünen Schindeln.

Er wandte sich ab, und da fiel ihm Louis wieder ein – aber wenn Louis hier wäre, stände er dann nicht bei den Leuten auf der anderen Straßenseite?

Und dann entdeckte Steve etwas, das er gerade noch mit dem äußersten Augenwinkel wahrnahm.

Am Ende von Louis' geteerter Auffahrt begann ein Feld, das sich einen langen, sanft ansteigenden Hügel hinaufzog. Das Lieschgras war zwar noch grün, aber für Mai bereits relativ hoch, und Steve entdeckte einen Pfad, der fast so sauber gemäht war wie der Rasen auf einem Golfplatz. Er wand sich den Abhang hinauf und verschwand dann in den Wäldern, die dicht und grün den Horizont füllten. An dieser Stelle, an der das blasse Grün des Grases in das dichtere, sattere Grün der Wälder überging, hatte Steve eine Bewegung gesehen – ein kurzes Aufleuchten von etwas Weißem, das sich zu bewegen schien. Fast im gleichen Augenblick, in dem er es entdeckte, war es schon wieder verschwunden – aber in diesem kurzen Augenblick glaubte er einen Mann mit einem weißen Bündel gesehen zu haben.

Das war Louis, erklärte ihm sein Verstand mit plötzlicher, irrationaler Gewißheit. *Das war Louis, und du mußt sehen, daß du ihn einholst, hier ist etwas verdammt Schlimmes passiert, und bald wird noch etwas verdammt Schlimmeres passieren, wenn du es nicht verhinderst.*

Er stand unentschlossen am Ende der Auffahrt, trat von einem Bein aufs andere, verlagerte immer wieder nervös sein Gewicht.

Du machst dir vor Angst in die Hose, Steve, stimmt's?

Ja, es stimmte, aus keinem ersichtlichen Grund. Aber da war auch eine gewisse – eine gewisse

(Anziehung)

ja, eine gewisse Anziehung, die von diesem Pfad ausging, diesem Pfad, der den Hügel hinaufführte und vielleicht in die Wälder – irgendwohin mußte dieser Pfad ja führen, oder? Natürlich führte er irgendwohin. Alle Pfade führen irgendwohin.

Louis. Vergiß Louis nicht, du Idiot! Um Louis' willen bist du schließlich hergekommen, weißt du das nicht mehr? Du bist nicht hergekommen, um diese gottverdammten Wälder zu erkunden.
»Was hast du da, Randy?« rief der Möchtegern-Held. Seine Stimme, immer noch schrill und irgendwie optimistisch, trug weit. Randys Antwort ging fast im anschwellenden Heulen der Feuerwehrsirenen unter. »Tote Katze.«
»Verbrannt?«
»Sieht nicht so aus«, erwiderte Randy. »Sieht einfach tot aus.«
Und als hätte der Wortwechsel jenseits der Straße etwas damit zu tun, kehrten Steves Gedanken unerbittlich zu dem zurück, was er gesehen hatte oder gesehen zu haben glaubte: es *war* Louis.
Er setzte sich in Bewegung, wanderte den Pfad zu den Wäldern hinauf, ließ das Feuer hinter sich. Als er den Waldrand erreicht hatte, war er schweißgebadet, und der Schatten war kühl und angenehm. Um ihn war der würzige Duft von Kiefern und Fichten, Rinde und Saft.
Sobald er in den Wäldern war, fiel er in Laufschritt, ohne zu wissen, warum er lief, ohne zu wissen, warum sein Herz doppelt so schnell schlug wie gewöhnlich. Sein Atem ging pfeifend. Als er bergab ging, konnte er den Laufschritt zu einem Spurt steigern – der Pfad war erstaunlich eben –, aber den Eingang zum Tierfriedhof erreichte er nur in beschleunigtem Gehen.
Seine Augen nahmen die in Kreisen angelegten Gräber kaum war – die flachgeklopften Blechtafeln, die Stücke von Kistenholz und Schiefer. Seine Augen hafteten an dem bizarren Anblick am entgegengesetzten Ende der Lichtung. Sie hafteten auf Louis, der einen Windbruch überkletterte, wie es schien, ohne sich um die Gesetze der Schwerkraft zu kümmern. Schritt für Schritt erstieg er den steilen Haufen, den Blick starr geradeaus gerichtet wie ein Mann, der sich in Trance befindet oder schlafwandelt. In seinen Armen lag das weiße Ding, das Steve von der Auffahrt aus bemerkt hatte. Aus der Nähe gesehen, war seine Form eindeutig – es war ein Mensch. Ein Fuß hing heraus, bekleidet mit einem schwarzen Schuh mit flachem Absatz. Und Steve wußte mit plötzlicher, niederschmetternder Gewißheit, daß Louis Rachels Leichnam in den Armen trug.
Louis' Haar war weiß geworden.
»*Louis!*« schrie Steve.
Louis zögerte nicht, hielt nicht inne. Er erreichte den Gipfel des Windbruchs und begann an der anderen Seite hinabzusteigen.
Er wird stürzen, schoß es Steve durch den Kopf. *Bisher hat er verdammtes, unglaubliches Glück gehabt, aber gleich wird er stürzen, und wenn er sich dabei nichts anderes bricht als ein Bein...*

Aber Louis stürzte nicht. Er bewältigte auch die andere Seite des Totholzes und war für kurze Zeit aus Steves Blickfeld verschwunden; dann tauchte er auf dem Pfad in die Wälder wieder auf.
»Louis!« schrie Steve wieder.
Diesmal blieb Louis stehen und drehte sich um.
Was Steve sah, verschlug ihm den Atem. Louis war nicht nur weißhaarig, sein Gesicht war das eines uralten Mannes.
Anfangs war in Louis' Gesicht nicht eine Spur von Erkennen. Dann dämmerte es ihm so allmählich, als würde ein Widerstandsregler in seinem Hirn gedreht. Um seinen Mund zuckte es. Nach einer Weile begriff Steve, daß Louis zu lächeln versuchte.
»Steve«, sagte er mit brüchiger, bebender Stimme. »Hallo, Steve. Ich will sie begraben. Muß es wohl mit bloßen Händen tun. Kann bis zum Abend dauern. Der Boden da oben ist sehr steinig. Sie wollen mir wohl nicht ein bißchen helfen?«
Steve öffnete den Mund, aber es kamen keine Worte heraus. Trotz seiner Überraschung, trotz seines Entsetzens *wollte* er Louis helfen. In diesen Wäldern schien es irgendwie völlig in Ordnung – völlig natürlich.
»Louis«, krächzte er schließlich, »was ist passiert? Um Himmels willen, was ist passiert! War sie – war sie in dem brennenden Haus?«
»Bei Gage habe ich zu lange gewartet«, sagte Louis. »Irgendetwas ist in ihn geschlüpft, weil ich zu lange gewartet habe. Aber bei Rachel wird es anders sein, Steve, das weiß ich genau.«
Er taumelte ein wenig, und Steve sah, daß Louis den Verstand verloren hatte. Er erkannte es mit aller Deutlichkeit. Louis war verrückt und zu Tode erschöpft. Aber irgendwie schien nur das letztere Gewicht zu haben.
»Ich könnte Hilfe brauchen«, sagte Louis.
»Louis, selbst wenn ich Ihnen helfen wollte, käme ich doch nicht über diesen Holzhaufen hinweg.«
»O doch«, sagte Louis. »Das ist ganz einfach. Man muß nur schnell und ohne Zaudern gehen und darf nicht nach unten blicken. Das ist das Geheimnis, Steve.«
Danach wandte er sich wieder um, und obwohl Steve seinen Namen rief, wanderte Louis tiefer in die Wälder hinein. Einen Augenblick lang sah Steve das Weiß des Tuches zwischen den Bäumen leuchten. Dann war es verschwunden.
Er lief hinüber zum Totholz und begann gedankenlos hinaufzusteigen; anfangs tastete er mit den Händen und versuchte, auf allen Vieren zu klettern; doch als seine Füße Halt gefunden hatten, überkam ihn eine verrückte, waghalsige Begeisterung – ihm war,

als atmete er reinen Sauerstoff. Er *glaubte*, daß er es schaffen würde – und er schaffte es. Mit schnellen und sicheren Bewegungen erreichte er den Scheitel. Dort blieb er einen Augenblick schwankend stehen und sah, wie Louis den Pfad entlangwanderte – den Pfad, der auf der anderen Seite des Windbruchs weiterging.

Louis drehte sich wieder um und schaute zu Steve zurück. Er hielt seine Frau, in ein blutiges Laken eingehüllt, in den Armen.

»Es kann sein, daß Sie Geräusche hören, die wie Stimmen klingen«, sagte Louis, »aber das sind die Seetaucher unten in der Gegend von Prospect. Der Schall trägt. Es ist schon merkwürdig.«

»Louis...«

Aber Louis hatte sich schon wieder abgewandt.

Einen Augenblick lang wäre Steve ihm beinahe gefolgt – es war knapp, sehr knapp.

Ich könnte ihm helfen, wenn ihm daran liegt – und ich möchte ihm helfen, ja, das möchte ich. Ich möchte es, weil hier etwas hinter den Dingen steckt und ich herausfinden möchte, was es ist. Es scheint sehr – sehr wichtig. Es scheint eine Art Geheimnis zu sein. Eine Art Mysterium.

Dann knackte unter einem seiner Füße ein Ast, ein trockenes, staubiges Geräusch, einer Startpistole vergleichbar, das ihn wieder zu Bewußtsein brachte, wo er war und was er tat. Grausen wallte in ihm auf, und er vollführte eine unbeholfene Drehung, die Arme Gleichgewicht suchend ausgestreckt, Zunge und Kehle ölig vor Angst, das Gesicht verzerrt wie das eines Schlafwandlers, der beim Aufwachen feststellt, daß er auf dem obersten Sims eines Wolkenkratzers steht.

Sie ist tot, vielleicht hat Louis sie umgebracht. Louis hat den Verstand verloren, ist völlig verrückt geworden, aber...

Aber hier war noch etwas Schlimmeres als Wahnsinn im Spiel – etwas viel, viel Schlimmeres. Es war, als gäbe es einen Magneten dort in den Wäldern, und er spürte, wie er an etwas in seinem Hirn zog. Etwas, das ihn zu dem Ort hinzog, an den Louis Rachel bringen würde.

Komm, folge dem Pfad – folge dem Pfad, sieh zu, wohin er führt. Wir können dir Dinge zeigen, Steve, Dinge, von denen dir daheim in der Atheisten-Gesellschaft niemand etwas erzählt hat...

Und dann – vielleicht, weil es für einen Tag genug hatte, woran es sich mästen konnte, und das Interesse an ihm verlor – brach das Zerren in seinem Gehirn plötzlich ab. Steve taumelte zwei Schritte zurück, an der Seite des Totholzes, an der er hinaufgestiegen war. Dann gaben die Äste krachend und knirschend unter ihm nach, und sein linker Fuß brach in das wirre Holz ein; spitze, scharfe Splitter rissen ihm den Schuh herunter und bohrten sich in sein Fleisch, als er den Fuß herauszog. Er stürzte kopfüber auf den Tierfriedhof und entging nur mit knapper Not einem schmalen Kistenbrett, auf das er leicht mit dem Magen hätte aufschlagen können.

Er kam wieder auf die Füße, blickte verstört um sich, fragte sich, was mit ihm geschehen war – ob *überhaupt etwas* mit ihm geschehen war. Schon jetzt kam es ihm vor wie ein Traum.

Und dann kam aus der Tiefe der Wälder hinter dem Totholz, aus Wäldern, die so dicht waren, daß das Licht selbst an den hellsten Tagen grün und matt erschien, ein tiefes, glucksendes Lachen. Das Geräusch war riesig. Steve war weit davon entfernt, sich vorzustellen, was für eine Art Geschöpf ein solches Geräusch hervorbringen mochte.

Er rannte mit nur einem Schuh davon, versuchte zu schreien, konnte es aber nicht. Er rannte immer noch, als er Louis' Haus erreichte, und versuchte immer noch zu schreien, als er sein Motorrad gestartet hatte und auf die Route 15 hinausschleuderte. Fast wäre er mit einem der aus Brewer eintreffenden Feuerwehrwagen zusammengestoßen. Unter seinem Sturzhelm standen ihm die Haare zu Berge.

In seine Wohnung in Orono zurückgekehrt, wußte er nicht einmal mehr genau, ob er überhaupt nach Ludlow gefahren war. Er rief in der Krankenstation an, daß es ihm nicht gut ginge, nahm eine Tablette und ging zu Bett.

Steve Masterton erinnerte sich nie vollständig an diesen Tag – außer in seinen tiefsten Träumen, den Träumen, die in den frühen Morgenstunden kommen. Und in diesen Träumen ahnte er, daß etwas Riesiges auf ihn verzichtet hatte – etwas, das bereits nach ihm gegriffen hatte, um ihn zu berühren – um dann seine unmenschliche Hand in letzter Sekunde zurückzuziehen.

Etwas mit großen, gelben Augen, die wie Nebelscheinwerfer glühten.

Manchmal wachte Steve schreiend aus diesen Träumen auf, und dann dachte er: *Du bildest dir ein, daß du schreist, aber das sind nur die Seetaucher unten in der Gegend von Prospect. Der Schall trägt. Es ist schon merkwürdig.*

Aber was dieser Gedanke zu bedeuten hatte, wußte er nicht: er erinnerte sich nicht. Im folgenden Jahr nahm er in St. Louis, einen halben Kontinent entfernt, eine neue Stellung an.

In der Zeit zwischen seiner letzten Begegnung mit Louis Creed und seiner Abreise in den Mittleren Westen fuhr Steve kein einziges Mal wieder nach Ludlow.

Epilog

Die Leute von der Polizei kamen am Spätnachmittag. Sie stellten Fragen, äußerten aber keinen Verdacht. Die Asche war noch heiß und konnte noch nicht durchsucht werden. Louis beantwortete ihre Fragen. Sie schienen befriedigt. Sie unterhielten sich im Freien, und er trug einen Hut. Das war gut. Wenn sie sein weißes Haar gesehen hätten, hätten sie vielleicht weitere Fragen gestellt. Das wäre schlecht gewesen. Er trug seine Gartenhandschuhe, und das war auch gut. Seine Hände waren blutig und zerschunden.

An diesem Abend spielte er bis lange nach Mitternacht Solitär-Cribbage.

Er teilte sich gerade neue Karten aus, als er die Hintertür knarren hörte.

Was du dir eingehandelt hast, gehört dir, und was dir gehört, das kommt früher oder später zu dir zurück, dachte Louis Creed.

Er drehte sich nicht um, sondern blickte nur auf seine Karten, während die langsamen, knirschenden Schritte sich näherten. Er sah die Pik-Dame und legte die Hand darauf.

Die Schritte endeten direkt hinter ihm.

Stille.

Eine kalte Hand legte sich auf Louis' Schulter. Rachels Stimme knirschte, war voller Erde.

»Liebling«, sagte sie.

FEBRUAR 1979 – DEZEMBER 1982

INHALT

Erster Teil
Der Tierfriedhof
9

Zweiter Teil
Der Begräbnisplatz der Micmac
209

Dritter Teil
Der Große und Schreckliche Oz
349

Epilog
381